격몽

몽매함을 일깨우다

격몽

擊蒙 · 몽매함을 일깨우다

신용구 장편소설

블루닷

저자의 말

오백 년 전의 꿈과 오늘의 현실

나라가 혼란스럽다. 반세기 동안 계속된 좌우 이념의 격돌이 있고, 보수와 진보의 극한 대립이 있고, 세계화 과정에서 심화된 양극화로 계층 간 골이 깊다. 지금 이 사회는 방향타를 상실한 배처럼 나아갈 길을 모르고 허우적거리고 있다. 우리의 정치 현장에는 대화와 타협을 모르는 독선, 개인의 야망을 위한 침묵, 자기 존재감을 부각시키고자 하는 얄팍한 이미지 관리가 횡행한다. 여전히 '떼 쓰기'와 '뻭 쓰기'라는 후진적인 문제 해결 방식이 맹위를 떨치고 있다.

그런데도 누구 하나 양심의 가책을 느끼지 않는다. 이미 오랜 관행으로 인습된 탓이다. 그러니 이 땅을 누가 선진 국가라 부르겠는가? 아무도 동의하지 않을 것이다. 나는 이 퇴행적인 사회를 감히 유아적인 사회(infantile society)라 부르고 싶다.

우리 사회가 무책임이라는 중병을 앓고 있다는 것은 삼척동자도 아는 사실이다. 이 병을 치유하지 않고 역사 발전을 기대할 수 있을까? 아마 그런 기대를 가진 사람이 있다면 허튼소리나 늘어놓는 순진한 몽상가이거나 자신의 안위만을 생각하는 사악한 무리들, 혹은 우리의 타락과 몰락을 기대하는 외부의 적대 세력들일 것이다.

　우리는 우리 후손은 물론이고 우리 자신을 위해서 이 사회에 만연한 병적 현상을 반드시 극복해야 한다. 공공연하고도 노골적인 이 사회적 퇴행 현상에 대한 원인을 나는 정치에서 찾는다. 여론 수렴과 사회 통합이라는 정치의 순기능이 사라지고 분열만을 조장하는 역기능만 남은 탓이다.

　아이들이 올바로 성장하기 위해서는 인격적으로 성숙한 훌륭한 부모가 필수적이듯, 이 사회의 후진적 중병을 치유하고 정신건강을 회복하기 위해서는 올바른 정치 리더십이 필요하다. 정치인만큼 사회와 대중의 삶에 깊은 영향을 미치는 존재가 없기 때문이다. 하지만 지금 우리 곁에 성숙한 정치인이 있는가? 대중이 진실로 존경하고 공감하며, 기쁜 마음으로 기꺼이 자기희생을 감수하도록 하는 건강한 리더십이 있는가? 한 편의 드라마처럼 진한 감동과 여운을 남기는 아름다운 정치가 있는가? 진저리를 치게 하는 악취가 아니라 향기로운 약초 같은 정치가 있는가?

　우리에게도 그런 기대와 열망을 갖게 한 이가 있었다. 바보 노무현이다. 한 조각 권력 기반도 없던 그가 혈혈단신으로 대권을 손에 쥐는 기적을 이루었다. 무엇 때문일까? 그의 진정이 대중과 통한 탓이다. 그는 비우고 버리는 정치를 통해 원칙을 지켰고 결국 국민이 그에게 감복했다. 물론 경험 부족에 따른 서투름과 조급증으로 인해 갈등만 증폭시킨 채 안타깝게 막을 내렸지만, 노무현 출현이 갖는 의미는 실로 크다.

세상이 변하고 있다. 세상이 요구하는 리더십이 변했다는 것이다. 이제 대중은 이기는 정치가 아니라 패자마저 아름다울 수 있는 정치를 원한다. 그것은 한때 노무현이 보여주었던 비움의 정치, 버림의 정치, 아우름의 정치다. 하지만 지금 우리가 사랑할 만한 아름다운 정치가 이 땅에 존재하는가?

정치인들은 여전히 퇴행의 길을 걷고 있다. 그들은 갈등을 치유하고 봉합하기보다는 정치적 이익을 위해 침묵하고 때로는 갈등을 최대한 확대 재생산하는 쪽으로 움직여왔다. 사회의 갈등이 최고조에 이르러 임계점에 육박할 즈음이 되면, 정치인들은 자신들이 놓은 덫에 걸려 만신창이가 된 대중 앞에 등장한다. 그들은 자비로운 구세주라도 된 양, 부드러운 미소를 입가에 가만 머금고 두 팔을 벌려 애처로운 눈길을 던지며 다가와 달콤한 말을 대중의 귓전에 속삭인다. 때로는 울분에 찬 대중의 가슴을 뜨겁게 격동시키는 장광설을 늘어놓는다. 대중이 격정을 토하는 사이에 정치인들은 회심의 미소를 감춘 채 자신의 전리품을 챙겨 조용히 떠난다. 그야말로 눈물과 고통의 상처로 얼룩진 무대에서 하이에나 같은 종결자가 되는 셈이다.

측은지심의 가면을 쓰고 여론을 이용하며, 그렇게 조작된 여론에 편승해 자신의 이익 챙기기에만 몰입하는 정치인들에게 어떤 진정성을 기대할 수 있는가? 갈등을 해결하지 않고 조장하는 정치의 역기능에만 충실한 이 현실 앞에 우리는 깊은 환멸을 느끼지 않을 수 없다.

이러한 때에 나는 오백 년 전 이 땅에 살았던 이이(李珥)를 주목한다. 그는 당대에 결코 성공한 정치인이었다고 할 수는 없는 사람이지만, 오백 년의 시간을 뛰어넘어 우리 민족의 위대한 스승으로 남아 있다.

이이의 인간적 자질, 정치적 자세, 세상을 바라보는 식견은 시대를 초월하여 여느 정치인과도 구분되는 독특한 면이 있다. 무당파(無黨派)였던 이이는 당파 싸움의 와중에 수차례 탄핵당할 위기를 겪었다. 이이가 고비를 맞을 때마다 이이를 구해낸 것은 임금이나 신하들이 아니라 억압받는 민초들의 여론이었다. 그가 운명했을 때는 백성들이 수십 리 길에 걸쳐 횃불을 높이 들고 그의 발인을 지켜보았다. 사람에 대한 그의 진정성과 멸사봉공하는 언행일치의 삶에 백성들이 감복한 것이다.

이이는 자신의 철학에 충실했고 그에 따른 확고한 정치적 신념을 갖고 있었다. 그에게 있어 세상의 중심은 인간이었고, 정치의 중심도 인간이었다. 나라의 발전을 저해하고 인간의 삶을 피폐하게 하는 제도라면, 아무리 오래되고 임금과 신료들의 반대가 거세도 굴하지 않고 철폐를 주장했다. 그러면서 끊임없이 새로운 제도를 창안하고자 애썼다. 그가 청주 목사로 부임했을 때에는 이미 존재하던 여씨향약을 새로 고쳐 양반 이외의 모든 계층이 참여하는 서원향약을 만들었고, 황해도 관찰사 시절에는 황해도만의 지역 사정을 고려한 해주향약을 만들어 지역 교화를 도모했다.

이이는 다양성을 존중할 줄 아는 부드러움을 겸비했고, 이러한 유연한 사고는 동서를 아우르는 중화(中和)의 정치로 이어졌다. 편협과 독선에 빠진 관료들이 붕당을 짓고 갑론을박하고 있을 때, 그는 자신을 시기하고 질투하며 자신에게 위해를 가해온 인물조차 나라를 위해 중요 직책에 천거하는 배포를 보였다. 동시에 자신의 애제자마저도 인사에서 배제시키는 엄정함을 보이기도 했다.

적과의 동침을 서슴지 않으며 이이가 동서 양 세력의 막후 조정자로 맹활약을 하는 동안에는 동서 분열이 극심함에도 나라에는 큰 변고가 없었다. 기축옥사(己丑獄死)의 피바람이 불고 임진왜란이라는 병화가 닥쳤을 때는 이미 그가 죽은 뒤였다. 이이라는 중재자의 부재가 몹시 뼈아프게 다가오는 역사적 순간이다.

이이가 여느 정치 지도자와 뚜렷이 구별되는 특별한 점은 오랜 사색과 연구에서 나온 세상에 대한 예리하고도 깊은 통찰력이다. 그는 치료해야 할 조선의 환부를 정확히 짚어냈고, 이에 대한 명쾌한 처방까지 내렸다. 병조판서로 재직하는 동안에는 일본의 정세를 분석해 일본이 조선을 침략할 것이라 예상했고, 이에 대비하여 조선의 군역과 세제가 어떤 문제점을 안고 있는지 소상히 파악하여 대책을 강구했다. 또한 모든 유림이 이황의 주리론에 매몰되어 정신 수양에만 매진하고 있을 때, 이이는 물질적 기반의 소중함을 주장하며 국가를 부도 위기에서 살리기 위한 특별 기구인 경제사를 설치하자고 주장했다. 경제 문제만을 다루는 기관을 따로 두는 것은 당시로서는 누구도 생각지 못한 혁신적인 제안이었다. 이처럼 그는 과거의 관습에 얽매이지 않는 개혁적이고 혁명적인 사상가였다.

이제까지 살펴본 이이의 리더십을 요약하자면, 백성들과 함께 호흡하는 소통의 리더십, 계파를 아우르는 중화(中和)의 리더십, 현재의 문제와 미래의 목표를 정확히 간파하는 통찰의 리더십이라 할 수 있다. 여느 정치인들에게서나 이와 유사한 지도자의 덕목을 다소간 볼 수 있겠지만 이이와 비교했을 때에는 그 한계가 뚜렷하게 드러난다.

국민과의 소통에 집착하는 이들은 여론에만 귀를 기울이려는 병통이 있다. 문제의 본질은 뒤로한 채 민심을 호도하므로 결국에는 국가를 자중지란에 빠뜨리는 우를 범하고 만다. 그러나 이이는 사태의 본질을 우선 파악하여 문제를 해결할 대책을 수립했다. 사소한 이익에 일희일비하는 여론의 생리를 간파하고 단호히 배제할 줄 아는 자세를 지녔던 것이다.

중화에 치중하는 이들은 갈등을 일으키지 않으려고만 하여 매우 보수적으로 처신한다. 이는 나라의 발전을 가로막는 자충수나 다름없다. 반면 이이의 중화는 현상 유지를 추구하는 안일한 대책이 아니었다. 국가의 창조적 발전을 위해 대립되는 극단을 적극적으로 중재하려는 움직임이었다.

대체로 통찰력이 강한 인물은 독선에 빠져 독재의 유혹을 느끼기 쉽다. 독재는 결국 국민들의 정서와 유리된 정치를 만들고 독재자 자신 안에 고독과 불안을 낳아 국가뿐만 아니라 독재자마저 자멸의 수렁으로 몰아넣는다. 이이에게도 남다른 통찰력이 있었다. 하지만 그는 자신의 통찰력을 전유하려 하지 않았다. 오로지 인간의 삶을 풍요롭게 가꾸는 데 바쳤다. 이것이 절체절명의 탄핵 위기 속에서도 이이가 유생과 백성들의 지지를 받았던 이유였다.

이 이야기는 을묘왜변이 일어나던 문정왕후 시기부터 이이가 하늘의 부름을 받던 날까지 이이의 삶을 그리면서, 이이가 자신의 꿈을 이루어가는 과정을 담고 있는 소설이다. 전반부에서는 문정왕후와 윤원형이 활동한 사회적 암흑기를 살아가는 젊은 날의 이이를, 후반부에서는 문정왕후가 운명하고 윤원형이 실각하면서 맞이한 백화제방(百花齊放)의 혼란기를 헤쳐가는 이이를 보여준다. 특히 후반부는 이이가 그간의 개인적 체험, 인식, 철학적 사유를 바탕으로 새로운 국가를 건설하기 위해 고군분투하는 눈물겨운 투혼을 담고 있다.

선조 7년(1574), 서른아홉 살이 되던 해 우부승지를 지낸 이이는 선조에게 만자의 글로 작성한 봉서를 올린다. 이른바 「만언봉사(萬言封事)」다. 그는 여기에서 정치의 가장 중요한 화두를 꺼낸다. '정귀이시(政貴以時), 사요무실(事要務實)'이 바로 그것이다. 즉, 정치를 함에는 때가 중요하고, 일을 할 때는 반드시 실질적인 것에 힘을 써야 한다는 뜻이다. 이것이 훗날 실학의 요체였던 '실사구시(實事求是)'의 정신이다.

이이는 「만언봉사」에서 나라가 힘들어지는 이유를 정치가 때를 놓치기 때문이라 했고, 정치가 때를 놓치는 가장 큰 이유를 위정자들의 여론을 좇는 습성 때문이라 했다. 지도자마저 눈앞의 이익만을 생각하는 여론에 부화뇌동하면 나라는 목표를 잃고 휘청거리게 된다. 때문에 이이는 나라의 미래를 설계하는 진정한 지도자는 필연적으로 고독할 수밖에 없음을 말하기도 했다. 이이는 또한 지도자가 진정 두려워해야 할 바는 권력을 잃어버리는 것이 아니라 국가의 미래를 잃어버리는 것임을 힘주어 말하고 있다. 시류에 영합하는 정치, 소신도 신념도 없는 정치, 전망 없는 정치를 준엄히 꾸짖는 이이의 말은 오늘날에 듣기에도 매섭다.

이이가 살았던 조선 중기의 상황과 우리가 살아가는 현재의 모습은 거의 판박이라 할 만큼 흡사하다. 연산군부터 문정왕후에 이르는 반세기의 폭정이 끝난 후 맞이한 백화제방의 시대가 분열과 혼란으로 얼룩졌듯이, 일제강점기, 한국전쟁, 4·19, 5·16, 80년 광주로 이어지는 억압과 굴종의 근대사는 오늘날 보수와 진보의 날 선 대립으로 이어졌다.

이이의 철학은 인간을 중시한다. 그의 정치사상도 인간을 가장 중심에 두고 있다. 그래서 현대의 이념 좌표에서 보자면 이이는 사회주의자에 가깝다. 하지만 굳건한 역사적 소명 의식, 세상에 대한 깊은 통찰력, 인간애, 냉정한 현실 인식을 기초로 어느 한쪽으로도 치우치지 않은 난세에 대한 처방을 내놓았다. 개혁과 안정을 동시에 추구한 것이다. 난세를 구원하기 위해 신진 사림도,

구세력도 아닌, 요즘 말로 하자면 제3의 길을 택한 셈이다.

올곧은 시대정신과 깊은 통찰력을 지닌 이이의 날카로운 현실 진단과 해법, 인간애에 바탕을 둔 통치 철학은 정치에 대한 철학이 부재한 이 시대에 훌륭한 대안이 되지 않겠는가? 오늘날 우리가 직면하고 있는 보수와 진보, 자본주의와 사회주의의 이념 갈등, 세계화 및 양극화에 따른 문제를 해결할 대안을 이이는 이미 오백 년 전에 제시하고 있었다. 필자는 이 글을 통해 우리 시대가 요구하는 새로운 리더십에 대한 전형을 제시하고 싶은 소망을 갖고 있다. 이이가 살아 있다면 어땠을까?

독자들과 함께 고민해보고 싶다.

2011. 9. 28.
안양 진료실에서
지은이 신 용 구

차례

저자의 말 4

주유천하 15

여명의 시대 54

출사 97

하늘이 열리다 194

경연 219

이이와 임금 301

산다는 것 354

분열의 서막 371

석담 이야기 394

폭풍 속으로 걸어가다 402

희망의 밀알이 되다 439

별의 전설이 되다 498

주유천하

1

 해가 중천에 뜨도록 오매불망 기다리던 이이(李珥)에게 소식이 없어 어숙권(魚叔權)은 속이 탔다. 애제자 이이를 일촌일각이라도 빨리 눈으로 보아야 안심할 수 있을 것 같았다. 그는 하인에게 이이가 오면 곧장 사랑방으로 들이라는 말을 하고 나서도 일각이 지나도록 아무런 기척이 없자 애가 타 대청마루로 나왔다.

 생일상이라고 떡 벌어지게 한 상 잘 차려 내어온 점심상까지 물린 채 그는 불룩한 배를 내밀고 대청마루를 어슬렁거리며 대문간을 주시했다.

 이이가 절에 들어갔다는 얘기가 장안에 순식간에 퍼져 성균관 박사의 귀에까지 들어갔고, 이 얘기가 사실로 판명되면 이이의 과거 응시 자격을 박탈할 것이란 괴이한 소문이 나돌았다.

 어숙권은 성균관에 근무하는 생질을 통해 이 소식을 전해 듣고 이이가 이 일로 장래를 망치게 되지 않을까 걱정을 태산같이 하고 있었다. 대비(大妃)인 문정왕후(文定王后)의 총애를 받는 중 보우(普雨)의 전횡으로 유생들이 불제자들에게 치를 떨고 있던 상황이라 어숙권이 조바심을 더 내고 있었던 것이다.

그가 좌불안석이 되어 대청마루를 쏘다니자 그의 늙은 부인이 다가와 딱하다는 표정을 지으며 혀를 찼다.

"영감, 아랫사람들 보기 민망하니 방으로 드시지요."

"허허, 별 참견을 다 하시오!"

"영감은 이이 일이라면 어찌 그리 애가 달아 하시는 겁니까? 피붙이보다 더 귀히 여기시니 자식들이 영감에게 서운한 마음을 갖는 게 어찌 이상하다 하겠습니까!"

"어허, 새까맣게 다 지난 일이거늘, 느닷없이 왜 그 얘기는 또 꺼내시오. 모르는 게 약이라지 않소!"

아내의 말에 어숙권이 눈살을 잔뜩 찌푸렸다. 그의 아내는 어숙권이 유난히 자식들에게만 글공부에 대해 차별을 두었던 일을 두고 그를 책망하고 있었다. 어숙권은 아내의 이 원망을 사십 년이 넘도록 듣고 있었다.

그는 이 일로 아내의 힐문을 당할 때마다 속이 상했다. 어숙권은 조부가 좌의정을 지낸 어세겸(魚世謙)이고, 그의 아버지는 감찰을 지냈다. 그는 명가의 자손이고 시문에 발군의 재능을 가지고 있었지만 태생이 서얼이라 과거를 통해 출사할 길이 없었다. 그가 지낸 벼슬은 고작 이문학관(吏文學官)이었다. 중국어에 능통한 그에게 조정은 외교 문서를 다루는 업무와 통역관의 직책만을 주었던 것이다.

어숙권은 출사의 길이 없는 서얼에게 학문이란 고통의 화근일 뿐이라 생각했다. 그래서 그는 자식들에게 마음의 수양을 위한 『소학(小學)』정도의 책만 권하였을 뿐 더 깊은 학문을 하는 것을 금했던 것이다.

아내의 말대로 이이에 대한 그의 사랑은 별났다. 어숙권은 맛이 있는 음식이든 귀한 과일이든 좋은 책이든 항시 자식들보다 이이를 먼저 챙겨 아내의 눈총을 받았다. 하지만 어숙권의 부인은 남편의 지나침을 타박할 때만 이이를 들먹일 뿐, 이이를 결코 싫어하지 않았다. 심성이 곱고 예의 바른 이이를 볼 때마다 그녀는 늘 기분이 좋았고, 이이와 같은 아이가 자기 손자였으면 여한이 없겠다는 생각을 하곤 했다. 아무튼 그녀는 조선의 신동이 남편의 문하생이 되어 집을 드나드는 것만으로도 어깨가 으쓱해져서 이이를 은근한 자랑거리로 삼곤 하였다.

어숙권이 이이를 극진히 보살피는 데는 나름의 이유가 있었다. 어숙권은 조선 사회의 변방으로, 세상의 비주류로 살 수밖에 없는 자신의 한을 제자 이이를 통해 풀고 싶어 했다.

어숙권은 정원의 벚나무가 연분홍 꽃을 흐드러지게 피워내던 육 년 전 어느 봄날 아버지 이원수(李元秀)와 함께 자신을 찾아온 열다섯의 이이를 사직동 사랑방 서재에서 처음 만났다. 어숙권은 열셋에 생원 초시에 장원해 신동으로 이름난 이이에 대한 소문은 진즉에 듣고 있어 관심이 많았다.

그는 막상 이이를 대하자 솜털도 가시지 않은 앳된 얼굴에 적이 실망했다. 뽀얀 살색이 여자아이 같아 큰 기상과 당찬 장부의 기백을 기대했던 어숙권의 눈에 눈곱만치도 성에 차는 구석이 없던 것이다. 다만 몸에 밴 단정한 자세와 맑은 눈빛만은 이이가 가정교육을 잘 받은 순수한 아이라는 정도만 짐작케 했을 뿐이었다.

아무튼 어숙권은 기가 약해 보이는 이이가 마음에 들지 않았다. 이이를 보는 어숙권의 표정은 떨떠름한 기색을 감추지 못했다. 하지만 자신을 찾아온 아이를 어른 된 도리로 명분 없이 돌려보낼 수도 없었다. 그는 거절할 구실을 찾으려 이이를 시험하고자 했다.

"이야, 적자와 서자가 부모의 유산을 상속받으려 하는데, 너는 어떻게 처리하면 좋겠느냐?"

열다섯의 이이는 두 손을 무릎 위에 모두고 바른 자세로 꼿꼿이 앉아 차근차근 대답을 해내갔다.

"먼저 돌아가신 부모의 뜻을 헤아리고, 부모를 모신 자식의 정성을 헤아리고, 자식들의 사는 형편을 헤아리고, 서로 간에 뜻이 맞지 아니하면 법에다 호소하는 것이 순서일 듯 합니다."

어숙권은 마땅치 않은 표정을 지으며 신음 소리를 냈다.

"음, 너는 법보다 인정이 우선해야 한다는 생각이구나. 관직에 나갈 필요가 없는 평범한 유생이라면 당연 좋은 마음이라 하겠지만, 출사를 할 사람이라면 인정보다는 원칙을 지키는 것이 더 필요하지 않겠느냐?"

이이는 아무런 동요가 없는 표정으로 나지막이 어숙권의 되물음을 받았다.

"외람된 말씀입니다만, 법이나 원칙이라는 것도 실상은 최소한의 인정까지 저버리는 몰상식한 세상의 인심을 경계하기 위함이 아니겠습니까?"

어숙권은 이이의 답변에 깜짝 놀랐다. 그는 어린아이가 어떻게 사람을 본위로 하여 모든 상황을 판단할 수 있는지 믿을 수 없었다. 어숙권이 이이를 다시 찬찬히 뜯어보니 왠지 홍안의 소년이 내뿜는 눈빛이 예사롭지 않게 느껴졌다. 부드러움 속에서 강한 기운이 느껴졌다. 이이의 안색에 변화가 없었지만, 어숙권의 마음은 술렁이고 있었다. 묘한 흥분에 휩싸인 어숙권의 가슴이 두근댔다. 그는 마음을 진정시키면서 다시 이이에게 질문을 던졌다.

"그렇다면 서출의 벼슬살이에 대해서는 어찌 생각하는가? 이 또한 인정으로 보아야 하는가, 아니면 원칙인가?"

"벼슬살이라는 것이 거느린 식솔들의 밥그릇이나 챙기는 일이라면 모르겠으나, 모름지기 벼슬을 사는 것은 임금을 올바르게 이끌어 백성들을 복되게 하는 것이 제일 큰 일일 것입니다. 사람 쓰는 문제는 진정 백성을 위한 것이기에 출신으로 결정할 것이 아니라 그 사람이 가진 재능과 능력에 맞게 쓰는 것이 합당하다고 생각합니다. 출중한 인물이 서출이라 하여 백성과 나라를 위해 봉사할 길이 꽉 막힌다면, 한 개인으로서도 원통할 일이겠지만 국가적으로 엄청난 손실이 아닐는지요. 서출을 쓰고 안 쓰고 하는 문제는 법이나 관습의 입장에서 다룰 것이 아니라 나라 경영의 효율성이라는 실질적인 관점에서 다룰 사안이라 여깁니다."

 어숙권은 자기 앞에 앉아 또박또박 논리적 주견을 펴고 있는 앳된 소년이 진정 열다섯인지 자기 자신에게 묻고 있었다. 까면 깔수록 한결 탄탄하고 매끈한 과육을 드러내는 양파같이, 어숙권은 이이와 얘기를 나눌수록 새롭게 나타나는 이이의 매력에 흠뻑 빠져들고 있었다. 그는 전율을 느꼈다.

 늘어진 눈꺼풀 새로 붉어진 그의 눈자위가 얼비쳤다. 그는 조용히 눈을 감으며 손으로 잠깐 얼굴을 가렸다. 그는 배에 힘을 주며 몇 차례 심호흡을 했다. 어느 정도 자신이 진정된 것을 확인한 후에 정색을 하고 일부러 이이를 노려보듯 눈을 부릅뜨고 물었다.

 "나라 경영의 효율성! 좋아, 그럼 자네는 후궁 출신의 왕자라도 능력만 있으면 군왕이 되어도 좋다고 생각하는가?"

 이이에게 아무리 비범한 능력이 있다 해도 인생 경험이 없는 어린 이이가 복잡다기한 권력의 속성을 제대로 이해하고 있을 것이라 어숙권은 생각하지 않았다.

 질문을 일찌감치 알아 답변을 미리 준비한 아이처럼, 이이는 역시 스승의 물음에 큰 고민을 하지 않고 조용한 목소리로 천천히 말을 이어나갔다.

 "모든 자리는 자리가 요구하는 재능과 자질이 있다고 여깁니다. 정승은 정승의 자리에 걸맞은 인물이 필요하고, 지방관은 지방관의 역할을 수행하는 데 적합한 재능만 있으면 무방하다고 여깁니다만, 군왕의 경우는 다르다고 생각합니다."

어숙권이 이이를 다시 떠보았다.

"그래, 차이가 무엇이라 생각하는가? 후궁 출신의 왕자라서 안 된다는 말인가?"

"단순히 후궁 출신의 왕자라서가 아니라, 군왕의 자격은 왕권을 얼마나 안정적으로 유지할 수 있는가 하는 것이 첫 번째이고, 두 번째로 중요한 자질은 군왕은 재능보다 덕이 얼마나 높은가 하는 것을 보아야 할 것이라 생각하고 있습니다."

어숙권은 눈을 내리깔고 팔짱을 낀 채 내뱉듯 퉁명스럽게 말했다.

"좀 자세히 풀어서 말해보게나."

"대대로 내려온 적자 대통의 전통은 권력투쟁으로 나라의 힘을 낭비하지 않고, 백성을 위해 권력을 온전히 사용하겠다는 의미일 것입니다. 또한 군왕이라는 자리에 그 어떤 능력보다 덕이 중요하다고 여기는 이유는, 아무리 재능이 있다 하여도 군왕이 모든 일을 혼자 다 할 수는 없는 현실 때문입니다.

스스로 배우고 익힌 의술이 훌륭하다고 하여 군왕이 아픈 사람을 고치는 데 시간을 낭비할 수 없는 일이고, 칼을 잘 쓴다고 하여 장수를 자처해 전쟁에 직접 참가할 수도 없고, 저잣거리의 사정에 밝다고 하여 해야 할 일이 산적한 군왕이 저잣거리에서 일어나는 시시콜콜한 일에까지 다 개입하다가는 중요한 국사는 언제 돌보겠습니까?

 군왕에게 덕만 있으면 자연히 유능하고 훌륭한 신하들이 많이 모이게 되어 있습니다. 임금의 재능과 자질이 조금 부족하다 하여도 덕만 있으면 어찌 천하를 얻을 수 없겠습니까? 초나라의 항우(項羽)가 재능이 부족하여 유방(劉邦)에게 나라를 내어 주었겠습니까? 아니겠지요. 모두 덕이 부족한 탓이었습니다.

 조선 역사에 하나 예외가 있긴 합니다. 바로 누구나 아는 세종(世宗) 임금이지요. 태종(太宗) 임금이 셋째 아드님인 세종 임금을 보위에 올린 것은 분명 장자 대통의 전통을 깬 것입니다. 그러나 적자 대통의 전통까지 깬 것은 아니며, 덕과 재능을 모두 살펴 제일 뛰어난 왕자를 보위에 올린 것이니 사직과 백성을 위하여 사리에 그른 것은 하나 없다 여기고 있습니다."

 어숙권은 눈을 감은 채 이이의 얘기를 잠자코 듣고 있었다. 이이가 말을 마친 후에도 그는 눈을 뜨지 않았다. 얼마간의 침묵이 흘렀다. 그가 눈을 뜨고 부드럽게 미소 지었다.

 "『대학(大學)』은 읽어보았느냐?"

 "그러하옵니다."

 "그동안 누구에게 글을 배웠느냐?"

 "어머님에게 배웠습니다."

 어숙권이 크게 소리 내어 웃었다. 그의 눈이 반짝거렸다.

 "허허, 그 어머니에 그 아들이로고……. 부디 사람을 사랑하는 그 마음, 초심을 잊지 말게!"

어숙권은 어린 이이의 천재적 재능에 탄복했고, 인간에 대한 이이의 편견 없는 사랑에 감복했다. 그는 이이가 영혼이 아주 맑은 아이라고 생각했다.

그는 이이가 지금과 같은 마음을 갖고 훗날 나라의 동량이 된다면, 차별받는 백성들에게 큰 복이 될 것을 의심하지 않았다. 서얼의 한을 품고 살아온 그는 숙연한 기분이 되어 이이를 제대로 교육시키는 일이야말로 자신이 해야 할 인생의 마지막 과업이라 생각했다.

2

백발이 성성한 늙은 어숙권의 애를 태우던 이이는 이각이 지나서야 그의 사직동 집에 당도했다. 어숙권은 이이를 사랑방에 앉히자마자 그가 쓴 유건(儒巾)*을 벗긴 다음 상투관을 풀어 상투를 만지고 또 만졌다.

"이야, 이제 됐다, 됐어!"

어숙권은 십 년 묵은 체증이 내려앉는 것만 같았다. 내내 어둡기만 하던 그의 표정이 환히 밝아졌다.

"하산하면서 바로 찾아뵈었어야 하는데, 소인이 늦었습니다. 심려를 끼쳐 죄송합니다."

"아니야, 아니야. 네 머리가 성하니 내가 더 고맙구나. 눈물이

---

*유생들이 평상시에 쓰는 모자.

다 난다."

어숙권은 눈가를 촉촉이 적신 눈물을 훔치며 이이를 잡아끌었다.

"이야, 오늘은 가볼 곳이 있으니 그만 일어서자꾸나."

이이는 스승의 손에 이끌려 어디론가 따라나섰다. 그의 스승은 이이에게 가는 곳을 밝히지도 않았고 어떤 용건이 있는지도 말하지 않았다. 어숙권은 불룩한 배를 내밀고 어깨를 으쓱이며 느릿느릿 걸었고, 이이는 스승의 그림자를 밟을까 염려하여 두 발짝 떨어져서 어숙권의 뒤를 공손히 따랐다.

따가운 봄 햇살이 두 사람의 머리 위로 쏟아져 내렸다. 춘풍에 어디선가 꽃향기가 실려왔다. 도성의 장사꾼과 경향 각지에서 몰려온 장사꾼이 한데 어우러진 종로 시전은 언제나 북새통이었다. 사람들이 웅성대는 곳은 항상 특별한 일이 있었다. 광대놀이가 있거나 싸움판이 벌어지게 마련인데, 오늘은 이미 얼큰히 취한 두 남자가 웃통을 벗고 멱살을 잡은 채 자리다툼을 하며 사람들의 눈길을 모았다. 두 사람은 그들을 힐금 보다가 종로의 뒷골목 피맛골로 걸음을 계속했다.

피맛골은 백성들이 양반들의 눈치를 보지 않고 편히 도성을 다닐 수 있도록 만든 종로의 뒤안길이다. 한두 사람이 지나치기도 비좁은 이 골목길에 곡주와 음식을 파는 가게가 하나둘 문을 열더니, 세월이 흘러 길을 따라 작고 소박한 요릿집들이 즐비하게 되었다. 주머니 사정이 넉넉지 않아도 주린 배를 가볍게 채울 수 있어 가난한 장안 서민들의 구미에 맞았다.

서울 장안의 서민 말고도 팔도의 길손도 한양에 오게 되면 한 번은 피맛골을 꼭 찾았다. 주인집을 도망 나온 노비, 노름판에 장리(長利)를 놓는 악덕 상인, 투전판의 뒤를 봐주며 자릿세를 뜯는 나졸, 민심의 흐름을 알아보려 변복을 하고 돌아다니는 조정 관리, 주머니 사정이 변변찮은 시인 묵객을 비롯한 온갖 인간 군상아 다 모여드는 곳이 피맛골이었다.

붐비는 인파와 시끌시끌 활기찬 소음에서 위안을 받으며 어숙권은 일상의 피로를 풀곤 하였고, 일상이 분주한 이 피맛골에서 글에 대한 영감을 얻곤 하였다.

이이가 부모를 따라 한양에 올라와 처음 자리를 잡고 살던 집이 피맛골 인근 수진방에 있어, 이이 역시 피맛골의 거리 풍경과 분위기에 친숙했다. 아버지 이원수가 평소 즐겨 찾았고 어머니 사임당(師任堂) 신씨와 함께 고기를 끊으러 자주 오기도 하였다.

미시도 다 되어가는 시각이라 주막에는 이미 손님들이 많이 빠져 있었다. 마당의 작은 평상 두 곳이 비어 있었고, 우물가에 놓인 큰 평상에는 패랭이를 쓴 얼굴이 시꺼먼 다섯 남자가 둘러 앉아 술을 곁들인 식사를 하고 있었다. 평상 아래 부려놓은 그들의 보따리에서 짙은 인삼 냄새가 풍겼다. 간간히 흘리는 말투로 보아 이들은 아마도 개성에서 온 장사꾼들인 것 같았다.

이 주막은 샘이 깊은 큰 우물과 오동나무가 있어 장안 사람들이 흔히 오동나무집이라 부르는 주막이었다. 주모는 쉰을 넘긴

과부로 온갖 전을 붙여내는 솜씨가 좋고 손이 커서 배고픈 길손들을 많이 불러 모았다.

어숙권이 마당에 들어서자 부엌을 나서던 주모가 자라목같이 목을 쭉 빼어내면서 잰걸음으로 다가와 머리를 조아렸다.

"나으리, 안으로 드시지요."

"손님은?"

"안에서 기다리고 계십니다."

그의 스승은 무슨 일이든 일이 있을 때는 이이에게 미리 귀띔을 주곤 했었다. 그런데 그의 스승이 오늘만큼은 이이에게 오늘의 일정에 대해 일언반구가 없었다.

이이는 주모의 말에 고개를 갸우뚱거렸다. 그의 두 눈은 섬돌 아래에 놓인 큼직한 짚신 한 벌을 향하고 있었다. 이이는 짚신의 크기로 미루어 보아 풍채가 당당한 인물이 방안에 있을 것이라 짐작했다.

어숙권이 기침으로 기척을 하자, 누군가 조심스럽게 문을 열고 나왔다.

"아니, 계함(季涵)!"

"허허, 숙헌(叔獻) 아닌가!"

두 사람은 외마디 비명 같은 탄성을 내지르며 서로를 바라보았고, 어숙권은 어리둥절 놀라 두 눈을 껌뻑였다.

"알고 보니 두 사람이 구면이구먼, 허참!"

이이가 놀라는 스승을 위로하듯 겸연쩍은 표정을 지었다.

"제 벗 가운데 시를 잘 짓는 이희참이란 이가 있습니다. 그이의 소개로 계함을 이미 여러 번 만났습니다."

"내가 두 사람을 꼭 맺어주고 싶었는데, 참으로 인연이네 인연이야, 허허!"

다소 멋쩍어 하던 어숙권은 그때서야 호탕한 웃음을 터뜨리며 두 사람을 방안으로 몰았다. 이이와 정철(鄭澈)은 어깨를 나란히 하여 앉았고, 정좌한 어숙권은 윤기 어린 긴 수염을 손으로 쓰다듬었다.

"내가 일찍이 계함과 숙헌 두 사람을 친구로 맺어주고 싶었는데 두 사람이 이미 만나 서로 알고 지낸다 하니 나로서는 이보다 더 기쁜 일이 없네.

품성이나 기질로 볼 때 두 사람은 아주 잘 어울리는 짝이라 볼 수 있네. 한 사람이 창이 되면 한 사람은 방패가 되고, 한 사람이 현(弦)이 되면 한 사람은 활이 될 수 있다네. 이보다 더 좋은 궁합이 어디 있겠는가? 아니 그런가?"

이목구비가 큼직큼직하고 선이 굵은 정철이 남성적인 인상과는 달리 조용한 목소리로 어숙권의 말을 받았다.

"그렇지 않아도 마음이 넓은 숙헌에 대해 깊은 인상을 갖고 있었는데, 어르신께서 이리 말씀을 해주시니 이이를 뼛속 깊이 새기지 않을 수가 없습니다. 제가 정직하긴 하나 속이 좁고 마음이 급한 편이라 숙헌의 너그러움에 제 몸을 의탁한다면 제게 큰 힘이 될 것이라 저도 예전에 생각하고 있었습니다."

"스승님, 계함의 말이 좀 지나친 것 같습니다."

민망한 기색을 감추지 못하고 이이가 나서자, 어숙권이 머리를 가로저었다.

"계함의 말에 틀림이 하나 없네. 숙헌은 내 애제자이고 계함의 집은 선대부터 내왕해 오던 집안이니 내 일가와 다름이 없는데, 내가 마음에 두고 있던 두 사람이 일찍이 통성명을 하였다 하니 이게 어디 보통 인연인가? 이 각별한 인연을 두 사람이 잘 이어 갔으면 나로서는 바랄 것이 없네. 오늘은 이 늙은 스승의 눈치일랑 보지 말고 호기롭게 마시면서 정을 돈독히 해보게나."

살집이 두둑한 어숙권의 얼굴에 미소가 가실 줄을 몰랐다. 그는 주모를 불러 잘 거른 술 한 동이와 안줏거리로 전이며 고기를 넉넉히 내오게 하였다. 이이가 조금 걱정이 되어 어숙권을 만류했다.

"스승님, 술은 다 마시고 나서 모자라면 다시 시키는 것이 어떻겠습니까?"

"허허, 아닐세. 오늘은 서해바다가 술이라 하여도 다 마실 수 있을 것 같으이. 그러고 보니 숙헌은 아직 계함의 술 실력은 잘 모르는가보이. 아니 그런가?"

어숙권의 허세에 정철도 익살스런 표정을 지으며 허풍으로 그에게 맞장구를 쳤다.

"어르신, 서해바다까지는 모르지만 한강수 정도는 마셔야 저는 성에 찹니다."

정철의 농에 모두 파안대소하며 세 사람은 술 잔을 높이 들었다.

"술을 마셔보면 그 사람의 됨됨이를 안다고 하였네. 호연지기를 지닌 장부는 자고로 술도 거나하게 마실 줄 알아야 하지만 취해도 흐트러지는 자세를 보이지 않아야 한다는 말일세."

이렇게 말한 어숙권은 두 사람을 시험하듯 이이와 정철에게 계속 술을 권했고, 정철은 어숙권이 따라 준 술잔을 넙죽넙죽 받아 마셨다.

한 식경이 지나 술잔이 다섯 순배가 돌 쯤 되어서는 이이와 어숙권의 얼굴이 발그레했지만, 정철은 목소리가 다소 커졌을 뿐 안색에는 변화의 기미가 없었다.

어숙권은 앞날 창창한 이이와 정철 두 젊은이를 앞에 앉혀 두고 보는 것만으로도 마음이 든든해 자신의 평생 꿈이 절반은 이미 이루어진 것 같았다.

그는 평소에 늘 이이에게 이렇게 말했다.

"아파서 죽는 것이야 하늘의 뜻이니 어찌할 도리가 없지만, 사람이 굶어 죽는 것은 하늘의 뜻이 아니야. 세상이 야박하기 때문이지. 그래서 좋은 정치가 필요하다네."

비록 그는 서얼이었지만 척신의 탐학과 부패와 관리들의 무사안일 속에 신음하는 백성들의 문제 해결에 관심이 높았다. 그는 피폐해진 백성들의 삶은 반드시 정치를 통해 풀지 않으면 방법이 없다고 생각했다.

술이 얼큰히 오르자, 어숙권은 불현듯 수일 전의 일이 떠올라 마음이 착잡했다. 거의 이십 년을 이웃지기로 살던 시전 상인 김서방이 방납 문제로 골머릴 앓다 몰래 도성을 떠난 것이다. 김서방은 법 없이도 살 수 있는 무골호인이라 그가 야반도주했다는 소식에 어숙권은 큰 충격을 받았었다.

굶주림이 심한 산골 백성들이 민생고를 견디다 못해 산적이 되었다는 말을 더러 들었지만, 그나마 형편이 꽤 나은 도성 안에서까지 이런 일이 벌어졌다는 것이 놀라웠다. 저잣거리에 떠도는 소문은 그가 윤원형(尹元衡)의 첩 난정이 놓은 방납 장리에 마음고생을 하다 도망쳤다는 것이고, 그녀의 장리에 코가 꿰여 벙어리 냉가슴 앓듯 하는 시전 상인들이 한둘이 아니라는 것이었다.

연산군(燕山君)이 자신의 사치를 위해 공납을 대폭 늘리면서 고장에서 나지 않는 토산물까지 공납 품목으로 지정해둔 제도를 오십 년 세월이 지난 지금까지 조정에서는 전혀 손을 볼 생각을 않고 있었다.

산지에서 나지 않는 물품은 당연히 외지에서 사서 바쳐야 했고, 눈치 빠른 대납업자들은 이를 돈벌이 기회로 적극 활용했다. 이 대납업자들은 주로 공물 접수를 맡은 아전이나 중앙 관청의 서리 혹은 재력 있는 장사꾼들이었다. 그들은 사정이 여의치 않아 공물을 내지 못한 백성들을 찾아 공물 대납을 은근히 부추기며 엄청난 장리를 챙겼고, 심지어 바치러 온 공물을 검사하며 규격 미달이니 무엇이니 하는 이런 저런 트집을 잡아 접수를 거부하며 도리 없이 장리의 방납을 이용하게 했다.

공납을 의도적으로 방해한다 하여 붙여진 이름이 방납(防納)인데, 정경부인(貞敬夫人) 정난정(鄭蘭貞)은 방납 장리 세계의 큰손으로 팔도의 지하경제를 한 손에 쥐락펴락 하고 있었다. 시장 상인들 치고 그녀의 방납 장리를 쓰지 않은 이가 없고, 생전에는 그 빚 감당에 등골이 휠 지경이라 자연 그녀에 대한 시전 상인들의 원성이 높았다.

'윤원형과 그 첩 난정 때문에 도성 백성들이 머지않아 알거지가 되고 말 거야!'

'우리가 죽기 전에 그 두 연놈들을 먼저 죽여야 해.'

'늙은 여우 대비를 죽이지 않으면 우리에게 희망이 없어.'

백성들의 작은 가슴은 적의로 가득 찼고 그들의 퀭한 눈은 조정과 권력자들에 대한 분노로 이글댔다. 그들의 눈빛은 흡사 장안을 금방이라도 요절낼 것만 같았다.

술기운이 오른 어숙권이 조금 게슴츠레한 눈빛으로 두 사람을 돌아보며 물었다.

"자네들, 요즘 장안 분위기가 어떤지 아는가?"

"난정의 장리 사건 때문에 아주 흉흉하다는 얘기는 들었습니다."

담양에서 한양에 올라온 지 보름이 된 정철은 비교적 소상히 한양 분위기를 알고 있었다.

어숙권은 흐트러진 자세를 고쳐 앉으며 심각한 표정을 지었다.

"그렇다네. 그런데 참으로 큰일이야. 도성뿐 아니라 지금 백성들이 조정에 대해 품는 불신과 분노가 보통이 아니야. 난세에 버금간다고 할 수 있을 정도라네. 당나라 위징(魏徵)은 물은 배를 띄울 수도 있지만 뒤집을 수도 있다고 했고, 삼봉(三峯) 정도전(鄭道傳) 선생도 민심이 분노하면 임금을 버릴 수도 있다고 했네. 나라의 앞날이 아득하니 걱정이 이만저만이 아니네. 자네들이라면 어찌해야 이 어지러운 시국을 안정시킬 수 있겠는가?"

어숙권의 말이 떨어지기 무섭게 정철이 카랑카랑한 기백이 넘치는 큰 소리로 말했다.

"조정의 부패와 민심 이반은 연산군 이래 반백년이나 계속된 것이라 적폐(積弊)가 적지 않을 것이라 생각됩니다. 그러나 천하의 공자(孔子)나 맹자(孟子)가 온다 해도 지금 당장은 무슨 묘방을 낼 수 있겠습니까? 다만 멀게는 연산군 이래 무너진 나라의 근간을 바로 세워 기강을 잡고, 가깝게는 백성들이 고통 받는 연유를 알아 고칠 것은 빨리 고쳐 시름을 덜어주는 일이 상책이라 하겠습니다."

어숙권이 고개를 끄덕였다.

"계함은 큰 틀에서 대략적인 윤곽을 말했으니, 숙헌은 백성들의 고통을 덜어줄 방책을 소상히 말해보게. 자네는 지난 일 년 동안 여러 곳을 다녔으니 많은 것을 보지 않았는가?"

이이가 어머니 사임당 신씨 사후에 마음을 잡지 못하고 금강산으로 남도 지방으로 일 년 동안 긴 여행을 했던 것을 두고 하는 말이었다.

"제 눈에는 모름지기 배고픔이 제일 큰 문제였습니다. 제가 사는 경기도 지역은 말할 것이 없고 황해도 강원도 경상도 충청도까지 기근이 들어, 먹지 못해 몸이 상한 사람들이 부지기수였습니다. 굶어 죽은 사람들도 숱하게 보았습니다. 그런데도 조정에서는 여력이 없어 대책을 세우지 못하고 있는 실정이었습니다.

상황이 이 지경인데도 군역이나 공납을 조금도 줄일 생각을 않아 백성들의 원성이 아주 높았습니다. 아마도 이것이 두 번째 고통이 아닐까 생각합니다."

"숙헌이 팔도를 다니면서 백성들의 실상을 직접 눈으로 본 것이니, 이보다 분명한 것은 없을 것이네. 무릇 사람이란 자기를 고달프게 하는 사람은 싫어하는 법이지. 조정이 어려움을 겪는 백성들을 보살피지는 못할망정 오히려 고통에 부채질을 하고 있으니, 어찌 민심이 떠나지 않기를 바랄 수 있겠는가?

임금도 나라도 백성이 있고 나서야 있는 법인데, 임금과 조정이 정신을 놓고 있어 큰 걱정이네……. 나라에 변란이라도 생긴다면 사직을 온전히 보전이나 할 수 있을지 의문이 들 지경이야."

어숙권의 얘기에 정철의 큰 눈이 휘둥그렇게 변했다.

"어르신께서는 나라에 변고가 있을 것 같다는 말씀이신지요?"

"태조가 나라를 세운 지 백육십 년이 흘렀네, 어찌 모든 세월이 태평할 수야 있겠는가? 민심은 흩어지고 대신들은 제 욕심 채우기에 바빠 얼이 빠져 있으니, 안에서 일이 생기든 밖에서 터지든 무슨 변고가 나기야 나지 않겠는가!"

그의 말은 나라의 형세가 중병이 든 환자같이 허약해 곪은 상처가 언젠가는 터져 나올 것이라는 일반적인 생각에서 비롯된 것일 뿐 특별한 의미를 담은 얘기가 아니었지만, 감수성이 예민하고 열정 넘치는 이십대 초반 젊은 청년들에게는 어숙권이 흘린 말이 예사롭게 들리지 않았다. 어숙권은 자못 심각한 표정을 짓고 있는 두 청년을 보면서 허허롭게 웃었다.

3

열흘이 지나 이이와 정철은 오동나무집에서 다시 조우했다. 사흘 전인 오월 열하루 조선 정부의 무역선 감축 조치에 반발해 남도 지방을 침범한 왜구들의 얘기를 주제 삼아 시국 토론이 한창이었다.

"이번 일은 예견된 일이라 생각하네. 이 사태의 발단에는 조선 조정도 일단의 책임을 면할 수 없을 걸세."

이이의 말에 정철이 불만스런 표정을 지었다.

"어허, 이 사람. 숙헌은 어찌 짐승만도 못한 왜구들의 편을 드는가?"

"편을 드는 게 아닐세. 쥐도 궁지에 몰리면 고양이를 문다고 하지 않는가. 땅이 척박해 산물이 별로 나지 않는 왜구들은 무역에 목을 매고 산다네. 그네들에게 일방적으로 무역선을 줄여버리면 그 사람들 형편이 어찌 되겠는가? 왜구들의 횡포를 막기 위한 강한 대책도 필요하지만, 그들을 회유할 계책 또한 있어야 한다는 말일세."

"음, 듣고 보니 일리가 있구먼. 그러니까 숙헌은 조정의 일방적인 강공책이 화를 부른 거란 얘기군."

"내 생각은 그러하네, 아무튼 빨리 사태가 진정이 되어야 할 터인데 걱정이네."

정철이 솥뚜껑같이 두툼한 손을 불끈 쥐어 왜구의 목을 잡아 비트는 시늉을 하면서 호탕하게 웃었다.

"염려하지 말게나, 우리 조선 군사가 그깟 왜구 몇 놈쯤 못 막아내겠는가, 하하!"

두 사람이 한창 얘기에 열중하고 있을 때, 말의 비명과 말발굽 소리가 뒤섞인 묘한 소란이 바깥에서 일었다. 이이와 정철은 술을 들다 말고 느낌이 심상치 않아 주모를 불렀다.

"대체 무슨 일이 있는 것이오?"

"관군이 왜구에게 쫓기고 있다나 봐요."

"무어라!"

전라도 담양에 가족을 두고 있는 정철이 놀라 어안이 벙벙해진 표정을 지었다.

"사태를 알아보아야겠네, 일어나보세."

이이와 정철은 서둘러 술자리를 파하고 일어났다. 한 떼의 군마가 먼지를 일으키며 달려가고, 창검을 든 수백의 병사들이 그 뒤를 따르고 있었다.

명종(明宗) 10년(1510) 오월 열하루 조총 같은 신무기로 무장한 왜구들은 칠십 척의 전함을 이끌고 전라도 영암 당랑포에 상륙해 일차 방어에 나선 관군을 무너뜨렸고, 전라도 병마절도사(兵馬節度使) 원적(元績)은 왜구에게 잡혀 죽임을 당했다. 승승장구한 왜구들은 파죽지세의 기세를 떨치며 전라도 해안 지역을 거침없이 유린했고, 장수의 죽음에 조선 병사들은 혼비백산 줄행랑을 놓았다.

사태가 위태로운 지경에 이르러 조선 조정은 고심 끝에 비상대책을 냈다. 호조판서(戶曹判書) 이준경(李浚慶)을 진압 책임자로 삼아 최정예 부대인 왕궁 수비를 담당한 금군(禁軍)을 전라도 지역에 급파하기로 결정한 것이다.

정철은 병마절도사가 죽임을 당했다는 소식에 크게 놀라 담양으로 돌아갈 채비를 서둘렀다.

"숙헌, 난 먼저 담양으로 떠나야겠네. 말을 구해야 하니 어르신께 인사를 드리지 못하고 떠나 송구하다는 말을 꼭 전해주게나."

"몸조심하시게."

앞서 간 수백 병사들의 뒤를 수백의 농민군이 따르고 있었다. 막 농번기에 접어든 농민군들은 옷과 장비를 전혀 갖추지 못한 일상적인 차림 그대로였다. 조정에서는 그들에게 창검과 군마를 지급할 형편이 못 되어 비상소집이 된 그들 스스로 장비와 말을 구하게 하여 백성들의 원성을 사고 있었다.

조정의 묵인 하에 농민군들은 민가에서 말을 강제로 징발하며 양민들과 충돌했고, 급기야 폭도로 돌변했다. 그들은 세간에 손을 대고 양민을 폭행해 도성 안이 삽시간에 아수라장이 되었다.

꽃잎 흩날리는 무심한 봄날, 때아닌 곡성이 메아리쳤다. 이이는 조언을 구하러 어숙권의 집을 급히 찾아 나섰고, 가는 길에 험상궂은 얼굴을 하고 민가에서 말을 끌고 나오는 한 무리의 농민군들을 만났다. 그들은 울부짖으며 앞을 가로막는 노인을 밀쳤고, 노인이 그들의 허리를 잡고 늘어지자 노인에게 발길을 날리고 있었다.

이이는 보다 못해 걸음을 멈추고 버럭 고함을 쳤다.

"여보시오, 아무리 사정이 있다 해도 힘없는 노인에게 꼭 이렇게 해야만 하겠소?"

"선비는 참견을 마오. 조정에서 우리에게 창을 주오, 칼을 주오, 말을 주오? 생목숨을 내놓고 가는 우리가 어찌 맨몸으로 왜구와 싸운단 말이오? 할 말이 있으시거든 주상 전하께나 말씀을 올리시오!"

이이의 항의를 묵살한 병사들은 눈을 부릅뜨고 이이를 노려보다 사정없이 말을 끌고 나갔다. 이이는 마당에 쓰러져 누운 노인을 일으켜 평상에다 앉혔다. 노인은 넋이 나간 듯 눈동자가 풀려 있었다. 그저 가쁜 숨만 하하 몰아쉴 뿐이었다. 이이는 전 재산이나 다름없는 말을 빼앗긴 노인을 위로할 마땅한 말이 떠오르지 않아 몹시 난감했다.

"너무 상심하지 마십시오. 난리가 끝나면 조정에서 무슨 보상이라도 해주지 않겠습니까?"

이이의 말에 노인은 아무런 반응 없이 초점 잃은 눈으로 맥없이 앉아 있었다. 그러다 그가 흐느끼듯 말했다.

"내 말, 내 말……."

사직동 어숙권의 집을 향하던 길 내내 이이의 귓전에는 노인의 흐느낌이 그치지 않았다. 전라도에서는 왜구가 약탈을 하고 한양에서는 조선의 병사가 조선 백성을 약탈하고 있었다. 이이는 조선의 병사가 조선 백성의 가슴에 칼끝을 겨누는 이 현실에 큰 충격을 받았다. 이이는 대체 정의가 무엇인지 혼란스러웠다.

이이는 기가 막혀 어숙권에게 하소연하다시피 말했다.

"스승님, 대체 이 나라가 어찌 될지 걱정입니다. 일개 왜구에게 장수가 죽임을 당하고 정규군인 관군이 패했다는 것도 그렇고, 소집한 병사들이 전쟁 물자를 조달하려 민가를 약탈하다니……."

어숙권은 어이없어하는 이이를 물끄러미 바라보며 말했다.

"자네는 상황이 이렇게 복잡해진 이유를 모르겠는가?"

"나라 형편이 어려워 생긴 일이라 생각하고 있습니다만……."

"자네 말은 반은 맞고 반은 그르네. 다 열악한 재정 때문만은 아니네."

"또 다른 문제가 있는지요?"

"자네 방군수포(放軍收布)라는 말을 들어본 적 있는가?"

"들어본 적은 있긴 합니다만……."

"내 말을 잘 들어보게. 방군수포란 포를 받고 군역을 면제시켜 주는 제도지. 백성들 입장에서는 군역을 면제받고 생업에 종사할 수 있어 좋고, 병영을 유지할 여력이 없는 조정에서는 물자를 받아 병영을 운영할 수 있으니, 언뜻 보면 누이 좋고 매부 좋은 일석이조의 훌륭한 제도처럼 보이네. 하지만 실상을 알고 나면 다르네. 부패의 고리가 아주 복잡해!"

이이가 까만 눈을 밝히며 어숙권의 입을 주목했다.

"지방 관아에서 재물 욕심에 포를 받고 마구잡이로 군역을 면제시켜 주다보니, 응당 군적에 올라 있어야 할 사람들까지 모두 빠져 있는 게야. 그래서 상부에서 군적 점검이 나오면 하급 관리들은 처벌을 면하려고 이웃 주민을 꾀어 가짜 명단에 올리기도 하고, 걸인은 물론이고 소 닭의 이름까지 군적에 올리고 있는 실정이네. 난리가 나면 가축을 데리고 싸워야 힐 판이니 장수인들 어찌 죽음을 면할 수 있겠는가! 아무튼 우리 조선의 해묵은 적폐가 고스란히 반영된 것이 이번 사태라 할 수 있네, 자네가 이번 일을 잘 살펴보게. 앞으로 나랏일을 알아가는 데 적지 않은 도움이 될 걸세."

이이는 얼마 후 어숙권의 곁을 떠나 외조모가 있는 임영(臨瀛)*으로 돌아갔고, 왜구들의 준동(蠢動)이 호조판서 이준경이 이끈

---

*강릉의 옛 이름.

원정지원군에 의해 진압되었다는 소식을 전해 들었다. 거의 한 달 만이었다.

이이는 그해 내내 경포대 앞바다를 거닐며 스승 어숙권이 던진 물음에 대한 답을 찾고 있었다. 방납, 군역, 방군수포라는 세 단어가 그의 머릿속을 끊임없이 맴돌았다. 한양을 오가던 길에 강원도 홍천 땅에서 목도한 방납 장리를 견디다 못해 자살한 일가족의 일과 한 순간에 폭도로 돌변한 농군 출신 병사의 모습이 그의 눈앞을 아른거렸다.

4

"어디 아프오? 안색이 좋지 않소."

이이는 조반을 들다 말고 수저를 내려놓고는 진땀을 흘리는 어린 신부를 유심히 살폈다. 노쇠한 아버지 이원수의 채근을 못 이겨 이이는 마지못해 지난 가을 성주 목사(牧使) 노경린(盧慶麟)의 딸과 혼례를 올렸는데, 막상 혼례를 올린 후에는 다섯 살 연하인 그의 아내에게 푹 빠져 있었다,

그녀는 이목구비가 뚜렷하고 키가 늘씬한 데다 웬만한 유생보다 사서(四書)를 많이 읽어 이이와 대화하는데 막힘이 없었고, 마음까지 고와서 한마디로 지덕체를 겸비한 미인이라 할 수 있었다. 인상의 면면이 자신의 어머니 사임당 신씨와 흡사한 구석이 많아, 이이는 지난 가을 혼인한 이래로 어린 신부에게 온갖 정성을 듬뿍 쏟고 있었다.

열일곱 어린 신부가 고통스런 표정을 거두지 못하고 손으로 입을 가리며 얼른 자리에서 일어섰다.

"어디를 가시오?"

"이상하게 자꾸만 메스꺼워요."

어린 신부가 힘겹게 게우는 소리를 듣고 있던 이이의 머리에 이상한 예감이 스쳤다. 어린 신부가 토한 것은 요 며칠 사이에 벌써 세 번째였다. 어린 신부가 몸을 수습하고 돌아와서는 민망한 기색을 감추지 못하고 손으로 입을 가린 채 그의 앞에 다소곳이 앉자, 이이가 어린 신부의 하얀 얼굴을 찬찬히 뜯어보며 나직이 물었다.

"부인, 혹시 지난달에 경도(經度)가 있었소?"

"……."

그녀는 이이의 말에 정신이 번쩍 나서 눈을 동그랗게 뜨고 이이를 빤히 쳐다보았다.

"……."

"그러고 보니 두어 달은 된 것 같아요……."

"부인, 아마도 태기가 있나 보오. 고맙소!"

이이가 환한 웃음을 지으며 어린 신부를 당겨 부드럽게 감싸 안았다.

"……."

어린 신부는 남편의 말에 낯을 붉혔다. 그녀는 남편의 말이 아직 믿기지 않았다. 어린 신부는 정신이 하얘지고 몸이 오그라드는 느낌이 들었다.

 하지만 이미 그녀의 가슴은 진정이 불가할 정도로 콩닥거렸다. 사랑하는 남편을 닮은 사내아이를 하나 얻게 해달라고 이른 새벽 정화수를 떠놓고 천지신명에게 빌고 빈 것이 거의 백여 일이었다. 친정 어른들에게 부탁해 임신에 도움이 될 약을 구해 달여 먹기도 했었다.

 어린 신부의 지극한 정성에 하늘이 감동을 한 것인지, 아무튼 그들은 신혼 생활에 든 지 얼마 되지 않아 아이를 가졌다. 열일곱 살 어린 신부는 기쁨에 소리 없이 울고 있었다. 그녀가 남편의 품에 안겨 몸을 파르르 떨었다. 엄마가 된다는 게 무척 낯설고 두려웠지만, 사랑하는 남편의 아이를 가졌다는 생각에 기쁨의 눈물을 그치지 못했다.

 어린 신부의 임신 소식에 친정 아버지 노경린은 쌀, 콩, 미역을 수레 가득 실어 보내 딸의 임신을 축하했고, 파주 시댁에서도 말린 생선을 한 꾸러미 보내와 그녀를 격려했다.

 그녀는 임신이 몹시 기뻤지만, 입덧은 나날이 도를 더해갔다. 그녀는 음식 냄새만 맡으면 어김없이 모든 것을 토해 맑은 간장과 맑은 죽으로 식사를 대신하곤 하였다.

 빨간 능금 빛처럼 풋풋하고 아름다웠던 그녀의 얼굴이 점점 생기를 잃어갔다. 이이는 아내의 임신이 위태롭다는 생각에 가족들에게 도움을 청했다.

 "부인, 파주로 가서 잠깐 요양을 합시다. 큰형수님에게 내 얘기는 드려놓았소."

"큰 형님은 서모(庶母)님 때문에 고생을 많이 하시는데 저까지 가서 폐를 끼칠 수야 있겠습니까? 그건 안 될 일입니다. 제 나름대로 견디어보겠습니다."

"부인 말이 틀린 것은 아니지만, 그래도 지금은 어찌할 방도가 없지 않소. 형수님에게 미안한 마음을 갖는다면 부인이 다음에 형수님에게 보답을 하면 되지 않겠소! 부인이 건강을 해치면 아이까지 위험해질 수 있으니, 모쪼록 내 말을 들어주시오."

신부는 어린 나이에도 자신의 몸보다 태중의 아이를 더 소중히 여겼다. 고집을 피우며 파주로 가기를 거부하던 그녀도 입덧이 나아질 기미가 보이지 않고 혼자 힘으로 자신을 감당하기 힘들어지자 아이가 잘못되지 않을까 덜컥 겁이 났다.

파주로 가려면 날이 더 추워지기 전에 길을 떠나야 했다. 장인 노경린이 사위와 딸의 신혼을 위해 장만해준 한양 삼청동의 사가(私家)를 나서 마포나루에 당도했을 때는 동지가 지난 때라 강바람이 매서웠다. 포구는 칼바람이 부는 탓에 뱃길을 찾아 나선 이가 없어 덩그렇게 비어 추수 끝자락의 벌판같이 황량하고 을씨년스러웠다. 누비솜옷을 껴입었지만 살을 에는 칼바람에 어린 신부의 얼굴이 새파랬다. 이이가 두루마기를 벗어 어린 신부의 등을 감쌌다.

"괜찮소?"

"전 괜찮아요, 이러다 서방님이 고뿔에 들겠어요."

그녀가 이이를 흘겨보며 그의 두루마기를 벗어 건네려 하자, 이이가 그녀의 손을 가로막았다.

"뱃속의 아이가 제 어미를 덮어달라고 하오, 아이의 소리가 안 들리오? 난 들리는데……."

이이가 빙긋 웃으며 아무렇지도 않은 듯 두 팔을 벌리고 나루터에서 펄쩍펄쩍 뛰었고, 어린 신부는 몸을 잔뜩 웅크린 채 맑은 눈을 반짝이며 사랑스런 눈길로 그를 바라보고 있었다.

어린 신부는 배를 탄 경험이 별로 없어 배멀미를 심하게 했고 파주에 당도했을 땐 이미 몸을 가눌 수 없을 정도로 녹초가 되어 있었다. 율곡리 나루터에 미리 나와 있던 큰형 이선(李璿)과 이이가 그녀를 부축했다.

"형님, 아버님과 서모님은 다 건강하시죠?"

이선은 그의 물음에 대답은 않고 시선을 딴 데 두고 에둘러 말했다. 그의 표정에 어딘지 어두운 구석이 있었다.

"별당에 불을 지펴놓았으니 제수님을 바로 별당으로 모셔라."

"무슨 일이 있소?"

이이는 왠지 불길한 느낌이 들었다.

"아무 일도 아니다."

이이는 꺼림칙했지만 더 이상 묻지는 않았다.

대문간을 들어서자 찬모(饌母) 김포댁과 큰형수 곽씨 부인이 달려 나왔다. 서모 권씨는 안채 대청마루에서 뒷짐을 지고 서 있었다.

"젊은 애가 저리 약해 무엇에 쓰겠누!"

그녀는 냉소 가득한 눈길을 멀미에 하얗게 질려 있는 어린 신부에게 던지며 혀를 찼다. 이이는 안방에 들러 어른들에게 인사를 올린 후 사랑방에 들러 이우(李瑀)에게 물었다.

"집에 무슨 일이 있었느냐?"

"서모님이 또 난리를 쳤소."

"무슨 일로?"

"아버님이 형수님 오신다고 쇠고기 한 근 끊어오랬더니 소동이 난 거요. 서모님은 투기를 하여도 어찌 이런 일을 갖고 투기를 하는지 모르겠소. 아기가 따로 없소……."

이이는 이우의 말에 조금 맥이 풀렸다.

어린 신부가 힘없이 누운 별당은 훈훈하고 아늑했다. 큰동서 곽씨 부인은 문풍지를 새로 발라 놓았고, 행랑채 김서방이 아궁이에 군불을 지펴 방이 절절 끓었다. 이이는 새근새근 깊은 잠에 빠져든 어린 신부의 곁에 앉았다.

먹지 못해 마른 어린 아내의 모습에 측은한 마음이 들었다. 그는 아내의 손을 잡아 자신의 볼에도 비볐다. 이이는 아이는 여자가 낳더라도 입덧은 남자가 대신할 수 없는가 하는 허튼 상상을 했다. 그러면 남녀가 좀 더 공평하지 않을까.

어린 신부가 눈을 떴다.

"서방님, 뭐하세요?"

"부인이 예뻐서 그러오."

어린 신부는 재롱을 피우듯 피식 웃으며 그를 끌어안았다.

어린 신부의 입덧은 나아질 기미는 보이지 않고 한양에 있을 때보다 오히려 더 심해져 식구들의 속을 태웠다. 그녀는 서모의 소동이 있는 날은 흰죽조차 넘기지 못하고 종일 헛구역질만 해댔다. 서모가 벌인 소동은 사흘이 멀다 하고 일어났다. 음습한 냉기가 온 집안을 지배하고 있었다.

이이는 자신의 소견이 짧았다고 생각했다. 혹을 떼려다 혹을 더 붙인 격이 되어 이이가 곤혹스런 입장에 놓였다. 이원수가 말은 못 하고 냉가슴만 앓고 있는 그를 불렀다.

"용아, 새아기를 성주 친정으로 보내는 게 어떻겠느냐? 아무리 식구들이 애써도 네 서모 때문에 백약이 무효이니, 그렇게 하는 게 좋을 것 같구나."

"주변의 원망을 어머님이 듣게 될 텐데, 이건 아내를 위해서도 썩 좋은 방법은 아닌 것 같습니다."

"네 서모란 사람은 자기 편한 대로 생각하는 사람이니 네가 마음에 담아 두지 않아도 된다. 염치를 조금이라도 아는 사람 같으면 이리하지는 못할 게다. 설 인사를 핑계로 가면 네 서모도 별 까탈을 부리지는 못할 게다."

입덧을 하는 막내며느리가 못마땅해 노골적으로 눈총을 주던 서모 권씨도 친정에 새해 인사를 간다는 말에는 구시렁구시렁거리면서도 달리 토를 달지는 않았다.

어린 신부의 입덧은 친정 어머니의 도움을 받으면서부터 차차

가라앉았다. 외양으로는 표가 나지 않아 아이가 정말 자라는지 의심스럽던 신부의 배도 제법 불룩해져 임산부의 태가 났다.

아랫목 온기를 즐기며 무릎 세운 채 턱을 괴고 앉아 자신을 편안한 눈으로 바라보는 어린 신부의 배에 이이의 시선이 꽂혔다. 이이는 아내의 뱃속에 대체 어떤 아이가 들어 있을지 궁금했다. 세상에 나오기 전에 벌써 엄마의 속을 썩이는 게 분명 여간내기는 아니라 싶었다.

이이가 어린 신부에게 장난기 가득한 능글능글한 눈길을 던졌다.

"이 뱃속에 무어가 들어 있소?"

"우리 아기지요."

"아니오. 반은 맞고 반은 틀렸소."

"무슨 말씀이세요?"

"이 안에 든 것은 그냥 아이가 아니라 별난 놈이오."

두 사람은 오랜만에 소리 내어 웃었다. 어린 신부의 건강이 회복됐고, 임영 외조모가 외손자 이이를 몹시 보고 싶어 한다는 기별이 있어 이이는 처가를 나섰다.

성주에서 임영을 가자면 어차피 안동을 거쳐야 했다. 퇴계(退溪) 선생이 거처하는 예안이 가까워 이이는 퇴계 선생을 한번 뵈어야겠다고 생각했다. 유림의 대선배에게 인사도 드리고 도의 이치를 한 수 배우고 싶었다.

5

경상도 내륙 지방은 높은 산세 탓에 봄인데도 여전히 찼다. 도산 뒷산 산등성엔 아직 춘설이 듬성듬성했다. 이황(李滉)은 일곱 마리 새끼를 순산한 어미 돼지를 보러 우리를 찾았다가, 하인에게 이이라고 이름을 밝힌 젊은 선비가 뵙기를 청하고 있다는 말을 듣고 깜짝 놀랐다. 지금까지 일면식은 없었지만, 조선 제일의 천재라는 명성을 익히 들어 그 인물 됨됨이를 이황은 궁금히 여기고 있었다.

"정말 이이라고 하던가?"

"예."

그는 하인이게 이이를 사랑채에 잠시 모시게 하고는 의관을 꼼꼼히 정제하고 대청에서 이이를 맞았다. 이이는 큰절을 올리며 유림의 대선배에게 인사했고, 이황도 서른다섯 살 연하인 이이에게 맞절을 하며 그에게 예를 표했다.

"그래 무슨 일로 나를 찾아오셨소?"

"처가를 다녀오던 길인데 선생님의 가르침을 한번 받고자 찾아왔습니다."

"이 공(公) 같은 훌륭한 선비에게 내가 가르침을 줄 것이 무엇이 있겠소만, 멀리서 일부러 시간을 내어 나를 찾아왔다고 하니 하루 이틀 지내면서 세상 이야기나 해봅시다그려."

두 사람은 대청에서 점심식사를 마치고 잘 가꾸어진 마당의 정원을 둘러보다 시끄러운 돼지 울음소리를 듣고 우리가 있는 뒤뜰로 발길을 돌렸다.

새끼 돼지 한 마리가 사지를 하늘을 향해 벌린 채 널브러져 있고, 어미 돼지는 새끼를 앞발로 툭툭 치며 혀로 새끼의 입 주위를 핥고 있다. 돼지죽통 가득한 음식에 어미는 도통 관심을 보이지 않고, 다른 새끼들에게 젖을 물린 채 널브러진 새끼의 주변만 맴돌며 시끄럽게 울고 있었다.

"허허, 저놈이 새끼를 한 마리 죽였나 보오. 우글대다 보니 어미 발에 채인 것 같은데, 그런데 저놈이 저리 슬피 우는 이유가 뭘까요?"

"자식을 사랑하지 않는 어미가 세상 천지에 어디 있겠습니까?"

"새끼 돼지는 어미가 죽으면 매정하게 어미 곁을 떠난다고 하던데, 어미의 자식 사랑은 그렇지 않은가 보오!"

"짐승이긴 하나, 선생의 높은 덕에 감화되어 어미 돼지가 어미의 도리를 깨쳤나 봅니다."

이이의 익살에 두 사람은 한바탕 크게 웃었다. 두 사람은 어미 돼지의 일을 두고 대화를 이어가다 도를 논하기에 이르렀다.

"숙헌은 돼지도 성인이 될 수 있다고 생각하오?"

"이미 형상이 돼지로 태어난 것인데 돼지의 모습을 벗어날 수는 없겠지요. 다만 본시 생명의 마음이란 것은 착한 것도 있고 악한 것도 있으니 어느 것을 더 키워나가는가에 따라 돼지도 성인의 마음을 가질 수는 있지 않겠습니까?"

이황은 묵묵히 이이의 얘기를 경청하다 고개를 끄떡이며 물었다.

"일리가 있는 얘기요. 돼지 같은 짐승도 성인의 마음을 가질 수 있다면, 우리 인간의 경우는 어떠하오? 모두 성인이 될 수 있겠소?"

"미물이 그러할진대 인간이 노력한다면 어찌 성인이 될 수 없겠습니까?"

"그런데 왜 사람은 모두 성인은 고사하고 성인의 마음도 갖지 못해 사람을 미워하고 원망하며, 심지어 연산군과 같은 패악한 군주까지 난 것이오?"

"무릇 도를 깨우치는데 배우고 익히는 것도 중요하나, 인간의 마음을 바르게 하는 수기(修己)의 노력이 부족한 탓이라 여깁니다. 노력에 따라 악한 마음도 선하게 될 수 있고, 어둔 마음도 밝아질 수 있으나, 반대로 노력이 부족하면 선한 마음도 악하게 되고 밝은 것도 어둔 것이 될 수 있겠지요.

연산군의 악행에는 군주의 마음을 사악하게 몰아간 어리석은 신하들의 탐욕 탓도 있겠으나, 연산군이 수신(修身)의 노력을 정성으로 다하였다면 혼군(昏君)이란 역사의 오명으로 남지 않았을 것입니다. 연산군은 어린 세자 시절에 어미 잃은 사슴을 보고 가엾어 눈물을 흘릴 줄 아는 심성 고운 사람이었습니다."

이황은 자세를 바르게 하여 자기 주견을 꼿꼿이 펴나가는 이이가 대견스러웠다.

"그렇다면 수기와 수신은 어떻게 하는 것이 좋소?"

"성인을 목표를 삼는 군자와 일반 백성의 수기와 수신이 같을 수는 없다고 봅니다. 높은 이상을 추구하는 군자들이야 학문과 수양으로 격물치지(格物致知)하면 도를 얻고 마음을 바르게 할 수 있습니다.

그러나 먹고살기 힘든 백성들에게는 도의 이치와 예절만을 가르친다고 해서 올바른 수신과 수기가 되지는 않을 것입니다. 몸을 바르게 닦는다는 것은 몸은 편안히 한다는 말과 같은 것이고, 그래야만 마음을 바르게 할 수 있는 법이니, 먼저 그들의 배를 불리고 그들이 고단한 짐을 내려놓을 수 있게 도와주는 것이 올바른 수신의 첫걸음이라 할 수 있겠지요."

"격물치지로 마음을 바르게 하는 것과 배를 불려 편안한 마음을 얻는 것은 어떤 차이가 있소?"

"원망하는 마음과 미워하는 마음이 사라지고, 그 자리에 서로를 사랑하는 마음이 들어설 수 있다면 굳이 그 차이를 둘 필요가 있겠습니까?"

"그러면 군자의 수신과 양민의 수신이 같다는 뜻으로 보아도 좋소?"

"같은 것은 아니지만 다른 것도 아니라 생각합니다. 지향하는 바가 다르니 다르다 할 수 있으나, 편안함이라는 똑같은 마음의 평안을 서로 얻었으니 다르다고 할 수가 없습니다."

이이의 말에 이황은 자신의 시각과 이이의 시각에 확연한 차이가 있다고 생각했다. 자신은 인간을 이기적이고 불완전한 존재로 본 반면 이이는 인간의 본성을 선하게 보고 있었다. 또 자신은 정신[理]을 더 중히 여기는 반면 이이는 육신[氣]도 정신 못지않게 중요히 여기는 듯했다.

이황은 젊은 이이의 주견 있는 철학적 식견에 놀라워하면서도, 이이의 확신에 찬 주장이 왠지 마음에 걸렸다. 그의 총명함이 막 꽃봉오리를 피워내는 그의 인생에 해가 되지 않을까 염려해 이황은 작별 인사로 이이에 대한 생각을 담아 시를 지었다.

옛날부터 이 학문, 세상이 놀라고 의심하였네
이익을 위해 경서를 읽는다면 도에서 멀어지리
감격스럽구나 그대만이 홀로 깊이 뜻을 이룰 수 있어
사람들이 그대 말 듣고 새로운 앎을 얻으리

- 『퇴계집(退溪集)』 권2

이이는 애정이 가득 담긴 퇴계의 따끔한 충고에 대선배를 만난 신의 소회를 밝혔다.

도를 배우면 어떤 사람도 의혹이 없어지게 될까
병폐의 근원, 아, 내게서 완전히 사라지지 않았네
접대에 응하여 계곡의 차가운 물 마시니
마음과 몸 시원해짐을 알겠네

- 『율곡전서(栗谷全書)』 권14

이황과의 만남 이후 이이는 임영 외가에 머물며 몇 차례 서신을 이황에게 보내 도에 대한 의견을 구했고, 대선배를 본받아 인생의 의문을 풀고자 몰입했던 불교에서 벗어나 유학에서 도의 이치를 찾고자 유림의 세계로 완전히 복귀했다. 이이는 그해 겨울 별시에서 다시 장원을 해 세상에 이름을 알렸다.

여명의 시대

1

 명종 14년(1559) 봄. 양주 백정 출신 임꺽정과 그를 추종하는 무리들이 떼를 지어 경기도와 황해도 평안도 일대의 관아, 양반, 토호의 집을 습격했다. 그들은 관리를 살상하고 관의 창고를 털어 가난한 백성들에게 나눠주어, 힘없는 백성들의 뜨거운 지지를 받았다.

 무능한 조정에 등을 돌린 양민들은 임꺽정의 무리에게 호응했다. 관군이 임꺽정의 무리를 잡으러 나서면 그 무리들은 양민들의 비호 속에 순식간에 사라져서, 누가 양민인지 도적인지 구분을 할 수 없는 지경이 되었다.

 임꺽정의 무리들은 양민들의 도움으로 신출귀몰, 동에 번쩍 서에 번쩍 하여 관군들을 어리둥절 헛걸음치게 하였고, 이듬해에는 개성과 봉산을 거점으로 한양까지 진출해 조정을 불안하게 하였다.

도적의 무리에게 양민들이 가세한 데는 조정의 무능과 부패를 백성들이 더 이상 견딜 수 없었던 탓이었다. 연이은 한발, 홍수, 냉해와 같은 일기불순으로 흉년이 끊이지 않아 백성들은 대기근에 시달리고 있었다.

그럼에도 조정 신료들은 백성들의 고통을 강 건너 불구경하듯 하며 권력투쟁과 재물을 챙기는 데만 급급했다. 직급을 가릴 것 없이 관리들의 부패가 만연했다.

연산군 이래 쌓인 조선 사회의 묵은 폐단이 터져 나오면서 민중의 분노가 임계점에 달했고, 조정에 대한 백성들의 인식에 큰 변화가 일었다. 군주와 봉건 제도에 대한 백성들의 의식 변화는 조선 사회를 근간에서 흔들고 있었다. 임꺽정의 준동은 그 사회적 균열의 서막을 알리는 신호탄이었다.

이이와 성혼(成渾)은 귀봉(龜峰) 송익필(宋翼弼)의 생일에 초대를 받아 나귀를 타고 한양으로 향하고 있었다. 성혼은 조광조(趙光祖)의 문하생으로 파주에서 은거 중인 유명한 유학자 청송(聽松) 성수침(成守琛)의 아들로, 이이가 파주에서 어머니 사임당의 시묘살이를 하면서 한 살 연상의 성혼과 벗을 하게 되었는데, 한눈에 서로의 인품과 학식에 반해 허물없는 평생의 지기가 되기로 맹세한 사이였다.

귀봉 송익필은 삼당시인(三唐詩人)으로 유명한 손곡(蓀谷) 이달(李達)과 더불어 서얼 출신의 유명인 가운데 한 사람이었는데, 조선의 팔대 문장가로도 이름을 날렸고 항간에는 그가 거북선의 원래 설계자라는 말도 있다.

가을볕을 즐기며 친구의 생일잔치에 나선 그들의 흥겨움을 깨는 모습이 자주 띄어 두 사람의 눈살을 찌푸리게 했다. 길목과 나루터마다 관군들이 진을 치고 있었다. 창검을 든 그들은 일일이 행인들의 짐을 풀고 확인했다.

관군들은 임꺽정이 출몰하고 반년이 흐르도록 소재도 파악하지 못하고 허둥대고만 있었다. 속이 탄 관아에서는 저인망식 조사를 하며 아무에게나 보따리를 풀라고 윽박질러 포졸과 양민 사이에 고성방가가 오가는 충돌이 자주 목격됐다. 파주 교하의 마방을 지날 즈음에는 도적떼 출몰 정보라도 있었던지 여남은 명이나 되는 관군이 출동해 눈을 부라리며 행인들을 수색해 늘어선 행인들이 바짝 긴장하고 있었다.

늙은 느티나무에서 생명을 다한 나뭇잎이 우수수 떨어져 내리고, 스산한 바람이 나뭇잎을 다시 끌어 올렸다. 교하 마방(馬房)의 살풍경을 뒤로 하고 이이와 성혼은 나귀를 계속 몰았다. 한참을 말없이 가다 성혼이 입을 열었다.

"이야, 자넨 꺽정이를 잡을 수 있다고 생각하는가?"

이이가 싱긋 웃었다.

"아마, 못 잡을 걸세……."

"왜 그러한가?"

"조정에 분노한 온 백성이 꺽정인데, 어찌 잡을 수 있나. 다 잡다간 백성이 씨가 마를걸!"

이이의 말에 성혼이 너털웃음을 터뜨렸다.

"맞네, 눈에 보이는 도적 한둘을 잡는 건 어려운 일이 아니지. 조정이 민심을 끌어안지 못하면 누구든 껄쩍지근이 될 수밖에 없을 걸세."

호쾌하게 웃으며 이이에게 맞장구를 치던 성혼이 조금 조심스럽게 운을 뗐다.

"그런데 이야, 자네 요즘 과거 공부를 너무 열심히 하는 것 같네."

"유생이 과거 준비를 하는 것은 당연한 일 아닌가?"

성혼의 말에 무심코 대답을 했다가 그의 말이 왠지 뜬금없어 보였다. 이이가 의아해하며 그를 힐긋 보았다. 성혼의 표정이 어딘지 모르게 심각했다.

"무슨 일이 있는가?"

"집을 나오다 들판에서 두어 수섬을 보았네. 거두지 않고 들판에 그대로 버려진 게 피붙이가 없는 걸인들이겠지만 먹지 못해 죽은 사람을 보니 인생이 무상하데. 속도 상하고……."

이이 역시 근동에서 기근에 명줄을 빼앗긴 사람들의 얘기를 들은 터라 성혼의 얘기에 왠지 처량한 마음이 들어 울적했다.

"그런데, 출사는 왜 묻는가?"

"자네가 혼인을 하고 마음을 잡아 공부를 열심히 하는 건 좋은데, 꼭 출사를 해야만 할까 하는 생각이 많이 들어서 하는 얘기네."

"……."

"도적이 날뛰고 백성이 죽어가도 손을 못 쓰는 이 부패한 조정에 네가 나서서 일은 못 하고 행여 몸만 더럽히게 되지는 않을까 난 그게 걱정이네."

"혼아, 출사가 단지 이 일신의 안위를 위한 것이라면 당연 나도 하고 싶지 않네. 또 조정이 백성들을 올바르게 잘 이끌고 있다면 모르겠지. 하지만 지금은 백성들이 고통 받고 죽어가고 있네. 이 마당에 학문을 한 자로서 어찌 눈을 감고 뒷짐만 지고 앉아 유유자적 시문이나 읊고 있겠는가? 세상이 태평하였으면 공자께서도 아마 고통스럽게 천하를 주유(周遊)하는 수고를 하지도 않았을 걸세."

"대비의 기세가 아직도 시퍼렇게 살아 있네. 계란으로 바위 치는 일은 숙헌이 안 했으면 하네."

"자넨 참 걱정도 많아. 내 얘기 좀 들어 보시게. 불로초를 찾던 진시황도 죽었네. 사람의 목숨이 어찌 천년만년 가기야 하겠는가. 대비의 나이가 있고, 달도 차면 기우는 법이니 대비나 부패한 척신들을 꺼려 어찌 선비가 출사를 마다하겠는가. 외척들에게는 오로지 대비밖에 없네. 그들의 권력 기반은 모래성과 같아 한 순간에 무너질 것이네. 다가오는 세상은 어차피 우리가 맡아야 하니, 심약한 소리는 그만하고 공부나 열심히 해두시게."

이이와 성혼은 지기로 여러 해를 교우하며 지냈지만 두 사람은 여러 면에서 차이가 났다. 이이는 출사를 하여 세상을 개혁해보고자 하는 현실 참여의 열망이 강했고, 성혼은 도통 과거에 관심이 없이 재야에서 후학을 양성하는 산림처사의 생활을 고집했다.

두 사람은 각자의 문제 해결 방식이나 대처 방법이 다름에도 서로 지향하는 세상이 같아 허물없는 지기의 우정을 나누고 있었다.

2

이이와 성혼은 해거름에 되어서야 송익필의 집에 당도했다. 잔칫상이 차려진 송익필의 사랑방은 이미 술판이 끝나가는 파장 분위기였다. 정철은 갓을 삐딱하게 쓰고 딸기코가 되어 있었고, 가장 연소자인 손곡 이달은 갓끈을 풀어놓고 두 다리를 쭉 뻗은 채로 늘어져서 벽에 기대어 고개를 끄떡거렸는데, 오늘의 주인공 송익필은 무슨 일인지 시무룩하기만 하였다.

술이 약한 이달은 차치하고 말술을 마시는 정철과 송익필까지 혀가 약간 꼬부라질 정도로 취해 있었다. 이이가 어이없어 하는 표정을 지으며 코웃음을 쳤다. 이이가 송익필과 정철을 향해 일갈했다

"우리 몰래 먹은 술맛 좀 보세나!"

눈동자가 조금 풀려 있던 정철은 이이를 보자 반색하며 이이의 작은 손을 한 손에 움켜잡고 우악스럽게 끌어당겼다.

"귀봉, 파주 귀인들이 오셨으니 또 한잔 먹세그려."

정철이 송익필에게 술을 내어오게 하고, 우렁우렁 큰 소리로

눈이 게슴츠레 반쯤 감긴 이달을 깨웠다.

"막내아우님, 파주 형님들 오셨네. 일어나시게."

흥겨워야만 할 생일상 분위기가 너무 썰렁해 이이가 의아해서 물었다.

"무슨 일이 있나? 잔칫상이 어찌 초상집 분위기일세그려."

손곡 이달이 눈을 비비며 정신을 차리고 앉아 말했다.

"모두 홧술을 마신 탓이오."

"무슨 일로?:

손곡 이달은 입에 올리기가 내키지 않는 듯 침통한 표정을 거두지 못하고 술잔을 만지작하며 송익필에게 떠넘겼다.

"송공이 대신 말해보시오."

"황해도가 난리라는구만."

"임꺽정이 일로 황해도가 시끄럽다고 하던데, 그 때문인가?"

"그게 아니라 기근으로 생지옥이라네. 곡식은 죄 말라죽고 눈에 뵈는 사람들은 먹지 못해 누렇게 다 떠 있고, 올챙이배를 한 아이들이 눈동자가 허옇게 풀려 삽짝에 쓰러져 있는 걸 여럿 보았다고 하네. 한두 곳이 아니라 황해도 일대가 다 그런 모양일세······."

송익필의 얘기에 손곡 이달은 시뻘겋게 달아오른 얼굴로 꺼질 듯 한숨을 몰아 내쉬고는 눈을 감았다.

손곡 이달이 전한 참상의 전말은 목불인견으로 이와 같았다.

'여름철 한발에 곡식이 삐쩍 말라 타죽은 황량한 들판마다 아무렇게나 시신이 나뒹굴었다. 그들은 알이 여물지도 차지도 않은 쭉정이를 손에 쥔 채 쓰러져 있었고, 그들의 살점은 짐승에게 뜯어 먹혀 장기가 훤히 드러난 채로 구더기가 들끓었다. 시신 썩는 냄새가 사방으로 진동을 해, 인근 사람들은 무슨 돌림병이라도 걸리지 않을까 두려워하여 지레 겁을 먹고 감히 시신을 치울 엄두도 내지 못했다. 마을 사람들이 눈과 코를 막고 등을 돌려 시신을 피해 다니는 동안, 관아에서조차 손을 놓아 들판의 시신이 사람인지 들짐승인지 그 형체를 알아볼 수 없게 훼손되고 있었다.'

이이도 이달의 얘기에 맥이 빠져 어깨가 처졌다. 방납으로 인한 양민의 자살과 도주, 병사들의 약탈, 생존을 위해 도적이 된 양민, 먹을 것을 찾아 유랑하다 묻힐 곳도 찾지 못하고 버려진 주검들. 이 암흑 같은 혼돈에도 누군가는 기름진 배를 더 불리려 혈안이 되어 있었다.

이이는 마음이 몹시 착잡하고 울적하여 할 말을 잃고 강술을 들이부었다. 성혼도 이이의 술을 거들었다. 정철이 혀를 찼다.

"허허, 말세야. 한발이나 기근이 어디 한두 해의 일인가? 그런데 어찌 조정은 손을 놓고 두고 볼 수만 있단 말인가! 이 썩어빠진 조정을 어찌해야 하나!"

"어찌하긴, 엎어버려야지!"

이달이 분을 참지 못하고 버럭 내질렀다. 파리 한 마리 죽일 줄 모르는 이달의 선량한 눈이 증오와 분노로 이글댔다.

이이가 이달의 말에 정색을 하고 그를 나무랐다.

"이달! 이 사람아, 경칠 소리 그만하시게. 누가 들으면 반역이라도 하는 줄 알겠네."

"허허, 우리 같은 서출이야 부초 같은 인생인데, 이래도 한평생 저래도 한평생 아니오. 차별 없는 세상에서 사람답게 살 수 있다면 반역인들 무어가 무서워 못 하겠소?"

어머니가 홍주 관기 출신이라 족보에도 이름을 올리지 못한 이달은 가슴에 품은 울분이 깊었다. 황해도에서 참상을 목격한 충격의 여파가 큰 탓에 감수성 예민한 그는 오늘따라 유달리 세상에 대해 냉소적이었다.

이달이 몹시 자조적인 쓸쓸한 웃음을 흘리며 서출인 송익필을 슬픈 눈으로 바라보자, 그도 시무룩해져서 말없이 술잔만 비웠다. 이이, 성혼, 정철도 그들의 눈치를 보며 말을 아꼈다.

다른 이와는 달리 이이는 유난히 서출들과 인연이 깊었다. 스승도 그러하였고 친구들도 그러하였다. 그래서 서출 얘기만 나오면 이이는 자신이 그들에게 큰 빚을 진 것마냥 마음이 무겁고 심사가 복잡했다.

이치로 보자면 사랑하는 어머니도 누이 매창도 세상이 만든 신분 제도의 희생양이었다. 이이의 어머니 사임당 신씨는 탁월한 예술적 재능과 뛰어난 학식을 지니고서도 그것을 세상에 마음껏 펼쳐 보일 수 없었다. 여성이라는 신분은 족쇄가 되어 신씨를 규방 안으로만 옭아맸던 것이다. 유년 시절 그러한 어머니 밑에서 글공부를 하며 자신이 일생 동안 나아가야 할 방향을 잡았던 이이는, 필부의 아내로서 한 많은 삶을 살다 간 어머니를 생각하면 몹시 마음이 아팠다. 그는 하늘이 주신 재능조차 발휘할 수 없는 것은 사람을 구분하고 차별하는 인간들의 억지스럽고 우스꽝스러운 신분 제도 탓이라 여겼다. 물론 아버지 이원수의 이해와 배려로 어머니 신씨가 친정인 임영에서 신혼 생활을 한 덕에 한결 자유롭게 살 수 있었지만, 어머니의 특출 난 재능이 빛을 보지 못하고 사장되는 것을 막을 수는 없었다. 어머니 못지않게 총명한 누이 매창(梅窓)의 운명 역시 어머니와 다를 수 없었다. 그래서 이달의 푸념에 이이는 누구보다 더 애달팠고, 신분 제도의 수혜자로서 자신이 가해자라도 되는 양 깊은 죄책감을 느끼고 있었다.

이달이 비감에 찬 어조로 격정을 토했다.

"늙은 대비 눈에 드니 보우란 중놈도 출세해서 호가호위하고 사는데, 서출은 관직에 나가 장부의 포부를 펼치기는 고사하고 족보에 이름조차 올릴 수가 없소. 생김만 인간일 뿐 서출이 짐승보다 나은 게 없소. 공들은 어떨지 모르나 난 백성이 산도적이 된 이치를 충분히 이해하오. 백성의 주검조차 거두지 않는 이 무정한 조정에 우리가 왜 머리를 숙여야만 하오!"

출신은 달라도 얼추 이십대 초중반인 다섯 청년은 실상 생각은 같아 이달의 말에 토를 다는 이는 없었다. 조정에 대한 이달의 불만이 시국토론으로 이어져, 무너진 기강을 세우지 않으면 조선의 미래는 없다는 중지를 모았다. 다섯 청년은 격정을 이기지 못하고 저마다의 가슴에 품고 있던 생각의 보따리를 한 무더기씩 넘치게 풀어놓았으나, 아직 식견이 부족한 탓에 총론만 있을 뿐 새겨들을 만한 각론이 없었다. 얘기가 맹탕으로 흐르자 모두 멋쩍어하며 식상한 낯이 됐다.

이야기의 중심에서 비켜서서 주로 경청만 하던 성혼이 오랜만에 운을 뗐다.

"우리가 한 얘기는 다 거기서 거기인 것 같네. 아마 이 문제는 숙헌의 의견을 듣는 것이 나는 좋을 것 같네. 오래전부터 숙헌은 조선 팔도를 유람하며 많은 명망가들을 만나고 다녔으니 시국에 대한 진단이며, 앞으로 어떻게 하는 것이 좋을지 한번 들어보세."

열띤 토론 끝에 술이 다 깨서 모두 눈이 말똥말똥했다. 그들이 이이의 입을 주시했다. 이이는 사람들의 주의를 모으듯 고개를 돌려 주변을 쓰윽 한 번 돌아보고 나서 말했다.

"나라의 근간을 바로 세워야 할 필요와 명분은 새삼 말할 필요가 없고 부패 관료들의 권력 기반이 대비라는 것은 누구나 인정하는 것이니 이 논의는 생략하겠네. 대비가 언젠가 유명을 달리할 것을 전제로 하고 여러 가능성을 얘기하고 싶네.

첫 번째, 임금에게 친정(親政)의 경험이 없다는 걸세. 이건 대비가 죽었을 때 권력의 진공 상태를 예상할 수 있네. 부패의 주역인 간신배들이 이 틈을 비집고 들어온다면 암울한 일이 생길 수 있네. 불행을 막으려면 틈을 주지 말고 간신들을 과감하고 신속하게 처리해야 할 것이네.

둘째는 대비가 죽고 여론에 의해 간신배들을 내쫓는다 해도 눈에 드러나지 않은 기득권층이 문제가 될 수 있네. 을사사화의 공신이 되어 복록을 누리는 무리 가운데는 조정 신료들뿐 아니라 환관이나 상궁들까지 연루되어 부패의 고리가 아주 복잡하네. 이들의 저항이 만만치 않을 것이라는 점을 염두에 두어야 하네. 이들에 대해서는 눈에 드러나지 않게 서서히, 그리고 부드럽게 접근해서 뿌리를 뽑아야 일을 그르치지 않을 것이라 생각하네.

셋째는 부패 혐의는 없지만 보신이 몸에 밴 조정 신료들이네. 이들이 수구적인 자세를 버리고 새 세상의 가치와 기준을 받아들여 얼마나 새 세상을 위해 진력을 해주는가에 따라 개혁의 정도가 결정될 것이네. 이 사람들은 나름대로 논리적인 자기 주견과 가치관이 있네. 자존감도 높고 습관의 관성을 바꾸기 쉽지 않은 사람들일세. 이들이 수구적인 태도를 바꾸지 않고 자기 주견만 주장하여 개혁의 걸림돌로 남느냐 아니면 새로운 시대의 가치를 끌어안고 공감대를 형성해나가느냐에 따라 사실상 개혁의 순항 여부가 크게 영향을 받을 것이네.

넷째는 허무주의와 패배주의에 젖은 유림의 분위기네. 앞서 말한 사안보다 난 이게 가장 중요한 문제라 생각하네. 기묘년 사화 이후 유림들은 산야로 흩어지고 책을 잡힐까 두려워하여 『소학』까지 불태우며 보신에만 정신을 쏟았네.* 떨어진 유림의 사기를

---

*기묘사화로 조광조가 죽임을 당한 후 유학의 정신 수양서인 『소학』이 금서가 된 적이 있었다.

어떻게 진작시키는가 하는 게 사실 당면 과제일세. 모두가 현실을 외면하면 이달이 말한 사람 사는 세상을 어떻게 만들 수 있겠는가?

그렇다고 혈기를 못 참고 필부의 용기로 단기 필마가 되어 나섰다가는 구세력들에게 개죽음을 면치 못할 것이네. 그러니 세를 모으고 점진적이고 조직적으로 완급을 조절해서 대처해야 앞서 말한 장애물을 제거하고 나라의 근본을 바르게 세울 수 있으리라 믿네."

듣는 이들은 이이의 유창한 언변과 식견에 탄복하며 무릎을 치며 이구동성 소리쳤다.

"참으로 탁견일세그려."

정철은 큰 눈을 익살스럽게 껌뻑이며 술잔을 털듯이 술을 비웠다.

"이 골샌님이 앞으로 큰일을 내겠는걸, 하하. 이제부터는 숙헌을 우리의 우두머리로 삼아야겠어, 아니 그런가?"

"좋아, 숙헌이 하는 일이라면 팔을 걷어붙이고 같이 힘을 모아보자고!"

이이가 민망하며 손사래를 쳤지만 정철이 모두에게 술을 따르고는 진중한 모습으로 흡사 유비(劉備)와 관우(關羽), 장비(張飛)가 도원결의를 하듯 외쳤다.

"이 술에는 우리의 마음이 담겨 있네. 우리가 영원한 벗이 된다는 맹세를 담았고, 우리 조선의 앞날을 밝힐 희망을 같이 담았네.

이이가 하는 일은 곧 우리가 원하는 일 아닌가. 이제부터 한 몸, 한 마음이 되어 이이를 돕도록 하세!"

정철의 제의에 모두 흔쾌히 잔을 비웠다. 정철이 다시 담담한 어조로 말을 이었다.

"패배주의, 허무주의, 난 참으로 숙헌의 말에 공감하네. 내 집안이야말로 사화의 직접적인 피해를 입었네. 자네들도 알다시피 양재역 벽서 사건에 휘말려 장을 맞고 유배 가던 형이 죽고 매형 계림군(桂林君)도 역시 돌아가셨네. 졸지에 하루아침에 폐족(廢族)이 되어 온 집안이 풍비박산 나서, 난 열 살 때 영문도 모르고 아버지 손에 끌려 이리저리 다녔어. 정말 윤원형이 그놈의 뼈를 씹어 먹어도 원한이 풀리지 않을 거야. 그런데 내 아버지께서 신신당부한 말이 무언 줄 아는가?"

"……"

마른 침을 삼키는 네 사람이 숨을 죽이고 정철의 입술을 주시했다. 정철이 슬픈 눈을 하고 술잔을 들어 입을 적셨다.

"시류를 거스르지 않아야 가문을 보존할 수 있다고 하셨네. 참으로 가슴 아픈 말이었네. 날 보고 물러나서 뒷짐만 지라 하셨어……. 몹시 속이 상했지만, 난 아버지의 마음은 이해하네. 아버지께선 지쳤고 두려움에 떨고 계셨어……. 야만적 광기를 띤 오만한 권력에 당해본 사람은 스스로 인간이기를 포기하게 되는 것 같아. 짐승 같은 삶은 살아도 광기가 머릿속에 심어준 공포에 맞설 수는 없는 것 같네.

우리는 이미 은사(恩赦)를 받았어. 그런데도 아버지께서는 아직 그때의 일을 떨쳐내지 못하고 계시다네. 주무시다가 소스라치게 놀라 비명을 질러 우리를 혼비백산하게 만들기도 하시네. 아무튼 유생들의 불안을 걷어내는 일은 조정을 개혁하기에 앞서 반드시 해야 할 일이라 생각하네."

모두가 정철의 말에 고개를 끄덕였다. 정철의 얘기를 야박하게 평하자면 용기 없는 자들의 비겁한 변명이 될 수도 있었다. 하지만 이것은 유생들이 처한 현실이어서 굳이 불쾌하게 들을 이유가 없었다. 감정적인 현실 부정보다는 분명한 현실 인식에 기초하여 방안을 강구하는 것이 훨씬 효율적이고 생산적이기 때문이다.

술병을 흔들던 정철이 입맛을 다시며 못내 아쉬워하는 눈짓을 송익필에게 보냈다.

"허허, 이 친구 술이 떨어진 게로구먼."

송익필이 부인을 불러 다시 주안상을 보게 한 후 어두운 그늘을 걷어낸 한결 밝은 얼굴을 하고 말했다.

"여보게들, 임꺽정이 문제를 어떻게 생각하는가?"

"무슨 말인가?"

"들어보시게. 조선이 개국한 이래 이런 도적 패당이 조정까지 뒤흔든 적은 한 번도 없었네. 수나라 양제(煬帝)가 왜 망했나? 폭정 때문이었네. 관리들은 부패하고 민심이 이반되니 천하가 난리에 빠진 게지, 양제의 폭정이 무서웠다면 백성들이 어찌 소요를 일으켰겠는가?

말없는 양순한 백성들조차 꺽정이에게 동조를 하고 있다지 않은가? 우리 조선 백성들도 부패한 권력의 폭압 정치를 이제는 더 이상 두려워하지 않는다는 말일세.

 변화의 바람이 불고 있네. 어찌 보면 지금 이 시간이 혼란의 끝자락이자 희망의 서막이 열리고 있는 시점이라 볼 수도 있다네. 얼마 전에 별자리를 보았는데 대비에게 남은 시간이 얼마 남지 않은 것 같았어. 한마디로 말하면 민심과 천심이 함께 변하고 있는 거야. 우리가 생각하고 있는 것보다 훨씬 빨리 변고가 일어날 수 있네.

 나와 이달 같은 우리 서출이야 어쩔 수 없다 하지만, 숙헌이나 철이나 성혼은 정말 치도(治道)를 치밀하게 연구하여야 하네. 백성들의 분노에만 의지한 알맹이 없는 개혁이나 혁명은 혼란을 가중시켜서 간신배들이 다시 활개를 칠 빌미를 줄 수 있네. 이 때문에 자네들이 더 치밀하게 연구하고 준비해야 하네. 힘없는 백성들뿐 아니라 우리같이 소외받는 서얼들에게도 자네들은 희망이니, 진정 부탁하네. 꼭 사람 사는 세상을 만드는 데 앞장서주시게."

 충심에 찬 송익필의 열변에 모두 열화 같은 박수를 보냈다. 송익필의 생일잔치를 기화로 하여 서로의 생각과 시국 인식을 같이한 다섯 청년들은 의기투합하여 조선을 바로 세우는 데 힘을 합치기로 굳게 약속했다.

 대비 문정왕후의 동생 윤원형이 어느 누구의 제지도 받지 않고 왕을 흉내 낸 의복을 입고 수레를 타고 거리를 행차했지만, 빛이 강하면 어둠이 깊듯 폭정의 어두운 그림자가 무소불위의 권력을 송두리째 집어삼킬 돌풍이 되리라는 것은 아무도 의심하지 않았다.

3

이이가 파주 본가로 내려온 지 반년쯤 됐다. 이이는 대청마루에 앉아 아기가 아장아장 마당을 걷는 모습을 흐뭇하게 바라보고 있었다. 걸음마를 떼고 이제 막 뜀박질을 배운 아기는 가을 햇살에 딱 벌어져 탐스런 빨간 속살을 드러낸 울타리 가의 석류를 보고 팔을 높이 들어 금방이라도 넘어질 듯이 뒤뚱거리며 위태로운 걸음을 했다.

"난영아!"

아기는 아버지의 목소리에 뒤를 돌아보았다. 아버지가 섬돌에 내려서자 아이는 아버지를 향해 고개를 돌린 채 방긋 웃으며 걸음을 치다 울타리에 걸려 발라당 뒤로 넘어졌다. 이이가 얼른 뛰어가 아이를 번쩍 안아 들자 아이는 생글생글 웃으며 막 터져 나오려던 울음을 뚝 그쳤고, 이이가 볼을 부비고 아이의 볼에다 뽀뽀를 하자 아이는 커다란 눈을 감으며 까르르 소리 내어 웃었다.

찬모들과 같이 빨래터에 다녀오던 그의 아내는 부녀간에 다정히 노는 모습을 보니 마음이 푸근하고 가슴이 따뜻했다. 노씨 부인은 짐짓 시샘하듯 남편을 살짝 흘겨보았다.

"서방님은 난영이가 그렇게 좋으세요?"

"이 천진한 모습을 보오. 어디 어둔 구석이 있는지. 난영이하고 놀고 있으면 천국이 따로 없는 것 같소."

부녀는 어린 엄마의 행복한 시샘을 은근히 즐기면서 마당에서 계속 놀이를 했고, 부엌에서 부녀지간의 놀이를 바라보는 노씨 부인의 까만 눈이 행복감에 젖어 반짝거렸다.

어린 신부는 남편이 몹시 고마웠다. 딸이라는 소식에도 남편은 얼굴 한 번 찡그리지 않고 환히 웃으며 자신의 손을 꼭 잡아주었다. 남편은 혼인한 이래 자신을 대하는 태도에 변함이 없었다. 남편은 다정다감했다. 화를 내거나 얼굴을 찡그린 일도 없었다. 늘 남편은 자신을 보고 웃었다. 고생한다는 말도 빠뜨릴 줄 몰랐다.

어린 신부는 자신이 딸을 낳았다는 사실에 충격을 받아 출산 후 얼마간은 실의에 빠져 크게 자책을 한 일이 있었다. 슬픔에 빠진 그녀를 보고 이이가 위로했다.

"부인도 여자이면서 딸을 낳았다고 어찌 그리 슬퍼하오. 내가 존경하는 내 어머니도 여자이고, 내가 사랑하는 내 아내도 여자요. 여자가 없다면 이 세상이 어떻게 유지되겠소. 자식을 두고 눈물을 보이는 건 어버이의 도리가 아니오. 부인, 눈물을 거두시오."

그녀의 남편이 그녀를 질책한 일이 있다면 그녀가 딸을 낳은 것을 두고 자책했을 때, 그때 딱 한 번뿐이었다. 그녀는 남편을 진실로 사랑했다.

　그녀는 신혼 초에는 남편을 조금은 어렵게 느꼈다. 처음에 남편은 그녀에게 남자라기보다는 친정 오라버니나 훈장 선생님 같은 느낌으로 다가왔고, 자신이 오르지 못할 높은 나무 같은 존재로 비쳐들기도 하였다. 아무튼 남편에 대한 그녀의 첫 감정은 애틋한 사랑보다는 외경심 같은 것이었다.

　그래서 그녀는 남편의 사랑을 받고 난 다음 날이면 부끄러워 남편의 얼굴을 바라볼 수가 없었다. 남편이 자신을 보고 빙긋 웃으면 홍당무가 되어 부엌으로 얼른 내빼곤 했었다. 그러했던 남편이 그녀는 지금 한없이 편안했다.

　혼인을 한 이후 그녀는 자신이 많이 변했다는 것을 알았다. 수줍음이 많았던 새색시가 남편 앞에서 종달새처럼 수다스러워졌고, 누워 있는 남편의 얼굴을 찬찬히 뜯어보면서 그의 볼을 손으로 어루만지고 입을 맞출 수 있는 마음의 여유도 부릴 수 있게 되었다.

　그녀는 자신이 남편의 여자가 된 것을 하늘의 큰 축복으로 여겼다. 그녀는 남편이 사내가 되고 싶어 할 때는 언제든 기꺼이 그의 여자가 되어주었다. 그녀는 이젠 날마다 남편의 부드러운 손길을 기다리게 됐다. 그녀는 문득 이런 자신의 놀라운 변화를 생각할 때면 피식 웃음이 나왔다.

　그녀는 행복했다. 바랄 것은 없었지만, 굳이 욕심을 내자면 남편을 쏙 빼닮은 아들을 하나 얻는 것이고, 애주가인 남편이 술을 조금 줄였으면 하는 소망은 있었다. 두 사람의 사랑은 식을 줄 몰랐고, 해가 가면서 그들의 사랑은 더 뜨겁게 불타올랐다.

4

"아야, 아파!"

난영의 울음소리에 노씨 부인이 방문을 빠끔 열고 밖을 내다보았다. 아침 밥상에 숟가락을 놓자마자, 사촌 언니 오빠들을 쫓아 눈밭을 나뒹굴며 놀던 난영이 하얀 눈을 머리에 뒤집어 쓴 채 감나무 아래 고꾸라져 있었다.

노씨 부인은 자신도 모르게 깊은 한숨을 내쉬었다. 딸은 유별한 구석이 많았다. 아이는 하루 종일 가만 앉아 있지를 못했다. 대청마루를 뛰어다니다 문지방에 걸려 넘어지기 일쑤고, 집안에 있는 창호지란 창호지는 죄다 숭숭 구멍을 내어 놓아 창호지가 너널너널하였다.

아이 뒤를 졸졸 따라 밟고 다녀도 난영은 눈 깜짝할 사이에 일을 벌였다. 하나를 말하면 두셋은 금방 깨치는 총기는 분명 아버지를 닮은 것 같은데, 부산하고 산만한 기질은 대체 누구를 닮은 것인지 도무지 알 길이 없었다.

타일러도 보고 매를 들어도 보지만 잠시 잠깐 그때뿐이었다. 까마귀 고기를 먹인 것도 아닌데 아이는 엄마가 들었던 매를 한 식경도 지나지 않아 까맣게 잊어버리고, 헤벌쭉 웃음 지으며 쏜살같이 본채와 마당을 쌩쌩 휘젓고 다녔다. 오밀조밀 반듯한 이

목구비는 영락없는 여자아이인데 하는 짓만 보면 난영은 장난기로 똘똘 뭉친 완전 선머슴이었다.

철철 힘이 넘치는 아이를 감당하는 것도 노씨 부인에게는 쉬운 일이 아니었지만, 그보다 걱정이 되는 것은 아이의 장래였다. 천방지축인 딸이 어른이 되어서 혼인 생활이나 아녀자의 구실을 제대로 하고 살 수 있을지 늘 걱정이었다. 노씨 부인은 요즘 들어 아이를 볼 때마다 부쩍 자신도 모르게 한숨짓는 일이 많았다. 그때마다 그녀의 남편은 말했다.

"부인은 걱정이 너무 많은 것 같소. 나는 오히려 아이가 아이다우니 좋소. 난영이가 있어 사람 사는 집 같은데, 그렇게 생각하지 않소? 나이가 들면 철이 나는 법이니 너무 조바심 내지 말고 기다려보오."

딸 때문에 속이 빠짝 타들어가는 그녀와는 다르게 남편은 딸만 보면 어쩔 줄 몰라 했다. 아이가 부르면 버선발로 달려가 아이의 시중을 들어주었고, 시아버지 이원수는 난영이 밥상 앞에서 얼쩡거리며 할아버지의 탕건을 벗겨도 나무라지 않고 오히려 생선살을 발라 입에 쏙 넣어주며 귀엽다고 손녀의 엉덩이를 톡톡 두드려주었다. 노씨 부인은 이 집안 남자들의 넘치는 사랑이 은근히 불만이었다.

귀한 자식일수록 엄하게 키워야 하지 않겠냐고 남편에게 볼멘소리라도 하고 싶었지만 엄두는 나지 않았다. 그녀는 자기 자신만이라도 엄하게 하여 아이의 나쁜 버릇을 꼭 고쳐주어야겠다고 생각했다. 그녀는 아이가 칭얼거려도 본체만체 대꾸하지 않았고, 제때 밥을 먹지 않으면 밥상을 치워버리곤 하였다. 아이는 찬바람이 도는 엄마의 눈치를 살피며 조심하다가도 아버지와 할아버지의 눈만 마주치면 기가 살아 그녀를 긴장시켰다.

하지만 그녀는 자신의 의도적인 무관심을 뚝심 있게 밀어붙였다. 이이의 걱정을 샀던 그녀의 육아 방식은 다행히 달포도 지나지 않아 큰 효과를 보였다. 아이는 순진했다. 엄마의 강단 있는 태도에 집안 식구들의 얼을 빼놓던 아이의 식사 예절에 제법 틀이 잡혔다. 아이는 움직이지 않고 제자리에 앉아 식사를 마칠 정도가 되었고, 엄마가 금지시킨 위험한 행동들도 크게 줄어들었다.

설 명절이 다가와 어린 신부는 제수 용품을 마련하러 찬모 김포댁과 파주 장에 외출을 나섰다. 난영은 아침부터 엄마 곁을 졸졸 따라다니더니, 엄마에게 따라붙을 기색으로 대문간에 먼저 나가 기다렸다. 엄마는 시치미를 떼고 딴청을 피웠다.

"추운데 왜 나와 있어? 들어가야지!"

"엄마, 나도 가고 싶다!"

난영은 맑고 초롱초롱한 커다란 눈을 껌뻑거리며 엄마의 치맛자락을 잡고 늘어졌고, 엄마가 눈살을 찌푸리며 눈을 부라리자 슬그머니 엄마의 옷자락을 놓았다. 난영은 소리 없이 엄마의 뒤를 백 보쯤 졸졸 따르다 이를 눈치 챈 엄마의 호통에 놀라 얼어붙은 듯이 꼼짝 않고 선 채로 울어버렸다.

여명의 시대

어느 곳이나 마찬가지지만 설 대목을 앞둔 파주 장터도 시끌벅적 흥겨운 소음으로 가득했다. 장터 한쪽에서는 남사당패의 놀이판이, 또 다른 편에서는 투전판이 벌어져, 칼바람 속에 구경꾼을 불러들이고 있었다.

두 식경을 장을 보고 나니 머리에 인 과일과 손에 든 생선이며 나물들이 한 짐이었다. 노씨 부인과 김포댁은 어깨가 뻐근하고 다리가 팍팍했다.

"작은 마님, 시장하시지요, 국밥이나 한 그릇씩 해요."

"그래요."

두 사람은 남사당 놀이판 근처 밥집에 들러 좁다란 나무 탁자를 놓고 앉았다. 순대와 콩나물이 가득한 가마솥은 허연 김을 내뿜으며 설설 끓고 있었다. 주인이 국밥을 내어오길 기다리며 노씨 부인은 밖을 내다보았다. 그녀의 눈길이 가만 한 곳에 멈추었다.

"김포댁 저 아이 색동옷이 참 예쁘죠?"

그녀의 손끝이 엄마의 손을 잡고 장 구경을 나온 서너 살쯤 되어 보이는 아이를 가리키고 있었다. 해맑게 웃는 아이는 얼굴엔 살이 통통하고, 살림이 꽤 여유가 있는 집안 아이인지 비단으로 지은 색동옷에다 고깔모자, 가죽신으로 한껏 모양을 내어 사람들의 눈길을 끌었다.

노씨 부인이 씁쓸한 미소를 지으며 혼자 말하듯 읊조렸다.

"우리 난영이에게도 색동옷 한 벌 해 입혔으면 좋겠는데……."

"작은 마님, 저 아이가 부러우세요?"

"좀 마음이 그래요."

"작은 마님, 그럼 고민하지 마시고 난영 아씨 옷 한 벌 해 드리세요."

김포댁이 성화를 하며 채근했지만 노씨 부인은 고개를 가로저었다.

"가진 것도 별로 없고, 또 서방님이 싫어하실 거예요. 사치 부리는 걸 좋아하는 분이 아니라서……."

"작은 마님, 진사 나리께서는 당신 몸에 쓰는 건 싫어하셔도 자식 위한 건 싫어하지 않으실 거예요. 그 때문이라면 걱정 마시고 비단 한 감 끊어보세요. 제 말 믿으세요. 제가 나리를 잘 안다니까요!"

김포댁은 이 집안에 들어와 찬모 일을 한 지 이십 년이나 되어 이이의 습관이나 성격은 손금 보듯 훤히 알았다. 김포댁의 부추김에 노씨 부인도 은근히 마음이 흔들렸다. 변변한 외출복도 없이 항시 누추한 차림으로 행차에 나서는 남편의 의복도 마음에 걸렸다. 기왕이면 남편 것도 같이 하자고 노씨 부인은 마음을 크게 다져 먹었다. 남편이 무어라 해도 이번만큼은 자기 뜻대로 하고 싶었다. 그녀는 친정 어머니가 몰래 챙겨준 은자를 만지작거리며 잠깐 행복한 상상을 하였다.

식사를 마친 김포댁은 오랜만에 나선 장나들이에 만난 흥겨운 남사당놀이를 놓치기 아쉬웠던지 구경 좀 하고 가자고 노씨 부인을 졸랐다. 노씨 부인은 썩 마음이 내키지 않아 김포댁 혼자 구경하고 오라고 일러두고는 얼핏 보아 두었던 옷감 가게에 들러 남편 것과 딸의 것, 각각 한 감씩 비단을 끊었다.

5

슬픈 울음소리가 마른 겨울 하늘을 갈랐다. 추위에 얼굴이 상기된 노씨 부인과 김포댁은 눈을 동그랗게 뜨고 두리번거리며 서로를 마주보았다.

"작은 마님, 어느 댁에서 나는 소리지요?"

"글쎄요."

집이 가까워질수록 흐느낌이 높아갔다. 노씨 부인과 김포댁은 왠지 불길한 느낌을 감추지 못하고 허둥지둥 대문간을 넘어섰다. 행랑채 김서방이 죽을상을 하고 벌벌 떨면서 나왔다.

"작은 마님, 큰일 났어요."

"무슨 일인가?"

"난영 아씨가……."

"……."

"변고를 당해 숨을 거두셨어요."

노씨 부인이 집을 비운 사이 난영은 배고프다고 칭얼대며 군것질 거리를 찾아 온 집안을 정신없이 뒤지고 있었다. 그러다 경대 아래서 서모 권씨가 숨겨놓고 혼자 몰래 먹고 있던 떡을 발견한 것이 화근이었다. 눈치가 빠른 난영이 욕심 많은 할머니가 볼세라 번갯불에 콩 볶아 먹듯 물기 없는 굳은 떡을 한꺼번에 입에 넣고 급히 삼켰다. 그러다 그만 목이 막혀버린 것이다.

하루 만에 노씨 부인이 정신을 차렸다. 의식을 찾은 그녀의 눈에 남편 이이의 얼굴이 들어왔다.

"부인."

"난영이는요?"

이이의 눈에 그렁그렁하게 고인 눈물이 빗물같이 주르르 흘렀다.

"난영이는 이제 이 세상 사람이 아니오."

그녀는 자신의 귀를 의심하며 고개를 저었다.

"무슨 소리예요? 난영이가 나를 부르는데……. 서방님이 거짓말하시는 거죠?"

이이는 간절한 눈길로 자신을 바라보는 아내의 눈을 볼 수 없어 고개를 돌렸고, 어깨를 들썩이며 흐느꼈다.

"부인, 난영이는 정말 이 세상 사람이 아니오. 이제 떠나보냅시다."

그녀는 넋이 나가 멍한 표정으로 남편을 바라보다 일어나 한참을 어깨를 들썩이며 꺼이꺼이 울었고, 초점 잃은 눈으로 무언가를 찾으며 방안을 이리저리 뒤졌다.

"말하오, 부인. 무얼 찾고 있소?"

"우리 예쁜 난영이 색동옷 지어줄 비단 좀 찾아줘요. 저 세상에 보내더라도 이 엄마 손으로 예쁜 옷을 지어 입혀 보내겠어요."

그녀는 곧바로 자리를 털고 일어나 문갑 아래 넣어둔 반짇고리를 꺼내들었다. 그녀는 이틀 사이에 십 년의 세월을 살아버린 듯 얼굴이 까칠하고 창백했다. 남편 이이는 안색이 파리한 아내가 행여 쓰러지지 않을까 염려가 되어 바느질을 그만두게 하였지만, 그녀는 고집을 피웠다.

그녀는 남편이 밝혀준 촛불에 의지해 밤을 새워가며 한 땀 한 땀 바느질을 하였다. 희미하기만 한 촛불이 이날은 어찌된 일인지 방을 훤한 대낮같이 밝히는 것 같았다. 가는 바늘의 움직임도 선명했다. 그녀는 딸이 엄마에게 이 빛을 보내지 않았을까 생각했다.

노씨 부인은 아이의 죽음을 여전히 믿을 수 없었다. 난영이 사촌 언니들과 같이 갖고 놀던 경대 위의 조그마한 공기를 만지작거리자 아이의 따뜻한 체온이 그대로 그녀의 손에 전해지는 느낌이었다.

집안에 떡을 몰래 숨겨놓아 아이를 다치게 만든 서모 권씨에 대한 원망 대신 큰 자책감이 밀려왔다. 엄마를 졸졸 따라나선 딸을 굳이 외면하지 않고 장터에 데리고 가기만 했어도, 아이가 사고를 당하지 않았을 것이란 생각을 떨칠 수 없었다. 그녀는 미련을 버리지 못하고 아이가 갖고 놀던 공기를 보물 다루듯 조심스럽게 쥐고 가슴에 꼭 안았다.

아내가 자책감으로 막심한 후회의 눈물을 쏟아내 앞가슴을 흥건히 적시고 있을 때 곁에 있던 이이는 두 입술을 질끈 깨물었다. 그녀의 머릿속은 딸에 대한 연민으로 복잡했다. 어린 딸은 세상에 나서 평생 새 옷 한 번 입어보지 못했다. 바람과 햇빛을 옷 삼아 헐벗고 가난한 벌거숭이 아이들도 많지만, 사대부 양반가에서 태어나 새 옷 한 벌 입어보지 못한 난영과 같은 아이도 흔치 않았다. 고운 색동옷을 입고 뛰어노는 사대부 집안의 아이들을 바라볼 때마다 딸에게도 언젠가는 색 고운 옷을 꼭 한번 지어 입혀야겠다고 마음먹었던 일을 딸의 죽음을 맞이해서야 이룰 수 있게 된 자신의 처지가 기막혔다. 아내는 이제 눈물도 씨가 말랐는지 눈에서 물 한 방울 나오지 않았다.

날이 밝자 노씨 부인은 제실에 안치된 딸의 시신에 새 옷을 입혔다. 황망한 가운데 눈대중으로 급히 지었지만, 수의 대신 입힌 딸의 색동저고리는 치수를 재기라도 한 듯 신기하게 난영의 몸에 꼭 맞았다. 품에 꼭 안겨오는 세 살배기 아이의 시신을 부둥켜안고 통곡하는 노씨 부인을 지켜보던 남편 이이가 놀란 목소리로 말했다.

"부인, 난영이 눈을 보시오, 난영이가 눈을 감았소!"

희뿌연 어둠이 물러가고, 제실 창살을 뚫고 희미한 아침볕이 내려와 난영의 얼굴을 비추었다. 십 리는 들어간 그녀의 퀭하던 눈이 휘둥그레졌다. 그녀는 눈을 비볐다. 다시 아이의 얼굴을 들여다보았다. 사흘 동안 좀체 감기지 않았던 눈이다. 무슨 일인지 아이는 눈꺼풀을 내려주어도 다시 눈이 열리곤 하여, 어른들을 놀라게 하였다.

마을 사람들은 아이가 한이 많이 남아서 세상을 떠나지 못한다고 이구동성으로 말했다. 한을 풀어주려 굿을 해야 하지 않겠냐고 말하는 이도 있었다. 허공을 향해 완고하게 열려 있던 아이의 눈이 지금은 편안하게 감겨 있었다. 얼굴 표정도 생시와 같은 순진한 인상으로 깊은 잠을 자는 것 같았다.

아이의 평안한 모습은 이제 자신이 떠나야 할 시간이 다 됐음을 알리는 듯했다. 아이는 부모에게, 아쉽지만 이젠 자신의 손을 놓아달라고 말하고 있는 것 같았다. 그리고 아이는 부모를 사랑하고 있다고 말하는 것 같기도 했다. 아이를 바라보는 엄마는 울대가 뜨거워졌다. 그녀의 가슴이 울컥 미어졌다. 엄마는 딸을 물끄러미 내려다보며 소리 없이 말했다.

'난영아, 엄마는 아직 널 보낼 준비가 안 됐어! 조금만 더 있다가면 안 되겠니?'

아이를 묻고 나서 노씨 부인은 딸을 빨리 잊어야 한다고 생각하였다. 그녀는 자신이 딸을 잊지 못하면 난영의 원혼이 저승에 안착하지 못하고 구천을 떠돌 것이라 생각했다.

딸이 죽은 이후에 그녀는 집안 노비들에게 맡겨 두었던 허드렛일까지 고집스럽게 챙겼다. 길쌈이며 빨래며 부엌일까지 온종일 붙잡고 늘어져, 딸에 대한 생각이 끼어들 틈을 주지 않으려 안간힘을 다하였다.

그러나 밤이 되어 자리에 누우면 이 모든 노력도 물거품이 되었다. 비 온 뒤 죽순 솟듯 밤이면 밤마다 딸에 대한 기억은 파릇파릇 선명하게 그녀의 가슴에 돋아났다. 아이는 앙상하게 뼈만

남은 아내가 안쓰러웠다. 그는 성주의 처가에 아내의 정양(靜養)을 재차 부탁하였다.

이이에게는 이제 할 일이 하나 더 생겼다. 어머니의 산소 외에 딸의 무덤에도 풀을 뜯어 주고 꽃을 달아주는 일이었다. 어머니 혼자인 무덤을 다녀올 때는 왠지 마음이 무거웠는데, 어머니의 산소 아래 딸을 묻고 나서는 가슴에 가라앉아 있던 그 칙칙하고 무거운 마음이 사라지고 없었다. 이이는 무덤을 찾을 때마다 할머니와 손녀가 한마당에서 즐겁게 뛰어노는 상상을 하곤 하였다.

6

이이는 오늘도 여느 날과 다름없이 딸의 무덤을 찾았다. 잠깐이라도 딸의 무덤을 찾지 않으면 왠지 하루 종일 가슴이 허전하고 마음이 무거워, 딸의 무덤을 찾는 일은 이이에게 일상이 되어 있었다. 오늘은 난영이 떠난 지 백일이 되는 날이었디.

늘 처져 있던 이이의 어깨에 오늘은 유난히 힘이 들어갔다. 친정에서 정양 중인 아내의 몸이 크게 회복되었다는 장인의 기별이 있어서였다.

이이가 패랭이꽃다발을 가슴에 고이 안고 산을 오르고 있었다. 그의 아내가 인편으로 보낸 꽃이다. 노씨 부인은 패랭이를 보고 있으면 오밀조밀한 딸의 귀여운 얼굴이 생각난다며 꼭 무덤에 심어 달라고 부탁했다. 이이도 아내의 말처럼 패랭이가 왠지 난영을 닮았다는 생각을 했다. 자줏빛 패랭이가 활짝 피는 유월이 되면 난영도 되돌아올 것만 같았다. 그때 즈음이면 아내도 환한 웃음을 짓고 패랭이를 보며 딸과 기쁘게 재회할 것이라 상상했다.

이이는 난영의 무덤 아래 볕이 잘 드는 곳을 골라 패랭이를 심었고, 뿌리가 잘 내리도록 덮은 흙을 두 발로 꾹꾹 눌러 밟아주었다. 그가 딸에게 나지막이 속삭였다.

'난영아, 며칠 동안 못 올 것 같구나. 한양에 볼일이 있거든. 하나는 종묘 앞에서 유생들이 모여 임금께 상소를 올리기로 한 일이고, 다른 하나는 이 아비가 의지하고 사랑하는 선배 토정(土亭) 선생이 충주 개천으로 내려간다며 그 이전에 이 아비와 이별의 정을 나누었으면 좋겠다는구나. 잘 다녀오마.'

그가 산길을 내려와 마을로 들어가는 길에 동구 밖에서 둘째 형 이번(李璠)을 만났다. 의관을 정제하고 한껏 모양새를 낸 것으로 보아 이번은 어디 나들이를 가는 듯했다.

"형님, 어디 가시우?"

"넌 어디 갔다 오는 길이냐?"

"산에 다녀오는 길이오."

이번이 갑자기 고리눈을 부릅뜨고 버럭 야단쳤다.

"사내자식이 언제까지 죽은 딸을 끼고 살 생각이냐! 자식 먼저 보낸 부모가 세상천지에 너 혼자도 아닌데, 하라는 공부는 않고 넌 매일 무슨 청승을 그렇게 떨고 다니느냐!"

"형님, 말씀이 지나치시오. 형님은 어린 조카가 불쌍하지도 않소?"

이이는 형 이번이 자신에게 강짜를 부리는 게 한두 번이 아니어서 형의 트집에는 이골이 나 있었지만, 가슴에 묻은 자식을 두고 시비를 거는 데는 울컥 치미는 화를 견딜 수 없었다.

"네가 이 형한테 대드는 게냐?"

"목소리 높여서 미안하오, 그런 건 아니오."

이이를 노려보는 이번의 입술이 씰룩였다.

"네가 좀 배웠다고 나를 우습게 아는 모양인데, 네가 그렇게 청승을 떨고 다니니 우리 집안이 재수가 없는 것이야!"

이번은 길바닥에 가래침을 뱉고는 이이의 어깨를 툭 치고 지나갔다. 이이는 형 이번의 이유 없는 분노가 자신에 대한 질투심 때문이라는 것을 알고 있었다. 그는 속이 상하고 이번에게 서운했지만, 형 이번을 미워할 수는 없었다. 한 부모 아래서 범부로 태어난 형의 울분과 좌절감을 외면할 수는 없었던 탓이다. 이이는 이번이 큰형 이선처럼 조금만 마음의 여유를 갖고 실있으면 좋겠다고 생각했다.

이이는 다음 날 새벽 나룻배를 이용해 한양으로 갔다. 이이는 내내 마음이 편안하지 않았다. 이번이 귀가하지 않아 그에게 아무런 말도 못 하고 나온 것 때문에 이이는 마음이 영 개운치 않았다. 아무튼 파주로 돌아가면 형 이번의 얼어 있는 마음부터 풀어주어야겠다고 생각했다.

이이는 종묘 앞 유생들의 시위 현장에 참석했다. 중 보우를 탄핵하고 그를 사사(賜死)하라는 것이 유생들의 핵심 주장이었다.

날이 덥지 않고 따뜻해 종묘 앞 시위에 참가한 유생들이 여느 때보다 많아서 인산인해를 이뤘다. 성균관에 재학 중인 유생 대표의 선창에 따라 유생들이 구호를 외쳤다.

"요승 보우를 탄핵하라!"

"요망한 보우를 사사하라!"

승과에 합격하면 일하지 않고도 먹고 지낼 수 있어, 승과를 보려는 백성들이 줄을 이었고, 이 때문에 땅을 일굴 손길이 부족한 곳도 많았다. 약탈, 폭행 같은 승려들의 비행은 도를 넘어서고 있었다. 이 모든 것이 봉은사 주지 보우가 명종의 눈을 현혹한 탓이었다. 유생들은 정사를 농단(壟斷)한 책임을 보우에게 묻고 있었다.

이이도 이 시위에 반나절 동안 동참했다가, 오시(午時)를 넘겨 마포나루터 인근에 있는 이지함(李之菡)의 집을 찾았다.

사립문도 없는 토정의 마포 움막은 적막한 고요가 내려앉아 있었다. 여느 때 같으면 그에게 약 처방을 받으러 온 노인들로 좁은 마당이 장마당같이 소란스러웠겠지만, 지금 마당에는 가재도구와 옷 서너 벌이 작은 손수레에 실려 있을 뿐, 주인은 온 데 간 데 흔적이 없었다. 마당에 무리지은 모란도 강바람에 머리를 끄떡끄떡 하며 오수(午睡)를 즐기는 한가로운 모습이 욕심 없는 이 집주인을 꼭 빼닮았다는 생각이 들었다. 미물도 시간이 흐르다 보면 집주인의 성품을 닮아 가는가 보다 하고 이이는 생각했다. 퇴계 선생의 마음을 닮아 죽은 새끼에게 온정을 보이던 어미 돼지 생각이 나서 그는 빙긋 웃었다.

  이이는 어깨에 멘 봇짐을 인기척 없는 마당의 평상에 내려놓고 억새 우거진 강둑을 따라 걸었다. 짐을 실은 황포 돛단배 사이로 봄나들이 나온 양반들과 기생, 악공들이 탄 여러 척의 꽃놀이배가 바람에 몸을 맡긴 채 한가롭게 강 위를 떠다녔다.

  한날한시 같은 하늘 아래에도 여러 풍경이 있었다. 종묘에서는 시위하는 소리가 요란하고, 황해도 지방은 도적 패당을 잡는다고 관군들이 진을 치고 눈을 부라리며 행인들을 수색해 긴장감이 한껏 고조되어 있는데 오월의 한강은 그야말로 신선 세계였다.

  집을 비운 토정은 세 식경은 지나 돌아왔다. 강에서 물질을 하고 왔는지 헤어진 그의 짚신과 베옷에서 물이 뚝뚝 떨어졌다. 그는 이이를 보자 안고 있던 대바구니를 평상에 내려놓고 반갑게 달려와 손을 잡았다.

"아니, 숙헌 벌써 왔는가?"

"존장(尊丈)은 어디 갔다 오시는 길인데 온몸이 그리 젖었소?"

  토정은 평상의 대바구니를 가리키며 익살스런 표정을 지었다.

"숙헌과 이별하는 자린데, 안줏거리가 마땅찮아서 간만에 낚시 좀 하고 왔네. 오늘은 특별히 좋은 놈이 올라와, 물에 풍덩해서 용왕님께 인사드리고 왔지 뭔가!"

  그가 손가락으로 가리킨 대바구니 안에는 한 자 반은 족히 됨 직한 잉어 세 마리가 아직 힘이 남아도는지 아가미를 벌름거리며 펄떡거렸다.

"이별주 한잔 해야지. 잠시 기다리시게."

그는 말을 마치기 무섭게 잉어를 부엌으로 가져가 손질했다. 잉어의 배를 갈라 내장은 들어내고 소금만 뿌려 석쇠에 올려 구웠고, 질그릇에 비름나물을 담고 조물조물 무쳐 금방 맛깔스런 주안상을 차려냈다.

토정은 이이가 따른 술을 단숨에 들이킨 후 트림을 하고는 입가에 묻은 곡주를 혀로 날름 핥았다.

"숙헌, 오늘 상소 현장 분위기는 어땠는가?"

"어림잡아도 천여 명이 넘는 유생들이 참여한 것 같았소. 열기가 뜨거웠지요. 염려가 됐던지 포도청에서도 나졸들이 수백 명이 나왔습니다. 그런데 문제는 열기가 아무리 뜨거워도 주상 전하께 우리의 진정한 뜻이 잘 전달이 되는가 하는 점이지요."

"대비가 눈을 시퍼렇게 뜨고 버티고 있는데 보우를 처벌한다는 게 쉽지는 않겠지. 그런데 숙헌은 본시 불자가 아니던가. 다른 유생들이라면 몰라도 숙헌까지 보우를 참수해야 한다는 유생들의 대열에 동참한다는 것이 좀 의아하게 생각되네만……."

"존장께서 말씀을 잘 하셨습니다. 저도 보우가 부처님의 자비로운 말씀을 전하고 사직과 백성들의 안녕을 구하는 데 도움이 되는 일만 한다면야 무어라 하겠습니까마는, 지금 나라꼴이 어디 그렇습니까? 백성들은 초근목피로 연명하고 심지어 굶어 죽는 마당인데, 이 마당에 백성들의 고혈을 빨아 불사를 일으켜 국고를 축내야 하겠습니까? 얼마 전에는 나라 살림이 어려워 조정 관료들의 녹봉까지 깎았다지 않습니까?

그런데도 감언이설로 주상 전하의 귀를 멀게 하고 눈을 현혹시켜 조선 팔도에 절을 짓는다고 난리입니다. 오죽하면 배고픔이나 면해보려 중이 되겠다고 승과에 응시한 백성들이 줄을 섰겠습니까? 기가 막힐 노릇이지요!"

이이가 비분을 참지 못해 입술을 질끈 깨물었다. 휘영청 밝은 달빛 아래 이이의 눈이 이글거렸다.

"숙헌, 자네 기분은 충분히 알겠네. 그렇지만 말일세, 보우 대사 한 사람을 참수한다고 하여 일이 끝나는 것은 아니지 않나! 문제는 임금의 모친인 대비인데, 그 양반이 죽지 않는 한 정사의 문란함이 고쳐질 희망이 있겠는가?"

"저도 존장의 말씀에 공감을 합니다만 그렇다고 보우가 주상 전하의 눈을 어지럽히도록 수수방관할 수만은 없지 않습니까?"

"너무 조급증은 내지 말게, 대비가 영생불사의 존재는 아니지 않나!"

"그건 그렇지요."

토정이 싱긋 웃으며 누런 이를 드러냈다. 그가 나지막이 말했다.

"이제 대비는 얼마 남지 않았네."

"존장 말씀이 어찌 귀봉의 얘기와 같습니까!"

"귀봉이 무어라 하던가?"

"별자리로 보아 대비의 운명이 다 됐다는 얘기를 했지요."

"허허, 하늘의 뜻을 깨우친 사람이 나 말고 귀봉까지 있었는 가?"

토정이 이이의 얘기에 눈이 감기도록 크게 소리 내어 웃었다.

"하지만 난 천품(天稟)이 천박해 하늘의 뜻까지는 알지 못하네. 다만 민심이 천심이라고 하니, 하늘의 뜻이 곧 백성들의 마음이 아니겠나?

나도 종교가 정치 권력화되는 것은 좋지 않은 일이라 여기네. 여말(麗末)에 신돈(辛旽)도 그러하지 않았나? 불자가 권력을 탐해서 잘된 예는 우리 역사에서 한 번도 본 적이 없네. 신라 왕자 궁예(弓裔)는 어땠는가? 참으로 의롭고 지혜로운 인물이었지만, 정치와 종교를 혼동하면서 자신도 백성도 모두 망쳤네. 정치의 근본은 모름지기 백성들의 생활을 잘 보살피는 데 있는 것이지."

토정이 유학이나 정치에 도통이 관심이 없는 사람이라 이이는 기연가미연가하며 눈을 껌뻑이며 되물었다.

"존장께서 방금 정치의 근본을 말씀하셨소?"

"왜, 난 정치의 근본에 대해 얘기하면 안 되는가?"

"아니오, 아니오. 존장께서 하시는 말에 감격해서 하는 말이오!"

토정이 어이없다는 표정으로 이이를 흘기며 이죽거렸다.

"숙헌은 나에게 나라는 거지꼴인데 혼자 늘 신선놀음만 하고 있었다고 말을 하고 싶은 게로군······."

"아니오! 존장은 객쩍은 말씀은 그만두시고, 기왕 정치의 근본에 대해 말씀하셨으니 백성들을 위해 저와 같이 성리학이나 공부합시다."

"허허, 또 그 소리! 자네 그 말에 내 귀에 못이 박혔어. 난 욕심이 많아 성리학은 못 하네."

토정 이지함은 성리학만 나오면 경기가 들려 고개를 절레절레 흔들었다. 토정은 기질이 자유분방하고 일신의 구속을 싫어하는 성품이라『소학』과 같이 규범과 예법을 중시하는 자기 수양은 체질적으로 맞지 않았다.

토정 이지함은 형 이지번(李之蕃)의 충고로 늦은 나이에 공부를 시작했지만 금방 일가를 이루었다. 특히 지리, 천문, 의학 같은 잡학에서는 타의 추종을 불허하는 지극한 경지에 이르렀다.

토정의 명석한 머리가 이이는 너무 아까웠다. 그래서 그의 형 이지번과 더불어 이이는 토정 이지함을 만날 때마다 성리학 공부를 권하고 있었다.

또한 이이는 토정의 명석함 못지않게 인간미 넘치는 그의 따뜻한 인품이 애달프게 아까웠다. 작년 겨울이었다. 이이와 토정은 마포나루 근처를 걷다가 누런 억새풀 밭에 몸을 숨겨 웅크리고 앉은 나이를 알 수 없는 걸인을 보았다. 걸인의 옷은 누더기나 다름없어 그의 몸은 거의 알몸이나 마찬가지였다. 그는 추운 강바람에 무방비로 노출되어 있었다. 걸인의 눈은 추위의 공포에 질린 듯 희번덕였다. 그때 토정이 자기 두루마기를 훌러덩 벗었다. 그리고는 몸을 숨겨 옷을 둘둘 말아 그에게 던져주고는 휘적휘적

되돌아오는 것이었다.

이이가 책망하듯 토정에게 물었다.

"존장은 기왕 그에게 옷을 주려면 좀 공손히 전해주지 않고 짐승한테 먹이 주듯 던져주고 오시오?"

"허어, 이 사람아. 걸인에게도 염치는 있어. 나도 두루마기 벗고 나면 맨살이나 마찬가진데, 그이가 내 두루마기를 텁석 받아들까?"

이이는 토정의 말에 콧잔등이 시큰했었다. 상대의 기분이나 처지를 살펴 사랑을 베푸는 사람이야 적지 않지만, 생면부지 걸인에게까지 마음을 쓰는 사람이 하늘 아래 어디 흔하랴 싶었다.

신분의 귀천을 따지지 않는 토정의 마음 씀씀이도 감동적이지만, 그를 알면 알아갈수록 놀라움의 연속이었다. 토정은 한겨울에 벌거숭이로 앉아 눈도 깜짝이지 않고 찬바람에 풍욕을 즐겼고, 열흘 내내 아무것도 먹지 않고 버티면서도 거뜬히 건강을 회복하는 사람이었다. 그의 뛰어난 예지력은 이미 팔도에 정평이 나 있었다. 하여튼 토정은 그 깊이를 알 수 없는 복잡다기(複雜多岐)한 신비의 인물이었다.

토정이 반색하며 고개를 가로젓자 이이가 그를 채근하며 따져 물었다.

"존장은 명리도 여색도 좋아하지 않는데, 무슨 욕심이 있어 존장의 공부를 방해하겠소?"

"숙헌. 어찌 명리, 여색만 욕심이겠나? 하늘의 도리가 아니면 인간사 마음 가는 것이 다 욕심인데. 나 스스로 자유분방한 것을 좋아하고 규칙으로 나 자신을 단속하지 못하니 이것이 물욕이 아니면 무엇인가?"

소유든 무소유든 인간이 하고자 하는 것이 다 욕망이란 이치로 보자면 토정의 말도 틀리지 않았다.

밝은 보름달빛을 받아 상수리나무에 걸쳐진 두 사람의 그림자가 마당에 길게 늘어서 춤을 추었고, 두 사람의 웃음이 강바람을 타고 마포나루를 넘어 훌쩍 날아갔다.

아무튼 이이는 토정이 한양을 떠나 충청도 개천으로 내려간다는 소식에 마음이 울적했다. 나이 차이가 열아홉이나 남에도 언제나 토정은 이이를 친구처럼 대해주었고, 이이가 마음 아파할 때는 형이나 어버이같이 따뜻한 위로를 주었던 사람이었다. 토정이 떠난다고 생각하니 가슴이 허전하고 몹시 쓸쓸하고 처량한 기분이 들었다. 방랑벽이 심한 그가 충청도로 긴다고 해도 사실 그곳에 오래 머물 일은 없을 것이었다. 또 어디론가 소리 소문 없이 훌쩍 길을 떠날 게 분명했다. 한번 길을 나서면 아무리 짧아도 몇 달은 걸리는 사람이라 한동안은 그를 보고 싶어도 볼 수 없음이 이이는 못내 아쉽고 안타까웠다.

이이가 두 손을 받쳐 그에게 공손히 술을 따랐다.

"존장을 언제 다시 만나 볼 수 있겠소?"

"뜬구름이나 좇는 내가 무슨 기약인들 할 수 있겠나?"

토정은 애써 담담한 표정을 짓고 있었지만 그 역시 목소리는 무겁게 가라앉아 있었다.

"내 존장께 그간 마음을 많이 의지하였는데, 섭섭하오. 기약을 할 수 없다면 나에게 깨우침이라도 하나 주고 가시오."

이이의 말에 토정이 호탕하게 웃어 젖혔다.

"숙헌은 천하를 주유하며 세상 이치는 이미 깨친 사람인데, 언감생심 나 같은 헛똑똑이가 어찌 숙헌에게 깨우침을 주겠는가?"

그의 웃음소리에 밤 깊은 강 언덕의 묵직한 정적이 깨어졌다. 상수리나무에 앉아 졸던 새 한 마리가 파드득 날갯짓하며 하늘로 날아올랐다.

토정이 장난기를 거두고 아까와는 달리 진지한 얼굴을 하고 이이를 바라보았다. 그가 수북한 수염을 손으로 쓸면서 무슨 생각을 골똘히 하다 입을 열었다.

"내가 사실 자네를 보자고 한 이유가 따로 있네. 에둘러 말하지 않겠네. 난 자네 간(肝)이 좋지 않은 것 같아 걱정이 많이 되네. 자네는 일개 필부의 몸이 아니네. 나라에 꼭 필요한 사람이야……. 숙헌은 술을 마셨을 때 얼굴빛이 어떤지 아는가?"

토정 이지함은 독학으로 의학에 관해 상당히 해박한 지식을 갖고 있었다.

"숙헌은 원래 술을 마셔도 안색에 화가 없었네. 그런데 일전에 정철을 만나 술을 마실 때 보니 자네 얼굴이 발그스름해지더군. 다들 자네 혈색이 좋다고 말했지만, 그건 자네 몸이 좋지 않다는 징조일세. 더군다나 숙헌은 딸아이를 잃은 이후로 홧술을 자주

해 폭음이 될 때가 많네. 난 그게 마음이 많이 쓰이네.

아까도 얘기했지만 자네는 필부의 몸이 아닐세. 많은 사람이 숙헌에게 의지하고 있네. 나도 숙헌에게 마음을 의지하고 있어. 건강을 잃으면 천하를 얻은들 무슨 소용이 있겠나. 자네 자당께서 일찍 돌아가시지 않았는가? 사람이 너무 뛰어나면 하늘도 질투를 느끼는 법이라네. 난 숙헌이 자당의 전철을 밟지 않았으면 하네. 숙헌이 오래 살아야 우리 조선 백성이 살 희망이라도 가져 보지 않겠는가!"

이이는 토정의 충고에 별안간 눈시울이 뜨거워지면서 눈물이 핑 돌았다. 자신에게 야박하기만 한 형 이번에 대한 서운함이 울컥 솟구쳤다.

이이와 토정은 봄이 무르익은 오월의 밤에 이야기꽃을 피우며 서로의 가슴에 신뢰와 사랑을 엮은 실로 재회를 기원하는 희망의 수를 놓았다. 어느덧 희뿌연 아침이 여명을 타고 밝아왔다. 그리고 토정이 떠났다.

>형과 아우가 비슷한 청류로
>좋은 곳 골라 이주하여 한 구역 골라 점거하니
>생활 도구는 초라해 수레에 차지 않고
>시끄런 세속 멀어서 주위 더욱 그윽하네
>붉은 가시 그늘 속에 방 세 칸 만족하고
>누런 송아지 언덕 가에

밭 두어 이랑 넉넉하구려

다시 만날 약속 언제나 이뤄지려나

봄 강에 멍하니 서서 조각배 보내누나

                - <토정을 개천으로 떠나보내며>

출사

1

 그로부터 사 년이 흘러 때는 바야흐로 명종 19년(1564) 팔월이었다. 하늘의 태양은 이글거렸고, 대지는 달구어져서 가마솥같이 더운 열기를 연신 뿜었다.

 오랫동안 비가 내리지 않아 건조해진 공기가 머금은 열기는 거의 질식할 지경이었지만, 파주 밤나무골 동구 밖 덩산나무 아래서 벌어진 잔치판의 흥겨운 열기에 비하면 이 땡볕 더위도 무색했다. 백여 명이 넘는 남녀들이 노소 구분 없이 나발, 장구, 꽹과리, 북소리에 맞추어 어깨를 들썩이며 춤을 추었다. 파주 목사까지 이 흥겨운 춤판에 참석해 자리에 앉아 흐뭇한 눈길로 보고 있었고, 관모에 어사화를 꽂은 이이가 단정하게 앉아 파주 목사의 옆자리를 지켰다.

이 춤판은 대과에서 장원급제한 이이가 삼일유가(三日遊街)*를 받아 고향 밤나무골을 방문한 날 벌어진 그의 장원 축하연이었다. 조선이 개국한 이래 과거 시험에 아홉 번을 장원한 예는 이이 말고는 그 유례가 없어, 이이가 그의 나이 스물아홉에 세운 유일무이한 이 기록에 고향 마을은 물론이고 조선 팔도가 경탄해 마지않았다. 마을 사람들은 십시일반 갹출을 하여 술이며 음식을 장만하였고, 파주 목사까지 잔치에 쓸 쌀을 석 섬이나 보내와 그의 장원을 축하했다.

이이는 서모 권씨와 큰형 이선이 오랜만에 활짝 웃는 낯을 하고 서로 얼굴을 바라보며 춤추는 모습을 보니 기뻐 눈물이 날 것만 같았다. 이이는 가족들이 오늘만 같이 미움을 거두고 살았으면 여한이 없을 것 같았다. 이이도 자신의 꿈을 이루어낸 것에 감격해 가슴 벅찬 장문의 시를 지었다.

> 삼급에 합격하려고 몇 해나 수고했던가!
> 오늘에야 비로소 구중궁궐 뵙게 되었네
> 용문에 오르니 얼떨떨 초헌(軺軒)** 탄 학 같고
> 갈옷 벗고 나니 마치 허물 벗은 매미 같아
> 조상까지 영광 미쳐 감회 깊으니

---

*과거에 급제한 사람이 사흘 동안 선배 급제자와 친척을 방문하던 일.
**종이품 이상의 관헌들이 타던 높은 외바퀴가 달린 수레.

친척과 벗들의 경축 인사 끊이지 않네

형설의 어려운 공부 이제야 그 보람 거뒀으니

청운의 길 감히 달릴 수 있으리

— 이이의 「석갈등용문(釋褐登龍門)」 중에서

이이는 마을 사람들의 극진한 환대를 받으며 부모의 자운산 산소를 찾았다. 형 이선과 이번이 벌초를 하여 말끔히 정리된 부모의 산소는 초록의 떼가 곱게 자라나 새 옷으로 갈아입은 듯 정갈하기 이를 데 없었다. 상석을 깔고 허물어져 다소 흉물스럽게 보이던 석축을 다시 쌓아, 늦게나마 부모님이 쉴 만한 제법 아늑한 공간을 마련한 것 같아 이이는 몹시 기뻤다.

그가 산소에 인사를 마치고 고개 숙여 형 이선과 이번의 수고에 고마움을 전했다.

"형님 두 분이 집안을 위해 그간 애 많이 쓰셨습니다. 두 분 형님이 아니 계셨으면 오늘 제가 어찌 이 자리에 오를 수 있었겠습니까. 정말 고맙습니다."

이이의 치사(致謝)에 그에게 늘 야박하게 굴던 둘째 형 이번이 계면쩍은 낯으로 머리를 긁적이며 이이에게 말했다.

"나 때문에 네가 마음고생을 많이 했지. 솔직히 내가 무슨 도움이 되었을라구……. 형님, 아니 그렇소?"

"웬일로 오늘은 둘째가 제정신이 좀 돌아온 것 같구나!"

장남 이선의 농담에 삼형제가 산이 떠나가도록 크게 웃었다.

삼형제는 산을 내려와 이이 부부가 거처하던 별당에 술자리를 마련하고 앉았다.

웬만큼 술이 되자 이이의 큰형 이선이 장래가 궁금해 물었다.

"이야, 앞으로 어디서 일을 하게 될 것 같으냐?"

"예, 호조(戶曹)에 지원을 했습니다."

이이의 말에 이번이 약간은 실망스런 기색을 내비쳤다.

"아니, 장원급제를 했으면 마땅히 이조(吏曹)를 지원해야지, 왜 하필 호조에 간다는 게냐?"

둘째 형 이번은 아우 이이가 조정 인사권을 관장해서 조정 내 위상이 가장 막강한 이조에 들어가면, 동생의 음덕에 힘입어 알음알음으로 파주 땅에서 해수면 공유지를 불하받아 염전을 일굴 궁리를 하고 있던 참이었다.

이번은 이재에 관심은 많지만 재주가 신통치 않아 벌이는 일마다 손해만 볼 뿐 별반 소득이 없었다. 상속 받은 일곱 두락의 논도 노다지를 캔다는 허황된 꿈을 좇아 모두 날리고 지금은 빈털터리 신세가 되어, 형에게 몸을 의탁하고 있었다.

이이가 장원급제를 하자 벌써부터 이번의 주위를 기웃거리며 귀가 얇은 그를 선동하는 무리들이 있어, 큰형 이선이 일찌감치 이번에게 처신에 조심하라고 주의를 주고 있었다. 그런 이번에게는 동생 이이가 얼마나 힘이 있는 자리에 가느냐가 최대의 관심사였다.

"이야, 호조도 힘이 있는 자리냐?"

"조정의 관직은 백성들을 위해 봉사하는 자리인데, 권세의 강하고 약함이 무슨 소용이 있겠습니까?"

"그래도 기왕이면 힘이 있는 자리가 좋지. 형님, 안 그렇소?"

이번의 얘기에 이선이 정색을 하고 그를 나무랐다.

"쓸데없는 소리. 이의 말이 다 옳네. 그리고 이가 어떤 자리에 있든 그것이 너에게 무어가 그리 중요하느냐? 쓸데없는 신경은 끄거라. 조정에는 원래 음해하려는 세력이 많아서, 까딱 잘못하면 동생이 책을 잡힐 수 있어. 우리가 비록 이를 돕지는 못할망정 우리 때문에 이가 책을 잡혀서야 되겠느냐? 아우님이나 나나 우리는 처신을 조심하고 또 조심하여야만 하네."

"형님은 왜 자꾸 나만 갖고 야단을 치시오. 내가 지금 이한테 무어라고 했소?"

이번은 얼굴이 시뻘개져서 씩씩거렸지만, 이선이 싸늘한 시선을 거두지 않자 풀이 죽어 슬그머니 사리에서 일어섰다. 이번이 나가자, 이선이 이이에게 바싹 다가와 나지막이 말했다.

"둘째가 너에게 무어라고 말하든 절대 부탁을 들어주어서는 안 된다. 노름꾼으로 유명한 김석진이라는 놈이 요즘 번이를 자꾸 꼬드기고 있어 내가 주의를 주고 있지만, 너에게 무슨 구실을 들어 무엇을 요구할지 모르니 너도 각별히 조심하거라.

너는 마음이 약해 내가 큰 걱정이야. 집안일은 내게 맡겨두고 너는 일에만 충실하거라. 관직에 나가 사사로운 일에 신경을 쓰게 되면 큰일을 못 하니, 사사로운 것들을 모두 끊어야만 한다."

이선은 이번이 마음이 놓이지 않는지 이이에게 몇 번이나 이르고 일렀다. 아버지의 자리를 대신해 가족들을 챙기고 살뜰히 살피는 큰형 이선이 있어 이이는 천군만마를 가진 듯 늘 마음이 든든했다.

"형님 너무 걱정 마오. 둘째 형이 지각이 없다 해도 여러 번 사업을 하다 실패했는데 다시 무슨 일을 벌이기야 하겠습니까. 그리고 부탁이 있습니다."

"말해보게."

"둘째 형에게 허물이 있다 해도 제 앞에서는 야단을 치지 말아주십시오. 동생 앞에서 형이 야단을 맞으면 체면이 무어가 되겠습니까. 안 그래도 자격지심이 많은데 자꾸 무안을 당하면 삐뚤어지지나 않을까 걱정이 되어 그러오."

"허허, 참. 둘째가 자네 반이라도 되면 내 여한이 없겠다."

이선이 허허로운 웃음을 지으며 한 잔 가득 술을 따랐다.

2

팔월 한여름에 이이는 조정에 출사해 자신이 지원한 호조의 좌랑(佐郞) 보직을 받았다. 이이는 일찍이 무리한 공납이 백성들의 삶을 피폐하게 만든 주범의 하나로 생각해온 터라, 출사를 한다면 마땅히 호조에서부터 근무를 할 것이라 미리 작정을 하고 있었다.

이이가 조정에 나오자 동갑내기 친구 정철이 뛸 듯이 기뻐했다. 정철은 이미 두어 해 전에 장원급제를 해서 사헌부(司憲府) 지평(持平)으로 근무하던 중이었다. 거의 십 년 세월의 우정을 쌓아온 두 사람은 죽이 잘 맞아 퇴청하고 나면 바늘과 실같이 늘 붙어 다녔다.

이이와 정철은 오늘도 도성 밖 행차에 나섰다. 오늘은 숭례문 밖 두모포(옥수동) 장터를 둘러볼 참이었다. 해거름이 되어도 늦더위는 기세가 꺾이지 않아 살집 많은 정철은 걸음이 날랜 이이를 쫓느라 땀을 뻘뻘 흘렸다. 그가 헉헉대며 볼멘소리를 했다.

"이야, 언제까지 이 짓거리를 계속할 거냐? 좀 천천히 가자, 죽겠다."

"어찌 기한이 있겠는가? 날 어두우면 못 보니 빨리 가세."

정철은 이이의 얘기에 한숨지으며 이이를 흘겼다. 이이와 어울리는 일은 언제나 즐거웠지만 꽤 몸집이 있는 정철에게는 먼 길을 매일 오가는 일이 여간 고역이 아니었다. 정철은 기의 보름간을 이이를 따라붙고 있어도 아직 걷는데 이력이 붙지 않아 함께 두 식경 이상을 걷고 나면 다리가 후들거리고 온몸이 천근만근으로 맥이 풀렸다. 정철은 투덜투덜 연신 불평을 늘어놓으면서도 이이와 떨어지는 건 싫어서 뚱뚱한 몸을 흔들고 이이를 열심히 따라붙었다.

숭례문 밖 두모포는 중랑천과 한강의 두 물줄기가 만나는 곳이라 하여 붙여진 이름인데, 이곳은 한양의 길목으로 지방에서 올라온 곡식을 실은 배가 빈번하게 드나드는 곳이어서 자연 마방,

객관이 생기고 저잣거리가 형성되었다. 팔도 상인들이 운집해 백성들의 생활을 알아보는데 도성 인근에 이 두모포만큼 용이한 곳은 드물었다. 이이는 호조의 책상에 앉아 들어오는 서류를 살피는 것만으로는 공납 문제의 실상과 백성들의 실생활을 알아보는 데 한계가 있어 민생 현장의 거울이라 할 수 있는 시장으로 조사를 나선 것이었다.

이이는 역사적 교훈이나 깨우침은 책을 통해 얻을 수 있으나, 백성들의 실생활은 백문이 불여일견이라 판단해 항시 봇짐에 지필묵을 넣고 다니면서 현장 기록을 생활화하고 있었다. 처음 얼마간은 이이 혼자 다니다가 정철이 이이의 얘기를 듣고는 조정관헌의 감찰 업무를 담당한 사헌부 지평으로서 자신도 무언가 할 수 있는 일이 있을 것 같아 동행하게 된 것이었다.

이태 전에 토포사(討捕使) 남치근(南致勤)이 이끈 토벌대에 큰 도적 임꺽정이 잡히고, 시국이 어수선한 틈을 타 조선 팔도를 헤집고 다니던 도적떼들의 난동까지 줄어 그들의 주된 약탈 대상이었던 시장이 안정을 찾아가고 있었지만, 또 다른 변수가 생겨 시장이 흔들리고 있었다. 심한 가뭄으로 곡물 출하량이 줄어 곡물 가격이 불안정한데, 누군가 대리인을 내세워 시장에 반입되는 족족 곡물을 매점매석해 유통되는 곡물의 씨를 말렸다. 이에 편승해 농민들까지 곡물 출하를 꺼려 곡물 가격이 근해 폭등했다. 봄에 비해 거의 반절은 오른 셈이었다. 매점매석의 당사자가 윤원형의 첩 난정이라는 소문이 돌기는 했으나 혐의만 있을 뿐 구체적인 증거가 없어, 조정에서도 섣불리 조사에 나서지 못했다. 정철이 이이와 동행에 나선 것도 따지고 보면 그 소문의 진상을 파악하기 위함이었다.

낮이 길어 해거름에도 두모포 시장은 여전히 사람들의 발길로 붐볐다. 이이는 오늘도 두모포 시장 초입에 있는 가장 규모가 큰 객관에 들렀다. 이 객관은 중국의 객잔을 모방하여 상인들의 숙박과 곡물 거래가 동시에 이루어지는 곳이라 이 객관만 들러보아도 그날그날의 곡물 가격의 추이를 한눈에 알아볼 수 있었다.

"주인장 계시오?"

비단 탕건에 하얀 모시 저고리로 한껏 멋을 부린 마흔 중반의 주인장이 이이를 알아보고는 기름이 자르르 흐르는 얼굴에 웃음을 띠고 다가와 얼른 고개를 조아렸다.

"나리, 오늘도 나오셨네요?"

"오늘은 쌀 가격이 좀 어떻습니까?"

"아이구, 말도 마십쇼. 하루가 다르게 쌀값이 올라 오늘은 한 섬에 포 세 필은 주어야 살 수 있습니다."

웬만한 남자 종 몸값이 포 백 필이니 쌀 서른 섬이면 남자 종을 살 수 있는 가격이었다. 이이와 정철이 가는 신음 소리를 내며 심각한 표정을 짓자, 객관 주인장은 눈치를 읽고 푸념하듯 친절한 설명까지 덧붙였다.

"나리들 쌀값이 올라봐야, 우리 같은 상놈들은 몸만 바쁠 뿐 아무 이익도 없습니다. 우리들은 챙겨봐야 그저 수고비 정도 푼돈만 챙기지, 실제 큰 이익은 곡식을 사들이는 큰손들이 다 가져가고 있습지요."

"주인장은 대체 그들이 누구인지는 아시오?"

정철이 모른 척 주인의 마음을 떠볼 요량으로 묻자, 주인장 역시 얼굴색 하나 변하지 않고 시치미를 잡아뗐다.

"저희들이야 알 길이 없지요. 곡식을 사가는 사람들이 모두 거간꾼을 낀 대리인들이라 저희들은 전혀 알 수가 없습지요."

"윤원형 대감의 첩 난정이 배후라는 소문이 이 거리에 파다하던데, 시장에서 제일 큰 객관을 운영하는 주인장이 모른대서야 말이 되오?"

정색을 한 정철이 은근한 노기를 담아 다그치자, 객관의 주인은 켕기는 게 있는지 움찔거리며 당황하는 기색을 비치다 헛기침을 하고는 손사래 쳤다.

"아이구, 소문이야 당연히 저도 들었습지요. 그런데 소문은 그저 소문일 뿐입니다요. 저잣거리는 본 적도 없고 볼 수도 없는 구중심처의 얘기까지 떠도는 곳인데, 소문이라 하여 어찌 사실이라 하겠습니까? 하물며 정경부인이나 되시는 분이 무엇이 아쉬워 백성들의 고혈을 쥐어 짜가면서까지 원성을 살 일을 하겠습니까?

그나저나 참 큰일입니다요. 백성들이 굶고 있어서, 요 아래 뚝섬만 내려가도 집 떠난 걸인들이 바글바글대고 있습지요."

객관 주인은 이이가 유랑민들에게 더 많은 관심을 갖고 있다는 것을 알아, 얼른 말머리를 돌렸다. 고양이 쥐 생각하듯 하는 객관 주인의 말에 정철이 눈살을 찌푸리며 그를 노려보았다. 주인장이 정철의 따가운 시선을 피해 가만 고개를 숙이자, 정철은 앞에 있는 쌀가마니를 발로 걷어찼다.

"계함, 이만 나가지."

이이는 성정이 불같은 정철이 또 불필요한 일을 벌이지 않을까 걱정이 되어 그를 잡아끌었다. 정철은 객관을 나온 뒤에도 뒤돌아보며 흥분해 내내 콧김을 불며 씩씩댔다.

"내가 보니, 저놈도 한통속이야. 저놈들을 어떻게 물고를 내야 이 분이 풀리겠나!"

"뻔한 일을 갖고 새삼 왜 그리 흥분하는가. 괜한 시비 거리 만들지 말고 뚝섬 쪽으로 한번 내려가보세."

"숙헌 자네는 화도 안 나는가? 시장 상인들이 정난정이 그년에게 빌붙어 이 난리를 치고 있는데, 가만 두어야만 하겠는기?"

"그렇게 화만 내지 말고 천천히 생각하게. 증거도 없이 어떻게 정경부인을 조사하겠는가? 증거를 찾는다고 해도 대리인으로 나선 수하 나부랭이 몇몇을 잡는 것으로 끝이 날 걸세. 지금은 긁어 부스럼 만들기 십상이니, 속이 타도 참고 있게나. 대비가 죽고, 윤원형의 기세가 꺾이면 그리 복잡한 일은 아닐 것이네……."

"이 육시랄 놈……."

정철은 노망든 노인처럼 구시렁구시렁대면서도 더 이상 말을 못했다. 정철도 현실의 한계를 잘 알고 있었다.

명종 임금이 모후(母后)인 문정왕후의 수렴청정에 반발해 외숙 윤원형의 독주를 견제할 목적으로 불러들인 중전의 외숙 이량(李樑)이 전횡을 일삼다 결국 그의 조카 심의겸(沈義謙)의 고변(告變)으로 작년에 실각했고, 이후로 임금은 모후의 눈치만 보는 천덕꾸러기가 되어 있었다. 모후의 반대를 무릅쓰고 자기의 오른팔로 삼고자 했던 이량을 잃고 의기소침해 있던 임금은, 설상가상 하나뿐인 아들 순회세자(順懷世子)마저 돌연 세상을 떠나자, 정사는 뒷전인 채 술만 마시며 세월을 보냈다.

조카인 명종의 견제로 한때 위기를 맞았던 윤원형은 누이인 문정왕후의 굳건한 신임을 바탕으로 오뚝이처럼 다시 일어나 권력의 정상에 올랐고, 조정의 인사나 정사를 떡 주무르듯 좌지우지했다. 그의 말이 곧 법이어서 그가 기침만 하여도 조정 신료들은 경기를 할 지경이었다.

그러니 증거도 없이 윤원형의 부인에게 혐의를 두고 조사한다는 것은 계란으로 바위치기보다 더 무모한 개죽음을 자초하는 우매한 일이었다. 그를 대적하기 위해서는 좀 더 많은 시간과 힘이 필요했다.

아무튼 당장 시급한 일은 정상적인 거래 기능을 상실한 시장을 되살리는 것이었고, 흉년과 기근에 굶주리는 백성들을 구휼하는 방안을 빨리 찾아내는 일이었다.

두모포 포구는 낚시 인파로 몸살을 앓았다. 정난정이 시주를 한답시고 백성들은 구경도 못하는 흰쌀 두 섬으로 밥을 지어 물고기의 먹이로 강물에 공양을 한 덕에 인근 물고기가 바글바글 모여들고 있었던 것이다. 이이와 정철은 어처구니없다는 듯 혀를 차며 한강을 따라 뚝섬 쪽을 향했다.

끼니때가 되어 굴뚝에 연기가 한창 피어올라야 할 시간이었다. 그러나 강둑 아래 논두렁 밭두렁 사이로 삼삼오오 무리지은 민가 중에 연기가 오르는 집은 채 반절에 못 미쳤다. 정철이 혀를 찼다.

"쯧쯧, 도성 밖 양민들이 많이 굶고 있나 보군."

"요즘은 삼시세끼를 다 먹는 사람들은 거의 없다네……."

"식량사정이 그리 어려운가?"

"호조의 곳간도 비어 있는 마당이니 말해 무엇 하겠나!"

"당장 방출할 구휼미도 없단 말인가?"

"……."

이이는 무표정한 얼굴로 말없이 고개만 끄떡이며 뚝섬 쪽으로 걸음을 계속했다.

희미한 어둠이 내려앉은 강둑 풀밭에 가족으로 보이는 한 무리의 유랑민들이 시꺼먼 얼굴을 하고 옥수수를 허겁지겁 먹고 있다가 곁에 선 이이와 정철을 발견하고는 화들짝 놀라 벌벌 떨었다. 이이가 물었다.

"왜 이렇게 놀라시는 게요?"

"나리, 용서해주십시오. 배가 고파서……. 제 안사람이나 아이들은 잘못이 없습니다."

 네댓 살은 되어 보이는 사내아이는 아랫도리를 벌거벗은 채였고, 그의 아내는 너덜너덜한 저고리 사이로 드러난 젖무덤을 감추려 두 팔로 가슴을 가렸다. 남자와 여자는 두려움에 떨고 있었지만, 영문을 모르는 사내아이는 채 다 여물지도 않은 옥수수를 껍질도 까지 않고 씹어 문 채 새까만 눈을 깜빡이며 두리번거렸다. 이이가 가슴이 꺼질 듯 탄식했다.

"지금 옥수수를 날것으로 드시는 게요?"

"……."

"날것을 먹으면 탈이 나니 불에다 구워 익혀 드시오……. 그런데 그대들은 어디서 왔소?"

"경기도 광주에서 오는 길입니다."

"어쩌다 집을 버리고 나오신 게요?"

 옥수수를 훔친 것에 겁먹고 벌벌 떨던 사내는 이이와 정철이 자신을 위협할 사람이 아니라는 것을 깨닫고는 설움에 북받쳐서 갑자기 울먹였다.

"형이 죽어 조카놈을 돌보아주었는데, 그놈이 군역을 피해 어느 날 집을 나갔습니다. 관아에서는 그놈 군역을 대신하든 아니면 포를 내놓으라고 하는데, 땅 한 뙈기 없이 남의 땅에 소작을 부쳐 사는 놈이 그 많은 포를 무슨 재주로 감당하겠습니까? 아전들은 사흘이 멀다 하고 집에 와서 윽박지르니 살 수가 있어야지요. 한양에서 남의 집 머슴살이라도 하면 입에 풀칠은 하지 않을까 싶어 도망을 나왔습니다."

 조선의 군역은 당사자가 군역을 기피할 때는 그의 가족에게 연대 책임을 물었고, 가족이 없으면 가장 가까운 친척에게까지 책임의 불똥이 튀었다. 친척이라는 이유 하나만으로 군역을 대신 서거나 아니면 군역을 면제받기 위해 베 삼사십 필 가량을 대신 내야 했는데, 이는 서너 가구에서 일 년 내내 쉬지 않고 길쌈을 해야 감당할 수 있는 양이었다. 이 때문에 집안이 파산하는 일이 드물지 않았다.

 이이와 정철은 그들의 딱한 사정을 그냥 지나칠 수 없어, 이이는 도포에 매단 옥 노리개를, 정철은 끼고 있던 가락지를 남자에게 빼주었다.

 객관 주인의 말처럼 뚝섬이 가까워질수록 문전걸식을 하는 유랑민들의 수가 전에 없이 눈에 띄게 늘었다. 한양 인근으로 몰려든 유랑민들은 낮에는 도성 근처에서 문전걸식을 하고 저녁이면 다시 무리를 지어 뚝섬 인근으로 몰려가 밤을 새고 있었다. 이이와 정철은 새까맣게 널린 유랑민의 수에 크게 놀랐다. 정철은 벌어진 입을 다물지 못하고 멍한 표정으로 있다가 말했다.

 "눈대중으로 보아도 걸인이 어림 천여 명은 충분히 넘겠어. 한양 인근이 이 정도라면 조선 팔도에는 거의 이만여 명에 달하는 걸인이 널려 있다고 봐야 할 것 같네."

 "유랑민의 숫자도 문제지만, 증가 속도가 더 문제네. 내 눈에는 달포 전에 비해 네 배 정도 느는 것 같네. 난 저 사람들이 다 한양

인근의 사람들은 아니라 생각하네. 멀게는 전라도 경상도 함경도에서 온 걸인들도 많이 있을 것일세. 지방보다는 아무래도 한양 사정이 조금 나아 얻어먹고 지내기가 비교적 쉬울 테니까! 걸인들이 한양 인근에 몰리는 건 지방 살림살이가 형편없다는 증거네."

"일리가 있어. 숙헌, 그런데 저 자들은 언제쯤이나 되돌아갈 것 같은가?"

"추수를 하기 전에는 어려울 것이네. 보릿고개 다음으로 힘든 시기가 추수를 앞둔 때이네……. 그나저나 저렇게 많은 사람이 몰려 있다 보면 자칫 불미스런 일이 생길지도 모르니, 자네가 포도청에 기별해 포졸들을 풀어 순경을 돌게 요청하는 게 좋겠네."

"그리 함세."

추석을 앞두고 식량 사정은 근년에 들어 최악이었다. 추수를 기대하기도 어려웠다. 가뭄으로 수확기를 앞둔 벼의 절반 이상이 피해를 보았기 때문이다.

날이 저문 하늘엔 붉은 노을이 그림같이 깔려 있었다. 산과 들은 푸르고 선선한 바람도 불었다. 여느 때 같으면 운치 있는 이 풍경을, 풍류를 즐기는 이이와 정철이 결코 놓치지 않았을 것이다. 이이가 정철에게 시를 부탁하고 정철은 카랑카랑한 목소리로 유유자적 시 한 수를 저 하늘의 노을에 걸쳐 놓았을 것이다.

눈길을 붙잡는 휘황한 노을을 보고도 그들은 오늘만큼은 별 감흥을 느낄 수 없었다. 그들의 머릿속은 복잡했다. 이이는 호조의 곳간에 남은, 채 팔만 석이 되지 않는 쌀로 무엇을 할 수 있을지를 고민했고, 정철은 매점매석으로 시장을 교란시키고 있는 배후 인물들을 어떻게 손을 보아야 할 것인지 궁리했다.

두 사람의 걸음은 발목에 돌덩이라도 매어 단 듯 무겁기만 하였다. 정철은 마음이 울적해 뒤돌아서서는 이이를 불러 세웠다.

"술이나 한잔 하지 않겠나?"

이이가 싱긋 웃었다.

"좋아, 우리 집으로 가세."

이이와 정철은 이이의 삼청동 집으로 가다가 안국동 윤원형의 저택 앞에 걸음이 멈춰졌다. 유등으로 불을 밝힌 윤원형의 아흔 아홉 칸 대저택은 어둠 속에서 대낮같이 빛났다. 이이는 아침 등청 길에 언제나 그의 집을 지나치곤 했지만, 무심코 지나쳤던 그의 저택이 오늘따라 유난히 흉물스러워 보였다.

가야금 가락이 어른 키의 두 배는 족히 넘는 담벼락을 타고 흘러내렸다. 바람을 타고 흐르는 기름진 음식 냄새도 역겹게 후각을 자극했다. 윤원형의 화수분이 된 백성들. 가야금 가락이 백성들의 신음소리로, 기름진 음식냄새는 백성들의 흘린 피 냄새로 바뀌고 있었다. 이이는 길바닥에 떨어진 돌을 주워 윤원형의 저택을 향해 돌팔매질을 하는 정철을 묵묵히 바라보고 있었다.

3

예순넷. 문정왕후는 나인들을 물리치고 홀로 앉아 면경 속에 비친 자신의 얼굴을 들여다보고 있었다. 처진 눈꺼풀, 자글자글 거미줄 같이 피어난 주름, 허옇게 세어버린 머리칼. 거울 속에 비친 늙은 여자의 얼굴엔 왕의 총애를 한 몸에 받았던 열일곱 처녀의 매력은 눈곱만치도 없었다. 고집스런 입매와 세월도 앗아가지 못한 강한 눈빛은 여전히 범접할 수 없는 위엄을 풍기고 있었지만, 이미 세월의 풍상에 찌든 여느 병든 노파의 모습과 크게 다르지 않았다.

문정왕후는 자신에게 묻고 있었다.

'난 얼마나 더 살 수 있을까?'

그녀는 근래 조금만 걸어도 힘이 부치고 어지러웠다. 나인들의 부축을 받지 않고는 나들이가 어려울 정도로 기력이 달렸다.

아들에게 배신당하면서부터 생긴 심병(心病)은 손자 순회세자의 돌연한 죽음과 남편 곁에 묻히고자 하였던 마지막 자신의 꿈이 위태로워지면서 나날이 심해지고 있었다. 가슴에서 불덩이가 일었고, 진수성찬을 보고도 식욕이 동하지 않았다. 잠을 잘 수도 밥을 먹을 수도 없었다.

그녀는 하루가 다르게 자신의 육체가 쇠약해지고 있음을 알았다. 그녀는 지난 인생길을 되돌아보고 있었다. 남편 곁에 묻혀 남편을 온전한 자신의 소유로 보존하고 싶었던 기대가 무너지자 그녀는 몹시 허탈했다.

근년에 들어 자신이 신임했던 봉은사(奉恩寺) 주지 보우에게 맡긴 일들도 하나같이 제대로 풀리지 않아 심란하기 그지없었다.

그녀는 자신이 여주(女主)로, 철의 여인으로, 피도 눈물도 없는 냉혈한으로 불리는 것도 알고 있었다. 그녀는 이런 별칭이 자신을 능욕하는 말이라는 걸 알았지만, 세간의 이런 욕된 말들을 자식과 가문을 지키기 위해 혼신의 열정을 다 바친 한 인간에 대한 영광의 상처라 생각하며 살아왔다.

목에 칼이 들어와도 눈도 깜짝하지 않는 강심장을 지닌 그녀도 세월 앞에 약해지고 있었다. 불길한 일들이 연이어 일어나자 언제나 자신의 편이라 생각했던 하늘이 이제는 반대로 자신을 버리기로 한 것은 아닌지 하는 일말의 의구심을 거두지 못하고 문득문득 찾아드는 불안을 내치지 못하여 조바심을 냈다.

"어찌 이런 일이……. 아직도 영상(領相)은 오지 않았는가?"

위엄이 가득 서린 그녀의 목소리가 대비전(大妃殿)을 쩌렁쩌렁 울렸다.

"황송하옵니다만, 아직 당도하지 않았사옵니다."

"으음……."

외마디 신음과 함께 그녀는 눈을 감았다. 그녀는 지난 일이 주마등처럼 떠올랐다. 열일곱에 왕비가 되어 정사에 관여한 지가 어언 삼십칠 년. 자식과 가문을 지키기 위해 자신을 바친 시간이었다. 손자 순회세자의 죽음을 생각하자 기가 막혔고, 종묘사직과 집안의 번성을 위해 남편 중종(中宗)의 능을 이장할 봉은사 인근 선릉(宣陵)에 물이 찼다는 말에는 참을 수 없는 분노가 치밀었다. 그녀의 눈꺼풀이 파르르 떨렸다.

"대비마마, 영상께서 지금 막 당도했사옵니다."

"즉시 들라 하라!"

문정왕후는 친정 동생이자 영상인 윤원형이 들자 곁에 가까이 다가오게 했다.

"대비마마, 어찌 안색이 흐리옵니다."

"내가 지금 마음이 편안할 수 있겠는가?"

미간을 찡그린 문정왕후가 눈을 부라리며 퉁명스럽게 말하자 윤원형이 순간 계면쩍어 움찔했다. 윤원형은 누이인 문정왕후가 부군인 중종의 능을 정릉(靖陵)에서 선릉으로 이장하기로 결정한 후 선릉에 물이 찬 것 때문에 크게 심상해하고 있다는 것을 알았다.

"마마, 너무 걱정하지 마시옵소서. 공조에서 인부들을 동원해 한강 물막이 공사를 주야로 열심히 하고 있으니 이장 성패 여부를 지금 판단하는 것은 아직 섣부른 생각이라 사료되옵니다."

문정왕후는 의혹의 눈초리를 거두진 않았지만, 영상의 말에 약간은 마음이 누그러져서 기대 반 우려 반으로 물었다.

"정말 이장은 가능한 것이오?"

"공사 진척에 따라 달라질 수 있사오니, 조금 더 기다려보시옵소서."

"으음, 그런데 주상은 요즘도 주색에 빠져 있소?"

"세자 저하를 잃고 상심이 크신 터라……."

"못난 것. 자식 잃은 아픔이 아무리 크다 해도 술에 빠져 세월을 보내다니……. 그런 약해빠진 모습으로 이 나라의 사직을 어떻게 지킬 것인고? 이런 주상이 어떻게 나한테 칼을 겨누었단 말인고?"

"마마, 이량의 문제에 대해서는 주상 전하께서도 잘못하신 것을 잘 알고 반성하고 계시옵니다. 그때의 일은 그만 잊으소서!"

"잊다니요! 영상은 주상이 겨눈 칼끝이 어디를 향한 것인지 모르고 하는 소리요? 바로 영상을 향한 것 아니오? 내가 어떻게 주상을 보위에 올렸소? 그런데 내 친정붙이에게 칼을 겨누다니 이런 불효가 어디 있단 말이오!"

문정왕후가 주먹을 불끈 쥔 채로 입술을 깨물었다. 그녀가 아들의 배신에 아직도 분을 삭이지 못한 것은 사실이었다. 하지만 그녀가 화를 낸 실제 이유는 아들의 배신 때문이 아니었다.

그녀는 아들 명종이 자신의 뜻에 반해 중전의 외숙 이량을 기용할 때만 하여도 괘씸한 생각은 있었으나 크게 긱정히지 않았다. 자식을 평생 가슴에 품고 살 수 없는 바에야 생전에 아들이 친정 경험을 쌓는 기회를 갖는 것도 나쁘지 않다고 여겼다. 친정에 나선다 해도 유약하고 배포가 약한 임금이 모후인 자신의 뜻을 거스를 일도 없다고 판단했던 터였다. 하지만 이량을 기용하고 나서는 돌변해 자신의 동생 윤원형을 내치면서까지 서슴없이 자기 심기를 건드리던 아들이었다. 그리도 당돌했던 명종이 이제는 자식을 잃었다고 정신을 놓고 사는 못난 꼴을 보이고 있었다. 그녀는 그 모습을 차마 두 눈 뜨고 볼 수 없었다.

임금은 아들 순회세자를 잃고 난 후 정사에 대한 의욕을 잃고 밤낮없이 술만 마셨고 환관들을 향해 입에 담을 수 없는 욕설을 퍼부었다. 임금은 그들을 이유 없이 옥에 가두었다가 풀어주기를 반복해서 조정 대신들은 임금의 화가 어디를 향할지 몰라 전전긍긍했다.

임금의 동정에 대해 주야로 올라오는 보고를 듣고 있자면 문정왕후는 기가 막혔다. 잠이 들면 아침을 맞이하기 무서웠고 해가 뜨면 또 오늘은 무슨 얘기가 들려올 것인지 몰라 노심초사하고 있었다. 그녀는 아들이 환관들을 통해 자신에 대한 분풀이를 하고 있다는 것도 어처구니가 없었지만, 자기의 피땀이 서린 보위를 정작 자신의 아들이 흔들어대고 있다는 것만은 참을 수가 없었다. 문정왕후가 허망한 눈빛으로 한숨을 내쉬었다.

"이 어미에게 칼날을 겨누던 그런 기백은 어디로 갔을꼬!"

"마마, 심려마시옵소서!"

"영상은 지금 이 판국에 그런 입에 발린 말이 나오시오?"

"황공하옵니다, 마마."

정색을 한 문정왕후의 호통에 윤원형은 부복(俯伏)을 한 채 몸 둘 바를 몰라 했다. 찰나의 침묵이 흘렀고 그녀는 화가 조금 풀렸는지 낯빛을 부드럽게 하여 나지막이 윤원형에게 말했다.

"내가 아우님을 부른 것은 그런 빈말이나 듣자고 부른 게 아니오. 긴히 할 말이 있어 불렀으니 잘 들으시오!"

윤원형은 문정왕후가 자신을 친정의 피붙이로 불러준 것에 안도하며 그녀의 말에 두 귀를 쫑긋 세웠다.

"하나는 올케에 대한 것이오. 호조 좌랑 이이와 사헌부 지평 정철이 상소를 올렸소."

윤원형의 눈이 휘둥그레졌다.

"무슨 말씀이신지요?"

"몰라서 나한테 묻는 것은 아닌 줄 아오."

자신을 응시하는 그녀의 말에 윤원형은 고개를 숙인 채 민망한 기색을 감추지 못했다.

"조정 내에 아우님에 대한 여론이 좋지 않소. 그 사정은 아우님이 더 잘 아시지 않소? 당부하건데 난정이한테 이르시오. 오늘 이후로는 장리를 놓지 말라고, 내 말을 절대 가볍게 듣지 말라고 이르시오."

"명심하겠사옵니다."

윤원형의 이마에 맺힌 땀방울이 혈색 좋은 그의 볼을 타고 흘러내렸다. 문정왕후는 당혹감에 싸여 얼굴이 달아오른 영상을 물끄러미 바라보다 씁쓸한 미소를 지었다.

"아우님, 내가 웬만하면 좌랑이나 지평 따위의 상소에 귀를 기울이지는 않았을 것이오. 하지만 구구절절 옳은 얘기라 무어라 반박할 말이 없었소. 비단이나 인삼 같은 것이야 재물이 많은 사람들이 사용하는 것이니 그런 것을 가지고 말하는 것은 아니오. 문제는 왜 쌀이냐, 이것이오. 영상도 지금 백성들 사는 형편이 어떤지 모를 리 없을 터인데, 곡식을 매점매석해서 어쩌자는 거요?

다른 물건으로 재물을 모으는 것은 내 눈을 다 감아줄 터이지만, 난정이에게 쌀에서는 반드시 손을 떼라 이르시오. 이것은 당부가 아니라 내 명(命)이라는 것을 염두에 두시오. 재물이란 연기 같은 것이오. 사라지는 것이지 가질 수 있는 게 아니란 말이오. 내 덕에 아우님도 누릴 만큼 누렸소. 그러니 이제는 정말 나를 도와주어야 하오!"

"무슨 말씀이신지요?"

"주상의 후사(後嗣)를 어찌하면 좋겠소?"

자신을 질책하기만 하던 그녀의 말이 왠지 뜬금없어 영상 윤원형은 고개를 갸우뚱했다.

"주상 전하께서는 아직 한창 나이이신데, 어찌 그런 말씀을 하시옵니까?"

"영상은 주상이 왕자를 생산할 수 있을 것이라 보십니까?"

"……."

임금의 외숙이긴 하나 신하된 도리로 임금의 후사 문제를 입에 올린다는 것은 불충하고 불경스런 일이라 영상 윤원형은 여간 부담스럽지 않았다. 윤원형은 갑자기 오금이 저리는 것만 같았다.

"마마, 어찌 그런 말씀을……."

"잘 들으시오. 지금 주상의 형편으로 보자면 보위를 온전히 보전할 수 있을 것 같지가 않소. 주상은 육체적으로 정신적으로 크게 유약해져 있어요. 내가 오래도록 살아 있다면 주상을 지켜줄 수 있을지 모르나, 내가 예전 같지가 않소. 주상은 내가 없으면 무너지게 되어 있어요."

 문정왕후의 말에 윤원형이 놀라 황망한 눈길로 그녀에게 울부짖었다.

"마마, 무슨 말씀을 그렇게 하시옵니까? 마마께서는 백년세세토록 사실 것이오니, 염려 마시옵소서, 마마!"

 문정왕후가 한심하다는 표정으로 혀를 찼다.

"허허, 내 그런 말 들으려고 하는 게 아니래두 그러시오. 아우님, 내 나이 예순넷이요, 살 만큼 살았고 내 육신이 망가지고 있소. 나는 느끼고 있어요, 죽음의 그림자를 말이오. 그런 공치사가 아니라, 정말 차차 준비해야 하오. 내가 오래오래 산다면 주상이 생산한 왕자를 지켜줄 수 있을지 모르오. 하지만 이젠 그럴 시간이 없소. 주상의 보령(寶齡)이 서른하나요. 주상의 건강도 좋지 않소. 주색에 빠져 있는 주상이 어느 날 갑자기 세상을 떠난다면 어찌하겠소, 더군다나 내가 죽고 나서 그런 일이 벌어진다면 말이오?"

"······."

 누이의 죽음을 깊이 생각한 적이 없었던 윤원형은 그녀의 말에 무어라 할 말이 없었다. 문정왕후의 얘기가 현실이 된다면 그로서는 몹시 두려운 일이었다. 누이의 죽음이 갖는 의미를 그는 확실히 알고 있었다. 그는 적어도 자신에 대한 부정적인 여론의 흐름을 알았고, 자신에 대한 임금의 적대감도 잘 알고 있었다. 누이의 죽음은 자신의 바람막이가 하나 없어지는 것으로 끝나는 것이 아니라 자신의 권력 기반이 무너지는 것을 의미하고 자신의 몰락을 예고하는 것이었다. 그녀는 누이의 죽음을 상상조차 하기 싫었다.

부복한 영상 윤원형의 머릿속에서 온갖 생각이 불같이 일었고, 다양한 계산이 부지런히 오가고 있었다. 문정왕후가 그의 마음을 읽기라도 하듯 그의 생각 속으로 들어왔다.

"아우님, 누가 무어라 해도 어미인 내가 더 잘 압니다. 임금의 보령이 적지 않아 나는 주상에게 후사를 기대하기 쉽지 않다고 여기고 있소. 후사를 얻는다 한들 너무 어려 보위를 온전히 이어받을 수 있을지도 의문이오. 하여 내가 생각해둔 바가 있소."

문정왕후의 말에 윤원형이 정신이 번쩍 들었다. 그가 고개를 들어 눈을 밝히며 문정왕후에게 조심스럽게 물었다.

"무엇이옵니까?"

"적손(嫡孫)이 없다면, 방계(傍系) 혈족 가운데 후사를 정하는 것도 한 방법일 것이오. 덕흥군(德興君)의 후손들을 잘 눈여겨보시오."

"덕흥군이라면 대비마마와 친동기간같이 지냈던 창빈(昌嬪) 안씨의 소생 아니옵니까?"

"그렇소. 창빈은 경빈(敬嬪)과는 달리 한 번도 욕심을 낸 적이 없었던 사람이오. 자신의 분수와 처지를 잘 아는 사람이지요. 듣자 하니 주상이 덕흥군의 셋째 하성군(河城君)에게 마음을 크게 쓰고 있다고 하니 잘 보아두시오!"

"무슨 뜻이온지요?"

"어허, 이 답답한 사람을 보았나! 아우님이 영상은 맞소? 내가 왜 아우님에게 이 이야기를 하겠소?"

"……."

순간 윤원형의 머릿속을 스치는 생각이 있었다. 그가 급히 불룩한 배를 안고 간신히 허리를 구부려 문정왕후에게 큰절을 올리더니 닭똥 같은 눈물을 쏟았다.

"황공하옵니다, 마마. 이 은혜를 어찌, 이 은혜를 어찌 제가 갚겠사옵니까."

문정왕후가 빙긋 웃으며 윤원형을 일으켜 세웠다.

"아우님, 아우님은 세상 누가 무어라 해도 내 친정붙이요, 한 부모 밑에 태어난 동기간이오. 이제 난 시간이 얼마 남지 않았어요. 내가 죽고 나면 주상은 누가 지킬 것이며 아우님은 또 누가 지켜주겠소? 덕흥군은 나를 제 어미보다 너 많이 따랐고 주상과 덕흥군 사이는 배만 다를 뿐 친동기간처럼 지내고 있소. 영상이 인연을 잘 맺어야 주상도 살고 우리 집안도 살 수가 있소. 알겠소?"

문정왕후의 얘기는 천둥소리가 되어 윤원형의 머리를 세차게 때리고 있었다.

4

하얀 눈이 세상을 뒤덮은 동지섣달. 봄을 기다리는 매화는 눈꽃을 피우며 숨을 죽였고 고요한 정적이 내린 구중궁궐 같은 윤원형의 안국동 안채는 한밤중에도 불빛이 훤했다.

정난정은 남편 윤원형이 따른 술로 매끄러운 붉은 입술을 적시며, 문정왕후의 건강 이상으로 근래 얼굴에 늘 수심이 가득했던 남편이 오늘 따라 화색이 도는 까닭이 궁금하여 물었다.

"대감, 오늘은 웬일로 이리 기분이 좋으신가요?"

퇴궐한 이후 남편의 만면에 머금은 미소는 가실 줄을 몰랐다. 그녀는 남편에게 이유를 물었지만 윤원형은 빙긋 웃기만 할 뿐 시치미를 떼어 은근히 그녀의 애를 끓이게 하였다. 남편이 능청을 피울 때는 필시 어떤 좋은 일이 있다는 것을 난정은 잘 알고 있었다.

그녀가 환갑을 목전에 둔 윤원형을 희롱하듯 그의 늘어진 두 볼을 어루만질 때에도 그는 웃기만 할 뿐 말이 없었다. 윤원형은 딴청을 피우며 그저 눈짓으로 아내 난정에게 술 한 잔을 더 따라주기만을 청했다. 마음이 급한 난정은 영문을 몰라 속이 타서 견딜 수 없었다.

그녀가 가는 기침을 하고는 새치름한 표정을 지었고 눈꼬리를 치켜세워 남편 앞에 바짝 다가앉았다. 그래도 윤원형은 본체만체 하였다. 그녀가 고운 손을 뻗어 윤원형의 최대 약점인 겨드랑이를 간지럼 태우자, 윤원형은 입에 물고 있던 술잔을 떨어뜨리며 방바닥에 나동그라졌고, 떼굴떼굴 구르다 눈물까지 흘리며 경기하듯 웃어댔다.

그녀는 남편이 숨넘어가는 시늉을 해도 간지럼을 멈추지 않고 큰 눈알을 살살 굴리면서 그의 가슴을 덮쳐왔다. 이십여 년간 한 이불을 덮고 살아온 여자라 이제는 익숙할 만도 했지만, 윤원형은 언제나 그녀가 새롭기만 했고 해가 갈수록 더욱 농염해지는 그녀의 매력에 흠뻑 빠져 있었다. 어찌나 애교가 넘치는지 그녀의 입김만 느껴도, 비대한 윤원형의 육체가 짜릿한 긴장 속에 빠져들었다. 그는 숨이 막혔다.

"그만하시오! 그만하시오! 말하겠소……. 술이나 한 잔 주시오."

"대체 무슨 일인데 대감께서 그리 시치미를 떼시오?"

윤원형은 두툼한 손으로 가늘고 매끄러운 그녀의 손을 잡으며 배시시 웃었다.

"부인, 이제 우리에게 살 길이 생겼소."

정난정은 남편의 말이 뜬금없었다. 그녀는 이해할 수 없다는 표정을 지었다.

"무슨 말씀이세요? 지금 우리에게 무슨 일이 생겼어요? 대감에게 살 길이라니요? 아니, 우리에게 무슨 불길한 일이 있기라도 했단 말인가요? 대감은 일인지하 만인지상의 영상 대감이시고 주상 전하의 외숙부이시고 누이이신 대비께서 살아 계시는데, 무슨 말씀이세요?"

"그런 게 아니라, 실은 우리에 대한 조정 여론이 좋지 않소. 내 눈 앞에서는 고분고분하지만 뒤에서는 험담을 늘어놓는 놈들이 한둘이 아니오. 부인도 알다시피 주상전하께서 나를 경계하시어 이량을 들일 때부터 나는 사실 마음이 크게 쓰였다오. 외숙인 나를 믿지 못하시니 언젠가 나도 버림을 받겠구나 하고 말이오. 그나마 대비께서 계시니 주상께서 날 어쩌지는 못하고 있지만, 대비께서 세상을 뜨시고 나면 우리가 누굴 의지할 수 있겠소? 그야말로 고립무원의 신세를 면키 어려울 것이오. 그런데 오늘 대비께서 내게 이렇게 말씀하셨소!"

"무어라 하셨어요?"

"대비께서는 참으로 인정이 많은 분이오……. 술이나 한 잔 더 따르시오."

윤원형은 말을 하다 말고 눈을 지그시 감았다. 눈두덩이 시꺼먼 그의 눈에 촉촉한 눈물이 아롱졌다. 그녀는 남편에게 술을 따르다 말고 채근했다.

"속 시원히 말씀 좀 해보세요."

"덕흥군의 셋째 하성군과 우리 딸을 맺어주고 싶다는 거요."

"예?"

그녀가 놀란 토끼눈을 하고 외마디 비명을 질렀다. 덕흥군의 셋째 하성군이라 하면 임금의 총애를 받고 있는 왕손이라는 걸 난정은 알고 있었다. 순회세자가 죽고 후사가 없어 늘 걱정하던 임금이 만일을 대비하여 한윤명(韓胤明)을 사부로 삼아 왕손들에게 공부를 시키고 있다는 것도 알고 있었다. 그녀는 가슴에 묘한 흥분을 느끼며 회심의 미소를 지었다.

"하성군과 인연을 맺고 주상 전하께서 후사를 두지 않고 승하하신다면, 영상께서는 국구(國舅)가 되시겠군요?"

"꼭 그런 것은 아니지만 그럴 가능성은 충분하오."

"가능성이라니요?"

"하성군의 위로 형이 둘이나 있으니, 꼭 하성군이 왕위를 물려받는다는 보장은 없소. 다만 임금이 그 삼형제 가운데 막내 하성군을 제일 총애하니 가능성만 놓고 본다면 왕위 계승에 가장 근접해 있다고 볼 수 있소. 아무튼 대비께서는 우리를 위해 이렇게 신경을 쓰고 계신단 말이오."

윤원형은 문정왕후의 말에 감격해 진정을 못 하고 안절부절 손에 쥔 호두를 시끄럽게 만지작거렸다.

"사람들은 나를 간흉이라 욕하지만, 사실 난 나 자신의 영달만을 위해 살아오지는 않았소. 을사년에 윤임(尹任)을 제거한 것도 양재역 벽서 사건으로 계림군을 처리한 것도 따지고 보면 주상 전하의 자리를 공고히 하기 위함이었소. 그런데도 주상께서 나를 의심하시어 이량을 들일 때는 사실 몹시 서운하였소. 누님이 말씀하셨소. 세상 누가 무어라 해도 나를 믿는다고, 주상 전하를 지켜달라고 말이오."

난정은 빨간 명주 손수건으로 남편 윤원형의 볼을 타고 흘러내리는 눈물을 훔치며 그의 손을 꼭 잡았다.

"대감, 저도 대감을 믿습니다. 제가 대감을 처음 만났을 때는 사실 내 일신의 안위를 위해 대감을 유혹하고 받아들였습니다.

얌체 같은 생각이지만 잇속 계산을 아니 하였다 할 수 없지요.

기방의 천한 기녀였던 제가 대감을 만나 세상의 부귀영화는 다 누려 보았고, 정경부인의 작호(爵號)까지 받았습니다. 이 때문에 대감을 사랑하는 것은 결코 아닙니다. 그렇지만 살아가면서 이제는 대감을 진정 사랑하게 되었습니다. 대감과 한날한시에 죽을 수 있다면 이년은 더 바랄 게 없어요. 그게 이년의 마지막 소원입니다.

남들은 대감을 무어라 욕을 하여도, 이년은 대감의 마음을 압니다. 사직을 보전한 공으로 보자면 이유(李瑈)*를 도와 간흉들을 척살한 한명회(韓明澮) 대감보다 대감의 공이 못할 게 없습니다. 대감께서 손에 피를 묻히지 않았다면 오늘의 금상 전하가 어찌 있을 수 있겠습니까? 그러니 대감께서 국구가 되신다 하여도 조금도 이상할 게 없습니다. 피도 충성스러운 마음이 있어야 묻힐 수 있는 것이지요. 대비께서는 대감의 충심을 알고 계시는 것입니다."

정난정의 찬사에 윤원형이 겸연쩍어하며 웃었다.

"나를 너무 띄우는구려!"

"……"

남편을 지긋이 바라보던 난정이 눈웃음을 치며 말했다.

"저는 대감께서 어찌 되시든 운명을 같이할 생각입니다. 아무

---

*세조의 이름.

걱정 마시고 국사에나 신경을 쓰세요……."

난정이 갑자기 말꼬리를 흐렸다. 그녀의 눈이 촉촉이 젖어 있었다. 정이품 도총관(都摠管)의 딸로 태어나고도 서녀라 하여 핍박과 구박을 받으며 살았던 지난 시절의 서러움이 느닷없이 쓸쓸한 새벽안개같이 가슴에 희뿌옇게 피어올랐다.

집을 나와 단단히 벼르고 기방에 들 때는 온 세상의 남자를 자기 앞에 무릎 꿇게 하여 자신을 버린 아버지와 세상을 한껏 조롱하리라 생각했다.

그러다 만난 남자가 지금의 남편 윤원형이었다. 남편은 출신을 따지지 않았다. 남편은 정난정이란 여자를 한 인간으로 온전히 사랑해준 사람이었다. 독한 사랑에 취해 조강지처를 버리고 천한 기녀를 정실부인으로 받아준 남편 윤원형이었다. 자신을 평생 괴롭혔던 가슴에 박힌 애끓는 피멍의 한도 이젠 없었다. 그녀는 정승의 아내로 세상이 우러러보는 낭낭한 징정부인이었다.

그녀는 남편을 사랑했다. 그녀에 대한 남편의 사랑도 독했지만 남편에 대한 그녀의 사랑은 더 지독해서, 그 사랑에는 광기가 서려 있었다. 그녀는 그와 함께라면 불구덩이에도 뛰어들 각오가 되어 있었다.

윤원형이 감상에 젖어 있는 그녀를 물끄러미 바라보며 말했다.

"부인, 그런데 부탁이 하나 있소."

"말씀하세요."

"부인이 싸전에서 손을 떼었으면 하고 대비께서 말씀하셨소."

"왜죠?"

"흉년이 들어 백성들이 먹을 게 없다고 난린가 보오. 쌀값이 올라 백성들 살림살이가 여간 어렵지 않다고 하오. 인심을 얻어 나쁠 건 없지 않겠소. 누님의 말씀을 들읍시다."

"다른 말씀은요?"

"형편이 어려운 백성들이 사는 데 별 영향이 없는 비단이나 인삼 같은 물품은 부인이 거래를 해도 좋다고 하였소."

그녀가 고개를 끄덕였다. 사실 그녀도 쌀 거래만큼은 크게 내키지 않았었다. 집사(執事)들과 손을 잡은 싸전 거간꾼들이 지난 봄부터 문지방이 닳도록 들락거리며 반년 안에 큰 이익을 낼 수 있다고 하도 들쑤시는 통에 못이기는 척 그들에게 일을 맡겨두긴 했지만, 가난이 무엇인지 아는 그녀 입장에서는 형편 어려운 백성들이 더 고단해질 수 있는 일만은 하고 싶지 않았다. 행여 불미스런 일이 생기지 않을까 염려하여 거간꾼들에게는 가난한 백성들이 곤경에 처하지 않도록 일을 제대로 처리하라고 신신당부를 했던 터라, 싸전 일로 문정왕후의 지적까지 당하고 보니 그녀는 적잖이 속이 상했다.

아무튼 시누이인 문정왕후의 마음 씀씀이는 무척 고마웠다. 그녀는 문정왕후가 미리 남편을 불러 일러둔 것은 미래에 있을지 모를 위험에 대비하여 자신들에게 일찌감치 자진해 주변 정리를 말끔히 해두라는 뜻이라 생각했다. 문정왕후의 입에서 그 같은 말이 나왔다는 것 자체가 예사롭지 않았다. 문정왕후의 말은 머지않아 불어올 폭풍을 예고한 것이라 그녀는 생각했다.

난정은 다음 날 날이 새자마자 서둘러 집사들을 풀어 장안의 손이 큰 거간꾼들을 급히 불러 모아 명을 내렸다.

"오늘 이후로 도성 안팎에서 쌀을 매입하는 것을 중지하고, 매입한 쌀들은 싸전에 모두 신속히 출하시키도록 하시오."

그녀의 지시가 있은 날부터 치솟기만 하던 쌀값이 이제는 반대로 넘치는 물량으로 인해 하루가 다르게 떨어져 급속히 안정을 찾았지만, 팍팍해진 살림살이로 백성들이 이미 타격을 입을 대로 입은 터라 난정의 조치는 사후약방문격이었다.

모든 조치에는 때가 중요했다. 실기(失期)한 그녀의 조치는 자신의 간절한 바람에도 불구하고 가난한 백성들에게는 아무 도움이 되지 않았고, 돈푼깨나 만지는 먹고살 만한 재력가들이나 잔챙이 장사꾼들의 잇속을 챙기는 데만 이용되었을 뿐이었다.

5

명종 20년(1565) 삼월. 남편 중종의 능을 우여곡절 끝에 봉은사 인근 선릉으로 이장하는데 성공한 문정왕후는 노환과 과로 탓에 양주 회암사에서 예정된 큰 재(齋)를 앞두고 돌연 쓰러졌다.

조정에서는 이태 전 순회세자의 죽음을 막지 못한 죄로 옥고를 치른 양예수까지 다시 어의로 불러 대비전에 상주시키며 문정왕후를 치료하는 데 만전을 기했다. 임금과 어의들의 지극한 정성에도 쓰러진 문정왕후의 혼미한 의식은 십여 일이 지나도록 차도의 기미가 없었다.

 대비전을 지키는 나인들의 입을 통해 문정왕후의 회생 가망이 희박하다는 사실이 속속 알려지면서 순식간에 정국이 요동쳤다. 임금은 모후에 대한 죄책감에 식음을 전폐하고 밤잠을 설쳤고, 신료들은 문정왕후 임종 이후의 정치적 지각 변동에 촉각을 곤두세웠다.

 문정왕후의 와병에 가장 노심초사한 사람은 당연 영상 윤원형이었다. 그는 문정왕후가 혼절한 사실을 알고는 기겁을 했고, 급히 자신의 심복 나인을 대비전에 심어 두고 문정왕후의 용태를 살펴 하나도 빠짐없이 즉시 보고하게 했다.

 하얀 매화꽃이 활짝 핀 정원에는 봄 햇살까지 내려앉아 봄기운이 무르익고 있었지만, 윤원형의 사가는 칙칙하고 차가운 긴장만 무겁게 흐르고 있었다. 윤원형은 이맛살을 잔뜩 찌푸린 곤혹스런 표정으로 몸을 웅크리고 앉아 연달아 한숨만 내쉬었고, 여간해서는 표정에 변화가 없어 속에 무엇이 들었는지 짐작조차 할 수 없는 일백 가지 얼굴을 지닌 그의 아내 난정 역시 화사한 화장에도 불구하고 표정이 어둡기는 마찬가지였다. 그녀가 남편의 안색을 가만 살피다가 조심스럽게 참았던 말문을 열었다.

 "대감! 대비께서 대감을 정말 몰라보시던가요?"

 "의식이 없어 주상 전하도 알아보지 못하시는데 어찌 나인들 알아보시겠소······."

 윤원형은 아침나절 내내 문정왕후 곁을 지키다가 퇴궐한 길이었다. 두 사람은 더 이상 말을 잇지 못하고 멀뚱멀뚱 한동안 가만히 앉아 있기만 하였다. 윤원형과 같이 어깨를 늘어뜨리고 있던 난정이 윤원형의 손을 잡아끌며 조바심을 냈다.

"대감, 이렇게 우두커니 앉아 손을 놓고 있을 수만은 없습니다. 대비께서 만약 운명이라도 하신다면 큰일 아닙니까? 일을 서둘러야 하겠어요."

"낸들 왜 그걸 모르겠소……. 하지만 대비께서 와병 중인 이때에 혼사를 추진한다는 게 모양새가 영 좋지 않아요. 신료들은 차치하고 세상 사람들이 또 무어라 하겠소? 말이 금방 나오게 될 거요. 일이 시끄러워지면 오히려 처지가 곤란해지니 지금은 때를 기다리는 게 상책이오. 급할수록 돌아가라는 말이 있지 않소?"

"대감 말씀이 맞아요. 하지만 세상 사람들의 욕이란 것도 따지고 보면 한순간이에요. 시간이 흐르고 세월이 지나면 다 묻히기 마련이에요. 지금 형국은 발등에 불 떨어진 것이나 마찬가지니 실기하면 모든 것을 망치게 됩니다. 비록 대비께서 의식은 없으시지만 아직은 숨이 붙어 계시니, 대비의 뜻이라고 밀어붙인다면 내키지는 않아도 신료들도 공공연히 대놓고 반대하지는 못할 것입니다. 게다가 덕흥군의 마음까지 우리가 얻는다면 그 누가 무어라 하겠습니까? 아마 모르긴 하여도 신료들이 벙어리 냉가슴 앓듯 하겠지요. 아니 그렇습니까? 대감."

그녀가 그윽한 눈을 초롱초롱 밝히면서 강단 있는 목소리로 윤원형을 설득하자, 죽을상을 짓고 있던 윤원형의 얼굴에 희미한 생기가 돌았다. 윤원형은 전의에 불타는 늠름한 병사같이, 몰려오는 먹구름에도 흔들리지 않고 옹골지기만 한 그녀를 보니 내심 탄성이 터져 나왔다.

'참으로 여장부일세그려!'

그가 금실로 수놓은 목침을 어루만지면서 나지막이 물었다.

"허어, 부인의 말을 듣고 보니 또 그럴 것도 같구려. 쇠뿔도 단김에 빼라고 했으니, 부인이 일을 한번 추진해보시오. 그런데 어찌 묘책은 있소이까?"

"덕흥군에게 애첩이 하나 있는데, 소문에 그 아이 말이라면 덕흥군이 무엇이든 다 들어준다고 합디다. 그런데 그 아이가 금 노리개라면 사족을 못 쓴다고 해요. 물욕도 많구요. 허영 많은 그런 아이 마음 사는 것은 식은 죽 먹기예요."

난정은 의미심장한 미소를 지으며 자신에 차 있었지만, 윤원형은 오늘따라 왠지 난정의 생각에 크게 믿음이 가지 않았다. 덕흥군은 처신이 매우 신중했고 분별력이 있을 뿐 아니라 명예를 중시하는 사람이었다. 그가 아무리 첩을 사랑한다고 해도 첩의 말에 솔깃해 인륜지대사인 자식의 혼사를 그리 쉽게 받아들일 수 있을까 싶었다.

문정왕후가 온전하다면 모를까, 문정왕후가 의식이 없는 마당에 임금이 힘을 보태지 않는 한 덕흥군의 아들 하성군과의 혼사를 성사시키기는 쉽지 않다고 윤원형은 생각했다. 그는 아내의 말이 믿음이 안 가 기연가미연가 떨떠름한 표정을 거두지 못했다. 하지만 지금으로서는 혼인 성사 가능 여부는 하늘에 맡기는 길 외에 달리 방도가 없어, 그는 힘없이 고개만 끄덕여주었다.

6

발 없는 말이 천리를 간다는 말처럼 세상에 비밀은 없었다. 정난정이 주변의 눈길을 피해가며 은밀히 추진한 하성군과의 혼사가 입이 가벼운 덕흥군의 첩 때문에 일을 본격적으로 시작하기도 전에 사람들의 입방아에 먼저 올랐다.

문정왕후 문제로 숨죽이고 있던 춘삼월 정국이 윤원형의 딸 혼사 문제로 출렁거렸다. 세상살이가 몸에 익은 나이 많은 구신들은 윤원형의 눈치를 살피며 말을 아꼈으나, 의기(義氣)로 충만한 신진 사대부 출신의 젊은 관료들은 소문에 격분해 일제히 떨쳐 일어났다.

윤원형의 일에 대해 뜻을 같이 한 나주 출신의 대사간(大司諫) 박순(朴淳)과 이이, 정철이 정릉 심의겸의 집에 모였다. 임금의 손아래 처남이기도 한 심의겸은 굽힐 줄 모르는 다부진 기개와 빼어난 절조(節操)가 있어 전횡을 일삼고 사림을 음해하던 자신의 외숙 이량을 조정에서 축출한 장본인이었다. 영상 윤원형의 일이 터지자 그가 다시 총대(總代)로 나선 것이었다.

심의겸은 이이와 정철보다 나이가 한 살 많았지만, 이이의 조모와 심의겸 집안이 인척간이었고, 나이가 엇비슷한 데다 시국

관도 비슷해 서른 초반의 세 젊은이는 늘 의기투합하여 자주 어울리곤 하였다.

집주인인 오척단구의 심의겸이 부리부리한 눈을 반짝이며 가장 연장자인 박순에게 먼저 의견을 구했다.

"대사간께서 먼저 말씀을 해보시지요."

서경덕(徐敬德)의 제자인 박순은 전라도 나주 출신으로 성격이 꼬장꼬장하기로 소문난, 호남을 대표하는 선비였다. 밀수품을 조사하는 수은어사(搜銀御史)가 되었을 때는 의주에서 문정왕후의 친딸인 의혜공주(懿惠公主)의 밀수품을 압수하기도 했고, 을사년 사화의 일등 공신으로 일찍이 유명을 달리한 임백령(林百齡)을 추모하는 시호를 제정할 당시 삭탈관직의 위험을 무릅쓰고 그를 조롱하는 시호를 지어 올릴 만큼 타협을 모르는 강골이었다.

깊은 생각을 하듯 미간을 찡그린 채 얇은 일자형 입술을 오므린 박순이 염소수염을 닮은 몇 가닥 되지 않는 수염을 천천히 쓸면서 말했다.

"음, 아무래도 이번 일은 심 공의 역할이 제일 클 것 같소. 어차피 이 문제는 주상 전하의 손에 달려 있다고 나는 보고 있소. 전하께서는 마음이 여리시고 심성이 고와서 영상과 정경부인의 하는 짓이 성에 차지 않아도 그들이 애걸복걸하면 물리치기가 쉽지 않을 것이오. 주상 전하의 마음을 붙들어 맬 수 있는 사람은 중전마마밖에 없으니 심 공이 애를 써보세요. 나도 대사헌(大司憲) 이탁(李鐸) 대감과 같이 주상 전하를 알현하고 이 일에 대해 진언(進言)하겠소. 숙헌과 계함은 성균관 유생들에게 기별을 하여 그들이 상소를 올리도록 분위기를 좀 띄워주시오."

술잔을 시원하게 비운 정철이 어깨를 으쓱하며 우렁차게 대답했다.

"마땅히 그리해야지요."

일에 대한 역할 분담이 어느 정도 정리가 되자, 박순은 팔짱을 낀 채 가만 듣고만 있는 이이의 견해가 궁금했다.

"숙헌은 다른 생각이 있는가?"

"아닙니다. 대감께서 하신 말에 저도 이론(異論)은 없습니다. 다만 이번 일이야 어찌해서 막는다 해도 왠지 예감이 좋지 않습니다.

이번 겨울에 정난정이 느닷없이 쌀을 풀었습니다. 물욕에 눈먼 여인이 큰 이익을 포기하고 쌀을 풀었다는 게 이상하지 않습니까? 정경부인의 마음을 돌릴 사람은 대비나 영상밖에는 없습니다. 초록은 동색이므로 윤원형이 그렇게 했을 리는 없으니, 당연 대비께서 관여하지 않았나 생각합니다.

대비의 환우가 깊은 것이 불행인지 다행인지 알 수는 없으나, 아무튼 영상이 서두르는 걸 보면 무슨 꿍꿍이를 갖고 일을 꾸미고 있는 것만은 틀림이 없어 보입니다. 지금은 절대 마음을 놓아서는 안 됩니다."

심의겸과 정철은 이이의 의견에 자못 심각한 표정이 되었으나,

박순은 짐짓 태연을 가장하며 손사래를 쳤다.

"너무 염려 말게. 암만 천하의 윤원형이라 해도 대비의 환우가 깊은 이 지경에 무슨 짓을 꾸미기나 하겠는가! 만약 일을 벌인다면 자기 무덤을 스스로 파는 꼴이 될 것이네."

"대감, 형세가 꼭 그렇지만은 않습니다. 조정 내에 윤원형이 심어놓은 심복이 부지기수입니다. 지금까지 짐승만도 못한 온갖 부정을 다 저질렀는데 대비가 승하하시어 그들이 벼랑 끝에 몰린다면 무슨 짓인들 못하겠습니까? 그들 역시 시기를 저울질하기 마련입니다. 그들에게 손을 잡고 일을 꾸밀 틈을 주어서는 안 됩니다.

대비께서 승하하신다면, 대감께서는 맨 먼저 영상의 신병 처리 문제를 말하는 것이 좋겠습니다. 대감께서 말씀을 꺼내시면 저희들도 상소 대열에 적극 합류하겠습니다. 실기해서는 안 됩니다. 이 점 대감께서 깊이 유념해 주십시오."

심의겸과 정철도 이이의 말에 지지를 표하며 눈을 지그시 감은 박순을 채근했다.

"숙헌의 말이 옳습니다, 영상을 탄핵하는 일은 시간을 늦추어서는 안 될 중대 사안입니다, 대감!"

"좋아, 그리함세."

대사간 박순과 의기투합한 세 젊은이는 조상과 천지신명을 두고 하늘에 맹세하며 반드시 새 세상을 열겠노라 다짐했다.

7

 화창한 사월의 봄날. 창덕궁 백옥당 정원의 갓 피어난 앙증맞은 작은 목련이 산을 타고 내려온 바람에 하얀 꽃잎을 휘날리며 소리 없이 떨어졌다. 곧이어 백옥당의 처마를 타고 흘러나온 임금과 신하들의 곡성이 사방에 울려 퍼졌다.

 자식 교육이라는 명분과 어머니라는 이름으로 회초리를 들어 임금의 종아리를 때리며 이십 년 수렴청정 기간 동안 철권통치를 한 대비 문정왕후가 육십오 세를 일기로 세상을 떴다. 북쪽에 태산(泰山)을 세워야 나라의 근심이 없어진다는 말에, 그녀는 남편의 묘까지 이장하며 그와 함께 묻히고자 했으나 이러한 생전의 꿈도 이루지 못하고 자신만이 홀로 멀리 북쪽에 묻혔다. 그녀의 능 이름은 태릉(泰陵)이었다.

 문정왕후의 운명은 세상의 흐름을 뒤바꾸었다. 울분에 가득 찬 민심이 폭발했다. 백성들은 중을 폭행하고 사찰에 방화하는 난동을 부렸고, 눈을 부라리며 윤원형 일가에 대한 보복도 감행했다.

 윤원형은 제 발등에 불이 떨어지자 돌변하여, 평소 존경하던 국사(國師) 봉은사 주지 보우에게서 등을 돌렸다. 그는 보우를 종묘와 사직을 망친 요승이라 비난했고, 분노한 유생들의 희생 제물로 삼았다. 윤원형은 보우가 구원을 요청하며 긴급히 보낸 서찰까지 서둘러 불태웠다.

 그는 보우를 희생시켜 자신을 향해 다가오는 성난 민심의 불길을 차단하는 데 나섰지만, 분노한 유생과 백성들이 열망하는 척결 대상은 보우가 아니라 윤원형 자신이었다.

문정왕후의 발인이 끝나기를 기다리던 과거사 청산의 함성이 팔월 조정에서 봇물같이 터져 나왔다. 대사간 박순과 대사헌 이탁이 임금을 면대한 정전에서 공격의 포문을 열었다.

"전하, 대비마마께 윤원형은 사적으로 동기간이며, 공적으로 신하이옵니다. 허나 그는 대비마마와 주상 전하의 은혜를 받아 영상의 직위에 올라서도 그 크신 은혜에 보답하여 사직을 보전하고 허물어진 나라를 진작시킬 생각은 없이 오직 자신의 안위만을 위하여 권세를 행세하였습니다.

임금의 위엄과 권세를 장악하여 기세등등 거리낌 없이 오만하게 날뛰어 임금을 위협하고 신하들의 입을 틀어막았습니다. 관리들은 임금보다 그를 더 두려워하여 나라의 대소사를 반드시 이 사람에게 먼저 보고한 뒤에 행하니, 전하를 고립되게 하였고 전하께서는 결국 실권 없는 빈자리만 지키는 꼴이 되었습니다.

태산 같은 은혜를 입은 대비께서 승하하셨을 때에 그는 눈물 한 방울 흘리지 않았고, 슬퍼하는 기색 없이 평소와 같이 태연히 식사를 하기도 하였습니다. 이것은 신하의 예의도 아니며 동기간의 예의도 아닙니다. 영상이 감히 어찌 염치를 아는 자라 할 수 있겠습니까?

또한 그의 물욕은 끝이 없어 방납을 놓아 폭리를 취하고 이익이 되는 일이 있으면 자신의 집 앞에 장마당을 열기도 하였습니다.

역관들을 통해 중국에서 물건을 사들이고, 간석지를 만들고 바닷가나 내륙에 있는 좋은 땅을 점령하여 수령으로 하여금 자신의 경작지를 관리 감독하게 하였으며, 수많은 백성들을 땅을 경작하는 종으로 삼아 부렸습니다. 수상(首相)으로서 감히 장사꾼보다 더 천하게 행세를 하였으니 나라를 이보다 더 욕되게 한 자는 없습니다.

팔도와 각 진영에 자신을 추종하는 사람들을 심어놓고 바다와 육지로 끊임없이 자신의 집으로 재물을 나르게 하여, 십여 채나 되는 그의 집은 진귀한 보화로 가득 차, 사가가 나라보다 부자이고 신하가 임금보다 사치스럽습니다.

또한 첩을 정실로 삼고, 그 서녀를 왕손과 혼인시키려 했으니 참으로 왕실을 능멸한 처사가 아닐 수 없습니다. 그의 첩 난정 역시 그의 권세를 믿고 대비전을 사가처럼 드나들었으며, 대비전의 나인들을 호통쳐서 내쫓았고, 정체를 알 수 없는 약을 가져와 대비마마의 안위를 해쳤사옵니다.

악을 행하고도 이를 제거하지 못하면 사직이 재앙이 될 뿐입니다. 전하께서는 속히 영상을 파직시켜 귀양에 처하게 하십시오."

임금은 모후를 잃은 충격으로 기력이 크게 떨어졌다. 울렁증과 어지러움이 심해 어머니의 발인에도 참석하지 못했다. 임금은 몸을 비스듬히 기댄 채 힘겹게 앉아 있었다. 박순과 이탁의 진언에 수척한 용안(龍顔)이 일그러졌다. 거친 옥음(玉音)에는 신하들에 대한 불만과 노여움이 잔뜩 배어 있었다.

"국사에 바쁜 영상이 집안의 자질구레한 일을 어찌 알았겠으며, 비록 과실이 있다고 하여도 국가는 먼저 세운 공을 생각해야 할 것이다. 최고의 공을 세운 대신을 어찌 귀양을 보낼 수 있겠는가? 하물며 내가 상중에 있는데 모후의 동기간을 어찌 처결한단 말인가. 다시는 논의하지 말라."

임금은 윤원형의 죄상을 소상히 알았다. 그 역시 외숙 윤원형을 무척 못마땅히 여겼다. 하지만 임금은 생전에 성정이 불같은 모후에 반기를 들었던 일로 죄책감이 깊었다. 그는 모후가 가슴앓이를 한 것은 다 자신이 못나 불효한 탓이라 자책했다. 그는 차마 대비의 친동생을 귀양 보낼 수 없었다. 임금은 윤원형에 대한 처벌은 모후의 가슴에 대못을 박는 것이나 진배가 없다고 여겼다.

임금의 심신이 나날이 쇠잔해지고 있었다. 그는 신경이 극도로 날카로워졌다. 잠을 이루지 못했고 뜨거운 감자가 된 외숙부의 신병 처리 문제로 좌불안석이 되었다.

임금은 고비만 넘기면 신하들의 요구가 잦아들 것이라 생각해 신료들의 건의를 듣는 둥 마는 둥 어물쩍 넘기려 했다. 신하들은 정반대로 결심을 굳히지 못하고 있는 임금에게 하루도 거르지 않고 윤원형을 귀양에 처하라고 요구했다. 임금은 신하들의 집요한 요구가 무척 서운했다.

하지만 공은 공이고 사는 사였다. 공과 사의 구분은 필요했다. 윤원형에 대한 분노의 불꽃이 사방으로 튀기며 옮겨 붙었다. 신하들과의 공방전에 임금이 지쳤다. 그가 눈을 감고 영상 윤원형을 정전으로 불렀다.

사태를 짐작한 윤원형은 평소의 거만한 태도와 달리 얼굴을 들지 못하고 부복한 채 비대한 몸통을 바들바들 떨었다.

"외숙부, 고개를 들어보세요."

"아니옵니다, 전하. 이 죄인이 어찌 고개를 들 수 있겠사옵니까!"

"……."

두 사람은 해야 할 말과 들어야 할 말을 서로 잘 알고 있었다. 심약한 임금은 막상 윤원형을 보자 선뜻 입이 떨어지지 않았다. 윤원형이 눈을 지그시 감고 긴 호흡으로 마음을 가라앉혔다. 그가 먼저 임금을 채근했다.

"진히, 소신은 이미 마음을 비웠습니다. 편안하게 말씀하시옵소서."

"외숙부께서 그러시다면 내가 말을 하지요. 일단은 영상 자리에서 물러나 계세요. 때를 보아 언제 다시 부를 기회가 있지 않겠습니까!"

"성은이 망극하옵니다, 전하!"

식은땀으로 온몸이 흥건한 윤원형이 왈칵 눈물을 쏟았다. 그는 임금이 자기를 버리지 않았다는 것에 안도했다. 그는 자신을 배신한 동료들을 일일이 떠올렸고, 후일을 기약하며 분을 삭였다. 그가 임금에게 사은숙배를 하고 하직을 고했다.

출사 143

"전하, 소신이 잠시 정신을 놓아 오만방자한 짓을 저질러 큰 죄를 지었습니다. 하오나 저의 충심만은 믿어 주시옵소서. 소신은 오로지 전하와 종묘사직의 안녕을 위해서 평생을 바쳐왔고 숨이 붙어 있는 한 이 노구(老軀)를 전하를 위해 바칠 생각입니다. 부디 옥체를 보전하시옵소서."

등을 보이지 않고 허리를 구부린 채 종종걸음을 치면서 정전을 나온 윤원형은 정전을 나서자마자 개선장군이나 된 듯 고개를 쳐든 채 배를 내밀고 어깨를 으쓱이며 걸어갔다. 그는 마주치는 시종들이나 관리들을 향해 농담을 건네고 웃음까지 던지는 여유를 부렸다.

"그 동안 국사를 챙기느라 쉬지 못했는데, 이젠 큰맘 먹고 푹 쉬어야겠어. 전하를 잘 모시게, 하하!"

시종들은 미심쩍은 눈길로 은근히 호기를 부리는 윤원형의 뒷모습을 지켜보다, 조심성 없이 겅중겅중 계단을 내려서던 윤원형이 돌부리에 걸려 뒤로 벌러덩 나자빠지는 모습을 보며 키득거렸다.

8

"허어, 큰일일세. 전하께서 윤원형을 영상 자리에서 체직(遞職)*시키는 것으로 일을 마무리하려 드시니 이를 어쩌면 좋은가?"

---

*오늘날의 대기 발령.

대사간 박순의 어두운 안색에 수심이 깊었다. 그가 밤새 고민하며 대사헌 이탁과 머리를 맞대고 윤원형의 스물여섯 가지 죄목을 적어 임금에게 올린 봉서(封書)에 대한 임금의 화답이 체직이었다.

"그림 같은 풍광을 앞에 두고, 애만 끓이고 있으니 참으로 답답하이."

박순이 씁쓸한 표정을 감추지 못하고 잔을 비우고는 턱을 괸 채 아래를 내려다보았다. 두모포 포구 건너 뽕나무와 닥나무가 군락을 이룬 저자도의 금빛 모래가 햇볕을 받아 보석같이 반짝반짝 빛을 냈다. 아이들은 불볕더위를 피해 한강에 몸을 던졌고, 한갓지게 뱃놀이를 즐기는 사람들도 꽤 많았다.

놀잇배를 구경하며 한숨을 내쉬는 박순을 보고 이이가 말했다.

"주상 전하의 건강이 걱정입니다만, 시간을 자꾸만 끄는 것은 오히려 전하의 건강에 해가 되고 조정의 안정도 기약할 수 없습니다. 윤원형에 대한 분노가 들불같이 번지고 있는 마당이라 그를 유배시키지 않는 한 여론을 잠재우기 어려울 것입니다.

지금 민심이 매우 어수선합니다. 부글부글 끓고 있다는 건 대감도 아시지 않습니까? 도성 안에서 폭동이라도 일어난다면 그 뒷감당을 어떻게 하겠습니까?

환우가 깊은 주상 전하를 알현해 심기 어지럽히는 말을 올리는 것이 내키지는 않으시겠지만, 대감께서 기왕 나섰으니 한 번 더 진언을 하시는 것이 좋겠습니다. 지금은 쾌도난마의 용기가 필요할 때입니다.

주상 전하가 걱정되신다면 영상 이준경 대감께 도움을 청해보시지요. 영상도 우리와 생각이 다르지 않을 것입니다. 주상 전하께서 새로 임명한 수상의 말까지 쉽게 흘려듣기야 하겠습니까?"

박순이 눈을 지그시 감은 채 곤혹스런 표정을 짓고 있다가 이이의 말에 고개를 끄덕였다. 이이의 말처럼 민심의 동향이 큰 문제였다.

윤원형을 체직시킨 임금의 미온적인 처벌이 불길에 기름을 부은 격이 되어 성난 민심을 격동시켰다. 백성들은 윤원형을 유배형에 처하지 않은 임금의 처사를 두고 가슴을 쳤다. 백성들은 분을 이기지 못해, 윤원형의 권세에 의지해 그간 오만방자하게 굴며 행패를 부리던, 윤원형 집안의 노복(奴僕)을 잡아다 폭행하고 그들의 집을 찾아가 집기를 부수고 약탈했다. 윤원형의 아흔아홉 칸 대저택에는 매일같이 화살과 돌이 날아들어 성난 민심의 불똥이 어디로 튈지 알 수 없었다.

박순은 심신이 약해질 대로 약해진 임금의 건강이 몹시 염려됐다. 임금의 안위를 살피지 않는 것도 신하의 불충이었다. 하지만 위난(危難)에 처한 사직을 안정시키는 게 급선무였다.

다음 날 박순이 부랴부랴 신임 영상 이준경을 찾았다. 그는 기다렸다는 듯이 반색하며 주저하는 박순을 외려 치하하고 격려했다. 예순일곱 나이가 무색하게 이준경은 큰 풍채만큼이나 당당했다.

"대사간이 고생이 많소. 내 마땅히 해야 할 일이라 생각하고 있소. 구악을 제거하고 적폐를 해소하지 않으면 우리가 언제 좋은 세상을 만들어 보겠소."

영상 이준경이 육조(六曹)의 문무백관을 거느리고 임금을 알현하여 윤원형을 유배형에 처해야 한다고 진언하고, 홍문관(弘文館)·사헌부(司憲府)·사간원(司諫院) 등의 삼사(三司) 관원은 물론 궐내 수문장까지 윤원형을 처벌하라는 시위 대열에 동참했다. 대궐이 윤원형의 처벌을 요구하는 관리들의 거대한 농성장으로 변했다. 임금도 더 이상 윤원형을 보호할 수 없다는 것을 알게 됐다. 임금이 처연히 명했다.

"사태가 이 지경에 이르렀는데, 어떻게 공신의 작위와 봉록을 보존할 수 있는가? 윤원형을 파직토록 하라! 다만 공이 있으니 귀양만은 허락하지 않는다."

임금에게는 윤원형을 보호해야만 한다는 강박관념이 있었다. 그는 모후의 동생을 처단하는 것은 모후에 대한 모독이요, 배신이라 여겼다. 죽은 모후에 대한 죄책감으로 임금의 영혼은 자유롭지 못했고, 모후는 죽어서도 임금의 정신과 의식을 일일이 통제하고 있었다.

그는 윤원형의 파직을 윤허하면서도 신하들의 핵심 요구 사안인 유배 요구는 피해갔다. 하지만 임금도 결국 성난 민심에 무릎을 꿇었다. 임금은 윤원형을 파직한 지 엿새 만에 윤원형의 추방을 명령했다.

날이 흐려 하늘이 어둑어둑했다. 어지(御旨)를 받든 금부도사(禁府都事)가 부슬부슬 내리는 비를 맞으며 윤원형의 사저를 찾았고, 금부도사의 뒤를 수백의 인근 백성들이 비를 피하지 않고 따랐다.

그들은 머리를 푼 윤원형이 대죄를 청하며 무릎을 꿇어앉는 모습을 보이자 손뼉 치며 환호했다. 어둑한 골목길을 따라 환호성이 터져 나갔다. 스산한 바람이 부는 가운데 금부도사가 쩌렁쩌렁한 목소리로 어지를 읽었다.

"죄인은 들으라. 그대는 원훈(元勳)의 공신으로 사직을 보전한 공이 누구에게 비할 바 없이 크나, 그대가 임금과 대비마마의 큰 은혜를 입고 막중한 직책을 맡았던 만큼 책임 또한 가볍지 않았다. 그런데도 임금의 은혜를 저버리고 오만방자하게도 임금을 능멸하여 정사를 농간하고 백성들의 재물을 수탈하여 민생을 도탄에 빠지게 하였으니 그 죄를 묻지 않을 수가 없다.

서녀를 사대부에게 출가시키는 것은 옹주(翁主)를 출가시킬 때나 할 수 있는 왕실의 관례인데, 이를 빙자하여 그대의 서녀를 왕손에게 출가시키려고 하였으니 이는 왕을 능멸하고 왕실을 욕되게 한 것이다. 또한 첩은 절대 정실로 삼을 수 없다는 미풍양속을 스스로 해쳐 백성들의 조롱거리가 되었으니, 한 나라의 대신으로서 체통과 위엄을 잃어 나라의 기강을 흔들었으니 이 또한 죄를 묻지 않을 수 없다.

대비의 상을 당하였을 때는 조금도 슬퍼하는 기색 없이 평소와 다름없는 처신으로 사람들을 놀라게 하였으니, 인륜을 저버린 죄를 또 묻지 않을 수 없다.

그대가 지은 죄는 그 수를 일일이 열거할 수 없을 정도로 많고, 죄상 또한 참혹하기 그지없어 참형하여 효수하는 것이 마땅하나, 원훈 공신으로 사직을 보전한 공을 감안하여 목숨만은 보존하려 한다. 도성을 떠나 전리(田里)로 추방하는 것으로 그 죄를 대신하려니 나의 뜻을 깊이 헤아려 차후에는 경거망동 하지 말고 자숙의 시간을 가져 새로운 인간으로 다시 태어나기를 바란다. 아울러 그대의 부인 정난정에게 내린 정경부인의 작호도 박탈한다. 그대는 어지를 받는 즉시 지체하지 말고 도성을 떠나라!"

윤원형은 미동도 않고 비를 맞으며 어지를 받들었고, 그의 아내 정난정은 눈을 허옇게 뜨고 실성한 듯 남편 곁에서 울부짖었다.

"전하께서 우리에게 이럴 수는 없습니다. 전하께서 누구 때문에 보위에 오르셨습니까? 대감! 전하께서 다시 부른다 하시지 않았습니까? 그런데 이게 웬 날벼락입니까?"

"부인 그만하시오."

"아니, 그만 못합니다!"

그녀는 핏발이 성성한 눈으로 금부도사를 잡아먹을 듯 표독스럽게 노려보았다.

"금부도사는 잘 들으시오. 주상 전하께 꼭 일러주시오. 나 정난정은 어지가 어떠하든 주상 전하를 직접 뵙기 전에는 이 집에서 한 발자국도 물러날 수 없다고 전하시오."

그녀의 말에 마음이 상한 금부도사가 얼굴을 붉히더니 불호령을 쳤다.

"무엄하구나! 그대가 아직도 정경부인인 줄 아는가? 그대는 죄인의 부인이니 그대 또한 죄인이다. 어지를 거역하는 것은 반역의 죄라는 것을 모르느냐? 어지를 받들지 않겠다면 반역의 죄를 범한 죄를 물어 전하께서 내린 이 보검으로 이 자리에서 단칼에 너의 목을 벨 수도 있다는 것을 명심하라!"

"이놈들아, 내 목숨은 아깝지 않다. 내 목이 소원이라면 이 자리에서 당장 내 목을 베어가거라!"

"무엇들 하느냐, 이 여인을 당장 포박하여 금부(禁府)로 압송하라!"

정난정은 몸을 부들부들 떨며 발악을 하다 금부도사의 말에 허연 눈자위를 드러내더니 입에 거품을 물고는 경기를 하듯 땅바닥에 나무토막같이 쿵 소리를 내며 쓰러졌다. 어지를 받들던 윤원형이 눈이 휘둥그레져서 다급한 목소리로 소리쳤다.

"금부도사, 잠시 멈추시오. 아녀자가 놀라서 한 말이니 어찌 딴 마음을 품고서 한 말이겠소. 마음에 담지 마시고 넓은 마음으로 용서를 바라오. 내 어지를 받들어 즉시 떠날 것이니, 이만 물러가 주시오."

정난정이 쓰러지고 죽상이 된 윤원형의 애절한 호소에 금부도사도 더는 어찌하지 못한 채 화를 참고 돌아갔고, 집안에 있던 노비 십여 명은 통곡을 하며 정난정을 들쳐 업고 안방으로 들어가 누였다.

대문간 바깥에 운집한 백성들은 자리를 뜰 줄 모르고, 윤원형과 정난정을 벼르며 그들이 대문간을 나서길 기다리고 있었다.

9

파직에 이어 전리 추방령을 받은 윤원형과 정난정이 도성을 떠났다는 소식이 전해지자, 다음 날 도성 안이 잔치 분위기로 뜨겁게 달아올랐다.

비가 그친 하늘은 구름 한 점 없이 맑았고, 햇볕이 쨍쨍 내려 쪼였다. 해가 중천에 뜬 훤한 대낮에 정철은 어디서 마셨는지 크게 취해 있었다. 얼굴에 홍조를 띤 정철이 갈 지 자로 걸으며 사모(紗帽)를 삐뚜름하게 하고 이이가 근무 중인 예조(禮曹)를 찾았다. 그가 해죽 웃으며 혀 꼬부라진 소리를 냈다.

"이야, 이 감격스런 날 자네는 일만 하고 있을 수 있는가? 나가세, 우리 한잔 해야지."

"계함, 대낮부터 이리 취해서 어쩌려고 그러나. 다른 사람들이 보면 어쩌려고!"

이이가 어이없어하며 정철을 흘기자, 정철이 정색을 하고 변명했다.

"이야, 나만 이런 게 아닐세. 육조 거리를 나가보게. 바깥은 지금 난리라네."

예조 관리들도 긴장이 다소 풀린 탓에 어수선한 분위기를 틈타 자리를 많이 비웠고, 마침 중식을 들 시간이 되어 이이도 손에 들고 있던 세필을 놓고 육조 거리로 나섰다.

대궐 정문 광화문에서 숭례문 방향으로 육조의 관아가 늘어서 있고, 주변에는 관리들과 관아를 찾은 백성들을 대상으로 술과 음식을 파는 주막들이 즐비했다.

정철의 말대로 주막마다 발 디딜 틈 없이 인파로 붐볐다. 이이는 주막거리의 맨 끄트머리 야트막한 비탈에 위치한 버드나무집이라 불리는 주막을 찾았다. 육조 거리에서 한 식경은 걸어야 하는 곳이라, 나이 지긋한 당상관 이상 고관들은 걷는 게 귀찮아 잘 찾지 않았기에, 중하위직의 젊은 관료들이 상사 눈치 보지 않고 마음 편히 술을 즐길 수 있는 곳이었다. 이이도 관직에 출사한 이후 자유분방한 이 주막의 분위기가 좋아 자주 찾았다.

이이와 정철이 주막에 들자 누군가 큰 소리로 두 사람을 불렀다.

"숙헌! 계함! 잘 오셨네, 이리로 오게!"

홍문관 부응교(副應敎) 윤두수(尹斗壽)였다. 윤두수는 훗날 서인의 거두(巨頭)가 되어 정유재란 때에 영의정 서애(西厓) 유성룡(柳成龍)과 더불어 난국을 수습하는데 큰 공을 세웠다. 권력을 남용한 혐의로 유배를 당한 이량이 이조판서(吏曹判書)로 재직할 당시에 자신의 아들을 이조 좌랑에 천거한 일이 있었는데, 윤두수가 이를 한사코 반대했다가 결국 관직에서 쫓겨난 적이 있었다.

이때 이량의 맞수였던 윤원형의 도움으로 무죄를 밝혀 구사일생 다시 임용된 인물이 바로 윤두수였다.

이것이 인연이 되어 죽은 대비가 그를 홍문관 부응교로 추천해, 윤두수는 이래저래 어제 어지를 받고 도성을 떠난 윤원형 집안과 인연이 깊었다. 그는 생각이 치밀하고 통이 커서 벌써부터 따르는 무리가 많았다. 윤두수와 동석을 하였던 사람들은 이미 얼큰히 취했고 자리도 비좁아 이이와 정철이 합석을 하자 먼저 일어섰다.

"자앙(子仰)*은 오늘 슬퍼서 술을 마신 것이오?"

정철이 웃음을 실실 흘리며 윤씨 집안의 도움으로 관직에 복귀한 윤두수의 인연을 빗대어 이죽거렸다.

"누군가 기뻐하면 누군가는 눈물도 흘려줄 줄 알아야 세상에 인정이 살아 있다고 말하지 않겠나? 모두 기뻐하고만 있으면 얼마나 야박한가? 아니 그런가? 슥헌!"

윤두수의 능청에 정철이 어이없다는 듯 눈을 치떴다.

"자앙이 눈물 흘리는 건 봐 줄 테니 오늘 술값은 자앙이 내시오?"

"아니, 언제는 계함이 술값을 낸 적이 있는가?"

윤두수의 말에 세 사람이 파안대소했다. 세 사람이 모이면 술값은 언제나 제일 연장자이고 형편이 가장 나은 윤두수의 몫이

---

*윤두수의 자(字).

었다. 그는 이이와 정철이 술값 내는 꼴은 그냥 보아 넘기지 못했다. 윤두수는 이이와 정철보다 세 살 연상이나 심의겸과 친분이 두터워 이이와 정철과도 각별히 지냈다.

윤원형 때문에 멸문의 화를 입었던 정철은 그의 추방 소식에 골육에 사무친 한을 푼 듯 통쾌해하였다. 윤두수는 비록 윤원형과 그의 집안에 수차례 은혜를 입은 바는 있으나 그 역시 공사를 구분할 줄 아는 장부였다. 사직을 문란케 한 간신의 전횡을 몹시 갑갑한 눈으로 바라보고 있었던 윤두수도 그의 추방 소식에 한시름을 던 기분이었다.

들뜬 정철과 윤두수의 밝은 표정과는 달리 어딘지 모르게 이이의 안색은 어둡기만 했다. 윤두수가 술을 따르다 말고 이이의 안색이 신경 쓰여 물었다.

"숙헌은 오늘 같은 날 왜 이리 기분이 가라앉아 있는가?"

"아직 축배를 들 시간이 아닌데 너무 들떠 있는 것 같아 좀 걱정이오."

"윤원형이 날개가 다 꺾였는데 이제 별 수 있겠는가?"

"아니오. 전하께서 내린 처벌이라는 게 고작 추방에 그쳤소. 그것도 여론에 밀려……. 마음 약한 전하께서 생각이 바뀌면 또 어떤 일이 벌어질지 알 수가 없소."

이이의 말에 정철이 정신이 번쩍 나서 어리둥절 놀란 토끼눈을 하고 말했다.

"숙헌은 전하께서 추방한 윤원형을 다시 부르시기라도 할 것이란 뜻인가?"

"정히 그렇다고 할 수도 없지만, 아니라고 말하기도 어렵네. 더군다나 윤원형 대감을 따르는 조정 내 인물들이 문제네. 좌상(左相) 심통원(沈通源)만 하여도 윤 대감의 측근이고, 나인들이나 환관들이나 을사년 사화에 연관되어 공훈을 받은 사람들이 한둘이 아닐세. 이 사람들이 딴 마음을 먹어도 큰 골칫거리가 될 것이네. 우리가 경계하고 준비해야 할 일들이 한두 가지가 아니네."

"우두머리가 없어 오합지졸이 된 그놈들이 무슨 힘으로 일을 꾸민단 말인가?"

정철은 이이의 우려가 너무 지나치다는 듯 무표정한 얼굴로 고개를 가로저었고, 이이는 정철의 대수롭지 않은 반응에 따가운 일침을 놓았다.

"자기 목에 칼이 들어오는 걸 가만 보고 있을 사람이 어디 있겠는가? 개돼지도 그렇지 않네."

"……."

이이가 언성을 높이자 정철은 그제야 계면쩍은 웃음을 지으며 고개를 끄떡였다.

"아무튼 지금은 이렇게 들떠 있을 때가 아니네. 이제부터가 진짜 시작이라고 봐야 하네."

이이의 신중한 의견에 윤두수가 눈을 환히 밝혀 물었다.

"허어! 숙헌은 생각이 정말 참 정밀하네. 그렇다면 앞으로 어찌하면 되겠나?"

"첫째는 윤원형 대감의 사면 문제가 나오지 않게 하여야 할 것이고, 둘째는 무너진 기강을 바로 세우기 위한 사업을 벌여야 할 것이오."

"그래 사업이라면 어떤 것이 있는가?"

"을사년 사화에 관여해 공훈을 받은 사람들의 위훈(僞勳)을 삭제하는 일과, 누명을 쓰고 조정을 떠난 신하들을 복권시켜 조정에 복귀시키는 것도 당장 해야 할 일이지요. 신상필벌을 명확히 해야 백성들도 조정을 따르고 신뢰하지 않겠소?"

정철과 윤두수는 이이의 위훈 삭제 의견에 공감하면서도 일순 얼굴이 굳어졌다. 윤원형이 정적 윤임을 제거하기 위해 이기와 함께 일으킨 을사년 사화로 가장 큰 덕을 본 당사자는 윤원형의 조카인 지금의 임금이었다. 임금이 자칫 자기 권력의 정통성 시비를 불러일으킬 수 있는 해묵은 을사년 문제를 공론화해서 나라의 기강을 바로잡을 것이라 기대하기는 난망했다. 신진 사림 출신의 젊은 관료들 사이에 을사년 위훈 삭제의 분위기가 무르익고 있었지만, 사화의 수혜자인 임금이 살아 있는 마당에 이 문제를 입에 올리는 것은 큰 금기가 아닐 수 없었다.

정철과 윤두수는 말을 아끼며 술잔을 비웠고, 이이가 무겁게 흐르는 잠깐의 침묵을 깼다.

"을사년 문제는 당장 다룰 만한 문제가 아니니, 계함이나 윤 공 모두 이 문제로 너무 신경을 곤두세울 필요는 없을 것이오. 지금은 전하께 우리가 마음을 기울여야 할 때요. 윤 공은 경연(經筵)

에 참석할 때에도 전하의 용안을 잘 살펴주시오. 전하의 마음이 유약하여 외숙을 추방한 일로 환우가 깊어진다면 이게 정말 큰일이 아닐 수 없소."

아들 순회세자를 잃고 상심한 임금은 모후를 잃은 후에 슬픔이 더 깊어져서 하루도 눈물이 마를 날이 없었다. 윤원형이 조정을 떠난 지금 임금의 건강 문제는 조정 신료들이 가장 걱정하는 일 가운데 하나가 되어가고 있었다.

10

흥인지문에서 한 마장 떨어진 야트막한 산기슭의 작은 초가 앞에 여남은 명의 남정네들이 무리지어 몰려와 소란을 피웠다. 그들이 던지는 돌에 마당의 장독이 둔탁한 소리를 내며 깨어졌다.

분노한 백성들의 눈을 피해 밤이 이슥할 즈음에 도성을 몰래 빠져나와 노복의 집에 숨어든 윤원형과 정난정은 두 시각을 뒤척이다 겨우 잠이 들었었다. 노복이 방문을 세차게 두드리며 다급한 목소리로 윤원형을 불러, 설핏 잠이 든 두 사람을 깨웠다.

"대감마님, 큰일 났습니다. 자리를 얼른 뜨셔야 하겠습니다요."

"무슨 일이야?"

추방을 당했어도 윤원형은 아직 정승의 위엄이 남아 목소리만은 당당했다.

"인근에 사는 놈들이 몰려와 돌을 던지고 행패를 부리고 있습니다."

"……."

희미한 달빛이 얼비쳐 드는 방문 앞에 여러 검은 그림자가 일렁거렸다. 윤원형과 정난정은 서로를 마주보고 깊은 한숨을 내쉬었다. 일인지하 만인지상 한 나라의 정승으로 구중궁궐 같은 아흔아홉 칸 대저택의 주인으로 온갖 호사를 누리며 살았던 두 사람은 도망자 신세가 되어 노복이 사는 작은 초막에서조차 두 다리를 뻗고 누울 수가 없었다.

그들은 노복이 사립문을 나가 소란 피우는 무리들의 눈길을 끄는 사이에 초막 뒤 사리 울타리를 넘어 밤을 타고 자신의 농장이 있는 고양 땅 노복의 집으로 급히 피신했다.

동이 틀 무렵 고양 땅에 도착한 그들을 맞이한 노복들이 놀라 눈물을 흘렸다.

"대감마님, 귀하신 몸이 이게 어찌 된 일입니까?"

밤새 걸음을 재촉한 두 사람의 얼굴은 흙먼지와 땀에 젖어 땟물이 줄줄 흘렀다. 노복들은 급히 불을 지피고 물을 끓여 정난정과 윤원형의 목욕물을 준비했고, 장롱 깊숙이 묻어둔 깨끗한 무명옷을 한 벌씩 꺼내어 두 사람에게 갈아입게 하였다.

두 사람은 노복이 차려낸 조밥 한 사발을 조물조물 무쳐낸 참나물 하나로 마파람에 게눈 감추듯이 허겁지겁 먹어치웠다. 윤원형은 식사를 마친 후 노복 부부를 불러 앉혔다.

"자네들 참으로 고맙네, 내 이 은혜는 잊지 않겠네."

"대감마님, 당치도 않은 말씀입니다요. 대감마님과 큰 마님께서 베풀어주신 은혜는 죽어도 갚기 힘든 것인데, 어찌 그런 말씀을 하십니까요! 남들이 무어라고 하든지 저희들은 개의치 않습니다. 대감마님은 여전히 영상 대감이시고, 큰 마님은 언제나 정경부인이십니다요."

윤원형의 치하에 쉰을 넘긴 노복의 부부가 방바닥에 엎드려 울음을 터뜨렸고, 정난정과 윤원형의 목도 메어왔다.

정난정과 윤원형은 물욕과 권력욕이 지나쳐 많은 물의를 일으켰지만 인정은 많았다.

기녀 출신인 정난정은 자신도 천대를 받았던 기억이 있어 억울한 처지에 놓인 가난한 백성들이나 천민들의 사정을 접하면 몹시 딱하게 여겨 그들의 요구를 내친 적이 없었다. 또 자기 것에 대한 집착이 강해 자신들의 노복에게만은 어느 누구보다 후히 대해주었고, 주변에서 자신의 노복들을 능멸하면 자기에 대한 모독으로 받아들여 철저한 응징에 나서는 등, 자신의 노복들을 확실히 보호해주었다. 그녀는 여자답지 않게 통이 크고 사람을 다루는 데도 아주 능했다.

윤원형도 은혜는 아는 사람이었다. 그냥 지나치기 쉬운 사소한 은혜를 입어도 윤원형은 반드시 기억해 두었다가 꼭 보은을 할 줄 알았다. 중종 임금이 승하하고 인종(仁宗)이 즉위하였을 때 윤임 등 대윤파가 문정왕후를 비롯한 윤원형 일가를 견제하려 윤원형의 형 윤원로(尹元老)를 죽이려 하자, 대비에게 묻지도 않고 사사하는 일은 있을 수 없다고 이준경이 극력 반대하여 소윤파인 윤원형 일가에 대한 음해 시도가 무위에 그친 일이 있었다. 이 일이 계기가 되어 을사사화의 주모자인 이기(李芑)와 임백령이 사화를 일으킨 후 이준경의 죽음을 요구했을 때 윤원형이 반대해 그가 목숨을 보전할 수 있었고, 이량에 의해 쫓겨난 윤두수도 윤원형에 의해 구원을 받은 경우였다.

윤원형은 은혜를 갚는 데도 철저했고, 보복에도 빈틈이 없었지만, 천민 서얼들과도 자유분방하게 어울릴 줄 아는 대단히 파격적인 인물이었다. 정난정이 윤원형에게 반한 이유 가운데 하나는 관습과 구태에 얽매이지 않는 그가 가진 대인의 풍모였다.

끈 떨어진 조롱박 신세가 된 그들에게 노복들이 눈물을 흘리며 충성을 바치는 데는 이렇듯 충분한 이유가 있었다.

11

그들이 고양 땅에 머문 지도 벌써 십여 일이 지났다. 한낮은 여전히 무더웠으나 아침저녁으로 소슬바람을 느낄 만큼 여름이 가고 가을이 자박자박 걸어오고 있었다. 농장 머리에 심어둔 밤나무에서는 연초록의 밤송이가 알이 제법 굵어지고 있었고, 방죽 위에 선 은행나무는 잎이 조금씩 누레지고 있었다.

점심을 먹고 농장 주변에 둘러쳐진 방죽을 걷는 두 사람의 안색은 도성을 떠날 때와는 달리 몹시 평온해 보였다. 두 사람은 약간은 무거운 공기 속에 어깨를 잇댄 채 풀이 무성한 길을 걷고 있었다.

 방죽 아래 개울에서 날아오른 붉은 고추잠자리 한 쌍이 그들의 눈앞에서 몸을 포갰다 떨어졌다 하며 서로를 희롱하고 있었다.

 "어허, 저놈들은 우리가 안중에도 없는가 보오?"

 난정이 밝은 미소를 띠우며 고혹적인 눈길로 윤원형을 바라보며 말했다.

 "대감, 참으로 보기 좋지 않습니까? 인간사 한평생 뜬구름 같은데, 사람들 눈치 보지 않고 자유롭게 살 수 있다면 얼마나 좋겠습니까? 저는 저놈들이 참으로 부럽습니다."

 "허, 듣고 보니 또 그러하오."

 난정은 감회가 어린 듯 촉촉이 젖은 눈길을 윤원형에게 던졌다.

 "대감께서 사람들 눈치를 보셨으면 저같이 천한 기녀를 어찌 아녀자로 받아들일 수 있있겠습니끼……? 대감은 저 고추잠자리에 비할 바가 아니지요. 대감 같은 분은 세상에 없습니다."

 윤원형은 그녀의 말에 쑥스러워하면서도 입은 귀밑에 걸리고 있었다.

 "날 그리 높게 생각하오?"

 "제게는 대감이 전부입니다, 대감을 만나 세상을 호령도 해보았고, 갖고 싶은 것 하고 싶은 것 원 없이 다 해보았습니다, 이년은 이 자리에서 당장 죽어도 여한은 없습니다. 다만 저 때문에 대감이 어려움을 겪게 되신 것 같아 마음이 안타까울 뿐입니다."

출사 161

"무슨 당치 않은 소리요! 난 부인을 만난 것을 내 일생의 행운이라 여기고 있소. 부인과 함께한 시간은 참으로 행복했소. 내가 가진 모든 것을 다 잃어버린다고 한들 난 무엇과도 부인을 바꾸지 않을 것이오.

 그리고 내가 큰 죄를 지은 것은 없소. 내가 욕심이 있었다는 것은 사실이지만 대역무도한 역적질을 한 것도 아니고, 나라에 공이 없는 것도 아니오!

 나를 탄핵한 사유도 놓고 보면 특별한 죄상은 없소. 누이가 돌아가신 마당에 여러 신료들이 설치고 있어 지금 당장은 어쩌지를 못하지만 주상 전하께서 기력을 차리신다면 조만간 나를 다시 부를 것이니 조금도 염려 마시오."

 확신에 찬 윤원형의 눈이 강렬한 빛을 뿌렸다. 난정은 갈까마귀 떼가 나는 먼 하늘에 무심한 시선을 던지고는 물었다.

 "정말 그런 날이 올까요?"

 "올 것이오. 반드시 올 것이오."

 난정이 윤원형의 손을 꼭 잡으며 그의 어깨에 머리를 기대어왔다.

 두 사람이 지난 일을 까맣게 잊고 한가로운 시간을 보내고 있을 때, 조정은 임금의 환우가 나날이 깊어가 큰 혼란에 빠져들었다. 간신히 결재만을 하며 정사를 보고 있던 임금은 구월에 들어서면서 큰 충격을 받아 정신이 혼미해지며 위독한 지경에 이르렀던 것이다.

윤원형의 전처 김씨의 계모 강씨가, 정실부인 자리를 차지하려 이미 쫓아낸 윤원형의 전처를 독살한 혐의로 정난정을 형조에 고소를 한 때문이었다.

 정난정이 강상의 죄*를 범하였다는 소식을 접하자마자 임금은 까무러쳐 앓아누웠다.

 어의를 대동한 약방제조(藥房提調)** 심통원이 무시로 임금의 침전을 들락거렸지만, 와병한 임금은 혼미한 상태에서 깨어나지 못하고 식은땀을 흘리며 헛소리만을 하였다. 아무것도 먹지 못하고 누운 임금의 몸은 운명을 눈앞에 두고 있는 듯이 미동도 하지 않았다. 후사는 고사하고 아직 대를 이을 세자조차 정하지 못한 상태여서 중전 심씨와 조정 신료들은 좌불안석이 되었다.

 중전 심씨는 임금의 병이 깊어진 까닭을 모후를 잃은 울화와 모후에 대한 죄책감이 큰 탓이라 여겼다. 그녀는 임금의 울화를 풀어주지 않고서는 승상의 쾌차를 기대할 수 없을 것 같아 눈을 질끈 감고 고육지책의 단안(斷案)을 내렸다. 그녀가 병중에 있는 임금을 대신하여 대신들에게 언서(諺書)로 어지를 내렸다.

> 성상의 환우가 매우 위중하다. 성상의 답답한 마음을 풀어
> 주어 하늘을 감동케 하려 함이니, 큰 죄를 짓고 멀리 귀양

---

*부모나 남편을 죽이거나 노비가 주인을 죽인 죄로, 조선에서는 대역죄 다음 가는 큰 범죄.
**임금에게 올리는 약을 감독하는 벼슬아치. 좌의정이 주로 맡았음.

간 자들은 가까운 곳으로 옮기고, 귀양 중인 사람들은 방면하며, 큰 죄를 짓지 않은 죄수들은 석방하라. 또 윤원형도 용서해주어 모든 이들이 기뻐할 일을 거행하고자 한다.

날이 저물어 중궁전이 내린 사면 지시에 조정이 발칵 뒤집혔다. 퇴청을 않고 궐내 약방에 머물고 있던 좌의정 심통원은 중궁전의 언서를 보고 기겁했다. 자신의 눈을 의심하며 몇 번이고 눈을 비벼가며 언서를 읽고 또 읽었다.

"세상에……!"

임금의 환우로 인해 세상이 다시 과거로 회귀할 조짐을 보였다. 술을 마시다 퇴청이 늦어진 정철은 중궁전에서 내린 사면 소식을 접하고 헐레벌떡 급한 걸음을 재촉하여 이이의 삼청동 집을 찾았다. 마침 윤두수도 이이의 집에 와 있었다. 이날따라 날이 몹시 습해 후덥지근하기 짝이 없어 정철의 온몸이 흘러내리는 땀으로 후줄근하였다.

물에 빠진 생쥐 모습을 한 정철이 가쁜 숨을 헐떡이며 들어서자 이이가 의아해서 물었다.

"이보게, 무슨 일인데, 이리 난리를 피우나?"

"큰일이 났네……. 큰일이 났어!"

정철의 전언에 이이와 윤두수도 눈앞이 캄캄했다. 영의정과 우의정은 퇴궐하고 좌의정 심통원이 중궁전의 사면 지시를 받았다는 게 몹시 불길했다.

세종 임금의 장인이었던 심온(沈溫)의 후손이자 중전의 작은 할아버지인 좌의정 심통원은 윤원형의 최측근 가운데 한 사람으로 탐욕스럽기로는 윤원형에 버금갔다. 그가 중궁전의 뜻을 빌어 윤원형에 대한 사면을 허용하자고 고집을 세운다면, 영의정이나 우의정이 중궁전의 뜻을 꺾기가 쉽지 않을 듯했다. 이이가 심각한 표정으로 정철에 물었다.

"계함은 사면령의 내용을 아는 것이 있는가?"

"국가와 강상에 관련된 자들은 사면에서 배제하라는 부가 말씀은 있다고 들었네."

"그럼 됐네. 윤 공은 홍문관 관원들에게 이를 알려 뜻을 모으고, 우리는 지금 당장 대사간을 찾아뵈어야 하겠소, 내일이면 늦소, 내일 아침 등청하기 무섭게 삼사(三司)에서 계사(啓辭)를 올려야 하니 지금 서둘러야 하오."

통금을 알리는 인경까지는 두 시진(時辰)이 남아 있었다. 이이와 정철은 이웃의 말을 빌려 타고 사직동 박순의 집을 찾았고, 윤두수는 홍문관 대제학(大提學)을 찾아 이를 알렸다.

12

궐 바깥에서 부산한 움직임이 이는 그 시각에 좌의정 심통원은 퇴궐을 하지 않고 내의원에 들러 비상 대기 중인 어의 양예수(楊禮壽)를 불렀다.

"지금 전하의 환우를 어떻게 보는가?"

"큰 차도는 아니지만 나날이 조금씩 나아지고 있으니, 머지않아 쾌차하시지 않을까 생각되옵니다."

"그 말이 틀림이 없는가?"

"오늘은 자리에서 일어나 미음도 드시고, 맥도 어제 보다 골라 막혀 있던 기혈이 통하는 듯이 보였사옵니다."

심통원은 눈을 지그시 감고 어의의 말을 신중하게 들었다. 그는 임금의 운명이 자신의 앞길에 미칠 영향을 생각했다. 임금이 승하하면 자신도 끈 떨어질 신세가 될 것은 불을 보듯 뻔했다. 윤원형이 물러갔으니, 자신이 그 다음 차례가 되지 않을까 늘 염려했었다. 그도 윤원형 못지않게 조정 신료들의 원성을 사고 있었고, 정권이 바뀌어 외척들이 물갈이 당하는 일은 비단 어제오늘의 일이 아니었다. 손녀딸인 중전이 자신의 바람막이가 되고 있으나, 임금이 승하하고 그녀가 대비전에 물러나 앉는다면 상황은 달라진다. 누가 왕이 될 것인지에 따라 다를 것이었다.

심통원은 욕심이 많았지만, 윤원형 같은 배포는 없었다. 그는 보신의 처세는 잘 해도 인망이 없고 사람을 부리는 데도 신통한 재주가 없어 그를 따르는 무리도 많지 않았다. 심통원은 왕이 승하할 경우에 대비하여 야망이 있고 조직 장악력이 뛰어난 윤원형을 다시 불러들인다면 자신의 일신을 보전하는데 크게 도움이 될 것이라 은연중 생각했다.

어의의 말을 듣고 그는 별다른 말없이 의례적인 인사말로 수고를 당부하고 내의원을 나서 집무실의 문을 열었다. 순간 심통원은 화들짝 놀랐다. 퇴궐했던 영의정 이준경과 우의정 이명(李蓂)이 와 있었다.

"아니, 왜 그렇게 놀라시오? 우리가 못 올 곳을 왔소?"

영상 이준경의 말에는 은근한 가시가 돋쳐 있었다. 심통원이 얼른 낯빛을 바꾸어 짐짓 태연을 가장하며 딴청을 피웠다.

"아니, 퇴궐하신 두 분 대감께서 이 늦은 시각에 집무실을 찾으시니 놀랄 밖에요!"

이준경이 심드렁하게 따져 물었다.

"긴말할 것 없이, 중전께서 사면령을 내리신 걸 어찌 우리에게 아직 기별을 않았소?"

"시각이 너무 늦어 기별을 못한 것이니, 딴 뜻은 없소이다."

뱃심 없는 심통원은 이준경의 지적에 제 발 저린 도둑같이 당황하여 얼버무렸으나 꼬장꼬장하고 치밀한 이준경은 끈을 놓치지 않고 그를 몰아세웠다.

"좌상은 윤원형을 사면하라는 중궁전의 뜻을 어떻게 생각하시오?"

양미간을 찡그린 영상 이준경의 부리부리한 눈이 무섭게 빛을 냈다. 심통원도 오기가 생겨 그를 못 본 척하며 비꼬듯 딴청을 부렸다.

"그야 전하의 울화를 풀어주시어 주상 전하의 건강을 회복시키려는 중전마마의 뜻이 담긴 것 아니겠소?"

"내가 그걸 몰라서 좌상 대감에게 묻는 건 아니잖소!"

육척거구 이준경이 눈을 삐딱하게 하여 심통원을 뚫어지게 노려보니, 심통원은 그의 기에 질리는 인상이었다.

이준경은 또박또박 분명한 어조로 자신의 견해를 밝혔다.

"강상의 죄는 대역무도한 국사범이나 다름이 없소. 더군다나 지금 추국(推鞫)이 진행되는 상황이지 않소. 이 지경에 그를 사면한다면 백성들의 웃음거리밖에 더 되겠소? 그나마 잦아들고 있는 민심에 불을 지르는 격이 되니 민심이 격동하면 이번에는 무슨 일이 생길지도 모르오. 절대 사면은 아니 되니, 좌상께서도 딴마음은 먹지 않는 게 좋겠소이다."

이준경이 정문일침으로 못을 박자, 심통원은 마치 자신이 혐의를 받고 있는 죄인 같은 기분이 들었다. 그는 수치심과 굴욕감에 얼굴이 화끈 달아올랐다. 마음 같아서는 영상의 건방진 태도에 맞붙어 일전을 벌이고 싶었지만, 우상(右相) 이명까지 있어 대놓고 소리칠 수 없어 속만 끓였다. 그는 큰 모욕감을 느끼면서도 배짱이 없어 금방 이준경 앞에서 꼬리를 내렸다.

"나도 영상과 같은 생각이오. 강상의 죄를 지은 자를 석방하면 조정의 체통이 서지 않는 것은 물론이고, 더군다나 윤원형은 종묘사직의 대죄를 지은 사람이니 언감생심 어찌 사면이 가당키나 하겠소!"

영의정 이준경이 선수를 쳐서 심통원의 생각을 붙드는 통에 심통원도 더 이상 할 말이 없게 되었다. 이준경과 우상 이명은 심통원의 동의를 얻자 안도의 숨을 내쉬면서 놀란 가슴을 쓸어내렸다.

삼정승 가운데 한 사람이라도 강한 반대 의견을 낸다면 일은 전혀 예상하지 못한 엉뚱한 방향으로 흘러갈 수밖에 없었다. 심통원의 동의로 일단 윤원형 제거에 걸림돌이 될 하나의 위험한 뇌관은 제거된 셈이었다.

하지만 삼정승이 합의를 했다고는 해도 아직 상황이 종료된 것은 아니었다. 상황은 여전히 유동적이었다. 중전의 뜻과 의지에 따라 삼정승의 합의안이 뒤집어질 수도 있었다. 임금의 환우가 깊어 의식을 회복하지 못하고 판단을 하지 못하고 있는 이때에 후사가 없으니 합법적인 권력의 중심축이 당연 중전에게 옮겨갈 수밖에 없기 때문이었다.

이준경은 일단은 사면을 지시한 중전의 진정한 의중을 알아내어야만 한다고 생각했다. 중전이 임금의 마음을 걱정한 단순한 생각에서 사면을 지시한 것이라면, 중전이 자신이 내린 사면 지시를 다시 거두어들이도록 쉽게 설득할 수 있지만, 중전이 여러 가지 복잡한 상황을 고려한 끝에 내린 신중한 결정이라면 설득한다고 해도 그 결과를 예단하기 어려웠다.

참으로 엉뚱한 일이 역사의 발목을 잡았다. 산전수전 다 겪은 노회한 이준경이었지만 그는 이날은 왠지 평소보다 심사가 더 복잡했다. 심통원의 얄팍한 술수에 이준경은 실소를 머금지 않을 수 없었다.

풍류를 모르는 완고하고 사무적인 성격의 이준경이 감상에 젖었다. 그가 무리를 지은 개구리 울음소리에 이끌려 연못을 찾았다. 미풍에 호수의 물결이 은빛으로 일렁였고, 먹구름에 가려졌던 달이 얼굴을 내밀자 호수 주변이 환했다. 풀도 나무도 돌도 그 모습을 고스란히 드러내고 있었다.

'흐르는 구름은 바람이 거두어 가지만, 주변에 널린 소인배들은 어떻게 일소할꼬?'

이준경이 상념에 젖어 있을 때, 느닷없이 수 마리의 개구리가 연못에서 그의 발밑으로 튀어 올라왔다. 그는 개구리들이 놀랄까 봐 미동도 않고 석상이라도 된 듯이 가만 서 있었다. 개구리들은 그의 발등에 올라섰다가 풀쩍 뛰어 수풀 속으로 사라졌고, 그가 큰 한숨을 내쉬자, 그에게 화답이라도 하듯 개구리들이 떼를 지어 울어 젖혔다. 역사의 운명을 결정할 초가을 밤이 무리지은 개구리의 울음 속에 깊어가고 있었다.

13

중전 심씨는 아들 순회세자를 잃고 가슴이 시꺼먼 숯덩이가 되도록 타들어갔었다. 모후의 권위에 짓눌려 마음 편히 숨 한 번 제대로 쉬지 못했던 남편이 모후를 잃은 슬픔에 더해 엎친 데 덮친 격으로 정난정의 일에 놀라 혼절하여 한 치 앞을 기약할 수 없는 위중한 상태에 들자, 그녀는 남편마저 잃어버리지 않을까 노심초사하며 구월 들어서부터는 하루도 거르지 않고 임금의 수족이 되어 그의 곁을 지성으로 살피고 지켰다.

중전 역시 침식이 일정하지 못해 얼굴에 마음고생의 흔적이 묻어났다. 눈가가 까맸고 기미 같은 검은 잡티가 근래 유난히 많이 올라오고 있었다. 그럼에도 콧날이 오뚝하고 눈이 크고 맑아 귀한 상을 오롯이 담고 있는 그녀의 갸름한 얼굴은 서른 중반 나이가 믿어지지 않을 만큼 여느 처녀에 비할 데 없이 자색이 고왔다.

중전은 오르락내리락하는 남편의 열을 내리기 위해 나인들에게 미지근한 물을 준비하게 하여 무명 수건에 물을 적셔 자리에 누운 임금의 이마와 목을 타고 흐르는 땀을 조심스럽게 닦고 있었다.

그녀가 애처로운 눈길로 남편을 내려다보며 있을 때, 핏기라고는 없어 안색이 백지장 같은 임금이 가늘게 눈을 떴다.

"전하, 저입니다. 알아보시겠습니까?"

임금은 말없이 고개를 끄덕였다. 임금의 푹 꺼진 눈에서 눈물이 흘러나와 야윈 볼을 타고 떨어졌다.

"전하, 어의의 말로는 곧 기력을 회복하실 것이라 하니 너무 염려하지 마세요."

임금이 창백한 입술에 희미한 미소를 띠었다. 그가 모기만 한 목소리로 무어라고 중얼거렸다. 중전이 허리를 굽혀 그의 입가에 가만히 귀를 대었다.

"중전, 내 심려를 끼쳐서 미안하오."

"전하, 그런 말씀은 하지 마세요. 아녀자가 지아비를 잘 모시지 못해 전하께서 이리 환우가 깊으신데, 어찌 그리 민망한 말씀을 하십니까! 외숙의 문제는 너무 걱정하지 마세요. 전하께서 정신이 혼미하시고 신첩이 황망한 마음에 전하를 대신하여 대신들에게 제가 어지를 내렸습니다. 전하의 환우가 이리 깊으신데, 대신들이 외숙을 사면하는 일을 박정하게 결사반대야 하겠습니까? 다만 정경부인의 일만 아니면 크게 마음 쓰일 일은 없는데, 이게 조금은 걱정은 됩니다. 하지만 염려 마세요. 제가 어떤 일이 있더라도 외숙을 사면시켜 전하의 가슴앓이를 꼭 풀어드리도록 하겠습니다."

중전의 말소리는 조용하고 나지막했지만, 눈을 또렷이 밝혀서 말하는 그녀의 표정은 여간 강단 있어 보이는 게 아니었다. 임금은 그녀의 말에 힘없이 고개만 끄덕이며 눈물만 뚝뚝 흘렸다.

임금은 정신이 몽롱한 가운데서도 의식을 차리자 우의정 이명의 보고가 다시 생각이 났다. 임금은 깨어질 듯 머리가 몹시 아파 견딜 수가 없었다. 용안이 고통에 일그러지며 이마에서 땀을 쏟았다. 중전이 놀라서 급히 어의를 불렀다.

"게 아무도 없느냐, 어의를 빨리 들라 하라!"

대전(大殿)에서 당직을 서고 있는 어의 양예수가 잰걸음으로 달려와 맥을 짚었다.

"중전마마, 어제보다는 주상 전하의 맥이 조금 나아진 듯싶사오니 큰 걱정은 하지 않으셔도 될 것 같사옵니다. 다만 심열(心熱)이 아직도 계속되고 있사오니 약해진 기를 보호해주고 울화를 풀어드릴 탕약을 당분간 계속 드시게 하는 것이 좋겠사옵니다. 지금 전하께서 호소하시는 두통도 울화 때문이오니, 탕약을 드시고 한 시진이 지나면 가라앉을 것이옵니다. 너무 심려 마시옵소서."

자지러질 듯이 전신을 격렬히 떨며 두통을 호소하던 임금은 어의가 준 탕약을 먹고 고른 숨을 쉬며 깊이 잠들었다. 창백한 용안에 얼마간 혈색이 도는 것 같아 이를 보는 것만으로도 중전은 조금 마음의 위안이 되었다.

지금 임금에게는 외숙과 정난정의 일이 제일 큰 근심거리였다. 임금이 그들의 이름 석 자만 듣고도 혼절할 지경이니, 중전은 그들을 풀어주지 못하는 임금의 속이 얼마나 답답할까 싶었다.

임금은 유약하지만 심성이 곱고 욕심이 적어 평범한 사대부 집안에서 태어났으면 무탈한 인생을 살았을 사람이었다. 이런 사람이 체질에 맞지 않게 용상에 올라 온갖 풍상을 다 겪고 있어 중전은 임금을 볼 때마다 안타깝고 안쓰럽기만 하였다.

아무튼 임금의 환우를 더는 방법이 시금으로시는 윤 원형을 사면시키는 길 외에는 달리 다른 방도가 중전의 눈에는 없어 보였다. 간악한 무리 한둘을 사면시켜 임금의 생명을 구하고 나라의 종묘와 사직을 보전할 수 있다면, 그녀는 마땅히 그 길을 가야 한다고 생각했다.

아들을 잃은 마당에 남편까지 잃어버리는 것은 상상조차 하기 싫었지만, 이런 사사로운 감정을 떠나 흔들리는 사직을 보고도 수수방관하는 것은 중전의 책임 있는 자세가 아니라 그녀는 굳게 믿었다.

출사 173

14

날이 밝자 삼정승이 중궁전으로 우르르 몰려왔다. 영의정을 중심으로 좌우 정승이 양쪽에 자리를 잡고 앉았고 영의정 이준경이 맨 먼저 입을 천천히 열었다.

"중전마마, 언서로 내리신 사면의 내용을 잘 보았사옵니다. 가벼운 죄를 지어 옥살이를 하는 이들을 방면하여 민생이 어려운 백성들의 기쁨으로 삼는 것은 참으로 자애로운 국모의 마음이 아닐 수 없습니다. 또한 그로 인하여 하늘이 감동하고 천심이 발하여 전하의 아픔이 가신다면 사직의 보전에 이보다 아름다운 일이 어디에 있겠습니까?

하오나 마마께서는 국사와 강상에 연루된 자들에 대해서는 사면을 불허하신다고 덧붙이시면서, 윤원형을 방면하라 하시니 이는 이율배반적인 모순이 아닐 수 없습니다. 윤원형의 첩 난정은 전처를 독살한 강상의 죄를 범한 중죄인이며 지금 추국 중에 있으니 윤원형에 대한 사면은 불가하다 사료되옵니다.

만약 윤원형을 사면 명단에 포함시킨다면 백성들이 근본과 원칙을 잃어버린 이 조정의 처사를 어떻게 보겠사옵니까? 윤원형을 사면시키는 것은 나라의 근본을 흔드는 것이니 통촉하여 주시옵소서."

중전 심씨는 담담한 표정으로 영상 이준경의 진언을 끝까지 경청했다. 그가 말을 마치자, 중전이 우상 이명을 바라보았다.

"우상께서 지금 위관(委官)이 되어 정난정의 사건을 조사 중이

시지요?"

"그러하옵니다, 중전마마."

"난정이의 몸종을 열 명이나 잡아들여 추국하고 있다는데 사실인지요?"

"그러하옵니다."

"조사를 하신 지 며칠이나 되셨지요?"

"열흘이 되었사옵니다."

중전 심씨는 풍부한 경험을 지닌 심문관처럼 우상 이명을 향해 차근차근 질문을 던졌다.

"열흘이란 시간이 흘렀고, 십여 명이나 되는 몸종들이 엄한 국문(鞠問)을 받았는데, 지금 어떤 조사 결과를 얻었습니까?"

"황공하오나, 아직 증인들의 자백을 얻지 못하였사옵니다."

중전이 여전히 담담한 표정으로 고개를 끄덕였다.

"그렇다면 내가 우상께 묻겠습니다. 의금부의 국문이 지독히다고 들었는데, 그 독한 국문을 견디는 자들이 얼마나 있습니까?"

"……."

우상 이명이 말문이 막혀 대답을 못하고 우물쭈물 거리고 있을 때, 잠자코 있던 영상 이준경이 개입했다.

"중전마마 아뢰옵기 황송하오나, 이 질문의 요지는 정난정의 일과는 상관이 없는 일이옵니다."

"상관이 없다니요? 지금 의금부에서는 독살당한 전처의 몸종 구슬이의 자백만으로 추국을 하고 있지 않습니까? 그런데 난정이의 열 명이나 되는 몸종들은 하나같이 부인하고 있어요. 지금은 오로지 계모 강씨의 고소 진정과 몸종 구슬이의 이야기에만 의지해서 추국을 하고 있는 상황입니다. 계모 강씨와 몸종 구슬이는 난정이에게 원한이 있는 사람들이니 윤원형 대감이 곤란한 처지에 있는 이때를 틈타 모함을 할 수도 있다고 생각을 해본적은 없습니까? 쫓겨난 전처 김씨가 울화를 견디지 못해 자살을 할 수도 있는 일입니다.

아무튼 지금 분명한 것은 정난정이 전처 김씨를 독살했다는 물증이나 확실한 정황 증거가 드러난 것이 없다는 말이지요. 영상께 묻겠습니다. 국법에 증거 없이 사람을 죄인 취급하거나 벌을 주게 되어 있습니까?"

중전의 역공에 영의정 이준경도 대꾸를 못했다. 그녀의 말은 매우 논리적이어서 영상 이준경이나 우상 이명은 그녀의 말을 반박할 구실이 없었다.

살이 터지고 무릎이 꺾이고 인두로 지지는 의금부의 고문은 혹독했다. 십여 일이나 계속된 이 고문에 국문을 받은 정난정의 몸종 가운데 절반이 이미 숨을 거두었다. 그럼에도 정난정이 전처 김씨를 독살했다는 몸종들의 자백을 얻지 못했다. 계모 강씨의 고변(告變)과 몸종 구슬이의 자백에 따른 정황상의 증거와 심증만으로 시작한 정난정의 옥사(獄事)는 확실한 증거를 얻는데 실패해 시간이 갈수록 해결의 기미는 보이지 않고 미궁에 빠져들었다.

 위관이 되어 국문을 직접 진두지휘하는 우상 이명이나 정난정의 옥사를 윤원형을 완전 제거할 절호의 기회로 삼고 있던 신진 사림들도 일보의 진척도 없는 이 국문에 난감해하고 있었다. 고문이란 공포와 두려움을 조장하여 사실이든 거짓이든 피혐의자들의 입에서 혐의를 입증할 자백을 끌어내기 마련인데, 정난정의 옥사만은 예외였다. 열 명이나 되는 정난정의 몸종들은 죽음을 불사하고 한사코 그녀의 독살 혐의를 부인하고 있었다.

 이명은 정난정의 몸종들을 그녀의 공범으로 보고 있으면서도, 그녀에게 바치는 몸종들의 헌신적인 충성심에는 혀를 내둘렀다. 그는 몸종들이 자진해서 목숨까지 내어놓게 만드는 정난정의 범상치 않은 용인술에 탄복하고 있었다.

 정난정의 독살 혐의가 계모 강씨와 몸종 구슬이의 무고로 결론이 난다면 그 여파가 일파만파로 커질 수 있어 우려가 높아가고 있었다. 윤원형이 다시 조정에 복귀할 명분이 될 수도 있었다. 신진 사림 출신의 관료들도 가슴을 졸이며 정난정의 옥사를 지켜보고 있었다.

 중전의 물음에 한동안 말이 없던 영상 이준경이 역공을 펼쳤다.

 "증거 없이 죄를 물을 수는 없습니다. 하오나 어떤 죄인도 처음부터 자신의 죄를 자복(自服)하는 일이 없습니다. 그래서 혐의가 있으면 조사를 하고 심증이 더 가게 되면 의혹만으로도 국문을 하게 되는 것입니다. 이에 비추어 보면 정난정의 옥사는 절차상의 문제는 없다고 판단됩니다. 하오니 피고소인인 정난정을 잡아다 직접 국문하게 하여 주시옵소서."

"그건 아니 될 말이오. 아녀자인 내가 결정할 문제도 아닐 뿐더러, 주상 전하의 윤허 없이, 더욱이 증거도 없이 정경부인의 작호까지 받은 사람을 국문한다는 것은 그 전례가 없소이다. 다만 대신들의 뜻이 정 그렇다면 일단 윤원형에 대한 사면을 이번에는 거두기로 하겠소."

중전은 대신들의 의견을 존중하여 일단 윤원형의 사면을 철회하는 모양새를 취했지만, 자신의 뜻을 접은 것은 아니었다. 정난정의 옥사가 무위에 그칠 가망이 높아지고 있는 마당에 무리하여 대신들의 반대를 무릅쓰고 굳이 일을 서두를 필요가 없다고 생각했기 때문이었다.

집무실로 돌아온 정승들의 코도 석 자는 빠져 있었다. 윤원형의 문제는 일단 제쳐둔다고 해도 정난정의 일이 잘못되면 닭 쫓던 개 지붕 쳐다보는 격이 아니라 말짱 도루묵이 될 판이었다.

이준경은 중전의 정연한 논리와 만만찮은 강단에 예봉(銳鋒)이 꺾여 있었다. 모든 것이 조사가 부실하여 증거가 부족한 탓이었다. 그가 의자에 앉아 곤혹스런 얼굴로 한숨을 쉬자, 심통원이 멀거니 천장을 올려다보며 염장을 질렀다.

"허허, 중전마마께서 늘 부드러운 줄만 알았더니, 참으로 장부다운 데가 있어요. 아니 그렇소이까? 영상 대감!"

"좌상의 말씀은 윤원형을 사면하자는 것이오?"

이준경이 버럭 고함을 치며 눈을 부릅뜨고 심통원을 노려보자, 심통원도 물러설 기색 없이 이준경의 공세에 맞불을 놓았다.

"아니, 영상께서는 왜 내게 역정만 내시는 것이오? 중전마마의 말씀에도 일리가 있지 않소!"

이준경은 칼이라도 있으면 빼어들 기세로 위압적으로 심통원을 쏘아보았고, 이준경에게 늘 수세에 몰리기만 하던 심통원은 오늘은 웬일로 일전을 불사하겠다는 강경한 자세를 보이며 그와 대치했다.

15

국상(國喪)에 필요한 관재(棺材)를 구입하기 위해 평안도로 출장을 떠나는 이이를 정철과 송익필이 한사코 따라나서 결국 북악산에 이르렀다. 이이가 부인 노씨 일로 고민하고 있이 그를 위로할 요량으로 정철과 송익필도 이이의 출장길을 함께한 것이었다.

정철이 술을, 송익필이 과일이며 부침개 같은 안줏거리를 봇짐에서 꺼내놓으니 너럭바위가 어느덧 술상이 되었다.

단풍이 곱게 든 산속에 들어앉자 대궐이 한눈에 훤히 바라보이니 정철은 신명이 나서 어깨를 들썩이며 흥얼거렸다.

"대궐 머리 위에 앉아보니 임금보다 더 높고, 북악산 신선이 되었으니 하늘이 곧 내 집이로구나."

송익필이 정철에게 화답하여 코를 벌름벌름거리며 익살스런 표정으로 이죽거렸다.

"이보게, 계함. 높은 자리 좋아 마라, 힘센 자리 보지 마라. 천지간에 오갈 데 없고 무상한 게 권력이다. 무상잡고 살아본들 허한 마음 채워질까. 불쌍타! 불쌍타! 난정이가 불쌍타!"

"아니, 귀봉은 어찌 난정이 불쌍한가?"

정철이 금방 골이 나서 송익필을 흘기자, 그가 너털웃음을 터뜨렸다.

"계함은 어찌 볼지 몰라도 난 난정이가 부럽네. 서녀로 태어나 세상 부귀영화 다 누려보고 몸종들은 죽어서도 충성을 다하니, 난정이가 여걸이 아니면 무언가? 허허. 자네 눈에는 언제나 천한 요물일 테지만 난정이가 북악산에 사는 여자 신선의 현신인지도 모르지! 나도 난정이같이 한번 살아봤으면 소원이 없겠네그려, 하하!"

이이가 두 사람의 얘기를 잠자코 듣고 있다 빙긋 웃으며 말참견을 했다.

"신선까지는 몰라도, 걸출한 요물임에는 틀림없네."

"허허, 두 사람 다 못 먹을 걸 먹었나. 오늘은 왜 이리 난데없이 난정이 역성을 들지 못해 안달들인가?"

정철은 두 사람의 대화가 못마땅해 입술을 삐쭉 내밀고 툴툴거리며 불평했지만, 도성 안팎에서는 정난정의 옥사에 연루된 여종들의 얘기가 단연 큰 화제가 되고 있었다.

죽음도 두려워 않는 그녀의 여종들을 보고 사람들은 그들이 저지른 악행은 까맣게 잊은 채 노복들이 주인에게 바친 충성심과 그녀들의 지조만을 높이 사고 있었다. 저잣거리의 사람들은 만나면 이렇게 말했다.

"참 대단한 종년들이야!"

"난정이 그년이 참으로 부럽군!"

달면 삼키고 쓰면 뱉는 경박한 세태에 비추어 보면, 경위를 떠나 연약한 여자의 몸으로 정난정의 여종들이 보여준 대쪽 같은 절개와 지조를 사람들이 경이로운 눈으로 보는 것은 너무 당연했다. 비난 일색으로 정난정을 매도하기만 하던 유생들조차 여종들이 보여준 일편단심의 충성심에 놀라 여종들과 정난정의 됨됨이까지 되짚어 보게 했다.

정난정의 옥사가 일방적인 비난에서 경탄으로 바뀌더니, 이제는 입을 다문 그녀의 여종들로 인해 또 다른 논란을 불러일으키고 있었다. 오랜 국문에도 뚜렷한 혐의를 입증하지 못하자 정난정이 전처를 독살했다는 계모 강씨의 고변 자체를 사람들은 의심하기 시작했고, 나아가서는 정난정의 옥사를 성립시키기 위해 동분서주하는 사람들도 그 저의를 의심받기에 이르렀다. 정난정의 옥사에 정략적인 음모가 숨어 있다고 보는 것이었다.

정철 역시 이번 옥사를 무조건 성립시켜 윤원형을 제거해야 한다고 주장하는 사람 가운데 한 사람이었다. 두 사람의 얘기에 심드렁해져서 혼자 술을 마시던 정철에게 송익필이 넌지시 물었다.

"계함은 이번 옥사가 성립할 가망이 있다고 보는가?"

"자네는 무슨 소리를 하는가? 마땅히 성립시켜야지!"

정철은 송익필의 말이 뜬금없다는 듯이 말투가 꽤 퉁명스러웠다. 이이가 볼멘소리를 하는 정철에게 가만히 물었다.

"계함은 왜 이 옥사를 꼭 성립시켜야 한다고 생각하는가?"

"일이란 때를 놓치면 이룰 수가 없는 법이네. 윤원형이 추방되고 옛 장모의 고변까지 들어왔는데, 이보다 더 좋은 때가 어디 있는가!"

"계함, 난 정치적인 문제를 떠나서 이번 옥사와 윤원형의 일은 구분 지어야 한다고 생각하네. 만약에 정난정의 죄가 분명하다면 굳이 말에 사족을 달 필요는 없지만, 반대의 경우도 있을 수 있음을 염두에 두어야 하네. 국문을 하는 것은 죄를 밝히기 위함인데, 지금 옥사는 아무 소득도 없이 무고한 여종들 목숨만 앗아가고 있는 게 현실 아닌가! 정난정이 저지른 그간의 죄상이 밉긴 하지만, 정말 정난정이 이번 사건과 관련이 없다고 한다면, 이 옥사는 당장 중지시켜야 한다고 보네.

죄 없는 백성들의 목숨까지 빼앗을 권리를 가진 사람은 없네. 어떤 경우에도 억울한 희생이 있어서는 안 되는 것이네. 억울함을 당하지 않게 백성을 보호하는 것이 조정의 책무라네. 그렇지 않다면 백성들이 나라에 의지할 이유가 없지 않은가?

이 사건의 진상만 규명하면 되는 것이지, 이 사건을 윤원형의 문제와 연관 지어 몰아간다면 모략을 일삼던 구시대 소인배들의 행동과 다를 게 무엇인가? 세상이 달라졌으면 문제를 풀어가는 것도 새 세상의 절차에 따라야 한다고 보네."

이이의 말이 불만스러웠지만 정철은 굳이 반박하지는 않았다. 허나 윤원형에게 원한이 있는 정철은 이번 사건을 계기로 윤원형의 기반을 뿌리째 뽑아야 한다며 벼르고 별렀다.

가을 단풍 속에 마신 술로 이이도 얼큰한 취기를 느꼈다. 거뭇거뭇한 이이의 깡마른 얼굴이 발개졌다. 술이 혈관을 타고 전신을 돌자 이이는 답답한 가슴이 조금 뚫리는 기분이었다. 이이가 메아리를 부르듯 큰 소리를 내자, 정철과 송익필도 따라 소리를 쳤다. 이이가 환히 웃는 것을 보자, 정철이 염려의 눈길을 거두고 말했다.

"이야, 너도 고집 그만 부리고 제수씨 얘기를 듣지 그러냐."

"글쎄……."

이이가 쓸쓸히 웃으며 말꼬리를 흐렸다. 그의 부인 노씨는 딸을 잃은 이후로 아이를 낳지 못하는 자신을 칠거지악의 죄인이라며 이이에게 이혼을 요구하고 있었다. 이혼에 응하지 않을 것이면 후손이라도 볼 수 있게 소실을 들이라고 이이를 매일 압박했다.

이이는 북악산에서 친구들과 헤어져 평안도로 갔다가 비를 만나 양덕현 어느 산골 마을의 객관에 하루를 묵었다. 산 쪽으로 창이 나 있는 작은 방 안에 홀로 앉아 있으니 추적추적 내리는 빗소리에 마음이 더 쓸쓸했다. 그가 늙은 주인장에게 술을 부탁했다.

메밀로 쑨 곡주가 몹시 독했다. 이이는 안줏거리로 나온 부침개에는 손도 대지 않고, 빈 속에 술만 마셨다. 이이는 술이 목젖을 넘어갈 때 오는 그 짜릿함이 좋았다.

큰 잔으로 석 잔을 비우니 금방 술이 동이 났다. 이이는 몸에서 열기를 느끼며 방문을 열고 나와 난간에 섰다. 앞을 가로막고 떡 버티고 서 있는 산은 짙은 운무로 그 형체가 희미했다. 비 오는 날의 짙은 운무를 볼 때마다 이이는 어머니와 아버지를 떠올렸다. 어머니와 아버지를 잃었던 오월의 파주도 짙은 운무에 젖어 있었다.

이이는 비가 오면 어딘지 모르게 마음이 몹시 슬펐다. 요즘은 아내 때문에 마음이 더 아팠다. 술기운이 올랐음에도 왠지 정신은 더 말똥말똥했다. 이이는 쉬고 싶었다.

그가 술 욕심을 부리며 주인장을 다시 불렀다.

"어르신, 독한 술이 있으면 좀 주시겠소?"

허리가 구부정한 노인은 좀 걱정스런 눈으로 이이를 보더니 이내 술과 삶은 고기를 푸짐하게 내왔다.

"나리, 술이 독하니 많이 드시지는 마십시오. 안주는 꼭 드셔야 합니다."

노인의 말에 이이가 계면쩍게 웃었다. 하지만 이번에도 역시 안주에 손을 대지 않았다. 곡주를 증류한 화주는 목을 넘길 때는 찌릿했고 입 안 가득 오래도록 그윽한 향기가 남았다.

이이가 창문을 열었다. 내리는 빗줄기는 아까보다 성기어졌고 꽤 거칠게 불어대던 바람도 잦아들었다. 이이는 아내가 보고 싶었다. 저 비를 타고 아내가 왔으면 좋겠다는 생각을 했다. 이이는 이혼도 소박도 아니 되는 말이라 생각했다.

옥같이 맑고 깨끗한 아내와 함께라면 세상 명리 다 버리고 고요와 바람, 비와 흙을 터전 삼아 한평생을 살아볼 수도 있지 않을까 생각하였다. 별이 숨어버린 어둠 속에서 아내의 까만 눈이 반짝반짝 빛을 내고 있는 듯했다.

16

하얀 소복을 입은 정난정의 가는 손이 파르르 떨렸다. 그녀는 대청마루에 앉아 들판을 거쳐 불어 온 스산한 가을바람을 그대로 맞으며 좁다란 한지에다 붓을 놀리고 있었다.

그녀는 옥사에 연루되어 세상을 하직한 열 명이나 되는 몸종들의 이름을 일일이 적다가 어제 마시막으로 눈을 김은 주지리(注巨里)의 이름을 적을 때는 참았던 눈물을 결국 왈칵 쏟아내고 말았다.

"죽일 놈들, 이 불쌍한 여자들이 무슨 죄가 있다고······."

그녀의 흐느낌이 통곡으로 변했다. 곁에 있던 윤원형이 그녀를 꼭 끌어안았다. 죽은 여종들의 위령제를 준비하던 집안 노비들도 눈물이 그렁그렁했다.

그녀와 윤원형은 주인을 위해 자신의 몸을 희생한 노비들을 위해 성대한 제사상을 차렸고, 제단에 모신 노비의 위패마다 일일이 재배(再拜)를 하며 술을 가득 따라 세상을 하직한 그들의 고혼(孤魂)을 위로했다.

열 명의 몸종 가운데 유일한 생존자였던 주거리의 죽음으로 의금부에서는 정난정의 혐의를 입증할 방법이 없어졌다. 정난정의 옥사가 무산될 위기에 처하자 우의정 이명이 급히 임금을 찾아 아뢰었다.

"전하, 정난정의 옥사에 연루된 증인이 다 죽었습니다. 비록 물증을 찾지는 못했으나, 정난정이 독살한 정황은 충분히 파악했사오니 정난정을 잡아다 직접 국문하게 하여주소서."

"이 옥사는 원한에서 나온 것이 틀림이 없는데, 경은 어찌하여 굳이 정경부인의 작호까지 받은 부인을 국문하려 하는가? 종들이 죽고, 부인의 작호까지 박탈한 마당에 더 이상의 국문은 필요치 않다. 국문은 윤허하지 않으니 그리 알라!"

우의정 이명과 사간원, 사헌부에서 한 달이 넘도록 정난정의 국문을 임금에게 요청했으나, 임금은 의금부의 조사 내용 자체를 불신했다. 임금은 윤원형의 정적들이 그를 매장시키기 위해 계모 강씨의 고변을 이용하여 조사 내용을 의도적으로 조작했다고 보고 있었다.

주거리까지 죽고 나자 윤원형과 정난정은 가시방석에 앉은 듯 안절부절 두문불출하고 하루 종일 안방만 뱅뱅 돌았다. 한양을 떠나 시골에 있다 보니 돌아가는 형세까지 알지 못해 더욱 애가 탔다. 몸종들이 모두 죽자 윤원형은 피가 마르는 것 같았다. 그는 발이 빠른 노복 두 명을 골라 급히 한양에 올려 보내 국문의 진행을 알아보게 하였다.

노복이 한양으로 떠난 지 이틀 만에 헐레벌떡 돌아왔다.

"대감마님, 주상 전하께서 옥사의 동기가 불순하다며 마님에 대한 국문은 절대 윤허하지 않겠다고 대신들에게 말씀하셨답니다."

"그래!"

아내를 잃을까 노심초사 죽을상을 짓고 있던 윤원형의 코가 벌름거리며 살진 얼굴에 환한 미소가 피어났다.

"부인, 하늘이 무너져도 솟아날 구멍이 있다 내가 말하지 않았소. 주상 전하께서 절대 국문을 윤허하지 않으실 거라고. 아무튼 일단은 안심이오. 당장 나쁜 일이 벌어지진 않을 것이니, 찾아보면 분명 살아날 길이 있을 것이오."

노복의 전갈에 윤원형이 애써 웃음 지으며 아내를 위로하려 들뜬 말로 수선을 피웠지만, 정난정의 안색은 여전히 어둡기만 하였다.

정난정은 임금을 믿지 못했다. 임금은 심약해서 매번 기개 있는 신하들에게 휘둘리고 있었다. 임금은 언제든지 신하들에게 무릎을 꿇을 수 있는 인물이었다. 눈물 많은 임금에게는 신하들을 휘어잡고 호령하던 당찬 모후의 기질을 눈곱만치도 찾을 수 없었다. 임금은 겁도 많고 정도 많아 약자에게도 약했고, 강자 앞에서는 더 약했다. 그녀는 이 옥사의 종착역을 알고 있었다. 그녀는 유무죄를 떠나 자신이 죽어야만 이 옥사가 끝이 날 것이라 생각했다.

남편의 말에 그녀가 쓸쓸히 웃으며 고개를 조용히 가로저었다. 그녀는 상기된 표정으로 비분에 차서 말했다.

"대감, 대감께서 웃으시니 참으로 보기가 좋습니다, 얼마 만에 보는 웃음인지 모르겠어요. 대감께서 이리 기뻐하시니 이년도 참 기분이 좋습니다. 하지만 주상 전하의 말을 너무 믿지 마세요. 저는 일절 기대하지 않아요. 어차피 이 옥사는 이미 끝이 정해져 있었어요. 그놈들은 제 목숨을 원하고 있어요. 원한다면 기꺼이 줄 생각입니다. 하지만 그놈들 손에 제 명을 맡기지는 않을 것입니다. 죽어도 대감 품에 안겨서 죽을 거예요."

"부인! 무슨 말씀을 그리 냉정하게 하시오. 부인 없으면 나도 살 이유가 없소. 부인을 만난 이후 부인이 없는 내 인생은 일각도 생각해본 일이 없소, 목숨을 거두거들랑 내 목숨도 같이 거두어 주오."

"……."

두 사람은 눈물을 흘리며 서로를 바라보다 텁석 끌어안았다. 그들은 부둥켜안고 상처를 어루만지듯 서로의 볼에 흐르는 눈물을 살며시 닦아주었다.

윤원형은 자신이 아무리 용을 써도 이 옥사에는 답이 없다는 것을 알고 있었다. 이 옥사는 아내의 목숨을 빼앗고 자신에게 정치적 파산을 선고하기 위한 정적들의 계산이 깔려 있었다. 이 옥사의 목적은 아내의 유무죄는 전혀 상관이 없는 일이었다.

윤원형도 어차피 피할 수 없는 일이라면 구차하게 목숨을 부지하고 싶지는 않았다. 오히려 아내가 먹구름이 다가오는 이 현실을 담담히 받아들이고 있어 그는 아내를 볼 때마다 뼈가 시리게 마음이 아팠다. 일의 발단이 자신의 불찰 때문에 빚어진 일이라 생각이 되어 아내에게 미안한 마음이 들기도 하였다.

아무튼 이 역경을 만나고도 아내가 크게 동요하지 않아 윤원형은 한결 마음이 가벼웠다. 그는 모든 것을 하늘의 뜻에 맡기자고 다짐했다. 이후로 그는 일절 노복들을 한양에 보내지 않았고, 구명 운동도 벌이지 않고 시골 생활에만 충실했다.

두 사람에게 허락된 이 세상의 시간이 얼마나 남아 있는지 그들은 알지 못했다. 하지만 그 시간이 얼마 남지 않았다는 것은 알았다. 이 세상의 마지막 순간이 오늘이 될지 내일이 될지 알 수는 없지만, 두 사람은 마지막 순간까지 자신들이 신택한 이 운명을 즐기기로 굳게 약속했다.

마음을 비우자 그들의 눈에 세상이 새롭게 비쳐들었다. 굴러다니는 돌멩이, 이름 없는 풀 한 포기, 늘 바라보던 파란 하늘과 하늘을 흐르는 구름과 새들의 지저귐까지 그들은 예사롭게 생각되지 않았다.

무소불위의 권력을 휘두르며 수많은 사람들 위에서 군림하던 그때보다 자연과 친구가 된 지금 마음이 편안했다. 욕심이 없어 소바심을 낼 필요도 없었고, 긴장 속에 누군가를 경계하는 피곤한 일도 없었다. 누구도 그들에게 무엇을 강요하지 않았고, 그들은 눈에 드는 것을 보고 귀로 듣고 두 발로 걸으면서 세상을 즐겼다. 그들의 가슴에 선심(善心)이 발동하면서 그들의 얼굴은 아이 같이 해맑았다.

밤이 오면 그들은 서로의 온기를 열심히 나누었다. 그들은 자신들이 살아 있다는 것을 더 생생히 느꼈다. 가슴이 뛰었고 가뿐 숨결을 느끼면서 그들은 서로에게 몰두했다. 마지막 순간까지 그들은 서로의 체취를 자신의 몸에다 새겼다.

정사의 여운이 짙게 남아 윤원형은 정신이 몽롱했고 온 몸의 진이 다 빠진 것처럼 손가락 하나 까딱할 힘이 없었다. 정난정이 일어나 앉아 촛불을 켜고는 가만히 그의 곁에 누었다. 소리 없이 타오르는 희미한 촛불 속에 그녀의 알몸이 드러났.

마흔이 된 나이에도 그녀의 몸은 여전히 아름다웠다. 피부는 매끄럽고 탄력이 있었으며 가슴은 처녀같이 탱탱하고 풍만했다. 그녀가 한없이 맑은 눈을 밝히면서 그를 물끄러미 바라보았다. 오래도록 보았던 남편의 흰머리가 오늘은 유난히 더 희어 보였다. 그녀는 참 세월이 많이 흘렀다고 생각했다. 흰머리라고는 한 올도 볼 수 없었던 남자가 목화솜을 뒤집어 쓴 듯 온통 하얬다.

"대감!"
"말하시오."
"대감은 저를 처음 봤을 때 어떤 느낌이었어요?"
"부인은 내가 어땠소?"

"제가 먼저 물었잖아요."

"음……."

"할 말이 없어요?"

"아니요"

"꾸미지 말고 생각나는 대로 말해봐요. 대감 진심을 듣고 싶어요."

"무어라 할까, 부인은 참 낯설지가 않았소. 마치 오래전부터 알고 있었던 사람 같았소. 또 다른 나를 보고 있다는 생각도 했소. 감정과 생각도 비슷하고……. 부인은 내가 어땠소?"

"화가 나실지 모르지만, 솔직히 대감처럼 제 감정은 그렇게 섬세하지도 순수하지도 않았어요. 중전마마의 동생이라는 것이 제일 마음에 들었죠. 이 사람이라면 내 인생을 바꿀 수도 있겠구나 하고 말이에요. 그래서 유혹을 했죠."

"유혹한 것을 후회하오?"

"아니요. 내 인생에서 다시는 꿈도 꿀 수 없는 최상의 선택이었지요. 대감은 최고의 남자였어요. 출신 때문에 태어난 것을 후회했던 내가 대감 때문에 태어난 것을 감사히 여기게 됐죠. 대감은 참 멋있는 사람이에요."

그녀의 눈가에 희미한 눈물이 고여 들었고, 그녀가 다시 그의 가슴을 파고들었다.

꿈같은 시간이 보름쯤 흘렀고, 소설(小雪)을 열흘 앞둔 때였다. 정난정과 윤원형이 점심상을 막 물리고 군불을 지펴 따뜻한 아랫목에 두 다리를 뻗은 채 도란도란 얘기를 나누고 있었다.

"대감마님, 빨리 피하셔야 합니다."

노복이 눈을 동그랗게 하여 사색이 되어 돌아와 다급하게 집이 떠나갈 듯 소리쳤다.

"무슨 일이기에 이리 소란을 피우느냐!"

"금부도사가 금교역에서 말을 갈아타고 이쪽으로 오고……."

"무어라……."

윤원형의 얼굴이 노래지면서 대청마루에 털썩 주저앉았다. 윤원형과 노복의 대화를 듣고 있던 난정은 눈을 지그시 감았다. 그녀는 긴 호흡으로 가슴을 진정시켰다. 그녀가 치마 속주머니에 넣어둔 비상(砒霜)을 살며시 꺼내어 손에 들었다. 저승과 이승의 경계에 섰지만, 그녀는 동요하지 않았다. 누구나 가야 할 길을 조금 일찍 가는 것뿐이었다. 그녀는 남편 윤원형에게 남기는 글을 적어 두고는 초겨울 문턱에 유명을 달리했다.

  세상 사람들은 나를 요부라 욕하겠지요. 누군가는 내 무덤에 돌을 던지고 침을 뱉을 것이에요. 욕심 많은 악한 여인으로 기억이 되겠지요. 그래도 한 분은 나를 좋은 여자로 기억하겠지요. 대감께서 그렇게 기억해줄 수 있겠지요?

  빈손으로 왔다가 대감을 가졌어요. 난 아무리 생각해도 타고난 장사꾼인 것 같아요. 아무 수고도 없이 큰 이익을 본 셈이죠.

날 기억해주세요. 사랑했어요. 목 없는 귀신으로 대감을 저승에서 만날 순 없네요. 몸이라도 성하게 보전하고 싶어 먼저 갑니다. 기다릴게요. 잘 있어요. 참 행복하게 살다 갑니다.

대감의 정인 난정 올림

윤원형은 정난정의 죽음이 노복의 착각에 따른 황당한 사고였음을 알고는 화병(火病)이 나서 몸져누웠다가 그녀의 삼우제를 지내고 며칠 지나지 않아 그녀의 무덤가에서 싸늘한 주검으로 발견됐다.

정난정의 죽음은 죄를 범한 평안도 장수를 압송하려고 나온 금부도사가 금교역에서 말을 갈아타는 것을 본 노복이 정난정을 잡으러오는 줄 알고 잘못 알려 벌어진, 실로 어처구니없는 사고였다.

윤원형과 정난정이라는 두 거두의 죽음으로 드디어 어두운 세상이 가고 새로운 세상이 열리고 있었지만, 세상을 쥐락펴락하며 한 시대를 풍미했던 한 여인의 죽음이 우연에 의한 사고라는 사태의 전말이 알려진 후에 수많은 사람들이 몹시 씁쓸해했다. 무상한 것이 인생이었다.

하늘이 열리다

1

 윤원형의 부음 소식에 조선 팔도가 환호했다. 중전의 작은할아버지 좌의정 심통원을 비롯하여 윤원형의 정치적 재기를 은근히 희망하던 무리들은 몸조심하며 서둘러 자리에서 물러났고, 윤원형에 의해 유배를 떠났던 인물들이 조정에 속속 복귀했다. 공론과 청의(淸議)를 꺼린 윤원형이 '위로는 여주(女主)*가, 아래로는 간신 이기가 권력을 휘둘러 나라를 망친다'는 벽서를 전라도 양재역에 고의로 붙여 유배시켰던 이언적(李彦迪), 노수신(盧守愼), 백인걸(白仁傑), 유희춘(柳希春) 같은 쟁쟁한 사림들이 돌아온 것이었다.

 모후를 잃고 큰 슬픔에 잠겨 있던 임금도 기력을 회복하여 유림이 태산같이 떠받드는 이황을 조정으로 불렀다. 바야흐로 백

---
*문정왕후를 일컬음.

화제방의 시대가 오고 있었다. 여론은 이황의 출사를 크게 반겼고, 도덕의 교화로 세상의 인심을 아름답게 할 수 있으리란 희망으로 유생들은 꿈에 부풀었다.

하지만 심기일전하여 정사에 매진하던 명종 임금은 두 해를 넘기지 못하고, 1567년 유월 이십팔일 새벽에 별안간 운명했다. 군주가 후계자를 두지 않고 사망한 전대미문의 대사건이 일어난 것이었다.

조정이 발칵 뒤집혔다. 세력을 도모하는 무리들이라면 이 위기 상황을 이용해 자신들의 구미에 맞는 후계자를 옹립할 수도 있었다. 윤원형은 죽었지만 아직 그의 측근들이 조정에 많이 포진하고 있었다.

중전과 대신들은 이태 전 임금의 환우가 깊었던 을축년의 묵계(默契)를 기억하고 있었다. 임금의 침전에서 시신을 지키고 있는 중전과 영의성 이준경은 무언의 눈빛으로 시료의 생각을 교환했다.

그들은 임금의 뜻이 거기에 있다고 믿었다. 설혹 임금의 뜻이 다르다 해도 후사가 정해지지 않은 현재 상황에서는 선택의 여지가 없었다. 시간이 없었다. 이준경의 머릿속에 윤원형이 저승에서 음흉한 웃음을 흘리는 모습이 선명하게 떠올랐다. 그의 가슴에 역모의 공포가 휘몰아쳤다.

이준경이 임금의 운명을 확인하고 대신들을 소집하는 사이에 두 식경의 시간이 흘렀다. 어둠이 걷히기 전에 이 비상시국을 수

습해야만 했다. 왕비와 영상 두 사람에게는 시간이 쏜살같이 흐르는 것만 같았다. 그들의 속이 타들어갔다. 금상을 모시기 위해 도승지(都承旨) 이양원(李陽元)은 아직 출발조차 하지 못했다. 그들은 날이 빨리 새지 않기를 바랐다.

중전과 영상 이준경은 신경 줄이 끊어질 것 같은 팽팽한 긴장 속에서도 침착함을 잃지 않았다. 왕비는 심성이 고왔지만 큰 슬픔 앞에 의연했고, 영상 이준경은 온갖 풍상을 겪어 대혼란의 와중에도 빈틈이 없었다. 이준경은 노회했다. 차근차근 업무를 지시하고, 중전과 같이 임금의 시신 앞에 무릎을 꿇어 사직의 안전한 보전을 위해 천지신명에게 기도했다. 그의 노련미가 이 비상 상황을 맞아 큰 빛을 발했다.

중전과 이준경은 급변 사태를 가장 우려했다. 공식적인 후계자 지명 없이 임금이 붕어(崩御)한 사실이 알려지는 것은 곤란했다. 을축년의 묵계가 있었지만, 이 후계자를 공식화하기 전에 후계자의 신분이 노출된다면, 소인배들에 의한 변고 가능성은 언제든 있었다.

중전과 영상은 왕위 계승자의 신원을 비밀에 부치며, 도승지 이양원을 비롯한 극소수의 인원에게만 후계자의 신원을 밝혔다. 중전과 영상의 지시를 받은 육조 대신들과 승지(承旨)들은 정중동의 자세로 민첩하게 움직였다. 이준경은 새 임금을 맞이하기 위해 도승지 이양원을 사직동 덕흥군의 사저로 보냈다. 도승지 이양원도 세 왕손 가운데 누구를 금상으로 모실지 일절 발설하지 않았다.

영상 이준경과 중전의 침착한 대응으로 여명이 밝아오기 전 두어 시간 만에 권력 이동이 전광석화와 같이 이루어져 권력의 진공 상태를 막았다. 창빈 안씨의 아들 덕흥군의 셋째 하성군 이균(李鈞)이 새 보위에 오른 것이다.

하성군 이균의 등극은 여러 가지 의미가 있었다. 그는 조선 역사상 처음으로 방계 혈통의 왕손으로 보위에 오른 인물이었다. 그것도 장자 계승의 원칙과 전통을 무시하고 첫째와 둘째를 뛰어넘어 막내아들인 그가 보위를 물려받았다.

하성군 이균은 열여섯 살 나이에 그야말로 혜성같이 출현하였다. 그는 자신의 의지와는 전혀 상관없이 세상에 그 모습을 드러냈다. 등극이 너무 극적이어서 보위에 오른 금상 본인도 당황스러워하였고, 깊은 내막을 알지 못하는 신하들 역시 놀라워하기는 마찬가지였다.

역사의 수레바퀴를 팔 년쯤 거꾸로 돌려보면 그 궁금증의 해답을 얼마간 얻을 수 있다. 덕흥군의 어머니 창빈 안씨는 문정왕후와 권력을 두고 암투를 벌이던 경빈 박씨와는 달랐다. 그녀는 자애로웠고 권력에 대한 욕심도 없었다. 창빈 안씨는 예의를 다해 명종의 어머니 문정왕후를 모셨고, 왕후와 후궁 사이에 흔히 벌어지는 질투나 미움도 그들 사이에는 없었다. 그들은 서로를 신뢰했고 의지했다. 마치 친자매와 같았다. 그래서 문정왕후는 후궁의 아들 중 창빈 안씨의 아들 덕흥군을 각별히 사랑했다. 명종 역시 자신보다 네 살 연상인 이복형 덕흥군과 사이가 좋아 그의 자식들을 자주 불러 놀아주었다. 이균이 여덟 살 무렵의 일이다.

어느 날 임금이 이복형 덕흥군의 아들인 조카 셋을 불렀다. 임금은 장난삼아 자신의 조카들에게 어관(御冠)을 벗어주며 머리에 써보라고 권했다. 첫째와 둘째는 삼촌의 호의에 아무 생각 없이 신기해하며 재미있다는 듯 얼른 받아 머리에 썼지만, 막내 하성군 이균은 정색을 하고 조용히 사양했다. 명종은 막내 조카의 태도가 궁금했다.

"균아, 너는 이 어관이 마음에 들지 않느냐?"

"그런 게 아니오라, 신하된 자가 어찌 임금의 것을 쓸 수 있겠습니까?"

명종은 어린 조카의 말에 망치로 머리를 한 대 얻어맞은 것처럼 멍했다. 아들 순회세자와 동갑인 조카의 답변에 입이 다물어지지 않았다. 어린 조카의 사리 분별력에 깜짝 놀란 것이다. 그는 조카를 한번 시험해보고 싶었다.

"임금과 아버지 중 누가 더 중한고?"

"임금과 아버지는 같지는 않습니다. 하지만 임금에게 충성하고 부모에게 효도하는 것은 그 근본 이치가 다를 것이 없습니다."

명종은 막내 조카와 같이 영특한 왕손이 있다는 것이 내심 흐뭇했다. 아들 순회세자가 보위에 오른 후 아들을 보필할 수 있는 믿음직한 종친이 하나 있다는 생각에 마음이 든든하였다. 명종은 그날 이후부터 하성군 이균을 어느 왕손보다 각별히 눈여겨

보았고, 임금은 중전에게도 그날의 얘기를 자랑스럽게 들려주곤 하였다.

순회세자가 열세 살의 나이로 죽자, 후사가 당장 걱정이었다. 문정왕후에게 평생 시달린 탓에 명종의 건강은 좋지 않았다. 왕비도 나이가 많았다. 후궁을 들인다 해도 아들을 얻을 가망은 크지 않았다.

명종은 여러 가능성을 두고 후사를 생각했다. 자신의 핏줄로 보위를 이을 수 없다면, 이복형제들의 자식 가운데 한 명을 선택할 수밖에 없었다. 덕흥군의 아들 하성군 이균이 가장 이상적인 대안으로 명종의 가슴에 자리매김을 하고 있었다. 명종은 중전에게 틈이 날 때마다 무언의 언질을 주고 있었.

2

윤원형이 죽고 새 임금까지 즉위해 조정 신료들은 새 시대에 대한 희망과 기대로 한껏 부풀었고, 한 해 전부터 조정 인사 업무를 관장하는 이조 좌랑을 맡고 있던 이이 역시 이 경사스런 일을 맞아 크게 고무되어 있었다.

장인의 파직 소식에 놀라 속을 끓이던 아내가 해주 친정에 요양 중이라 이이는 홀로 삼청동 집에 기거하고 있었다. 정철, 심의겸, 송익필, 이달과 평소의 지인들은 더 자주 이이의 집을 찾았고, 오늘은 해거름이 되어 오랜만에 토정 이지함이 이조에서 일을 마무리하고 있던 이이를 찾아왔다.

"숙헌, 그간 잘 있었나?"

"아니 존장 아니시오? 이게 얼마 만이오?"

명아주 지팡이를 한 손에 들고 삿갓을 푹 눌러쓴 토정은 허연 수염까지 길게 늘어뜨려 흡사 도인 같았다. 토정은 흙먼지를 뒤집어써 시꺼먼 데다가 깡말라 눈까지 우묵하여 피골이 상접한 유랑민의 행색을 하고 있었으나, 안광(眼光)만은 이전보다 더 형형하여 보는 이를 오싹하게 하는 힘이 있었다.

이이는 정인(情人)을 만난 듯 일 년 만에 보는 토정을 얼싸안고 재회의 기쁨을 나누었다.

"존장께서 얼굴이 왜 이렇게 많이 상하셨소?"

이이가 안타까운 눈으로 토정을 바라보며 묻자 토정이 어이없다는 듯이 웃었다.

"하하, 나야 원래 단식이 특기 아닌가! 열흘 정도 하고 나면 몸이 가뿐한 게 신선이 되는 기분이지. 그런데 젊은 자네는 왜 이리 삭았는가? 사흘에 피죽 한 그릇도 못 얻어먹은 모습일세그려."

토종의 말처럼 이이의 모습도 토정과 오십보백보였다. 이이는 침식을 제대로 못한 지 꽤 오래되었다. 이이는 이혼과 소실 중 양자택일을 강요하는 부인 노씨에게 쉼 없이 시달리며 애간장을 태웠고, 장인 일로 아내를 친정에 보낸 후에는 그도 심사가 몹시 복잡해 아예 침식을 잊고 있었다.

이이는 토정을 육조 거리의 버드나무집으로 안내했다. 이이는 주모에게 삶은 돼지고기와 곡주를 시켰다.

"숙헌은 요즘도 쇠고기는 안 먹는가?"

"평생 부려먹은 놈들을 잡아먹는다는 게 난 어찌 좀 내키지가 않소."

이이의 말에 토정이 껄껄 웃으며 누런 이를 드러내며 이죽거렸다.

"참 고얀 놈일세그려. 그래 이조 일은 할 만한가? 조카 놈 얘기를 듣자하니, 숙헌이 고생이 많다고 들었는데……."

토정 이지함의 조카 이산해(李山海)는 이이의 전임자로 이조 좌랑직에 있다가 자리를 옮긴 터라 이조의 사정을 손바닥 들여다보듯 훤히 알았다.

"이조 좌랑이 해야 할 일을 하는 건데 고생이랄 게 있겠소? 이조판서 민기(閔箕) 대감이 까탈을 좀 부리지만 그래도 할 만합니다."

이이가 대수롭지 않다는 반응을 보이자 토정은 새부리같이 입술을 삐죽 내밀며 고개를 끄덕였다.

"그래 숙헌이라면 누가 무어라 해도 마땅히 흔들리지 않을 것이야. 허나 이조라는 곳은 원래 몹시 복잡한 곳 아닌가. 청탁도 많고, 자꾸 흔드는 사람도 많을 것일세.

선배들이 숙헌에게 거는 기대가 얼마나 큰지 아는가? 조심하게. 부딪히지 않고 돌아서 가는 길도 가끔은 가보게. 힘들이지 않고 일을 하는 게 일을 제일 잘하는 방법이네."

토정은 이이가 너무 지나치게 원칙을 고집해 인사 문제로 사사건건 상사들과 충돌하고 있다는 조카 이산해의 얘기를 듣고 걱정이 되어 찾아온 길이었다. 토정은 경험 부족으로 마음고생을 많이 하고 있는 이이에게 부드러운 것이 결국 강한 것을 이긴다는 세상 이치를 들려주고 싶었던 참이었다.

구도장원공(九度將元公)*이란 별칭을 가진 이이가 조정에 출사하자 많은 조정 신료들의 이목이 그의 동정에 집중되어 있었다. 그에 대한 세간의 관심이 워낙 높아 어디에 있든 그의 일거수일투족이 곧장 조정 신료들의 귀에 들어갔다. 사화와 윤원형의 폭정에서도 살아남은 구신(舊臣)들은 자잘한 것까지 꼼꼼하게 챙기는 이이의 꼬장꼬장한 업무 처리를 보고서는 그에 대한 기대가 우려로 변했다.

이조 좌랑이라는 자리는 당하관(堂下官) 이하의 인사를 책임진 조정 내 가장 중요한 직책이었다. 이이는 물망에 오른 후보자들을 일일이 찾아 면담해 직무 감당 능력을 알아보고 과거의 행적과 경력까지 조사했다. 이이의 인사 업무 처리가 면도날같이 예리하고 송곳 하나 들어갈 틈이 없을 만큼 너무 깐깐해 상관들이 나름대로 고심해서 추천한 인물들까지 낙마하는 일이 허다했다. 체면을 구긴 상관들에게 이이는 자연 원성의 표적이 되어갔다. 이이의 총명함을 대변하던 빠른 논리와 번뜩이는 재치는 버릇없는 젊은이의 경박함이 되었고, 그의 풋풋한 자신감은 오만으로,

---

*아홉 번 장원한 분.

소신은 융통성 없는 젊은 치기로 치부되었다.

급기야 나름대로 지조를 가졌다고 자부하는 이조판서 민기의 눈살까지 찌푸리게 하였다. 민기는 사헌부 장령(掌令)으로 재직할 당시 을사사화의 일등 공신으로, 권력의 핵심에 있던 이기, 정순붕(鄭順朋)의 전횡에 대항해 좌천당한 경험이 있는, 의기를 가진 인물이었다. 그는 일을 지나치게 복잡하게 만드는 이이가 몹시 못마땅해 자주 그를 질책했다.

"너무 지나치게 해서 일을 만들지 말고 이산해만큼만 하시오!"

전임자인 이산해는 기개도 있었지만, 나름대로 융통성이 있어 상사들과 큰 갈등이 없었기에 이에 빗대어 하는 말이었다.

하지만 이조판서의 노골적인 경고에도 이이의 태도는 요지부동 바뀔 기미를 보이지 않았다. 이이가 이조 수장의 말에도 개의치 않고 자신의 인사 원칙을 철저히 고수하면서, 이이에 대한 조정 내 평가가 극과 극으로 양분됐다. 급작스런 변화를 꺼리는 많은 구신들에게 이이는 계륵 같은 존재가 되어 금기시되었고, 심지어 급진적 개혁을 요구하는 이이가 정사를 크게 그르칠 용렬한 위인이라고 비난받기에 이르렀다. 반면 정철, 심의겸, 윤두수, 이산해 등 젊은 사림 출신 관료들을 주축으로 하는 소장파에게는, 확실한 개혁 방안을 갖고 원칙을 철저히 지키는 이이가 그들의 총아이자 새로운 희망으로 급부상하고 있었다.

세상이 뒤바뀌면서 인사 문제를 중심으로 하여 구신과 젊은 신진 사림 세력 간에 큰 알력이 빚어지고 있었다. 신진 세력은 젊은 피의 수혈과 능력 위주의 인사를 원했고, 구신들은 능력도 중요하지만 그 보다는 이력에 따라 큰 무리 없이 인사하는 현실 보전책을 원했다.

그들의 가치관에는 서로 큰 차이가 있다.

윤원형을 추종하는 부패한 세력들이 이 땅에서 자취를 감추고 새 세상이 열린 데는 여러 요인이 복합적으로 작용했다. 실정에 따른 민심 이반과 후견인인 대비의 죽음이라는 돌발 상황이 윤원형의 실각을 불가피하게 만든 중대 변수인 것은 틀림이 없으나 이것이 윤원형의 실각을 불러온 전체 동력은 아니었다. 조정 내부에서의 반발과 저항이 계속돼왔다. 윤원형과 문정왕후의 폭정과 폭압 가운데서도 절조를 지닌 구신들은 윤원형 측근의 지나친 정사 전횡만은 막아야 한다는 사명감에 현실적으로 가능한 수준에서 그들의 처신에 대한 지속적인 이의 제기와 반대의 목소리를 내온 것은 사실이었다.

부패한 과거 정권에서 절조를 지키며 살았다고 자부하는 구신들은 자신들의 존재감과 공을 전혀 인정하지 않는 젊은 관료들이 몹시 불쾌했다. 그들은 젊은 관료들을 설익은 지식으로 무장한 얼치기 집단으로밖에 생각하지 않았다. 늘 새로운 것만 찾고 과거를 부정하며 급진적인 개혁만을 요구하는 신진 세력의 행태에, 구신들은 우려의 시선을 거두지 못했다. 그들은 급진적인 개혁 사상으로 무장한 신진 사림들을 볼 때마다 기묘년 사화로 죽임을 당한 조광조와 그를 추종하던 무리들을 보는 것만 같아 늘 불안했다. 자신들의 희생과 보호 속에서 성장한 젊은 관료들이 이제는 자신들에게 칼을 겨누는 인상을 풍기자 구신들은 젊은 관료들에게 큰 배신감마저 느꼈다.

사실 이이는 신진 사림의 중심인물이었지만 여느 젊은 관료들같이 급진적인 개혁을 선호하기보다는 점진적인 개혁에 무게를 두었다. 이이는 문제의 본질에 충실했고, 잘못된 법은 빠른 시일 안에 바꾸어야 한다는 변법(變法)에 방점을 두었을 뿐이었다. 다만 이이를 중심으로 하여 신진 사림들이 뭉치고 있어, 구신들의 눈에 그의 존재감이 더 크게 부각되었던 것이다. 이이의 장래를 걱정한 토정이 일 년 만에 이이를 슬며시 찾아와 방법과 속도 조절을 당부할 만큼, 이이에 대한 조야(朝野)의 경계감이 어느 때보다 높아가고 있었다.

구신들은 불필요한 소란을 막기 위해 설설 끓고 있는 신진 사림들의 개혁 열기를 식히는 것이 필요하다고 생각했다. 그러기 위해 신진 세력의 중심인물인 이이를 먼저 주저앉히는 것이 급선무라 판단했다. 그들은 이이를 조기에 이조 좌랑직에서 물러나게 할 묘안을 궁리했다.

당하관 이하 인사 문제를 두고 조정 내 분란이 심해지자, 이조판서 민기가 골머리를 앓다가 이 문제를 상의하러 영상 이준경을 찾았다.

"이이 때문에 조정이 시끄러운데 영상 대감께서는 어떻게 하면 좋겠소이까?"

"이이를 일단 자리에서 잠시 물러나 앉게 하면 되지 않겠소?"

이준경은 손을 만지작거리며 은근히 조바심을 치는 민기와는 달리 이이의 일이 크게 대수롭지 않다는 듯 그의 우려에 심드렁하게 반응했다. 얼마간의 기대를 갖고 왔던 이조판서 민기는 그의 무덤덤한 반응에 실망을 해서 시무룩한 표정을 감추지 못했다. 이준경은 조정에 복귀한 자신의 절친한 친구 백인걸에게 이이에 대한 찬사와 칭송을 귀에 못이 박히도록 듣고 있었다.

"이이는 정말 크게 쓰일 자야. 자네가 잘 거두어 주게."

백인걸의 추천이 아니었어도, 이준경은 이이를 나쁘게 생각하지 않았다. 그는 이이가 한성시에서 장원을 할 때부터 그를 꾸준히 지켜보고 있었다. 떨떠름한 표정을 짓고 있는 이조판서 민기를 민망히 여긴 이준경이 카랑카랑한 평소 목소리와 달리 음색을 부드럽게 하여 나직이 말했다.

"이판 대감, 이이같이 젊은 친구들이 그런 기백도 없으면 우리 조정의 앞날이 어찌 되겠소이까? 그렇게 나쁘게만 보진 마오. 우리도 한때는 그네들같이 젊은 혈기를 방장(方壯)하게 부릴 때도 있었소. 민기 대감도 그런 기억이 있지 않소이까?"

이준경의 말에 이판 대감 민기의 거친 얼굴에 홍조가 일었다. 이준경은 민기가 젊은 시절 이기와 정순붕의 탄핵을 주장했던 사실을 환기시키고 있었다. 나이를 먹을 만큼 먹고 세파도 견딜 만큼 겪은 민기였지만 왠지 이준경의 말을 듣고 나니 얼굴이 화끈거렸다. 그가 공손하게 말했다.

"그래도 지금은 너무 시끄럽습니다."

"그렇다면 이렇게 합시다. 이이와 더불어 정철, 윤두수같이 이이와 친한 자들을 모두 묶어서 호당(湖堂)*으로 보냅시다. 젊은 친구들 공부시키는 것은 조정의 앞날을 위해 좋은 일이고, 당장 시끄러운 일도 피할 수 있으니 일석이조 아니겠소? 더불어 보복 인사라는 말도 피할 수 있으니 일석삼조가 아닐 수 없소이다."

이판 대감 민기가 이준경의 제안에 손바닥으로 무릎을 쳤다. 어둡기만 하던 민기의 쭈글쭈글한 얼굴에 화색이 돌았다. 민기는 이이를 자리에서 그냥 물러나게 하다간 보복 인사라는 뒷말이 젊은 관료들 사이에 나오지 않을까를 제일 걱정하고 있었다.

3

이이는 자신이 호당으로 추천을 받자 잘되었다 싶었다. 아내와 조정 일로 심신이 크게 지쳐 있던 때라, 이이로시는 무언가 새로운 돌파구를 찾고 있던 때였다. 이이는 이런 저런 시름을 다 내려놓고 한가롭게 책을 읽을 수 있다는 사실이 기뻤다.

호당은 남산의 꼬부랑 산길을 한 마장쯤 걸어 내려가면 한강이 훤히 내려다보이는 두모포의 야트막한 산언덕에 있었다. 호당 주위로 반 마장 안에는 민가도 없어 오로지 바람소리와 새소리만

---

*임금의 명으로 문관들이 직무를 쉬면서 글을 읽고 학문을 닦던 제도를 사가독서(賜暇讀書)라고 하는데, 이때 공부를 하던 장소를 호당이라 불렀다.

들려오는 가운데 짙은 수목의 향기가 가득했다. 키 큰 소나무가 빽빽이 들어차 울타리가 되니 세상사의 번뇌로부터 호당을 지켜주어 공부에만 전념하기 좋았다.

이이를 비롯한 정철, 윤두수는 낮에는 책을 읽거나 같이 토론을 하고, 밤이면 두모포 포구의 주막으로 몰려가 술을 마셨다. 긴장감 없이 친구들과 어울릴 수 있는 사가독서(賜暇讀書)의 일상은 몹시 유쾌하고 즐거웠다.

하지만 이이의 마음 한구석에서는 언제나 처연한 심정이 가시지 않았다. 이슥한 밤이 오면 푸르스름한 멍 같은 아픔이 더욱 짙게 가슴에 배어드는 것이었다. 사가독서의 시간은 임금이 자신에게 내린 은전(恩典)이기는 하나, 이이로서는 호당에 뽑힌 것을 일종의 정치적 패배로 규정하고 있었다. 물론 이것은 도학(道學)의 이념을 구현하기 위한 큰 전쟁에서의 소규모 전투에 불과한 것이긴 했지만, 아내의 일로 우울했던 이이에겐 뼈아픈 경험이었다. 임금의 은전에 대한 고마움, 정치적 좌절에 따른 은근한 우울함, 자신의 능력에 대한 회의가 함께 일었다. 가을이 물러가고 겨울이 다가오면서 이이는 습관처럼 매일 난간에 기대고 앉아 해가 저물고 달이 뜨는 차가운 강을 바라보며 밤을 새웠다.

이이는 이날도 호당의 난간에 기대 앉아 성긴 나뭇가지 사이로 바라보이는 두모포 앞 한강을 보고 있었다. 이이의 곁을 그림자같이 붙어 다니는 정철은 잠을 뒤척이다 이이가 없어진 것을 알고는 그가 걱정이 되어 슬며시 방문을 열고 나왔다.

매서운 강바람은 뼛속을 파고들듯 쓰라렸다. 정철은 찬바람에 술기운이 확 달아나며 정신이 번쩍 들었다. 이이는 한 꺼풀의 얇은 옷만 걸친 채 강바람을 맞고 서 있었다. 휘영청 밝은 달빛 아래 얼어붙은 저자도(楮子島)의 흔적이 으스름히 비쳤다.

"숙헌, 무엇하고 있는가?"

"자넨 자지 않고 왜 나왔나?"

"자네가 없으니 잠이 와야 말이지……."

"괜스럽다……."

깡마른 이이의 눈가가 촉촉이 젖어 있었다.

"또 제수씨 생각하고 있는가?"

"음……."

"봄이 오면 모시고 오면 되지 않나?"

"그래야지……."

이이가 한참을 말없이 강을 바라보다 한숨을 길게 내쉬었다.

"계함, 자네는 내가 좀 한심해 보이지 않나?"

이이의 말에 정철이 속이 상해 말투가 몹시 퉁명스러웠다.

"이젠 자책은 그만하시게."

"이건 자책이 아니야. 제가(齊家)도 못하는 무능한 사람이 치국의 도를 논한다는 게 말이나 된다고 생각하는가?"

이이는 자조적인 허탈한 웃음을 흘리며 정철에게 반문했다. 사실 정철에게 묻는다기보다 그는 자기 자신에게 묻고 있었다. 그는 병든 아내조차 돌볼 여력이 없어 처가에 부탁한 마당에 청운의 뜻을 펼쳐 보이겠다고 무턱대고 덤빈 자신이 한없이 어리석고 공명심에 들뜬 탐욕스런 인물이라 생각되었다.

"내가 사직을 하고 고향으로 돌아가면 어떨까?"

"숙헌, 무슨 소리를 하고 있는 게야!"

정철은 이이의 말이 눈살을 찌푸리며 언성을 높였다.

"자네가 가면 나도 가야지. 자네가 없으면 나도 조정에 머물 이유가 없어……."

"자네 인생은 자네 인생이지……."

"참 섭섭하구먼. 난 친구따라 강남 가는 제비가 되고 싶은데. 자네는 아닌가 보이."

이이가 계면쩍은 웃음을 짓자, 정철이 그의 어깨를 가볍게 툭 쳤다. 노씨 부인은 이이가 이혼과 소실, 둘 중 하나를 선택하기 전에는 말을 않겠다며 달포 전부터 편지를 끊었다. 출사한 이후에는 멀리 떨어진 형제자매들을 좀체 보지 못해 그들에 대한 그리움도 깊었다.

이이는 이래저래 시름이 컸다. 그는 이 시름을 단번에 잘라낼 칼이 있었으면 좋겠다는 생각을 했다. 그는 아내가 몹시 보고 싶었다. 동시에 온 가족이 함께 모여 사는 어린아이 같은 꿈도 꾸고 있었다.

4

이듬해 봄 이이는 사헌부 지평으로 자리를 옮겼고, 이혼을 요구하던 그의 아내도 다행히 별말 없이 집으로 돌아왔다. 친정에서 오래 정양한 탓에 살이 오르고 혈색이 좋았다.

"부인이 꽃같이 아름답소."

오랜만에 보는 남편의 첫마디에 그녀가 눈을 흘기며 말했다.

"기왕 입막음하시려면 꽃보다 아름답다고 하시지요."

"하하, 그러고 보니 그 말이 맞소!"

노씨 부인의 재치에 이이가 오랜만에 크게 웃었다. 주인이 집을 지키자 그의 삼청동 집에는 어둠이 걷히고 활기가 돌았다. 마당에는 벚꽃이 활짝 피었고, 생기 있는 안주인의 얼굴에 어깨가 처져 있던 하인들도 신이 났다.

노씨 부인은 일찍 꺾여버린 난영을 제외하고 혼인 십일 년이 되도록 다른 아이를 갖지 못했다는 걸 여전히 부담스러워하며 이이에게 종전의 요구를 반복했지만, 이이는 이 문제만 나오면 모른 척 얼버무리며 외면했다.

그는 노씨 부인 한 사람으로도 자신은 충분히 만족하고 행복하다고 생각했다. 노씨 부인은 어려서부터 웬만한 사서를 모두 읽어 학문적 지식이 해박했다. 그녀의 식견은 공부를 꽤 했다고 자부하는 어지간한 사대부들 못지않았다. 이이는 아내와 대화하는 것이 즐거웠고, 나이가 들면서 육체적으로 성숙미가 물씬 풍기는 아내를 보고 있노라면 다른 여인들 생각이 눈곱만치도 들지 않았다.

"하늘이 주지 않는 자식을 굳이 바라 사람을 들이는 것은 순리를 어긴 욕심일 뿐이오. 난 당신 하나면 족하오."

그는 늘 이렇게 말하며 아내의 부담을 덜어주려 애썼고, 그녀가 딴 맘을 먹을 새가 없도록 늘 집으로 많은 친구들을 불러 집안을 분주함 속에 빠뜨렸다. 이이는 일을 마치는 대로 서둘러 귀가했고, 그의 뒤를 이어 엮인 굴비같이 정철, 윤두수, 송익필이 줄줄 집으로 들어 왔다. 정철은 술병을 들고 왔고, 윤두수는 고기나 생선 같은 안줏거리를, 송익필은 달랑 입만 가지고 와서도 헤벌쭉 웃으며 분위기를 곧잘 띄웠다.

그들의 달콤한 시간은 두 달 만에 종지부를 찍었다. 초여름 어느 날 해주에서 장인의 부음이 왔다. 이이의 장인은 파직 이후 울분에 화병은 앓았어도 건강은 그다지 나쁘지 않았다.

노씨 부인은 친정 아버지의 부음을 받자마자 힘없이 바닥에 털썩 주저앉았다. 그녀는 말을 잊은 사람처럼 눈을 멀뚱거리며 한동안 가만있기만 했다. 그녀는 부고장을 보고 또 보다 일각이 지나서야 왈칵 눈물을 쏟았다.

장인은 자신의 재산 처분을 비롯한 모든 것을 이이에게 일임하고 세상을 떴다. 이이는 아내와 같이 장인의 장례를 치르고, 처가의 유산을 적서자 구분을 두지 않고 모두 균등하게 분배해주었다.

노씨 부인은 아버지의 갑작스런 사망에 충격이 컸던 친정 어머니의 간병과 친정 아버지의 사십구제를 위해 해주 친정에 잠시 머물기로 하였고, 이이는 삼우제를 지낸 후 공무 때문에 홀로 처가를 나섰다.

이이가 처가를 나설 때에 그의 장모가 이이를 조용히 불러 문갑에서 서신 한 통을 꺼내었다.

"장모님, 이것이 무엇이옵니까?"

"자네 장인이 남긴 것일세. 혼자 읽어보시게."

이이는 장인이 남긴 서신을 가슴에 품고 한양으로 돌아왔다. 이이는 장인의 상에 조의를 표해준 사람들에게 일일이 감사의 글을 적다가 장인 노경린이 남긴 편지를 열었다.

이야! 난 자네를 내 아들같이 여겼네.

자네라면 내 진정을 잘 알고 있으리라 믿네.

갑작스레 몸이 아프고 정신이 없어, 어쩌면 이것이 마지막일지 모른다는 생각에 몇 자 적네.

내 딸아이가 아이를 낳지 못해 무어라 말할 수 없이 미안하네.

여자가 아이를 낳지 못하는 것은 칠거지악의 두 번째에 해당하는 대죄이네.

내 딸은 자꾸만 이혼이니 소박이니 하는 말을 하고 있지만, 자네는 그럴 마음이 없다는 것을 잘 아네.

하지만 친정아버지의 용렬한 노파심에 평생 내 하나만 자네에게 부탁함세.

소박은 놓지 말아주게. 그게 그 아이의 진심은 아닐세.

그 아이는 자네를 몹시 사랑하고 있다네.

자네가 그리만 해준다면 비록 귀신이 되어서라도 자네의 은혜는 잊지 않겠네.

이이는 장인의 편지를 읽고는 목이 메었다. 그는 장인의 편지를 반상 위에 올려놓고 그 앞에 무릎을 꿇고 앉았다. 그는 눈물을 떨어뜨리면서 작고한 장인에게 다짐했다.

'장인어른, 절대 걱정하시는 그런 일은 없습니다. 저는 제 평생에 단 한 사람만 사랑하기로 맹세했습니다. 언감생심 어찌 소박이라는 말을 입에 올릴 수 있겠습니까? 오늘 제가 장인의 편지 앞에서 올린 말씀은 천지신명 앞에 맹세하는 것입니다. 만약 이 약속을 어긴다면 저는 짐승만도 못한 인간이며, 장인어른께서 언제든 불귀의 객으로 저를 부르신다 하여도 원망하지 않을 터이니 염려하지 마시고 영면하십시오.'

이렇게 기도를 마친 이이가 눈물을 울컥 쏟으며 흐느꼈다. 삼우제까지 지낸 지금도 이이는 장인의 죽음이 실감나지 않았다.

"이야, 이야!"

이이는 자신을 부르던 장인의 따뜻한 음성이 귓전에 들리는 것만 같았다. 이이는 양친을 모두 잃어 장인을 친아버지처럼 따랐고, 그의 장인도 사위 이이를 친자식보다 더 아끼고 사랑했다. 그의 장인은 이이가 어려움을 겪지 않도록 알뜰하게 보살폈다. 이이의 생활이 안정되도록 한양에 집을 장만해주었고, 그가 어려움을 겪을 때는 발 벗고 나서서 사위의 어려움을 해결해주곤 하였다.

 이이는 거의 보름간을 장인을 잃은 슬픔에서 벗어나지 못하고 침식을 거르다, 그로부터 얼마 지나지 않아 명나라 황태자의 생일 축하 사절인 천추사(千秋使)의 서장관(書狀官)으로 차출되었다. 불가피하게 반년 동안 집을 비우고 초겨울이 되어서야 귀국하였다. 오래도록 집을 비운 이이의 등짐에는 아내 노씨 부인에게 줄 분갑이며, 친구들에게 나누어줄 질 좋은 중국의 붓이 잔뜩 들어 있었다.

 이이가 조정에 귀국 신고를 하자, 이조에서 다시 그에게 이조좌랑의 직책을 맡겼다. 정철, 윤두수, 심의겸은 이이에게 다시 이조의 직책이 제수(除授)된 것에 반색을 하며 이구동성으로 좋아했다.

 "정말, 이제는 자네 뜻대로 한번 해보시게!"

 주변의 환영과는 달리 이이는 이조의 자리가 써 내키지 않았다. 이조의 일이 복잡한 것도 있었지만, 집안을 오래 비워두어 잠깐이라도 마음의 여유를 갖고 집안일을 돌볼 수 있는 자리가 있었으면 하고 바랐던 것이다.

 삼청동 집 대문간을 들어서니 고소한 냄새가 진동을 하였다. 그의 그림자가 앞마당에 비치자 그의 아내가 얼른 뛰어나왔다. 그녀는 이이를 크게 반기면서도 금방 시무룩한 인상이 되었다.

 "왜, 내가 왔는데 기쁘지 않소?"

 "그게 아니라……."

"무슨 일이 있는 게요?"

"임영 외할머니께서 위독하시대요."

이이는 외조모의 급환 소식에 반년 동안 쌓인 여독을 풀 새도 없이, 등짐도 채 풀지 못하고 서둘러 말을 몰아 거센 대관령의 바람을 가르며 임영으로 떠났다.

이이가 자리를 비우자 그에 대한 비난이 봇물을 이루었다.

"전하! 주상 전하의 교지를 받들지 않고 윤허도 없이 이이가 자리를 떠난 것은 주상 전하를 욕보여 임금의 권위를 능멸한 경박한 행동이오니, 그를 파직하시어 대내외의 경계로 삼게 하소서."

이이의 처신을 비난하는 글이 빗발쳤다. 여기저기서 올라오는 이이의 탄핵 상소는 이이를 금기시하고 있던 구신들이나 그들의 일족들, 혹은 이이의 재능을 은근히 시샘하는 무리들이 올린 것이었다.

탄핵 상소에 대한 임금의 반응은 전혀 뜻밖이었다. 임금은 그의 파직을 허락하지 않았다. 뿐만 아니라 이듬해인 선조(宣祖) 2년(1569)에는 이이를 홍문관 교리(校理)로 임명했다.

홍문관 교리는 임금을 교육하는 경연관(經筵官)을 겸하는 직책이었다. 높은 학식과 덕망을 조야에서 인정받지 않으면 교리로 호명받을 수가 없었다.

임금은 아홉 번의 장원급제에다 삼장(三場)에서 장원을 한 이이를 평소 눈여겨보고 있었다. 임금은 즉위 후 여러 경연관들을 경험해보았지만, 그다지 매력적인 인물을 발견하지 못했다. 그래서 젊은 나이에 벌써 조야의 큰 신망을 얻고 있는 이이에 대한 호기심이 컸다. 그에게 한 수 배우고 싶은 욕망이 간절했던 것이다.

임금의 반응에 이이를 탄핵한 사람들은 물론이고 이이 자신조차 크게 놀랐다. 이이는 임금의 교리 호명을 받자 몹시 난감했다. 외조모의 병이 차도를 보이지 않았고 나날이 깊어가고 있었던 것이다. 고령의 조모가 언제 세상을 떠날지 알 수가 없었다. 이이는 속을 끓이다 시간을 지체할 수 없어 급히 다시 한양으로 올라가 교리직 사직을 청하였다.

"전하, 신은 학문의 깊이가 미진하여 정치에 종사할 능력이 부족할 뿐 아니라, 신을 어려서부터 보살펴준 외조모가 늙어 병이 들었으나 돌보아줄 아들이 없습니다. 신이 외조모에게 양육의 은혜를 입은 바 커서 외람되게 벼슬을 사직하고 외조모를 봉양하고자 합니다. 또한 학문의 진척이 있고 도의 이치를 깨우치게 되면 조정에 나오고자 하오니 부디 윤허해주시옵소서."

임금은 이이의 사직청원에 아무런 말없이 희미한 웃음만 지었다. 마치 그를 시험하는 인상이었다. 이이가 퇴궐한 뒤에 승지를 통해 이조에 지시를 내렸다.

"조모를 내왕하며 정사를 보는 것이 법례에는 없다. 그러나 홍문관 교리 이이에게만 예외로 하여 특별히 허락하니, 노모를 모시며 정사에 참여케 하라."

임금은 이날 처음 면전에서 이이를 보았다. 그는 자그마하고 마른 체구에 꾀죄죄해 보이기까지 한 볼품없는 행색의 이이에게 끌렸다. 이이는 눈이 맑았고, 목소리가 단정했다. 게다가 누구나 욕심을 내는 홍문관 교리의 자리를 효심 때문에 포기하려 하는 그 마음조차 임금에게는 매력적이었다. 임금은 권력과 힘 앞에 추해지는 인간의 군상을 수없이 보아왔었다. 이이에게는 분명히 자신이 이전에 만났던 사람들과는 다른 점이 있었다.

경연

1

 열여섯 살 홍안의 임금은 자신이 왕이 됐다는 사실을 믿지 못했다.

 그는 즉위식 내내 얼떨떨해하는 모습을 보였다. 그의 눈에는 흰 구름만 떠 있는 파란 하늘의 햇빛이 너무 부셨다. 그는 몹시 긴장이 되었다. 다리가 후들거리고 손이 가늘게 떨렸다. 전신의 근육이 굳어 있는 듯이 움직임이 부자연스러웠다. 그는 보위에 오르기를 몇 번이나 사양하다 대신들의 간청에 못 이겨 마지못해서 어좌(御座)에 오르는 것이었다. 여전히 그의 작은 가슴이 방망이질을 하며 뛰었다. 그는 빨리 이 부담스러운 즉위식이 끝나기만을 바라며 숨을 죽였다.

 즉위식이 끝나고 봉황 무늬의 붉은 휘장이 둘러쳐진 대전에 든 임금은 자신의 몸에 걸친 용포(龍袍)를 신기한 눈으로 바라보며 만지작거리다가 대전에서 시중을 드는 내시들과 눈이 마주치자 슬그머니 손에 쥔 용포를 내려놓으며 앳된 얼굴을 붉혔다.

시간이 흘렀다. 하루가 지나고 이틀이 지나고 한 달이 흘렀다. 그는 아직 용포를 걸친 이 현실이 꿈인지 생시인지 구분이 가지 않았다. 그는 조심스러웠다. 여전히 쉬이 얼굴을 붉혔고 환관들에게 말을 잘 건네지도 못했다.

시중을 드는 나인들 앞에서 매우틀*에 엉덩이를 까고 앉아 볼일을 보고, 복이나인**에게 뒤처리까지 맡겨야 할 때는 임금은 얼굴이 능금 빛이 되어 눈을 들지도 못했다. 임금은 자신의 내밀한 부분을 들킨 것같이 몹시 창피하고 수치스러웠다. 내성적이고 수줍음이 많은 임금은 먹고 입고 배설하는 모든 것을 챙겨주는 왕실의 이 특별한 관습이 무척 불편했다.

임금은 궐내의 생활이 점점 갑갑하게 느껴졌다. 자신이 어디를 가든 시종들이 따랐다. 임금은 허리를 굽힌 채 자신을 따라 종종걸음 치는 시종들을 호기심어린 눈으로 바라보다, 자신에게 허용된 바늘구멍만 한 자유도 없다는 것을 알게 된 후로 무척 속이 상했다.

그는 권위와 물질적 풍요를 얻은 대신 자유를 잃어버렸다는 사실이 서글펐다. 감옥에 갇힌 듯 갑갑증이 나서 견딜 수가 없었다. 자유를 잃자 모든 것이 그리웠다. 부모형제, 먹기 싫어 내버리던

---

*임금의 용변을 담는 나무그릇으로 임금의 용변을 매화에 비유하여 부른 변기의 이름.
**임금의 배설을 처리해주던 궁녀.

사가의 음식과 자신이 뛰어놀았던 넓은 뜰, 친구들.

임금은 흉금을 털어놓을 친구가 없다는 게 더더욱 슬펐다. 몸져눕지 않는 한 반드시 소화해내야 하는 살인적인 일정에 염증을 느끼기도 하였다.

그는 울적할 때마다 젊은 궁녀들을 찾았다. 어느 누구도 임금의 이런 행동만은 간섭하지 않았다. 후손을 얻기 위한 고귀한 행동이었으므로 여기에는 무한한 자유가 있었다. 그래서 임금은 이른 나이에 이성에 눈을 떴다. 그는 궁녀들을 통해 마음의 위안을 받았다. 이때만큼은 왕도 모든 시름을 잊었다.

즉위하고도 상당한 시간이 흘렀다. 그럼에도 왕은 여전히 혼란스러웠다. 어제의 자신과 오늘의 자신 중 어느 것이 자신의 진짜 모습인지 알 수가 없었다. 국정을 이끌 자신도 없었다. 국정의 방향도 알지 못했고 통치 철학도, 미래에 대한 전망도 자신은 갖지 못했다.

임금은 국정을 대할 때마다 긴장이 됐고 불안했다. 연산군 이래 파탄 난 민생 경제, 수차례의 사화로 망가진 사회 질서, 이반한 민심의 수습, 미래를 향한 정책 개발. 해야 할 일은 첩첩이 쌓여 왕을 압박했다.

다행스러운 것은 이 모든 것을 수렴청정 중인 대비와 대신들이 대신해주고 있다는 것이었다. 임금은 자세한 내막은 모른 채 신하들의 안내를 받아 꼭두각시같이 시키는 대로 옥새를 눌렀다.

불안과 긴장을 더는 대신 임금은 굴욕적 수모를 견뎌야만 했다. 그는 자신이 국정에 문외한인 무능한 허수아비라고 생각했다. 임금은 자신의 존재와 정체성에 대한 혼란에 눈물을 훔치곤 하였다.

'내가 정말 조선의 왕이란 말인가?'

임금은 어느 순간 자신의 이 혼란스러운 감정이 지긋지긋해졌다. 그는 이 감정에 종지부를 찍고 싶었다. 불현듯 사가의 어머니가 생각났다.

'균아, 이제는 마지막으로 너의 이름을 부르는구나. 지금은 어미로서 네 절을 받지만 후에는 이 어미가 신하로서 너에게 예를 올려야 한단다. 그러니 사가에서의 일은 가급적 빨리 잊어라. 사가의 예법과 대궐의 예법은 다른 것이다. 네 핏속에 스며든 이 어미의 흔적까지 다 지워라. 조선 백성의 운명이 네 어깨에 달렸다. 네가 역사에 길이 남을 성군이 되길 이 어미는 간절히 기도하마. 사랑한다, 아들아!'

임금은 사가를 떠날 때 그의 어머니 부대부인(府大夫人) 하동 정씨가 들려준 얘기를 떠올리고 있었다.

2

나라의 안정을 위해서는 무엇보다 왕이 국정에 대해 자신감을 갖는 게 중요했다. 왕에 대한 지도자 수업만이 이 문제를 해결할 수 있어, 국왕의 교육을 위한 교수진은 그 어느 역대 정권보다 훌륭한 인물들로 구성됐다.

선조 1년(1568) 가을. 경상도 예안에 있던 이황이 상경했다. 영상 이준경이 유림의 종주로 불리는 이황을 임금의 교육을 담당할 첫 경연관으로 어렵게 초빙한 것이다. 고희를 이태 앞둔 이황의 얼굴에는 덕스러움이 물씬 풍겼다. 고령에 거동이 약간 불편하였으나, 음성은 부드러웠고 욕심을 버린 눈은 유리알같이 맑은 데다 은빛을 내는 하얀 수염은 고귀해 보이기까지 하였다.

열일곱 살의 임금은 소문으로만 듣던 이황을 보자 내심 감탄했다.

'역시 군자의 풍모로구나!'

임금은 경연장에서 마주한 이황에게 예를 갖추어 인사했다.

"주상 전하, 어리석은 이 시골 늙은이에게 큰 직책을 주시고 불러주시니 성은에 보답할 길이 없사옵니다. 다만 크게 깨우치진 못하였어도 소신이 오래도록 공부한 것이 있어 이것이 전하께서 성군이 되시는 데 티끌만 한 도움이라도 된다면 이 늙은이는 더 바랄 것이 없사옵니다."

"경의 고매한 이름은 오래전부터 듣고 있었습니다. 직접 뵈오니 감격을 이기지 못하여 제 가슴이 뜨거워지고 있습니다. 스승께서 이 어린 제자에게 겸양의 말씀을 하시니 제가 오히려 몸 둘 바를 모르겠습니다."

임금과 이황의 첫 만남은 귀여운 손자와 그 손자에 대한 애정이 넘치는 조부의 만남처럼 화기애애했다.

이황은 임금과의 첫 만남 이후 임금에게 거는 기대가 컸다. 임금은 어렸지만 예의가 발랐고, 스승을 대하는 태도는 무척 정중해 신하가 임금을 만나고 있다는 생각이 들지 않게 했다. 임금에게 성군이 될 자질이 보여 이황은 무척 흐뭇했다.

경연장을 나서는 이황의 뒤를 영상 이준경이 따라왔다.

"대감, 주상 전하를 뵌 느낌이 어떠하시오?"

"오랜만에 훌륭한 군왕의 자질을 가진 분을 만나 참으로 기쁘오. 나라의 장래가 환해 보이니 이 늙은이에게 이보다 큰 즐거움이 어디 있겠소?"

이황은 단풍이 짙게 물든 대궐의 가을 햇살이 고향 예안 땅보다 유난히 더 정겹기만 했다. 이준경과 함께 선 이황의 얼굴에 행복한 미소가 내내 가시지 않았다.

하지만 시간이 흐르자 기대가 실망으로, 열정이 냉담함으로, 따뜻한 격려가 따가운 질책으로, 애정이 노여움으로 변해갔다. 이황도 임금도 서로에게 실망하고 있었다.

이황이 수신과 치도를 강의할 때 임금은 눈동자가 풀린 맹한 눈으로 멀거니 앉아 있거나 꾸벅꾸벅 졸았고, 질문도 없었다.

"전하, 공부를 할 때는 마음과 자세를 바르게 하여야 머릿속에 들어오니 경연에 나오실 때는 얼굴을 씻으시고 전날 저녁에는 무리한 일을 하지 마소서."

"스승님의 말씀을 잘 새겨듣겠습니다."

임금은 이황의 질책에 계면쩍은 웃음을 지으며 대답은 곧잘 했다. 하지만 그는 밤새 궁녀들과 어울렸고 깊은 밤이 되어서야 잠이 들어, 피곤한 낯으로 경연에 참석했다. 늙은 이황은 몹시 무안했다.

가을이 가고 겨울이 오더니 급기야 봄의 문턱에 이르렀다. 이황은 학문에 일보의 진전도 보이지 않는 임금에게 끝내 지쳤다. 그는 자신이 임금을 가르치는 일은 나라의 녹만 축내는 무의미한 짓이라 여겼다. 이황은 임금이 학문에 흥미를 잃은 것이 자신이 무능한 탓이라 여기며, 스승의 자리를 자신보다 더 나은 다른 이에게 물려주자고 생각했다.

이황이 대전(大殿)에서 사직을 청하자 임금은 놀라지도 적극 만류하지도 않았다. 이황은 섭섭한 마음을 거두고 임금에게 하직 인사를 올렸다.

"옛 선인들은 태평한 세상을 걱정하고 똑똑한 임금을 위태롭게 여긴다 하였습니다. 전하께서는 성정이 고상하시고 명철하여 글을 읽음에 치밀하고 그 의중을 살 파익하시니 신하들이 놀라는 일이 많습니다. 군왕이 명철한 것은 좋은 일이나, 이것이 지나치면 혼자만의 힘으로 나라를 끌어나가려는 독선의 경향을 보이기 십상입니다. 선인들의 말씀을 유념하시기 바랍니다. 또한 더불어 한 말씀 더 드리고자 합니다.

임금의 몸은 하나인데, 그 일이 두 사람이 한 것처럼 달라지는 것은 처음에는 군자와 마음을 합하다가 끝내는 소인과 마음이 합해지기 때문입니다. 주상 전하께서는 이러한 점을 경계하시어, 착한 사람이 소인배의 모함에 빠지지 않게 유의하셔야 합니다."

이황의 지적에 애써 미소 짓던 임금의 안색이 달라졌다. 이황의 말은 임금이 충언에 귀 기울이지 않는 나쁜 습관이 있다고 지적한 것이었다. 용안이 딱딱하게 굳었다.

 임금은 세월이 흐르면서 이전의 예의바른 모습과 다른 다소 경박하고 돌출적인 언행을 자주 보였다. 조금만 비위에 거슬리는 말을 들으면 참지 못해 얼굴이 벌겋게 달아오르고 나이가 한참 많은 신하들에게 벌컥 화를 내는 일이 적지 않았다. 영상 이준경을 비롯한 여러 조정 신료들이 이를 크게 염려하고 있었다.

 말이 없고 수줍음 많았던 임금이 신경질적으로 변한 데는 여러 사정이 있었다. 첫째는 신하들의 강박관념이었다. 이른 시일 내에 임금에게 성군의 자질을 갖추어주어야 한다는 조바심에 영상을 비롯한 신하들은 임금의 교육을 위한 경연을 거의 매일 아침 저녁으로 치열하게 진행했다. 마음이 여린 사춘기의 임금은 이런 빡빡한 일정의 교육을 제대로 소화하지 못했다. 임금은 공부에 염증을 느끼고 있었다.

 둘째는 임금의 학문에 대한 성향이 문제였다. 임금은 관찰력이 뛰어났고 자연 현상에 대한 호기심이 많았다. 그는 경연에서 신하들에게 자주 물었다.

 "땅위에 흐르는 물은 땅 속에도 흐르는가?"
 "저 하늘 밖에는 다른 세상이 있을까?"
 유학의 철학 사상으로 단단히 무장한 늙은 경연관들은 임금의 질문을 이해하지 못해 엉뚱한 답변으로 에둘러 대답하곤 하였다. 임금이 경연관 유희춘(柳希春)에게 물었다.

"얼음이 차가워지면 왜 증기가 나는지 아는가?"

경연관 유희춘은 질문의 요지를 파악하지 못하고 우물쭈물하다가 답했다.

"잘 알지는 못하오나, 음양이 그 근원이 되는 것은 아닌가 합니다."

임금은 그들의 대답에 실소를 머금었다. 임금은 자신의 궁금증을 속 시원히 풀어주는 사람을 보지 못해 몹시 답답했다. 물리적 현상에 대한 호기심으로 가득 찬 사춘기 소년인 국왕의 귀에는 공자, 맹자의 도와 유학의 철학이 그다지 반갑지 않았다. 임금은 신하들의 추상적인 강의에 흥미가 없었다. 그저 지루하고 고리타분하기만 할 뿐이었다.

또한 신하들이 주로 강의하는 『대학』과 『소학』은 임금은 이미 작고한 사부 한윤명에게 웬만큼 배운 바가 있어 신하들의 강의는 사부의 강의를 재탕하는 것으로 전혀 새롭지 않았다. 자연히 임금은 경연에 권태를 느꼈다. 신하들의 목소리만 들으면 눈꺼풀이 납덩이같이 무거워지는 것이었다.

셋째는 자신의 처지에 대한 울분이었다. 임금은 보위에 오르고도 나이가 어리고 경험이 부족하여 친정을 하지 못했다. 임금은 자신을 허수아비라 생각했다. 자신감이 부족했고 주변에 대한 경계심이 컸다. 신하들에게 질책을 받으면 은근히 울화가 치솟았다. 이럴 때면 밤새 신하들을 골탕 먹일 궁리를 하는 것이었다. 다음 날 공부할 과제를 치밀하게 연구해, 준비가 덜 된 신하들에게 의표를 찌르는 송곳같이 날카로운 질문을 날렸다. 신하들이 답변을 못하고 우물쭈물 당황하는 기색을 보이면, 임금은 이때 말할 수 없이 짜릿한 정복의 쾌감을 느끼곤 하였다. 비록 친정에 나서지 못한 어린 임금이지만 당대의 유명한 학자를 눌렀다는 정복의 성취감을 맛볼 때만은 임금은 자신이 임금이라는 사실을 느낄 수 있었다. 이마저도 시들해지면 임금은 의도적으로 하품을 하거나 눈을 감으면서 신하들을 무시하고 조롱하는 것이었다.

신하들은 지적 경쟁을 즐기는 임금의 치기 어린 태도를 크게 걱정하기도 했지만, 임금은 이 경연에서 적지 않은 수확을 얻었다. 의도하지 않은 학습 효과로 유약한 임금에게 통치에 대한 큰 자신감을 심어 주고 있었다.

임금은 불편한 상황을 만날 때면 언제나 침묵과 무관심으로 일관했다. 임금에게 있어 침묵은 소극적인 의미의 분노 표현이었고, 다른 한편으로는 자신감 부족에 따른 자기 불안을 조절하는 방책이었다. 임금은 자신의 침묵과 무관심이 불러온 반향을 보고서 깜짝 놀라며 내심 쾌재를 불렀다. 콧대 높은 신하들이 자신의 깊은 침묵 앞에 어찌할 바를 몰라 전전긍긍하다 제풀에 지쳐 물러가는 게 보통이었다. 임금은 침묵의 힘을 느끼며 그 매력에 빠져들고 있었다.

임금이 아직 어리고 성숙하지 못해 치도를 깨우치지 못하고 대화와 소통, 화합이라는 건강한 통치 방식을 익히진 못했으나 권력에 대한 욕심을 내고 신하들을 다루는 완급을 조절하는 기술은 하나씩 체득해나가고 있다는 것은, 그가 정치적으로 한 단계 성장하고 있음을 말하고 있었다.

3

선조 2년(1569) 여름. 홍문관 교리 이이가 임금의 부름을 받고 상경했다. 오늘은 이이의 첫 조강(朝講)이 있는 날이었다. 새벽부터 가는 비가 부슬부슬 내렸고, 희끄무레한 하늘빛으로 보아 그칠 기미가 없었다.

이이의 삼청동 집안이 부산했다. 그의 아내가 이이에게 관복을 챙겨 입히며 말했다.

"서방님, 주상 전하는 어떤 분이세요?"

"글쎄요. 아무래도 고주 날린 님정네 아니겠소?"

"아이고 망측해라. 신소리는 그만하구요, 정말 어떤 분이세요?"

"내 아직은 모르니, 내가 오늘 주상 전하가 남정네인지 여인네인지, 입이랑 코는 몇 개나 되는지 알아본 다음에 꼭 말해주리다!"

이이의 농담에 노씨 부인이 사랑이 가득 담긴 눈으로 그를 흘겨보다 손바닥으로 그의 가슴을 가볍게 두들겼다. 노씨 부인은 남편 이이가 임금을 지근에서 보좌하는 임금의 교수가 되었다는 사실이 몹시 기뻐 당사자인 이이보다 더 설레고 있었다. 남편 이이가 경연관 가운데 제일 나이가 적다는 것도 노씨 부인의 가슴을 뿌듯하게 했다.

노씨 부인은 그간 남편이 사람들에게 촌놈이라고 놀림을 받는 게 속이 상하면서도 남편이 꾸미기를 질색해서 어쩔 수 없이 손을 놓고 있었다. 하지만 오늘은 임금 앞에서 첫 강의를 하는 날이라 아내가 챙겨주는 관복이며 치장을 이이도 군소리 없이 따라, 노씨 부인은 더 신이 났다. 그녀의 눈에는 자그마하고 빼짝 말라 볼품이 없는 이 남자가 세상에서 제일 멋있어 보였다.

노씨 부인은 나들이라도 가는 사람처럼 싱글벙글 표정이 밝았다.

"부인은 그렇게 즐겁소?"

"그럼요, 주상 전하의 가슴에 서방님의 마음을 새기는 일인데요……."

"오호, 부인이 참으로 대단하시오. 부인이 경연의 참뜻을 알고 계시다니 놀라울 뿐이오. 난 또 부인이 여느 여염집 여인네처럼 내가 큰 권력이라도 쥔 줄 알고 기뻐하는 줄 알았소."

이이는 경연의 진정한 뜻은 임금에게 단순한 통치 기술이나 지식을 전수하는 것이 아니라 올바른 통치 철학과 사상을 심어주는 것이라 생각하고 있었다.

"어머머!"

노씨 부인은 은근히 자신을 놀리는 남편의 말에 토라진 듯 샐

쭉한 표정을 지었다. 그러고는 이이의 손등을 살짝 꼬집고는 소리 내어 깔깔 웃었다. 이이는 눈까지 감긴 아내의 웃음을 보자 무척 가슴이 따뜻해지는 기분이었다. 그의 아내는 오랜만에 크게 웃고 있었다.

임금과 여러 경연관들이 참석한 가운데 드디어 이이의 첫 조강이 시작됐다.

"주상 전하, 홍문관 교리 이이이옵니다. 오늘은 예정대로 『맹자(孟子)』를 진강(進講)할까 하옵니다. 신은 『맹자』를 진강하면서 전하께서 지난 날 간신들이 남긴 폭정의 후유증을 어떻게 바로잡아야 하는가에 초점을 둘 것이옵니다."

"……."

이이가 호흡을 잠시 가다듬고 본격적인 강의를 시작했다.

"윤원형 같은 간신들이 휘두른 폭정의 후유증으로 지금 선비들은 의욕을 잃고 나태해서 녹이나 받으며 무사안일에 빠져 있으니, 임금에 대한 충성과 나랏일에 대한 걱정은 조금도 없사옵니다. 뜻을 가진 소수의 사람들은 있으나 이들 또한 세간의 흐름을 의식하여 큰마음을 먹고 나라를 위한 뜻을 펼 생각을 감히 못하고 있습니다.

세태가 이와 같을 때는 나라의 주인이신 주상 전하께서 솔선수범을 하여야만 하옵니다. 전하께서 스스로 포부를 크게 갖고 분발하시면서, 무너진 세상의 사기를 진작시키는 데 전력을 기울이셔야만 하옵니다.

성현 맹자는 필부의 힘으로 말만으로써 사람을 가르쳐 사악한 것을 없애고 바른 길을 열어 우(禹)임금*과 같은 큰 공을 이루었습니다. 임금이 된다는 것은 세상을 다스릴 책임을 맡는 것입니다. 임금은 도로써 사람을 가르쳐 후세에 큰 교훈을 줄 수도 있고, 당대에는 백성을 교화하여 세상을 밝게 할 수 있으니, 임금의 공이 어찌 맹자보다 작다고 할 수 있겠사옵니까?

 지금 침체된 인심은 홍수가 일으킨 재앙보다 커서 나라가 누란지위의 형세에 처했다고 볼 수 있습니다. 전하께서 지금 당장 하실 일은 깨달은 바를 몸소 실천하시고 세상에 좋은 가르침을 주시며 온 백성의 군사(君師)로서의 책임을 다하시는 것입니다."

 이이는 『맹자』 강의를 통해 임금에게 자부심과 책임감을 심어 주고 싶었다. 하지만 임금은 졸고 있었다. 처음에는 귀를 쫑긋 세우고 듣는 듯하더니 어느 순간엔가 하품을 하고 눈꺼풀이 무거워지면서 어관을 삐딱하게 하여 고개를 떨어뜨리고 꾸벅꾸벅 조는 것이었다.

 이이는 임금의 자세가 한심하고 어이가 없어 내심 실소를 머금었지만, 대수롭게 생각하지는 않았다. 임금이 경연에 임하는 태도가 불성실하다는 것을 익히 듣고 있었던 탓이다. 다만 이이는 일도양단의 확실한 성격의 소유자여서, 자신의 눈으로 본 임금의 불성실한 태도를 어물쩍 그냥 넘기지 못했다. 교리직을 그만

---

*중국 하나라의 시조.

둔다고 해도 스승으로서 어린 임금의 해이해진 긴장의 끈을 조여주어야 한다고 생각했다.

임금은 여전히 졸고 있었다. 이이가 목청을 높였다.

"주상 전하!"

이이의 목소리가 하도 커서 천둥같이 경연장을 쩌렁쩌렁 울렸고, 임금뿐 아니라 경연에 참석한 신료들까지 화들짝 놀랐다. 임금이 눈을 번쩍 떴다. 그는 이이와 눈길이 마주치자 몹시 민망해하는 기색을 감추지 못했다.

임금은 천하제일의 천재로 평판이 자자한 젊은 이이를 동경하며 막연한 흠모의 마음을 갖고 있었다. 임금은 하루 전만 해도 큰 기대를 갖고 이이의 강의에 집중할 것이라 생각하고 있었다. 하지만 이성에 눈을 뜬 임금은 밤이 되자 여느 때와 다름없이 궁녀를 찾아 첫새벽이 되어서야 잠이 들었던 것이다.

눈을 비비던 임금이 삐뚤어진 어관을 바로잡고 허리를 세워 고쳐 앉는 것을 보고 이이가 말했다.

"주상 전하, 임금이 나라에 대한 통치를 포기한다면 모르지만, 통치를 할 뜻이 있다면 반드시 먼저 학문에 힘써야 합니다. 그런데 공부라는 것은 경연에 열심히 참석하여 부지런히 책만 읽는 것이 아닙니다. 격물치지와 성의정심(誠意正心)으로 공부를 게을리 않아야 합니다. 그래야 실효를 거둘 수 있는 진정한 학문인 것입니다.

지금 민생은 곤란합니다. 풍속은 박하고 기강이 떨어졌습니다. 선비들의 자세도 바르지 못합니다. 전하께서 즉위하신 지 수년이 되었습니다만, 아직 치국의 실효는 조금도 거두지 못하고 있습니다. 아마도 그 이유는 전하의 격물치지, 성의정심의 공력이 미진한 탓이 아닌가 생각하고 있습니다."

이이의 거침없는 지적과 질책에 임금이 용안을 붉혔고, 장내가 약간 술렁거렸다. 이이는 주변에서 던지는 우려의 눈길을 감지하면서도 한 번 연 포문은 닫지 않았다.

"전하께서 치세(治世)에 성심을 다하신다면, 평범한 필부가 전하께 말씀을 올린다 해도 덕을 이루는데 도움이 될 것입니다. 그러나 전하께서 그럭저럭 지내시면서 뜻도 없이 형식 갖추기만 일삼는다면, 『공자(孔子)』『맹자』를 품에 끼고 살면서 그들이 날마다 좋은 말씀을 올린다 한들 무슨 소용이 있겠습니까?"

이이는 말을 마치고 대죄를 청하듯 조용히 눈을 감았다. 임금은 이이의 질책에 몸 둘 바를 몰랐다. 그의 뽀얀 이마에 이슬 같은 땀방울이 송골송골 맺히더니 붉은 입술이 씰룩거렸다. 이이가 첫 강의에서 날린 직격탄에 홍당무가 된 용안의 당혹감은 가실 줄을 몰랐다. 장내가 찬물을 끼얹은 듯 숙연해졌다.

어린 임금은 몸에 좋은 약이 되어도 고까운 소리는 신하들에게 몹시 듣기 싫어했다. 이런 말이 나오면 대개는 사달이 났다. 신경질적으로 고함을 치거나 느닷없이 자리에서 벌떡 일어나 나가는 일도 더러 있었다.

어떤 신하도 이이같이 노골적으로 임금의 문제를 지적한 이는 없었다. 이준경을 비롯한 여러 신료들은 큰일이 날 것이 틀림없다고 생각하며 잔뜩 긴장해서 용안을 예의주시했고, 젊은 이이가 경연에 나선 첫날부터 겁 없이 임금의 심기를 건드리는 혈기를 부렸다고 은근히 이이를 원망하고 있었다.

임금은 얼굴이 화끈 달아오르고 등줄기를 타고 식은땀이 흐르는 것을 느꼈다. 이런 느낌은 자기 평생에 처음이었다. 아버지 덕흥 대원군에게 회초리로 종아리를 흠씬 맞을 때보다 더 아픈 것 같았다.

임금은 흠모했던 이이에게 은근히 무언가를 기대하고 있다가 일격을 맞고 나자, 머리가 하애지는 기분이었다. 경연에 앉아 있기가 몹시 거북했다. 임금은 몸이 불편하다는 이유를 들어 경연을 조용히 중단시켰다.

대전에 쉬고 있던 임금이 일각이 지나 이준경을 불렀다.

"영상 대감, 대체 이 교리는 어떤 사람입니까?"

"전하 마음이 많이 상하셨사옵니까?"

"음……."

용안이 홍조를 띠더니 금방 시무룩해졌다.

"난 이 교리를 그렇게 보지 않았는데, 젊은 양반이 너무 거칠지 않습니까?"

임금은 자신이 신하에게 무시당해 수치스럽다는 말은 차마 입에 올리지 못하고 속을 끓이며 이이의 태도를 트집 잡아 볼멘소리만 늘어놓았다. 늙은 이준경이 우는 아기 달래듯 웃으면서 나지막이 말했다.

"허허, 전하. 이이는 원래 똑 부러지는 성격이옵니다. 젊은 사람이 아직 혈기가 있어 그런 것이오나, 전하에 대한 충심은 어느 누구에 비할 바가 아닙니다. 겉과 속이 다르지 않은 순수한 사람이오니, 잘 거두어주시면 전하를 보필할 훌륭한 인재가 될 것입니다. 인자하신 마음으로 용서하시옵소서."

"그래요? 영상께서 그리 말씀하시니 내가 한번 지켜보겠습니다."

이준경의 위로에 임금의 얼굴은 처음보다는 많이 누그러진 듯이 보였으나, 여전히 어딘지 찜찜하고 개운치 않은 인상은 남아 있었다. 임금은 이이의 그 높은 콧대를 한 번은 야무지게 꺾어놓고야 말겠다는 오기를 다지며 두 주먹을 불끈 쥐었다.

홍문관 교리 이이 역시 일전의 각오를 다지고 있었다. 칼을 빼어들고 개혁의 일성을 외친 이상 대장부가 물러설 수는 없다고 생각하며 이이는 다음을 벼르고 있었다.

4

"주상 전하, 승지가 전하께 직접 배알을 요청했다고 하는데 사실이옵니까?"

"그렇소만 그건 왜 묻는 것이오?"

영상 이준경은 임금이 무덤덤한 반응을 보이며 외려 자신의 물음이 별스럽다는 듯 되묻자 몹시 답답했다.

"전하, 임금에게 체통과 위엄은 생명과 같은 것이옵니다. 승지가 주상 전하께 면대(面對)를 청한 것은 그 전례가 없는 일이옵니다. 이는 주상 전하의 체면을 손상시킨 것이오니 속이 그를 엄벌하시어 일벌백계의 본보기로 삼으소서!"

아직 어려 조정의 예법을 잘 모르는 임금에게 신하들이 진언을 핑계 삼아 함부로 면대를 청하는 경박한 풍조가 조정 내에 만연해 있다고 이준경은 보고 있었다. 그는 이들이 임금의 체통을 가볍게 여기고 임금의 권위까지 무시한다고 생각하며 우려의 눈길을 거두지 못했다. 이준경이 눈을 부릅뜨고 날을 세워 비판한 이들은 주로 수년 사이에 조정에 출사한 젊은 신흥 사대부 출신의 관료들이었다.

교리 이이가 이준경의 얘기를 듣고 있다 발끈 성질을 냈다.

"주상 전하, 영상 대감의 말씀은 옳지가 않사옵니다. 모든 것은 말의 내용에 달려 있을 뿐, 그 말이 옳다면 형식이 무엇이 중요하며 또한 전하의 체통에 무슨 흠이 나겠습니까?"

임금을 앞에 두고 이준경과 이이 사이에 고성이 오가며 설전이 벌어졌다.

"젊은 사람들이 너무 경박하지 않소? 일에는 순서가 있는 법이오."

"영상 대감께서 오히려 너무 고집만 피우는 것은 아니신지요? 지금 나랏일이 제대로 되어가는 것이 무엇이 있습니까? 윤원형이 물러가고 사 년이 흘렀는데 지금까지 시사(視事)에 어떤 진전이 있었습니까? 예전보다 더 했으면 더 했지 나아진 게 없습니다. 영상 대감께서 규례, 규칙 운운하시는데 그 규례와 규칙을 지키다 나라의 폐단을 아직도 바로잡지 못하고 있습니다!"

지글지글 안에서 끓고 있던 신구 세력 간의 내분이 경연에서 마침내 표면화됐다. 이준경을 위시한 노신(老臣)들은 일에는 순서가 있으니 완급을 조절해야 한다고 믿고 있었고, 이이를 중심으로 한 신진 세력들은 때를 놓치면 개혁을 이루어낼 수 없다며 대립하고 있었다. 노신들은 신진 사림들을 경박하고 급진적이라 나라의 혼란을 부추긴다고 비난했고, 신진 사림들은 노신들이 보신주의에 빠져 개혁의 발목을 잡고 있다고 비판했다. 신구 세력 간에는 시국관이 달랐으므로 문제 인식도 달랐고, 문제에 접근하는 방식이나 해결 방법에도 현저한 차이가 있었다.

이이와 이준경의 설전은 신구 세력의 대리전 양상을 띠었다. 모두가 손에 땀을 쥐며 숨을 죽였다. 임금조차 그들의 설전에 개입하지 못했다.

안정을 희구하는 노련한 영상의 두꺼운 방패와 혈기 넘치는 삼십대 교리의, 새 세상을 열기 위해 날카롭게 벼린 창이 찢어지는 쇳소리를 내며 부딪쳤다.

경연장을 나선 이준경은 굳이 그늘진 샛길을 피한 채 등을 구부정하게 하여 뙤약볕을 맞으며 곧장 자신의 집무실로 걸어가고 있었다. 그의 뒤를 이조판서 홍담(洪曇)이 땀을 뻘뻘 흘리며 잰걸음으로 뒤좇았다.

"영상 대감, 애 많이 쓰셨소!"

"애는 무슨? 고얀 놈이지……. 허허, 내가 그놈을 참 많이 예뻐했는데……."

"이 교리를 그냥 두어서는 곤란하겠소. 먼저 기를 꺾어놔야지, 기가 너무 세요."

"젊은 날 방장하게 혈기 한번 부려보지 않은 사람이 어디 있겠소? 조금만 두고 봅시다."

이준경은 태연을 가장하며 무덤덤한 표정으로 홍담에게 말하고 있으나, 자신이 임금과 여러 신하들 앞에서 한낱 교리밖에 안 되는 새파란 이이의 말싸움 상대가 됐다는 것이 몹시 자존심 상했고 망신살이 뻗친 것만 같았다.

웬만한 조정 신료들치고 임금의 신임을 절대적으로 받고 있는 이준경을 두려워하지 않는 이가 없었다. 영상 이준경이 호통을 치면 거의가 그의 권위에 머리를 숙이고 이준경의 의견을 따르는 것이 통례였다.

이준경은 자부심이 대단했다. 친구 남명(南冥) 조식(曺植)이 경상도 산청에서 한양으로 올라와 이준경에게 얼굴을 한번 보자고 기별을 넣어도, 일인지하 만인지상의 영의정이 친구를 찾아 나들이를 하는 것은 나라의 체통을 깎아먹는 일이라며 한사코 조식을 찾지 않는 사람이 이준경이었다.

이준경은 상대가 자신이 애정을 갖고 있는 이이였고 또 그의 도전이 처음이라 참지만 추후에는 아무리 그래도 용서하지 않을 것이라며 오늘의 분을 곱씹었다.

이준경은 집무실 앞 느티나무 아래 발걸음을 멈추고 건너편에 있는 이이의 근무처 홍문관을 뚫어져라 노려보았다. 그의 머리 위에선 짝짓기에 나선 매미들이 왕왕대며 고막이 찢어지게 울어 젖혔다. 그가 이맛살을 잔뜩 찌푸리며 투덜댔다.

"에이, 저놈의 새끼들까지!"

한편 이이와 정철, 박순이 해가 저물자 어깨를 나란히 하여 도성 밖 어디론가 가고 있었다. 뜨겁게 달아오른 한낮의 지열이 여전히 남아 있어 해거름에도 숨이 막힐 듯 더웠다. 바람이 잘 드는 모시옷도 더위를 식히는 데는 별 도움이 되지 못해 그들이 두모포 단골 주막에 당도했을 때는 속옷까지 땀에 젖어 있었다.

서른 살의 청상과부 주모는 이들이 오자 실눈을 뜨고 방실거리며 강이 내려다보이는 주막 앞 언덕 위에 깔아놓은 평상으로 얼른 안내했다.

"대감 나리, 술이며 안주는 어떤 걸 준비할까요?"

"우리가 원래 먹던 것 있지 않소?"

박순의 말에 주모는 까만 눈알을 굴리며 고개를 까딱까딱 흔들더니 엉덩이를 살랑살랑 흔들며 언덕 아래로 쪼르르 내뺐다. 주모의 뒤태를 야릇한 눈으로 바라보던 정철이 커다란 코를 벌름거리면서 입이 헤벌쭉해져서 희죽 웃었다.

"떡 벌어진 엉덩이 하며 까무잡잡하고 반반한 얼굴이 사내깨나 홀렸을 것 같아. 아니 그렇습니까, 대감!"

"허허, 또 벌써 양물이 불끈하는가?"

"열 여자 마다할 영웅호걸이 어디 있습니까?"

"여기 목석이 있지 않은가?"

박순이 여자관계가 담백한 이이의 어깨를 툭 쳤다. 박순과 정철이 호탕한 웃음을 터뜨리자 이이가 계면쩍게 웃었다. 순대와 술이 나오고 술이 돌면서 세 사람의 얘기가 무르익어갔다. 얇은 입술을 일자로 깨문 박순이 입가에 묻은 탁주를 손으로 훔치며 김치 한 조각을 입에 베어 물었다.

"숙헌, 자네가 오늘 너무 나간 것은 아닌지 모르겠네."

박순의 걱정스런 눈길에 이이가 불만스런 표정으로 다소 퉁명스럽게 말했다.

"저도 생각이 있으니 너무 염려 마십시오. 시사가 되어가는 꼴이 어디 두고 볼 만해야 말이지요."

이이의 볼멘소리에 정철이 덩달아 불끈 성을 내면서 이이를 거들었다.

"숙헌의 말이 백번 마땅합니다. 임금은 좋은 말만 많이 했지, 일이라고 해놓은 것이 무엇이 있습니까? 그러면 당연히 대신들이라도 나서서 임금을 이끌어야 하는데, 오히려 일을 막고 있어요. 영상이 말하는 것 좀 보세요. 그 양반이 말은 주상 전하 체면을 자기가 무척 생각하는 것 같지만, 실은 승지가 자기를 무시하고 건너뛰어 직접 보고를 올렸다고 자존심 상해서 열을 내는 것 아닙니까? 그 양반은 이럴 때만 꼭 규칙이니 규례니 들먹이며 아랫사람들 입을 틀어막으려고 해요. 일하기 싫으면 가만히 있기나 하지 왜 일을 해보겠다고 하는 사람들까지 막고 난리를 피우냐 이겁니다. 허, 참!"

"그래도 영상은 주상 전하의 큰 신임을 받고 있는 사람이니 조금 조심하는 게 좋네. 차근차근하시게. 저쪽 분위기가 심상치 않네."

박순의 말에 이이가 결의에 찬 표정으로 담담히 말했다.

"어차피 치러야 할 일들입니다. 피한다고 피할 수 있는 게 아닙니다. 서로 생각이나 인식이 다르니 마찰을 피할 수야 있겠습니까? 하지만 영상이나 구신들 몇 사람 물러난다고 해서 해결될 문제는 아닙니다. 어차피 그들도 나이가 있으니 물러날 겁니다.

문제는 주상 전하입니다. 전하가 일을 진전시킬 생각이 있어야 하는데, 그럴 마음이 없어 보이니 참으로 걱정입니다. 전하께서 마음을 먹지 않아 을사년 위훈 삭제 하나도 성사시키지 못하고 있습니다.

인재는 조정에 차고 넘치도록 많습니다. 허나 사람이 많으면 무얼 합니까? 불러다 놓고는 뜻을 채용할 기미를 보이지 않으니, 전하께서 우리 신료들을 한낱 식충이 신세로 전락시켰어요. 이제는 머뭇거릴 시간이 없습니다. 저는 관직을 그만둘 각오를 하고 강하게 밀어 붙일 생각입니다. 대감께서 도와주셔야 합니다. 계함도 지원해주게."

이이는 을사년 사화로 위사공신(衛社功臣)* 공훈을 받은 인물들의 서훈 박탈을 개혁의 첫 목표로 삼고 이들에게 지원을 부탁하고 있었다. 이이는 흐트러진 기강을 바로잡고 새로운 풍토를 진작시키기 위해 부당한 세력이 권력을 휘둘렀던 어두운 과거를 청산하지 않으면 안 된다고 생각했다. 귀천을 막론하고 죄를 지으면 벌을 받고 공을 세우면 상을 받는다는 신상필벌의 원칙은 세상살이의 기본이었다. 이 기본을 바르게 하지 않고 제도를 시행하는 것은 모래성을 쌓는 것이나 다름이 없다고 여겼다.

배수진을 친 이이의 다부진 모습에 박순은 가슴이 뿌듯하고 마음이 든든하기는 했지만 왠지 불안했다. 을사년의 공훈에 얽히고설킨 이해 당사자가 한둘이 아니었기 때문이다.

5

이이가 경연에 참가하면서 경연은 홍문관 교리 이이의 독무대가 되었고, 이이는 임금의 마음을 바로잡기 위해 불철주야 애를 썼다.

하지만 임금은 이이와의 경연이 계속되면서 그가 몹시 부담스러워지기 시작했다. 임금은 이이가 자신을 너무 지나치게 압박한다고 생각했고, 자신을 압박하는 이이를 피해 미꾸라지마냥

---

*조선 명종 1년(1546)에 을사사화를 일으키고 윤임(尹任) 등 대윤(大尹) 일파를 몰아낸 신하에게 내린 공신의 칭호. 사림파의 비난이 심하여 나중에 공신록에서 모두 삭제하였다.

요리조리 도망을 다니고 있었다.

경연관으로 참가할 때 어린 임금의 가슴과 정신을 반드시 새로운 시대사상으로 무장시켜야 한다고 생각했던 이이도 도망치는 임금을 호락호락하게 놓아두지 않았다. 이이 역시 일을 할 수 없는 온갖 핑계를 다 대면서 내빼기에 급급한 임금을 집요하고 고집스럽게 물고 늘어졌다.

임금은 이이에게 부담을 느끼면서도 그를 놓아주기는 또 싫었다. 조선의 맹자로 불리는 이이가 경연장을 지키고 있어야 임금은 왠지 경연장이 경연장다운 맛이 나는 것만 같았다.

서른넷 젊은 이이가 유창하게 풀어놓는 해박한 지식에 임금은 매번 감탄했다. 자신의 지적 능력에 나름의 자부심을 갖고 있던 임금에게 이이는 흠모와 선망의 대상이 되기에 충분했다. 이이의 논리에는 막힘이 없었고, 그의 순발력은 타의 추종을 불허했다. 또 그의 식견은 나이와 지위 고하를 막론하고 조정 내에서 으뜸이었다. 자연히 이이가 주도하는 경연에서는 어느 누구도 함부로 이이의 말꼬리를 물고 늘어질 엄두를 내지 못했다. 어쭙잖은 논리를 들이밀다간 이이에게 망신을 당하기 십상이었기 때문이다.

또한 임금은 그의 사심 없는 충심에 감동하기도 했다. 하지만 이이의 직설적이고 거친 언사만큼은 임금도 무척 견디기 힘들어했다. 아무튼 임금에게 이이는 뜨거운 감자였던 셈이다.

구월의 어느 날, 이이가 작정을 하고 임금에게 아뢰었다.

"신은 여러 번 입시(入侍)하여 매번 전하를 뵙지만 전하께서는 신하들의 말에 답변이 거의 없습니다. 부자지간이나 부부지간처럼 가까운 사이도 말이 막히면 정이 막히는 법인데, 군주와 신하처럼 명분과 지위의 격차가 심한 사이에서 서로 소통이 이루어지지 않는다면 더 말할 필요가 있겠습니까?

신하가 임금을 뵐 수 있는 곳은 경연뿐이라, 입시하는 신하들은 아뢸 말씀을 밤낮 없이 미리 생각해두어도 임금 앞에 서면 그 위엄에 눌려 기껏 열에 한두 가지밖에 아뢰지 못합니다. 사정이 이러하니 임금께서 마음을 열고 신하들과 주고받으신다 해도 아랫사람의 마음이 통하지 않을까 걱정스러운데, 하물며 침묵하시어 아랫사람의 기를 꺾는대서야 말이 되겠습니까?

현재 한발과 기근이 심하고 하늘의 재변(再變)도 근래 이보다 더 심한 때가 없습니다. 신하와 백성들은 두려움에 떨고 있는데, 전하께서는 가만히 계시며 아무 일도 하지 않아서는 안 됩니다. 전하께서 물려받으신 보위는 근심을 물려받으신 것이지 안락을 물려받으신 것이 아닙니다. 이백 년 종묘사직이 위태로운 지경에 이르렀는데, 전하께서는 어찌 나라를 진작할 생각을 않으십니까?"

임금은 또 이이가 자신을 아기 나무라듯 질책한다고 눈살을 크게 찌푸렸다. 임금은 이이에게 은근히 반감이 생겼다.

"수양을 쌓아 덕행이 이루어진 뒤라야 사업을 펼 수 있을 것인데, 어찌 덕행이 없는 사람이 사업을 펼칠 수 있겠소. 또한 삼대

(三代)*의 정치도 점진적으로 행한 것인데 어찌 갑자기 회복시킬 수야 있겠소!"

거친 옥음에는 이이에 대한 불만이 그득했고, 임금의 삐딱한 말투에는 자신을 조여오는 이이의 급진적인 태도에 대한 적의와 조롱이 담겨 있었다. 이이가 내심 회심의 미소를 지으면서 논리를 펴 임금이 꼼짝달싹도 못하게 그의 구차한 변명을 확실히 틀어막았다.

"전하의 말씀은 진실로 근본은 아시는 말씀입니다. 하지만 덕행이란 순식간에 이룰 수 있는 것이 아니며, 나라의 일은 단 하루도 폐할 수 없는 일입니다. 덕행이 이루어지지 않았다고 하여 나랏일을 돌보지 않고 문란하게 내버려 둘 수는 없는 일입니다. 그러니 덕행과 사업은 마땅히 함께 닦아나가야 합니다. 높은 삼대의 정치를 당장 이루기는 어려울지언정, 폐단을 개혁하고 백성을 구하는 일이야 어찌 어려운 일이겠습니까? 백성이 성군을 만나고도 좋은 정치를 못 본다면 어느 시절에 태평한 세월을 만나겠습니까?"

빨간 여드름이 군데군데 솟은 열여덟 임금의 홍안이 상기됐다. 임금은 이이를 골려주려다 외려 자기 논리에 말려들어 더 이상 말대꾸를 못하고 모욕감에 얼굴만 붉히는 것이었다.

쫓고 쫓기는, 두 사람의 대화는 늘 이런 식이었다. 임금이 진땀

---

*고대 중국의 세 왕조인 하(夏), 은(殷), 주(周)를 말함. 흔히 태평성대의 대명사.

을 빼고 있을 때 임금 앞에 이이가 가슴에 품고 있던 붉은 보자기 하나를 내밀었다. 몹시 속이 상해 아직 화가 풀리지 않은 임금이 이이가 내놓은 보자기에 무심한 눈길을 던지며 떨떠름하게 물었다.

"이게 무엇이오?"

"제가 호당에 있을 때 전하의 공부를 돕기 위해 지은 책입니다."

『동호문답(東湖問答)』. 이이가 호당 시절 어린 임금을 위해 학문과 정치의 도를 문답 형식으로 기술한 책이었다. 임금이 조심스럽게 책을 받아들고 책장을 넘기더니 용안이 약간은 부끄러운 기색을 띠었다.

임금은 자신을 늘 질책하고 몰아세우기만 하던 이이에게서 뜻밖의 선물을 받자 속으로 크게 놀랐다. 몹시 기뻤지만 신료들에게 줏대 없고 변덕스럽게 비쳐 체통을 잃을까 봐 임금은 금방 기뻐하는 내색을 하기가 곤란했다. 그는 애써 무덤덤한 표정을 지었다. 그가 건조한 말투로 담담히 말했다.

"경이 나를 위해 이런 책을 지었다니, 참으로 고맙소. 마땅히 나에게 큰 도움이 되리라 생각하오. 바쁜 중에도 좋은 책을 지어 주었으니, 내 이 책을 깊이 간직하며 두고두고 볼 것이오."

임금은 이이의 수고를 의례적인 수사로 일관하며 치하했지만, 그의 가슴에는 이이에 대한 감동의 물결이 잔잔히 일고 있었다. 임금이 자신을 위해 직접 지은 책을 신하로부터 받은 적은 보위에 오른 이후로 이이가 처음이었다. 임금은 자신을 위해 혼신의 열정을 바치는 이이가 참으로 대견했고, 이이 같은 사람이 자신의 신하로 있다는 것이 반석 위에 앉은 듯 마음은 든든하고 자랑스럽기까지 했다.

하지만 마음이 여린 임금에게는 이이의 직선적인 언사가 늘 아쉬웠다. 임금은 이이 앞에만 서면 태산을 마주보고 있는 듯 자신이 몹시 왜소해 보였고, 옛 성현을 보고 있는 듯 숙연한 마음이 들어 행동거지가 조심스러워지곤 했다.

임금은 자기 앞에 앉은 조선의 맹자가 자신에게 조금만 더 유순하게 대해준다면 바랄 것이 없을 것이라 생각하며, 이이가 선물한 『동호문답』을 호기심으로 어린 눈으로 바라보며 조심스럽게 만지작거리고 있었다.

6

좌의정 권철(權轍)이 사각으로 각진 턱을 괸 채 몹시 짜증스러워하며 투덜거렸다.

"허, 참. 고래 심줄같이 질기구먼……."

영상 이준경이 호조에서 올린 황해도 기근 구제책에 서명을 하고 있다가 붓을 든 채로 고개를 들었다.

"무엇이 말이오?"

"이 교리가 또 위훈 삭제에 관한 상소를 올렸소, 벌써 열 번째요!"

"젊은 친구들이 역사를 바로잡겠다면 그 정도 열의는 있어야지……."

이준경이 싱긋 웃자 좌의정 권철은 골이 나서 그에게 따져 물었다.

"영상 대감도 이 교리의 주장에 찬동한다는 말씀이오?"

"찬성한다는 뜻은 아니오. 하지만 풀어야 할 숙제는 있소. 억울하게 죽은 이들도 있으니 이 기회에 신원을 회복시켜준다면 조정 화합에 도움이 될 것이오."

권철은 이준경이 은근히 이이의 편을 든다 싶어 그를 바라보는 눈초리가 곱지 않았다. 권철은 요즘 들어 이준경이 뜻을 명확하게 하지 않고 왠지 양다리를 걸친 어정쩡한 태도를 보이는 것 같아 심히 못마땅했다. 그가 골이 나서 발걸음을 쿵쿵거리며 밖으로 나갔다. 을사년 위훈 삭제가 말처럼 쉬운 문제가 아니었기 때문이다.

윤원형을 비롯한 소윤파의 무리들이 윤임 등 대윤파를 소탕했던 을사년의 일로 위사공신의 서훈을 받은 것을, 이제는 거두어들여야 한다고 홍문관 교리 이이가 주동이 되어 쉼 없이 상소를 올리고 있었다.

조정은 이 일로 골머리를 앓았다. 섭정을 거둔 선왕의 부인 대비 심씨는 남편 명종의 정통성과 연관이 있어 위훈 삭제 여론을 탐탁치 않게 여겼고, 나이 어린 임금은 대비전의 눈치만 살피며 이렇다 할 결단을 내리지 못하고 갈팡질팡했다.

이준경은 한 번 치러야 할 홍역이라면 구태여 피해가는 것은 좋지 않다고 여겼다. 다만 신진 사림의 요구와 가장 웃전의 생각을 보합(保合)시키는 선에서 일을 마무리하고 싶었다. 그래서 기회를 보다 경연에서 임금에게 이 문제를 꺼냈다.

"전하, 위사(衛社) 당시에 착한 선비들이 연루되어 죽은 이가 있사옵니다. 그 상처가 아직 아물지 않아 고혼들이 떠돌며 나라에 재변이 끊이지 않으니, 그 넋을 위로하여 하늘의 뜻에 따르시옵소서."

이이는 이준경이 기왕에 말을 꺼냈으면 사실 관계를 분명히 하여야 할 것인데, 어쩐지 그의 말은 명확하지 않고 구렁이 담 넘어가듯 두루뭉술한 느낌을 피할 수 없었다. 위사라 함은 사직을 보위했다는 뜻이라, 임금이 듣기에 따라서는 을사년의 간신들에게 칭찬할 공은 분명히 있고 물을 죄는 없다는 뜻으로 오해할 여지가 있었다.

이이가 발끈했다.

"전하, 영상 대감의 말씀이 어찌 애매합니다. 위사라는 말은 참으로 거짓된 서훈입니다. 인종 임금이 승하하신 후 중종 임금의 적자는 명종 임금 한 분밖에 없었습니다. 하늘의 뜻과 세상의 인심이 명종 임금에게 돌아갈 것은 당연지사인데, 공을 탐낸 간신들이 이때를 틈타 착한 선비들을 공격하여 거짓으로 공을 만들었습니다. 이 와중에 착한 선비들이 많이 죽었습니다. 그들의 혼령과 이 세상이 그 때의 일을 원통하게 여긴지 오래입니다. 사실이 이러할진대 어찌 그들에게 사직을 보위한 공이 있다 하겠습니까?

 전하께서 새로이 정치를 시작하는 이 시점에 위훈 삭제는 더 이상 늦추어서는 안 될 이 시대의 소명입니다. 역사가 앞으로 나아가기 위해서는 잘못된 과거사를 청산하여 명분을 세우는 일이 매우 긴요합니다."

 왕은 을사위훈의 문제에 대한 전후 사정을 잘 알았다. 선대의 일이긴 하나 왕 자신도 반드시 손을 보고 넘어가야 할 매우 심각한 사안이라는 것도 알았다. 하지만 인자한 대비를 생각하면 그녀의 가슴에 상처가 될 일을 벌이는 게 도무지 엄두가 나지 않았다. 임금은 방계 혈족인 자신이 용상에까지 오를 수 있었던 것이 전적으로 그녀의 공이라는 것을 알고 있었다. 임금은 천성도 여리고 효심이 깊어 차마 그녀의 가슴에 못질을 할 수 없었다. 방계 혈족 신분이라 권력 기반이 아직 취약하다는 것도 임금에게는 큰 부담이었다.

 임금이 이이의 말에 무어라 대꾸를 못 하고 난감한 표정을 짓고 있을 때, 이이에게 말이 꺾여 크게 흥분했던 이준경이 동요하는 마음을 간신히 가라앉힌 다음에 말했다.

 "이이의 말은 옳기는 하나, 다만 선대 조정의 일이라 갑자기 고칠 수는 없습니다."

 이준경은 나이 지긋한 자신의 말을 중간에 가로챈 이이가 몹시 불쾌했다. 하지만 노골적으로 이이를 반대했다간 소인배로 낙인

찍힐 것 같았고, 이이의 뜻을 좇자니 배알이 꼴려 입에서 나오는 말이 술에 술 탄 듯 물에 물 탄 듯 뜨뜻미지근했다.

이이는 이준경의 말이 떨어지기 무섭게 기다렸다는 듯 눈에 불을 밝히며 되받아쳤다. 이이는 오래전부터 을사 위훈의 문제를 임금과 여러 신료들 앞에서 공개 토론하기를 학수고대하고 있었다. 밥상이 차려진 마당에 머뭇거릴 이유가 없었다. 속전속결 이번 기회에 확실한 결론을 끌어내겠다는 각오로 이이가 거침없이 퍼부었다.

"전하, 절대 그렇지 않습니다. 명종 임금께서 어린 나이에 보위에 오른 탓에 간신들의 꼬임에 깜빡 속아 넘어가셨지만, 하늘에 계신 명종 임금의 혼령이 어찌 간사한 무리들의 탐욕스런 생각을 모르시겠습니까? 선대 조정에서 행해진 일이라 해도 명종 임금의 한을 생각한다면 신하된 도리로 어찌 고치지 못하겠습니까?"

이이가 고삐를 늦추지 않고 계속 공격해오자, 이준경은 이이의 이빨이 송곳이 되어 자신의 가슴에 척 박혀 들어오는 기분이었다.

'이 놈이 감히 어른한테 또 버르장머리 없이, 끄응…….'

그가 고통스런 신음 소리를 냈다. 분을 이기지 못해 몸을 부르르 떨었다. 그는 배어나오는 신음을 참으려 입술을 깨물며 간신히 버티었다. 머리를 한 대 크게 얻어맞은 듯이 머릿속이 하얬다.

이준경이 흐트러진 마음을 가까스로 수습하여 무언가를 말하려 할 때, 이황이 천거한 승지 기대승(奇大升), 박순, 이탁이 한 목소리를 내면서 위훈 삭제를 동시에 요구하고 있었다. 이준경은 다시 입을 꼭 다물었다.

소란이 가라앉지 않자 임금이 영상 이준경의 말을 빌어서 흥분한 신료들을 진정시켰다.

"영상 대감의 말마따나 이 문제는 선대의 일이오. 대비께서 살아 계신 이 마당에 내가 어찌 자손으로서 이 문제에 대해 이러쿵저러쿵 시시비비를 가릴 수 있겠소. 억울한 사람들이 있다면 물론 마땅히 그 원혼을 달래주어야 할 것이나 오늘은 일단 여기서 얘기를 접기로 합시다."

위훈 삭제 문제만 나오면 임금은 입장이 제일 난처했다. 가급적이면 이 골치 아픈 문제를 마주하고 싶지 않아서 매사에 수동적이었던 그가 이번에는 자발적으로 서둘러 진화에 나선 것이었다.

이이를 비롯한 신진 사림들은 위훈 삭제 문제에 대한 결론을 당장 내지 못한 아쉬움을 술로 달래며 이준경에 대해 분개했다. 사헌부 지평 정철이 제일 격분했다.

"이참에 썩은 놈들은 죄다 갈아야 되겠어!"

이준경은 자신의 뜻대로 일은 마무리 됐지만, 이이로부터 받은 충격에서 한동안 벗어나지 못했다. 그는 퇴궐한 후 입에 잘 대지 않던 술까지 잔뜩 마시고 비척비척 걷고 있었다. 지존한 영상의 몸으로 수레를 버리고 우산도 받지 않은 채 추적추적 내리는 비를 맞으며 초가을 도성 길을 걸어갔다. 그가 중얼거리며 가소롭게 웃었다.

"하룻강아지 범 무서운 줄 모르는 놈들, 이마에 피도 안 마른 새끼들이 세상을 알면 얼마나 알아!"

그의 발길이 단아한 열두 칸 기와집 앞에 멈추어 섰다.

"인걸아! 문 열어라, 나다!"

이준경과 허물없는 사이인 백인걸의 집이었다. 그는 양재역 벽서 사건에 휘말려 안변으로 귀양을 갔다가 새 임금이 즉위하자 이준경이 곧바로 힘을 써 조정으로 복귀시킨 이준경의 친한 친구였다. 그는 몸이 허해 대사헌직을 그만두고 집에서 쉬고 있었다.

"아니, 지존한 영상이 이게 무슨 꼴인가? 물에 빠진 생쥐 같네!"

백인걸은 서둘러 그를 안채로 이끌었다.

"아니 대체 이 공이 무슨 일로 이리 많은 술을 마셨는가?"

"자네가 눈에 넣어도 아프지 않다는 그 이이 놈 때문에 좀 마셨네, 꺼억."

"자네가 이이를 타박하는 걸 보니 술이 과한 것 같으이, 허허!"

"자네는 웃음이 나는지 모르네만, 난 기분이 더럽네. 새파란 놈이 눈을 부라리고 어른 말을 두 번 씩이나 잘랐네. 경을 칠 놈이네!"

"이 공, 노여움을 푸시게."

백인걸은 비에 젖은 이준경에게 무명 수건을 내어주고는 행랑채 찬모를 불러 주안상을 보게 했다. 이준경을 바라보는 백인걸의 눈빛은 그에 대한 안쓰러움을 가득 담고 있었다.

백인걸은 평생 이준경이 술에 취한 것을 본 적이 없었고, 흐트러진 자세를 본 일도 없었다. 그는 이준경이 이이 때문에 마음에 큰 상처를 받았다고 생각했다.

이준경은 횡설수설했다.

"인걸이 네놈은 사람 보는 눈이 없어. 동태 눈깔이야, 동태 눈깔! 그 버릇없는 새끼, 손자 귀여워하면 할아비 상투 쥐어뜯는다더니, 꼭 그 격일세!"

백인걸은 횡설수설하는 이준경의 얘기를 막지 않고 가만히 들어주었다. 한참을 혼자 떠들던 이준경이 갑자기 울컥 눈물을 쏟아냈다.

"그 놈들이 세상을 무얼 알아! 무얼 안다고 까불어!"

백인걸이 이준경의 손을 잡았다.

"이 공, 경연에서 있었던 얘기는 들었네. 마음 풀게. 숙헌도 그리 마음은 편치 않을 것이네."

"그래, 그래야지. 당연히 그래야지. 내가 저를 어떻게 지금까지 보아주었는데……."

이준경은 세상에 둘도 없는 친구 앞에서 속에 담아 두었던 말을 다 꺼내놓은 탓인지, 아까보다는 한결 화가 누그러진 부드러운 인상이었다. 백인걸이 조심스럽게 물었다.

"그런데, 이 공, 정말 위훈 삭제는 어려운 것인가?"

"정치가 어디 손바닥 뒤집듯 그리 쉬운 일인가? 난 산전수전

다 겪었네. 이 꼴 저 꼴 안보고 산 젊은 놈들은 쉽게 말하지만 정치는 현실이네, 위사공신에는 대비의 친정 식구들도 있고 조정 안에 있는 수많은 사람들이 연루되어 있네. 시끄러운 것은 조용한 것만 못해. 이것이 사화로 비화된다면 어찌 될 것인가? 윤원형이나 이량의 측근들이 뒤에서 들쑤시고 다닌다는 소문도 있네…….”

“무어라! 아니 그놈들이 아직도!”

이준경의 말에 백인걸이 크게 놀라 그의 처진 눈이 동그래졌다.

“그래서 지금은 조심해야만 하네……. 아직 일이 다 끝난 게 아니야.”

이준경이 말을 덧붙였다.

“오늘 내가 자네를 찾아온 건 부탁이 있어서이네.”

“말해보게.”

“내가 직접 말하고 싶지만, 내가 하면 이이가 자기를 옭아매려 든다고 오해하지 않을까 싶어 자네에게 부탁하는 것일세. 자네 말이라면 숙헌이 그래도 잘 듣지 않는가!”

“그래 무엇인지 말해보시게.”

백인걸이 재촉하자 이준경이 수심에 가득 찬 얼굴을 하고 한숨을 내쉬며 나지막이 말했다.

“이이에게 붕당을 조심하라 이르게!”

“아니, 이이가 붕당을 짓다니? 무슨 망발인가? 자네, 제 정신인가?”

이준경이 가만히 고개를 가로 저었다.

"아닐세, 난 멀쩡하네. 드러내놓고 붕당을 지은 무리들은 없네, 하지만 조정이 갈라지고 있어. 행실과 법규에 바른 사람도 자기들 뜻에 맞지 않으면 용납하지 못하고 배척하기만 하는 풍조가 있네. 반대로 행동거지에 문제가 있고 공부도 않으면서 친교를 맺어오는 이에 대해서는 쓸 만한 고상한 사람으로 여기는 해괴한 풍조가 생기고 있다네. 자기 것은 더러워도 괜찮고 남의 것은 고결해도 더럽다고 여기는 이 풍조보다 위험한 오만과 독선이 어디 있겠는가? 이게 붕당이 아니고 무엇인가?

물론 이이는 자신이 처한 위치를 잘 모르고 있네. 이이가 무리를 지을 사람은 아니란 걸 나도 아네. 하지만 그놈이 그 중심에 서 있는 것은 사실이네. 그러니 일이 잘못되면 이이가 위험해질 수도 있다네. 자네가 꼭 당부를 해주게나. 부탁함세. 지금 조정은 화합이 절실히 필요하다네."

백인걸은 이준경의 얘기를 심각하게 듣고 있다가, 그의 손을 턱석 잡았다.

"준경이, 고마우이."

권력이 성한 쪽으로 몰리는, 셈 밝은 똥파리 떼들의 분주한 움직임이 고희를 넘긴 두 노신의 눈에 선했다. 왱왱대는 똥파리 떼들의 소음이 그들의 귓전을 시끄럽게 때렸다.

7

 이이와 이준경이 경연에서 재격돌한 이후 조정에 바람이 더 거세게 불고 있었다. 신진 사림들은 위훈 삭제 문제를 공론의 장으로 끌어들인 것에 나름대로 의미를 두었지만, 우유부단한 임금 못지않게 이준경을 비롯한 구신들 역시 개혁의 큰 걸림돌이 되고 있다는 사실을 새삼 절감해서 암중모색을 하고 있었다. 구신들은 구신들대로 잔뜩 독이 올라 있었다.

 구신들은 풍전등화의 위기와 혼란을 이겨내면서 자신들이 지혜롭게 사직을 보존해왔다는 자부심이 매우 컸다. 명예를 먹고 살아온 자긍심으로 충만한 이 노장들은 신진 세력들이 자신들을 부귀와 무사안일에 젖은 구시대의 인물로 폄하하는 것에 분노했다.

 구신들의 우두머리이자 조정의 상징인 영의정 이준경이 이이에게 두 번이나 공개적으로 망신을 당하고 나자, 구신들은 인내의 한계와 위기감을 동시에 느끼며 동분서주했다.

 구신들이 삼삼오오 모였다. 회합 끝에 대사헌 김개(金鎧)가 먼저 총대가 되어 나서기로 했다. 김개는 몸과 마음가짐이 청렴해 한때는 청백리로 불리던 사람이었다. 그가 임금에게 진언을 올렸다. 신구 세력 간에 치열한 전쟁이 시작된 것이다.

 "전하, 선비는 마땅히 자기 몸을 제대로 지키면서 다른 사람의 허물을 들추지 않는 법입니다. 그런데 지금 선비를 자처하고 있는 자들은 경박하게 다른 이에 대해 시시비비를 가리려 들고, 심지어 근거 없이 대신들까지 비방하고 있습니다.

기묘사화 때도 이와 같은 경박한 풍조가 있었습니다. 실없고 경솔한 선비들이 모여 같은 생각을 가진 무리들을 끌어들이고는 생각이 다른 사람을 배척했었습니다. 조광조가 어쩔 수 없이 억울한 죄를 얻게 된 것도 따지고 보면 이러한 자들의 경거망동 때문이었습니다. 전하께서는 결코 이런 풍조를 좌시해서는 아니 됩니다."

김개의 발언이 알려지자, 신진 사림들이 이를 갈았다. 이조판서 홍담이 이 불길에 기름을 다시 끼얹었다.

"전하 지금의 사림에는 진정한 유학자는 없습니다. 모두 표리가 부동한 거짓된 인물뿐입니다."

대사헌 김개는 청렴했지만, 다소 편협하고 질투심이 많아 사사건건 시비를 걸어 신진 사림들에게 공분을 샀고, 이조판서 홍담은 이력만 중시히는 과거 관습대로 인사를 다행하여 능력을 중시해야 한다는 신진 사림들과 갈등을 빚고 있었다.

신진 사림들의 속이 부글부글 끓어올랐다. 이이, 정철, 박순, 윤두수, 심의겸이 한자리에 모였다. 정철이 흥분해서 중얼거렸다.

"이 뱀 대가리 같은 새끼!"

김개의 눈이 작고 찢어져서 정철이 이렇게 이죽거린 것이다. 성미가 제일 불같은 정철이 제 분을 참지 못하고 탁자를 쳤다.

"대감, 언제까지 우리가 참아야 하겠소? 앉아 당하기를 기다리느니 먼저 치는 것이 낫지 않겠습니까?"

박순이 몇 가닥 되지 않는 수염을 손으로 쓸며 눈을 감았다.

"조금만 더 기다려 보세, 영상이 알아서 한다고 하니……."

"기다리다 칼 맞으면 어떻게 합니까? 김개는 깨끗한 척해도 아주 음흉한 사람입니다."

"그래도 기다려보아야 하네."

나이가 많은 박순은 아직은 자중하는 것이 옳다고 생각했다. 명분이 서지 않으면 싸움이란 이겨도 득보다 실이 많고, 아픔도 오래가는 법이었다. 구신들이 신진 사람들에게 미움을 사고는 있어도 이렇다 하게 흠을 잡을 만한 뚜렷한 문제점을 드러내지 않았던 탓이다.

이이도 박순의 의견을 거들었다.

"나도 같은 생각일세. 지금은 때가 아닐세. 김개는 모르지만 홍담 같은 사람은 탐욕스런 사람도 아니고 비열한 소인배도 아니지 않은가?

선비들을 시기하는 마음도 아직 실체는 없네. 허물을 알지 못하는데 명분 없이 별안간 공격하면 다른 사람들의 신임만 잃고 오히려 화를 입을 수 있다네. 지금은 오히려 먼저 터뜨리는 쪽이 형세가 불리해질 것이네."

이이는 성미 급한 정철이 사고를 칠까 걱정하고 있었고, 정철은 이이까지 나서서 진정을 시키자 실망을 했다. 그는 실기를 하지 않을까 애를 바짝 태웠다. 정철의 커다란 눈이 부리부리하게 빛이 났다. 그가 술을 넘치도록 따른 큰 사발을 통째로 비우며 중얼거렸다.

"이 쳐 죽일 놈들……."

그들은 심정적으로 정철에게 동조를 하고 있었지만, 당장은 싸움을 벌이기보다 대화를 더 원했다.

이이와 박순 그리고 심의겸, 윤두수까지 일단 참아보자고 설득하는 바람에 마지못해 정철은 고개를 끄떡이고는 있어도 속으로는 그들의 생각에 동의하지 못하고 있었다. 그는 공격이 최선의 방어라고 생각했다. 정철은 단번에 다 날려버리고 싶었다. 그는 사화의 직접적인 피해자로 가슴에 쌓인 울분이 누구보다 깊고 컸다.

며칠 지나지 않아, 정철은 자신을 만류하는 이이를 빼고, 전 이조판서 이탁, 기대승, 윤두수, 윤근수(尹根壽), 심의겸과 회합을 나시 가졌다. 정철은 끈질겼다.

"위훈 삭제도 중요하지만, 인물 청산도 중요합니다. 생각이 바뀐다면 모를까 생각이 바뀌지 않는다면 서로 믿고 한 배를 타고 같이 갈 수 없는 것 아닙니까? 백번 양보해서 설사 같이 간다고 해도 쓸데없는 시비를 불러일으켜, 일을 못하게 방해까지 해서야 되겠습니까?"

정철의 간곡한 설득에 자리를 같이한 사람들은 김개가 사림을 모함하고 있다는 데 의견의 일치를 보고, 정철에게 힘을 실어주기로 하였다. 정철의 요청에 병든 몸을 이끌고 간신히 자리에 나온 전 이조판서 이탁이 정철의 뜨거운 결의에 화끈한 방점을 찍어주었다.

"대장부가 기왕에 나섰다면 확실히 하게. 쳐낼 건 쳐내고 자를 건 잘라서 조정을 빨리 거듭나게 하시게!"

그의 격려에 입이 귀에까지 걸린 정철이 넓적한 가슴을 방바닥에 찰싹 붙이며 이탁에게 넙죽 큰절을 올렸다.

"대감, 오늘의 이 말씀 두고두고 잊지 않겠습니다."

이탁과 함께 이를 지켜보던 사람들이 껄껄 소리 내어 웃어 젖혔다. 이들의 지지로 용기와 자신감을 얻은 정철은 다음 날 보무도 당당하게 경연장으로 들어가 임금에게 아뢰었다.

"주상 전하, 김개가 전하의 총명한 판단을 흐리면서 선비들에게 화를 넘기려 하오니 전하께서는 이를 깊이 살피어 역신들이 조정 내에 발을 붙일 수 없게 해주시옵소서!"

"경이 좀 지나친 것 같소. 김개는 그런 사람이 아니오. 그가 어찌 사림을 모함하는 그런 지경에까지 타락하기야 했겠소. 다시는 그 같은 엉뚱한 말은 입에 올리지 마시오."

임금은 김개가 속이 좁고 융통성이 없다는 것은 알았지만, 과거 청백리로 이름이 높았던 사람이고 또 자신에게는 매우 유순한 사람이었다. 임금은 정철이 특별한 허물이 없는 사람을 헐뜯는다고 생각해 몹시 언짢아했다.

임금이 정철을 미심쩍은 눈으로 보고 있었다. 정철은 임금의 따가운 시선을 느끼면서 잠시 호흡을 가다듬고, 건너편에 부복해 있는 김개를 힐금 쳐다보았다. 김개는 임금 앞에서 자신의 이름이 거론된 것 자체를 불쾌하게 여기며 잔뜩 화가 올라 있었다. 새파란 후배에게 자신이 모리배로 취급당하자 살아온 세월이 허무했고, 자신의 처지가 비참했다. 그는 자신의 몸이 난도질당한 기분이었다. 김개는 정철을 바라보던 부릅뜬 눈을 질끈 감았다. 정철이 어디까지 가는지 두고 볼 참이었다.

정철이 다시 말을 이었다.

"전하의 말씀이 비록 엄하시긴 하나, 신은 말을 다 하지 않을 수가 없습니다."

정철이 조목조목 따지며 김개의 과오를 하나하나 밝혀나가자, 굳세게 버티고 있던 김개의 안색이 흙빛이 되었다. 그가 자리에서 조용히 일어나 작은 몸을 세우고 처연한 표정을 지으며 말했다.

"주상 전하, 신은 이미 전하의 마음을 어지럽힌 것만으로도 큰 죄를 지었습니다. 저에 대한 논란이 일고 있는 이 자리에 죄인이 된 신이 자리를 지키고 있는 것은 마땅하지 않다고 생각되옵니다. 부디 신이 물러감를 윤허해주시옵소서."

임금이 딱한 눈으로 그를 바라보다 가만히 고개를 끄덕였다.

"그렇게 하시오."

김개가 물러가자 그에 대한 비난이 빗발쳤다. 영의정 이준경과 이조판서 홍담은 탄핵 분위기에 압도되어 침묵하고 있었다. 임금은 어리둥절했다.

'김개는 음흉한 인물이 아니야. 아니야.'

하지만 임금의 가슴속에서 울려 퍼지는 독백은 아무런 위력을 발휘하지 못했다. 대세는 기울었고, 역사는 한발 한발 앞으로 가고 있었다. 결국 김개는 조정을 떠났고 자신이 소인배로 낙인찍힌 것을 분하게 여기다 두 달 만에 세상을 떴다. 김개의 친구 이조판서 홍담도 자리에서 물러났다.

정철의 반격이 성공하자 이에 고무되어 신진 사림들은 기세가 크게 올라 있었다. 그들은 모두 금방이라도 모든 개혁을 한꺼번에 해낼 것처럼 들떠 있었다.

이준경은 상심이 컸다. 김개의 쓸쓸하고 비참한 말로를 지켜본 그의 마음은 형언할 수 없이 착잡했다. 김개나 홍담은 자신과 함께 한 시대를 같이 경영하며 동고동락한 인물들이었다. 고집스럽고 우직한 점이 흠결은 될지라도 두 사람 모두 청렴했다. 굳이 허물이 있다면 먼저 태어나 구시대를 참고 살았던 것뿐이었다. 구시대의 정권에서 일했다고 하여, 무사안일에 젖어 부귀와 권력만 탐한 소인배라고 매도한다면 세상에 쓰일 수 있는 재목은 없을 것이라 생각했다.

이준경이 사 년 전 한여름 밤에 찾았던 연못가를 다시 찾았다. 그는 넙적한 바위 위에 걸터앉았다. 가을볕을 받아 온기를 간직한 바위의 열기가 그의 엉덩이로 전해졌다. 그는 이 미약한 열기가 왠지 기분이 좋았다. 한동안 앉아 있어도 쓸쓸할 것 같지 않았다. 바람을 타고 단풍잎 하나가 날려와 연못 속에 떨어졌다. 이준경은 낙엽을 보며 생각했다.

'나는 지는 해, 떨어지는 나뭇잎, 썩어가는 한 줌의 흙…….'

그가 한 식경을 앉았다가 자리에서 일어서며 큰 기지개를 켰다. 그가 고래고래 소리를 쳤다.

"그래도 난 아직 죽지 않았어. 난 살아 있어, 이놈들아!"

8

백인걸은 암만 생각해도 이준경의 말이 목구멍에 걸린 가시마냥 불편했다.

'붕당이라!'

백인걸은 나랏일 외에는 사심이 전혀 없는 이이가 붕당을 짓는다는 것은 상상할 수가 없었다. 하지만 이준경의 말처럼 자신도 모르게 붕당의 수괴(首魁)가 되어버린다면 이 또한 큰일이었다. 이준경이 자신을 통해 이이에게 경고한 것은 아닌지 생각하니 덜컥 겁도 났다. 자신의 애제자인 성혼과 수어지교를 나누고 있는 이이를 백인걸은 자신의 분신처럼 여겼다. 구신들이 물러가고 있어도, 이준경은 어쨌든 이 조정의 실세였다.

백인걸이 며칠을 고심하다 자신의 집으로 이이를 불러다 앉혔다.

"숙헌, 그 동안 잘 있었는가?"

"저야 덕분에 잘 있습니다만, 대감께서는 요즘 몸은 괜찮으신지요?"

"일 그만두고 집에 들어앉아 있으니, 이 늙은 몸이 무슨 근심 걱정이 있겠는가? 다만 시사(時事)가 잘 되길 바랄 뿐이지······."

파주가 고향인 백인걸이 이이의 어머니 사임당 신씨의 일로 한참을 얘기하다 어물쩍 넘기는 말로 물었다.

"요즘 조정 분위기는 좋은가? 붕당 같은 건 없어야 할 터인데 말일세······."

"붕당이라뇨?"

이이가 의아한 눈길로 백인걸을 바라보며 물었다.

"아, 아닐세. 아무것도 아닐세."

백인걸이 얼른 손사래를 치며 연막을 피웠지만, 눈치가 조조보다 빠른 이이의 직감을 피할 수 없었다.

"영상께서 무어라 말씀하신 모양이군요."

백인걸이 껄껄대며 웃었다.

"숙헌한테는 귀신도 못 당할 것일세, 하하!"

백인걸의 얘기를 듣고 이이는 쓴웃음을 지었다. 천하의 이준경도 이젠 한 물 갔다는 생각이 들어 씁쓸했다.

이이는 한때 이준경을 존경했었다. 척신들이 난동을 부릴 당시에 사림들을 적극적으로 보호했고, 사직을 여태껏 지켜온 그의 공은 무시할 수가 없었다. 자신은 물론이고 한때 사림의 중망(衆望)을 모았던 그가 이런 생각을 했다는 것 자체가 어이가 없었다. 이이의 머릿속에는 이준경이 권력을 탐하는 협잡꾼처럼 비쳐들고 있었다. 그의 말은 좋게 보면 애정 어린 충고였고, 나쁘게 보자면 자신에게 경거망동 말라는 준엄한 경고를 보낸 것이었다.

이이는 이준경이 점점 가관이라 생각되었다. 그는 재변과 재해로 인심이 뒤숭숭한 이 지경에도 뒷방 마님 마냥 뒷짐만 지고 있었다. 그런데 가만 보니 일이 뒷전인 것은 물론이고, 은근히 신진 사림의 여론까지 교묘하게 억압하고 다니는 것만 같았다. 이이는 이준경이 이곳저곳을 다니며 괜한 불장난을 치고 있는 것 같아 몹시 불쾌했다. 그는 이준경의 생각과 처신을 이해할 수 없었다.

을사년 위훈 삭제의 문제도 마찬가지였다. 그가 백인걸을 통해 사화 운운하고 있지만 그때와 지금은 상황이 본질적으로 달랐다. 지금까지 일어난 사화는 정통성 없는 집단이 권력을 잡기 위해 벌인 모략의 산물이었다. 반면에 을사년의 위훈 삭제 운동은 만백성과 모든 사림이 일치하여 그릇된 역사를 바로잡아 올바르게 세워보자는 염원이 반영된 새 시대의 큰 흐름이었다.

물론 궁궐 내에도 위사공신에 오른 인물들이 많아 위훈 삭제 운동이 가볍지 않은 저항에 직면할 수는 있었다. 하지만 작은 돌멩이 하나가 흐르는 강물을 흐릴 수 없듯 도도한 역사의 대세를 이들이 거스를 수는 없다고 이이는 판단했다. 큰 권세를 가졌던 많은 권간(權奸)들이 이미 세상을 떠나, 국왕과 조정의 정치적 결단만 있다면 을사년 간신들에게 수여한 위훈 삭제는 얼마든지 가능한 일이었다.

이이가 몹시 화가 나서 백인걸에게 불평을 늘어놓았다.

"대감, 대감께서는 영상 대감과 각별한 사이이시니 잘 알지 않겠습니까? 대체 영상이 왜 자꾸만 발목을 잡고 늘어지는지 알 수가 없습니다. 윤원형 시절에 병조판서를 지냈다고 하지만 영상 대감 자신은 을사년 위훈 문제와 직접적인 이해관계가 없지 않습니까? 그런데 왜 자꾸 대비를 들먹이고, 선왕의 정통성을 들며, 붕당이니 사화니 하는 말로 일을 막는지 모르겠습니다. 답답한 제 속을 시원하게 할 좋은 말씀을 하나 해주십시오."

양미간을 찌푸린 채 심각한 표정으로 이이의 말을 잠자코 듣던 백인걸이 고개를 가만 끄떡였다.

"내 생각이네만, 영상의 지나친 결벽증 때문인지도 모르겠네."

"결벽증이라니요?"

"생각해보게, 영상이 을사년 위훈에 일차적인 책임은 없다고 하지만, 원죄가 전혀 없다고 볼 까닭은 또 없네. 이준경이 당시에 병판이었으니 역사의 방관자로서 위훈에 이차적인 책임은 분명히 있다고 보네. 영상의 자부심이 누구보다 크다는 것은 자네도 알고 있지 않은가? 위훈 삭제는 결국 이준경이 자신의 방관을 인정하는 셈이니 그의 자부심에 상처가 될 테니 말이네."

이이가 허탈하게 웃었다.

"그렇다면 영상은 자기 인생에 작은 오점 하나 남기기 싫어서 붕당이니 사화니 하는 장황한 얘기를 구차하게 끌어다 댔단 말씀이군요?"

백인걸은 입을 굳게 다문 채 눈을 감고 있었다.

"……."

"영상이 위훈 삭제를 고집스럽게 반대한 이유가 그 양반의 완고한 결벽증 때문이라면 우리는 그림자를 부여잡고 씨름을 한 격이군요……. 정말 허탈합니다, 허탈해요. 영상이 그런 궤변을 늘어놓다니……."

이이의 허탈한 웃음이 천장이 낮은 방 안에 공허하게 메아리쳤다.

'육척 거구의 완고한 소심증이 정치 개혁의 발목을 잡았다!'

이이는 백인걸의 추리에 흥미를 느끼면서도 도리질을 쳤다. 그의 추리를 받아들이기에는 무력한 정치 현실과 비참한 민생이 너무 가혹했기 때문이다.

천장 모서리에 쳐진 거미줄에 제법 큰 빈대 한 마리가 걸려 허우적이고 있었다. 이이의 눈길이 거기에 머물렀다. 그는 불현듯 이준경을 옭아매고 있는 올가미의 정체가 무얼까 하는 생각을 떠올렸다.

9

선조 3년(1570) 봄에 들어서자 가뭄과 우박 등 기상 이변이 잇달았다. 몇 달째 비가 내리지 않아 땅바닥은 거북등같이 갈라졌고 푸석푸석한 흙은 바람에 먼지만 풀풀 흩날렸다.

아사자(餓死者)가 속출하고 문전걸식하는 유랑민들의 무리가 다시 늘어나 조정에 부담을 주고 있었다. 민생이 파탄 나 목불인견의 처참한 상황에서도 임금의 태(胎)를 묻는 공사가 여러 차례 반복되며 백성을 동원하는 일이 이어졌다. 신료들 간에 임금에 대한 과잉 충성 경쟁이 벌어진 결과였다. 눈에 두드러진 신하들의 아부는 미약했던 왕권이 그만큼 공고해졌다는 것을 말했다.

가뭄에도 포구 강둑에는 시퍼런 풀이 무성했다. 포구는 한양으로 갈 배를 기다리는 사람들과 이들을 상대로 구걸에 나선 유랑민들로 붐볐다. 사람들이 모인 곳이면 어디든 전에 없이 많은 유랑민이 몰려들고 있었다.

뼈만 남은 작달막한 아낙이 눈이 까만 어린아이의 손을 잡고 보부상들에게 반쯤 깨어진 바가지를 내밀었다. 산발을 한 아이와 아낙의 헤진 옷에는 땟물이 줄줄 흘렀고 그들의 몸에서는 심한 악취가 풍겼다.

"나리들, 조금만 도와주세요!"

어떤 이는 그들이 풍기는 악취에 눈살을 찌푸리며 서둘러 자리를 피했고, 어떤 이는 모른 척하며 등을 돌렸다. 또 어떤 이는 벌레 보듯이 무심한 눈길을 던지며 그들을 외면했다. 아낙은 여러 사람을 찾아 구걸하다 결국 허탕을 치고 어깨를 늘어뜨린 채 빈손으로 되돌아섰다.

그때 삿갓을 깊이 눌러쓰고 강둑 위에 서 있던 사내가 다가왔다. 그는 자신의 봇짐을 열어 그녀의 손에다 보자기째로 먹을거리를 쥐어주었다. 그녀는 우연히 만난 사내의 뜻밖의 호의에 몸 둘 바를 몰라 하다가 감사의 눈물을 흘리며 허리를 깊이 숙여 인사했다.

"나리, 정말 감사합니다. 고맙습니다······."

포구의 사람들은 헐렁한 무명옷을 걸친 사내를 야릇한 시선으로 보고 있었다. 일부는 부끄러움에 민망한 기색을 감추지 못했고, 일부는 그 사내에게 조롱의 눈길을 던졌다. 남자의 행색도 만만치 않았기 때문이다. 그의 옷은 군데군데 기운 흔적이 역력했고, 자그마한 체구는 깡말라 옷차림이 헐렁헐렁하여 제 앞가림하기에도 벅찬 사람으로 보였다. 그를 비웃는 사람들은 그가 치기를 부린다고 생각했다.

'저 자식, 혼자 잘난 척하고 있네!'

여자는 물러갔지만 주변에는 여전히 구걸을 다니는 사람들로 득실거렸다. 삿갓 쓴 사내의 행동을 가만 지켜보던 패랭이를 쓴 한 남자가 자신의 일행으로 보이는 보부상들에게 말했다.

"다들 주먹밥 하나씩 꺼내 여기 있는 사람들에게 나누어주도록 하게!"

덩치는 곰같이 크고 얼굴에 털이 수북해 우락부락한 인상이 마치 산적 같아 보이는 사내의 호령에 그의 일행들은 얼른 보따리를 풀어 주먹밥을 꺼내 걸인들이 들고 있는 바가지에 담아주고 있었다.

이때 한양으로 떠나는 황포돛배가 막 들어왔다. 배에서 사람들이 하나둘 내려서자 유랑민들은 그들에게 몰려갔고, 곰 같은 사내의 일행은 짐 보따리를 들쳐 매고 서둘러 배에 올랐다. 삿갓 쓴

경연 271

사내도 천천히 그 뒤를 따랐다.

황포돛배에는 노를 젓는 사공들을 비롯하여 스무 명 남짓 되는 적지 않은 사람들이 타고 있었다. 패랭이를 쓴 보부상의 무리들은 삿갓 쓴 사내를 경계하며 멀찍이 떨어져 무리지어 앉았다. 일행이 없는 사람들은 드문드문 배 바닥에 앉아서 늦은 봄볕에 꾸벅꾸벅 졸았고, 삿갓 쓴 사내는 홀로 뱃머리에 서서 어딘가를 계속 유심히 살피고 있었다.

순풍이 불어 배는 잔잔한 물살을 가르며 쭉 뻗어나갔다. 배가 임진강에서 서해를 따라 흘러가다 한강의 본류로 진입했을 때, 배 안이 난장판이 되었다.

"임금은 무슨 얼어 죽을 임금이야!"

"그래도 그게 아니지, 주상 전하는데!"

"제 배 부르면 백성은 죽든 살든 신경도 안 쓰는 그런 작자가 무슨 임금인가? 자기 태 옮긴다고 배고픈 백성 생고생시키는 놈이나, 제 에비 목 떨어진 것이 언젠데 아직까지 정신 못 차리고 날뛰는 년들이나 오십보백보지. 내 언젠가 그년 앞에 칼을 물고 고꾸라지더라도 가만있지는 않을 것이야!"

"대복아, 입 조심해라. 누가 들을까 겁난다."

"난 아무것도 무섭지 않습니다. 잡아갈 테면 잡아가라지요. 생사람도 이렇게 잡는데……. 작은아버지, 사람이 개돼지입니까?"

파주 포구에서 걸인들에게 주먹밥을 나누어 주던 보부상의 무리들이 핏대를 세워 임금과 조정을 두고 갑론을박을 벌이고 있었다. 삿갓 쓴 사내는 그들의 말에 잠시 귀를 기울이다 한숨을 쉬며 다시 먼 하늘로 눈길을 돌렸다.

보부상들의 우두머리격인 곰 같은 남자가 일어나 주변을 한 번 둘러보더니 일행들의 소란을 진정시켰다.

"무익한 이야기는 그만하고 밥이나 먹자!"

시간은 벌써 미시(未時)를 지나고 있었다. 그의 말에 일행들이 봇짐에서 먹을거리를 꺼내어 금방 상을 차려 식사를 시작하자, 눈치를 보고 있던 다른 사람들도 요깃거리를 꺼내어 식사를 시작했다. 배 안이 온갖 음식 냄새로 진동했다.

늙은 선주는 사공들에게 노를 천천히 저으라고 지시하고는 배 안을 둘러보며 손님들을 일일이 찾아 인사했다. 그가 배 한 바퀴를 삥 돌고는 선수에 서 있는 삿갓 쓴 사내에게 다가왔다.

"선비께서는 어찌 식사를 않는지요?"

"괜찮습니다. 아직 생각이 없네요."

늙수레한 선주는 홀로 식사를 않고 먼 하늘을 올려다보고 있는 남자가 신경이 쓰였지만, 그만의 시간을 방해하는 것 같아 발길을 돌렸다. 그러다 그 늙은 선주가 다시 등을 휙 돌렸다. 삿갓 쓴 사내의 인상이나 음성이 어딘지 자신의 눈과 귀에 많이 익어 있었다. 그가 선수에 선 남자를 올려다보았다.

"아니! 혹시 교리 나리 아니십니까?"

"허허, 그렇소."

"몰라보아 송구하옵니다. 아니, 그런데 어찌 이리 몸이 수척해지신 겁니까? 행여 어디 아프신 것은 아닌지요?"

늙은 선주는 해주에서 한양에 이르는 뱃길에 삼십 년 세월을 묻고 산 사람이었다. 이이의 가족들은 그의 배를 곧잘 이용하던 단골이었고, 이이도 어려서부터 아버지 이원수의 손을 잡고 자주 배에 올랐기 때문에 늙은 선주는 이이를 잘 알고 있었다. 그는 안타까운 눈으로 이이를 바라보다 마음이 아파 고개를 떨어뜨렸다. 평소에도 말랐으나, 지금은 눈이 우묵하고 뼈가 도드라져서 이이의 몰골이 몹시 흉했다. 지난겨울에 외조모 상을 치른 이후로 이이는 마음고생 탓에 잘 먹지 못하여 몸이 크게 상해 있었다.

"노인장께서 걱정을 해주시니 참으로 고맙소만, 너무 염려는 마시오. 별일은 없소이다. 그런데 장사는 잘 되시오?"

"저희 천한 것들이야 입에 풀칠만 하고 살면 그만입죠. 그런데 교리 나리, 시장하실 텐데 무얼 드셔야지요? 제게 주먹밥이 있습니다만……."

이이가 손사래를 치고 있을 때, 무리지어 떠들던 장사꾼들은 삿갓 쓴 사내가 교리라는 말을 듣고는 다들 놀라 음식을 입에 문 채로 허둥지둥했다. 보부상의 우두머리격인 사내가 황망한 표정으로 자리에서 일어나더니 이이에게 다가와 고개를 수그렸다.

"나리, 죽을죄를 지었습니다요. 천하고 배운 것 없는 미련한 것들이 생각 없이 내뱉은 말이오니 용서해주십시오."

다른 무리들도 우르르 이이 앞으로 몰려와 머리를 조아렸다.

이이가 삿갓을 벗어들고 그들에게 나지막이 말했다.

"어쩌다보니 여러분들의 말을 엿듣게 된 것인데, 내가 용서하고 말고 할 것이 무엇이 있겠소. 다만 기왕에 말이 나왔으니 얘기나 한번 듣고 싶소. 짐작컨대 조정에 노여움이 많은 듯한데, 필시 무슨 곡절이 있지 않겠소? 당장 여러분의 마음을 살필 여력은 내게 없지만, 아무튼 이 몸이 조정에 몸을 담고 있는 관리이니 여러분의 말을 듣는다면 얼마간 나랏일을 하는 데 참고가 되지 않을까 싶소."

주눅이 든 장사꾼의 무리들은 이이에 대한 경계와 의심을 풀지 못하고 머뭇거렸다. 이이가 웃으면서 그들을 다시 다독였다.

"초면이니 여러분들이 나를 믿지 못하시는 모양이오, 어쩌면 당연한 일이오. 허허."

이이와 보부상 무리들 사이에 어색한 긴장이 흐르고 있을 때, 늙은 선주가 나서서 이이를 거들었다.

"이분은 그 유명하신 사임당 신씨 부인의 아드님이신 이이 님이오. 구도장원공이라 하면 여러분도 잘 알고 있을 것이오. 절대 해를 끼칠 분이 아니니 나를 믿고 편안하게 얘기를 나누어도 좋소!"

늙은 선주의 대략적인 소개에 장사꾼들은 더 황송해하며 연신 허리를 굽실거렸고, 자신들과 매우 친숙한 선주의 말이라 비로소 긴장을 풀고 안심하는 눈치였다.

이이는 아직도 엎드려 일어서지 않고 있는 곰 같은 남자의 손을 잡고 일으켜 세웠다.

"본시 백성들이 나랏일을 잊고 살아야 좋은 세상인데, 여러분들이 조정과 주상 전하에게 많은 원망을 품고 있는 것 같아 내가 참으로 부끄럽고 민망하오. 그래, 마음들이 크게 상하신 이유가 있소이까?"

곰 같은 남자는 자신이 일가친척 피붙이들로 구성된 보부상들을 이끌고 있다고 밝히면서 누군가를 불렀다.

"대복아!"

그의 부름에 엉덩이를 바닥에 붙이지도 못한 엉거주춤한 자세로 앉아 있던 젊은 사내가 어기적어기적 걸어왔다. 곰을 닮은 무리의 우두머리는 그 젊은 남자를 이이에게 인사시키며 조심스럽게 말했다.

"이놈은 대복이라는 제 큰조카 놈입니다요. 제 고향에 한 세도가가 살고 있는데 달포 전에 이놈이 인사를 하지 않았다고 양반을 무시한다면서 그 집에 끌려가 죽도록 매를 맞았습니다. 온 집안 식구들이 매달려서 통사정해 겨우 풀려났는데, 얼마나 팼으면 이놈이 거의 초주검이 되어 있었습지요. 참 기막혀서……."

무리의 우두머리는 눈시울을 붉히며 말꼬리를 흐렸다가 큰 한숨을 내쉬더니 그날의 일에 대해 분개했다.

"나리, 아무리 저희들이 천하다 해도 인사 한 번 소홀히 하였다고 해서 사람을 짐승같이 때릴 순 없지 않겠습니까? 짐승도 그렇게 모질게 때리진 않았을 것입니다. 살이 터지고 찢기고…….

그래서 이놈이 속이 많이 상해 있어 소란을 좀 피운 것이니 용서하십시오."

"그런 일이 있었구려……."

이이가 고개를 끄덕이며 안타까워하자, 그 곰 같은 사내도 이이의 진정에 마음이 통했는지 금방 속을 털어놓았다.

"일자무식 무지렁이들이지만 쇤네들도 귀가 있고 눈이 있어 보고 듣는 게 없지 않습니다요. 지금은 정말 굶는 백성들이 많습니다요. 이 판국에도 조정은 주상 전하 태를 옮긴다고 백성들에게 부역을 시켜 생고생을 하게 만드니 이 무심한 조정을 어느 백성들이 좋아하겠습니까?"

"나 역시 보고 들은 것이 있어 여러분의 마음은 충분히 이해하오. 그런데 대체 어떤 세도가이기에 인사를 않았다고 자기 멋대로 백성을 무지막지하게 때린단 말이오?"

"그 세도가는 일전에 죽은 윤원형의 딸이옵니다. 역적으로 몰려 아비는 죽었어도 그 일족들은 아직도 자신들이 공신 집안인 줄 알고 위세를 부리고 있사옵니다. 관아에서도 무슨 영문인지 이들을 어찌하지 못하고 그냥 두고 보는 상황입니다.

그자들의 등쌀은 차치하고라도 나라에서 이런 못된 자들의 행패를 눈감아주고 이를 바로잡아주지 않으니 법도 소용없는 이 세상이 억울하고 분통해서 백성들이 어찌 살겠습니까? 나리, 본시 주상 전하나 조정은 백성들이 억울한 일을 당하지 않게 보살펴주어야 하는 것 아닙니까? 그런데 지금은 억울한 일을 당해도 하소연할 곳이 없습니다. 이런 조정을 저희들이 어찌 믿고 살 수 있겠습니까?"

축 늘어진 그의 눈가가 촉촉한 눈물로 젖었고, 대복이란 그의 조카도 굵은 눈물을 뚝뚝 흘렸다. 그의 일행들도 눈자위가 붉어졌다. 이이 역시 그의 말에 허탈한 슬픔이 끝없이 밀려왔다. 한참을 지나 우두머리가 옷소매로 눈물을 훔치고는 민망한 기색으로 말했다.

"나리, 초면에 눈물을 보여 송구합니다. 그런데 나리께서는 어찌 식사를 하지 않으시는지요?"

"아, 난 별로 생각이 없소이다."

"포구에서 아녀자에게 음식을 다 내어드리는 것을 쇤네가 보았사옵니다. 지체 높은 나리께 염치는 없지만, 거친 음식이라도 저희에게 주먹밥이 좀 남아 있으니 받아주십시오."

"정말 난 괜찮소."

"나리, 쇤네들끼리 먹기 민망해서 그러니 받아주십쇼."

이이는 자신의 거절에 그들의 마음이 상할까 염려하여 보부상 우두머리가 꺼내준 주먹밥을 받아들었다. 소금간만 한 거친 주먹밥을 한입 베어 물자, 이이의 눈에 눈물이 핑 돌았다. 고통의 눈물로 범벅이 된 민초의 사랑이 가득 담긴 음식은 거칠지만 어느 산해진미보다 꿀맛 같았고, 왠지 위훈 삭제를 위한 전의가 불끈 솟구치는 느낌이었다.

10

 이이는 두모포에서 보부상 일행과 헤어져 곧장 정철을 찾았다. 외조모 상으로 오랜 휴가를 마치고 오는 길이라 조정 분위기도 알아보고, 자신이 발의했던 개혁안도 어찌 되어가는지 알고 싶어, 삼청동 집에 들르지도 않고 바로 정철을 찾은 것이었다. 이이가 들자 정철이 얼싸안았다.

"숙헌, 자네가 없으니 조정이 텅 빈 것 같았네. 정말 오랜만일세. 그런데 행색이 영 말이 아니구먼……."

 정철이 혀를 차며 딱한 눈으로 이이를 쳐다보았다. 이이는 상을 치르면서 침식을 자주 걸러 그나마 붙어 있던 볼살까지 다 빠져 그야말로 피골이 상접한 모습이었다.

"허허, 해골바가지가 따로 없네. 어디 아픈 데는 없는가?"

 이이가 싱긋 웃으며 별일 없다는 듯이 어깨를 으쓱했다.

"집에는 갔다 오는 길인가?"

"아니, 자네한테 먼저 들른 것이네."

"참, 별스럽다. 성질도 급하군, 허허."

"요즘 조정 분위기는 좀 어떤가?"

 정철이 냉소적으로 히죽거렸다.

"자네같이 들쑤시는 친구가 없으니 대궐이 모두 살판나서 태평가를 부르고 있다네!"

"알고 보니 내가 꽤나 시끄러웠던 놈이었구먼."

"이제 알았는가?"

정철과 이이가 같이 박장대소했다.

"전하께서는 어떠하신가?"

"젊은 혈기에 춘정(春情)을 못 이기시는지 방사(房事)에 여념이 없다네."

"나랏일을 그리 열심히 하시면 좋을 터인데 말일세……."

"내 말이 그 말일세."

두 사람이 큰 소리로 다시 웃어 젖혔다. 이이가 정색을 하고 물었다.

"지난번에 내가 올렸던 상소는 지금 어찌 되었나?"

"주상 전하가 일 하기를 싫어하는데, 자네 말이라고 씨알이 먹히겠는가? 매번 자네가 번잡스럽게 일을 만든다고 불만이 많으시네. 전하가 참으로 큰일이네……."

이이가 한숨을 내쉬며 허탈하게 웃었다.

"허허, 그것이 어찌 주상 전하만의 잘못이겠는가? 대신들의 잘못이 더 크네……. 영상이나 주변에 있는 대신들이 일을 벌이는 걸 싫어하니, 전하께서도 자연히 거기에 나쁜 물이 든 것이지. 아직 보령이 적은 주상 전하께서 무엇을 아시겠는가? 혈기는 있을지언정 아직 공고한 큰 뜻이 없으신데 주변에서 그렇게 말하니 일을 벌이지 않고 현실을 보전하는 것이 제일 현명하다고 여기는 고질병이 생기신 게지. 전하의 머릿속에 아무것도 들어 있지 않았던 즉위 초에 우리가 확실히 주상 전하에게 치도를 깨우쳐 드려야 했는데 이것을 제대로 하지 못한 것이 큰 불찰이었네……."

이이가 착잡한 표정을 하고 앉아 있을 때, 정철이 매실로 담근 술을 내어왔다. 이이는 어이가 없어 정철을 흘겼다.

"낮부터 또 술인가?"

"한 잔 술이면 신선이 되는데 속된 세상일로 오랜만에 만난 친구끼리 속 끓일 일이 무언가?"

정철이 눈꼬리를 곱게 찢어 가는 눈웃음을 치며 이이의 큰 잔에다 술을 가득 따라 부었다. 술 한 모금으로 입술을 적신 이이의 안색이 왠지 시무룩해 보였다. 정철이 의아해 물었다.

"왜 무슨 걱정이 있나?"

"……."

술잔을 물끄러미 내려다보며 뜸을 들이던 이이가 말했다.

"내 장래 때문에 고민을 좀 하고 있네."

"조정에 또 회의가 이는가?"

"그렇다네……."

"그렇다고 떠난다는 생각일랑 하지 말게. 자네가 떠나면 나도 조정에 머물 이유가 없어. 영상 이준경을 보게. 자네가 있어 그나마 영상이나 대신들이 젊은 관료들 눈치라도 보고 일을 하는 시늉이라도 내지, 자네가 없으면 전하도 그렇고 대신들이 무서워할 사람이 없네. 이 사람아, 자네가 없으니 매일 우거지상이던 영상 얼굴에 환한 꽃이 피었어! 일개 교리인 자네를 그자들이 얼마나 어려워했으면 자네가 있는 동안에 그 양반들이 숨을 죽였겠는가? 나랏일에 진전이 없어 마음고생이 좀 되더라도 자네가 조정에 있는 것만으로도 의미는 있네. 아무튼 자네가 중심을 잘 잡고 있어야만 하네."

농기(弄氣)를 거둔 정철이 진정성을 담아 차분히 이이에게 당부했지만, 이이는 정철의 말이 귀에 들어오지 않는 눈치였다.

"조정에 머문다 하여도 시사(視事)에 진전이 없고, 조정을 떠나 있어도 시사에 변화가 없다면 굳이 머물 이유야 있겠는가? 임금이 일을 싫어하고 임금의 마음을 얻지 못하는데 시간이 가고 세월이 간다한들 무슨 재주로 일을 한단 말인가? 임금의 마음에 큰 변화가 있다면 모를까, 전하께서 뜻을 세우지 않으시면 아마 천하제일의 기재(奇才)를 가진 제갈공명이 와도 공염불만 하고 말 것이네!"

단정적인 말투로 보아 이이가 이미 마음의 결심을 확고히 한 것 같아 정철은 더 이상 이이의 말에 토를 달지 않았다. 이이는 분명한 것을 좋아하는 성격이라 한 번 작정을 하면 하늘이 두 쪽 나도 멈추지 않는 기질을 갖고 있었다.

임금에 대한 이이의 불신 못지않게, 정철 역시 새 임금에 대해거는 기대는 예전 같지 않았다. 중요한 국사는 원상(院相) 회의에 위임하고 있어 아직 임금이 완전히 친정에 나선 것은 아니었다. 하지만 대비의 섭정이 일 년 만에 끝이 나고 권력을 손에 쥐기 시작하면서부터 임금은 어느 순간부터 알게 모르게 조금씩 변했다.

임금은 원래 숫기가 없고 말이 적은 데다 낯가림도 심했다. 그런데 임금이 권력의 맛에 길들여지면서 고언과 충언으로 직언하는 신진관료들과 좌충우돌하고 있었다. 사춘기 국왕의 자의식 강화와 임금으로서 자신의 정체성을 확보하기 위한 국왕의 몸부림이, 다소 거칠고 세련되지 못한 신진 관료들에 대한 반발을 불러 온 것이었다.

비록 임금이 태생적으로 길들여지지 않은 난폭한 야생마의 기질을 갖고 있었던 것은 아니나, 큰 성장통을 겪고 있는 사춘기 국왕을 조련하는 데는 보다 예민하고 정교한 기술이 필요했다. 왕의 생각을 경청하고 격려를 통해 용기를 불어넣고 위협적이지 않은 부드러운 손길로 마음 여린 그의 불안을 덜어주고 그가 왕으로서 수행해야 하는 일이 곧 왕 자신의 행복이라는 사실을 차근차근 인식시켜야 했다. 여기에는 왕이 스스로 자리에서 떨쳐 일어나 달릴 때까지 끈기 있게 기다려주는 예사롭지 않은 강한 인내와 지혜가 요구되었다. 불행히도 조정 내에서는 누구도 이와 같이 세련된 미덕을 갖추고 임금과 정신적인 교감을 나눌 비범한 이는 없었다. 지혜와 신념, 용기와 열정, 절제와 인내, 관용과 공감의 미덕 가운데, 이 철부지 국왕을 길들이는데 제일 필요한 것은 절제와 인내, 관용과 공감의 미덕이었다.

이이는 지혜와 신념, 용기와 열정, 순수와 진정한 사랑을 갖고 있었지만, 지나치게 격정적이었고 어린 임금의 세계를 공감할 수 있는 능력도, 교감의 기술도 크게 부족했다. 이이 역시 아직은 젊어 유교적 철학으로 단단히 무장된 용맹스런 전사였을 뿐이다.

노회한 이준경은 세련미는 있었으나 미래에 대한 이상(理想)이 없었고 어린 임금의 마음을 공감하기에는 나이 차이가 너무 많아 생각도 굳어 있었다.

아무튼 임금은 귀에 거슬리는 고까운 소리는 멀리하고, 마음의 위안을 주는 즐겁고 아름다운 소리에만 귀를 기울였다. 자연히 직언을 일삼는 신료들은 손가락으로 꼽을 정도로 드물게 되었지만, 이이만은 여전히 굽히지 않고 유일하게 임금에게 직언을 올려 임금의 빈축만 잔뜩 사고 있었다.

11

다음 날 이이는 경연에 참석하기 위해 입궐했다. 오늘은 임금에게 치도의 요체를 설명하기 위한 맹자 강의가 예정되어 있었다.

오랜만에 입궐하는 이이의 눈에는 대궐 안 정경이 이채로웠다. 대궐 안은 화사한 봄빛이 가득했다. 정원은 온갖 꽃의 향기로 넘쳤고, 새들은 천상의 소리같이 평화롭게 지저귀었다. 걸인들이 즐비한 궐 밖 세상과는 다르게 궐 안을 활보하는 사람들은 좋은 옷감으로 몸을 두르고 기름진 얼굴에 계절에 어울리는 화사한 미소를 머금고 있었다.

그는 새삼스럽지 않은 대궐의 익숙한 풍경이 오늘따라 왠지 낯설게만 보였다. 그는 홍문관으로 걸음을 재촉하다 가만히 등을 돌려 뒤돌아보았다. 떡 버티고 서 있는 견고한 대궐의 담장이 마치 오를 수 없는 금기의 성역같이 보였다. 악취와 달콤한 향기, 야위고 갈라진 시꺼먼 얼굴과 혈색 좋은 붉은 얼굴들, 미소를 잃은 무표정한 눈빛과 생기 넘치는 인간 군상들의 모습. 대궐의 담장은 암흑에 빠진 절망의 세계와 눈부신 천상의 세계를 양분하는 듯이 보였다. 한날한시 한 하늘 아래 존재하는 양 집단의 이질적인 모습. 이이는 이것을 모순이라 생각했다.

이이는 포구에서 만났던 아낙과 보부상 무리들의 얘기를 떠올리며, 담장 위에 올라서서 자신이 벌이고 있는 이 아슬아슬하고 위험한 외줄타기의 이유와 명분을 생각했다. 허약해진 그의 걸음걸이는 힘이 없었지만 이이는 어느 때보다 비장한 결의에 차 있었다.

임금은 오랜 휴가 끝에 돌아온 이이를 보고 어안이 벙벙한 표정을 지었다. 그는 휘둥그레진 눈을 깜빡이며 가슴을 앞으로 쑥 내밀어 전에 없이 조심스럽게 말했다.

"경은 어찌하여 몸이 그리 수척하게 되었소?"

"전하의 심려를 끼쳐 송구스럽사옵니다."

"경은 앞으로 조섭(調攝)에 신경을 좀 쓰셔야 하겠소."

임금은 이이의 병약해진 모습이 몹시 신경 쓰여 편치 않았다.

임금은 한동안은 예의를 갖추어 스승을 대하는 제자의 자세로 이이의 강의를 공손히 경청했다. 한 식경이 흐르자 타성에 젖은 임금의 못된 습관이 나왔다. 왕이 멍한 표정으로 시선을 딴 데 두고 있었다. 이이가 맹자를 강의하다 잠시 멈추었다. 이이가 임금을 불렀다.

"주상 전하!"

몸을 뒤척이던 임금이 납덩이를 단 듯이 무겁기만 한 눈꺼풀을 간신히 말아 올리고는 어깨를 펴면서 이이를 계면쩍은 낯으로 내려다보았다. 이이가 임금에게 나지막이 물었다.

"전하, 지금 민생이 매우 곤란해 백성들의 목숨이 위태로운 지경입니다. 또한 기강도 문란해서 미풍이 땅에 떨어지고 재물로 모든 것을 해결하려 드는 해괴한 풍조가 일고 있습니다. 만약 맹자가 와서 전하께 '지금 이 상황을 어떻게 푸시겠습니까?' 하고 묻는다면 전하께서는 어떤 답변을 하시겠습니까?"

"……."

얼굴이 새까만 이이의 우묵한 눈에서 쏟아지는 따가운 눈빛을 느낀 임금이 얼굴을 붉혔다. 임금이 답을 내놓지 못하고 우물쭈물거렸다. 임금은 이이가 묻는 질문의 요지는 알고 있었지만 이에 대해 고민을 깊이 해본 일이 없었다.

이이의 질문은 그날의 강의 내용을 벗어나는 일은 한 번도 없었지만, 이이의 유장한 강의는 엄청난 속도감이 있어 마치 서에 번쩍 동에 번쩍 하는 것만 같아 임금에게는 상당한 집중력이 필요했다. 여색에 취한 임금이 오늘도 졸아 이이가 매를 든 것이었다.

"전하, 제가 여쭈었습니다."

당황한 임금이 이이의 계속된 채근에 마뜩찮은 얼굴을 했다. 눈꼬리를 길게 찢어 쏘아보는 것이, 이이에게 만만치 않은 불만이 있다는 것을 임금은 유감없이 보여주고 있었다. 불현듯 임금의 머릿속에 짚이는 구석이 있었다.

"경이 지금 내게 묻는 것은 일전에 내게 올린 상소를 다시 환기시키고 싶어 하는 것 같은데, 맞소?"

"예, 전하."

임금은 이이의 의중을 확인하자 내심 호기를 잡은 듯이 은근히 미소 지었다. 임금이 차분히 자기 논리를 펴며 이이의 견해와 구상을 반박했다.

"경이 제시한 방안은 아무리 검토해보아도 쉬운 일이 아니오. 경은 문제점이 많은 법을 바꾸자고 하였는데, 법이 어찌 내용에만 문제가 있겠소? 그 법을 잘못 운용하는 사람의 허물도 살펴야 할 것이오.

또 경은 나라 살림이 어려워 경비 지출을 줄이자고 하였소. 하지만 지금의 지출도 줄이고 줄인 것이오. 내 밥상의 찬도 줄였소! 경은 내 밥상을 보셨소?

경은 내가 언론을 막았다고 하는데 지금처럼 마음 놓고 삼사에서 진언을 올린 전례가 있었소?

경은 또한 내가 현명한 신하를 구하지 않았다고 하는데 지금처럼 현자가 넘치는 조정이 어느 시대에 있었소? 현자는 세종 임금 때보다 많으면 많았지 적지 않을 것이오. 그런데도 나랏일에는 진전이 없소. 이것은 연유가 무엇이오? 난 넘치는 사공 때문에 배가 산을 오를까 염려하고 있어요!"

임금은 독기를 품고 이이에게 날을 세웠고, 이이 역시 임금의 공세에 맞서 역공을 폈다.

"전하의 말씀을 잘 들었사오니, 신도 한 말씀을 올리겠습니다.

전하께서는 언로를 개방했다고 하시지만, 거슬리는 얘기에는 호통과 질책으로 신하들의 입을 막았습니다. 자연 신하들은 몸을 사리고 바른 얘기를 올리기 꺼리게 되었습니다.

또 전하의 말씀처럼 실로 조정에는 인재가 많습니다. 그럼에도 일에 진척이 없는 것은 사람만 데려다놓고 그들에게 의견을 구하지 않은 탓이며, 설사 의견을 구하였다고 해도 듣기만 하셨을 뿐 전하께서 뜻을 굳건히 세우고 강한 의지로 사업을 벌여 하나라도 끝까지 성사시키지 않은 때문입니다.

이 나라의 주인은 전하이십니다. 전에도 말씀을 드렸지만, 전하께서 뜻을 세워 일을 하시지 않는다면, 공자나 맹자가 나서서 전하를 도우신다고 해도 아무 소용이 없을 것입니다."

보잘 것 없는 이이의 초라한 체구에서 뿜어져 나오는 차분한 음색에는 남다른 위용이 느껴지는 청청한 기상이 살아 있었다. 임금이 눈살을 크게 찌푸리며 이이를 뚫어져라 쏘아보고 있었다. 임금의 '뱃사공론'과 이이의 '무소신론'이 맞붙은 오늘의 경연장은 그 어느 때보다 살벌해, 전에 없이 팽팽한 긴장감이 흘렀다.

부복한 신료들은 임금의 입에서 어떤 말이 터져 나올지 촉각을 곤두세우고 있었다. 임금은 근래 들어 기가 펄펄 살아 행동거지가 자못 대범해서 신하들은 임금 대하길 매우 조심스러워했다.

귀에 거슬리는 충언으로 임금에게 호되게 경을 친 신료들이 한둘이 아니었고, 임금의 전폭적인 신임을 받고 있는 영상 이준경조차 요즘에는 임금에게 직언하는 걸 내켜하지 않았다.

임금은 감히 자신에게 도전하는 이이가 무척 가소롭게 생각되었다. 임금이 냉소적인 웃음을 머금고는 눈을 삐딱하게 하여 이이를 지그시 보았다.

"경은 모든 것이 나의 허물이라 말하는 것이오?"

임금의 어투는 몹시 건조하고 사무적이었다. 이이가 마음을 가다듬고 임금의 말을 조용히 받았다.

"황공하옵게도 그러하옵니다, 전하. 그러나 전하만의 허물은 아니옵니다, 전하의 허물은 곧 신들의 허물이옵니다. 전하께서 뜻을 바르게 세우도록 잘 이끌지 못한 저희들의 허물이 크오니 이 또한 작은 죄가 아닌 줄 아옵니다.

또 신은 전하를 뵈올 때마다, 전하의 심기를 어지럽히는 말만 늘어놓으니 이 또한 신하로서 지어서는 안 될 큰 죄를 지은 것이라 아니 할 수 없습니다. 전하를 잘 보필하지 못한 신의 죄를 물으시어 저를 벌하시옵소서. 신은 능력이 부족하여 주상 전하를 잘 보필할 자신이 없사옵니다. 신의 몸 역시 병약하여 조정의 대임을 맡을 자신이 없사옵니다. 감히 이 자리에서 바라옵건대, 신이 사직을 요청하오니 시골 서생으로 목숨이라도 보존하여 한평생을 편히 살아갈 수 있게 윤허하여 주시옵소서!"

임금은 이이의 배수진에 아주 기분이 묘했다. 불쾌하고 화가 나면서도 은근히 불안했고 긴장이 됐다. 소름 돋는 서늘한 기운이 임금의 등줄기를 타고 흘러내렸다. 그가 마른 침을 삼켰다. 눈꼬리가 가늘게 떨리고 있었다. 임금은 이이를 사랑하면서 미워했고, 시기하고 질투하면서 그를 자신의 이상적인 인물로 동경하고 흠모했다. 그를 보고 있으면 행복했고 태산준봉 같은 위엄에 경탄하다가 그 위엄에 압도당하는 자신의 모습이 초라해 서글퍼지기도 했다.

이이를 바라보는 임금의 감정은 너무나 미묘하고 복잡해서 일곱 빛깔 무지개보다 다채로웠고, 임금 스스로도 이이에 대한 자신의 복잡한 감정이 대체 어떤 것인지 뚜렷이 알지 못했다. 다만 임금은 이이의 사직 요구가 무척 꺼림칙했다. 그가 빈말을 하지 않는다는 걸 알고 있어서였다.

임금은 이이의 말을 더 이상 듣고 싶지 않았다. 임금이 말했다.

"오늘은 그만 물러가오!"

임금의 짜증스런 어투에는 그에 대한 불만이 잔뜩 묻어 있었다.

"사직을 윤허해 주시옵소서!"

"물러가 있으라고 하지 않소!"

임금은 얼굴을 붉히며 고함을 쳤고, 이이에게 던진 차가운 눈길을 거두었다. 임금이 용상에서 일어나 대전으로 성큼성큼 발걸음을 옮겼다. 임금은 경연장을 나서는 동안 이이를 애써 외면했다. 임금의 용포에서 부복한 이이의 머리 위로 찬바람이 쌩하고 날아왔다.

내관(內官) 이봉정(李鳳禎)이 뚱뚱한 몸을 흔들며 종종걸음으로 임금을 따랐고, 영상 이준경과 좌의정, 우의정이 급히 그 뒤를 이었다. 신료들이 하나둘 자리에서 일어나, 급기야 이이와 정철, 박순, 이산해만 덩그러니 남게 되었다.

박순은 몹시 답답한 표정을 지으며 이이를 다그쳤다.

"숙헌, 자네답지 않게 왜 이렇게 급한가? 차근차근 좀 하시게. 열 가지를 다 얻기는 어려워도, 조금만 포기하면 나머지는 쉬이 얻을 수 있네. 일보 후퇴 이보 전진이라는 말도 있지 않나! 전하의 심기를 어지럽혀 얻을 게 무엇이 있는가? 부탁함세. 제발 전하의 심기를 좀 살피시게!"

이이는 박순의 말에 조용히 고개를 가로저었다. 그는 굶주린 맹수가 포효하듯 가슴에 담긴 생각을 한꺼번에 쏟아냈다.

"우리는 실기를 했습니다. 전하께서 보위에 오르실 때, 그때 우리가 전하를 제대로 가르쳐야 했습니다. 정치, 치도가 무엇인지 아무것도 모르시던, 머릿속이 백지와 같았던 그때에 일을 해야만 했습니다.

3년이란 세월이 흘러 전하께서는 변하셨고, 군왕의 위용에만 의지하여 정치를 하려는 나쁜 습관이 생겼습니다. 일을 하자고 하면 힘들어 하시고, 번잡스럽다고 말하십니다. 이 말들은 원래 전하의 생각이 아니었습니다. 영상을 비롯한 대신들의 생각이었습니다.

전하께서 해야 할 일을 알지 못하면 대신들이 나서서 일깨워 드려야 할 판인데, 중임을 맡은 대신들이 전하의 눈치만 살피고 전하의 심기 보전에만 열심이니 전하의 눈이 멀고 귀가 어두운 것은 당연지사 아니겠습니까?

 시사에 진전이 없는데 풍월이나 읊으면서 쌀이나 축내고 앉아 있는 것은 제 체질에 맞지 않습니다. 나랏일에 작은 희망이라도 가져보려고 몸부림을 치는 것이니 너무 걱정은 마십시오."

 이이는 전의를 다지듯 입을 꼭 다문 고집스런 표정으로 앉아 있었다. 임금의 신경질적인 반응에 당혹감에 싸인 박순, 정철, 이산해와는 달리 이이의 안색에는 일말의 동요의 빛도 없었다. 이이의 말을 가만 듣고 있던 토정 이지함의 조카 이산해 역시 안타까워하며 매우 조심스럽게 말했다.

 "이 공, 내가 하는 말이 외람됐지만, 내 말을 좀 들어 주시오. 이 공의 말씀이 나는 다 옳다고 생각하오. 주상 전하께서 뜻을 세우지 않으면 천하를 구할 신비한 묘책이 나와도 아무 소용이 없을 것이오. 그래서 임금의 마음을 얻는 게 중요하지 않겠소?"

 "날보고 아부를 하란 말이오?"

 "주상전하의 심기를 보전하는 일을 어찌 아부라고만 할 수 있겠소? 난 신하라면 마땅히 주군의 마음을 살펴야 한다고 생각하오.

 주상 전하는 자존심이 무척 강한 분이시오, 아직 나이가 어리시어 미숙한 점이 많소. 비위에 거슬리는 것을 참지 못하시고 신하들에게 호통을 내리고 질책하는 것도 따지고 보면 신하들을 미워해서가 아니라 자존감이 높으신 주상 전하께서 마음의 상처를 쉬이 받기 때문 아니겠소?

 주상전하께서 이 공에게 대하시는 것을 보면 나름대로 이 공을 많이 배려하고 있다고 생각하오. 이 공같이 말하는 이도 없지만, 설사 다른 신하가 그런 말을 한다면 임금을 능멸한 죄로 큰 벌을 면치 못했을 것이오.

 난 이 공이 부디 전하의 마음을 얻는 데 좀 더 신경을 썼으면 좋겠소. 이 공이 전하의 마음을 얻는다면 이 공에게도 이로운 일이지만, 나라에도 큰 이익이 되는 일 아니겠소?"

 이이는 이산해의 얘기를 귀담아듣고 있었지만 안색은 여전히 어두웠다.

 "그대의 말이 옳긴 하나, 떨어진 나라의 사기를 어느 세월에 진작시킬 수 있겠소? 영상이나 여러 대신들이 자리를 지키고 있는 한 시사의 진전은 힘들 것이라 보오."

 이이의 계속된 도리질에 정철은 속이 상하고 화가 나서 벼락같은 고함을 버럭 내질렀다.

 "숙헌, 그렇다고 포기할 순 없지 않은가? 대신들이 언제까지 자리를 보전하고 있겠는가? 나도 요즘 자네가 자네답지 않게 왜 이렇게 마음이 급해졌는지 모르겠어. 속에 천불이 나는 것 같아. 마음의 여유를 좀 갖게. 그리고 자네도 너무 거칠어 이 사람아!"

 정철의 호통에 이이가 허망한 표정으로 크게 웃자, 정철이 커다란 눈을 찡그리며 시큰둥하게 이이를 쩨려보고 있었다.

12

"이 내관!"
"예, 전하!"
"물 한 사발 떠오시게."
"속이 타시옵니까?"
"말해 무엇 하나!"

용안이 붉으락푸르락한 임금은 대전에 돌아온 후에도 화가 풀리지 않아 방 안을 정신없이 헤집고 다녔다. 임금은 얼굴에 난 빨간 여드름을 신경질적으로 쥐어뜯고 있었다.

"대체 이 교리 이놈을 어찌하면 좋을까. 이 무례한 놈을!"

임금은 한 발도 물러서지 않고 자신에게 꼬박꼬박 대꾸하는 이이를 생각하면 할수록 괘씸했다. 마음 같아서는 임금을 능멸한 죄로 곤장이라도 쳐서 혼을 내주고 싶은 생각이 굴뚝같았다.

임금은 환관 이봉정이 가져온 물을 숨도 쉬지 않고 벌컥벌컥 들이켰다.

"전하, 왜 그리 속을 태우시옵니까?"
"지금 내 속이 안 타게 생겼소?"

임금의 눈치를 살피던 이봉정이 임금의 마음을 모른 척 시미치를 뚝 떼고 아주 천연덕스럽게 임금에게 물었다.

"황공하옵니다만, 전하. 이 교리가 마음에 들지 않으시면 그냥 내치시면 되실 것을 어찌 그리 마음에 담아 두고 속을 끓이고 계시는 것이옵니까?"

임금이 한심하다는 눈으로 이봉정을 째려보며 혀를 찼다.

"이 내관, 이 교리만한 인물이 어디 있다고 내쫓는단 말이오?"

"아니, 그러하오시면 이 교리를 중용하시면 되지 않사옵니까?"

"중용하자고 해도 나를 이렇게 무시하는 사람을 어찌 함부로 중용할 수 있겠소?"

"전하, 비록 이 교리가 거칠긴 하여도 모든 것이 전하에 대한 충정에서 나온 것이니 어찌 포용하지 못할 까닭이 있겠사옵니까?"

"임금의 위엄과 체통은 어찌하고?"

임금에게 필요한 것은 위엄과 권위라는 이준경의 말이 임금은 구구절절 옳다고 생각했다. 권위가 서지 않으면 기강이 무너지고 기강이 무너지면 곧 나라가 혼란에 빠진다고 생각했다. 속없는 인간처럼 늘 헤벌쭉한 웃음을 짓고 다니던 환관 이봉정이 무슨 일인지 꽤 심각한 표정을 지었다.

"전하, 제가 한 말씀 올리고자 하온데, 괜찮으시겠사옵니까?"

임금이 고개를 끄덕였다.

"해보시오!"

"황공하옵니다. 전하, 신이 비록 사내구실도 못 하는 내시의 신분이기는 하나 사내의 기상만큼은 갖고 있사옵니다. 무릇 임금의 권위나 체통이 때로는 위력에서 나올 수도 있으나, 대체로 누구나 자발적으로 순종케 하는 아름다운 권위나 체통은 임금이 몸을 낮추고 신하를 포용할 때 나오는 것이라 알고 있사옵니다.

 교리 이이의 거친 언행이 어제오늘의 일이 아니었고 이로 인하여 전하의 심기가 불편하였던 적이 어디 한두 번이었사옵니까? 거슬리는 얘기를 듣는다는 것은 마음 상한 일이기는 하나 신하 입장에서도 거슬리는 얘기를 올리는 것이 쉬운 일은 아니옵니다. 대저 신하가 임금의 비위를 상하지 않으려 달콤한 말만 속삭인다면 듣기는 좋을지 모르나, 전하의 눈과 귀를 멀게 할 가망이 있사옵니다. 전하께서 이 교리를 정녕 내칠 마음이 없으시다면, 이 교리의 충정을 믿으시고 그를 포용하는 것이 옳은 줄 아뢰옵니다.

 또 이 교리가 병약한 이때에 그의 허물에도 불구하고 전하께서 큰 후의(厚意)를 베푸시면 만천하의 아름다운 미덕이 될 것이니, 전하의 성덕을 알리고 위엄을 높이는 데 이보다 좋은 일이 어디 있겠사옵니까? 더군다나 작은 수고를 끼치고 천하의 인심을 얻는 것이니 이보다 큰 이문이 남는 장사가 또한 어디 있겠사옵니까? 전하께서 조정 신료들과 백성들에게 전하의 높은 성덕을 알리기에는 이보다 좋은 때가 없을 것 같사옵니다, 전하!"

 이봉정의 말에 분노로 이글대던 임금의 눈이 반짝였다.

 "허! 서당 개 삼 년이면 풍월을 읊는다는 말이 있더니, 이제는 이 내관이 국사를 보아도 되겠소!"

 임금의 찬사에 메기 같은 이봉종의 입이 헤벌쭉해졌다.

"이 내관, 내가 이 교리를 좋아하는 것을 알고 있소?"

"네, 전하 잘 알고 있사옵니다."

"허면, 자네 눈에는 내가 그를 왜 좋아하는 것 같소?"

"이 교리의 충심 때문 아니겠사옵니까?"

"자네 말도 틀린 것은 아니지만, 난 그가 변함없는 사람이라서 좋소. 내 주변에는 교언영색으로 내 귀를 즐겁게 하는 무리들이 많은 걸 나도 알고 있소. 모두가 덕 좀 보고 싶어 안달을 하는 무리들이지. 내 비록 아직 나이는 어리나, 사람 보는 눈까지 어리석지는 않소. 이 교리는 꾸밈이 없어, 있는 그대로를 말하지. 다만 흠이 있다면 언사가 거친 것이지……."

"참으로 지당하신 말씀이옵니다."

노기가 한풀 꺾인 임금은 신료들에 대해 주절주절 늘어놓았고 이봉정은 불룩한 배를 출렁이며 신나게 맞장구를 쳐서 임금을 치켜세웠다.

임금의 기분이 한창 고양되어 있을 때, 영상 이준경이 대전에 들었다.

"전하 어찌 용안이 밝사옵니다."

이준경은 이 교리의 일로 골이 나서 죽상을 짓고 있던 임금이 걱정이 되어 찾아온 길이었다. 그는 임금이 금방 환한 미소를 짓고 있는 게 몹시 의아했다. 임금은 옹고집이 있어 한번 토라지면 잘 풀리지 않는 사람이었다. 이준경은 용안에 화색이 도는 것이 어쩐지 수상했다.

"이 내관이 내 근심을 싹 풀어주었소."

"무슨 말씀이신지요?"

"이 내관이 신하를 다스리는 데는 벌보다 상이 더 좋다는 깨우침을 나에게 주었소이다. 그래서 말인데, 이이에게 어떤 상을 내리면 좋겠소? 이 교리가 너무 딱할 정도로 말랐어요. 돼지고기 백 근에 쌀 열 섬을 상으로 내렸으면 하는데, 경의 생각은 어떠시오?"

이준경의 얼굴이 일순 굳었다.

"전하께서 신하에게 은혜를 베푸시는 데 무슨 제한이 있겠사옵니까? 전하의 뜻대로 하옵소서. 하오나 외람된 말씀을 하나 꼭 올려야겠사옵니다."

"무슨 말이오?"

임금의 목소리가 퉁명스러웠다. 임금은 이준경이 싸늘한 낯을 하고 자신의 들뜬 기분에 찬물을 끼얹어 마뜩치 않았다. 이준경은 자신의 분명한 의지를 전달하겠다는 자세로 허리를 꼿꼿이 하여 일사천리로 말을 이었다.

"자고로 나라의 일이란 크고 작음을 떠나서 내관들과 상의를 하시는 것은 금물입니다. 가까이 있는 내관이 전하의 성은을 받는 것은 어찌할 수 없는 일이오나, 국사를 논하시는 것은 절대 아니 되옵니다. 진나라는 환관 조고(趙高) 때문에 망하였고, 한나라 영제(靈帝)는 자신이 총애한 십상시(十常侍) 때문에 나라가 몰락하는 고통을 겪었사옵니다. 고려 공민왕(恭愍王)은 환관 최만

생(崔萬生)에게 죽임을 당하지 않았사옵니까? 유사 이래로 환관들 때문에 생긴 우환들이 한둘이 아니었사옵니다. 물론 이 내관이 그렇다는 것은 아니지만, 이런 일이 빈번해지면 나라의 기강이 무너지오니 유념해 주시옵소서."

이준경의 일장 연설에 용안을 수놓았던 환한 미소가 가셨다. 환관 이봉정은 얼굴이 벌개져서 진땀을 흘리며 안절부절 어찌할 바를 몰라 했다.

이준경이 다시 말을 이었다.

"전하. 송구하옵니다만 이 내관에게도 제가 한마디를 해야겠는데, 괜찮으시겠사옵니까?"

임금은 이준경의 기세에 눌려 무어라 대꾸를 못하고, 눈길만 돌린 채 고개만 까딱까딱했다.

이준경이 눈을 부릅뜨고 환관 이봉정을 호되게 나무랐다.

"전하의 앞이라 내 감히 말을 않고 참으려고 하였으나, 그대가 한 짓이 종묘와 사직에 큰 화를 부를 수 있는 위험한 일이라 그냥 어물쩍 넘길 수가 없소. 앞으로는 어떤 일이 있어도 이 내관이 신분을 망각하고 주제 넘는 경거망동을 하여서는 아니 되오. 그대가 한 일은 전하를 돕는 것이 아니라 오히려 전하의 안위를 위태롭게 하는 것이니 깊이 명심하기 바라오. 만약 차후에도 이 같은 일이 생긴다면 내가 절대 용서하지 않을 것이오. 알겠소!"

이준경의 추상같은 호통에 이봉정은 얼이 빠져 오금을 펴지 못했다. 이준경이 대전에서 물러나자, 임금이 대전 밖에서 시위(侍

衛) 중이던 이봉정을 살짝 불렀다. 임금이 빙그레 웃었다.

"이 내관, 영상 때문에 혼 좀 났소?"

"아니옵니다. 전하, 가만 생각하니 소신이 주제를 잊고 건방진 짓을 하였사옵니다. 무례를 용서하소서."

"아니요, 아닙니다. 이 내관이 아주 훌륭한 일을 했소. 영상도 이 내관과 생각이 같더군요. 이 교리에 대해 꼭 같은 말을 했다오, 하하!"

임금은 눈도 깜짝하지 않고 핏대를 세워 임금 앞에서 임금의 시종을 나무라는 이준경의 당찬 기개에 감탄하고 있었다. 젊은 이이와 늙은 이준경은 임금을 떠받치는 반석이 되고 있었다.

이이와 임금

1

 임금이 보위에 오른 지 다섯 해 되던 해였다. 팔월 어느 날 어가(御駕)가 대궐을 나섰다. 임금은 한 달 전 운명한 전 영상 이준경 때문에 속을 끓이다 대신들의 건의로 곤궁한 민생을 시찰하러 직접 순행(巡行)에 나선 것이다. 한발과 해충이 창궐하여 논에 심어 놓은 벼가 모두 누렇게 죽어가고 있었다.
 임금을 태운 어가 행렬은 그 규모가 대단해 자못 볼만했다. 어가의 선두에는 무기와 갑옷으로 무장한 삼백여 명의 군사들이 앞서서 길을 열었고, 그 뒤를 따라 오색찬란한 깃발을 든 의장 행렬의 무리들이 임금의 위용을 과시하고 있었다. 어가 좌우에는 커다란 산(繖)*을 든 무리들과 울긋불긋 아름다운 복색을 한 취타대가 순행에 나선 어가의 위엄을 높여주었고, 어가의 뒤로 왕의

---
*해 가리개.

종친과 삼정승 육조백관이 줄을 지어 따랐으며, 맨 끄트머리에는 다시 수백의 무장한 병사가 어가를 호위해 어가 행렬은 위풍당당하기 그지없었다.

오랜만의 진풍경에 백성들은 어가 주변에 몰려들어 순행에 나선 임금을 향해 연신 땅바닥에 엎드려 절을 올렸고, 임금은 그때마다 휘장을 열고 손을 흔들어 그들의 인사에 화답했다.

대궐을 나선 어가는 흥인지문을 지나 양마장(養馬場)*이 있는 마장리를 거쳐 광나루까지 순행했다. 텅 빈 경창(京倉)**을 둘러보고 되돌아오다 광나루 인근 주정소(晝停所)에 잠시 내려 임금이 영의정 권철, 좌의정 박순, 우의정 노수신과 함께 차를 마셨다.

"전하, 참으로 큰일이옵니다. 들판에 무사한 곡식이 없사옵니다."

순행하는 동안 임금이 일체 말이 없어 궁금증이 일었던 좌의정 박순은 임금의 마음을 슬쩍 떠보려 조심스럽게 말했다. 임금도 느낀 바가 있었는지 침통한 얼굴을 하고 무겁게 말했다.

"내가 덕이 없어 나라가 이리 어려운가 보오."

임금의 자책에 삼정승이 얼른 머리를 조아렸다.

"전하 그런 게 아니옵니다!"

---

*말을 기르는 곳.
**조정의 곡식 창고.

"아니긴요. 그대들이 내게 순행을 나서게 한 것은 내 허물을 돌아보게 하기 위함이 아니었겠소? 나는 아오. 세상의 환란은 임금의 덕이 있고 없음에 따른 것인데, 어찌 나만 예외가 될 수 있겠소?"

주변을 둘러보던 임금의 눈길이 한곳에 머물렀다.

"전하, 무엇을 보고 계시는 것이옵니까?"

영의정 권철이 묻자, 임금이 말했다.

"저 조그마한 병사를 좀 불러주시겠소!"

임금의 부름을 받고 병사가 임금 앞에 부리나케 대령했다. 임금은 병사의 얼굴을 찬찬히 뜯어보았고, 병사는 임금의 위엄에 눌려 부복한 채 몸을 떨고 있었다.

"그대는 올해 나이가 몇인고?"

"……."

병사가 머뭇거리자, 임금이 재촉했다.

"내 너를 혼내기 위해 부른 것이 아니니 말을 하라, 괜찮다!"

여전히 겁을 먹고 있던 병사는 엎드린 채로 고개를 들고 더듬으며 말했다.

"여, 열넷이옵니다."

소년 병사의 앳된 얼굴엔 솜털이 보송보송했다. 어린 병사는 자기 키의 족히 두 배는 되는 창을 양 손에 비스듬히 쥔 채 비지땀을 흘리고 있었다.

"돌아가 있도록 하라!"

임금이 눈을 지그시 감고 있다가 눈물을 흘리며 삼정승을 불러 질책했다.

"경들은 어찌하여 저 어린아이가 나를 시위하게 하여 나로 하여금 인정머리 없는 군주가 되게 하셨소? 내 마음이 정말 아프오! 나를 시위할 조선의 병사가 없어 나 홀로 순행에 나선다 하여도 좋소. 어린아이에게는 어떤 일이 있어도 군역을 서게 하지 마시오! 저 병사는 지금 이 자리에서 당장 집으로 돌려보내시오. 또한 조사하여 어린 나이에 군역을 하고 있는 병사들이 있다면 모두 집으로 돌려보내도록 하시오!"

"성은이 망극하옵니다. 주상 전하!"

삼정승을 비롯한 문무백관과 종친들이 모두 임금의 마음에 감동하여 눈물을 흘렸다.

"전하께서는 참으로 인정이 많으신 분이야……."

"저토록 아름다운 마음을 가지셨으니 어찌 성군이 아니 되시겠는가?"

"만고에 보기 드문 불세출의 성군이 되실 것이네……."

어가 행렬에 동참한 신하들은 저마다 임금에 대한 칭송과 찬사를 한마디씩 덧붙였고, 현실의 고난, 고통, 우울함보다 미래에 대한 벅찬 희망으로 가슴이 부풀어 올랐다. 어가가 되돌아오는 길목마다 어가 행렬을 향해 엎드려 절을 올리는 백성들의 수가 점점 늘어났다. 임금이 어린 병사에게 베푼 은혜가 알려진 탓이었다.

누렇게 타들어가는 들판, 앙상하게 뼈만 남은 백성들의 몰골, 빈 나라의 곳간을 보고 임금은 속이 몹시 상해 있다가, 자신을 열렬히 반기는 백성들의 환영 인파가 늘어나는 것을 보고서는 무척 흡족해했다.

어가 행렬이 흥인지문을 지나 육조 거리를 거쳐 정전의 정문인 광화문을 눈앞에 두고 있을 때 느닷없이 행진을 멈추었다. 임금이 어가의 휘장을 열고 밖을 내다보았다. 선두에서 작은 소란이 이는 것이 보였다. 임금이 대수롭지 않은 표정으로 영의정 권철에게 물었다.

"무슨 일인데 갑자기 행렬이 진행을 멈춘 것이오?"

"전하, 아뢰옵기 황송하오나 궐 앞에서 민가의 우마차가 충돌하는 사고가 일어났사옵니다. 소가 놀라서 광폭하게 날뛰는 데다가 백성이 여럿 다쳐 정리하는데 시간이 조금 걸릴 것 같사옵니다."

"우마차요? 허, 괴이한 일입니다. 궐 앞에서 우마차가 부딪치다니요?"

임금은 권철을 향해 미심쩍은 눈길을 던지며 고개를 갸우뚱거렸다.

"얼마나 많은 우마차가 부딪친 것이오?"

"두 대이옵니다."

임금은 권철의 답이 무척 뜬금없어 보였다.

"아니, 두 대가 부딪쳤을 뿐인데 이렇게 막힌단 말이오?"

"전하, 송구하옵니다만 그러하옵니다."

"난 이해가 되지 않소."

"무슨 말씀이신지······."

"민가는 대궐에서 백 척은 떨어져 있는데, 어찌 우마차 두 대 때문에 길이 막힌단 말이오?"

턱이 네모진 권철이 메기 같은 큰 입을 찢어 싱긋 웃었다.

"전하, 대전의 규정에 의하면 분명 그것이 옳습니다만, 백성들이 오랜 세월 동안 조금씩 궐 가까이 다가와 집을 짓고 살다 보니 이제는 민가와 대궐 사이에 경계가 뚜렷하지 않사옵니다."

권철의 말에 임금은 어이가 없었다. 그는 냉소적인 눈길로 권철을 바라보다 갑자기 살기등등한 노기를 가득 띠며 말했다.

"영상께서 내게 하신 얘기를 지금 말이라고 하는 것이오?"

"무슨 말씀이시온지······."

권철은 임금의 표정이 예사롭지 않아 무슨 사달이 날 것이라 짐작하며 잔뜩 긴장해 몸을 움츠렸다. 근래 임금이 몹시 예민해서 변덕이 죽 끓듯 했다.

"이 나라의 대신으로서 한심하게도 어찌 법을 지키지 않는 백성들을 두고 보기만 하였단 말이오? 나를 눈 뜬 장님으로 만들었으니, 이러고도 영상이라 할 수 있소? 대궐은 임금의 권위를 보여주는 곳이오. 민가가 몰려와 대궐의 영역을 침범하는 것은 임금의 권위에 대한 도전이나 다름이 없는 것이오. 궐에서 백 척 안에 있는 민가들은 하나도 남기지 말고 속히 철거하도록 하시오!

내 지시를 따르지 않으면 영상부터 책임을 엄중히 물을 것이니 그리 아시오."

임금의 으름장에 권철이 곤혹스런 표정을 지었다.

다음 날 좌의정 박순, 우의정 노수신과 같이 모여 회의를 하여도 뾰족한 답이 없었다. '궁성 아래 일백 척 안에는 민가를 짓지 말라'라는 경국대전의 규정은 있으나, 백여 년 전부터 백성들이 하나둘 궁성 인근에 들어와 사는 것을 용인하여, 이 규정은 이미 백 년 전에 용도 폐기된 사문화된 법이나 다름이 없었다.

박순이 고개를 절레절레 흔들었다.

"도대체 전하의 심중을 알 수가 없소. 아침에는 자애롭기가 봄볕 같더니 오후에는 왜 그리 냉정하고 무정하신지……. 허허……."

노수신과 권철도 난감하기는 마찬가지였다. 멀쩡히 잘 살고 있는 백성들의 집을 허문다는 게 도무지 말이 되지 않았기 때문이다.

하지만 임금의 지시는 도성 안에 금방 소문이 퍼졌고, 궁성 인근에 살고 있는 백성들은 마른하늘의 날벼락에 맞아 대성통곡을 하고 있었다. 술렁이는 민심은 민란이라도 날 것같이 들끓었다.

일단 삼정승은 함께 건의를 하기로 하고 대전을 찾았다. 영상 권철이 말했다.

"주상 전하, 지금 중국 사신이 국경을 넘어오고 있사옵니다. 궁성 인근의 민가를 허무는 일로 민심이 흔들리오니 허문다 하여도 중국 사신들이 돌아간 뒤에 하시는 것이 어떻겠사옵니까?"

임금이 싸늘한 표정으로 그를 바라보며 코웃음을 쳤다.

"내가 무어라 하였소? 철거에 나서지 않으면 경에게 먼저 책임을 묻는다 하지 않았소? 내 마음은 변함이 없으니 괜한 시간 낭비 말고 지체 없이 빨리 일을 서두르기나 하시오."

삼정승이 임금의 조롱을 받고 성과 없이 물러나자, 사헌부와 사간원에서 상소를 올려 임금을 설득했다.

"오래도록 터전을 잡고 살아온 백성들의 집을 하루아침에 허무는 것은 백성들의 원성만 살 뿐입니다. 전하께 아무런 실익이 없사오니 일을 중지하셔야만 하옵니다."

양사(兩司)에서 올린 상소를 보더니 임금이 이글대는 눈빛으로 신하들을 쏘아보며 고래고래 고함을 내질렀다. 그의 눈빛은 흡사 굶주린 맹수와 같았다.

"이자들이! 감히 임금의 말을 무시해? 한시도 지체하지 말고 민가를 밀어버려라!"

권철, 박순, 노수신은 요즘 보는 임금의 모습이 왠지 퍽 낯설었다. 지금 임금의 말투와 행동거지가 옛날과는 사뭇 달랐다. 나지막하고 점잖았던 어투가 자못 과격했고, 조심스럽던 걸음걸이는 물 찬 제비같이 날렵했다. 가끔은 혼자 이유 없이 헤벌쭉 웃음을 짓는 것도 이상했고, 근래에는 무슨 일이든 우물쭈물하지 않고 판단과 결정을 신속하게 했다. 삼정승을 비롯한 신하들은 근래 임금이 보이는 이상 징후는 물론이거니와 아침저녁으로 죽 끓듯 변하는 임금의 마음 상태를 몹시 걱정스런 눈으로 보고 있었다. 하지만 정작 임금 자신은 자신의 현 상태에 대해 아주 만족해하고 있었다.

임금은 영험한 약이라도 먹은 듯 힘이 펄펄 났다. 몸은 깃털같이 가벼웠고, 피로를 느끼지 못했으며, 판단력은 자신이 생각하기에도 무척 빨랐다. 말을 듣기 무섭게 머릿속에서는 그 내용이 군더더기 없이 일목요연하게 정리가 되었고, 곧바로 결론에 도달해 결정을 내리는 등 생각과 판단이 전광석화와 같았다. 신하들은 물론이고 임금 자신도 놀라워하고 있었다.

임금은 요즘 자신이 세상의 제일 높은 꼭대기에 서서 발아래 펼쳐진 인간 세계를 바라보는 것만 같았다. 그는 자신이 세상의 이치를 한눈에 훤히 꿰뚫고 있다는 생각을 했다. 임금은 지금 같은 활력만 유지된다면 천하제일의 인재라 불리는 이이를 맞아 상대해도 이길 자신이 있을 성노로 사기가 충천해 있었다.

민가를 허물어버리라고 소리친 임금은 신하들에게도 닥치는 대로 호통을 쳤다. 우의정 노수신과 홍문관 부제학 허엽(許曄)이 임금에게 면박을 당했다. 임금이 야생마같이 날뛰자, 조정 신료들의 입에 임금의 맞수로 고향에서 요양 중인 이이의 이름이 서서히 회자되고 있었다.

2

이듬해 가을, 임금이 박순을 급히 찾았다. 대전(大殿)을 다녀간지 채 이각(二刻)이 지나지 않았는데, 임금이 그를 다시 부른 것이었다. 박순은 영문을 몰라 허겁지겁 대전을 찾아 큰 머리를 조아렸다.

"전하 무슨 일이옵니까?"

"본론부터 얘기하겠소. 내 숙헌을 다시 부르려 하는데 숙헌과 제일 막역한 경이 좀 나서서 이이를 설득해주셔야 하겠소. 내가 숙헌을 보지 못한 지가 너무 오래되었소, 왠지 허전하고 잠이 오지 않소."

이이를 다시 출사시키고 싶다는 임금의 말에 박순의 희뿌옇던 머릿속이 환해졌다. 나랏일에 진전이 없어 이이 못지않게 박순 역시 난감해하고 있던 처지라, 임금의 한마디에 정신이 번쩍 든 것이었다.

이이는 외조모에 이어 참봉(參奉) 벼슬에 올랐던 큰형까지 갑자기 운명한 데다, 칠 개월에 걸쳐 심혈을 기울인 위훈 삭제 운동마저 무산되자, 몸이 극도로 쇠약해져 청주 목사직으로 잠깐 고향을 떠난 것을 제외하고는 조정을 떠난 이태 동안 대부분의 시간을 고향에서 보내고 있었다.

조정을 떠난 사이 이이는 부인 노씨의 권유를 뿌리치지 못하고 후사를 위해 강원도 임영 땅의 김씨와 용인 이씨, 두 사람을 소실로 들였다. 김씨는 과묵하고 눈치가 빨랐으며, 이씨는 몹시 쾌활했다. 새 아내를 맞아 이이는 마음에 드리운 그늘을 한 꺼풀씩 벗겨내고 있었다.

이이는 청주 목사직을 사직하고 향리에 칩거한 지 근 일 년이 넘도록 조정에 그림자도 비치지 않았다. 속이 탄 임금은 장고(長考)를 거듭하다 지난여름에 이이를 홍문관 직제학(直提學)으로 불렀는데, 이이는 병을 핑계로 세 번이나 사직 상소를 올려 그를 곁에 묶어두려던 임금의 뜻이 이뤄지지 못했다.

 이후로도 일절 연락도 없이 이이가 꿈쩍도 않자, 임금은 애가 달아 견딜 수 없었다. 임금에게는 이준경이 죽은 뒤로 자신의 뒤를 든든히 받쳐줄 신하가 절실했다. 기왕이면 허물없이 흉금을 털어놓을 수 있는 속 깊은 신하라면 금상첨화라 생각했다.

 능력이 있으면 기개가 없고, 능력과 기백을 겸비하면 순수함이 크게 모자라고, 기상도 있고 청렴하면 능력이 또 부족하여, 세 박자를 골고루 두루 갖춘 인물이 임금의 눈에는 손에 꼽을 지경이었다.

 임금이 생각하기에 이이는 어느 하나 부속한 것이 없었다. 오히려 넘치는 것이 흠이라면 흠이었다. 학문은 그 깊이를 헤아릴 수 없을 만큼 심오했고, 기백은 역발산기개세(力拔山氣蓋世)를 자랑한 천하장사 항우(項羽)도 울고 갈 정도였으며, 그의 속은 명경지수라 감추고 숨기고 할 것이 없는 사람이었다.

 지난여름 이이를 홍문관 직제학으로 불렀을 때 병을 이유로 떠난 그를 억지로라도 붙잡아두지 못한 것이 임금은 지금 두고두고 후회가 됐다. 임금은 이이가 자신의 구애를 외면하면 할수록, 이이에 대한 연모의 정이 나날이 깊어지고 있었다.

가을이 되자 임금은 이이에 대한 그리움을 더 이상 참지 못하고 그토록 소중히 하던 체통과 위엄도 깡그리 무시한 채 자기 속을 내보이며 박순에게 읍소하게 된 것이었다.

"숙헌은 워낙 고집이 있으니 경이 잘 설득을 해주시오."

"전하께서 직책만 주시고 숙헌이 바라는 일을 하지 않으려 하시면 숙헌은 또 낙향을 할 터인데, 괜찮으시겠습니까?"

박순은 임금의 변덕이 걱정스러워 그의 분명한 의중을 확인하고 싶었다. 박순이 넌지시 의문을 표하자 임금은 진지한 표정으로 시원시원하게 답했다.

"그건 너무 염려 마오. 나도 한번 열심히 해보겠소."

박순은 못을 박듯 몇 차례 더 임금의 단단한 약조를 받아들고 나서야 대전을 나섰다.

박순의 눈에 가을볕 속에 붉게 타고 있는 대전 앞 단풍나무 군락이 눈에 들었다. 박순은 이이의 얼굴을 떠올리며 웃고 있었다. 마음 같아서는 천지가 떠들썩하도록 호탕하게 웃어젖히고 싶었다.

'숙헌, 이제 자네한테 정말 때가 왔네!'

임금은 파주에 있던 이이가 올라오자 자신의 곁에 묶어 둘 요량으로 그를 동부승지(同副承旨)에 임명하고 경연관까지 겸하게 하였다.

임금은 자신이 그리워하던 이이를 막상 경연에서 보게 되자 반가움에 앞서 섭섭한 마음이 물밀듯 밀려왔다.

"경은 물러간 후에 어찌 한 번도 올 생각을 하지 않았소?"

임금의 어투에 이이를 은근히 책망하는 가시가 있었다.

"신이 병이 심한 데다 재주 또한 보잘 것 없어 스스로 생각해보아도 아무 일도 못할 것 같기에, 녹만 축내고 성은을 저버리기보다는 물러나 앉아 차라리 죄를 짓지 않는 게 나을 성싶어 나오지를 못했던 것입니다."

"경의 재주는 세상이 다 아는 것인데, 너무 겸양은 떨지 마오. 이제 다시 물러가는 일이 있어서는 아니 되오."

임금은 이이를 절대 놓아주지 않겠다고 엄포를 놓으며 그에게 따뜻한 시선을 던졌고, 오랜만에 이이가 진행하는 경연에 귀를 크게 열고 그의 말을 기다렸다.

임금의 재가(裁可)로 한 달 전부터 실시 중인 향약이 현실의 난관에 봉착해 뿌리를 내리기는커녕 혼란에 빠져 고사 위기에 처했다는 것을 알고 이이가 임금에게 조언했다.

"향약이란 삼대(三代)의 법으로 세상 백성을 바르게 하는 것입니다. 전하께서 이를 행하라 명하셨으니 참으로 큰 경사입니다. 주의할 것은 모든 일에는 본말이 있으니, 전하께서 먼저 모범을 보이셔야 합니다. 전하의 모범이 조정에 전파되어 대신들이 바르게 되고 대신이 바르게 되면 백성 또한 이를 따르고자 하는 마음이 절로 생길 것입니다. 만약 솔선수범하지 않고 먼저 백성들부터 바르게 하고자 한다면 이는 본말이 전도된 것이라 아니할 수 없습니다. 그러하오니 전하께서 먼저 마음을 바르게 하여 체득하신 바를 행하시게 된다면 천하 만민이 모두 기뻐하며 이를 따를 것입니다."

이이가 말을 마치자 홍문관 정자(正字) 김우옹(金宇顒)이 덧붙여 임금에게 건의했다.

"지금 전하께서 몸소 행하시는 것이 극진하지 못하면 아무리 향약을 행해도 백성을 감화시켜 좋은 풍속을 이루지 못할 것입니다. 이를 생각해 전하께서는 모름지기 덕업을 쌓도록 하셔야 합니다."

향약 때문에 조선 팔도가 큰 혼란을 겪고 있어, 이이와 김우옹 두 사람이 혼란 수습책의 하나로 임금에게 모범을 보이는 자세를 요구한 것인데, 임금은 이들의 요구에 불편한 심기를 감추지 않고 몹시 언짢은 표정을 지었다.

본시 향약은 임금의 뜻이 아니었다. 신료들의 성화에 못 이겨 부득불 실시하게 된 것인데, 여론에 떠밀려 사전 준비 없이 졸속으로 진행하다 보니 금방 큰 물의를 일으켰다. 향약은 좋은 세상을 만들기 위한 주민 자치 규약이었지만 향약이 실시되자 지방 수령에게 그 권한을 위임받은 토호들이 향약의 규약을 멋대로 해석해 양민들에게 노역을 시키고 눈에 거슬리는 양민들은 잡아다 폭행을 가하는 등 폐해가 자못 심각했다. 양민들의 반발이 거셌고 크고 작은 소요가 팔도에서 잇달았다. 지방 관아는 이로 인한 송사로 눈 코 뜰 새 없이 바빴다.

향약 중단을 요구하는 상소가 각지에서 빗발쳐 임금을 난처하게 했다. 왕명으로 실시한 향약을 갑자기 중단하자니 조정의 권위와 체통이 땅에 떨어질 게 뻔했고, 계속 추진하자니 백성들의 반발이 불을 보듯 하여, 임금은 이러지도 저러지도 못하는 난감한 입장에 놓여 있었다.

향약을 실시하면 당장 태평시대가 열릴 것처럼 호들갑을 떨며 임금을 몰아세우던 허엽(許曄)이나 신진 사림 인사들은 예기치 않았던 문제 상황이 벌어지자 수습 방안은 내놓지 못하고 원칙론만 고수하며 어물쩍 한발 뒤로 물러나 앉는 것이었다. 향약 실시를 강력히 주장했던 허엽의 변명은 이러했다.

"본시 새로운 제도를 시행함에 있어서는 어느 정도 혼란은 불가피합니다. 이치로 보자면 큰일을 위해 작은 것이 희생되는 것입니다. 일부 백성들의 일이야 마음이 아프지만 시간이 어느 정도 흐르면 자연 안정이 될 것이라 생각되옵니다. 흔들리지 마시고 꾸준히 밀고 나가셔야 하옵니다."

백성들의 형편은 목구멍이 포도청이었다. 입에 풀칠만 할 수 있다면 거칠 것이 없는 게 백성들의 처지인데, 신료들은 백성들의 성난 마음을 끌어안을 실효성 있는 민생 구제 방안은 내놓지 못하고 번지르르한 수사로 문제를 포장하는 허언만 일삼았다.

임금은 이들을 각주구검만 일삼는 아주 어리석은 자들이라 비웃었다. 나아가 임금이 이들에게 더 화가 났던 것은, 일은 자신들이 벌여 놓고 어수선한 그 뒷감당은 임금에게 돌리는 이들의 얌체 짓에 넌더리가 난 때문이었다. 신료들에 대한 불신이 깊은 임금은 틈만 나면 이렇게 한탄했다.

"조정에는 현인이 많이 모여 있고 경연에서는 앞 다투어 큰소리를 내며 새로운 제도를 실시하기 좋아하니 분명 나라가 잘 되어야 할 것인데, 큰소리의 효력은 티끌만치도 없고 간신들이 권력을 잡은 때보다 나라 사정이 더 못하니, 이를 짐은 도저히 이해할 수가 없다."

임금이 이이를 조정에 불러들인 이유 가운데 하나는 기존 신하들에 대한 깊은 불신이 큰 몫을 차지하고 있었다. 이이와 김우옹 두 사람은 향약 실시를 요구한 당사자는 아니었지만, 어쨌든 이들이 내놓은 혼란의 수습책이 자신의 솔선수범이다 보니 임금이 기분이 썩 좋지 않았다.

임금이 양미간을 찌푸렸다. 그의 눈에 졸음에 겨워 게슴츠레한 눈을 하고 있는 허엽이 비쳤다. 허엽은 병을 핑계로 삼 일 만에 조정에 나온 참이었다. 그를 바라보는 임금의 눈길이 예사롭지 않았다. 그에 대한 원망을 담은 눈이 이글댔다. 임금은 갑자기 화가 머리끝까지 불쑥 치솟았다. 이이와 눈이 마주치지 않았다면 허엽에게 고함을 칠 뻔하였다. 임금은 시뻘게진 용안을 간신히 수습하고 나서, 이이와 김우옹 두 사람의 요구에 볼멘소리로 응수했다.

"경들의 말이 참으로 지당하오. 나 역시 아직은 준비가 충분치 못한 것 같아 경솔하게 시작하지 않았던 것인데, 여러 신하들의 건의가 그치지 않아 부득이 신하들의 의견을 따른 것뿐이오."

곤란한 일을 당하면 임금은 여전히 부인, 변명, 책임 전가에 여념이 없었다. 이이는 젊은 임금의 옹색한 자기변명에 쓴웃음이 절로 나왔다. 임금 역시 자신의 변명이 민망하여 낯이 화끈거리고 있었다. 여느 때 같았으면 이이의 입에서 따가운 질책이 임금에게 불같이 쏟아질 것이었다. 임금이 다소 긴장하고 있다가 이이가 아무런 내색을 않자 스스로 멋쩍은 웃음을 지었다.

기왕에 다시 출사에 나선 길이라, 이이는 구태여 자잘한 시비거리에 정력을 낭비하고 싶지 않았다. 임금이 건성건성 일하는 모습은 새삼스런 일이 아니었다. 이이는 웬만한 일은 눈을 감고 견디면서 작은 물방울이 댓돌을 뚫는 심정으로 오래도록 임금에게 정성을 기울여보자고 다짐하고 있었다.

임금은 이이를 동부승지에서 두 달 만에 다시 우부승지(右副承旨)로 초고속 승진을 시켰고, 임금은 삼정승보다 이이를 더 자주 불러 담소를 나누었다. 일각에서는 승지 신분의 이이가 조정의 대임(大任)을 맡은 삼정승보다 힘이 세다는 말이 나올 정도로 이이에 대한 임금의 관심과 애정은 각별했다. 이 때문에 이이를 시샘하는 무리들이 하나둘 생겨나고 있었다.

임금은 이이를 곁에 두고 조석으로 담소를 즐겼다. 하지만 임금은 이이를 지적 유희의 상대로 삼았을 뿐 그의 건의를 채용하는 일은 별로 없었다. 그럼에도 이이가 여느 때와 달리 임금에게 큰 까탈을 부리지 않고 조정에 그냥 남아 있자 사람들이 들썩거렸다.

"이이가 좀 변한 것 같아?"

"사람이 별것 있나? 권력의 맛을 알면 다 변하는 것이지."

"그래도 그렇지. 혼자 고상한 척하더니, 참 실망이네……."

"실망이랄 게 있나? 원래 그랬을지도 모르는데. 우리가 속은 것일 수도 있네."

정월이 되기도 전에 이이를 비난하는 별의별 소문이 세상을 헤집고 다녔다. 이이를 둘러싼 소문은 이이 본인은 물론이고 파주에 있던 성혼의 귀에까지 흘러들어 갔다.

성혼은 이 소문을 듣자마자 자기 몸이 더럽혀진 듯이 몹시 불쾌하고 속이 상했다. 그는 다음 날 곧바로 아픈 몸을 이끌고 한양으로 올라왔다. 그는 귀봉 송익필과 같이 대사동 이이의 집을 찾았다. 성혼은 할 수만 있다면 이이를 당장 파주로 끌고 내려가고 싶었다.

"숙헌, 유학자라면 마땅히 임금의 마음을 바로잡는 데 힘을 써야 하지만 마음을 돌릴 수 없으면 속히 물러나는 게 마땅하네! 두 달이나 머물고도 일에 진척이 없는데 무슨 영광을 보겠다고 이런 욕을 당하고도 그만두지 못하는가?"

성혼은 임금의 마음을 돌리기에 두 달이라는 기간이 충분하다고 생각하지는 않았다. 허나 이이의 이름이 세간의 조롱거리가 되는 건 친구를 사랑하는 그에게 견딜 수 없는 치욕이었다. 아름답지 못한 이야기의 주인공이 되어 회자되는 것은 창창한 이이의 장래에 두고두고 부담이 될 것만 같았다. 성혼은 여론이 너무 나빠 웬만하면 이번만큼은 이이가 양보해 세간의 관심에서 벗어나 있는 것이 좋겠다고 판단한 것이었다. 당장 조정에 뚜렷한 현안이 있는 것도 아니었다. 기근, 빈곤, 재변의 문제는 이미 오래된 일이고 이이가 조정에 몸담는다고 해서 나아질 가망이 있는 것도 아니었다.

"그만두고 내려가세!"

성혼이 눈을 부릅뜨고 이이의 결단을 촉구할 때, 송익필이 한마디 거들었다.

"숙헌, 유자(儒者)들이 자네를 많이 의심하고 있어 참 걱정이네……."

"그런 건 마음에 담아둘 필요가 없네. 부는 바람이란 언젠가 잦아들게 마련이지……."

이이가 무심한 표정으로 고개를 천천히 가로젓자, 송익필이 근심을 떨치지 못하고 말했다.

"우리가 그걸 몰라서 하는 소리가 아니잖은가? 지금 제일 문제가 되고 있는 건 전하께서 일할 마음도 없이 자네에 대한 사랑만 너무 크다는 걸세!"

"귀봉의 말이 맞네. 지금은 전하의 사랑이 너무 큰 것이 문제네. 못난 사람들의 질투쯤이야 무시한다고 해도, 전하의 극진한 사랑을 받고도 시사(時事)의 진전을 이루지 못한다면 조정에 머물며 괜한 시비를 낳아 오해를 키울 필요는 없지 않은가? 자네가 오명을 쓸 이유가 없네!"

성혼과 송익필까지 나서서 눈에 불을 켜고 사직을 권하자 이이는 몹시 곤혹스러웠다. 성혼과 송익필 같은 명망가조차 이상한 세태의 기류에 휘말린 것 같아 이이는 무척 속이 상했다.

이이가 한숨을 내쉬며 쓸쓸히 웃었다.

"정권을 잡은 정승들도 두어 달 만에는 일의 진척을 기대할 수 없네. 하물며 내가 그런 직위에 있지도 않은데 임금의 사랑을 받는다고 해서 말만 올린다고 사업이 되기야 하겠는가? 그건 진짜 무리네. 내가 귀봉같이 신출귀몰한 사람도 아니고…….

나도 고민이 없지는 않네. 물러나면 임금의 마음을 돌릴 수 없음이 걱정이고 머물고자 하여도 내 말을 채용하지 않으니 답답하다네. 하지만 겨우 두 달을 지내고 거취를 말하는 것은 너무 급하지 않을까 생각하네, 요즘 시류도 나는 큰 문제라 여기네……."

이이는 자신을 둘러싸고 일어나는 질투와 시기, 음해와 같은 일련의 문제에 대해 우려했고, 동시에 유학자들 사이에 들불같이 번지고 있는 선명성 위주의 경직된 사고를 은근히 꼬집었다.

최근 유학자들 사이에는 시시비비와 지나친 선명 경쟁에 몰두하는 완고한 태도가 유행했다. 모든 문제를 선과 악이라는 이분법적인 사고에 기반을 두고 다루었고, 자신들이 추구하는 가치와 조금이라도 다른 것은 덮어 두고 악으로 치부하는 경향이 뚜렷했다.

대결과 갈등을 조장하는 젊은 유학자들의 완고한 태도로 인해 인간의 삶을 풍요롭게 만들어야 할 철학 본연의 정신이 훼손되고 있어 일각에서는 우려가 깊었다. 이이 역시 철학은 인간의 삶을 살찌우고 복되게 하는 수단이었지, 철학 자체가 목적이나 목표는 아니었다.

출사한 지 이 개월도 지나지 않은 마당에 자신의 변절을 의심하고 사직을 요구하는 젊은 유학자들의 경박한 행동을 이이는 깊이 염려했다.

"요즘 시류가 너무 급한 것 같네. 생각과 뜻이 다르다고 해서 모두 나쁜 것이라 여기고 배척을 한다면 어찌 화합을 이루어낼 수 있겠는가? 시류에 영합하면 여론의 찬사를 받고 몸은 편히 보전할 수 있으나, 나는 그게 정도가 아니라면 그 길은 가지 않을 것이네.

아무튼 내 걱정을 해주니 고맙긴 하네만, 난 오히려 지금의 이 경박한 세태가 더 걱정이네. 비겁한 변절자 소리를 수 천 수 만 번 듣는다 한들 어떠한가? 전하의 마음을 움직일 수 있다면 난 그런 오명을 뒤집어쓰는 것쯤은 겁나지 않네. 이 조선 백성을 위해 그 까짓 비난은 훈장으로 여길 수도 있네!"

성혼과 송익필은 이이를 만류하러 왔다가 그의 의기에 밀려 오히려 설복을 당하고 돌아갔지만 두 사람의 안색은 여전히 어둡고 그들의 발걸음은 무거웠다. 그들의 머리 위로 하얀 눈이 펑펑 쏟아지고 있었다.

"숙헌의 의기는 가상하나, 어찌 홀로 세상을 감당하려 하는지……."

성혼의 넋두리에 송익필이 수심 깊은 낯을 하고 한숨을 내쉬었다.

3

 지난해 전격적으로 실시된 향약의 부작용에다 한발, 기근, 황사, 지진 같은 재해까지 겹쳐 성난 민심이 격동했다. 여론은 백성을 돌보지 않는 무심한 조선 조정에 대해 하늘이 준엄한 경고를 내린 것이라 생각했다.

 놀란 임금은 흐트러진 민심을 수습할 목적으로 신하들의 건의를 급히 받아들여 초야에 묻힌 토정 이지함, 김천일(金千鎰), 정인홍(鄭仁弘) 같은 명망가들을 발굴하여 등용했다. 하지만 조정은 소수의 명망가만 발굴했을 뿐 성난 민심을 잠재울 실효성 있는 별다른 방안을 내놓지 못하고 허둥거렸고, 여론은 몹시 소란스러웠다. 임금은 팔도에서 올라오는, 매일 긴박한 상황을 전하는 장계(狀啓)를 보는 것이 이젠 겁이 났다. 임금 노릇 하는 것도 넌더리가 나서, 마음 같아서는 가시방석 같은 보위를 내놓고 평범한 백면서생의 삶을 살고도 싶었다.

 임금은 향약을 중도에 포기해야 할지 말아야 할지 나날이 고민이 깊어갔다. 조정의 여론은 추진해야 한다는 것이 대세였지만, 각 지방의 사정이 모두 녹록지 않았다.

 "전하, 우상 대감께서 드셨사옵니다!"
 "들라 하라!"
 "전하, 우의정 노수신이옵니다!"

우상 노수신이 임금에게 예를 갖추어 절을 올리고 있었지만, 임금은 고개를 들지 않은 채 시선을 화폭 위에 두고 손에 든 붓을 계속 놀렸다. 임금이 눈길을 주지 않고 그림만 그리고 있자, 노수신은 아연 긴장했다. 임금의 침묵은 자신에 대한 불편한 감정을 말하고 있다는 걸 노수신은 알고 있었다.

그는 숨을 죽인 채 말 없이 임금이 그림 그리는 모습을 가만 지켜보기만 했다. 임금의 길쭉하게 쭉 뻗은 손이 춤을 출 때마다 붓 끝에서 대가 쑥쑥 자라났고, 그윽한 향기를 내뿜는 난초가 청초한 자태를 드러내며 우뚝 솟아났다. 임금의 붓끝에서 새로운 생명이 탄생하는 장면을 노수신은 보고 있었다. 여느 때 같았으면 노수신은 화선의 경지에 이른 임금의 그림 실력에 감탄하며 입에 침이 마르도록 찬사를 구구절절 늘어놓았을 것이었다. 하지만 그는 웬일인지 입을 다문 굳은 표정으로 바라보고만 있었다.

임금이 한참 만에 붓을 놓고 고개를 늘었다.

"향약 문제에 대한 대책은 어떻게 마련하였습니까?"

마뜩찮은 표정을 한 임금의 목소리가 갈라지고 건조했다.

"염치없게도 뚜렷한 계책을 얻지는 못하였사옵니다."

임금의 인상이 잔뜩 흐려졌다.

"내가 이 문제에 대해 널리 의견을 구한 것이 언제입니까? 하루가 되었습니까? 이틀이 되었습니까? 벌써 보름이 흘렀어요. 이 향약 때문에 지방에서는 소요가 나고 중단을 요구하는 상소가 빗발치고 있어요. 무슨 대책을 내놓아야 할 것 아닙니까?"

"지금 민심이 소란한 것이 어찌 향약 때문만이겠사옵니까? 나라에 재변이 끊이지 않아 생긴 일이오니, 재용(財用)이 넉넉하면 모를까 지금 당장은 실효성 있는 대책을 내놓기는 어려운 일인 줄 아옵니다."

"내가 우상 대감에게 아니 듣느니만 못한 이런 구차한 말을 듣자고 하는 것은 아니지 않소? 우상마저 손을 놓고 있으면 대체 어찌하자는 게요?"

노수신의 태도가 분명치 않아 임금이 화를 벌컥 냈다. 임금의 거친 음성과 노기 어린 눈길에 노수신은 잔뜩 주눅이 들어 대꾸를 못하고 민망함에 얼굴만 붉혔다.

노수신은 임금의 지시로 육조의 문무백관 및 삼사의 관원들과 함께 향약 문제를 논의하고 오는 길이었다. 임금을 대신해 주재한 비상대책회의에서 노수신은 이미 홍역을 치르고 온 터라 고민이 깊었다. 현실적인 여건이나 논리로 보자면 향약을 일시 중지하자는 이이의 견해가 옳았지만 허엽을 비롯하여 향약 실시를 강행하자는 신료들은 수적으로 훨씬 우세하여 노수신의 입장에서는 의견을 모으기가 지난했다. 이이의 견해를 지지하다가는 자신의 정치적 입지가 좁아질 것이 뻔해 노수신은 이 문제에 있어서만큼은 비켜나 있고 싶었다.

임금은 영상 권철이나 좌상 박순에 비해 당파색이 없는 우의정 노수신에게 이 비상 회의를 주재시킨 이유도 그가 한쪽으로 편중되지 않고 객관적인 의견을 취합할 수 있을 것이란 기대 때문이었다. 이것이 노수신에게는 큰 부담이었다. 노수신은 십구 년이나 유배 생활을 했던 사람이라 논란이나 갈등의 중심에 서는 것을 극히 싫어했다. 그가 부복한 채로 고개를 깊이 숙여 임금에게 사죄했다.

"전하께서 구언(求言)을 하신 지 오래이나 실로 신묘한 계책이 나오지 않아 신 또한 몸 둘 바를 모르겠사옵니다. 향약을 두고도 의견이 엇갈리고 있는데도 이 또한 제가 뚜렷한 결론을 내지 못하고 있습니다. 신이 우유부단하고 무능한 탓이오니 신이 물러가 늙은 몸이나 보전하며 살게 하여 주시옵소서······."

노수신이 소매 안에서 봉투 하나를 꺼내어 임금 앞에 내밀었다.

"이게 무엇이오?"

"신이 지금 사직하고자 하오니 윤허하여 주시옵소서! 전하의 큰 은혜를 입고도 신이 나이가 많고 몸이 좋지 않아 감히 중임을 감당할 수가 없사옵니다.

다만 사직을 청하면서 간청을 드리는 것이 하나 있사옵니다. 향약에 대한 조정의 중론은 그대로 실시하자는 것이 대세이옵니다. 허엽, 유성룡, 이산해 등은 실시를 주장하고 있고 우부승지 이이를 비롯한 좌상 박순, 정철 등은 연기를 요구하고 있사옵니다.

신이 낼 수 있는 당장의 묘책은 없사오나 우부승지 이이가 청주 목사 시절 향약을 직접 실시해본 경험이 있사오니 그를 불러 의견을 구하시면 어쩌면 도움이 될 수도 있지 않을까 생각되옵니다."

노수신을 바라보는 임금의 눈길이 못마땅했다. 임금은 눈을 길게 찢어서 비웃음 가득한 눈으로 그를 노려보고 있었다.

"우상께서는 지금 나라꼴이 천 갈래 만 갈래로 찢겨나가는 지경인데, 이런 때에 사퇴를 하시겠다니 대체 무슨 생각이시오?"

"……."

임금이 보신에만 신경 쓰는 노수신을 노골적으로 비꼬았다.

"정히 원하시면 내 사직을 허락하겠소, 귀한 몸이나 잘 돌보시구려……."

노수신은 임금의 싸늘한 질책에 고개를 들지 못했다. 임금이 자신의 사직 상소를 마치 기다리고 있기나 했던 것처럼 선뜻 수용하자, 그는 몹시 무안했다. 일반 관료들도 사직을 하려면 세 번은 사직 상소를 올린 후에나 임금의 윤허를 받는 게 관례였다. 하물며 우의정이라는 위치에 있는 자라면 사직 상소 한 장으로 사의를 덜컥 수용한 전례가 없었다. 낯이 벌겋게 단 노수신이 다리를 후들거리며 물러가자 임금이 중얼거렸다.

"우상은 참으로 오래 살 양반이구먼!"

4

보위에 오른 지 일곱 해가 되자, 임금도 이제는 소년의 티를 완전히 벗고 늠름한 제왕의 풍모를 갖추었다. 일자형의 짙은 눈썹과 하관이 넓고 각진 턱이 강한 인상을 풍겼고, 수북한 검은 수염과 떡 벌어진 어깨를 보고 있노라면 웬만한 장수 못지않은 위용을 느끼게 했다.

하지만 위풍당당한 외관과는 달리 임금은 계절을 많이 탔다. 가을이 오면 임금은 말이 없어지고 눈물을 흘렸다. 깊은 고독의 심연에 빠져들었고 스스로 우울의 형틀에 자신을 가둔 채 버둥거렸다. 꽃의 향기가 벌떼를 유혹하는 봄이 오면 반대로 말이 많아지고 모든 감정이 예민해졌다. 정신 기능이 왕성해지고 넘치는 의욕은 태산이라도 옮겨놓을 기세였다. 때로는 폭풍우가 몰아치듯 아주 격정적으로 변해 굶주린 맹수같이 사나워지곤 하였다.

신하들이 종잡을 수 없어 처신에 애를 먹곤 하였던 임금의 성격은, 변덕스럽다기보다는 정체를 알 수 없는 어떤 힘에 의해 어느 날 갑자기 돌변하는 특별한 구석이 있었다. 임금 본인도 이를 매우 곤혹스러워하곤 했다.

임금이 보통 이 같은 감정의 변화를 겪게 되면 짧게는 한 달, 길게는 서너 달은 갔다. 자연 임금의 이 같은 특이한 감정 변화 때문에 임금 본인 뿐 아니라 신료들도 임금과 정사를 논의함에 있어 어려움이 무척 컸다.

지금은 우수와 경칩을 지나 봄의 길목에 와 있었다. 우상 노수신의 사의가 즉각적으로 수용됨이 알려지자, 임금의 화가 어디로 불똥을 튀길지 몰라 조정 신료들은 잔뜩 겁을 집어 먹고 몸을 사렸다. 구언에 나선 임금에게 책을 잡힐까 두려워하여 연일 줄을 잇던 상소까지 연기같이 홀연히 자취를 감추었다.

신료들이 대전에 들기를 꺼려 할 때에 우부승지 이이가 이른 시간에 임금에게 알현을 청하여 대전에 들었다.

"조반은 드시고 오시었소?"

"예, 전하."

"그런데 어찌 숙헌의 안색이 까칠한 것이 좋지 않아 보이오? 또 무슨 걱정이 있는 게요?"

임금은 이이가 노수신의 일을 가지고 대전에 들었을 것이란 짐작을 하고 넌지시 이이의 의중을 떠본 것이었다. 이이가 까닭 없이 알현을 청한 일이 없었던 탓이다.

따뜻한 음색이나 부드러운 안색으로 보아 임금의 기분이 크게 나빠 보이지 않았다. 이이는 소매 안에서 봉서를 하나 꺼내어 임금에게 바쳤다. 임금이 봉서를 집어 들고 이이에게 물었다.

"이게 무엇이오?"

"전하께서 어지러운 나랏일로 신하들에게 구언에 나서신 지 오래 되었으나 신의 능력이 부족하여 미처 올리지 못하고 있다가 이제야 겨우 정리를 하여 올리게 되었사옵니다."

우부승지 이이가 임금에게 올린 상소는 이른바 일만 천육백 자로 구성된 「만언봉사(萬言封事)」였다.

임금이 봉투를 열어 찬찬히 읽어 보았다. 대강의 내용은 반드시 개선되어야 할 나라의 폐단을 적시하고, 재변을 구할 방법을 담고 있었으며, 임금이 덕을 닦는 공부의 방법까지 세세하게 정리한 것이었다. 특히 임금의 눈길을 끈 것은 조선의 세정(稅政), 국방, 지방 행정의 문제점을 낱낱이 밝히고 그에 대한 해법을 담은 부분이었다.

임금은 이같이 방대한 내용을 담은 상소문을 일찍이 접한 적이 없었다. 상소문을 읽어 내려가는 임금의 눈이 휘둥그렇게 변했다. 임금은 어둠 속에서 희망의 빛을 만난 듯, 온갖 잡생각이 뒤엉켜 뒤범벅이 되어 있던 머릿속이 환해지는, 전율과 희열을 느꼈다. 동시에 임금은 큰 부담도 느꼈다. 이이의 구상을 과연 실현할 수 있을지 의문이 들기도 하였다.

"이것은 그야말로 나라의 틀을 완전히 뜯어고치자는 얘기인데, 너무 구상이 큰 것은 아니오?"

"아니옵니다, 주상 전하. 비록 그 틀이 방대하다고는 하나 이 중 어느 것 하나 손을 대지 않고서는 나라가 안정을 찾을 수 없을 뿐더러 앞으로 이 나라가 문화를 꽃피우고 부강한 나라가 되기 위해서는 반드시 고쳐야 할 것들이라 생각하고 있습니다. 이 안에는 당장 실행하여야 할 것도 있고 장기적인 계획 아래 차근차근 준비해야 할 것도 있사옵니다. 사람이 뜻을 높이 세우고 꾸준히 노력한다면 이루지 못할 것이 어디 있겠사옵니까?"

"아무튼 좋소. 그런데 경은 언제부터 나라를 혁신하는 일에 관심이 많았소? 세정이나 국방의 문제까지 정밀하게 다루지 않은 것이 없으니 참으로 놀랍소!"

"출사한 이래로 틈틈이 공부하고 다듬은 것들이긴 하나 아직 내용이 미흡하옵니다."

"경은 스스로를 너무 낮추지 마오. 겸양도 지나치면 교만이 되는 법이오. 내가 지금까지 많은 상소를 받아보았지만 내 일찍이 이 같은 상소를 본 일이 없소. 나는 우부승지가 있어 참으로 마음이 든든하오. 나는 경의 충심을 느낄 수가 있어 좋소이다."

임금이 이이를 보고 환히 웃었고 이이도 희미한 웃음을 띠었다.

"그런데, 내가 이 상소를 자세히 다시 읽어보기는 하겠으나 경이 말하고 싶은 이 상소의 핵심은 무엇이오?"

"아뢰옵기 황송하오나, 신이 올린 상소내용을 요약하자면 정귀이시(政貴以時), 사요무실(事要務實)이라는 두 가지 말로 집약할 수 있습니다.

나라가 힘들어지는 것은 대체로 정치가 때를 놓치기 때문인데, 정치가 때를 놓치는 가장 큰 이유는 너무 지나치게 여론을 좇아 정치를 하는 나쁜 습성 탓입니다. 여론이란 매우 간사하여 눈앞에 닥친 당장의 이익에 휘둘리는 경향이 있습니다. 당장 몸이 편안하면 좋은 여론이 일고, 불편하면 나쁜 여론이 일게 마련인데, 이를 너무 의식해서 해야 할 일을 하지 못하면 후일에 큰 화를 부르게 됩니다.

군왕이 좋은 소리를 듣고자 한다면 당장의 몸은 편안할 수 있을 것이나, 백성들의 후일은 기약하기 어려운 지경에 빠져들 것입니다. 군왕은 시끄러운 것을 두려워 말아야 하고, 비난에 마음

아파해서는 안 되옵니다. 군왕의 자리라는 것이 본래 외롭고 고독한 자리입니다. 세상에 이보다 더 고독한 자리는 없사옵니다. 이치가 이러하니 군왕의 옆에는 허심탄회하게 말을 나눌 수 있는 믿을 수 있는 신하 몇몇이 꼭 있어야만 합니다. 이를 유념해 주소서.

또한 일을 할 때 실질에 힘을 쏟지 않고 명예만 숭상하여 허장성세를 좇다가는 빈약한 국고마저 거덜을 내어 종국에는 온 백성이 집을 잃고 거리를 떠돌게 되는 참상을 피할 수 없을 것입니다. 전하께서 허를 버리고 실을 추구하노라면 언젠가 만백성들이 전하의 성덕을 크게 입을 날이 반드시 올 것이옵니다."

임금은 서른아홉의 나이에 이이가 이미 나라의 모든 흐름을 속속들이 꿰고 있는 데다, 그의 현실인식이 여간 깊이가 있는 게 아니어서 놀라울 뿐이었다. 임금은 이이의 명성이 역시 허명이 아님을 인정하며, 그를 자신의 영원한 동반자로 삼고 싶었다.

끊임없는 재변과 향약 문제로 속을 끓이던 임금이 오랜만에 흡족한 미소를 지었다.

"상소의 내용이 아주 좋소. 요순시대 신민(臣民)들의 뜻을 보는 것 같고 의논이 정말 훌륭하오. 과거 어떤 이가 이보다 더 좋은 내용을 말할 수 있었겠으며, 숙헌과 같은 신하가 있으니 어찌 나라가 잘 되지 않을 수 있겠소? 그대의 충성스런 마음은 진실로 아름답게 여기니 내 깊이 새겨둘 것이오. 다만 일을 경장(更張)하자고 하는 것이 많으니 어느 날 갑자기 다 바꿀 수는 없을 일 아니겠소? 이 상소를 여러 대신들에게 보여 상의하여 처리할 생각이오."

임금은 내관을 불러 이이의 상소를 승정원에 내리도록 한 후 이를 필사하게 하여 여러 신하들에게 회람시키도록 명하였다. 이이가 용안을 살피다가 나지막이 입을 열었다.

"전하, 청이 하나 있사옵니다."

"말해보시오."

"전하께서 일전에 우상 대감의 체직을 윤허한 일이 있사옵니다만, 이를 거두어주시옵소서!"

임금은 이이의 입에서 노수신의 신병 문제가 언젠가는 나올 것이라 예상하고 있어서 크게 놀라지는 않았다. 임금은 신하들이 자신에게 겁을 먹고 노수신의 신상 문제를 직접 거론하는 걸 기피하는 것을 알고 있었다. 만약 노수신의 신병 처리에 대해 거론할 겁 없는 인사가 있다면 바로 우부승지 이이일 것이라 생각했다. 임금이 정색을 하고 물었다.

"이유가 무엇이오?"

"지금 모든 신하들이 전하를 두려워하는 것을 영명(英明)하신 전하께서 모르고 계시지는 않을 것이옵니다."

임금이 담담한 어조로 말했다.

"알고 있소."

"알고 계시는데 어찌하여 전하께서는 우상의 사의를 단번에 수용하시는 것이옵니까? 세 번을 상소하여 사직을 허락하는 조정의 법도는 임금이 신하를 중히 여긴다는 깊은 뜻을 담고 있는 것입니다. 일반 신하들도 세 번의 사직 상소를 올려 겨우 윤허를 받는데, 한 번의 사직 상소만으로 대신의 위치에 있는 사람에게 체직을 명하시니, 전하에 대한 신료들의 두려움이 나날이 커지고 있사옵니다.

 더군다나 우상은 크게 잘하고 있는 것은 없지만, 그렇다고 하여 큰 허물이 있는 것도 아니옵니다. 이 일로 인해 부자지간처럼 친밀해야만 할 군신의 거리가 소원해지고, 신하들은 두려움에 말문을 닫고 있으니, 이것이 어찌 노수신 한 사람의 문제에 국한된 일이겠습니까? 부디 전하께서 성덕을 베푸시어 사직을 윤허하신 것을 거두어들여 만천하에 신하들에 대한 전하의 뜨거운 사랑을 보여주시고 얼어붙은 언로를 녹일 온기를 불어넣어 주시옵소서!"

 이이의 진정이 통했는지 임금이 싱긋 웃었다.

 "사실 나도 우상이 보신에만 혈안이 된 것 같아 화가 나서 체직을 명하긴 했으나, 늘 마음에 걸리던 참이었소. 그런데 처녀가 혼자 시집을 갈 수도 없고 총각이 혼자 장가를 들 수도 없는 일 아니오? 누군가 나에게 체직의 명을 거두어달라고 진언을 올릴 줄 알았는데, 자기 한 몸 살리겠다고 아무도 말하는 이가 없으니 나 역시 난감했소. 신료들이 참 괘씸하기 이를 데 없었는데, 경이 정말 때를 맞추어 잘 찾아와 내 답답한 속을 풀어주셨소!"

 "주상 전하, 성은이 망극하옵니다!"

이이는 전혀 예상치 못한 임금의 갑작스런 반응에 감격해 눈시울을 붉혔다.

"우는 것이오?"

"아니옵니다······."

이이가 목이 메어 말을 잇지 못하고 있자 임금이 명주 수건을 건넸다

"전하, 황공하옵니다."

이이가 눈물을 훔치고 마음을 추스르며 자세를 고쳐 앉자, 임금이 이이를 물끄러미 바라보며 물었다.

"우상은 향약 문제를 경과 상의해보라고 말했는데, 경의 의견은 어떠시오? 정말 향약을 도중에 그만두어도 좋겠소? 난 도저히 자신이 없소. 나라에서 내린 영(令)을 몇 달도 지나지 않아서 다시 거두어들인다면 내 체통이 뭐가 되겠소? 또 앞으로 조정에서 내리는 영의 위신이 서지 않을 것 같아 차마 향약 실시를 중단하자는 말을 하기가 어렵소. 경이 좋은 의견이 있으면 말해주시오."

임금이 눈살을 찌푸리며 몹시 곤혹스러운 표정을 짓고 있었다. 임금에게는 지금 실시중인 향약의 철회 여부가 최대의 난제였다. 자신의 의지와 상관없이 실시한 향약이었지만, 임금은 그 파장이 이렇게 깊고 크게 나타날 줄은 미처 예상하지 못했던 것이다.

"전하, 신의 소견은 향약을 포기하자는 뜻이 아니옵니다. 실시

할 형편이 될 때까지 일시 연기를 하자는 것이니, 전하와 조정의 체통과 권위에 누가 될 것이 무엇이 있겠사옵니까?

 정치는 무릇 어려운 민생을 보살피고 삶을 따뜻하게 하는 것인데, 궁핍한 민생 여건을 감안하지 않고 조정의 권위와 체통 때문에 향약 실시를 억지로 밀어붙이는 것이야말로, 정치가 그 본뜻을 잃어버린 어리석은 처사라 아니할 수 없사옵니다. 향약을 폐지한다면 모를까, 일시 중단하는 문제로 인하여 나라가 소요스럽고 소란을 일으키는 무리가 있다면 그야말로 허장성세만 좇는 소인배들이오니 마음에 담아 두실 필요가 없사옵니다.

 지금 당장 필요한 것은 굶주린 백성들을 배불리는 양민(養民)에 있사옵니다. 백성을 기를 것은 먼저 하시고 가르치는 일은 그 뒤에 해도 늦지 않습니다. 백성들의 생활은 어느 때보다 어렵습니다. 이 폐단을 개선하여 백성들의 삶이 나아진 다음에야 예의를 가르치는 것이 옳다 여깁니다. 비유를 하자면 속이 좋지 않아 죽도 못 삼키는 사람에게 아무리 좋다하여도 쌀밥과 고기를 잔뜩 갖다 주면 먹을 수나 있겠습니까? 여건이 성숙해질 때까지 일시 중단하는 것이 옳은 줄 아옵니다."

 "정말 괜찮겠소?"

 "전하, 그러하옵니다!"

 임금은 여전히 마음이 불안하여 이이에게 확신을 얻고 싶어 했다. 임금이 애절하고 간절한 눈빛으로 이이를 바라보며 다시 물었다.

"괜찮겠소?"

"전하, 심려 놓으시옵소서. 만백성을 위한 큰 결단이니 조선 백성이 모두 환영할 것이옵니다."

임금은 몇 번이나 이이의 확답을 구한 후에야 향약 실시를 전면 중단했다.

이이와 임금의 독대로 노수신이 우상 자리에 복귀하고, 향약 실시가 전면 연기 되는 등 조정의 큰일들이 새로운 방향으로 진행되자, 삼정승 위에 승지가 있다는 소문이 파다했다. 정삼품 당상관 이이가 임금의 절대적 신임을 바탕으로 조선 조정의 실력자로 부상하자 이이에 대한 질시와 견제가 전에 없이 노골화되었다.

5

이이의 정치적 부상에 따른 역풍이 거셌다. 향약 실시에 팔을 걷어붙이고 힘차게 몰아붙였던 홍문관 부제학 허엽이 눈에 불을 켜고 콧김을 불며 승정원에 찾아와 이이를 닦아세웠다.

"어째서 주상 전하께 향약을 중지하라 권했소?"

"먹고 입는 것이 넉넉해야 예의도 차릴 수 있는 것이니, 굶주리고 추위로 고생하는 백성들에게 억지로 예의를 가르칠 수는 없는 노릇 아닙니까?"

허엽이 허리춤에 손을 짚고 홀쭉한 배를 앞으로 쑥 내밀면서 눈꼬리를 치켜세운 채 한심하다는 듯이 혀를 찼다.

"부제학께서는 민생이 암만 곤란해도 향약만 실시하면 백성을 교화시켜 좋은 풍속을 이루어내고 정치가 태평해질 것이라 여깁니까?"

"당연히 그렇소!"

눈을 부릅뜬 허엽이 큰 소리로 대꾸했다.

이이가 씁쓸한 표정을 지으며 허엽에게 되물었다.

"부제학께서는 향약으로 집안을 다스리고 있습니까?"

"주상의 명령이 없으니 못하고 있소!"

"부제학의 집안을 다스리는데 임금의 명령을 기다릴 필요가 있습니까?"

허엽은 자신의 말에 꼬박꼬박 대꾸하는 이이를 가소롭다는 듯이 노려보았다.

"주상 전하의 신임만 믿고 까불다가는 언젠가 경을 칠 것이오. 몸조심하시오!"

홍문관 부제학 허엽은 연배가 비슷하고 동문수학한 노수신이 우상의 자리에 있는데 비해, 자신은 아직도 정삼품 당상관 신세를 면치 못하고 있어 늘 불만이 많았다.

자신이 의욕적으로 추진했던 일이 무산되자, 허엽의 쭈글쭈글한 늙은 세포 안에 탱글탱글 들어차 있던 그 모든 화가 순식간에 이이에게 전가되었다. 그는 길길이 날뛰며 이이에 대한 험담을 늘어놓았다.

"새파란 놈이 함부로 주둥이를 놀려 싸가지 없이 어른이 한 일을 틀어막았어! 그놈은 임금만 믿고 안하무인으로 어른한테 목을 쳐들고 핏대를 세우는 아주 버르장머리 없는 놈이야! 이준경이 그놈을 욕했던 이유를 알겠어. 경박하기 이를 데 없는 아주 시건방진 놈이야! 그런 놈이 현인이라니? 허참, 소가 웃을 일이야!"

완고한 이상주의자들인 젊은 사림들도 허명과 허세에 물든 채 허엽의 성토에 야합하여 이이가 개혁의 큰 물길을 가로막았다고 비난의 화살을 날렸다. 이를 기화로 하여 결국 신진 사림 간에 내분이 일게 되었는데. 이 내분은 향약 실시 중단 때문이라기보다는 다분히 임금의 총애를 받는 이이에 대한 시기와 질투 탓이었다. 흔히 파주 시골 촌놈이라 불리던 이이는 체구가 작은 데다 마르고 얼굴이 까매 볼품이 없어 허우대가 좋은 한양 출신의 신진 인사들에게 은근히 놀림을 받고 있었다. 행색이 남루한 파주 촌뜨기가 권력의 정상에 올라 거칠 것 없이 내달리자, 권력에서 소외된 용렬한 무리들의 질투와 시샘이 지글지글 끓었던 것이다.

이이가 너무 앞서나자, 비교적 허물없이 지냈던 유성룡, 이산해와 같이 명망 있는 인사들까지 언제부터인지 이이와 일정한 거리를 두기 시작했고, 그들 사이에는 전과는 다른 서먹서먹하고 건조한 공기가 맴돌고 있었다. 반면 박순, 정철, 윤두수, 김계휘(金繼輝), 김우옹, 이후백(李後白) 같은 여러 인물들이 여전히 이이의 든든한 지원군 역할을 자임하고 있었다. 이이에 대한 임금의 일방적인 총애가 도화선이 되어 신진 사림 간의 균열과 반목은 점차 심화되고 있었다.

어느덧 계절은 가을의 문턱을 넘고 있었다. 스산한 가을바람 속에 조석으로 귀뚜라미 울음이 시끄러웠다. 이이는 조정에 다시 나온 지 벌써 열 달이 흐르도록 몸과 마음만 하릴없이 바빴을 뿐 보람을 느낄 만한 소득이 없자 몹시 울적하였다.

오늘도 이이는 두모포의 주막을 찾아 정철과 술잔을 기울이며 쓸쓸한 마음을 달래고 있었다. 취기가 오른 정철이 큰 눈을 껌뻑이며 말했다.

"숙헌, 시 한 수 들어보겠는가?"

"해보시게."

정철이 눈을 감고 신선같이 천천히 시를 읊었다.

고독을 떨치기 어려워 혼자 누각에 기대니
마음속 온갖 상념 일어 수심을 견딜 수 없네
달 밝은 오랜 대궐에 향기의 연기 그치니
바람 찬 성긴 숲에 야설(夜雪)만 수북하네
내 몸은 사마상여(司馬相如)*처럼 병이 많고
마음은 송옥(宋玉)**같이 슬픈 가을을 괴로워하네
을씨년스런 정원에 사람 소리 들리지 않고

---

*한경제(漢景帝)·한무제(漢武帝) 시절의 문인.
**굴원의 제자로 전국시대 초나라의 시인.

구름 밖 종소리만 유유히 들려오네

시를 읊고 난 정철이 싱긋 웃으며 물었다.
"느낌이 어떤가?"
"어떻긴? 청승스럽기 짝이 없네……."
이이는 정철의 시가 마뜩치 않아 눈을 새치름하게 하고 그를 흘겼다.
정철이 껄껄 소리 내어 웃었다.
"이건 내 시가 아니고 전하께서 지은 시네."
"무어라!"
이이가 깜짝 놀라 눈을 동그랗게 뜨고 물었다.
"사실인가?"
정철이 쓸쓸히 웃으며 말없이 고개를 끄덕였다. 이이가 이맛살을 찌푸리며 탄식했다.
"전하께서는 어찌 이리도 마음을 잡지 못하시는 것인지, 참으로 딱한 노릇이네. 마음을 터놓을 심복이 없지도 않으신데……."
이이는 자신조차 임금의 마음을 위무하는 데 아무런 힘이 되지 못한다는 사실이 무척 속상했고, 임금의 마음에도 없는 개혁을 하자고 채근하는 자신의 처지가 서글펐다.
임금은 정사는 뒷전인 채 여색에만 골몰해 잔병치레를 늘 달고 살았고, 또 여가가 나면 시작(詩作)에 몰두해 정국은 주인을 잃고 정처 없이 표류하고 있었다.

동료들의 질투와 시기, 대신들의 견제는 무시한다 해도, 자신이 유일하게 의지하는 임금까지 정사에 흥미를 잃고 문란한 생활에 빠져들자 이이는 실낱같은 희망도 보이지 않는 암울함에 숨이 막힐 지경이 되었다. 마음 같아서는 한달음에 임금에게 달려가 읍소를 하든지 닦달을 하여 담판을 짓든지 하고 싶었다.

 하지만 임금이 시퍼런 우울의 바다를 헤매고 있을 때는 어느 누구의 얘기도 귀담아듣지 않았다. 임금은 사소한 말에도 깊은 내상을 입고 몹시 침울해졌기 때문에 이 시점에 임금에게 듣기 거북한 얘기를 꺼내는 건 긁어 부스럼을 만드는 일이었다.

 이이가 술잔에 술을 철철 넘치도록 가득 부어 햣술을 벌컥벌컥 들이켰다.

 "숙헌, 몸도 좋지 않은데 왜 그리 급히 마시는가!"

 "가슴이 답답해서 터질 것 같네……."

 "내가 괜히 말을 꺼냈구먼."

 "자네가 굳이 전하의 시를 들먹이지 않았어도 요즘 마음이 편치 않네. 주상 전하의 사랑이 고맙기는 하지만, 말만 좋게 하지 내가 정작 줄기차게 요구한 개혁안은 채용한 것이 하나도 없네. 전하께서 내가 올린 상소를 필사하여 회람시킬 때만 하여도 일말의 희망은 있었는데, 이제는 정말 희망이 보이지 않아. 전하께서 나를 귀히 여긴다 해도 시사에 일보의 진전도 없으니 전하의 사랑이 무슨 의미가 있는가? 그저 빛 좋은 개살구일 뿐이네……."

 이이가 수심 가득한 얼굴을 하고 몹시 자조적인 쓴웃음을 지었다. 그가 술병을 집어 들자 정철이 그것을 낚아채 이이의 잔에다 술을 부었다.

"계함이 오늘은 술 인심이 야박하네, 어찌 반절만 따랐는가?"

"조정 일로 그만 속을 끓이고 천천히 마시게. 이러다 생목숨 잡겠어. 자네 얼굴이나 한 번 살펴보게. 제수씨가 자네 걱정을 많이 하네……."

이이는 승지의 부름을 받아 출사한 후로 얼마간 회복되었던 건강이 다시 나빠지고 있었다. 임금을 지근에서 보좌하는 승정원 업무라는 것은 하루 종일 신경을 곤두세워야 하는 긴장의 연속이어서 적절한 체력 안배가 필요했지만, 파주 일벌레라는 별칭이 붙은 이이는 일욕심이 지나치게 많아 화를 자초하고 있었다.

가을 들어 이이는 부쩍 어지러움과 피로를 많이 느꼈다. 잦은 술자리와 불규칙한 침식으로 거의 다 나아가던 건강이 다시 악화되어 가벼운 황달 기미까지 다시 보여 온 식구가 애를 끓이고 있었다.

6

"주상 전하! 오늘날 기강의 해이함과 민생의 곤궁함은 주상께서 잘 아실 겁니다. 제가 진정으로 근심하는 것은 주상께서 일을 위임할 마음이 없으시고, 조정의 높은 신하들은 몸을 바칠 생각 없이 일의 형세를 관망만 하고 있고, 품계가 낮은 관리들은 건의하는 것이 많으나 대개는 과격하거나 크게 쓸모가 있는 것이 아니어서 의견만 분분한 상황입니다.

국세(國勢)가 나날이 쇠약해져 가고 있는 마당이라 윗사람의 허물과 착오를 바로잡고 아랫사람들의 경망과 나태함을 경각시키는 간관(諫官)의 일이 어느 때보다 중요합니다. 재주와 도량이 있고 지식이 깊고 사려가 밝지 않으면 이 일을 감당할 수 없으니, 신과 같이 병약하고 허물 많은 사람이 감당할 자리가 못됩니다."

이이가 건강을 이유로 우부승지을 사직하고 떠나려 하자, 임금이 이이에게 사간원의 장관인 대사간직을 제수하며 이이를 붙들었다. 이이와 임금 사이에 팽팽한 줄다리기가 벌어졌다.

이이는 기력이 쇠한 자신의 건강 문제도 있었지만 사간원이 갖는 정치적 상징과 그 의미를 생각하면 가볍게 결정할 사안이 아니었다. 사간원은 왕의 정치적 행위에 대한 간쟁과 논박을 담당하는 곳이었다. 자칫 임금과 충돌하여 큰 갈등을 빚을 수 있는 위치라 결코 녹록한 자리가 아니었다.

임금은 이이의 사퇴 요구에 일절 응하지 않았고 대사간직 취임만을 강요해, 이이가 재차 임금에게 상소를 올렸다.

"신이 직을 감당하지 못하겠다는 것은 거짓이 아니라 진정입니다. 신이 전후 사정을 가리지 않고 신의 마음속에 품은 바를 모두 아뢰려 한다면 전하의 마음에 들지 않을 것이 분명하고, 최근의 잘못된 풍속을 따라 작은 허물이나 들추고 다른 이의 지난날 해묵은 악행이나 집어내어 일하는 시늉을 하는 것도 도리가 아닙니다. 암만 생각해도 제가 맡아야 할 타당한 이유가 없습니다. 직을 갈아주십시오."

이이가 아무리 상소를 올려도 임금은 요지부동 뜻을 꺾지 않았다.

이이의 주변에서도 그의 대사간직을 두고 여러 의견이 있었다. 박순은 부정적이었고 정철은 적극 지지하는 입장이었다. 박순은 이이의 꼬장꼬장한 성품이 임금과 마찰을 일으킬까 우려한 것이었고, 정철은 개혁의 호기라며 이이가 당연히 선봉장으로서 총대가 되어야 한다는 입장이었다. 소식을 들은 성혼은 불에 뛰어드는 불나방같이 무모한 일이라고 적극 만류했고, 토정 이지함은 어려움도 좋은 경험이니 굳이 피할 필요가 없다고 했다.

이이에게 제수된 대사간직은 이이와 인사권자인 임금 두 사람 사이의 문제로 한정할 단순한 사안은 아니었다. 정철의 말마따나 이이가 신진 세력의 선봉이었기 때문에 이이의 진퇴 여부에 따라 신진 사림의 명운이 달라질 여지가 매우 컸다.

이이나 주변 지인들의 깊은 고민에도 불구하고, 임금이 뜻을 철회하지 않는 한 이이로서는 선택의 여지도, 퇴로도 없었다. 결국 이이는 여러 날을 고민한 끝에 임금의 뜻을 수용하여 전장에 나서는 장수의 심정으로 비장한 출사의 변을 던졌다.

"신이 직무를 맡은 뒤에 말이 시세에 맞지 않거나 계책에 실효가 없으면 물러나 쉬기를 명하시든 파직을 시켜 조정을 욕되지 않게 하여주십시오."

젊은 임금은 이이의 비장한 심정을 아는지 모르는지 그저 이이가 대사간직을 수용하였다는 사실만으로도 마음이 흡족해 용안에 춘풍이 일고 있었다.

7

삼월의 이른 봄, 공기는 겨울의 냉기를 아직도 머금고 있었지만 꽃망울은 앞을 다투며 사방에서 터졌다. 겨울이 가면 봄이 오는 것이 자연의 이치였다. 이이의 대사간직 취임을 앞두고 일었던 기대, 우려, 시샘이 교차한 조정의 묘한 흥분이 어떻게 결말을 맺을지 조야가 촉각을 곤두세우고 있었다.

춘색이 무르익어 꽃향기가 흩날리던 어느 날 사간원에 제보가 날아들었다. 수일 전 의영고(義盈庫)*의 황랍 오백 근을 대궐 안으로 들이라는 임금의 지시에 큰 문제가 있다는 익명의 투서였다. 임금이 불사를 일으키기 위해 황랍을 들였다는 제보자의 말에 사간원이 발칵 뒤집혔다. 익명이라 그 누가 무슨 의도로 이 같은 제보를 하였는지 알 수도 없고, 그 제보 내용의 사실 여부도 명확하지 않았으나, 제보를 받은 이상 일단은 그 내용의 진위를 밝히지 않을 수 없었다.

급제한 지 채 한 해가 되지 않아 의기가 살아 있고 괄괄한 데다가 선이 분명한 젊은 정언(正言)** 이발(李潑)이 특히 흥분했다.

---

*조선 시대 궁중에서 사용하는 기름, 꿀, 황랍(黃蠟), 소물(素物), 후추 등의 물품을 관장하던 관청.
**정육품의 사간원 관원.

"이 나라는 유교를 국시로 하고 있습니다. 더군다나 명종 임금 때에 요승 보우가 어떤 짓을 하였는지 조선의 신민이 모두 알고 있습니다. 그런데 어찌하여 전하께서 이런 생각을 하실 수가 있습니까?"

"아직은 내용이 정확한 것은 아니니 너무 흥분하지는 마시오. 전하께서는 유학을 숭상하시는 분인데, 설마 그런 일이야 있겠소?"

이이는 제보 내용에 회의적인 시각을 갖고 있어 흥분하는 정언과 헌납(獻納)*에게 입단속을 시켰으나, 소문이 돌고 돌아서 임금의 귀에까지 들어갔다. 소문을 듣고도 임금의 특별한 해명이 없자, 아니 땐 굴뚝에 연기 나랴는 인간의 묘한 심리가 불을 지펴 삽시간에 소문은 진실이 되어 온 장안을 시끄럽게 누비고 다녔다.

소문이 거대한 소용돌이를 일으키자, 정철과 박순도 좀 걱정스런 눈길을 하고 이이에게 물어왔다.

"어찌 된 일인가?"

"나도 아직은 잘 모르겠소."

상황이 이쯤 되어서야 기연가미연가하며 사태를 관망하던 이이도 소문의 실체에 대한 심증적인 의혹을 품었다. 소문이 소문으로 끝나 사라진다 해도 진실이 규명되지 않는 한 임금에게 득

---

*정오품 사간원 관원.

이 될 것이 없었고, 이것이 사실이라면 문제는 몹시 심각했다. 향약을 비롯해 이제 막 유학의 도의 정치를 실현하기 위한 정책이 진행되고 있는 마당에 임금이 불사에 관심을 갖는 것은 미약하나마 어렵게 진척시켜온 지금까지의 개혁을 부정하는 모순에 빠지는 격이었다. 부패한 권력에 야합해 나라를 만신창이로 만들었던 중 보우의 일이 아직 십 년도 채 되지 않았다.

의영고의 물건은 임금의 사유재산이나 다름없다는 점 때문에 간관 사이에 임금에 대한 간언을 앞두고 가벼운 진통을 겪었다. 논의 결과 간언을 올려야 한다는 쪽으로 대체의 중지를 모았다. 사유재산이라 해도 간관의 임무란 공사를 떠나 국왕의 허물을 바로잡아야 한다는 대의 때문이었다.

이발이 말했다.

"황랍을 들이라는 전하의 명은 있었지만 아직 물건이 대궐로 들어오지 않았습니다. 들어가면 일이 커지니 지금 당장 진언을 하는 것이 좋겠습니다."

이발의 제안에 모두 흔쾌히 동의하여, 대사간 이이가 중심이 되어 임금에게 아뢰었다.

"전하, 황랍은 어디에 쓰려 하십니까? 쓸 곳이 정당하다면 무방하지만 의도가 떳떳하지 않고 부당한 것이라면 그만두는 것이 옳습니다. 그만둘 수 없다 해도 남용해서는 안 되는 것이오니, 깊이 생각하시어 사용할 곳이 합당하다면 전하의 의도를 밝게 하시어 세간의 의혹을 풀어주시고, 밝힐 수 없으시다면 황랍을 들이란 명을 거두어주십시오."

임금이 간관들의 말에 기막히다는 표정을 지었다. 임금이 눈꼬리를 치켜들고 일갈했다.

"대궐에서 사용하는 물건은 아랫사람이 알 바 아닐 것인데, 감히 의혹을 품고 말을 늘어놓다니 이 무슨 해괴한 짓인가?"

신료들의 진언에 격분한 임금의 양미간이 씰룩거렸다. 그는 모욕감을 견딜 수 없어 한동안 몸을 부르르 떨었다. 임금은 자신의 개인 소유 물건을 사용하는 것까지 간섭하는 신료들의 행동을 무례히 여기며 몹시 괘씸해했다.

임금의 호통에 이이를 비롯한 사간원의 관원들이 일제히 물러갔다가, 의영고의 황랍이 이미 대궐에 반입되었다는 소식을 듣고 서둘러 임금을 다시 알현하고 아뢰었다.

임금과 사간원 관원 사이에 일진일퇴하는 공방이 이어지면서, 임금의 가슴에 꾹꾹 눌러 담겨 있던 분노가 급기야 시뻘건 불길을 내뿜으며 폭발했다. 임금은 신하들이 자신을 경시 한다고 생각했다. 젊은 임금은 굴욕감에 치를 떨었다. 임금의 눈이 맹수같이 이글댔다. 이이는 야수 같은 임금의 눈빛을 처음 보았다.

이이가 걱정이 되어 임금을 위무하듯 조용히 말을 올렸다.

"전하, 왜 그리 노여워하시는 것이옵니까?"

"경은 몰라서 묻는 것이오? 의영고의 물건은 내가 판단해서 쓸 뿐 신하들이 간여할 바가 아니지 않소? 옛날에 양나라 무제(武帝)가 입이 써서 꿀을 찾았다가 얻지 못했다고 하더니 내가 꼭 그

꼴이오! 일이 어찌 이 지경에 왔소!"

임금은 자신의 복심(腹心)이라 여기는 이이 앞이라 애써 흥분을 감추며 얘기했지만, 그의 가슴은 이이의 숨통을 당장 끊어 갈기갈기 찢고 싶은 살기 어린 적개심으로 타오르고 있었다.

임금은 신하들에게 공박을 당하고 있는 자기 처지를 비관하며, 자신을 중국 남북조 시대에 강남에 양나라를 건국한 후 신하 후경(後景)에게 죽임을 당한 양무제에 비유했다. 이는 자신을 공박하는 이이를 비롯한 신하들이 최소한의 인간적 예의와 도리도 모르는 후안무치한 후경과 같은 인물이라 비난한 것이다.

임금의 말에 이이를 비롯한 관원들은 모두 대경실색하여 읍소했다.

"전하, 감히 저희가 어찌 그런 망령된 생각을 하겠사옵니까? 통촉해주시옵소서!"

신하들에게 임금의 반응은 뜻밖이었다. 이싱하리만큼 격렬한 임금의 반응에 이이를 비롯한 신하들은 몹시 놀라고 있었다. 양나라의 후경을 자신들에게 비유하고 나선 것에 대해서는 참담한 비애까지 느꼈다.

예상하지 못한 임금의 분노 앞에 황랍에 대한 신하들의 의혹은 점차 높아갔고, 신하들에 대한 임금의 불신도 차차 깊어갔다. 이이를 비롯한 간원들은 자리를 걸고 진실을 규명하기 위해 집요하게 간언을 올렸고, 임금은 분을 삭이지 못하고 이 사건을 자신이 직접 조사하겠다고 나섰다.

"소문을 낸 자를 당장 잡아들이라! 내가 직접 국문하겠다!"

시초에는 비교적 단순했던 사건의 성격이 이상하게 비화되면서 왕권과 신권이 격돌하는 양상으로 치달아 조야가 큰 근심에 휩싸였다.

대사간 이이가 다시 임금을 알현하고 읍소했다.

"전하, 전하의 말씀은 자칫 직언을 꺾고 언로를 막아 전하의 총기를 흐려놓는 결과를 초래할 수 있사오니 명을 거두어주시옵소서. 차라리 불충하고 미련한 저희들을 파직시켜 이 혼란의 책임을 지게 하여주시옵소서!"

논란이 쉽게 잦아들지 않고 일파만파로 번져나가자, 홍문관, 사헌부, 승정원에서 이이와 사간원 관원의 의견을 지지하는 상소를 임금에게 올렸다. 사방으로 포위당한 형국이 되어 고립무원의 신세가 되자 임금이 부득불 황랍을 다시 의영고로 돌려보낸 것으로 논란은 일단락되었다. 임금이 신하들의 힘에 밀려 백기투항을 한 것이었는데, 임금은 온 몸을 얻어맞고 만신창이가 된 기분이었다.

"전하, 침전에 드실 시간이옵니다."

"나는 그냥 대전에 있을 것이니 신경 쓰지 말라!"

"전하, 아니 되옵니다. 수라도 들지 않으시고 잠을 이루지 못하신 것이 벌써 며칠이옵니까? 제발 옥체를 보존하시옵소서!"

울상이 된 내관 이봉정이 임금의 곁에서 발을 동동 구르고 있었다. 임금은 몇 날 며칠째 대전에만 머물면서 침식도 거르고 있었다. 중전이 기거하는 내전에도, 후궁들의 침소에도 일절 걸음을 하지 않았다. 중전이나 조정 신료들은 말할 것이 없고 온 조정이 임금의 눈치만 살피고 있었다.

"이 내관."

임금이 힘없이 이봉정을 불렀다.

"예, 전하."

"내가 진정 이 나라의 임금인가?"

"어찌 그걸 말씀이라 하시옵니까, 전하!"

"……."

"내가 사내가 맞는가?"

"전하께서는 헌헌장부(軒軒丈夫)이시옵니다."

"허허, 헌헌장부라? 사랑하는 여인네 소원 하나 들어주지 못하는 사내가 헌헌장부라?"

임금이 슬픈 낯을 하고 말없이 눈물을 주르르 흘렸다. 그가 이이를 떠올리며 독백을 했다.

'숙헌, 임금도 남자요. 사랑하는 여인도 있소. 임금에게도 사생활이 있소! 내가 정말 그대에게 실망했소. 나는 그대를 내 복심이라 믿었거늘, 그대는 어찌하여 용렬하고 부박(浮薄)한 무리들에 휘둘려 나를 불신한단 말이오! 어찌 그대가!'

사간원의 대간들이 주장한 황랍 사건의 의혹에 임금이 비분을 감추지 못한 데는 나름의 이유가 있었다. 황랍사건의 성격은 보기에 따라 임금의 생각처럼 지극히 개인적인 사소한 것일 수 있었다.

임금은 오래도록 갈망했던 자식을 올해가 되어서야 겨우 얻었고, 그것도 아들*이었다. 왕자 생산이라는 경사를 맞아 왕실과 온 조정이 떠들썩했다.

황랍은 왕자를 낳아 임금의 총애를 받고 있는 후궁 귀인(貴人) 김씨가 자식의 복을 빌기 위해 절에서 필요하다 하여 임금이 허락한 것일 뿐이었다. 황랍이 왕의 개인 소유였으나 임금이 어떤 불순한 동기나 목적을 갖고 황랍을 전용한 것은 결코 아니었다. 여염집에 비유하자면 남편이 사랑하는 아내의 부탁을 받고 아내의 작은 청을 들어 주기 위해 집안에 있던 물건 하나를 내어준 것에 불과한 일이었다.

이이를 비롯한 대간들의 의혹 제기는 한껏 고조되어 있던 임금의 기분에 찬물을 끼얹은 격이 되었는데, 이 사건으로 임금의 체통과 위신이 땅바닥에 떨어진 것은 말할 것이 없었다.

임금은 이 사건으로 인해 인간적으로 이이에게 실망했고, 그에게 깊은 자상을 입은 듯 큰 고통을 받았다. 이이에게 받은 인간적 수모는 꿈에도 잊히지 않을 것 같았다. 자신의 복심이라고 믿었던 이이에 대한 배신감에 분노했고, 그 불똥에 맞아 여럿이 그 자리에서 푹 고꾸라졌다. 임금은 이이의 최측근인 좌의정 박순이 병으로 사직을 구하자 즉각 사표를 수리하게 했고, 임금의 호명

---

*임해군(臨海君).

을 받아 파주에서 상경 중이던 성혼이 피치 못할 사정으로 돌아가자 다시는 그를 부르지 않았다. 이이에 대한 임금의 화는 종국에는 이이 본인에게 불화살이 되어 날아왔다.

출사 이후 크고 작은 일을 겪으면서 이이의 몸은 점차 쇠해지고 있었고, 황랍 사건의 전후 사정을 어렴풋이 알게 되자 그의 마음도 몹시 괴로웠다. 이이가 경연에서 임금에게 간청했다.

"신이 전하께 불충을 저질렀고, 몸 또한 병이 깊어 사직코자 하오니 부디 윤허하여 주시옵소서!"

이이의 말에 임금이 용안에 냉기를 가득 담고 차갑게 말했다.

"병이 중하면 할 수 없는 일이니 은거하는 것이 가장 좋을 것 같소. 옛 시에 '귀를 씻어 인간사 듣지 않고, 푸른 숲과 사슴을 벗 삼는다' 하니, 은거가 어찌 큰 즐거움이 아니겠소."

임금이 이이에게 공개 석상에서 면박을 준 일은 처음이었다. 경연장이 한순간에 꽁꽁 얼어붙었다. 이이는 민망함에 얼굴을 붉혔고, 신하들은 경악해 벌어진 입을 다물지 못했다. 이이에 대한 임금의 사랑을 아는 신하들로서는 상상을 할 수 없는 일이 벌어진 것이었다. 임금은 자신이 받은 상처가 너무 아프고 깊어 한순간이라도 이이와 같은 하늘을 이고 살고 싶지 않았다.

이이는 임금의 조롱과 질타가 창피하고 아프기보다는 임금에게 몹시 미안했다. 박순을 비롯한 여러 신료들은 이이의 사직을 만류하고 나섰지만, 이이는 자신의 경솔함을 자책하며 속죄의 마음으로 귀향길에 올랐다.

산다는 것

1

 창창한 유월의 태양이 뜨거웠다. 이이는 심각한 표정으로 뒷짐을 진 채 땡볕을 머리에 이고 아까부터 앞마당을 서성이고 있었다. 묘시(卯時)부터 시작된 둘째 소실 이씨 부인의 진통은 해가 중천에 뜬 지금까지 이어지고 있었다.

 오늘내일 하며 기다리고 있던 온 가족이 소실 이씨의 비명에 놀라 새벽잠에서 깨어 일어났다. 마을에서 제일 경험 많은 늙은 산파가 달려오기 전까지 온 집안이 한바탕 큰 소동을 치렀다.

 출산 경험이 없는 소실 김씨 부인은 산모보다 더 놀라 산모가 비명을 내지를 때마다 진땀을 흘리며 발을 동동 굴렀고, 웬만한 일에는 눈도 깜빡하지 않는 노씨 부인조차 당황해서 허둥댔다. 한 번의 출산 경험이 있는 노씨 부인이었지만 하도 오래된 일이라 기억조차 가물가물하였다.

 식구들이 꽤 오래전부터 출산 준비를 해왔지만, 막상 일이 닥치자 무엇부터 손을 써야 할지 몰라 모두 우왕좌왕했다. 동이 완전히 트고 날이 밝아 일에 능숙한 늙은 산파가 당도하자 그제야 산모와 가족들을 짓누르던 두려움과 불안이 차차로 진정되었다.

모든 일이 일사불란하게 진행되었다. 그녀는 찬모들에게 물을 끓이게 하고 부인들에게는 탯줄을 묶고 자를 실이며 낫과 가위를 준비하게 했다. 사내아이의 탯줄은 낫으로 잘랐고 여자아이는 가위로 잘랐다. 낫이냐 가위냐 두 개의 연장이 집안의 운명을 결정할 수도 있었다.

노파는 산모의 비명에도 아랑곳없이 마실 나온 사람마냥 싱글벙글 웃음을 거두지 않았다. 두 부인을 옆에 끼고 앉아 자기 자랑을 늘어놓기까지 했다.

"마님, 제 평생에 이 못생긴 손으로 아기 백 명은 받았지만, 지금껏 잘못된 아기는 하나도 없었어요!"

노파는 신명이 나서 말을 멈출 줄 몰랐고, 그 덕에 두 부인도 경황없이 흔들렸던 마음의 여유를 찾았다.

환갑을 넘긴 노파는 두 부인을 익숙하게 이끌어 세 사람은 금방 하나의 수족이 되어 손발이 척척 맞아떨어졌다. 두 부인은 헝겊으로 재갈을 물린 이씨 부인의 두 손을 꼭 쥐어주며 그녀가 배에 힘을 주는 것을 도왔고, 노파는 이씨 부인에게 호흡을 가르치며 힘의 완급을 조절하게 하였다.

하지만 진통이 오는 횟수가 잦아지고 살을 찢는 진통의 강도가 디헤지면서 초산인 산모는 거의 초주검이 되었다. 반나절 가까이 몸을 틀어대고 있었다.

곧 출산이 임박했다. 식구들의 움직임도 분주했다. 찬모들은 부엌에서 홍합과 미역을 다듬으며 산모의 국거리 준비에 여념이 없었다. 서모 권씨는 정화수를 떠놓고 산신에게 기도하다 초조한지 이씨 부인이 몸을 틀고 있는 별당 앞에 허리를 굽힌 채 귀를 쫑긋 세우고 있었다.

들일을 나간 몇몇 하인들을 빼고는 집안에 기거하는 모든 사람들은 온 집안의 문이란 문은 활짝 열어놓고 신경을 곤두세워 이씨 부인의 출산을 목을 빼고 기다렸다. 문을 열어놓는 이유는 산모의 산도(産道)가 쉽게 열리기를 바라는 뜻에서였다.

이이는 노씨 부인이 마음에 걸려 차마 바깥출입을 못하고 안방에서 기척 없이 책만 뒤적이고 있었다. 이이도 산모의 비명이 커짐에 따라 마음을 진정할 수 없었다. 이이는 가슴이 조마조마했다. 산모의 건강도 걱정이고 태중의 아이도 걱정이었다. 사내아이든 계집아이든 건강하게만 나왔으면 좋겠다고 생각했.

이이는 『능엄경(楞嚴經)』을 읽고, 눈을 감고 『반야심경(般若心經)』을 암송해도, 콩밭에 가 있는 자신의 초조한 마음을 억누를 길이 없었다. 한눈에 여남은 줄은 읽고도 남는 이이의 눈에 오늘은 글이 도무지 한 자도 보이지 않았다.

사시(巳時)가 되자 이이는 좌불안석이 됐다. 목이 탔다. 물 한 사발을 들이켜도 갈증이 가시지 않았다. 견디다 못해 안방을 나왔다. 그는 뒷짐을 지고 뜨거운 태양이 눈부신 앞마당을 걸었다.

그는 하릴없이 봉선화의 잎을 따다 입으로 훅 불며 하늘로 날려 보았다.

그의 눈길은 이씨 부인이 몸을 풀고 있는 별당을 향하고 있었다. 눈부신 햇살을 받은 별당 앞 해당화가 유난히 붉었다.

2

"으아앙!"

오시(午時)를 넘기면서 우렁찬 아기의 울음소리가 집안을 진동시켰다. 이이는 아이의 울음소리에 화들짝 놀랐다.

방문이 열리고 노씨 부인이 버선발로 달려 나왔다. 그녀는 눈물을 흘리고 있었다.

"서방님, 사내아이예요……."

노씨 부인은 말을 잇지 못했다. 상기된 그녀의 볼을 타고 굵은 눈물이 주르르 흘렀다. 노씨 부인과 이이는 손을 맞잡았다. 이이의 눈에도 눈물이 그렁그렁했다. 이이는 감격에 앞서 노씨 부인에 대한 미안함에 목구멍이 뜨거워지며 목이 메었다. 사랑하는 아내에게 아이를 얻지 못해 소실을 들이고도 뜻을 이루지 못하여 다시 소실을 들이면서까지 노력했던 지난날의 회한이 이이의 가슴에 알알이 박혀들었다.

노씨 부인은 마치 자기 배를 찢고 아이를 낳은 양 기뻐하며 뜨거운 눈물을 하염없이 뿌렸다.

이이가 부인을 애처롭게 쳐다보며 말했다.

"부인은 그렇게 기쁘오?"

"서방님은 기쁘지 않아요?"

"부인이 고마워서 하는 소리요……."

이이가 손마디가 굵어진 그녀의 두 손을 꼭 움켜쥐었다.

다행히 아이도, 산모도 건강했다. 쾌활하고 활달한 이씨 부인은 몸을 푼 지 하루도 지나지 않아 누워 있기를 한사코 거부하고 집안일을 거든다고 법석을 떨었다.

십 수 년 동안 아이 울음이 들리지 않아 적막하기만 했던 이이의 집안은 사내아이가 태어남으로 인하여 떠들썩한 잔치 분위기에 휩싸였다. 이이의 득남을 축하하는 인사가 사방에서 쇄도했다. 형제자매와 일가친척들은 물론이고 정철, 토정 이지함, 송익필, 성혼 등 많은 친구와 지인들이 다녀갔다. 조정 신료들까지 사람을 보내와 축하했다.

아이의 울음은 천상의 소리가 되어 온 집안에 메아리쳤다. 식구들은 아이의 울음소리 한 자락이라도 더 듣고 싶어 별당 문지방이 닳도록 무시로 드나들었다. 아이를 어르고 보듬고 부비고 하며 수선을 피웠다.

이이는 아들을 얻고 난 후 새로운 활력이 샘솟았다. 쓰러질 것 같은 피로가 싹 가시고 몸이 날아갈 것처럼 가벼웠다.

최근 이이는 청주 목사 시절과는 비교할 수 없을 만큼 병증이 심해 심신이 크게 침체되어 있었다. 그는 자신이 느끼는 병증이 어머니와 형 이선이 느꼈던 증상과 매우 흡사해 오래전부터 그들과 자신을 비교 관찰해오고 있었다.

피로, 식욕부진, 소화 불량, 황달 증상까지 그들을 닮아 있었다. 근래 들어서는 힘이 없는 것은 물론이고 어지러운 데다 입맛까지 뚝 떨어지면서 밥을 보아도 숟가락이 가지 않았다. 한두 숟갈이라도 더 먹는 날에는 꼭 체한 사람마냥 늘 속이 더부룩해서 무를 늘 달고 살았다.

이이는 자신의 병증으로 보아 일찍부터 자신도 언젠가는 어머니나 형의 전철을 밟지 않을까 늘 우려하고 있었다. 몸이 좋지 않고 올해는 아홉수까지 끼어 왠지 마음 한구석이 편치 않았다.

그런데 이 불길한 아홉수의 해에 평생 소망했던 아들까지 얻게 될 줄을 이이는 꿈에도 생각하지 못했었다. 먹구름이 잔뜩 끼었던 이이의 가슴에 그의 아들은 큰 빛 하나가 되어 그의 어두운 가슴을 환히 밝혔다.

이이는 딸아이를 잃고 소실까지 늘인 후에도 후사 소식이 없어 자신은 자식과 인연이 없다고 생각했다. 실낱같은 희망까지 버린 것은 아니지만 이이는 마음속에서 자식에 대한 기대를 완전히 지우고자 무진 애를 썼다. 조상들에 대한 면목보다 부인들에 대한 미안한 마음이 더 앞섰던 것이다.

특히 이이는 노씨 부인에 대해서는 형언할 수 없는 마음의 부채를 안고 있었다. 노씨 부인의 헌신적이고 대범한 처신을 볼 때마다 이이는 참사랑이란 버릴 때 비로소 얻어지는 것이란 생각을 하였다.

이이는 자신이 아버지란 이름으로 다시 불릴 수 있고 아버지로 살아갈 수 있다는 것에 감사했다. 그는 무릎을 꿇어 하늘과 부인들에게 정중한 감사의 인사를 올렸다. 그는 새삼 눈물이 났다. 그의 가슴은 단비에 젖은 메마른 대지처럼 기쁨과 감격의 눈물로 촉촉이 젖어 들었다.

3

임금은 오늘도 승정원을 기웃거렸다. 우부승지 정지연(鄭芝衍)이 임금을 보고 달려왔다.

"전하 어인 일이시옵니까?"

"별것 아니오. 정전으로 가던 길에 한번 들른 것이오."

임금은 괜히 멋쩍은 웃음을 지으며 서둘러 승정원을 떠나 대전으로 향했다. 특별한 물음도 없이 하루도 거르지 않고 거의 한 달 넘게 승정원에 들르는 임금이, 우부승지 정지연은 이해가 되지 않아 임금의 뒷모습을 보고 고개를 갸우뚱거렸다.

임금은 떠난 지 거의 백 일이 다 되어가는 이이의 말소리가 자꾸만 귓전에 맴돌았다. 이이를 승정원에 두고 그와 매일 차를 마시며 세상일을 얘기했던 그때의 기억이 봄풀같이 가슴 한가운데서 쑥쑥 자라고 있었다.

임금은 앓던 이 같던 그가 요즘 들어 왜 이리 그리운지 도무지 알 수가 없었다. 임금은 자신이 참 변덕스런 사람이라 생각했고, 불러도 코빼기도 비치지 않는 이이가 참 야속한 사람이라 생각도

했다.

 임금은 이이가 대사간직을 내려놓고 낙향한 후 이이를 승지로, 대사간으로 다시 불렀지만 이이는 자신의 처지와 사정을 밝히고 당분간 요양하겠다는 전갈만을 전해왔다.

 유월 들어 비가 한 방울도 내리지 않아 한재(旱災)가 극심했다. 민심이 어수선하여 사면령까지 반포한 상황이었다. 이이가 물러난 후에는 마땅한 계책을 내놓는 이가 없어 임금은 이이를 더더욱 애타게 찾았지만, 이이는 고집쟁이같이 요지부동이었다.

 임금은 좌의정 이탁이 병으로 사직하자 그 자리에 이이의 후견인 역할을 자처하는 박순을 얼른 발탁하며 물었다.

 "숙헌을 다시 불렀으면 하는데, 좋은 수가 없겠소?"

 "숙헌의 몸이 좋지 않으니, 외직에 두는 것이 어떻겠습니까? 마침 황해도에 한재가 심해 백성들이 힘들다 하니 이럴 때는 숙헌이 제격 아니겠사옵니까?"

 임금도 박순의 말이 옳다고 여겼다. 정치적 논쟁이 심한 내직보다는 황해도 관찰사 자리라면 일하기 좋아하는 이이의 성향에 걸맞다 생각하였다. 임금은 한 품계를 올려 종이품인 황해도 관찰사에 이이를 임명했고, 이이 역시 한재가 심해 올해도 흉년일 게 불을 보듯 뻔한 황해도의 관찰사 자리를 수락했다.

 이이는 부임하자마자 가장 먼저 사창(社倉)을 설치했고, 일정하게 곡식을 내는 사창계(社倉契)를 만들었다. 이를 경제적 기반으로 삼아 해주 지역에 향약을 전격 실시했다.

하루는 정여립(鄭汝立)이 이이가 있는 해주 감영을 찾아왔다. 전라도 전주 출신인 정여립은 이이의 문하생으로 기억력이 비상하고 제자백가서(諸子百家書)에 통달해 이이가 아끼는 수제자였다.

정여립이 이이에게 공손히 잔을 올렸다. 그가 안광을 번뜩이며 물었다.

"사부님께서 청주 목사 시절 하셨던 향약은 자율적이고 또한 상을 중히 여겼는데, 해주에서 하시는 향약은 어찌 벌에다 무게를 더 두는 것 같습니다. 무슨 연유가 있는 것인지요?"

이이가 그의 물음에 싱긋 웃으며 반문했다.

"자네는 왜 그런 차이가 난다고 생각하는가?"

"지역 백성들의 기질과 성향에 차이가 있는 것인지요?"

정여립이 조심스럽게 묻자 이이가 고개를 가만 가로저었다.

"사람의 기질이나 성향은 차이가 난다고 해도 오십보백보라네. 그렇게 보면 환경의 영향이 아주 크지."

"환경이라 함은?"

"자네는 당시에 어려서 잘 몰랐겠지만, 임꺽정이가 해주 구월산을 무대로 활동했을 때 황해도 사람들이 임꺽정이를 많이 응원했었네. 그게 다 이 지역이 아주 가난했던 탓이야. 그러다 보니 조정의 실정에 대해 어느 곳보다 불만이 높은 곳이 이 지역이네. 기근에 시달리는 백성을 구하는 것도 중요하고 무너진 기강을 바로세우는 것도 그 못지않게 중요하니, 당근과 채찍이라는 두 가지 방책을 다 쓰지 않을 수가 없네."

이이의 주견은 영원한 것은 사람에 대한 사랑일 뿐 영원불변의 법칙도 완전무결한 법이나 규칙도 없다는 것이었다. 또 이이에 따르자면 세상에 존재하는 가치관은 환경이나 상황에 따라 적절히 변형시키지 않으면 무용지물을 넘어서서 사람의 손발을 묶고 숨통을 조이는 악법이 될 위험이 있었다. 아울러 정치를 하자고 나섰으면 모름지기 애민(愛民)을 바탕으로 하여 넓은 시야와 융통성을 갖고 매사에 결단력 있게 임해야 했다.

정치의 진정한 가치는 백성을 사랑하는 데 있다는 이이의 말에 정여립이 안광을 번뜩이며 고개를 크게 끄떡였다.

"사부님께서 이토록 백성들을 생각하시니, 황해도 백성에게도 큰 희망이 되겠습니다. 소신이 사부님을 존경하는 것은 백성들을 이 땅의 주인으로 생각하시고, 주상 전하 앞에서도 의기를 꺾지 않으시고 분연히 일어나 전하의 뜻에 맞서 주장을 펴시기 때문입니다. 그러니 사부님을 어찌 조선의 빛이라 하지 않을 수 있겠습니까?"

"자네가 오늘은 나를 너무 띄우는구먼, 허허!"

이이는 정여립의 아부가 싫지 않은지 너털웃음을 터뜨리며 정여립에게 술을 한 잔 따라주었다. 정여립이 몸을 돌려 술잔을 가볍게 입에다 대고는 조금 비장한 어조로 말했다.

"본시 왕후장상의 씨앗이 따로 있겠습니까?"

"또 그 소린가?"

산다는 것 363

이이가 정여립이 더 이상 말을 못하게 입단속을 시키며 질책했다.

"그런 말은 입에 담지 말게!"

"맹자께서도 역성혁명을 말하셨습니다."

"그건 세상이 문란했을 때 나올 수 있는 얘기네. 지금이 어디 그런 세상인가? 비록 나라가 어려워 살림살이가 팍팍하고 형편이 어려워도 유학이 뿌리를 내리고 있는 중이네. 내 앞에서라면 모르나 어디 다른 곳에 가서는 절대로 입에 담아서는 아니 되네. 알겠는가!"

이이의 호된 질책에 정여립은 더 이상 대꾸를 못하고 얼굴을 붉혔다.

하룻밤을 같이 보내고 정여립을 떠나보내는 이이의 얼굴에 수심의 그늘이 졌다. 재주는 태산을 덮고도 남을 만큼 뛰어난 정여립이었다. 하지만 그가 능력에 비해 조정에서 제대로 대접을 받지 못하고 있는 이유를, 이이는 그의 오만하고 편협한 성품, 과격한 기질에 있다고 생각해 늘 아쉬움이 컸다. 이이는 성혼의 부드러운 성품과 정여립의 재주가 만난다면 참으로 좋은 조화를 이룰 것이라 생각해 정여립에게 성혼을 자주 만나보도록 부탁했으나, 나이가 젊고 조정에 대한 불만이 깊은 탓에 정여립의 거친 성품이 잘 연마되질 않아 걱정이었다.

'어쩌면 저놈은 충신이 아니면 역적이 될 팔자일지도 모르겠구나.'

이런 생각이 이이의 뇌리를 퍼뜩 스치고 지나갔다. 해주 감영에서 이이의 시중을 들던 황주 기생 유지(柳枝)가 이이의 둘째 형 이번이 찾아왔다는 말을 전하며, 그의 얼굴을 살피고는 조심스럽게 말했다.

"관찰사 나리, 외람되오나 어린 제가 감히 한 말씀 올려도 되겠사옵니까?"

"말해보아라."

"조금 전에 나가신 선비님의 인상이 좋지 않아, 나리께서 가까이 하지 않았으면 좋겠습니다."

"허, 그 무슨 망령스런 말이냐!"

이이가 야단치듯 눈을 부릅뜨고 유지를 노려보았다. 유지는 양반가의 후손이었는데, 피치 못할 집안 사정으로 기적(妓籍)에 이름을 올린 열여덟의 관기(官妓)였다. 키가 크고 갸름한 얼굴에 이목구비가 큼직큼직 하여 인상이 매력직인 데다, 가야금도 능하고 머리가 좋았다. 게다가 품성이 올곧고 판단도 민첩하여 이이가 아주 총애하는 관기였다.

이이는 그녀의 얘기가 뜬금없다 생각하면서도 어린아이를 너무 심하게 질책한 것은 아닌가 싶어 조금은 미안한 마음이 들었다. 이이가 목소리를 낮추어 조용히 말했다.

"무슨 뜻인지 말해보거라."

"나리께서 소녀의 말씀을 들어주시니 감사하옵니다. 제 어린 눈에는 그 선비님의 얼굴에는 배신의 기운이 가득해 보입니다."

"왜 그리 생각하느냐?"

"뱀같이 찢어진 눈은 음흉해 보이고, 불거진 이마는 반항적으로 보이며, 아랫입술이 윗입술을 덮은 상을 관상학에서는 배신을 늘 품에 안고 산다고 하였습니다. 그 선비님의 걸음걸이는 건들건들하니 어느 것 하나 편안한 인상을 주는 곳이 없사옵니다. 늘 조바심을 내며 무언가를 찾아다니는 인상이오니, 어린 마음에 걱정이 되어 드리는 말씀입니다."

이이가 웃었다.

"어린 네가 나보다 사람 보는 눈이 더 날카롭구나!"

"소녀, 그저 보고 들은 풍월로 말하는 것일 뿐이옵니다."

이이는 고개를 가만 숙이고 얼굴을 붉히는 유지를 가만 바라보며 탄식했다.

'참으로 아까운 아이다! 인간의 운명이 어찌 이럴꼬!'

유지가 그의 형 이번을 방으로 안내하며 주안상을 준비하러 잠시 방을 비웠다. 그의 형 이번은 관찰사의 방에 들자마자 눈을 두리번거리며 이곳저곳을 살폈다.

"아우님, 참으로 방이 근사하네. 자네가 출세를 하여 온 집안의 홍복(洪福)일세그려!"

이번은 입에 침이 마르도록 동생 이이를 치켜세웠다.

이이는 그의 형 이번이 자신을 유별나게 추어올릴 때는 또 무슨 부탁이 있을 것이라 짐작이 되어 마음에 부담이 됐다. 하지만 몇 달 만에 만나는 형에게 싫은 내색을 할 수는 없었다.

"형님, 오랜만이오. 형편이 어렵다던데 어찌 형님 혈색이 나쁘지 않은 것 같아 다행이오."

이번은 유산을 금광 발굴에 다 날린 뒤로 형편이 몹시 어려웠다. 이이가 할 수 없이 삼청동의 집을 팔아 살림을 보태주었고, 이후에는 처가의 도움을 받아 살고 있었다. 형제 가운데 성격이 제일 급하고 끈기가 없어, 하는 일마다 항시 용두사미가 되어 집안의 우환 거리였는데, 이이가 관찰사가 되고 난 후에는 그의 주변에 이권을 노린 똥파리들이 들끓었다.

이번은 잠시 뜸을 들이더니 작정을 한 듯 정색을 하고 입을 열었다.

"아우님, 달리 생각을 말게. 사실은 내가 부탁이 있어 찾아왔네."

"말씀해보오."

성격이 괄괄하고 동생 이이 알기를 우습게 아는 이번이 금번에는 어쩐 일인지 그답지 않게 긴장을 하여 매우 조심스럽게 입을 열었다. 이번은 동생 이이가 종이품 관찰사가 되자 태도가 크게 달라졌다. 이이는 형의 그런 비굴한 모습이 몹시 슬퍼 마음이 착잡했다.

"자네가 알다시피 내가 요즘 놀고 있지 않은가! 나도 호구지책이 있어야겠는데, 비빌 언덕이 없네. 형이 되어 염치없지만, 딱 한 번만 도와주게……."

"어떻게 말이오?"

"으음, 바닷가에 염전을 하나 만들려고 하는데 말일세, 허가를 하나 내줄 수 없겠는가?"

이이가 답을 않고 침통한 표정으로 앉아 있자, 이번은 울상을 짓고 매달리듯 사정했다.

"자네 조카들이 굶고 있네. 내가 좀 살아야 자네가 편안하지 않겠나?"

"형님 말씀은 맞소. 지당한 말씀이오. 형님이 밭을 일구고 뽕이나 치면서 사시겠다면 내 사재라도 털어서 도와드리겠소. 하지만 이건 안 되오. 속담에 오얏나무 아래서 갓끈도 고쳐 매지 않는다 하였소. 형님이 적법하게 염전을 개발한다 하여도 내 어찌 나라의 녹을 먹는 자로서 함부로 형제에게 허가를 내준단 말이오. 필시 의혹을 사서 말이 나올 것이 분명하고, 나라의 기강까지 허무는 일이니 무슨 낯짝을 들고 백성들은 본단 말이오! 형님 정말 죄송하지만 이건 받아들일 수 없는 부탁이오. 이 못난 동생을 용서하시오."

이번이 사정을 하고 아우를 으르고 달래도 이이는 요지부동이었다. 마침내 이번이 불같이 성을 내면서 자리에서 벌떡 일어섰다.

"이 피도 눈물도 없는 독사 같은 놈. 네 체면 때문에 형제를 버려!"

유지가 주안상을 들고 오다가 이번이 방문을 홱 열고 나가는 모습을 보고는 놀라서 술상을 내려놓고 급히 이이의 방으로 들었다.

"대감 나리, 무슨 일이 있었사옵니까?"

"아니다, 별일 아니다……."

"그런데, 어찌 몹시 침통해 보이십니다."

"……."

이이가 맥이 빠져 가만 앉아 있자, 유지가 술상을 들고 와 이이에게 술을 따라 올렸다.

"대감 나리, 한잔 드시고 마음을 푸십시오."

이이가 말없이 술잔을 들고 단숨에 들이켰다. 늘 마시던 술이 이날따라 몹시 독했다. 술이 목구멍을 넘어가자 전신을 돌면서 어지러운 느낌이 들었다.

"유지야!"

"예, 대감 나리."

이이는 유지의 호수같이 맑은 눈을 보면서 물었다.

"너에게는 어떤 소원이 있느냐?"

"그건 왜 묻사옵니까?"

"사람 사는 게 대체 무얼까 싶은 생각이 들어 묻는 것이란다."

"기적에 이름을 올린 천한 기녀가 무슨 소원이 있겠사옵니까? 다만 바라는 것이 있다면 몸이 아프지 않고 오래도록 대감 나리와 같은 훌륭한 분들을 시중들며 사는 것이고, 좀 더 욕심을 낸다면 차별 없는 세상에서 한번 살아보고 싶다는 소망은 있사옵니다."

이이는 정작 유지가 하고 싶은 말은 기적에서 자신의 이름을 지우는 것이라 생각했다. 아마도 딸 난영이 자랐으면 유지와 비슷한 연배가 되었을 것이었다. 유지를 바라보는 이이의 눈이 애절하기만 했다.

 이이는 다섯 달 만에 관찰사직을 그만두었는데, 온갖 욕을 퍼붓고 떠난 그의 형 이번이 잊을 만하면 찾아와 염전 허가권 문제로 이이를 괴롭혔기 때문이었다.

분열의 서막

1

선조 8년(1575) 사월, 임금이 이이를 자신의 곁에 두려 홍문관 부제학으로 그를 다시 불렀다.

이이는 건강이 좋지 않았지만 명종의 비인 인순왕후(仁順王后)의 발인이 사월이라 부득불 임금의 소명에 응하지 않을 수 없었다. 임금은 다른 신하들을 물리치고 이이를 대전으로 불러 친히 독대를 했다.

"경이 아직 몸을 많이 회복하지 못한 것 같아 걱정이오."

"신은 전하의 옥체가 더 걱정이옵니다. 옥체를 잘 보존하시옵소서."

임금은 인순왕후의 상을 당해 육식을 일절 금한 것은 물론이고, 침식을 잘 하지 못하고 있었다. 혈기왕성해야 할 한창 나이의 임금은 피부가 거칠었고 안색도 꽤 창백했다.

"오랫동안 보지 못했소. 좀 가까이 오시오."

이이가 가까이 다가가자, 임금이 그의 손을 꼭 잡았다.

"부제학, 이제는 몸을 잘 추슬러 내 곁에 오래 있도록 해주시오."

"신하가 몸을 잘 돌보지 못한 것도 불충한 것이니, 신의 허물을 너그럽게 용서해 주시옵소서!"

"무슨 말이오? 허물이 있다면 나에게 있지 어찌 경에게 있겠소? 지난 일은 다 용서하시오. 그래, 황해도 사정은 좀 어떠하오?"

"한발의 영향으로 백성들의 기근이 당장 끝날 것 같지 않사옵니다. 수확이 크게 늘지 않는 한 지금은 윗돌 빼서 아랫돌 괴기 식이니 어디까지나 임시방편이라 근본적인 대책이 있어야 할 것 같습니다."

"어떻게 하면 좋겠소?"

"일 년 전에 올린 상소에 적어 드렸다시피, 공안(貢案)을 개혁해 백성들의 부담을 덜어주어야 하고, 간척이나 개간을 통해 경작지를 늘려야 할 것입니다. 또 한발이 올 때마다 물 문제가 불거지니 저수지도 확충해야 할 필요가 있지 않겠사옵니까? 다만 이 같은 것은 많은 시간이 걸리는 것이니, 시간을 두고 추진하더라도 공안 문제는 시급히 해결해야만 할 것이옵니다."

임금이 한숨을 내쉬었다. 이이가 말한 공안 문제만 나오면 임금도 머리가 아팠다.

"아무튼 알겠소. 이번에는 경이 내 곁을 꼭 지켜주어야만 할 것이오."

임금은 이이가 또 변법의 필요성을 주장할 것이라 짐작하여 에둘러서 입막음을 하였다. 임금이 이이를 급히 부른 데는 사정이 있었다.

임금은 인순왕후가 죽자 오래도록 가슴에 품어왔던 친정의 꿈을 이룰 때가 드디어 왔다고 판단했다. 이런 저런 이유로 인해 임금은 지금까지 원상 회의에서 모든 국사를 처리하도록 위임해 두었지만, 진정한 임금이라면 친정에 나서야 한다고 오래전부터 생각하고 있었다.

하지만 주변을 아무리 둘러보아도 믿고 쓸 인재가 없었다. 그의 눈에 두 부류의 인물이 들어왔다. 첫째는 지나친 찬사와 극적인 비난을 늘어놓는 편벽된 인물들이었고, 둘째는 노수신처럼 자기 소견 없이 보신에만 치중하는 사람들이었다.

임금은 두 부류의 사람들은 친정에 적합한 인물이 아니라 생각했다. 문제에 대한 분별력과 통찰력을 갖추고 편벽되지 않으면서 소신껏 일할 수 있는 사람이 국왕의 친정에 필요한 인물이었다.

임금은 몇 번을 둘러보아도 자신의 눈에는 이이 외에는 성에 차는 사람이 없었다. 임금 친정의 시대를 맞아 자신의 철학을 구현시킬 적임자로 이이를 지목하여 그를 홍문관 부제학으로 앉힌 것이었다.

임금이 대비의 죽음이라는 변화한 환경을 맞아, 오랜만에 학문과 정치에 대한 높은 열의를 보여 이이도 내심 큰 기대를 갖고 있었다.

2

"좌상 대감, 여태껏 살인의 증거를 찾지 못했는데 어찌하여 지금까지 종을 가두어둘 수 있소?"

몸이 뚱뚱한 지의금부사(知義禁府事) 홍담이 골이 나서 좌상 박순을 몰아붙이자, 박순도 눈을 똑바로 뜨고 그를 노려보며 고집을 피웠다.

"종이 주인을 죽인 죄는 삼강오륜에 관련되는 죄로 절대 가볍게 다룰 일이 아니니, 좀 더 조사를 해보아야 합니다!"

땅이 펄펄 끓고 있는 염천지절(炎天之節)에 한 죄인의 신병 처리를 두고 두 원로대신이 치열한 설전을 벌이고 있었다. 홍담은 국사범의 국문과 판결을 담당한 의금부의 수장이었고, 좌상 박순은 금번 사건의 국문을 담당한 수사 책임자였다. 다시 말하면 사법부의 수장과 특별 검사로 보임(補任)이 된 좌의정 박순이 이 사건의 실체에 대해 의견 일치를 보지 못하고 대립하고 있었다. 한 달 전에 황해도 재령의 한 노비가 주인을 살인한 사건이 발생했는데, 사건 초기에 시신 검안을 부실하게 진행해 사인을 밝히지 못한 탓이었다.

종이 주인을 죽인 사건은 자식이 부모를 죽인 사건이나 다름이 없는 중범죄로, 조선 조정에서는 대역죄 다음으로 엄히 다루는 큰 사건이었다. 사안이 매우 중해 의금부, 의정부, 형조, 사헌부가 돌아가며 종을 문초했지만, 구구한 억측만 무성할 뿐 물증과 자백을 얻지 못해 뚜렷한 결론을 내지 못하고 있었다.

결국 좌의정 박순이 최종적으로 이 사건을 맡게 됐는데, 보름이 지나도록 이렇다 할 실마리를 찾지 못해 조사가 지지부진했다. 자칫 죄 없는 사람을 옥에 가둔 꼴이 될 수 있어 홍담이 뒤늦게 종을 석방하라고 요구한 것이었지만, 이 사건이 조선 조정의 화약고에 불을 댕길 위험한 뇌관이 될 줄은 어느 누구도 예상하지 못했다.

일개 노비의 신병 처리 문제로 조정 내 의견이 사분오열되어 혼란스럽기 짝이 없었다. 사공이 많아 배가 산으로 가는 형국이 벌어지고 있었다. 임금은 증거 불충분으로 석방을 지시했고, 사헌부는 종이 주인을 죽인 사안의 중대성을 감안해 다시 국문할 것을 요구했다. 대사간 유희춘은 임금의 지시를 어기고 국문을 다시 하는 것은 온당치 못하다고 의견을 냈고, 홍문관 부제학 이이는 박순과 같이 충분히 심문하여 확실한 증거를 찾은 후에 석방 여부를 결정해야 한다고 주장했다.

노비의 옥사 문제로 조정이 소란스러워지자 이번 소동의 한 빌미를 제공한 대사간 유희춘이 책임을 지고 물러나고, 후임으로 허엽이 대사간을 맡았는데 허엽은 노비에게 살해당한 이의 친족이라 노비 옥사의 직접적인 이해 당사자라 할 수 있었다. 허엽은 노비를 제대로 조사하지 못한 박순을 벼르고 있다가, 대사간을 맡게 되자 박순에게 곧바로 직격탄을 날렸다.

"주상 전하, 좌상 박순이 보름이 지나도록 노비 사건의 전말을 밝혀내지 못해 조정을 혼란에 빠뜨리고 있으니 그 죄를 중히 물어 그 직을 갈게 하여 주시옵소서!"

허엽의 사감(私憾)이 작용한 상소에 사간원 간원인 김효원(金孝元)도 이의를 달지 않고 그에 동조해 박순을 성토했다. 진중하게 사건을 조사하던 박순은 허엽의 공격으로 졸지에 무능한 대신이 되어버렸고, 심지어 허엽에게 곤장을 맞아야 한다는 비난까지 듣게 되었다.

정승의 자리에 앉아 무능하다는 이유로 탄핵을 당하자, 박순은 치미는 울화를 견디다 못해 병을 핑계로 사직을 해버렸고, 그의 사직이 큰 파문을 일으켰다.

"이놈들이 해도해도 너무 하는 것 아니야?"

정철이 분을 삭이지 못하고 이이 앞에서 씩씩거렸다. 성품이 용렬하고 사건의 이해 당사자인 허엽의 처신이야 백 번 양보하여 이해한다 해도 젊은 김효원까지 박순 공격에 가세한 것은 아무래도 무슨 꿍꿍이속이 있는 게 틀림없는 것 같아 정철은 의혹의 눈초리를 치켜세우고 있었다.

정철을 비롯한 박순의 측근들은 심의겸에게 사감을 가진 김효원이 인순왕후의 죽음으로 바람막이를 잃어버린 심의겸을 이참에 무력화시킬 요량으로 심의겸과 가까운 박순을 공격한 것이라 판단했다.

인순왕후의 남동생인 심의겸과 박순을 공격한 김효원 모두 신진 사림에 속했다. 심의겸은 외숙 이량의 전횡을 막고 사림을 보호하여 외척임에도 나이가 지긋한 사림들에게 평판이 좋았고, 김효원은 젊은 신진사대부들의 지지를 받는 이황 계열의 인물이었다.

김효원과 심의겸 두 사람은 구원(仇怨)이 깊었는데, 그 발단은 이랬다.

어느 날 심의겸이 용무가 있어 윤원형의 집에 갔다가 김효원이 윤원형의 사위 이조민(李肇敏)의 문객(門客)으로 드나들고 있다는 것을 알고는 깜짝 놀랐다. 김효원이 글을 잘 짓는다는 명성이 있어 심의겸도 그를 익히 알았지만 그가 부도덕한 권력자의 집안에 출입하는 것을 보고 아주 탐탁치 않게 생각하게 되었다.

후일 성품이 강직한 오건(吳健)이 이조 좌랑직을 사직하면서, 자신의 후임으로 당시 명망이 있던 김효원을 추천했는데, 당시 이조 참의(參議)를 맡고 있던 심의겸은 그때의 기억 때문에 그를 좋지 않게 여겼다. 심의겸의 제동으로 결국 김효원은 최고 요직인 이조 좌랑 문턱에서 고배를 마시고 칠 년을 기다린 끝에 이조 좌랑에 올랐다.

이조 좌랑을 맡은 김효원은 젊은 인물들을 발탁해 요로(要路)에 진출시키는 걸 좋아했고 일을 할 때는 머뭇거림이 없이 민첩했다. 일을 당해도 동요하거나 회피하지 않고 맞서는 당당한 배포도 있었다. 김효원은 이조 좌랑직을 수행하면서 자연스럽게 젊은 신진 사림들의 중심으로 급부상했다.

한편 김효원은 칠 년 전의 일로 심의겸을 늘 못마땅하게 여기고 있었다. 게다가 김효원은 명망가인 박순이나 김계휘, 이후백 같은 인물이 외척인 심의겸 세력에 의탁해 출세했다고 믿고 있었다. 그는 만나는 사람마다 항상 심의겸을 비난하고 다녔다.

"심의겸은 우직하고 거칠어 크게 쓸 재목이 못 된다."

김효원의 악의에 찬 험담과 비판에도 심의겸과 가까운 이들은 김효원을 가소롭게 여기며 조롱했다.

"남의 뒷구멍이나 파고 다니는 더러운 소인배야!"

"새파란 놈들이 모여 하는 짓이란 게 참 딱하고 한심해!"

"어린놈들이 모여 치기를 부리니 앞으로는 그놈들을 '소년의 당'이라 부르자고!"

이와 같은 심의겸 측근들의 조롱에 김효원과 그의 측근들은 심의겸이 착하고 바른 사람을 해치는 사악한 사람이라며 맞불을 놓았다.

이후에도 그들의 악연은 묘하게도 꼬리를 물며 눈덩이 불듯 원한을 키워갔다. 김효원은 인사 문제 갈등을 야기하여 심의겸 측근들의 의혹을 또다시 키웠다. 심의겸의 동생 심충겸(沈忠謙)이 장원급제하여 자신의 후임으로 추천이 들어오자 김효원이 펄쩍 뛰었다.

"이조가 어디 외척의 전유물인가!"

명종 시대에 외척의 폐해를 크게 경험한 바가 있어 외척을 경계해야 한다는 김효원의 주장이 지각없는 소견은 아니었다. 하지만 심의겸이나 그의 형제들이 권력욕에 눈이 멀어 조정을 위태롭게 한 바가 없고 오히려 외숙 이량의 전횡을 막아 사림을 보호한 공로나 건실했던 행적, 조심스러웠던 처신을 감안하면 김효원의 주장은 명분만 있고 사실과는 다소 거리가 먼 내용이었다. 이 때문에 심의겸이나 그의 측근들은 김효원의 주장을 진정성이 있는 것으로 받아들이지 못했다. 그들은 김효원의 주장을 다분히 감정적이고 악의에 찬 모략이라 치부했다.

심의겸과 김효원이 공방전을 벌이면서 두 사람 주변의 인물들도 서로 거리를 두게 되었다. 심의겸의 집이 한성의 서쪽인 정릉에 자리 잡아 그의 측근들은 서인이라 불렸고, 김효원은 한성의 동쪽인 건천동에 살아 그의 무리들은 동인이라 불렸다.

서인에 속한 사람들은 대체로 나이가 있고 조정의 중진 세력들이라 온건한 편인데 비해, 젊은 사림이 주축을 이룬 동인은 이황을 추종하며 그의 철학으로 철저히 무장된 급진적 이념주의자 색채가 강했다. 서인과 동인은 사림의 선후배 관계라 할 수 있지만, 그들의 성향은 정반대였다. 서로의 색깔이 분명한 만큼 갈등도 그에 비례해 두드러졌다.

아무튼 인순왕후 장례를 마친 후 박순의 탄핵 문제로 두 세력이 날카롭게 대치했다. 정철은 호불호가 아주 분명하고 자기 속을 감출 줄을 모르는 다혈질이라 동인들의 처사에 격분한 나머지 이이를 찾아와 김효원의 탄핵을 요구했다.

"숙헌, 어찌 자네는 이 시국에 손을 가만 놓고만 있는 것인가? 사적인 원한으로 대신을 탄핵한 저런 놈들을 그냥 두어서는 조정의 기강이 서지 않네, 자네가 앞장 서주시게!"

"무슨 소린가, 이 사람아! 이 사태는 김효원이 일으킨 게 아니잖은가? 장본인은 대사간인데, 어찌 김효원을 탄핵하나? 이 또한 사감일세. 자칫하다간 조정에 평지풍파를 불러일으키는 것이니 김효원을 탄핵할 생각일랑 아예 말게!"

이이의 강경한 태도에 김효원 탄핵은 무위에 그쳤지만, 친족 일로 사사로운 감정을 갖고 대신을 탄핵한 허물을 들어 허엽만큼은 이이 역시 탄핵하고 말았다. 조정의 중론도 이이의 생각과 크게 다를 바 없어, 박순의 탄핵 사태에 책임이 있는 사간원과 사헌부의 관리들을 모두 바꾸는 것으로 이 사건은 일단락을 지었다.

하지만 사태는 이것으로 끝나지 않았다. 강한 여진이 몰려왔다. 조정 인사권을 담당한 이조에 김효원의 측근들이 두루 포진하고 있었다. 이조참판은 그의 측근인 박근원(朴謹元)이었고, 이조 좌랑은 탄핵을 받은 허엽의 아들 허봉(許篈)이었다. 이들은 이이의 일 처리에 불만을 품고, 허엽의 잘못을 지적한 대사헌 김계휘과 심의겸의 측근인 이후백을 특별한 사유 없이 각각 평안도와 함경도 관찰사로 내보내, 자신들의 세를 과시하며 심의겸의 측근들에게 노골적인 선전포고를 했다.

3

노비 옥사가 발단이 된 동서인 양측 간 공방전으로 한 해가 저물고 있었다.

나이 젊은 동인들의 감정적인 정실(情實) 인사가 잇달으면서 김효원에게 아부한 이조참판 박근원과 허엽의 아들 허봉이 자리에서 물러나는 등 동인들이 큰 타격을 입었지만, 조정의 내분은 그칠 기미가 없이 연일 타올랐다. 서인들의 공격에 잠시 주춤했던 동인들은 후일을 기약하며 흐트러진 전열을 가다듬고 내부 결속을 강화했다.

임금은 자신이 기껏 친정을 펼치려 하는 이 마당에 조정이 사분오열되자 속에서 불이 났다. 여기에 왕자궁의 처소에서 일하는 노비가 신분에 맞지 않는 옷을 입고 있다고 하여 사헌부 구실아치가 그를 잡아가려고 왕자궁에 쳐들어가는 소란이 발생했다. 신료들이 왕실을 무시한다고 생각한 임금과 조정의 기강을 바로잡아야 한다는 신하들이 대립하여 갈등의 골이 깊어진 직후였다.

작년에는 황랍 문제로, 올해는 왕자궁의 노비 일로 임금은 큰 상처를 받은 터였다. 신하들에게 정나미가 떨어질 대로 떨어져 있던 와중에 일개 노비 살인 사건으로 조정이 누더기마냥 갈기갈기 찢어지자 임금은 기막혀 했다.

점잖게 도를 외치는 고상한 신하들이 권력 앞에서는 아귀같이 발톱을 치켜세우고 다투고 있었다. 배신과 비방, 음모와 모략이

난무하는 어지러운 신하들의 다툼은 시정잡배의 이전투구와 다를 바가 없었다. 임금의 눈에는 이쪽저쪽 할 것 없이 권력욕에 눈먼 비열한 도적 떼로 보였다. 염치 모르는 도적들이 두꺼운 낯짝을 들고 뻔뻔하게 대궐 안을 누비고 다니는 모습을 임금은 허탈한 심정으로 바라보고만 있었다.

어느 날 사정전(思政殿)에서 조강이 있었다. 영의정 홍섬(洪暹), 좌의정 박순, 우의정 노수신이 입시하고 이이, 유성룡, 이산해, 정철, 허엽 등 여러 신료들도 조강에 참석했다.

우의정 노수신이 흐트러진 조정의 기강을 걱정하며 임금에게 건의를 하였다.

"전하, 심의겸과 김효원의 대립으로 조정이 뒤숭숭한 것이 어제 오늘의 일이 아니옵니다. 특단의 대책을 내지 않으면 한낱 시시비비만 가리다 나라가 거덜 날 지경이오니, 오늘 이 자리에서 의견을 구하도록 하시옵소서."

신하들 간의 다툼에 이골이 난 임금이 노수신의 말에 얼굴을 잔뜩 찌푸렸다.

"우상께서 참으로 좋은 말씀을 하셨소. 그래, 나도 어디 한번 의견이나 들어보았으면 좋겠소. 권간의 시대에는 비록 그들의 전횡은 있었지만 나라가 이토록 어지럽지는 않았소. 내가 유학을 숭상하고 도를 중히 여겨 여러 신료들을 믿고 언로를 활짝 열어놓았건만, 어찌하여 나라꼴이 이 모양 이 꼴인지 참으로 알 수가 없구려. 이것도 내 덕과 수양이 부족한 탓이오? 어디 번지르르한 말씀들 잘하시는 입으로 좋은 얘기 좀 해보시오!"

입으로는 도를 외치고 몸은 탐욕의 악취를 물씬 풍기는 신하들의 이율배반적 태도에 환멸을 느껴 임금이 이렇게 신하들을 비꼬았다.

임금의 표정이 심상치 않아 모두가 입을 다물고 눈치만 보며 대꾸를 못했다. 이때 이이가 침묵을 깨고 입을 열었다.

"전하, 신이 한 말씀 올리겠습니다."

"좋소, 부제학이 어디 말 좀 해보시오."

"전하께서 작금의 일로 속이 상하시어 화가 많으신 줄 아오나, 신하들을 자꾸 나무라시면 그러지 않아도 전하를 어려워하는 신하들의 입을 더 막아 언로가 얼어붙을 수 있사오니 부디 마음을 너그럽게 하시옵소서.

지금 벌어지고 있는 조정의 분란은 김효원과 심의겸, 양인이 원인을 제공히긴 했으나, 그들에게 어떤 허물이 있다고는 생각하지 않사옵니다. 김효원은 강직하고 심의겸 또한 외척이긴 하나 그 처신이 깨끗하여 허물이 있다고 볼 여지는 없사옵니다. 다만 두 사람이 조정에 있는 한 그들을 둘러싼 소문과 잡음이 끊이지 않고 이로 인해 조기에 분란이 수습될 것 같지 않사옵니다.

지금의 다툼은 실체는 없고 소문이 소문을 낳는 유언비어에 놀아나고 있어, 실체 없는 그림자를 안고 싸우는 어리석은 형국이옵니다. 이런 까닭에 소문의 근원인 그들을 모두 외직을 내보내시면 양인을 둘러싼 헛된 소문이 사라질 것이오니 깊이 헤아려 처분을 내려 주시옵소서."

이이의 말에 임금도 가만 고개를 끄덕였고, 노수신이 재차 임금에게 이이의 소견을 지지하여 그의 주장에 힘을 보태주었다. 하지만 경연에 참석한 동서 양인들은 이이의 의견에 실망스런 표정을 감추지 못했다.

정철은 이이가 김효원의 세력을 꺾어주길 바랐고, 이산해, 유성룡, 허엽은 이이가 심의겸의 세력을 진정시켜주길 바랐다. 동서 양인들은 친소(親疏)를 따지며 은근히 이이에게 기대를 걸고 있다가 이이가 양쪽을 함께 진정시키는 계책을 내놓자 뒤통수를 맞은 듯 몹시 허탈해했다.

이이가 퇴궐을 하자, 대사동 그의 집으로 정철과 신응시(辛應時)가 부리나케 찾아와 역정을 냈다.

"숙헌은 어찌하여 봉합만 하려 드는가? 골치가 아파도 가려야 할 시시비비는 가려야 하지 않겠는가? 진정만 시킨다고 해서 해결될 일이 아니네! 썩은 싹은 제 때 잘라야지 그렇지 않으면 두고두고 후환이 될 걸세!"

한참 정철이 목청을 높이고 있는데 불쑥 이발이 찾아왔다. 동인 인사인 이발은 정철과 마찬가지로 성정이 불같고 괄괄하여 정철과 사사건건 부딪혀서 이들은 서로서로 앙숙이었다.

이이는 이발을 아껴서 정철과 이발의 관계를 원만하게 하고 싶었지만, 두 사람 모두 잘 참지를 못하는 다혈질이라 기껏 화해를 위해 만났다가도 다투고 돌아서는 일이 여러 차례 있었다.

이발이 정철이 와 있는 것을 보고는 마뜩찮은 눈치를 보였다. 그가 앉지를 못하고 엉거주춤 선 채로 고리눈에 은근한 불만을 담고 심드렁하게 말했다.

"승지께서 이 야심한 시각에 여긴 어인 발걸음이시오?"

"내가 못 올 데를 왔는가? 친구 집에 놀러온 것이 무엇이 잘못인가? 그런 자네야말로 이 야심한 시각에 웬일인가?"

"……."

이발이 시치미를 뚝 떼고 말이 없자, 정철이 눈을 삐딱하게 하여 비아냥거렸다.

"꼴을 보아하니, 부제학한테 김효원이 구명 좀 해달라고 부탁하러 온 것이로구먼!"

"승지께서는 어찌 점쟁이같이 그리 콕 잘 짚으시오? 내 앞으로 돗자리 하나 깔아드리리다. 맞소! 내 부제학께 부탁 좀 하러 왔소! 하면 승지께서는 우리 혼 좀 내달라고 친구한테 사정하러 오신 게요?"

"아니, 이놈이!"

정철이 화를 참지 못하고 몸을 부르르 떨며 주먹을 불끈 쥐었다. 지금껏 무던히 입을 다물고 있던 이이가 보다 못 해 고함을 쳤다.

"그만들 하시게! 야심한 시각에 내 집에 와서 이게 무슨 짓들인가? 오늘은 그냥 다들 돌아가시게, 내가 좀 쉬고 싶네!"

이이의 마르고 시꺼먼 얼굴이 흙빛이 되어 있었다. 이이가 몹시 성이 난 것을 알고 그의 눈치를 살피던 정철, 신응시, 이발이 멋쩍은 표정을 지으며 자리를 털고 일어섰다.

이이가 그들을 대문간까지 배웅하고 돌아오다 갑자기 섬돌 위에서 쿵 소리를 내며 쓰러졌다. 노씨 부인과 소실 김씨 부인이 놀라서 버선발로 달려왔다.

"서방님!"

이이는 정신이 가물거렸다. 흐릿한 그의 의식 너머로 아들 경림의 웃음소리, 난영의 얼굴, 어머니의 음성이 들려왔다.

이이가 가늘게 눈을 떴다. 어둔 빛 가운데 어스름한 그림자가 그의 눈에 얼비쳐 들었다. 부인 노씨였다.

"정신이 드세요?"

"어찌된 일이오?"

"꼬박 하루 반나절을 누워 계셨습니다."

뜬눈으로 밤을 지새운 그녀는 하룻밤 사이 십 년을 산 듯 창백한 얼굴이 무척 수척해 보였다.

"내가 이렇게 누워 있으면 안 되지. 나 좀 일으켜주시오."

"아니 됩니다. 그냥 누워 계십시오."

"일어나야 한다니까요!"

"정말 안 됩니다. 전하께서도 어의를 보내어 쉬라고 하셨습니다."

"전하께서도 알고 계시오?"

"그걸 말씀이라 하십니까?"

"……."

"저희들은 서방님이 돌아가시는 줄 알았습니다."

노씨 부인이 기어코 참았던 눈물을 왈칵 쏟아내며 흐느꼈다.

"서방님, 이젠 조정 일을 그만두시고 파주로 내려가 살아요. 나랏일 때문에 생목숨 잡겠습니다. 나랏일도 중하지만 저희들도 좀 생각을 해주세요. 서방님이 안 계시면 저희 세 여인네가 누굴 믿고 살겠습니까? 또 경림이는 어떻게 하구요? 겨우 돌을 지난 두 살배기입니다. 어찌하시려고 그리 일을 무리하게 하십니까?"

노씨 부인의 타박에는 인간 이이에 대한 애절한 연민과 아내로서의 남편에 대한 서글픈 원망이 뒤섞여 있었다. 그녀의 가슴 안에는 조정에 있는 온갖 인간 군상들에 대한 미움과 원망도 가득했다.

김효원과 심의겸이 갈등이 깊어가면서 양 진영 간에 분쟁이 노골화되자, 이들 사이에서는 어떻게 해서라도 이이를 자기편으로 끌어들이기 위해 안간힘을 썼다. 임금의 총애를 받는 이이를 일단 자기 진영으로 끌어들일 수만 있다면, 상대를 대적하기에 훨씬 유리한 자리를 점할 수 있기 때문이었다. 그들은 나름대로 논리와 명분을 들어가며 집요하게 이이를 설득했고, 이이는 양자를 중재하기 위해 그들과의 만남을 굳이 피하지 않았다.

조정이 혼란에 빠지면서 조정자로서, 중재자로서 이이의 역할 범위가 확대됐다. 이이는 날이면 날마다 거의 매일 그들이 초청한 자리에 참석하고 초주검이 되어 돌아왔다. 이이에게는 하루

이십사시로도 부족했다.

　노씨 부인은 남편 이이가 조정에 더 머물렀다가는 제 명에 죽지 못할 것 같아 조바심을 냈다.

　"서방님, 정말 우리 한양 일일랑은 잊고 내려가서 살아요. 서방님 말고도 조정에서 봉사하고 싶은 사람들은 많아요. 다 잊고 내려가서 삽시다."

　그녀가 눈물로 호소하고 있을 때, 소실 김씨 부인과 어린 경림을 안은 둘째 소실 이씨 부인도 곁에 앉아서 흐느끼고 있었다.

4

"몸은 괜찮소?"
"전하께 심려를 끼쳐 무어라 드릴 말씀이 없사옵니다."
"내가 부제학을 더 이상 붙잡을 염치가 없소."
임금이 몹시 침통한 낯으로 그에게 술을 직접 따랐다.
"전하!"
이이가 화들짝 놀라서 손사래를 쳤다.
"괜찮소, 나와 경 사이에 무슨 허물이 있겠소!"
"황공하옵니다."
　임금은 이이가 건강을 해치고 동료들에게까지 버림받아 외로운 처지에 놓이게 된 것이 모두 자신의 탓이라 생각해 마음이 천근만근 무거웠다. 김효원과 심의겸을 외직으로 보낸 것을 두고 이이는 동서 양인에게 모두 원망을 듣고 있었다. 선배들은 이이가 김효원을 진정시키기만 할 뿐 공격하지 않았다고 허물을 삼았고, 후배들은 김효원을 중용하지 않았다고 이이를 비판했다. 정철은 이이가 동서 양인에게 비판을 당하며 토사구팽의 처지에 놓이자, 그 역시 정치에 염증을 느껴 훌쩍 낙향해버렸다.

임금은 이이를 떠나보내는 게 못내 아쉬워 술잔을 만지작거리다 무거운 얼굴을 하고 잔을 비웠다.

"행여, 내게 하실 말씀은 없으시오?"

"옥체를 잘 보전하시옵소서. 굳이 전하께 한 말씀 올리자면 마음을 여시라는 것입니다. 조정 안에 인재들은 많으나 신하들이 전하를 몹시 어려워하고 있사옵니다. 언제나 말씀을 드리지만 임금과 신하는 부자지간같이 친밀하여야 합니다. 허물이 없어서는 아니 되지만 너무 거리를 많이 두면 마음이 멀어지오니 깊이 명심하시옵소서."

"내 일있으니 아무튼 몸조리나 잘 하시오. 나도 이번에 크게 놀라서 가슴이 철렁했소."

"송구하옵니다."

"내려가면 어찌 먹고살 방도는 있소?"

이이가 멋쩍게 웃었다.

"산천에 널린 것이 먹을 것들인데, 어찌 산 입에 거미줄이야 치겠습니까!"

"경이 웃으니 보기는 좋소만, 이제 허세는 그만 부리시오. 집 팔아서 형제들 나누어주었다는 얘기는 진작 들었소. 부제학이 어찌 집도 절도 없는 떠돌이 신세가 되었소?"

임금이 이이의 얼굴을 힐금거리며 한숨을 내쉬었다.

"……."

이이는 민망해서 얼굴을 붉혔다.

"딴 생각은 마오. 내가 경에게 서반(西班)직을 주려 하니 사양은 말고 그저 푹 쉬며 건강을 회복하시오."

"전하!"

이이의 눈자위가 붉어졌다.

"됐소. 겨우 그만한 일에 낯을 붉히시오? 내 비록 부족한 것이 많지만, 그대와 나 사이에서만큼은 허물을 따지고 싶지 않소."

"전하, 성은이 망극하옵니다!"

서반직은 현직에 있지 않아도 녹을 받을 수 있는 자리라 이이로서는 장기간의 유급 휴가를 얻은 것이나 진배없었다. 이이가 가난한 형제들을 위해 집을 팔아 돈을 나누어주는 바람에 그의 형편이 매우 어렵다는 것을 알고 임금이 이이에게 서반직을 준 것이었다.

이이가 임금에게 사은하며 옷소매에서 책을 하나 꺼내어 임금에게 건넸다.

"이게 무엇이오?"

"별것 아닙니다. 성현의 말씀 가운데 전하의 정치와 치도에 도움이 될 만한 것들을 골라서 정리하고 주석을 달았습니다. 이름은 『성학집요(聖學輯要)』라 지었사옵니다."

임금이 책을 받아들자 먹 냄새가 물씬 풍겼다. 책을 쓴 지 얼마 되지 않은 것 같았다. 임금은 이이의 선물에 기쁨을 감추지 못하면서도 너무 뜻밖이라 어이없다는 듯 웃음을 지었다.

"참 부제학도 어지간한 사람이오! 그 아픈 와중에 언제 이런 것을 다 쓰셨소? 아무튼 고맙소. 언제 떠날 것이오?"

"나흘 후에 떠날 예정입니다."

"가거든 기별이나 자주 하시오……."

이이는 임금에게 하직을 고하고 퇴궐한 후에 박순을 찾아갔다. 그는 박순에게 김효원의 측근 인사들인 유성룡, 김성일(金誠一), 김우옹을 부탁하고, 낙향한 정철에게는 공정한 인사를 당부하는 서찰을 보냈다. 또 이발을 만나 사림을 둘로 가른 김효원의 실수를 지적하며 불신을 거두고 화합할 것을 부탁했다.

하지만 양 진영의 대립과 갈등은 가라앉을 기미를 보이지 않았고, 나날이 도를 더해가며 치열하게 상대방을 공격했다. 후에는 전쟁의 양상까지 띠었다. 색깔과 소속이 다르다는 것이 증오의 이유일 뿐이었다.

슬프게도 동서인의 이 전쟁은 명분도 실리도 없는 우울한 불신의 전쟁이었다. 불신이 미움을 낳고 미움이 원망을 낳고 원망이 낳은 분노가 죽음을 부르는 전쟁을 낳았다. 성격상 근본적으로 소모적이고 불합리하며 낭비적인 것이었음에도 그들은 이 전쟁을 멈출 수가 없었다.

불신의 강을 건너자 그들은 모두 분노와 증오의 포로가 되어 있었다. 자신들이 꿈꾸는 이상 사회 건설에 걸림돌이 되는 세력은 마땅히 척결해야만 한다고, 그들은 스스로에게 영웅심에 들뜬 최면을 걸고 있었다. 하지만 이것은 어디까지나 자기 양심의 눈을 가리고 자신들의 불타는 욕망을 포장하며 행동을 합리화하기 위한 어설픈 자기 암시에 불과했다. 그들이 내세운 거창한 명분에도 불구하고, 정작 그들이 원한 것은 탐욕의 배를 채우기 위한 권력이었다. 그들이 원한 것은 자기 생존에 필요한 최소한의 자기방어적인 소박한 권력이 아니었다. 대인은 상생을 원하지만 소인배들은 상대의 복종과 굴종을 원했다. 그들의 싸움에서 제일 원칙은 기선 제압이었다.

우스꽝스럽게도 이 시기는 투철한 이상주의자들에 의해 가장 야만적인 폭력이 자행된 시대였다. 완고한 철학과 사고의 경직성이 얼마나 무모하고 어리석은 상황을 초래할 수 있는지 실증적으로 보여주고 있었다.

아무튼 편협하고 고집불통인 이 이상주의자들은 승자도 패자도 없고 실리도 없이 해악만 남은 어리석은 전쟁을 벌여, 자신들이 애지중지하던 도의 정신까지 죽여 버렸다. 그들의 정치 철학도 죽었고, 급기야 그들의 양심마저도 죽었다.

이렇게 그들이 남긴 유무형의 전비(戰費)는 필연적으로 백성들이 피와 땀으로 청산해야 할 부채가 되어 돌아왔다. 이것은 역사가 후퇴하는 시기에 힘없는 백성들이 맞게 되는 공통적인 운명이었다.

분별력을 잃은 철없는 이상주의자들이 조선의 심장을 야금야금 갉아먹고 있을 때, 바다 건너 일본에서는 일본 열도를 통일한 오다 노부나가(織田信長)가 아즈치성을 축조하면서 새로운 창조의 세계를 열어가고 있었다.

동시대를 살던 두 나라의 모습은 빛과 암흑만큼 대조적이었다. 한쪽은 암울함 속에서 파괴와 퇴보를 일삼았고 다른 한쪽은 희망가를 부르며 하늘로 힘찬 비상을 꿈꾸고 있었다.

석담 이야기

 부제학 자리에서 물러난 후 이이는 차가(借家)가 있는 해주 석담에 은병정사(隱屛精舍)를 세워 후학들을 지도하고 있었다.
 집안 노복에게서 황해도 감사 최황(崔滉)이 왔다는 기별을 받고 이이는 서둘러 귀가하였다. 이이가 대문간에 들자, 사랑방에 앉아 있던 최황이 얼른 일어나 나왔다.
 "그냥 앉아 있지 않고?"
 이이가 방으로 들며 문을 닫아걸고 앉더니 심각한 표정으로 나지막이 물었다.
 "그래 어찌 되었는가?"
 "도무지 말을 듣지 않으십니다."
 최황의 말을 듣고 있던 이이가 한숨을 내쉬었다.
 "정 말을 듣지 않으면 법대로 하시게!"
 이이의 말에 최황이 난감해했다.
 "법대로 한다는 것도 쉽지가 않습니다. 이미 허가를 내준 것이라 어찌할 도리가 없고, 감영에서 땅 측량을 잘못한 허물도 있어 형님에게 모든 책임을 묻기도 참으로 곤란합니다. 정말 죄송하게 되었습니다."

"자네가 날 도우려다 생긴 일인데, 누굴 책망하겠는가!"

눈을 감고 깊은 고민에 빠진 이이를 바라보는 최황의 얼굴에 무안한 기색이 역력했다.

최황은 이이의 후임으로 황해도 감사로 왔다가 바닷가 습지를 간척해 염전 사업을 하겠다고 신청한 이가 이이의 형 이번인 것을 알고는 전후 사정을 살피지 않고 얼른 허가를 내주었는데, 이번이 남의 사유지까지 간척지 염전으로 편입시켜 큰 물의를 빚고 있었다. 이번이 땅주인의 반환 요구를 번번이 묵살하자, 땅주인이 반환 소송을 냈고 황해도 해주 일대에서는 이이의 형 이번이 동생의 권력에 의지해 남의 땅을 강취했다는 소문이 파다했다.

최황은 법대로 하다가는 허가를 내준 자신이 문책을 받을 것은 물론이고 시쳇말로 뼈도 못 추릴 것이 분명했다. 이이를 생각해 그의 형을 도우려다 외려 이이를 큰 곤경에 빠뜨린 터라 불철주야 기를 쓰고 원만한 수습 방안을 찾았지만 묘안이 없어 전전긍긍하고 있었다. 최황은 이 모든 일이 정에 이끌린 사려 깊지 못한 자신의 경박한 처신 때문에 생겨난 일이라 이이 앞에서 낯을 들지 못했다.

이번의 인물 됨됨이가 벽창호같이 말이 통하지 않는 고집불통인 데다 물불을 가리지 않고 욕심을 내는 무지막지한 구석이 있어, 최황은 고집을 세우며 우기는 이번을 이기지 못하고 설득에 실패해 이이를 찾아와 도움을 청하는 중이었다. 이이가 형을 설득해 소송을 취하하고 땅주인에게 땅을 반환해 원상회복시켜주는 것이 최황이 바라는 최상의 해결 방안이었다.

이이는 형 이번 때문에 자신과 온 집안이 추문에 휩싸인 것에 몹시 속이 상해 있었다. 이이는 물심양면으로 자신을 돕고 있는 최황에게 낯이 서지 않는 것은 물론이고, 근동 사람들 얼굴을 보는 것도 창피해서 외출을 꺼리고 있었다.

몇날 며칠을 고민하다 이이가 보자기에 무언가를 주섬주섬 챙기고는 집을 나섰다. 노씨 부인은 요 며칠 사이에 이이가 말도 없이 우두커니 먼 산만 바라보며 늘 침통한 표정을 짓고 있어 걱정이었다. 짐작은 하고 있었지만 묻기가 민망해 그녀는 그저 두고 볼 도리밖에 없었다.

"어디 가시는 거예요?"

"형님한테 잠깐 다녀오리다."

"손에 든 보자기는 뭐예요?"

"별 것 아니오!"

그녀는 몹시 마음이 불안했다. 이십 년 가까운 세월을 살아오면서 그녀는 남편이 지금처럼 속상해하는 모습을 본 적이 없었다.

이번의 집은 이이의 집에서 십 리쯤 떨어진 곳에 있었다. 이이가 그의 집에 들자, 이번은 출타했다가 막 귀가했는지 의관을 벗고 있었다.

"네가 웬일이냐?"

이번이 이이가 찾아 온 이유를 알면서도 시치미를 뚝 뗐다.

"간척지 땅 문제로 왔소!"

"땅 얘기라면 하지 마라. 다 끝난 일이니……."

"남의 땅을 강탈한 것이나 진배가 없는데, 다 끝 난일이라니? 그게 무슨 뜻이오?"

"이 문제는 네가 관여할 바가 아니다. 나는 합법적으로 간척 허가를 받아 측량한 대로 간척을 했을 뿐이다. 이게 어째서 내 죄가 되느냐?"

"그래, 말의 이치는 옳소. 하지만 분명한 것은 과정이 어찌 되었든 남의 땅을 무단 점유한 것은 사실 아니오! 그런데 어찌 돌려 줄 생각을 않으시오?"

"난 그리 못 하겠으니 돌아가거라!"

이번은 전혀 마음을 바꿀 생각이 없었다. 이번이 고리눈을 표독스럽게 하여 이이를 쏘아보다 더 이상 말할 가치가 없다는 듯 이이를 무시하고 반상에 놓인 책을 펼쳐 들었다.

이이가 이번을 딱한 시선으로 보며 말했다.

"형님은 대체 무얼 믿고 그리 말도 안 되는 고집을 피우는 거요?"

"……."

이번은 묵묵부답 펼쳐놓은 책만 내려다보고 있었다.

"내가 없어도 형이 이렇게 고집을 피울 수 있겠소?"

"무슨 말이냐?"

"내가 이전에도 말하지 않았소? 이런 일이 다시 생기면 형제 간 인연을 끊는 것은 물론이고 창피해서 내가 세상을 살 수 없다고 하지 않았소! 형님이 고집을 부리는 것은 나를 죽이는 일이오."

"나도 한번 사람답게 살아보고 싶다고 하는데, 왜 이리 난리냐? 네가 도와주지는 못할망정 다 된 밥에 꼭 재를 뿌려야 시원하겠냐? 그렇다면 나도 너 보지 않고 살 것이니, 네 말대로 우리 인연을 끊자!"

"형님!"

이이가 눈을 부릅뜨고 이번을 노려보았다.

"아니, 이놈이 버릇없이 어딜 눈을 동그랗게 뜨고 노려봐!"

이번도 물러설 기색 없이 얼굴이 벌겋게 달아서 버럭 고함을 질렀다.

"형님, 하늘에 계신 어머님께 부끄럽지도 않소?"

"이놈아, 왜 너는 툭하면 어머니를 들먹이느냐? 넌 모든 걸 다 가졌지만 난 가진 게 하나도 없다. 한 부모 밑에 태어나 이렇게 불공평한 일이 어디 있단 말이냐? 난 나를 이렇게 무능하게 낳아주신 어머니가 원망스럽다!"

이번은 큰소리를 치면서도 이미 그의 눈자위는 붉어지고 있었다. 그의 얼굴 반쪽이 씰룩거렸다. 이이가 이번의 마음이 동요하는 때를 놓치지 않고 이번을 끈질기게 설득했다. 이번이 닭 똥 같은 눈물을 뚝뚝 흘렸다. 이번에게 어머니는 치명적인 약점이었고 어머니에게 이번은 가슴 아픈 아들이었다.

　형 이선과 아우 이이가 아버지를 따라 외유에 나선 사이에, 이번은 홀로 어머니 사임당 신씨의 운명을 지켜보았다. 이번은 그녀의 뼈아픈 유언을 혼자 들어야 했다.

　'둘째야. 사람이란 자기 복이란 게 있지만, 욕심이란 하늘이 준 복도 누리지 못하게 한단다. 이 에미의 말을 꼭 기억하거라……'

　이번의 가슴에 뿌리박힌 어머니에 대한 회한이 꼬리를 물고 일어났다. 무능한 아버지, 인고의 세월을 살아낸 강한 어머니. 이번의 머리에 각인된 인상이었다.

　이번은 어머니를 평생 고생시킨 무능한 아버지에 대한 원망이 뼛속 깊이 사무치고 있었다. 이번이 유독 물질에 많은 관심을 보이는 것도, 따지고 보면 범재로 태어난 그가 물질로나마 성공하여 어머니의 당당한 자식으로 서듭니고 싶은 보상심리가 강했던 탓이었다.

　"넌 도대체 어떻게 내 앞길을 평생 가로막기만 하느냐!"

　이번이 원망스런 눈길로 이이를 노려보고 있었으나 벌써 기세는 절반쯤 꺾여 있었다.

　"형님, 미안하오. 길이 아닌 것은 어쩔 수가 없소! 잠깐 살기 위해 영원히 죽을 수는 없지 않겠소?"

　이번이 눈물을 주르르 흘리고 있을 때, 이이가 이번에게 보자기를 풀어 그림 한 점을 건넸다.

"아니! 이건 어머니의 유작 아니냐!"

"그렇소, 어머니가 주신 사군자요."

"이걸 왜 내게 주느냐?"

"어머니의 정성이 깃든 유작이라 탐을 내는 사람이 많소. 형님 살림에 조금 도움이 될까 싶어 가져왔소. 받아주오!"

이번이 고개를 가로저었다.

"내 비록 염치가 없는 놈이지만 이것만은 받을 수가 없다. 내가 어찌 저승에 가서 어머니 낯을 뵐 수 있겠느냐! 거둬라!"

"형님! 받아주오!"

"안 된다. 기왕지사 마음먹은 일, 죽기 전에 나도 떳떳하게 대장부 노릇이나 한번 하자. 땅도 돌려주고 염전 사업권도 포기 하마. 최황이 내게 사업권을 내준 것이 따지고 보면 이이 너 때문이 아니겠냐? 어차피 다른 사람 눈에는 네가 개입된 것으로 보일 것이니, 내가 사업을 접는 게 네 신상에 도움이 될 게다. 내가 잠시 돈에 눈이 멀어 판단이 흐려졌다. 앞으로는 돈을 벌더라도 너하고는 상관없는 일을 할 것이니 그리 알아라!"

이번이 이이의 설득에 마음이 움직여 자발적으로 땅은 물론이고 염전 허가권까지 포기하자, 해주 지방을 떠돌던 구구한 억측과 흉흉한 소문은 크게 가라앉았다.

이이는 형 이번의 합법적인 사업까지 막았다는 죄책감 때문에 해주 석담에서의 생활이 편치 않았다. 낮에는 석담에 지은 청계당에서 제자들을 지도하고, 어스름 깔리는 저녁이면 찾아오는 손을 만나 아우 이우에게 거문고를 타게 하고, 천진난만한 아들의 웃음소리를 들으며 지친 심신을 달래온 꿈 같은 나날이었다. 이런 생활을 자기 혼자서만 누린다는 생각에 형 이번을 생각하면 여간 고통스러운 게 아니었다. 그는 자신이 형의 앞길을 막았다는 자책감에 사로잡혀 있었다.

때마침 인종의 비인 공의왕대비(恭懿王大妃)가 위독한 지경에 이르렀고, 임금이 명종의 비인 인순왕후 때문에 결심을 못하고 있던 을사년의 위훈 삭제를 결정했다. 이 일은 석담 생활을 청산하고 싶었던 이이에게는 울고 싶은데 뺨 때려준 격이 되었다.

공의왕대비는 먼저 세상을 뜬 인순왕후와는 처한 입장이 정반대였다. 인종의 비인 공의왕대비는 소윤파를 몰아내려 윤임과 손을 잡고 역모를 꾸몄다는 억울한 누명을 쓴 채 평생을 살았고, 명종의 비인 인순왕후는 을사년 위훈의 덕을 톡톡히 보았기에, 동서지간인 두 대비는 이해관계가 서로 엇갈렸다.

공의왕대비는 자신이 눈을 감기 전에 누명을 반드시 벗고 세상을 떠나고 싶었다. 그녀는 임금에게 을사사화로 억울한 죽임을 당한 사람들의 직첩(職牒)을 돌려줄 것을 요구해, 운명을 앞두고서야 일평생의 피맺힌 한을 풀어냈던 것이다.

폭풍 속으로 걸어가다

1

 선조 11년(1578) 봄. 이이가 조정을 떠난 지 이태 만에 임금의 부름을 받아 나귀를 몰고 한양으로 올라가고 있었다.

 이이가 해주에 내려가 있던 사이에 임금이 이이를 대사간으로 수차례 다시 불렀지만, 이이는 대사간직에 있다 황랍 사건으로 홍역을 치른 바 있고, 조정 일보다 해주 석담 생활이 체질에 맞아 임금의 부름에 응하지 않고 있었다. 그러다가 마침 인종의 정비(正妃)인 공의왕대비가 승하해 상중에 있는 용안을 뵙고 임금의 은혜에 감사하는 인사를 올릴 요량으로 한양으로 가고 있었다.

 이이는 자신이 학수고대하던 위훈 삭제도 이루어졌고, 전라도 담양 땅에 내려가 있던 정철까지 최근 다시 출사하였다는 소식을 들어 정철을 만나볼 생각에 마음이 몹시 달떴다. 그의 마음은 바빴지만, 나귀가 그리 실하지 않아 예정 시간보다 반나절은 더 늦게 도성에 당도했다. 이이는 도성 근처에 이르러서는 숭례문 바깥 마방에 나귀를 맡겨 먼 길에 지친 나귀의 피로가 풀리게 하였다.

그는 도성에 들자마자 빠른 걸음으로 종로 시전을 지나 육조 거리까지 한달음에 걸어갔다. 오가던 길에 자주 들르던 주막의 주모들이 이이를 알아보고 반갑게 손을 흔들었다. 거리의 모습은 이태 전에 비해 하나도 달라진 것이 없는데, 어딘가 모르게 소란했다.

굴비 엮듯 오라에 포박을 당한 백성들이 줄을 지어 의금부로 들어가고 있었다. 그 뒤를 아낙들이 대성통곡을 하며 따랐는데, 한눈에 보아도 오라에 묶인 이들은 족히 스무 명은 넘었다. 이이는 곡절이 궁금해 금부 앞을 지키는 나졸에게 물었다.

"무슨 일인데, 죄인들이 이리 슬피 우시오?"
"댁은 알 것이 없소, 그만 돌아가시오!"
"허허, 나는 대사간이오!"
"……."

젊은 나졸은 깜짝 놀라 얼른 낯을 바꾸고는 아주 공손한 태도로 이이에게 미주알고주알 사정을 밝혔다.

한성에서 일정한 직업 없이 놀던 사람들이 중국에서 관보(官報)를 간행한다는 소식을 전해 듣고 이것을 생계 삼을 생각에 의정부와 사헌부의 허가를 받아 영업을 했는데, 이것이 임금의 눈에 뜨여 노여움을 샀다는 것이다. 국가에서 관장할 일을 일반 백성이 자기 이익을 위해 한다는 것은 나라의 수치라는 게 임금의 소견이었다.

 일이 터지자 관보 간행을 허가한 의정부와 사헌부의 관리들은 도둑이 제 발 저린다고 꿀 먹은 벙어리가 되었고, 나라의 허가를 받고 합법적으로 관보를 발행한 백성들만 초주검이 되도록 고문을 받았다. 돈을 들여 활자를 만들고 인쇄소를 열어 관보 간행에 관여한 백성들은 하루아침에 한 푼도 건지지 못한 채 알거지가 되었다.

 이 때문에 여론이 들끓었다. 백성들은 관보 발행을 허가한 의정부 관리들을 성토했지만, 그뿐이었다. 관료들은 오불관언 등을 돌렸고, 백성들의 울분은 관료들의 침묵에 묻혀버렸다. 힘없는 자의 강한 분노는 오히려 자기 파멸만을 불러왔다. 민원을 제기한 백성들은 이런 저런 이유로 투옥되고 있었다.

 문제를 일으킨 정부 책임자는 따로 있는데, 의정부에서는 책임진 사람이 하나도 없다는 것이 어이가 없어 이이는 기가 막혔다.

 봄 햇살이 유난히 따뜻했고 길가 풀밭의 아지랑이가 그의 눈에 아른거렸지만, 날아갈 듯 가벼웠던 그의 걸음이 백성들의 억울한 사연에 무거웠다.

 이이는 정전을 찾아 임금을 알현했다. 상중의 임금은 소선(素膳)*을 한 탓에 용안이 거칠었다. 이이가 이런 저런 얘기를 하다 조심스럽게 사직의 인사를 올렸다.

---

*육식을 금하고 채식만 하는 것.

"전하께서 상중에 계시어 옥안을 뵈옵고 사직을 말씀드리는 것이 옳은 일이라 생각하여 상경하였습니다. 봉직의 마음이 없사오니 부디 저의 직을 갈아주십시오."

임금이 멀거니 이이를 바라보며 답했다.

"사직하지 말라!"

임금의 어투가 몹시 무미건조했고, 용안은 돌부처같이 표정이 없었다. 이 년 만의 재회라 임금을 만나는 것이 내심 몹시 기뻤던 이이가 머쓱해졌다. 임금은 아무런 감정이 없는 얼굴을 하고 사직을 불허한다는 기계적인 말 외에는 한 마디도 없었다.

이이는 아무래도 임금의 심병이 다시 도진 것은 아닌가 생각을 하였다. 상을 당하였고 아직은 추위가 물러가지 않은 이른 봄이라 충분히 그럴 수 있다 싶었다. 이이는 더 이상 임금에게 말을 올리지 않고 서둘러 자리를 물러났다.

이이가 물러가자 임금은 가슴이 먹먹했다. 그에게 해야 할 말을 하지 못했다는 때 늦은 후회가 일었다. 반가움을 전하지 못한 것도 속이 상했다. 임금은 웃고 싶어도 당최 웃음이 나오지 않았다. 이이를 불러놓고도 무슨 말을 해야 할지 도무지 아무런 생각이 나지 않았다. 머릿속이 그냥 하얗게 빈 기분이었다. 임금은 자신이 너무나 한심하여 견딜 수 없었다. 그의 눈가에 눈물이 그렁그렁 고여 있었다.

임금은 이 지긋지긋한 시간이 빨리 흘렀으면 하고 바랐다. 그가 느릿한 걸음으로 대전을 나섰다. 그리고 계단 위에 서서 힘없이 고개를 쳐들고 하늘을 바라보았다.

'제발 저 태양이 활활 타올랐으면!'

2

퇴궐한 후 이이는 곧장 오동나무집으로 발길을 돌렸다. 그곳에는 정철이 기다리고 있었다.

이이를 보자마자 뼈가 으스러지게 끌어안던 정철은 임금이 이이에게 데면데면하게 대했다는 말을 듣고는 화부터 벌컥 냈다.

"이런, 젠장. 아니 이 년 만에 보면서 어찌 반갑다는 말씀 한마디 않는단 말인가?"

정철은 전날에 임금이 이이를 두고 귀를 씻어 인간사를 듣지 않는다는 말을 한 것을 떠올렸다. 그는 임금이 신하를 업신여긴다 여겨 화를 내며 당장 사표를 쓰라고 성화를 부리기도 했었다. 한 번도 아니고 두 번씩이나 이이가 임금에게 면박을 당한 것이 분해 정철은 임금에게 골이 날 대로 나 있었다. 정철은 이이와 자신을 실과 바늘 같은 사이라 생각했고, 이이가 곧 자기 자신이라 여겼다. 그래서 정철은 이이가 임금에게 수모를 당하면 자신이 면박을 당한 것처럼 속이 상하고 화가 났다.

시큰둥해져서 눈을 내리깔고 술잔을 비우는 정철을 이이가 싱긋 웃으며 쳐다보았다.

"전하께서 또 울화병이 도지신 것 같네."

"암만, 그래도 그렇지. 이 년 만 아닌가!"

임금의 심기에 대한 이이의 자세한 설명에도 정철은 여전히 신하를 대하는 임금의 태도가 무성의하다며 몹시 못마땅해서 볼멘소리만 하였다. 정철은 자신도 오랜만에 큰마음 먹고 다시 조정에 나온 처지라, 이번 기회에 임금이 이이를 굳세게 붙들어 매어 주었으면 하고 크게 바라고 있었던 것이다.

　정철과의 술자리가 한창 무르익고 있을 때, 한 떼의 사람들이 우르르 몰려왔다. 좁은 주막 마당에 사람이 꽉 들어차서 시골 장마당같이 붐볐다. 이이가 임금의 부름을 받은 대사간직을 그만둔다는 소식에 크게 놀란 송익필, 박순, 이발, 김우옹 등, 동서인을 망라한 여러 명사들이 그의 사직을 만류하고자 함께 몰려온 것이었다.

　이이가 조정에 몸담고 있을 때는 피부로 느끼지 못했던 이이의 존재감과 가치를, 이 년이란 이이의 공백기를 거치고 나서야, 동서인들은 물론이고 뜻 있는 조정의 시료들도 확실히 인정하게 되었다. 동서인 모두 처한 입장에 따라 이이에 대한 기대와 생각은 달랐어도, 양 진영 모두 그의 출사를 애타게 갈망하고 있었다.

　이이가 조정을 비우자, 일단은 임금이 마음을 잡지 못했다. 국정이야 그럭저럭 꾸려나갈 수는 있어도 신하들에 대한 임금의 불신은 날이 갈수록 깊어져 임금이 신하들에게 걸핏하면 화를 내니 그 방황의 끝이 어디인지 도무지 알 수가 없었다. 적어도 이이가 조정에 복귀해야만 임금이 신하들에 대한 불신을 얼마간은 거두고 마음을 잡을 것이란 생각을 했다.

둘째는 대립과 갈등을 반복하고 있는 동서인 모두 상대에 대한 불신이 몹시 컸다. 콩으로 메주를 쑨다 하여도 상대 진영에서 하는 일을 믿지 못해 양자가 모두 답답해하고 있었다. 동서인들은 모두가 인정하고 어느 한쪽으로 편중되지 않은 화합의 중재자가 절실히 필요했다. 조정의 신료들은 너나 할 것 없이 그러한 역할에 최적의 인물로 이이를 주목했다.

작년에 지진이 일어난 직후, 호열자와 마마가 돌아 양민들을 쓸었고, 뒤이어 구제역까지 창궐해 목숨을 잃은 짐승들이 부지기수였다. 더군다나 을사위훈 삭제 문제까지 겹쳐 국사가 눈코 뜰 새 없이 바빠 다툴 겨를조차 없었다.

해가 바뀌어 나라가 좀 잠잠해지자, 잠복해 있던 불길이 표면화하여 거세게 타오를 조짐을 보이고 있었다. 이조의 요직을 장악한 윤두수 삼부자가 동인들을 억제하고 서인들을 중용하면서 치열한 권력 암투를 예고했고, 양 진영 간에는 전에 없이 확전에 대한 두려움과 위기감이 고조되어 있었다.

지금 이 시점에 이이를 대사간으로 부른 것은 임금의 뜻도 있었으나, 위기감을 느낀 여러 대신들이 고심 끝에 이이의 출사 필요성을 임금에게 강력히 건의한 때문이었다.

서인 쪽에서는 박순이, 동인 쪽에서는 이발이 이이에게 애원했다.

"존장께서 지금 돌아가면 우릴 보고 어떻게 하란 말이오? 시사에 진전이 없다고 한탄만 하지 마시고, 임금의 마음을 꽉 붙들어

보시오!"

"이발의 말이 맞네. 숙헌만큼 전하의 신임을 받는 사람이 없지 않은가? 나라가 이리 어지러운데 어찌하여 자네는 자꾸 물러가려고만 하는가!"

이발과 박순의 질책이 따가워 이이도 마음이 무거웠다. 하지만 그는 때가 무르익지 않았다고 여겼다.

"사람이 모여 일이 된다면 나도 그리 하고 싶소. 하지만 어디 일이 그렇습니까? 제가 우부승지 시절에 전하께 「만언봉사」를 올렸을 때, 전하께서 몹시 기뻐하셨소! 나도 전하께서 아이같이 좋아하는 그런 모습은 처음 보았소. 당장 필사를 하여 신료들에게 회람을 시킬 때는 아 이제는 정말 무언가 일이 되겠구나 생각했었소!"

이이의 말에 모두 침통한 얼굴을 하고 고개를 끄덕였다. 동석한 이들은 이이의 거대한 구상에 임금이 크게 고무되어 몹시 흥분해 있던 당시 일을 또렷이 기억하고 있었다.

"그런데 그뿐이었소……. 내가 조정에 머문다면 전하의 심기를 보살피는 데는 얼마간 도움이 될지 몰라도, 전하의 특별한 결단이 없는 한 나 역시 고만고만한 일밖에는 못 할 것이오."

이이와 동석한 인사들 사이에 이이의 유임을 두고 실랑이를 벌이고 있을 때, 뜻밖에 천하를 부유하던 기객(寄客), 토정 이지함이 찾아왔다. 그야말로 조선의 명망가들이 이 좁은 주막 마당에 거의 다 모인 셈이었다.

폭풍 속으로 걸어가다 409

"아니, 존장이 여긴 어찌 알고 오셨습니까?"

화들짝 놀라 눈이 동그래진 이이의 인사에 토정이 삿갓을 벗고는 어깨를 으쓱거리면서 짐짓 거만을 떨었다.

"천 리 바깥의 일까지 듣고 볼 수 있어야 진정한 도인이라 할 수 있지 않겠는가!"

토정의 천연덕스런 허풍에 모두가 실소를 금치 못했다. 실은 토정도 조카 이산해의 부탁을 받고 이이의 사직을 말리려고 한겨울의 냉기가 가시지 않은 때 이른 춘풍을 타고 날아온 것이었다. 토정의 눈에는 조정의 갈라진 형세가 예사롭지 않아 보였고, 훗날 큰 화를 부를 것이라 생각했다. 그의 눈에는 조정의 화합이 한시가 급했다.

"어디 도를 통하신 도사께서 이 시국에 대해 한 말씀 해보시구려!"

박순이 토정의 옆구리를 슬쩍 찌르며 은근히 채근하자, 토정은 한 자는 족히 될 허연 수염을 보배인 양 자랑스럽게 쓸면서 말했다.

"지금의 나라꼴은 사람으로 비유하자면 이미 원기가 쇠해서 중병에 걸렸으니 손을 대어도 구제할 길이 없는 지경이라 할 수 있소. 다만 나라의 어려운 형세를 구할 한 가지 기이한 방책이 있긴 한데, 지금 세상에서는 이 기책(奇策)을 쓰지 않을 것 같아 말하기가 어렵소."

토정 이지함의 말에 모두가 귀가 솔깃해져서 두 귀를 쫑긋 세웠다. 모든 이가 토정의 입만 쳐다보고 있었다. 그가 안광이 번뜩이는 눈으로 의중을 살피듯 좌중을 한번 쭉 훑어보고 나서 말했다.

"한고조(漢高祖)가 항우와 천하를 놓고 다툴 때 한신(韓信) 장군을 얻은 것이 기책이었고, 관중 땅을 얻은 후 그곳을 소하(蕭何)에게 맡긴 것이 또한 기책이었소. 한신을 얻은 다음에야 사실 다른 기책이 무엇이 필요했겠소? 이치가 이와 같아서 이이가 지금 조정에 머물면 나라가 이미 원기가 쇠한 터라 큰일은 못 해도 나라가 반드시 위태로운 지경에까지는 이르지 않을 것이니, 지금 이 시점에 이이를 조정에 붙잡아두는 것보다 나은 기책이 어디 있겠소!"

사람들은 토정의 비유를 옳게 여기며, 이이에게 시선이 쏠렸다. 이이는 자신의 입을 주목하는 그들의 따가운 시선을 느끼면서도 손사래를 치며 가만 웃어넘기기만 하였다. 모두 이이의 속을 알 수 없어 답답해했다.

토정이 얄미운 시선으로 흘겨보며 묵묵부답 앉아 있는 이이를 비꼬았다.

"전하를 뵙고 혼자서 꿀을 한 사발 잡수셨나? 말이라면 청산유수인 분이 오늘은 왜 이리 말이 없으신가?"

"전하의 사랑이 한 사발만 되겠습니까? 기왕이면 꿀 한 말 정도는 쓰셔야지요."

이이의 신소리에 좌중이 모두 크게 웃었고, 토정은 대답을 재촉했다.

"에끼, 이 사람아. 뜬금없는 소리 그만하고, 솔직히 말해보게. 정말 어쩔 셈인가?"

"전하께서 일을 하시겠다는 큰 결단을 하고 난 뒤라면 모를까, 전하께서 아직 마음을 정하신 일이 없는데 어찌 선뜻 나올 수 있겠습니까? 부를 때마다 와서 순순히 봉직을 하게 되면 전하께서는 아쉬울 것이 없으니 당연히 신하를 가벼이 여기지 않겠습니까? 임금이 신하를 업신여기면 절대 큰일을 도모할 수가 없습니다.

전하의 성격이 우유부단해서 속이 타실 만큼 타셔야만 일을 해보겠다는 큰 결단을 내릴 수 있을 것입니다. 그때 출사해도 늦지 않으니 조금만 기다려보십시오. 아마도 머지않아 십중팔구 전하께서 다시 찾으실 것입니다."

토정이 이이의 말에 의미심장한 미소를 지었다.

"허허, 나 말고 또 도사가 있었구먼. 숙헌의 생각도 틀린 것은 아니네만, 숙헌이 출사를 할 마음이 있다면 굳이 시간을 지체할 필요가 무엇이 있는가? 지금 당장 나와야 하는 것 아닌가? 아니 그렇소?"

"옳습니다."

아까부터 엉덩이를 들썩이며 입술을 달싹이고 있던 이발이 눈을 반짝거리며 맞장구를 쳤다. 이이의 고집을 아는 이들은 이이가 다시 고향으로 돌아가면 언제 다시 나올지 몰라, 좌중은 이이가 한양에 나온 이참에 그를 단단히 붙들어 매어 두려고 눈에 불을 켜고 달려들고 있었다.

이발이 말을 덧붙였다.

"저도 비유를 하나 들겠습니다. 부모의 목숨이 경각에 달렸는데, 어리석은 부모가 약을 먹지 않겠다고 우기고 화를 낸다 하여 자식이 약 드리기를 그만두고 떠나서야 되겠습니까? 지성이면 감천이라 하지 않습니까? 부모가 화를 낼수록 정성을 다해야 합니다."

"나도 이발의 말에 동의하네. 기왕 나온 길 돌아갈 길도 먼데, 그냥 꾹 눌러앉게!"

이발의 말에 정철이 부리부리한 눈을 번쩍이며 이이에게 말했다. 웬일인지 오늘따라 앙숙같이 지내던 이발과 정철의 손발이 척척 맞아, 모두가 두 사람을 보고 웃었다.

이이가 정철과 이발을 보며 말했다.

"자네들이 오늘은 웬일로 친동기간같이 화기애애한가? 난 매일 오늘 같기만 하다면 아무 걱정이 없네! 좀 잘들 지내보시게. 경함(景涵)*도 계함에게 좀 공손하게 대하고, 계함도 경함을 좋은 후배로 여기며 사랑 좀 해보게!"

"아, 난 여인네는 사랑해도 남정네를 사랑하지는 않네!"

정철의 신소리에 한바탕 큰 웃음이 다시 일었다. 이이의 낙향

---

*이발의 자

을 막기 위한 동서인의 만남은 잠시나마 미묘한 흥분이 이는 축제 분위기를 만들어냈다.

하지만 이이를 잡기 위한 춘색이 설익은 하룻밤의 만남은 모두의 염원과는 다르게 일장춘몽으로 끝났다. 이이는 끝내 고집을 꺾지 않고 다시 낙향을 했다.

3

삼월이 가고 시간이 흐르면서 어둠 속에 침잠해 있던 임금의 마음에 역동적인 변화의 물결이 일었다. 임금의 몸과 마음에 기운이 넘치기 시작했다.

"영상 대감, 아니 어찌하여 숙헌은 아직도 오지 않소? 두 달이나 자리를 공석으로 비워두다니 숙헌이 너무하는 것 아니오?"

임금은 불러도 오지 않고 대답도 없는 이이 때문에 혼자 애를 태우다, 이이와 친밀하다는 이유로 애꿎게도 영상 박순을 불러 깨 볶듯 달달 볶아댔다.

"전하, 아직 숙헌이 마음을 정하지 못한 것 같사오니, 한 번 더 그를 부르도록 하시옵소서!"

"아니, 대체 몇 번을 불러야 한다는 말이오?"

임금은 파주에 은거하며 가타부타 말이 없는 이이에게 골이 나서 크게 역정을 냈다.

"전하, 숙헌은 전하께서 중히 여기는 신하 아니옵니까? 그런 신하라면 삼고초려가 아니라 열 번, 백 번을 불러도 임금의 위신과 위엄에 흠이 되는 것이 아니옵니다. 오히려 군왕이 신하를 사랑하는 마음을 만천하에 알리는 것이니 얼마나 아름다운 일이옵니까? 다시 그를 부르소서!"

임금은 권력 다툼으로 조정이 어지러운 이 지경에 부름에 응하지 않는 이이가 몹시 불쾌했지만, 박순의 말이 그르지 않아 한 번 더 이이를 불렀다.

임금의 소명에 이이는 상소로써 답을 했다.

"전하께서 만일 신을 쓰고 싶으시다면, 제게 나랏일을 먼저 물어보십시오. 그리고 신의 말을 쓸 수 없으시다면 원하옵건대 다시는 부르지 마시옵소서."

이이는 자신이 이전에 「만언봉사」에 밝혔던 나라의 문제점과 개혁 방안에 더해서 다시 일만여 자가 넘는, 흔히 「만언소(萬言疏)」라 불리는 상소문을 올려 재차 사회적 폐단을 지적하고 이를 구제할 방안을 제안했다.

이이는 임금에게 자신이 제시한 나라의 폐단을 개선할 분명한 의지를 밝혀달라고 요구했고, 의지가 없다면 출사할 수 없다는 자신의 입장을 분명히 했다.

임금은 이이가 올라올 기색은 비치지 않고 상소만 올리며 자신을 압박하자 벌컥 화를 냈다.

"아니, 대체 언제까지 시간을 끌 것인가? 이이 한 사람을 위해 관직을 오래도록 비워 둘 수는 없다!"

그럼에도 임금은 손에서 이이의 상소문을 놓지 못하고 중얼거렸다.

"나는 열 칸 집을 원하는데, 숙헌은 백 칸 집을 지으려 하니, 나 원 참! 하지만 숙헌의 말처럼 된다면 얼마나 좋을 것인가?"

임금의 독백 속에는 이이의 원대한 구상에 대해 임금이 느끼는 부담감과 동시에 이이의 제안에 임금 역시 적지 않은 유혹을 느끼고 있음이 담겨 있었다.

이이와 임금이 생각의 차이를 극복하지 못하고 평행선을 달리는 동안, 의금부에서는 잔인한 국문이 벌어지고 있었다.

"이놈, 당장 이실직고하지 못할까!"

의금부 위관이 눈을 부라리며 벼락같은 호통을 쳐도 시전 상인 장세량(張世良)은 굵은 눈물을 뿌리며 애절한 눈으로 위관을 바라보고 산발을 한 머리를 가로저었다.

"아닙니다, 아니에요. 어찌 있지도 않은 일을 있다고 거짓으로 자백하여, 나 살자고 억울한 사람을 사지로 내몰 수 있겠습니까? 제가 지금 거짓으로 말하고 있다면 하늘이 용서치 않을 것이니 능지처참을 당하여도 억울하지 않을 것입니다."

장세량이 전과 다름없이 복죄를 할 기미를 눈곱만치도 보이지 않자 위관이 호통을 쳤다.

"저놈을 매우 쳐라!"

형리(刑吏)가 곤장을 내리칠 때마다 철퍼덕 소리를 내며 장세량의 볼기에서 피와 살이 툭툭 튀어 올랐다. 그는 서인의 거두 윤두수의 뇌물 사건에 연루되어 한 달 넘게 의금부에서 국문을 당하고 있었다. 오늘이 벌써 열 번째 국문이었고, 그에게 가해진 장형도 열 번째였다.

장세량은 범죄자가 아닌 단순한 증인인데도 중한 범죄인에게나 허용되는 가혹한 형벌을 받고 있었다. 이것은 유례가 없어 장안에서도 장세량의 일로 민심이 흉흉했다. 장세량은 천한 신분인 장사꾼이었지만 여느 선비에 견주어도 뒤지지 않은 곧은 절개가 있어 갖은 국문에도 결코 시인을 하지 않았다.

윤근수의 조카인 이조 좌랑 윤현(尹晛)과 인사 문제로 사사건건 마찰을 빚던 병조 좌랑 김성일이 경연에서 임금에게 진도 군수 이수(李綏)의 뇌물 사건을 알렸다. 동인의 우두머리가 된 부제학 허엽이 이 사건에 윤두수가 연루되었음을 밝히며 그를 탄핵해야 한다고 강력히 주장했다. 이에 진도 군수 이수를 잡아들이고 뇌물로 준 쌀을 보관한 혐의로 시전 상인 장세량을 잡아 국문에 나설 때만 하여도, 동인들은 윤두수를 비롯한 서인들을 몰아낼 확실한 물증을 잡았다는 생각에 사기가 크게 올라 그 기세는 하늘을 찌를 듯했다. 그러나 장세량의 의기라는 뜻밖의 복병을 만나 매우 곤혹스런 입장에 놓이게 되었다. 증인 장세량을 족쳐 자백만 받으면 일이 일사천리로 풀릴 것이라 생각한 것이 어이없게도 장세량 때문에 발목이 잡혀 한 발자국도 앞으로 나가지 못하고 있었기 때문이다.

서인에 빌붙어 입신양명을 도모했던 많은 인사들은 이 사건으로 서인의 우두머리 격인 윤두수가 탄핵을 받자 신변의 위협을 느껴 떼를 지어 황급히 동인에게 몸을 의탁했다. 동인들은 하루아침에 권력의 핵을 장악하게 된 것처럼 보였다. 하지만 일개 상인 장세량의 강력한 부인에 동인들이 헛물만 켠 꼴이 되어 그들 사이에서는 탄식이 쏟아졌다. 물러서자니 기치로 내걸었던 부정부패 척결의 명분을 잃을 처지였고, 범죄의 증거도 없이 국문을 계속하자니 음모론에 직면할 위기에 놓여 있었다. 출구가 보이지 않는 이 문제 해결에 동인들은 골머리를 앓았다. 임금까지 동인들에게 의심의 눈길을 보내며 당장 장세량을 석방하라고 연일 성화를 부리고 있어, 동인들은 하루하루 피가 마르는 심정으로 장세량의 옥사를 지켜보고 있었다.

4

"이것 참, 난감하게 되었소이다. 장세량이 도무지 입을 열지 않으니 어찌해야 할지 모르겠소. 끝내 증거를 찾지 못하면 조야의 원성을 우리가 다 뒤집어쓸 판이니……. 요즘은 잠이 오지 않아요. 그렇다고 지금에 와서 일을 물리기도 그렇고……."

서애 유성룡이 눈살을 찌푸리며 땅이 꺼져라 한숨을 내쉬었다. 이수의 옥사가 일보의 진전도 보이지 않자, 동인의 핵심 인물 이발, 이산해, 유성룡이 머리를 맞대고 진퇴양난에 빠진 난국을 타파할 묘안을 짜내느라 궁리에 궁리를 거듭하고 있었다. 이황에게 하늘이 내린 인재라는 극찬을 받은 유성룡도 도무지 묘안이 떠오르지 않아, 아까부터 눈을 감고 골똘히 생각에 잠겨 있는 도승지 이산해의 입만 바라보고 있었다. 이산해는 숙부 토정 이지함을 쏙 빼닮아 묘책이나 기책으로 말하자면 조정 안에서 당할 자가 없었다.

유성룡이 조바심이 나서 채근을 했다.

"도승지가 말 좀 해보시오."

"시간을 두고 찬찬히 생각해봅시다. 그건 그렇고, 경함은 어제 계함을 만난 일은 어찌 되었소?"

이산해가 천천히 눈을 뜨고는 사헌부 장령 이발에게 물었다. 이발은 정철의 이름을 듣자마자 얼굴이 벌겋게 달아 이죽거렸다.

"그 멍멍이 말이오?"

"멍멍이라니?"

유성룡이 이발의 말에 깜짝 놀라 마뜩찮은 눈으로 이발을 바라보며 나무랐다.

"말씀이 너무 거치네."

"내가 무얼 그리 잘못 말했소이까? 계함은 술만 마시면 개가 되는데……. 나는 그런 개는 재수가 없어 오뉴월 복날에도 안 잡아먹을 것이오."

"경함, 선비가 말이 지나치네! 계함은 숙헌이 제일 사랑하는 친구 아닌가!"

유성룡은 이발의 말이 듣기 거북한지 눈살을 크게 찌푸리며 역정을 냈다. 이산해는 몹시 언짢아하는 유성룡이 탐탁치 않아서 불편한 기색을 감추지 못했다. 그가 심드렁하게 말했다.

"이현(而見)*은 어찌 숙헌과 연관되는 얘기만 나오면 그리 예민하오? 숙헌이 겁이 나오?"

"난 그저 선비의 입이 너무 거칠지 않았으면 하고 지적한 것일 뿐이오."

난데없이 어색한 분위기가 흐르자 이발이 멋쩍게 웃으며 사과했다.

"오늘은 계함을 성토하러 모인 자리가 아닌데 내가 잠시 실수를 하였소."

하지만 이발은 여전히 불만이 채 가시지 않아 혼자 툴툴 거렸다.

"나 원 참, 어떻게 생겨먹은 위인이 벽창호같이 꽉 막혀 있는지······."

"······."

이발은 아직도 어제의 일로 성이 풀리지 않아 눈에 쌍심지를 켜고 정철에 대해 악담에 악담을 더 하고 있었다. 이발이 말하는 모양새를 보니 이미 회담이 깨어진 것이 분명했다.

미궁에 빠진 윤두수 탄핵 사건을 수습하기 위해 동인에서는 이발이, 서인에서는 정철이 어제 저녁 남산에서 만나 비밀 회합을 가졌다. 이날도 주선(酒仙)이라 불리는 정철의 술이 과해 회담이

---

*유성룡의 자.

꼬인 배경이 됐다. 술기운이 더해진 감정싸움 끝에 정철이 이발의 낯에 침을 뱉고 약이 오른 이발이 정철의 수염을 뽑는 난장판이 벌어졌다. 퇴로의 명분과 탄핵 철회라는 실리를 주고받기 위해 만난 비밀 협상이 어이없이 깨지고 만 것이다. 실낱같은 희망이 술 때문에 허공으로 날아가 버렸다.

세 사람은 한숨을 내쉬며 말없이 타개책을 골똘히 생각하고 있었다. 한참 동안 무거운 침묵이 흘렀고, 이산해의 중얼거림에 유성룡과 이발이 눈을 반짝이며 귀를 쫑긋 세웠다.

"판이 깨졌으니, 자력으로 헤쳐 나가는 수밖에……."

"무슨 좋은 수가 있소이까?"

이발이 눈을 밝히며 묻자, 이산해가 태연한 기색으로 싱긋 웃었다.

"바둑으로 치자면 진퇴에 다 명분이 없으니 우리 처지가 외통이오. 하지만 길이 전혀 없는 것은 아니오!"

일을 지나치게 밀어붙여 궁지에 몰렸다고 생각한 유성룡이 눈을 크게 뜨고 반색을 했다.

"정말 묘안이 있는 것이오?"

"외통에 몰렸을 때는 판을 깨는 것도 한 방법이고 상대에게 돌을 던지게 만드는 것도 한 방법일 수 있소."

이산해의 말이 얼른 이해가 가지 않아 유성룡이 물었다.

"무슨 뜻이오?"

이산해가 의미심장한 미소를 지으며 여유만만하게 말했다.

"명분은 만들면 되는 것이오. 다 사람 마음먹기 나름이라 생각하오. 첫째는 상대가 지칠 때까지 시간을 최대한 끄는 지연술이오. 우리가 혐의를 거두지 않고 줄기차게 몰아간다면 설사 증거를 찾지 못한다 해도 저쪽에서 무혐의를 입증할 확실한 증거를 내놓지 못하는 한 누구든 윤두수의 혐의를 완전히 부정하지는 못할 것이오. 시간을 끌다 보면 누군가가 이 일을 진정시키려 할 것이 분명하오. 그 누군가는 주상 전하가 될 수도 있고 대신들이 될 수도 있습니다. 우리가 스스로 물러선 것이 아니니 실효를 거두진 못해도 명분까지 완전히 잃게 되는 것은 아니오.

둘째는 마음에는 썩 들지 않겠지만 장세량을 희생양으로 삼는 것이오. 지금까지의 상황으로 볼 때 장세량이 지독한 놈인 것은 분명하나 이전보다 더 가혹히 형벌을 가하면 반드시 복죄를 할 것이오. 원래 매에는 장사가 없는 법 아니겠소! 복죄를 하면 일은 일사천리로 풀릴 것이고, 고문 끝에 그가 죽는다 해도 죽은 자는 말이 없으니 누구에게도 실익은 없을 것이오. 허나 우리가 받을 상처는 아주 경미하겠지요."

"참으로 기책이오! 시간에 쫓기니 오히려 시간을 역이용하자는 말이 참으로 기책이오!"

이발이 무릎을 치고 탄성을 지르며 수선을 피웠지만, 유성룡의 후덕한 얼굴에는 어두운 그늘이 슬쩍 비쳤다. 그는 눈도 깜짝하지 않고 안색 변화도 없이 살인을 말하는 이산해를 보면서 모골이 송연했다.

'참으로 무서운 사람이구나!'

유성룡이 떨떠름한 표정을 지으며 말했다.

"너무 무리수를 두는 게 아니오? 무리를 하느니 난 차라리 장세량을 방면하는 게 더 좋을 것 같소이다. 그가 정말 아무런 혐의가 없다면, 우리가 진실을 왜곡한 꼴이 되는 것 아니겠소?"

이산해는 유성룡의 우유부단한 태도에 눈을 부릅뜨고 목소리를 높였다.

"이현은 마음이 너무 유해서 큰일이오. 우리는 강해져야만 하오! 세상에 진실은 없소이다. 믿게 만들면 그게 곧 진실이 되는 것이오. 우리는 지금 혁명을 하고 있소. 대의를 위해 작은 희생쯤은 치를 각오를 해야 하오.

장세량에 대한 이현의 마음은 이해하오. 하지만 마음을 모질게 먹어야 하오. 우리 스스로 믿음을 갖지 못하면 무슨 혁명을 이룰 수가 있겠소! 아마 부정부패를 일소하려 하는 우리의 뜻을 숙허도 충분히 이해할 것이오."

이산해는 유성룡의 미적지근한 태도에 쐐기를 박듯 이이를 거론하며 방점을 찍었고, 유성룡은 야심에 찬 이산해의 추상같은 기세에 눌려 더 이상 말을 하지 못했다.

유성룡도 믿고 싶었다.

'그래. 우리는 혁명을 하고 있는 거야, 혁명을 하고 있는 거라고!'

이렇게 외치고 있는 이 순간에도 여전히 그의 머릿속에는 수많은 생각이 시끄러운 매미 소리가 되어 어지럽게 떠돌았다.

5

 동인 거두들의 계획대로 장세량에 대한 석방은 유보되었고, 끈질긴 국문은 한 달이나 더 계속되었다. 육신이 찢기는 목불인견의 장형이 십여 차례 더 가해졌다. 장세량이 거의 초주검이 되었음에도 동인들은 기대했던 그의 복죄를 얻지 못했다.

 상황이 여기에 이르자 의인이 억울하게 고문을 받아 죽어가고 있다는 소문이 나돌았다. 여론이 동인들에게 아주 불리하게 돌아가고 있었다.

 장세량의 국문을 유심히 지켜보던 임금도 장세량의 국문에 임하는 동인들의 심상찮은 태도를 보면서 점점 이 옥사에 더 깊은 의문을 갖게 되었다. 보위에 오른 지 십일 년이 되었고 그의 나이도 이제 스물일곱이라 세상을 바라보는 눈에 예리한 관록이 두둑하게 붙어 있었다. 동인들의 장세량 국문은 일반적인 규정이나 상식에서 크게 벗어나 있다고 임금은 생각했다.

 동인들의 주장대로 윤두수가 뇌물을 받았는지도 의문이었다. 임금은 동인들에게 의혹의 눈초리를 거두지 못했고, 그들의 행태도 눈에 크게 거슬렸다. 윤두수 탄핵으로 조정의 인사권은 동인들의 손에서 놀아나고 있어, 친정을 꿈꾸던 임금에게는 동인들의 발호(跋扈)가 큰 장애물이었다.

 또 평소 곱지 않은 시선으로 보고 있던 허엽이 동인들의 종주가 되어 휘하에 젊은 무리들을 줄줄 거느리고 다니며 으스대는 모습이 임금의 눈에는 꼴불견이었다. 부정부패 일소를 기치로 내걸고 권력을 장악한 동인들도 옷만 바꾸어 입었을 뿐 그간 권력을 잡고 있던 서인들의 행태와 크게 다를 바가 없었다. 임금은 언젠가 동인들을 크게 손보아줄 것이라 생각하며 기회를 엿보고 있었다.

가을이 깊어가던 어느 날 밤, 서인 쪽에 속하는 영상 박순을 물리치고 임금은 무당파인 좌의정 노수신을 대전으로 은밀히 불렀다. 임금은 도승지 이산해와 같은 동인 일색인 승정원의 입직승지(入直承旨)까지 퇴궐을 시키고, 아무도 들이지 말 것을 내관 이봉정에게 명한 후 노수신을 만났다. 임금의 손에 봉서가 하나 들려 있었다.

"좌상, 난 도무지 이 옥사를 이해할 수가 없소. 윤두수에게 혐의가 있다 쳐도 일개 증인에게 죽도록 장형을 가한다는 것은 사리에 맞지가 않아요. 대역 죄인이라면 모를까⋯⋯. 백성을 문초할 때는 대전(大典)에 의하여 국문을 해야 할 것인데, 지금 장세량의 일은 대전의 규정을 벗어나 있어도 한참 벗어나 있소! 좌상 대감의 생각은 어떠시오?"

"전하께서 보신 바와 같사옵니다. 장세량은 단순 증인일 뿐, 국사범이 아니니 옥에 가두고 장형을 칠 상황은 아닌 것으로 아옵니다."

"허면, 이 일을 어찌 처리하면 좋겠소? 동인들에게 이 국문을 맡겨두었다간 언제 일이 끝날지도 알 수 없고, 더군다나 장안의 소문이 하루가 다르게 험악해지고 있소! 장세량의 국문 때문에 조정의 위신과 체통이 땅에 떨어지고 있으니 난감하오. 내 생각에는 이수의 옥사에 큰 무리가 있는 것 같소이다."

노수신이 용안을 살피며 조심스럽게 말했다.

"전하께서는 장세량을 석방하시고 싶은 것이옵니까?"

"그렇소."

"전하의 영명하심이 하늘의 태양보다 밝으시니 종묘와 사직의 홍복이옵니다."

노수신이 감격하여 울컥 목이 메었다.

그도 이수의 옥사에 어떤 불순한 동기가 있다고 생각하고 있었다. 오랜 유배에 시달린 탓에 차마 정쟁에 휘말리고 싶지 않아 말을 아끼고 있었을 뿐, 그도 마음은 몹시 편치 않았던 터였다.

임금도 노수신을 안타깝게 바라보며 한숨을 내쉬었다.

"숙헌이 있었으면 어찌 이런 일이 있었겠소?"

"전하, 그러하옵니다. 숙헌이야말로 편당을 짓지 않고 매사 나랏일에만 정성을 기울이니 지금 이때에 꼭 필요한 사람이옵니다."

"그걸 난들 모르겠소. 불러도 오지 않고 또 상소만 보내왔소."

임금이 노수신에게 봉서를 내밀었다.

전하, 신 이이 아뢰옵니다.

보잘 것 없고 흠이 많은 신을 다시 불러주시니, 크신 성은에 어찌 보답하여야 할지 모르겠사옵니다. 신의 몸이 온전치 못하오니 당장은 소명을 받아 출사하기 어려울 것 같사옵니다. 신의 죄를 용서해 주시옵소서. 다만 먼 시골구석에서 몇 가지 소식을 들은 일이 있어, 종묘와 사직에 새로운 우환 거리가 되지 않을까 염려하여 신이 생각하는 바를 올리고자 하옵니다.

지금 윤두수의 뇌물 의혹으로 동서인의 분열상이 매우 심각하다고 들었사옵니다. 저는 윤두수를 잘 압니다. 윤두수는 재용이 넉넉한 사람이라 재물을 탐할 까닭이 없사옵니다. 그가 재물에 욕심이 없다고는 할 수 없으나 그의 인품이 뇌물을 챙길 정도로 비루한 사람은 아니옵니다.

뇌물을 주는 것을 보았다는 사람만 있을 뿐 뇌물을 준 사람도 없고, 받았다는 사람도 없사옵니다. 제보를 한 이는 진도 군수 이수에게 원한이 많은 사람인 걸로 알고 있사옵니다. 증인으로 심문을 받고 있는 상인 장세량 또한 두어 달이 다 가도록 복죄를 하지 않아 현재로서는 그 내막을 알 수가 없사옵니다.

지금으로서는 의혹의 사실 여부를 파악하기 어려운 지경이오나, 이후백과 김계휘와 같이 덕망이 높은 인물들이 조정을 떠난 것으로 보아 동인들의 공격에 무리한 점이 많이 있다고 신은 생각하옵니다.

동서인 간에 벌어지고 있는 지금의 분란은 대체로 불신과 미움 속에서 일어난 것이 많아 실제 사건은 그 구체적인 형체가 없는 것이 대부분이옵니다. 불신이 깊고 미움이 커서, 하나의 소문으로 의혹을 갖게 되면 이것이 마치 사실인 양 믿고 싶은 생각이 드는 것이 상대를 미워하는 사람의 마음이옵니다.

흑막을 가리고 시시비비를 가리는 것은 참으로 중요하지만, 이것의 이해득실을 잘 가려서 판단해야만 할 것이옵니다. 지금은 실체를 알 수 없는 사건의 잘잘못을 가리는 데 힘을 쏟느라 국력을 낭비하기보다는, 어지러운 나랏일을 바로잡고 조정의 화합을 이루는 것이 어느 때보다 중요하옵니다. 바라옵건대 종묘사직을 위하여 동서인들의 허물을 묻지 마시고 모두 덮어 두시기 바라오며, 또한 그들을 골고루 중용하시어 편당을 타파하시옵소서!

임금이 이이의 상소문을 읽고 있는 노수신을 빤히 바라보며 물었다.

"좌상은 이이의 상소를 어떻게 보시었소?"

"보기에는 이이가 자신의 친구가 많은 서인의 편을 드는 인상은 있으나, 그의 인품이 원래 친소에 따라 시비를 판단하는 사람이 아니니, 신은 그의 생각이 다 옳다고는 할 수 없어도 그르다고도 말할 수 없사옵니다. 전하께서 깊이 생각하시어 결단을 하시옵소서."

노수신은 이이의 상소를 옳다고 여기면서도 뚜렷한 소신을 밝히지 못하였다. 자신 역시 뇌물수수의 의혹을 받고 있던 터라 켕기는 구석이 있었다. 그는 이이의 상소를 지지하다 동인들에게 괜한 불화살을 맞지 않을까 우려하여 차마 확실한 입장 표명을 못하고 말을 아낀 것이었다. 그의 얼굴에는 민망한 기색이 역력했고, 떨떠름한 표정의 임금 역시 그에게 크게 실망한 눈치였다.

노수신이 두루뭉술하게 말하여 임금이 잠시 판단에 혼란을 겪었다. 아무튼 임금은 다음 날 이이의 상소에 힘을 얻어 자신의 국정에 대한 의지와 위엄을 떨쳐 보이고자 의금부에다 장세량을 석방하라는 어지를 내렸다.

느닷없는 어지에 놀란 젊은 승지들이 크게 반발해 곧 들고일어났는데, 임금은 그들이 임금에게 항명했다는 이유를 들어 입직 승지 김우굉(金宇宏), 송응개(宋應漑)를 즉시 파면하고, 뒤이어 노승지 이산해 이하 모든 승지들을 직위 해제시켜버렸다.

사헌부, 사간원, 홍문관 등 삼사를 장악한 동인들의 조직적인 저항도, 장검을 휘둘러 일진광풍 몰아치듯 하는 임금의 초강수에 결국 무릎을 꿇었고, 동인들은 거의 줄초상 분위기가 되었다.

6

"짚이는 것이 없는가?"

"전하의 마음을 하룻밤에 움직일 사람이 이이 외에 누가 있겠소?"

"설마 숙헌이 그랬을 리가……."

성미가 불같은 이발은 서인 일망타진이라는 거사가 성공 일보 직전에 물거품이 되자, 분을 이기지 못해 안면을 씰룩거렸다. 무리수를 걱정하던 유성룡은 기어코 올 것이 왔다는 낭패감에 젖어 몹시 곤혹스러워하고 있었다. 그들이 타는 속을 한 잔 술로 달래고 있을 때, 이산해가 노수신을 만나고 돌아왔다. 그의 얼굴이 몹시 침통했다.

이발이 몸이 달아서 그에게 물었다.

"무얼 좀 알아보고 오셨소?"

"……."

이산해는 말없이 물병의 물을 따라 큰 잔으로 벌컥벌컥 들이켰다.

"예상한 대로 역시 숙헌이 우리를 비판한 상소를 올린 모양이오……."

"정말이오?"

이발의 실눈이 동그래졌다. 그는 설마하면서도 자신의 스승이자 은인인 이이가 자신의 등에 칼을 꽂을 것이라고는 꿈에도 생각지 못해 낙담했다. 유성룡 역시 허탈해하긴 마찬가지였다.

"적어도 숙헌은 우리 입장을 이해해줄 줄 알았는데. 이럴 수가, 이럴 수가! 어찌 숙헌이……."

대의와 명분을 목숨같이 여기는 이이가 공개적인 지지 의사 표명까지는 하지 않더라도 부정부패 척결이라는 자신들의 대의에 뜻을 함께할 것이라 그들은 굳게 믿고 있었다. 믿는 도끼에 발등 찍힌 꼴이 되었지만 그들의 반응 강도는 삼인삼색으로 달랐다. 다혈질인 이발은 용장(勇將)의 기질이 강해 시뻘건 안색으로 크게 화를 내며 호들갑을 떨었고, 후덕하고 인품이 고상한 유성룡은 말을 아낀 채 이이에 대한 서운함에 속을 끓였다. 이산해는 조정 인사 가운데 판세 분석이 가장 뛰어나고 신묘하기까지 한 인물이었는데, 시야가 넓고 형세의 흐름을 잘 읽어 자신의 속을 쉽게 드러내지 않았다. 안색으로 보아서는 대체 어떤 생각을 하는지 알 수 없는 구석이 있었다. 사람들은 그래서 그의 뱃속에는 천년 묵은 구렁이가 열 마리는 더 들어 있을 것이라 하였다. 이처럼 동인을 이끌고 있는 중심인물 가운데에는 이들과 같은 용장, 덕장(德將), 지장(智將)이라는 다양한 성격의 뛰어난 인물들이 포진하고 있어, 전략 전술 파괴력 측면에서 볼 때 비교적 성격이 단조롭고 온화한 서인 세력들은 동인들의 적수가 되지 못했다.

이산해는 이번에도 이렇다 할 감정적인 반응을 보이지 않았다.

"숙헌의 지적은 윤두수의 문제가 잘못됐다고 말하기보다는 조정의 분열상을 더 걱정하였던 것 같소. 사실 나도 젊은 놈들이 설치고 다니는 꼴이 마음에 늘 걸렸소이다."

그가 이이에게 당하고도 이이를 두둔하는 듯이 말을 좋게 한 이유는 사실 그가 임금의 의중을 이미 읽었기 때문이었다. 언뜻 보기에 사람들은 임금의 결심에 이이의 상소가 결정적인 역할을 한 것으로 보지만, 자신은 달리 보고 있었다. 이이의 상소보다 동인 세력의 기를 꺾겠다는 임금의 의지가 더 강했다고 보았던 것이다.

임금이 한번 마음을 먹으면 어느 누구도 말릴 수 없다는 것은 조야에 이미 정평이 난 사실이었다. 굳이 말하자면 임금이 차려놓은 밥상에 이이가 때마침 숟가락을 올려놓은 것뿐이라 이산해는 생각했다.

아무튼 윤두수 탄핵 사건으로 동인들의 세력이 급격히 불어난 후, 시중의 어중이떠중이까지 동인을 자처하며 행패를 부리고 다니는 바람에 동인들에 대한 저잣거리의 민심이 좋지 않았다. 이는 이발과 유성룡도 익히 알고 있어 이산해의 지적에 공감했다. 하지만 이발은 얼굴에 아직 불만의 빛이 가득했다.

"어찌 부제학께서는 일을 진정시키려고만 하시는 것인지 모르겠소……."

어쨌든 윤두수 탄핵 사건이 계기가 되어 이이를 우군으로 여기고 있던 대다수 동인들의 생각이 서서히 돌아서고 있었다. 이제 이이가 그들에게 눈엣가시 같은 존재인 것은 분명했다. 그러면서도 동인들은 이이와 일전을 벌이는 일만은 꺼렸다. 이발에게 이이는 인생의 스승이었고, 이산해와 유성룡에게는 절친한 벗이었다. 또 이이가 해주와 파주에서 후학들을 지도하며 명실상부한 유림의 종주로 떠오르고 있는 마당이라 어설픈 명분으로 그와 대적하는 것은 뒷감당이 쉽지 않은 위험이 있었다. 동인들은 상소 한 장으로 자신들의 계획을 무산시킨 이이의 존재감만은 확실히 깨닫게 되었다.

이이가 올린 상소의 여파가 워낙 커서 조정의 여론이 분분한 가운데, 어느 날 파주에 머물고 있던 지중추부사(知中樞府事) 백인걸이 임금에게 상소를 올렸다. 백인걸은 성혼의 스승이자, 이이의 후견인을 자처하는 사람이었다. 그의 상소는 현실의 폐단을 지적하고 동서 양인 간의 화합을 이루기 위한 방안을 담고 있었다.

이산해가 백인걸의 상소를 보고 깜짝 놀라 물었다.

"대감, 어찌 동서를 논한 상소의 내용이 숙헌의 말과 똑같소이까?"

사람이 좋은 백인걸이 싱긋 웃으며 말했다.

"이 의논은 이이의 손에서 나온 것이오."

그의 말에 이산해가 기연가미연가 믿지를 못하고 놀라서 다시 물었다.

"정말 숙헌에게서 나왔소이까?"

"그렇대두? 그대가 참 별스럽소, 허허!"

이산해의 눈빛은 도무지 백인걸의 말을 못미더워하는 눈치였다. 이이는 본시 자신을 속이는 법이 없는 명경지수 같은 사람이었다. 털어서 티끌 하나 나오지 않을 사람이 있다면 그가 바로 이이였다. 이산해는 이이가 늙고 정신이 흐린 백인걸의 이름을 빌려 임금에게 상소를 올렸다는 것이 믿을 수가 없어 몇 번이나 되물었다.

　백인걸은 배시시 속없는 웃음만 흘렸다.

　"숙헌의 손에서 나왔다니까! 허허!"

　백인걸의 말을 액면 그대로 믿는다면 보통 문제가 아니었다. 파주에서 상소 한 장으로 임금의 마음을 움직인 이이가 남의 이름을 빌면서까지 자신의 뜻을 담아 상소를 올린다면 임금을 기망한 것은 물론이고 절조를 생명으로 여기는 선비 정신을 저버린 파렴치한 행위였다.

　이산해는 백인걸에게 몇 번이나 확인하고도 그의 말을 반신반의했다.

　'설마 숙헌이······.'

　이산해는 여기에는 필시 무슨 곡절이 있을 것이라 생각하며 말을 아꼈으나, 백인걸이 여기저기 말을 퍼뜨리고 다니는 통에 온 조정이 이 사실을 알게 되었다. 이이의 상소로 궁지에 몰렸던 동인들은 백인걸의 자랑삼은 고백에서 지옥에서 하늘까지 날아오를 굵은 동아줄이라도 얻은 듯 쾌재를 불렀다.

　일전에 임금에게 파면을 당한 승지 송응개의 동생이자 사간원 정언인 송응형(宋應泂)이 개인적인 원한과 일신의 영달에 몸이 달아 용감하게 칼을 빼어들어 이이를 탄핵했다.

　"전하, 남의 이름을 빌려 상소를 올린 이이의 행동은 남의 등 뒤에 숨어서 음해와 모략을 일삼는 천박한 시정잡배보다 더 더러운 것이옵니다. 이에 유림의 명망을 얻어 군자라 불리는 그의 명성이 헛된 것이었음이 만천하에 드러났음은 말할 것도 없고, 그가 이 일로써 유림까지 크게 욕되게 하였습니다. 뿐만 아니라 임금을 기망한 죄 또한 크오니 어찌 그 죄를 묻지 않을 수 있사옵니까?"

이이 탄핵 문제로 조정이 사분오열이 되었다. 동인 내부에서도 크게 의견이 엇갈렸다. 사간원과 사헌부의 젊은 사대부 출신 신진 관료들은 이이 탄핵을 주장하는 강경일변도로 치달았고, 중진들은 대체로 백인걸의 말을 믿지 못하고 신중한 반응을 보였다. 온화한 원칙주의자 홍문관 교리 김우옹은 오히려 이이 탄핵을 주동한 인물들을 맹비난했다.

"소인배 송응형이 백인걸의 상소를 빌미로 군자를 모함하려 하니 어찌 그냥 두고 볼 수만 있겠소? 필시 일을 잘못 처리하다가는 우리도 소인배로 몰릴 수 있을 것이니 함부로 이를 보아 넘겨서는 아니 될 것이오."

동인 안에서도 중진 인물과 신진 세력 간의 명분 싸움이 벌어지고 있는 동안, 이이의 친구인 부제학 이산해와 이이의 제자인 응교 이발은 대의명분과 정치적 실리 앞에서 고민하며 잠시 판단을 미루고 있었다. 그 사이에 동인 내부의 균열과 혼란이 걷잡을 수 없이 커졌다. 사간원과 사헌부의 인물들이 갈리고 부임하기를 반복하며, 이이에 대한 탄핵의 불길이 꺼질 기미를 보이지 않았다.

모두가 사세를 관망하며 전전긍긍할 때 마른하늘에서 날벼락이 떨어지듯 느닷없이 천지를 쩌렁쩌렁하게 울리는 불호령이 내리쳤다.

"공론을 핑계 대며 군자를 해치는 짓은 소인배들이나 하는 것이니, 내 결코 이를 묵과하지 않을 것이다!"

좌의정 노수신이었다. 조정에 재출사한 이래 까마귀 고기를 먹은 사람마냥 자신의 강골 기질을 까맣게 잊고 꿀 먹은 벙어리가 되어 보신으로 일관해왔던 그가, 지금은 눈을 부릅뜨고 사헌부와 사간원의 관원에게 강한 어조로 엄중한 경고를 하고 나선 것이었다. 김우옹의 반대는 어느 정도 예상된 것이지만 노수신의 반대는 의외라 조야에서 큰 반향을 불러일으켰다. 노수신이 나서자, 그 뒤를 이어 입장을 정리하지 못하고 어정쩡하게 있던 이발과 유성룡, 이산해가 나섰고, 전국의 여론까지 젊은 동인들에게 등을 돌리며 이이를 지지하고 나섰다.

이이의 측근이라 대놓고 이이를 보호하고 나서기 어려웠던 영의정 박순이 좌의정 노수신을 찾았다.

"정말 고맙소, 좌상!"

"무슨 말씀을 하십니까! 응당 해야 할 일을 한 것일 뿐입니다. 필시 이 일에는 오해가 있는 것이 분명합니다. 어찌 숙헌이 남의 이름을 빌려 고자질이나 하는 소인배이겠습니까? 유림의 종주가 될 사람을 어리석은 놈들이 해치려 하는데 어찌 두고 볼 수만 있겠습니까? 나도 이이에게 진 빚이 많아요. 한 번은 갚은 것 같아 마음이 편안합니다."

노수신이 쓸쓸히 웃으며 중얼거렸다.

"멍청한 놈들. 하룻강아지 범 무서운 줄 모른다더니……."

조야의 비난 여론에 직면하여, 동인들이 야심차게 추진한 이이 탄핵안은 결국 힘을 잃었다. 동인이 주도한 이이 탄핵은 동인에게는 또 다른 뼈아픈 좌절과 시련의 상처가 됐지만, 이 사건으로 동서 간 소통의 물꼬를 트기 위한 노력이 시작되어 그 의미와 수확은 적지 않았다.

백인걸의 상소 대필로 일어난 이이 탄핵 사건은 사회적인 파장 못지않게 탄핵 문제에 연루되었던 여러 사람들에게 새로운 경험과 다양한 생각을 갖게 했다. 노수신은 이이를 비호하면서 노회한 유학자의 마지막 양심을 지켜 보신주의자라는 오명을 씻었고, 김우옹은 동인임에도 자신의 소신을 고수해 탐욕과 이기심으로 혼탁한 세상의 빛나는 별이 되었다. 이이 탄핵을 선두에서 적극 방어하지 못한 이발, 이산해, 유성룡은 이이에 대한 마음의 부채를 떠안고 유학자로서 자신의 정체성에 대해 심각히 고민하게 됐다. 반면 야망에 찬 젊은이들에게 이이는 자신들의 도전 욕구를 자극하는 매력적인 인물이 되고 있었다.

이이는 자신을 두고 벌어진 일련의 논란을 파주에서 지켜보며 쓸쓸히 웃고 있었다. 나뭇가지는 조용히 있고 싶어도 바람이 그치지 않는다는 '수욕정이풍부지(樹欲靜而風不止)'라는 말이 자신의 처지를 꼭 대변해주는 듯했다.

이이가 『소학집주(小學集註)』를 막 탈고하고 뻐근한 어깨를 두

드리며 집을 나섰다. 이이는 가슴이 답답할 때나 사색이 필요할 때는 언제나 강 언덕을 올랐다.

오늘도 임진강 가의 언덕길을 걷고 있었다. 유월이었다. 햇살은 따갑지만 강을 스치고 불어온 바람은 더위를 식히고도 남았다. 고기잡이배들이 강물을 미끄러지며 둥둥 떠다녔다. 황복 철이라 배가 유난히 많았다.

이이가 눈길을 돌렸다. 그가 발아래를 보고 있었다. 자신의 발아래 몸이 짓이겨진 질경이가 얼굴을 쓰윽 드러내고 있었다. 고통스러울 법도 한데 그 질경이는 웃고 있는 것 같았다.

이이는 볼 때마다 질경이란 존재가 신기했다. 황달에 좋다 하여 매번 씨앗을 따서 말려 끓여 먹던 놈이었다. 숱한 발길에 몸이 밟히고 짓이겨지면서도 질경이는 죽지 않는다. 특별한 맛도 향도 없다. 그래도 약효는 뛰어났다.

서인에게 치이고 동인에게 밟히는 자신의 처지가 어쩌면 이리 질경이를 **빼닮았나** 싶었다. 그가 질경이 씨앗 하나를 뜯어 바람에 날려 보냈다. 먼 하늘에 구름이 흘렀다. 이이는 하늘을 향해 허허롭게 웃었다. 이이의 도포 자락을 살짝 휘감아 올린 바람이 그의 쓸쓸한 웃음을 싣고는 어디론가 사라졌다.

희망의 밀알이 되다

1

 이이가 임금의 부름을 받고 한양에 다녀간 지 한 해를 훌쩍 넘긴 유월의 어느 날. 폭우를 동반한 태풍이 한양과 경기도를 강타했다.

 강물이 범람하고 둑이 터져 누옥은 흔적 없이 떠내려갔고 거리 곳곳이 한 길 넘는 황톳물로 가득 차서 사람과 동물이 사체기 정처 없이 물 위를 떠다녔다. 논밭이 사라지고 무덤에서는 백골이 굴러다녔다. 들은 골짜기가 되고 골짜기는 강을 이루어, 그야말로 창졸간에 도성 인근이 쑥대밭이 된 것이다.

 졸지에 집과 생업의 터전을 잃고 야반도주하듯 산에 올라 목숨만 겨우 부지한 사람들은 쓰레기더미가 너저분한 언덕배기에 앉아 도도히 흐르는 성난 물줄기를 겁에 질린 눈으로 바라보기만 했다. 공포에 질린 그들은 흘릴 눈물조차 말라 있었고, 망연자실하여 오늘 하루를 버티고 살아내는 것이 발등에 떨어진 불이었다.

조정에서도 임금이 주재한 비상 대책회의가 열렸다.

 대홍수의 참혹한 재변은 까닭이 없지 않으니 임금에게 몸과 마음을 정결히 하라는 신하들의 진언이 잇달았다. 대체로 정사는 돌보지 않고 여색에 빠진 임금의 문란한 사생활을 지적한 말이었다.

 임금은 신하들의 질책에 뜨뜻미지근한 반응을 보이다 마지못해 금욕을 약속하였지만 썩 내켜하지 않는 눈치였다. 대홍수로 백성들이 큰 시련을 겪고 있는 혼란의 와중에도 열일곱 살 난 아름다운 처녀를 후궁으로 들인 것은 민망했던지, 임금은 안색을 부드럽게 하여 신하들에게 홍수 피해를 줄일 좋은 방안을 내놓으라며 구언에 나섰다.

 허나 임금은 말만 구할 뿐 정작 신하들이 방안을 내놓으면 실행하는 것이 없었다. 신하들 역시 방안을 내는 걸 탐탁치 않게 여겼다. 고심하고 궁리하여 기껏 안을 내보아야 임금에게 좋은 소리를 듣지 못했다.

 임금은 번잡스럽고 골치 아픈 일을 무척 싫어했다. 새로운 사업을 벌이는 걸 더욱 꺼렸다. 임금은 신하들이 내놓은 개혁안에 트집을 잡고 시비를 걸었다. 사업의 진행이 순탄한 것이 하나도 없었다. 임금이 보위에 올라 신하들에게 보여준 최고의 가치는 전통을 고수하고 답습하는 것이었다.

 임금은 일 욕심이 많은 부지런한 신하들을 부담스러워하여 그들을 거칠다고 비난했다. 묵묵히 복종하는 신하들은 온유하다고 좋아했다. 좋은 약이 입에 쓰고 충언이 귀에 거슬린다는 고금의 가르침이 완고한 성격의 임금에게는 통하지 않았다.

임금은 고집스러웠고 이상하리만치 작은 일들에 집착했다. 그는 제도의 폐해가 있어도 자신의 선조(先祖)가 만든 기틀은 나름의 배경과 타당한 이유가 있으니 함부로 뜯어고치는 것은 불경이라고 믿었다.

수재와 기근, 신하들의 지적에도 임금의 생활은 변함이 없었다. 그는 지출을 풍족히 했고, 구중심처에서 아름다운 후궁에 둘러싸여 있었다. 임금은 이이가 없는 조정에서 임금 노릇하는 게 고독하고 괴로워 그 쓸쓸함을 후궁을 찾아 풀고 있었다.

임금이 미색을 즐기면서 잦은 어지러움을 호소하고 건강을 해치게 되자, 어의와 신료들은 걱정을 태산같이 하여 임금에게 후궁들과의 잠자리를 줄이라는 간청을 해야 하는 지경에 이르렀다. 임금 역시 자신의 지나친 방사로 몸을 상해 어지러움을 자주 느끼는 것이라 인정하면서도 갓 서른에 불과한 혈기 왕성한 나이라 욕망을 주체하지 못했다. 그는 건강에 자신이 있었고 방사를 멈추기에는 스스로 너무 젊다고 생각했다.

한양을 초토화시킨 대홍수의 참상을 기억에서 지워가고 있을 무렵 맑은 가을 하늘에 느닷없이 한 식경이나 뇌성벽력이 진동을 하여 백성들의 혼을 빼놓더니, 젊은 임금의 머리 위에도 날벼락이 내리쳤다. 다섯 달 전 한양을 물바다로 만든 대홍수 때 입궐한 임금의 후궁 숙의(淑儀) 정씨가 별안간 운명한 것이다. 열일곱 꽃

같은 그녀가 입궐한 지 오 개월 만이었다.

임금은 어젯밤 동침했던 숙의 정씨의 부음을 듣자마자 얼굴이 흙빛이 되어 갑자기 나무토막 쓰러지듯 앞으로 푹 고꾸라졌다.

"전하!"

내관 이봉정이 쓰러진 임금을 부축하여 자리에 누이고 찢어지는 목소리로 임금을 불러도 임금은 죽은 사람같이 말이 없었다.

임금의 심장이 두근거렸고 쌕쌕거리며 거칠고 가는 숨을 몰아쉬었다. 금방 숨이 넘어갈 듯 얼굴이 새파랬다. 온 몸에 진땀이 흘러 순식간에 용포가 흥건하였다. 임금은 손가락 하나 까딱하기 힘들었다. 기력이 소진된 느낌이었다. 그는 자신의 운명이 다했다고 생각했다.

조정에서는 비상 상황을 맞아 시약청(侍藥廳)*이 설치됐고, 어의들은 이십사시 비상 대기 상태에 돌입했다. 중전과 대신들의 움직임이 바빠졌다. 그들은 조상과 산천에 제를 올리며 임금의 쾌차를 빌었다.

침전에 누운 임금의 혼미한 의식 속으로 수만 가지의 기억이 스쳐지나갔다. 어둠 속에서 한 줄기 빛이 흐르고 다시 암흑이 밀려들었다. 해맑게 웃는 야윈 이이의 얼굴이 떠오르고 대홍수에 죽어간 백성들의 비통한 얼굴이 떠올랐다가 사라졌다. 그 뒤를 이어 숙의 정씨가 울부짖는 소리도 들렸다.

---

*조선시대 왕의 병을 다스리기 위해 임시로 설치한 관서.

임금은 이레 동안 정신이 나고 들었다. 그는 악몽을 꾸고 있었다. 임금은 거의 달포 만에 기력을 회복했다. 임금은 그동안 자신이 보았던 것이 꿈인지 생시인지 도무지 구분할 수가 없었다.

임금이 정신을 회복하자 예조에서 서둘러 임금의 건강 회복을 축하하는 잔치를 베풀 것을 주청(奏請)하였다.

임금이 천천히 고개를 저었다.

"아니오, 내가 죄를 지어 벌을 받은 것이오. 하늘이 나를 살려 보낸 것은 그동안 지은 죄를 갚을 기회를 준 것이니, 내게 축하를 올릴 것이 아니라 나를 돌려보낸 하늘에 감사의 제를 올리는 것이 마땅하오."

임금은 신하들의 하례를 거부한 뒤, 술을 빚고 음식을 준비하게 하여 천제를 올렸다. 은잔에 소의 피를 담아 제단의 희생으로 삼고, 삼정승과 당상관 이상 삼사의 관원, 육조의 문무백관을 거느리고 임금이 큰절을 올리면서 엄숙히 하늘에 고했다.

"천명을 받아 보위에 오른 자로서 천명을 받들기는커녕 만민의 고통을 외면하여 그 명을 버렸으니 죽어 마땅하나, 보잘 것 없는 이 몸을 다시 살려 보낸 은혜를 어찌 잊겠습니까?

천지신명과 조상께 고합니다! 이후부터는 천하 만민의 고통이 가시지 않을 때까지 자리에 편히 눕는 게으름을 피우지 않을 것이며, 입에는 단 음식을 물지 않을 것이며, 백성의 아픔을 곧 저의 고통으로 알고 하늘의 뜻을 좇아 국정에 매진하겠사옵니다. 한시도 딴 마음을 품을 때가 있다면 한 줌의 재밖에 되지 않는 이

보잘 것 없는 육신을 언제든 거두어주소서!"

 천제를 마친 임금은 그 자리에서 조정의 면모를 일신하려 전격적인 인사 조처를 단행했다. 이이를 대사간으로 불렀고, 유림 세계에서 명망이 높은 산림처사 성혼, 정인홍을 사헌부의 장령으로 발탁한 것이었다. 임금은 이이를 통해 자신의 허물을 견제하고 감독하고자 하였고, 권력과는 거리가 먼 순수한 명망가 성혼과 정인홍을 오늘날의 검사에 해당하는 사헌부 장령으로 앉힘으로써 권력투쟁으로 혼탁해진 조정을 정화하고자 하였다. 자신의 강력한 개혁 의지를 대내외에 천명한 것으로, 여색에 빠져 있던 임금이 심기일전하여 사정(司正)의 신호탄을 쏘아 올린 것이라 볼 수 있었다.

2

 선조 13년(1580) 정월. 밤부터 내린 눈으로 온 세상이 순백의 아름다움에 흠뻑 빠져 있었다. 칼바람은 잦아들었지만 추위가 여간 매섭지 않아 볼이 따갑고 귀가 얼얼했다.

 궐 앞 육조 거리 골목골목에는 털모자를 눌러쓴 아이들이 눈길을 지치며 달리고 있었다. 이이는 자신의 두 아들, 경림과 경정을 떠올리며 어린아이같이 순진한 웃음을 지었다.

 정전 앞에 서자 선비의 기개를 상징하는 정전 앞 회화나무와 벼락 막는 개오동나무에도 탐스런 눈꽃이 하얗게 내려앉아 있었다. 임금과 같이 정전 앞에서 눈 구경을 하였던 것이 사 년 전의 일이었다. 이이는 감회가 새로워 눈이 시리도록 회화나무의 눈꽃을 구경하다가 정전을 찾았다.

정전에서 이이를 기다리던 임금은 이이가 든다는 내관의 말에 어좌에서 급히 일어났다. 임금은 허리를 굽히고 들어오는 이이에게 달려가 채 녹지 않은 그의 언 손을 텁석 잡았다. 임금이 열기가 절절 끓고 있는 화로 곁으로 이이를 이끌었다.

"경을 본 지 참으로 오래되었소! 건강은 많이 회복하였소?"
"성은에 힘입어 일상생활을 하는 데는 지장이 없사옵니다."
"그래요?"

임금은 눈가가 까맣고 눈동자에는 아직 누르스름한 황달 기운이 남아 있는 이이를 안쓰러운 눈길로 바라보았다.

"경이 건강해야 내 곁에 오래 있을 것 아니오. 몸을 잘 챙기시오."
"황공하옵니다."
"그래, 황해도의 사정은 어떠하오?"

이이가 홍수로 올해 농사도 크게 망쳐 백성들이 어려움을 겪고 있다고 말하자 임금은 침통한 표정으로 무겁게 말했다.

"황해도뿐 아니라 경기도 평안도 할 것 없이 모두가 어려운 지경이라 큰일이오. 내가 덕을 쌓지 못해 그러하오. 이런 어려운 때일수록 경이 내 곁에 꼭 있어야 하오!"

이이는 자신 못지않게 한창 때인 임금의 몸도 성한 것 같지 않아 마음이 쓰였다. 숙의 정씨의 죽음에 따른 충격의 후유증이 채

가시지 않은 듯, 살에 윤기가 없고 거칠었다.

"전하, 숙의마마께서 갑자기 운명하시어 상심이 크실 줄 아옵니다만, 조섭을 잘 하시어 옥체를 보전하시옵소서."

"내가 생활을 잘못한 탓이지요."

임금은 자신의 문란한 여자관계가 마음에 걸려 겸연쩍게 웃었다.

"욕망이 있다는 것은 젊으시어 원기가 왕성하다는 뜻이니 나쁠 것이야 없지만, 그래도 건강이란 건강할 때 지켜야 하는 것이니 너무 무리는 하지 마시옵소서. 저의 경우만 해도 그렇습니다."

"아니, 경도 욕망이 나처럼 강하시오?"

임금이 반색을 하며 신기한 눈빛으로 물었다. 이이가 멋쩍게 웃었다.

"저의 경우는 여자에 대한 욕망이 아니라 공부에 대한 욕망이 큰 탓이옵니다. 책을 읽다 보면 어느덧 동이 터오곤 하여 날을 샐 때가 많사옵니다. 눈도 침침하고 허리가 아프고 그러하옵니다."

"허허, 난 또 그대가 나와 통하는 구석이 있는 줄 알았더니. 좋다가 말았소이다!"

임금의 신소리에 임금과 이이가 큰 소리를 내어 웃자, 밖에서 시종을 들던 내관과 궁녀들이 모처럼 만에 듣는 임금의 웃음소리에 밝게 미소 짓고 있었다.

"하여튼 경의 충고는 고맙소. 이번 대사간 직은 사직할 생각 마시고 꼭 맡아 나를 도와주어야 하겠소!"

"전하, 임금의 좋은 면을 본받고 임금의 바르지 못한 것은 바로잡아 나랏일을 새롭게 하는 것이 모름지기 간관의 임무입니다. 신처럼 미숙하고 건강치 못한 사람이 맡기에는 여러 가지 부족한 점이 많습니다. 굳이 직위를 주시려면 제게 보다 한가한 일을 주시어 조용히 나라에 봉사할 수 있게 배려해주시옵소서."

임금이 고개를 가로저었다.

"아니오, 아니오. 지금은 경이 필요하오. 나도 눈이 있고 귀가 있어 듣고 보는 게 있소. 지금 조정이 어떤 지경인지는 경이 더 잘 알 것이오. 내가 아무것도 모르는 암군(暗君)이라면 모를까, 나라가 어지러운데 어떻게 두고 보기만 하겠소?

부박한 무리도 많소. 같은 세력끼리 밀어주고 끌어주고 치켜세우는 꼴을 참으로 두 눈 뜨고는 못 보겠소. 능력이 안 되는 자가 추천을 받아 올라오니 나로서도 재간이 없소.

내가 지금 경을 부른 것은 이 때문이오. 조정이 맑지 않으면 썩게 마련이고 조정이 썩게 되면 나라까지 무너지는 건 당연지사 아니겠소. 이 말은 아마도 경의 평소 생각과도 다르지 않을 것이오.

내가 경이 말하는 것을 모두 다 받아들일 수는 없지만, 경이 건의하는 것이라면 내가 최대한 수용해볼 생각이니 나를 믿고 도와주시오. 성혼과 정인홍을 부른 것도 모두 경을 도와 혼탁한 조정을 맑게 해보자는 내 뜻이오. 나는 기꺼이 경의 손발이 되겠소. 경은 부디 나의 심장과 정신이 되어 시사를 바로잡아주시오. 나라 꼴이 말이 아니오. 병화(兵禍)라도 닥친다면 정말 큰일이오."

임금의 태도가 전에 없이 진지해서 이이는 몹시 놀랐다.

이이에 대한 임금의 생각에 큰 변화가 있었다. 그에 대한 과거의 감정이 천재를 흠모한 다소 감상적이고 추상적인 성격의 사랑이었던 반면, 지금의 감정은 굳건한 신뢰를 바탕으로 한 현실적 동반자에 대한 사랑으로 발전하여 있었다.

임금은 주견 없이 파당만 짓고 있는 조정 신료들을 불신했다. 특히 정권을 장악하고 국정을 농단하고 있는 동인들에 대한 분노는 극에 달해 있었다. 임금은 뚜렷한 소신을 갖고 편견 없이 함께 국정을 운영할 수 있는 뛰어난 인재를 원했다. 바로 이이였다.

임금이 이이에게 손을 내밀었다. 이이를 바라보는 임금의 눈빛이 몹시 간절해 보였다.

"숙헌, 나를 도와주시오. 부탁하오!"

"전하!"

사직을 생각하고 임금을 만난 이이는 뜻밖에도 예전과는 확연히 다른 임금의 진중하고 솔직한 마음에 감명을 받아 곧바로 대사간에 취임했다.

"숙헌이 돌아왔어! 숙헌이!"

환갑을 목전에 둔 영의정 박순은 이이가 복귀하자 입이 귀밑에 걸리었다. 그는 이이의 복귀에 세상을 다 얻은 듯 만나는 사람마다 기쁨을 감추지 못했다. 그는 이이와 그의 친구 정철, 송익필, 이산해, 유성룡을 자신의 집으로 불러 이이의 복귀를 환영하는 잔치를 베풀었다.

자신의 주량보다 과하게 술을 마신 박순의 얼굴이 빨간 능금빛을 띠고 있었다. 그가 헤벌쭉 웃으며 혀 꼬부라진 소리를 냈다.

"숙헌이 오니 내가 잠이 오지 않네."

"영상께서는 그리 좋으십니까?"

이산해가 박순이 따르는 잔을 받으며 만면에 웃음을 지었고, 이이에게 미안한 마음을 갖고 있던 유성룡은 이이의 곁에 앉아 조용히 미소 짓고 있었다.

"두말하면 잔소리지! 이제 조정이 좀 조용해질 것이야. 숙헌이 있어 전하께서도 한시름 놓지 않으시겠는가?"

"알 수 없는 일이지요……."

귀봉 송익필이 시큰둥하게 박순의 말을 받았다.

"숙헌을 이용하고 헌신짝같이 버린 게 한두 번이었습니까? 전하의 마음이 본시 변심이 심하였는데 이번에도 숙헌이 괜한 고생만 하는 것은 아닌지 모르겠습니다."

송익필이 임금을 못미더워하며 고개를 절레절레 흔들자, 박순은 괜히 머쓱해져서 이이를 바라보았다.

"숙헌은 어찌 생각하는가?"

"……귀봉의 말이 일리는 있지만, 이치로 보자면 꼭 맞는 말이라고 할 수는 없습니다. 전하께서 저를 버린 것이 어찌 전하만의 책임이겠습니까?

속담에 누울 자리를 보고 다리를 뻗으라 하였습니다. 전하는 심성은 곱지만 유약한 분이라서 상처를 잘 받습니다. 때로는 신료들이 별 의미 없는 일로 조정을 시끄럽게 하여 나랏일에 대한 전하의 의욕과 흥미를 잃게 한 허물도 있습니다.

저 역시 너무 서둘러 전하를 몰아붙였던 허물이 있습니다. 유약한 전하의 마음을 생각한다면, 마른 솜에 물 스미듯 천천히 하는 것이 옳았지만, 제가 너무 젊었던 탓에 성과에 대한 욕심이 큰 것도 잘못이 아니라 할 수는 없습니다."

"허어, 길이 아니면 가지 말아야지. 숙헌은 도를 닦더니 어찌 속도 없는 맹탕이 되었는가?"

송익필은 이이가 선비의 절개를 잃었다고 눈에 힘을 불끈 주며 일침을 놓았다. 이이는 싱긋 웃으며 담담히 말했다.

"그래 자네 말대로 난 맹물로 살겠네. 어디든 스미는 맹물 말일세."

이이는 기왕이면 차별을 두지 않고 온 세상을 구분 없이 촉촉이 적시는 단비가 되고 싶었다.

3

자리에서 먼저 일어난 이산해와 유성룡이 함께 이발을 만나러 가고 있었다. 코끝이 빨간 유성룡이 얼굴을 비비며 물었다.

"자네가 보기에는 숙헌이 어떻던가?"

"강함에다 이제는 부드러움까지 갖추었으니, 전하의 장량(張良)이 되지 않겠는가?"

"나도 그렇게 보았네……."

 이들의 말처럼 마흔 중반에 접어든 이이는 힘의 강약 조절에 있어 전에 없이 예리해졌다. 그는 완고한 철학자의 인상을 지우고, 신념이 확고한 유연한 정치인으로 개혁의 선봉으로 거듭나고 있었다.

 개혁의 지휘자가 된 대사간 이이는 사헌부 장령 정인홍과 손을 맞잡고 모나지 않게 차근차근 조정의 탁한 것을 쳐내고 좋은 것을 선양(煽揚)해 나갔다. 정인홍이 날카로운 창이 되어 나무를 보고 민첩하게 뛰어들 때, 이이는 숲을 아우르는 넓은 시야를 갖고 든든한 방패가 되어 정인홍의 뒤를 지켜주었다.

 수원 현감 우성전(禹性傳)은 재물을 탐한 죄로, 이조 좌랑 이경중(李敬中)은 인사권 남용으로 탄핵을 받았고, 임금이 사랑하는 후궁의 친족인 대사헌 이식(李拭)까지 독직 혐의로 추방되었다.

 이이가 임금의 신임을 받던 대사헌 이식까지 탄핵하자, 조야가 술렁거렸다.

"이이가 결국 일을 내는구먼!"

"임금이 옛날의 임금이 아닌 것 같아!"

"그러게나 말일세. 옛날 같았으면 이이한테 볼호령이 떨어졌을 텐데 말이야!"

"이이도 마찬가지야. 뱀장어같이 요리조리 잘 헤집고 다니는 게, 많이 변했어. 임금하고 이제는 완전 찰떡궁합이야!"

 임금은 자신이 아끼는 대사헌 이식을 희생시키면서까지 개혁에 나선 이이의 어깨에 절대적인 신임이라는 힘을 실어주었고, 이이는 임금의 기대에 부응하여 무리하지 않는 점진적인 방식으로 사정의 칼날을 들이밀었다.

이이는 때로는 종합적인 체질개선책을 내놓기도 하고 때로는 환부만을 과감히 도려내는 등 적재적소의 처방을 내려 그의 손길은 명의 화타(華陀)에 비할 만했다. 이이의 노력으로 조정은 점차 제자리를 찾아가고 있었다.

임금과 이이, 두 사람 사이에 새로운 밀월의 시대가 다가오고 있는 가운데, 어느 날 이이의 친구 성혼이 느닷없이 임금의 태도를 비판하는 상소를 올렸다. 성혼은 몸이 아파 임금의 부름에 부응하지 못한 죄송한 마음에 상소를 올려 임금의 소명에 대신한 것인데, 그 표현이 자못 과격하고 직설적이라 오히려 임금의 심기를 건드려 벌집을 쑤셔 놓은 꼴이 되었다.

성혼의 상소를 든 임금의 안색이 붉으락푸르락하였다. 임금의 마음이 몹시 격해져 있었다.

"아니, 이런 자가 있나!"

임금이 부르르 떨면서 성혼의 몸을 짓이기듯 그의 상소를 구겨 버렸다.

성혼의 상소는 임금이 특별히 승진시킨 인사들에 대한 비난으로 넘쳤다. 임금은 그들에 대한 비난을 인사권자인 자신에 대한 모독으로 여겼다. 임금이 신하의 상소문을 아무렇게나 구기는 모습은 처음이었다.

별안간 임금의 행동에 놀라 시위하고 있던 환관 이봉정이 조심스럽게 용안을 살폈다.

"전하, 무슨 불편한 것이라도 있는 것인지요?"

이봉정의 물음에 임금은 무심한 얼굴로 불룩하게 나온 이봉정의 배를 바라보다가 그에게 물었다.

"자네의 그 불룩한 뱃속에는 무엇이 들어 있는가?"

"황공하옵니다만은 제 뱃속에는 언제나 전하에 대한 충성심밖에 없사옵니다. 또 제 배가 자꾸 불러 오는 건 전하에 대한 충성심이 날로 커지고 있다는 뜻이옵니다."

임금은 이봉정의 입담에 성난 빛을 거두고 통쾌하게 웃었다.

"자넨 입술에 침도 바르지 않고 거짓말을 잘하니 어디 가서 굶어죽지는 않겠구나. 성혼의 상소보다 자네 아부가 난 마음에 드네!"

임금은 화를 거두지 않고 승정원에다 어지를 내렸다

"성혼의 상소 내용은 번잡스럽기만 할 뿐 하나도 채용할 것이 없으니, 어디 귀퉁이에 두어 보관하라!"

"전하, 임금이 선비의 상소를 가벼이 여겨서는 아니 되옵니다. 한 번 더 살펴주소서!"

"일 없소이다. 그만두시오."

승지들의 사정에도 임금이 화를 풀지 않고 성혼의 상소에 다시는 눈길을 보내지 않자, 사헌부와 홍문관의 관원들이 벌떼같이 일어나 임금을 압박했다.

"허어, 참으로 어이가 없구먼! 이렇게 할 일들이 없소?"

기근으로 나라가 거죽만 남은 지경에, 시골 선비의 상소 하나로 온 조정이 몸살을 앓고 있는 현실이 임금은 기가 막혔다. 불현듯 까맣게 잊고 있던 옛 기억까지 다시 떠올라 임금은 가슴이 먹먹했다. 눈자위가 붉어진 임금이 이빨을 깨물었다.

"오늘은 그만 퇴청할 것이니 그리 알라!"

임금은 오시도 되기 전에 정전을 떠나 내관들을 거느리고 활터로 향했다. 그가 눈을 부릅뜨고 힘차게 시위를 당길 때마다 화살이 한없이 빠르게 날아가 백발백중으로 과녁에 꽂혔다. 임금은 활을 쏘면서 가슴을 시퍼렇게 멍들였던 지난날의 아픈 기억들을 하나 둘 지우고 있었다.

'임금의 아버지도 임금에게는 신하이니 아무리 육친이라 하여도 임금이 신하에게 절을 하는 예를 올릴 수 없사옵니다.'

보위에 오른 지 얼마 되지 않아 선친 덕흥군의 제사에 참석했을 때, 신하들의 반대에 부딪혀 그들의 요구에 굴복한 일이 있었다. 그때도 신하들은 벌떼같이 일어났었다.

'임금에게도 아버지가 있다. 인간의 도리도 모르는 그대들이 어찌 나를 보좌할 것이며 또 백성인들 어찌 제대로 섬길 수 있겠는가?'

임금은 이렇게 외치고 있었다. 임금은 조소를 담아 과녁을 향해 화살을 날렸다.

"아니, 대사간은 왜 주상 전하에게 진언을 올리지 않소?"

홍문관과 사헌부에서는 이이가 자신들과 뜻을 같이 하지 않고 수수방관하는 모습이 몹시 못마땅해 따지듯 물었다.

"내가 그대들과 뜻이 다른 것은 아니오. 다만 이 일은 한 번 정도 밝히면 족할 일이지 삼사에서 모두 일어나 임금을 성가시게 할 필요까지야 있겠소?"

기세를 올리던 사헌부와 홍문관에서도 이이가 몸을 담은 사간원에서 호응이 없는 것에 머쓱해져서 어느 순간엔가 슬그머니 말을 그쳤지만, 이이에 대한 구구한 억측이 무성했다.

"권력 앞에 머리를 숙이다니, 이젠 이이도 한 물 갔어!"

"이이라고 별 수 있나, 그도 사람인 걸!"

"우리가 사람을 잘못 보았어. 자기 편할 때만 나서는 소인배를 두고 그동안 현인이니 군자니 하며 불렀다니, 우리 입이 더럽혀진 기분이야!"

마흔을 넘긴 이이는 이전과 다른 점이 확실히 있었다. 열정, 희생, 신념에 추가하여 과거에 볼 수 없었던 강인한 인내와 한없는 너그러움이 이젠 몸 구석구석에 배어 있었다. 그에게는 관록이 붙어 형세를 조망하는 뛰어난 통찰력이 있었다. 옳고 그름을 떠나서 몰아치면 더 저항하고 반발하는 것이 임금의 성격이었다. 이이는 기다림이 약이라 생각했다.

소동이 있고 나서 나흘이 지나 임금이 조용히 이이를 대전으로 불렀다.

"요즘 성혼은 어찌 지내고 있소?"

"병약한 데다가 생활까지 어려워 고생이 많사옵니다. 소신의 친구 성혼의 일로 마음이 크게 상하셔서 송구하옵니다."

"아니오. 처음에는 성혼의 상소에 마음이 상했지만, 이 때문에 화가 난 것은 아니었소."

"신도 알고 있사옵니다."

"그래서 경이 아무 말도 하지 않았던 것이오?"

"……."

임금이 말없이 고개를 끄떡이더니 쓸쓸한 표정으로 옅은 웃음을 입가에 띠었다.

"경만은 내 마음을 알아주는 것 같아 참으로 고맙소. 경이 없는 동안 난 몹시 외로웠소. 이젠 어디 갈 생각은 마오. 진정 내 곁에 오래 있어야만 하오."

"성은이 망극하옵니다, 전하. 외람되오나, 제가 한 말씀 올려도 되겠사옵니까?"

"말씀해보시오."

"지금 일어나는 일들은 새로운 것이 아니며 그저 그런 소소한 일상적인 일이옵니다. 신하들의 협량(狹量)한 마음과 고지식하고 경박한 처신이 어찌 어제오늘의 일이었겠습니까? 다만 경박함도 표현이 잘못된 것일 뿐 이 속에도 충의는 있사오니, 경박함을 허물삼아 꾸짖지는 마시옵소서!

비상도 쓰기에 따라 약이 될 수 있듯 설사 신료들이 가당찮은 얘기를 한다고 하여도 이를 잘 살피고 가려 들으시면 몸에 좋은 보약이 될 수도 있사옵니다. 번잡스런 일을 너무 귀찮게 여기거나 억제하려고만 하지 마시옵소서.

이 모든 것은 임금의 운명이옵니다. 군왕의 자리는 짊어진 짐은 많고, 마음을 나눌 곳은 적어 늘 적적하고 외로운 것입니다. 미력하나마 전하께 신이 도움이 된다면, 신 또한 온몸을 바쳐 기꺼이 전하의 수족이 될 것이며, 마음에 두시는 신하가 있으시면 그를 중용하시어 허전한 마음의 빈 구석을 달래어 보시옵소서!"

임금은 봄 햇살을 닮은 부드러운 미소를 지으며, 얼음이라도 녹여낼 것 같은 뜨거운 눈으로 이이를 보고 말했다.

"아니오, 내게 있어 경은 한신이나 장량, 소하와 같은 책사에 비할 바가 아니오. 경은 곧 나 자신이오. 오래도록 몸을 잘 보존하시오. 경이 나를 위해 해야 할 일은 그것밖에 없소."

임금은 이이에게 무한한 신뢰를 보내며 두 사람 사이는 순망치한의 관계가 되어가고 있었다.

4

"아니 어찌하여 이자의 이름이 올라왔는가?"

임금은 이조에서 올린 사간원 간원 후보자 명단에 동서 분당의 실마리를 제공한 김효원의 이름이 들어 있는 것을 보고 몹시 화가 나서 큰 소리를 냈다.

"전하, 비록 지난날의 허물은 있으나 김효원은 성품이 개결(介潔)하고 지조가 있어 간원으로서 자질은 충분하다고 생각되옵니다. 지난날의 잘못은 묻지 두시고 조정의 화합을 위해 큰 결단을 내리시옵소서!"

"영상께서는 하기 좋은 말이라고 그리 쉽게 말씀을 하실지 모르나, 난 그리 보지 않소. 사람의 품성이 어느 날 갑자기 바뀌기야 하겠소? 난 김효원만은 허락할 수가 없소이다!"

임금은 영상 박순의 애원에도 조정을 분열시킨 책임을 물어 김효원의 인사에 제동을 걸었다. 외직에 나가 있던 김효원을 끌어들여 세력 확장을 꾀했던 동인들의 계획이 물거품이 되면서, 팔월 여름 정국이 가마솥같이 펄펄 끓었다.

"아니, 전하께서는 숙헌에게는 한없는 사랑을 베푸시면서, 김효원에게는 어찌 이리 박정할 수 있단 말인가?"

임금의 특별 지시로 이이가 사헌부 장관이 된 직후의 일이어서, 임금에 대한 동인들의 원망이 엉뚱하게 이이에게 옮아가고 있었다.

더군다나 신병(身病)을 칭한 좌의정 노수신의 사직 상소에 승지 정철이 임금을 대신하여 비답(批答)을 작성했는데, 그 내용에 오해의 소지가 있어 정철이 젊은 동인들의 지탄을 받고 있던 때였다.

> 큰 은혜를 입은 대신이 사퇴할 이유가 없는데 사퇴하는 것은 일신의 안일만 꾀하고 나라를 저버리는 행동이오. 내가 그대를 정승으로 세운 날부터 많은 사람들이 기뻐하며 조

> 만간 좋은 정치의 결실을 보길 바랐는데, 지금까지 특별한 성과가 없었던 것은 어찌 나 자신만의 수치이겠소. 임금과 신하가 서로 맹세하여 몸을 닦고 허물을 고치기에 여념이 없어야 할 것인데 오히려 일신을 편히 돌볼 생각을 품어 대의를 소홀히 하니 이게 어찌 된 일이오!

 정철이 작성한 비답의 내용은 이와 같아서 사직을 만류하는 것이 아니라, 외려 사직을 강요하는 인상을 짙게 풍기고 있었다. 여기엔 보신주의자 노수신에 대한 정철의 평소 불만이 반영된 것인데, 오랜만에 조정에 돌아온 이이가 임금의 총애를 받으며 중용되자, 친구의 승승장구에 그도 자연 어깨가 으쓱해지고 우쭐한 마음까지 생겨 임금의 비답으로서는 품위를 잃은 매우 거친 표현을 쓰고 만 것이었다.
 "전하, 정철이 작성한 비답에는 의도적으로 대신을 핍박하고 경멸하는 불순한 동기가 있으며 임금의 체통까지 잃게 한 것이니 그를 그냥 두어서는 아니 되옵니다."
 정철은 술만 마시면 실수를 하고 근무 중에도 취해 관모를 삐뚤름하게 쓴 채 시뻘건 얼굴을 하고 대궐을 돌아다녀 동인들뿐 아니라 여러 신료들의 원성을 크게 사고 있었다. 정철과 사이가 크게 틀어진 이발은 정철을 원수같이 여겨 관복 소매 안에 소금을 갖고 다니며 정철이 지나가면 그의 등 뒤에다 소금을 뿌리며 조롱하곤 하였다.

아무튼 기행과 솔직 담백한 직선적인 언행으로 호사가들의 입방아에 오르던 정철이 이이가 돌아온 후에는 기가 더 펄펄 살아 있었다. 동인들이 차마 그 날뛰는 꼴을 두고 볼 수 없던 차에 마침 정철 자신이 그들에게 공격할 빌미를 준 것이었다. 젊은 동인 인사들이 중심이 되어 눈에 불을 켜고 정철을 탄핵해야 한다고 목소리를 높였다. 이이의 발 빠른 중재와 정철의 사과로 비답 사건은 곧바로 유야무야 됐지만, 정철은 정철대로 젊은 동인들은 동인들대로 가슴에는 모두 불만이 그득했다. 정철은 젊은 동인들의 탄핵을 오만불손한 경거망동이라 생각했고, 정철을 제거하려 작심하고 덤빈 동인들은 이이의 훼방으로 다 잡은 고기를 놓쳤다고 허탈해하며 이이를 원망했다.

이이가 대사간에 이어 대사헌까지 맡으면서 사정의 칼날을 쥐고 탄핵한 상당수 인물들이 동인 계열이어서, 이이를 보는 동인들의 시선이 매우 냉담했다. 조정의 전권을 장악하고 있던 동인들은 이이가 조정에 복귀한 후 운신의 폭이 좁아지면서 큰 위기감을 느끼고 있었다.

"어찌하면 좋겠소?"

공을 들인 김효원의 복귀가 무산되고 정철 제거 작업까지 실패로 돌아가자 낙담한 이발이 이조판서 이산해를 찾아와 대책을 구했다. 이산해는 자신이 추천한 김효원이 과거 전력에 붙잡혀 문턱을 넘지 못하고 낙마해 여간 아쉽지가 않았다.

"……"

이산해가 눈을 감고 말이 없자, 이발이 엉덩이를 들썩이며 채근했다.

"이판 대감, 그냥 두고 지켜만 볼 것이오? 말 좀 해보시오! 이러다간 대사헌에게 다 죽을 것이오!"

"허어, 숙헌이 하는 일을 우리가 어찌 막을 수 있겠는가? 숙헌이야 지금 전하의 뜻을 받들어 바른 길을 가고 있는데, 우리가 이를 막아선다면 소인배 소리밖에 더 듣겠는가?"

"지금 대사헌을 두고 말하는 게 아니잖소? 서인 가운데 누군가는 꺾어놓아야 하지 않겠소?"

이산해는 번뜩이는 이발의 눈빛이 심상치 않아 정색을 하고 물었다.

"누굴 말인가?"

이발이 실눈으로 두리번거리며 주위를 살피더니 소리를 죽여 나지막이 말했다.

"주상 전하께서 즉위할 당시에 심의겸이 상왕*의 상중임에도 인순왕후**께 벼슬을 부탁하였다는 소문이 있소이다."

"무어라!"

이산해가 화들짝 놀라 벌어진 입을 다물지 못했다.

"초대형 사건인데, 먼저 터뜨려야 하지 않겠소?"

---

*명종 임금.
**명종의 비이자 심의겸의 누이.

이산해가 가만 손을 저으며 이발을 진정시켰다.

"이런 것은 나서지 않는 것이 좋네."

"아니, 그럼 어찌 그냥 모른 척하자는 말이오?"

"그게 아니라, 이런 것은 우리 손을 쓰지 않고 남의 손을 빌리는 것이 좋네."

"어찌한단 말이오?"

이발이 호기심으로 가득한 눈을 반짝이며 몸을 바싹 당겨 앉아 물었다.

"이런 때는 암계(暗計)를 써야 하네."

"……."

이산해의 말을 이해한 이발이 무릎을 소리 나게 탁 쳤다.

5

"아니, 원 세상에……."

사헌부 장령 정인홍의 안면이 씰룩거렸다. 쳐다보기만 하여도 오금이 저릴 정도로 안광이 위압적인 그의 부리부리한 눈에 노기가 그득했다. 정인홍의 커다란 손바닥에 문건이 하나 들려 있었다.

"이런 오사리잡놈이 있는가!"

정인홍이 얼른 소매 안에 문건을 밀어 넣고 급히 대사헌 이이를 찾았다.

"대감!"

"무슨 일인데, 그리 화가 나 있소?"

정인홍의 목소리가 격앙돼 있어 이이는 의아했다. 게다가 상기된 표정이 무언가 예사롭지 않은 눈치였다. 정인홍이 누런 봉투에 담은 문건을 이이의 탁상 위에 내밀었다. 문건을 읽어 내려가는 이이의 안색이 차차로 어두워졌는데, 다 읽고 나서는 왠지 이 문건이 믿음이 가지 않는지 이이는 고개를 갸웃거렸다.

"이 문건의 출처는 어디요?"

"익명의 제보라 출처는 알 수 없지만 제가 대강 알아본 바로는 그런 소문은 사실이었던 것 같습니다."

"누가 그런 말을 하오?"

"동인 쪽 사람들의 얘기이긴 합니다만……."

"그렇다면 아직은 심의겸의 일이 실체가 없는 것 아니오? 그쪽 사람들이 일을 꾸밀 수도 있는 일이니, 좀 더 알아본 다음에 대처를 하는 것이 좋겠소. 설사 사실이라 해도 이미 십오 년 전의 일이오. 굳이 해묵은 일을 꺼내어 조정에 괜한 평지풍파를 일으킬 필요는 없을 것이오. 더군다나 심의겸은 지금은 날개 꺾인 신세라 힘도 쓰지 못하는 사람이니, 들추어보아야 조정에 아무런 실익이 없을 것이오. 내 생각에는 그냥 덮어 두고 지나는 것이 좋을 것 같소만……."

심의겸의 일을 은근히 진정시키려는 이이의 태도에 정인홍이 실망해 몹시 언짢아했다. 그의 말투가 꽤나 퉁명스러웠다.

"대감, 혐의가 있으면 조사를 하는 것이 사헌부 관원의 일입니다. 또 혐의가 입증이 되면 당연히 탄핵을 하여야 하는데, 어찌 대감께서는 이렇게 중대한 독직 사건을 어물쩍 넘기려고만 하십니까? 설사 그가 지금 힘이 없다고 하여도 과거 외척으로서 전횡을 하였던 일이 있다면 지금이라도 응당 그에 대한 책임을 물어야만 하는 것이 아닙니까? 더군다나 심의겸은 조정의 동서 분란에 일차적인 원인을 제공한 사람입니다. 이 어찌 그냥 묻어 두고 넘어갈 일입니까?"

정인홍은 시시비비가 분명하고 물불을 가리지 않는 성격인데다가 정의감이 강했다. 관리들의 부정부패나 독직 사건을 조사하는 사헌부의 장령으로서는 적격이었지만, 단순 강직하고 용맹하기만 하여 일의 전반적인 흐름을 파악하는 능력은 꽤 미흡했다.

대사헌 이이의 집무실을 나선 정인홍이 잔뜩 굳은 얼굴을 하고 휘적휘적 어디론가 가고 있었다. 그의 걸음이 홍문관 앞에 멈추었다. 그가 주변을 슬쩍 둘러보고는 얼른 홍문관으로 들어갔다.

"부제학 계시오?"

"아니, 그대가 웬일이오?"

이발은 모른 척 시치미를 뚝 떼고는 정인홍을 반갑게 맞았다.

"무슨 일이 있소? 안색이 영 좋지 않소이다."

정인홍은 이발이 권한 의자에 앉자마자 한숨을 내쉬었다.

"정말 무슨 일이 있는 것이오?"

이발이 심상치 않은 표정으로 물어오자, 정인홍은 말없이 입술을 깨물며 고개를 끄덕이다가 잔뜩 어깨에 힘을 주고 말했다.

"나를 좀 도와주어야 하겠소."

정인홍은 일의 자초지종을 구구절절 늘어놓으며 설명했고, 이발은 금시초문이라는 듯 짐짓 몹시 놀란 표정을 지으며 분개했다.

"아니, 대사헌이 어찌 그러실 수가 있단 말이오? 나도 힘을 보태리다!"

정인홍은 이이가 반대하고 있어 혼자 힘으로는 심의겸을 탄핵할 수 없다는 판단에 동인의 힘을 빌리고자 이발을 찾았다. 동인들에게는 심의겸이 눈엣가시 같은 존재라 그의 독직 사건에 적극 협력할 것이라 내다본 것이었다. 관료의 부패를 척결해야 한다는 사명감에 눈이 멀고 이이의 미지근한 태도에 실망했던 정인홍은 이것이 동인들의 계략이란 것을 전혀 눈치 채지 못한 채 미끄러지듯 그들의 놓은 덫에 걸려들고 말았다.

이발의 분명한 지원 의사를 확인하자 정인홍은 크게 고무되어 일을 서둘렀고, 이발은 이산해의 계략에 내심 탄복하며 미소를 감추기에 바빴다. 동인들의 입장에서 심의겸을 직접 탄핵하는 일은 조야에 동인들이 또 권력투쟁에 몰두한다는 괜한 오해와 시비를 불러일으킬 가능성이 있어, 고양이 목에 방울 달기만큼이나 섣불리 나서기 어려운 과제였다. 동인들의 골칫거리를 정인홍이 자발적으로 나서서 척척 해결해주고 있으니, 이발로서는 이산해의 술수에 탄복하지 않을 재간이 없었다.

'참으로 신묘한 양반이야. 손 안 대고 코 푼다는 것이 바로 이를 두고 하는 말이군······.'

정인홍이 심의겸 탄핵에 대한 뜻을 꺾지 않고, 이발을 비롯한 홍문관의 관원들과 사간원에서도 이에 동조하여 들고일어났다. 심의겸의 탄핵 문제가 정국의 새로운 쟁점으로 떠올랐다.

조정의 분란이 심각해지자 일을 진정시키는 것이 상책이라 생각했던 이이도 큰 고민에 빠졌다. 불이 붙으면 마른 장작 타듯 하는 정인홍의 급한 성격이 무슨 큰일을 낼지 알 수 없었던 까닭이다. 가슴에 담아 둘 줄 모르고 강직하기만 한 정인홍이 임금에게 쓸데없는 소리를 늘어놓는다면, 호미로 막을 일을 가래로도 막을 수도 없는 사태가 벌어질 수 있었다. 이렇게 되자 이이도 조정이 동서로 두 동강이 나서 깨어질 바에는 차라리 심의겸 한 사람만 희생시켜 조정의 안정을 구하는 것이 시급하다는 판단을 하였다. 독한 마음을 품은 정인홍이 급기야 정철까지 물어 늘어지는 기미를 보여, 이이의 마음은 더 급했다.

"좋소이다. 그렇다면 내가 상소문은 작성할 것이니, 한 자도 고쳐서는 절대 아니 되오. 또한 심의겸의 일만 거론할 것이지, 오해를 살 불필요한 말은 삼가도록 하시오."

이이는 정인홍에게 자신이 시키는 대로 하겠다는 약속을 받고, 이후에도 수차례 언행을 조심할 것을 신신당부한 후에야 심의겸을 탄핵하는 상소를 작성해 정인홍에게 건넸다.

> 심의겸은 처신을 조심해야 할 외척임에도 누이 인순왕후
> 생존 시에 권력을 탐한 일이 있을 뿐 아니라 조정 분란의 원
> 인을 제공하였으니, 그가 조정에 남아 있는 것은 나라의 안
> 정에 도움이 되지 않사옵니다.

 정인홍은 이이가 작성한 상소문의 표현이 그답지 않게 뜨뜻미지근하고 평범한 느낌이 들어 성에 차지 않았다.
 '대사헌은 여전히 심의겸을 감싸고 있군. 어찌 이런 상소로 권력을 남용하고 독직의 혐의가 있는 심의겸을 올바로 탄핵할 수 있으리. 붕당을 지어 조정의 여론을 분열시킨 큰 죄상까지 있는 자인데…….'
 정인홍은 이이의 상소문에 불만이 많아 붓을 들었다가는 다시 내려놓았다. 이이에게 굳게 약속한 것이 마음에 걸렸고, 또 이이의 우려내로 문제가 확대되는 것도 적잖은 부담이 됐다.
 아무튼 이튿날 정인홍은 내키지 않는 상소문을 들고 임금을 알현했다. 임금은 정인홍의 상소 내용이 그리 탐탁치 않았다. 정인홍을 바라보는 임금의 눈길이 냉소적이었다.
 "십오 년 전의 일이라면 이미 지난 일이고, 인순왕후의 친제(親弟)인데 어찌 특별한 큰 허물이 없는 심의겸을 탄핵할 수 있겠소? 설사 있다고 하더라도 대역죄를 짓지 않은 이상 지난날의 허물은 덮고 화합을 도모해야 할 이때에 굳이 탄핵을 할 이유가 무엇이오?"

임금의 차가운 시선에 얼마간 주눅이 들어 있던 정인홍은 임금의 생각이 이이와 너무 흡사해 내심 크게 놀랐다. 그의 어깨에 힘이 잔뜩 들어갔다.

'대사헌이 말을 흘렸을까?'

이런 생각이 순간 정인홍의 뇌리를 스치자, 속에서 뜨거운 불길이 확 올라와 정인홍의 정신을 덮쳤다.

"전하, 황송하오나 심의겸의 죄상은 지난날의 허물에만 국한된 것이 아니옵니다. 심의겸은 무엄하게도 외척으로서 자신의 세를 불리려 사람을 끌어 모으는 참으로 분수를 모르는 방자한 짓을 하고 있사옵니다. 그의 탄핵을 윤허해 주시옵소서!"

"경은 방금 무어라 하셨소? 심의겸이 다시 붕당을 짓고 있다는 말이오?"

"……."

정인홍이 주저하는 빛을 보이며 머뭇거리자, 임금이 호통을 쳤다.

"왜 말을 않고 있는 것이오. 빨리 말해보시오!"

정인홍은 이이와 약속한 것을 어기고 자신이 순간 실언을 했다는 것을 알아챘지만, 이미 엎질러진 물이었다. 당황한 정인홍의 목소리가 떨렸다.

"심의겸이 윤두수, 윤근수, 정철 등 여러 사람과 어울려 맹약을 하고 자신의 무리를 기반 삼아 세력을 결집할 기회를 엿보고 있다 하옵니다."

왕권 중심의 조선 사회에서 신하들끼리 붕당을 짓는다는 것은 역모에 버금가는 중죄였다. 임금이 사안을 중히 여겨 긴급히 조사를 명했고, 동인 일색인 사간원과 홍문관에서는 호기를 놓치지 않고 고삐를 바짝 당겼다. 심의겸과 더불어 정철도 탄핵시켜야 한다는 상소를 올린 것이었다. 조정에 때 아닌 거센 풍우가 몰아쳤다.

"그대는 대체 어쩌자고 일을 이리 크게 벌이셨소?"

"면목 없습니다. 저도 모르게 그만……."

"정철은 내 이십 년 지기요. 그는 내가 잘 아오. 계함이 성미가 급하고 도량이 좁아 사람들과 잘 어울리지 못해도 권력을 좇는 소인도 아니고, 여론에나 휘둘리는 줏대 없는 사람도 아니오!

계함이 심의겸과 가까운 것은 사실이나, 생각이나 품은 뜻은 심의겸과 털끝만치도 같은 곳이 없소이다. 아무런 혐의가 없는 사람을 민다고 하여 일을 이리 만들면 누구인들 성할 것이오? 그리 말할 것 같으면 나도 심의겸과 가까우니 나 역시 탄핵을 받아야 할 것이오."

화살이 이미 시위를 떠난 뒤라, 망연자실한 이이가 전에 없이 흥분해 정인홍을 큰 소리로 질책했다. 이이는 비장하게 말했다.

"아무튼 계함이 탄핵되는 것만큼은 막아야 하오. 만약 그대가 내 앞을 가로막으면 내가 그대를 용서하지 않을 것이오. 계함은 생과 사를 같이 하기로 한 나의 친구요!"

이이의 어조가 이같이 강했던 것은 일전의 비답 사건으로 상처를 크게 받은 정철이 조정에 염증을 느끼고 있던 터라, 탄핵까지 겹친다면 그가 조정을 떠날 것이 불을 보듯 했기 때문이었다. 고향에 가서 시문이나 읊으며 산수를 벗 삼아 살겠다고 울분을 토하던 정철을 설득해 간신히 붙잡아 둔 것이 겨우 달포 전이었다.

정인홍은 뜻하지 않게 일이 일파만파로 번져 조정이 대혼란에 빠진 것이 자신의 실언에서 비롯된 것이라 생각해, 대로한 이이의 호통에 일언반구 대꾸를 못하고 수박만 한 머리를 푹 수그리고 있었다. 안광만으로도 성난 호랑이를 잡을 만하고, 몸집은 곰 같은 육척 거구가 자그마한 이이 앞에 머리를 조아린 모습은 고양이 앞의 쥐 같은 인상이었다. 하지만 그 역시 이이의 의견에 불만은 있어, 잠자코 있다가 한참 만에 억울함을 이기지 못하고 낯을 붉힌 채 볼멘소리를 하였다.

"경위야 어찌됐든 미안하게 됐습니다. 하지만 저를 너무 몰아세우지는 마십시오. 정철이 사당(私黨)을 체결한 것까지는 모르겠으나, 그의 처신에 분명 문제가 있는 것은 사실 아닙니까!"

이이는 정인홍의 생각이 전혀 일리가 없다고 생각하지는 않았지만, 주사(酒邪)와 같은 정철의 개인적인 허물이 탄핵의 사유가 될 수 없다고 생각했다. 이것은 말하자면 곤장 한 대로 끝날 사람을 능지처참에 처하는 것이라, 그야말로 침소봉대와 마찬가지인 셈이었다.

두 사람이 옥신각신하고 있을 때, 영의정 박순이 사헌부를 찾아왔다. 정인홍과 마주친 박순의 눈빛이 싸늘했다. 그가 혀를 찼다.

"내암(萊庵),* 이 사람아. 강단만으로 세상일을 바로잡을 수 있는 게 아니네. 어쩌자고 벌집을 쑤셔놓았어?"

영상 박순의 질책까지 받자 정인홍은 시무룩해져서 그나마 조금 열리기 시작하던 말문을 닫았고, 박순이 덧붙인 말에는 소스라치게 놀라 정신이 멍멍했다.

"사간원 정언 윤승훈(尹承勳)이란 미친놈이 숙헌을 탄핵하라고 상소를 올렸네!"

심의겸 탄핵으로 시작된 탄핵의 불꽃은 정철을 거쳐 이제는 이이에게 옮겨 붙어 그 불길이 한여름 밤을 미친 듯이 훤히 밝히고 있었다.

6

이이의 탄핵 사유는 그가 개인적인 친분을 앞세워 공론을 진정시키려 한다는 것이었다. 문제 많은 정철을 사사로운 우정에서 비롯된 마음으로 두둔한다는 것이 탄핵 사유의 요체였다.

"승지께서 어찌 우릴 다 만나자고 하시오? 참으로 해가 서쪽에서 뜰 일이오. 설마 우리를 한꺼번에 잡으려고 호랑이 굴로 부른 건 아니겠지요?"

이발은 방에 들자마자 먼저 기다리고 있던 정철을 향해 빈정댔지만, 정철은 화내는 기색 없이 그저 심드렁한 표정으로 술만 마

---

*정인홍의 호.

셨다.

일각이 지났을 무렵, 뒤늦게 유성룡과 이산해가 같이 들어왔다. 이조판서 이산해가 먼저 정철에게 머리를 가볍게 숙이며 사과했다.

"늦어서 미안하오. 그런데 어찌 이런 고급 요릿집으로 우리를 초청하셨소?"

"같이 술이나 한잔 하고 싶어서 부른 것이니, 일단 천천히 술이나 마시며 얘기 나눕시다."

남산 중턱에 자리 잡은 매화당은 대지만 천 평이 넘는, 장안에서 손꼽히는 요릿집이었다. 봄이면 매화향이 가득했고, 한여름이면 성성하게 자란 수목이 창창했으며, 그 사이로 잔잔히 흐르는 수목의 향과 바람, 새 소리가 묘한 조화를 이루어 속세를 벗어난 듯 선계(仙界)가 따로 없었다.

네 사람은 굽이쳐 흐르는 푸른 한강을 내려다보면서 술을 마셨다. 술이 다섯 순배나 돌 때까지 아무런 말도 없이 서로 술을 따르고 마시기를 반복했다. 흡사 누가 먼저 쓰러지나 시합이라도 붙은 인상이었다. 정철과 이산해에 비해 주량이 약한 이발과 유성룡도 오늘따라 취하는 기색없이 정철이 따르는 술을 넙죽넙죽 잘도 받아 마셨다.

"오늘은 어찌 부제학이 뻗지도 않고 잘도 마시는 것이오?"

오랜만에 입을 연 정철의 빈정거림에 이발이 말을 받았다.

"언제 얻어먹을지 모르는 공술인데, 이참에 왕창 먹어 두어야 하지 않겠습니까?"

"허허, 좋소. 내 집은 못 팔아도 내 몸 하나 팔면 이 정도 술값이야 되지 않겠소!"

정철이 웃음을 거두고 정색을 하며 마주보고 앉은 이산해를 향해 물었다.

"솔직히 말합시다. 이번에는 누굴 사냥하고 싶은 것이오? 나요, 숙헌이오?"

"사냥이라니? 송강(松江) 선생께서 말이 지나친 것 같소. 숙헌의 일은 우리도 몰랐던 일이오!"

"몰랐다? 허허, 몰랐다……?"

냉소를 머금고 있던 정철이 자리를 지키던 기생들을 모두 내어보내고 커다란 사발을 가져오게 했다.

"오늘은 우리 같이 취해봅시다. 그러면 그 깊은 속도 좀 알 수 있지 않겠소."

정철은 술 한 동이를 새로 내오게 했다. 이발과 유성룡의 눈은 동자가 풀려 이미 게슴츠레했다. 여느 때 같았으면 벌써 주사를 부렸을 법도 한데 정철은 자세가 한 치의 흐트러짐이 없이 꼿꼿했다. 정철이 다시 이산해에게 물었다.

"정말 이번에는 누굴 사냥하고 싶었던 것이오? 숙헌이오? 나요?"

"……"

이산해는 말없이 눈만 껌뻑였다. 정철이 재차 말했다.

"이판 대감, 하나만 물읍시다. 내가 깨끗이 물러나면 숙헌에게 손을 뗀다고 내게 약속할 수 있소?"

이산해는 쌍꺼풀이 짙게 진 커다란 눈을 감은 채 가는 신음을 흘리다 한 사발 가득 넘쳐흐르는 술잔을 벌컥벌컥 들이켰다.

"송강께서 무슨 오해가 있으신 것 같소. 정말 윤승훈의 일은 우리가 몰랐던 일이오……."

"그런데 어찌하여 사간원에서도 홍문관에서도 죄다 이이를 탄핵하라는 소리가 같이 나오는 것이오? 그대들이 묵인을 하였기 때문이 아니오? 그 어린놈들이 무얼 알아서 숙헌을 체직시키라느니 탄핵을 하라느니 하는 말이 나오는 것이오? 대체 숙헌이 어떤 사람이오?"

정철은 그들의 속을 훤히 들여다보고 있다는 듯이 목청을 돋우었고, 이발과 유성룡은 술기운에 몸을 가누지 못하면서도 정철의 호된 다그침에는 정신이 번쩍 나서 왠지 편치 않은 인상을 떨쳐내지 못했다. 이발은 이이의 애제자 가운데 한 사람이었고, 남달리 학식이 뛰어나고 명석한 유성룡도 이이 앞에만 서면 왠지 자신이 없어지고 주눅이 들었다. 그의 눈에 비친 이이는 새로운 철학의 지평을 연 거인이었다. 스승 이황의 주리론을 최고의 철학이라 신봉하던 유성룡은 이이가 마흔이 되기도 전에 이미 완성한 주기(主氣) 철학을 접하고 엄청난 정신적 충격을 받았다. 이상보다 현실을 우선하고, 정신보다 육체의 행복에 더 무게를 둔 이이의 주기론은 스승 이황의 주리론(主理論)보다 훨씬 창의적이고 세련된 철학이었다.

한 천재의 오랜 탐구와 깊은 사색에서 나온 이 독특한 주기론에 성품이 온화한 유성룡의 마음 한 귀퉁이에 언제부터인가 이이에 대한 은근한 질투심이 자리 잡았다. 다만 말이 많고 지나치게 논리적이어서 다소 경박해 보이는 데다가 숲은 잘 보지만 작은 나무는 잘 보지 못하는 이이에 비해, 성격이 모나지 않고 적이 적으며 성격이 치밀해 작은 나무도 살필 줄 아는 자신이 경세가(經世家)로서는 더 낫다는 생각으로 나름의 위안을 삼고 있었다.

통이 크고 대범한 이산해가 눈빛을 또렷이 하여 제일 먼저 정철의 요구에 화끈하게 화답했다.

"우리가 어찌 숙헌을 탄핵하겠소? 약속하리다. 윤승훈 같은 소인배들의 일은 염려 마오. 내가 내일 당장 인사 조치를 할 것이니 걱정 마시오!"

조정의 인사권을 지닌 이조판서 이산해의 굳센 약속에도 정철은 아직 미덥지가 않아, 이발과 유성룡을 둘러보며 하소연 하듯 다시 말했다.

"그대들도 내 말을 듣고 있소? 부탁하오, 내가 군말 없이 물러날 것이니 숙헌은 털끝 하나라도 손을 대어서는 아니 되오. 숙헌은 이제야 전하의 총애를 받고 일을 시작한 사람이오. 나라의 장래가 그에게 달렸음을 잊지 말아주시오."

정철이 모처럼 만에 진정을 담고 사자후를 토하자 여태 말이 없던 유성룡도 부끄러운 기색을 하고 흔쾌히 정철에게 약속을 하였지만, 이발은 술에 취해 탁자에 몸을 파묻고 축 늘어져 있었다. 널브러져 있는 이발을 내려다보는 정철의 눈빛이 곱지 않았다.

'고얀 놈, 기어코 약속을 않네. 제 스승을 잡아먹을 놈일세.'

보름 후, 정철이 노량진 포구에 앉아 있었다. 그의 낙향 길을 배웅 나온 이는 딱 두 사람, 이이와 전 이조판서 이탁의 아들인 이해수(李海壽)뿐이었다. 대문호이자 큰 정치인의 귀향 치고는 패잔병의 그것만큼이나 썰렁하고 초라했다.

"꼭 그리 떠나가야만 하는가?"

우울한 기색으로 그에게 술을 따르는 이이의 목소리가 애절했다. 이이는 이태 전에 토정 이지함을 저승으로 떠나보낸 데다 마음을 붙이던 유일한 벗까지 멀리 떠나가게 되자 울적한 마음에 이레 전부터 잠을 설쳤다.

"내 체질에 안 맞아서 가는 것이니 그리 마음 쓰지는 말게. 누구 탓도 하지 않네. 나야 산수를 벗 삼아 살면 되지만, 자네가 걱정이네. 아무튼 낙향할 생각은 말게. 이제야 임금의 신임을 얻었는데 지금 이 상황에서 떠난다면 조정이 어찌 되겠는가?"

정철이 싱긋 웃으며 잔을 비우자 이이가 다시 술을 따르며 말했다.

"앞으로 술은 조금 적게 마시게……."

"허어, 숙헌! 주선이 술을 사랑하지 않으면 누가 술을 사랑할 것인가?"

정철은 술 때문에 곤혹을 치러 낙향 길에 올랐음에도, 여전히 애주가임을 과시했다. 정철이 말없이 웃기만 하는 이해수의 희멀건 얼굴을 바라보며 말했다.

"해수, 자네가 한번 맞혀보시게. 내게는 딱 두 개의 사랑이 있네. 하나는 숙헌인데 또 하나는 무엇이겠는가?"

젊은 이해수가 사람 좋은 얼굴로 싱긋 웃으며 당연하다는 듯이 답했다.

"술이오!"

"틀렸네!"

정철이 실눈을 하고 이해수를 놀리듯 얄미운 웃음을 입가에 흘리며 히죽였다. 숫기 없는 이해수는 정철이 자신을 은근히 희롱하고 있음을 눈치 채고는 떨떠름한 표정이 되었다. 그는 정철에게 대들듯이 자못 도전적으로 되물었다.

"아니면 무엇이오?"

정철은 살짝 골이 난 이해수를 끝까지 골려줄 심산인지 웃음기를 거두지 않고 말했다.

"허허, 또 한 사랑은 이이네!"

"참 싱겁다!"

이이가 눈꼬리를 세워 혼자 파안대소하는 정철을 흘겨보았다.

"난 자네가 나보다 술을 더 좋아하는 줄 알았네. 그리 나를 사랑할 요량이면 내 말 좀 들으시게. 술 좀 끊게!"

정색을 한 이이의 말에 정철이 입술을 삐죽 내밀며 어깨를 으쓱했다.

"친구는 친구고 술은 술이지. 자네 없는 세상, 내가 외로워서 어찌 살겠는가? 한 잔 술이 비록 독배일망정 마음의 시름을 내려놓는데 이 보다 좋은 명약이 어디 있는가?"

정철은 일부러 조정 일을 입에 담지 않고 한참을 술 얘기로 신나게 떠들면서 이별의 정을 나누었다.

석양이 짙게 물든 강물을 지치며 배가 포구에 서서히 미끄러져 들어오고 있었다. 정철이 간단한 봇짐을 등에 메고 일어났다. 떠날 시간이 되자, 유쾌했던 정철의 얼굴에도 아쉬움이 짙게 묻어났다.

"숙헌, 잘 있게. 건강 조심하고……."

이이를 슬픈 눈빛으로 물끄러미 바라보던 정철이 망설이더니 입술을 달싹이며 입을 열었다.

"숙헌, 내 말을 가볍게 듣지 말고 명심하고 잘 새겨듣게."

"말해보게나……."

"이발을 조심하게!"

"그건 자네의 오해네, 이발은 좋은 친구일세!"

"자네는 다 좋은데, 사람을 한 번 좋게 보면 계속 좋게만 보려는 게 단점이네. 그놈은 야심이 큰 놈일세. 자네 제자라고 너무 두둔하지 말게!"

정철은 이발이 조정에 분란이 있을 때마다 매번 양쪽 눈치를 살피며 어정쩡한 입장을 취하는 기회주의자의 모습을 보인 것이 늘 마음에 걸렸었다. 막상 스승 이이의 탄핵 문제를 두고도 이발이 팔짱을 낀 채 우두커니 방관하는 모습을 보고는, 마음속에 이발에 대해 간직하고 있던 티끌만 한 기대까지 모두 훌훌 털어내어 버렸다.

정철은 이발에 대한 이이의 생각에 오금을 박을 만한 충분한 경험을 가졌다고 여겨 한마디를 덧붙였다.

"자네는 머리 좋은 친구들을 너무 좋아하여 덮어놓고 믿는 경향이 있네. 이발도 그러하고 정여립도 그러하지 않은가? 자네는 좋아하지만 그놈들은 자네에게 힘이 없으면 뒤도 돌아보지 않고 등을 돌릴 놈들이네. 조심하시게!"

"허허, 잘 알겠네!"

이이는 정철의 충고를 호불호가 몸에 밴 그의 단순한 성격 탓이라 여겨 대수롭지 않게 받아 넘겼다.

조선이 건국된 지 이백 년이 흘렀고, 한 국가의 흥망성쇠가 사오백 년의 주기로 일어나는 것으로 볼 때, 조선도 중년의 나이에 접어든 때였다. 또한 연산군의 폭정과 네 번의 사화를 거친 난세 후의 시대라, 민생이 몹시 피폐하고 사회 기강이 크게 무너져 있어 뜻이 있는 지식인들은 새로운 개혁의 시대를 열고자 하는 열망이 강했다.

당시는 이황의 주리론이 정치 사회적 철학의 주류를 이루고 있었는데, 그의 철학은 관념적이고 추상적인 면이 강해 형편과 능력이 각양각색인 모든 백성들이 골고루 그 철학의 혜택을 입는 데는 시간적 물질적 한계가 있었다. 이에 반해 이이가 창안한 주기론은 인간 중심의 현실에 무게를 둔 것이어서, 빠르고 실질적인 개혁을 갈망하던 젊은 지식인들에게는 이이의 주기론이 이황의 주리론보다 훨씬 매력적이었다.

새 세상을 열고자 하는 큰 뜻을 품고 한 시대의 영웅호걸이 되기를 자처하는 많은 지식인들이 이이의 수하에 몰려들어 그를 현인으로 추앙하고 받들었는데, 그 가운데 정여립이나 이발 같은 인물들이 있었다. 이이 역시 자신을 알아주고 제자를 자처하며 찾아온 명석한 두뇌를 가진 그들에게 호감을 갖다 보니, 이이가 인물의 됨됨이와는 상관없이 자신을 찬양하는 천재들만 좋아하는 병통이 있다고 비아냥대는 무리들이 더러 생겼다. 그들의 우스갯소리에는 이런 것도 있었다.

'이이의 눈에 들면 천재고, 이이의 눈길이 스치면 준재이며, 이이의 눈 밖에 나면 범재이거나 둔재일세!'

아무튼 정철의 가시 돋친 우려에도 이이는 아랑곳하지 않았다. 훗날 이들과 크게 엇갈릴 운명도 모른 채 허허로운 웃음만 지을 뿐이었다. 이런 점에서 유성룡의 생각처럼 이이는 보다 치밀하고 교활한 얼마간의 음모까지도 즐길 줄 아는 노련한 경세가의 자질은 꽤 부족한 편이었다.

이이는 정철에게 한 편의 작별시를 지어 주며 친구를 붉은 저녁노을 속에 떠나보냈다.

　이날이 너무도 애석하고

이 이별 참으로 마음이 아파라

어찌 알았을까

거(蛆)와 공(蛩)*이 변해

삼(參)과 상(商)**이 될 줄은

가을 하늘에 가벼운 비 뿌리고

한강물은 한없이 흘러만 간다

(하략)

— <계함을 노량진 강가에서 작별하다>

7

심의겸 탄핵 사건에 연루된 정철이 조정을 떠난 후 이이는 대사헌을 거쳐 호조판서를 역임하고, 네 달 만인 선조 15년(1582) 정월에는 이조판서의 부름을 받았다. 이후로도 임금의 끊임없는 사랑을 받아 형조판서(刑曹判書)를 거쳐 구월에는 의정부 우참찬(右參贊)이 되어 종일품 숭정대부(崇政大夫)의 품계를 받게 되었다.

정철이 떠난 후 채 일 년이 되지 않아, 동인들의 끈질긴 견제 속에 우군도 없는 이이가 초고속으로 승진하여 종일품에까지 오른 배경에는 그에 대한 임금의 절대적인 신임이 있었다. 숙의 정씨

---

*다 같이 벌레의 이름으로, 항상 붙어 다니는 특성이 있다.

**다 같이 별의 이름인데, 서로 너무 멀리 떨어져 있어 동시에 볼 수가 없기에 친한 사람과 이별할 때 만나지 못하는 아쉬움을 비유한다.

가 급사한 후 임금은 이이의 직책과 무관하게 거의 모든 조정 현안들을 이이와 논의했다.

황해도 재령의 노비 살인 사건, 이수의 옥사와 장세량의 국문 등 일련의 과정을 지켜본 임금은 승정원, 홍문관, 사헌부, 사간원을 장악한 동인들이 국사는 뒷전인 채 권력투쟁에만 몰두하는 것에 실망을 넘어 환멸을 느끼고 있었다. 임금이 동인에 대해 갖는 불신, 분노, 적의는 상상을 초월해 그 크기를 가늠할 수가 없었다. 임금은 동인들이 권력을 장악하기 위해 거짓 증거를 만들어 속이고 자신을 암군으로 몰아가고 있다고 생각했다.

동인들은 흔히 파주 촌놈이라 비아냥댔던 이이가 욱일승천하는 용같이 눈 깜짝할 사이에 승진하는 것에 배가 아파 질투심에 불을 켜고 있었지만, 정작 이이는 자신의 관직 생활에 큰 회의를 느끼고 있었다. 금번에 조정에 출사한 이후 자신이 제안한 개혁안을 임금이 받아들인 것이 거의 없었던 탓이다.

이이가 대사간 시절에 제안하였던 공안의 개정, 주현(州縣)의 병합, 감사의 장기 근무는 파탄 난 국가 재정과 대기근으로 아사자가 속출하는 백성들의 형편을 고려하면 일각도 지체할 수 없는 화급한 개혁안이었다. 공안의 개정은 백성들의 형편에 맞추어 세금 부담을 덜어주고 세수를 확충하기 위해 지역 형편에 따라 세금을 합리적으로 조정하자는 것이 골자였고, 지나치게 많은 행정 지역을 병합해 인력을 효율적으로 관리하자는 것이 주현의 병합이었으며, 책임있는 정치를 위해 지방 장관을 가급적 자주 바꾸지 말고 오래도록 근무하게 하여 일의 집중도를 높이자는 것이 감사의 장기 근무 필요성에 대한 이이의 의견이었다. 이 같은 이이의 행정 개혁안은 우부승지 시절 임금에게 올린 「만언봉사」의 연장선상에 있었던 것으로, 시국에 대한 이이의 진단과 처방에는 나라 개혁을 한시도 지체할 수 없다는 절박함과, 아울러 자신이 제안한 개혁안을 통해 부국강병을 이룰 수 있다는 확고한 믿음이 있었다.

"전하, 저의 생각대로 개혁을 하여 삼 년 내에 나라 형편에 진전이 없으면 신의 육신을 갈가리 찢어서 들짐승의 밥으로 던져주어도 좋습니다!"

임금에게 개혁에 대한 자신의 각오를 밝힌 이이의 이 같은 말처럼 이이는 자신의 철학과 신념에 확고한 믿음이 있었다.

호조판서 시절에는 나라의 어려운 살림을 조속히 재건하고 대기근의 문제를 해결하기 위해 한시적으로 나라의 경제 문제를 총괄해서 관리 감독할 경제사(經濟司)란 비상 기구를 창설하자는 의견을 내기도 하였다. 국가 경제를 총체적으로 기획하고 발전 방안을 마련하는 오늘날의 경제기획원과 같은 기구로, 빈약하고 한정된 국가 자원을 효율적으로 활용해 생산성을 극대화하자는 것이 핵심 취지였다.

재정 파탄으로 관료들의 월급을 주지 못해 녹을 깎고, 심지어 굶주린 백성들을 수탈해 생활하던 지방 관료들의 형편이나, 호조의 곳간인 경창은 물론이고 여염집의 텅 빈 쌀독을 생각하면,

생산성을 높여 빈곤을 탈출하자는 이이의 경제사 설치안은 시대를 초월한 탁견임에 틀림이 없었다. 이이가 주장하고 나선 경제사 설치안은 인간의 생존에 있어 가장 기초적이고 근본적인 물질적 삶의 토대를 굳건히 하는 데 절대적으로 필요한 것이었다. 이는 주기론을 바탕으로 깊은 현실 탐구와 사색에서 나온 처방이었다. 그러나 당시는 정신 수양을 통한 깨달음만을 강조하던 때라, 이이가 제안한 경제사 설치는 발상 자체가 기상천외해서, 임금과 신하들은 경제사의 성격을 이해하지 못했다. 게다가 임금은 고려시대의 중방(重房)과 같이 비상 기구인 경제사에 권력이 집중될 것을 우려한 나머지 쉽게 결단을 내리지 못했다. 이이의 후견인인 박순조차 그의 제안에 고개를 갸웃거렸다.

이밖에도 이이의 부상을 꺼린 동인들의 끊임없는 견제와 비협조로, 이이의 개혁안은 전혀 실효를 거두지 못한 채 끝없이 표류하고 있었다.

"대감, 이제 약주는 그만 드시지요……."

그의 아내 노씨가 걱정스런 눈빛을 하고 오늘도 안방에서 술을 마시고 있는 이이 곁에 다가가 앉았다. 이이는 근래 부쩍 술을 자주 마셨다. 이이는 정철이 떠난 후로는 몹시 외로움을 많이 탔고, 일이 풀리지 않아 늘 심사가 불편했다. 깡마른 얼굴에 늘 어두운 그늘이 짙게 드리워 있었다.

"부인도 한 잔 하시겠소?"

이이는 아내 노씨의 대답을 듣기도 전에 자신의 잔을 비우고 아내 노씨에게 잔을 건네 술을 따랐다. 노씨 부인이 잔을 입에다 대어 목을 축이고는 말했다.

"일이 힘드시면 그만 내려가시지요!"

"나도 그럴까 하고 생각 중이오······."

그녀가 잔을 마저 비우고 그에게 술을 따르며 눈물을 훔쳤다.

"또 우시오?"

이이의 퉁명스런 어투는 아내 노씨를 질책하듯 했지만 애써 아내의 눈길을 피하는 그의 눈에는 미안함이 그득했다.

"죄송해요. 하지만 전 대감을 잃을까 늘 겁이 납니다. 몸이 많이 상하셨어요. 전하께서 보낸 어의가 어제 탕약을 가져왔었습니다. 대감의 몸이 좋지 않다고 어의가 말합디다. 간이 좋지 않으니 술을 적게 드시라고······."

눈물을 거둔 노씨의 눈이 여전히 붉었다.

"허허, 그 사람은 별소리를 다 하고 다닌다! 간이 좋지 않은 것은 집안의 내력인데 어찌하겠소. 그리고 죽고 사는 것은 하늘의 뜻이지 인간이 손을 쓸 수 있는 일이 아니지 않소? 너무 괘념치 마시오. 아무튼 나도 조만간 결정을 할 것이니 잠시만 참고 기다려주시오."

두 사람이 두런두런 이야기를 나누고 있을 때 밖에서 인기척이 들렸다.

"숙부님! 안에 계십니까?"

"경진이구나, 들어오렴."

이이의 장조카인 생원 이경진(李景震)이었다.

큰형 이선이 참봉직에 나가자마자 세상을 떠나 이이가 이선의 가족을 챙기고 있었는데, 장조카 이경진이 글에 재주가 있어 이이가 그를 곁에 두고 진사 시험을 대비해 지도하고 있었다.

조카 이경진이 단정하게 앉으면서 봉투를 내밀었다.

"무엇이냐?"

"정여립이 서찰을 보냈습니다."

이이는 얼마간 마음의 부담을 느끼며 천천히 봉투를 열었다. 이조판서 시절 자리가 비어 있던 이조 좌랑직에 제자 정여립이 자원을 했었는데, 이이가 그를 배제한 일이 있었다.

> 사부님, 별고 없으신지요? 저는 사부님의 지도 덕택에 전주에서 즐겁게 학문을 하고 있사옵니다.
>
> 듣자하니 건강이 좋지 않다고 하여 제자로서 심히 걱정이 크옵니다. 멀리 있어 마음만 쓰일 뿐 도움을 드리지 못하는 제자의 허물을 용서해 주시옵소서. 아울러 이번에 숭정대부에 오르신 것을 진심으로 경하 드리오며, 일간 찾아뵈올 때까지 몸조섭을 잘 하시옵소서. 사부님의 어깨에 나라의 장래가 달려 있사옵니다.

편지를 읽고 나서 이이가 얼굴의 그늘을 거두고 피식 웃었다. 그의 아내가 물었다.

"서찰을 받고 나니 마음이 좀 풀리세요?"

"그간 마음이 쓰였었는데, 서찰을 보니 잘 있는 것 같아 부담을 좀 던 것 같소."

"그렇게 마음에 걸렸으면 그때 채용을 하시지 그러셨어요?"

"여립은 머리도 비상하고 다 좋은데, 성격이 편벽해서 이조의 직책은 맞지가 않소. 이조는 원래 열린 마음으로 공정한 인사를 해야 하는 곳이오. 아니 그러면 편당을 짓기 십상이오. 또 당시 이조의 장관이었던 내가 제자를 이조에 기용한다면 무슨 말이 나오겠소? 내가 모든 걸 다 해먹으려 한다는 말이 당장 나오지 않겠소?"

노씨 부인이 허옇게 센 귀밑머리를 만지작거리며 그의 말에 가만 고개를 끄덕였다.

정여립은 뜻밖에 스승 이이의 반대로 자신이 몹시 갈망했던 이조 쇄랑식이 무산되었음에도, 낙향 후 전주 글방에 머물면서 친구들에게 자신의 스승 이이를 자랑하기에 여념이 없었다.

"이이는 대체 어떤 사람인가?"

정여립이 입에 침이 마르도록 이이를 자랑하자 이이를 본 적이 없던 그의 고향 친구이자 오랜 지기인 이정란(李廷鸞)이 호기심에 물었다. 정여립이 어깨를 으쓱이며 답했다.

"공자는 푹 익은 감이고, 이이는 반쯤 익은 감이네. 허나 이이 역시 머지않아 푹 익은 감이 될 것이네."

이이를 현인을 넘어서 성인으로까지 추앙했던 그가 훗날 임금에게 송나라의 형서(邢恕)*와 같다는 오명을 입을 줄은, 스승 이이나 정여립 본인조차 까맣게 몰랐다.

8

오늘은 이이가 숭정대부의 품계를 받고 처음 참석하는 경연이었다. 가을 하늘이 매우 창창했다.

불어오는 소슬바람에 일 년 전에 지어 입은 이이의 관복이 여인네의 치맛자락같이 펄럭거렸다. 이이가 관복의 허리띠를 졸라매며 옷을 추스르고 있을 때, 체격이 좋은 도승지 유성룡이 옆을 지나다 딱한 눈길을 하고 다가와 참견을 했다.

"숭정대부께선 새 관복을 하나 맞춰 입으시지 그러시오? 몸이 그새 너무 말랐소이다."

유성룡의 눈빛에는 그에 대한 연민과 안타까움 같은 것이 깃들어 있었다.

"관복 한 벌 지을 돈이면 쌀이 한 섬인데, 해지지도 않은 관복을 왜 바꾼단 말이오!"

이이는 어림없다는 듯 관복의 허리끈을 찔러 넣어 옷을 더 바짝 조였다. 그러자 관복 아랫단이 껑충 올라가면서 비쩍 마른 이이의 정강이가 가죽신 위로 불쑥 드러났다. 유성룡이 어이가 없

---

*송나라의 학자로 편의에 따라 자신의 스승을 밥 먹듯이 배신하여 신의가 없는 인물의 전형.

어 킥킥 웃어댔다.

"녹이 늘었는데, 웬만하면 한 벌 장만하시지요?"

"객쩍은 소리 말고 오늘은 날 좀 도와주시오!"

정색을 한 이이의 말에 유성룡이 웃음을 거두고 가만 물었다.

"무얼 말씀입니까?"

"오늘은 전하께 좀 모진 말씀을 올릴 생각이니, 내 말을 꺾지 말고 마땅하다고 생각하시거든 적극 동조해주기를 부탁하오."

"그럽시다."

유성룡은 이이가 지난번에 꺼낸 개혁안을 다시 임금에게 주청하리라 짐작하며 이이의 협조 요청에 고개를 끄덕였지만, 이이를 바라보는 그의 눈길이 왠지 탐탁치 않았다.

용상에 앉은 임금을 중심으로 품계에 따라 조정 대신들이 좌우로 쭉 도열했다. 이이는 임금의 좌측에, 유성룡은 임금의 우측에 앉아 서로를 마주보고 있었다.

홀쭉한 얼굴에 눈가 주름이 자글자글한 이이가 먼저 숭정대부로 품계를 올려준 임금에게 감사의 인사를 전하며 큰절을 올리고는 입을 열었다.

"전하, 재주도 보잘 것 없고 흠만 많은 신을 숭정대부의 품계에까지 올려주시니, 해보다 크신 성은에 어찌 보답을 드려야 할지 몸 둘 바를 모르겠사옵니다. 높은 품계를 받은 그날부터 어슬렁거리며 일은 않고 녹만 받아먹었다는 것이 큰 부담이 되었고 염치가 없어, 전하의 성은에 보답할 길을 찾아 몇날 며칠 고민하다가 이제 말씀을 올리고자 하오니, 부디 귀에 거슬리고 고까운 얘기가 되더라도 충언이라 여기시어 오늘만큼은 참고 끝까지 들어주시옵소서!"

이이의 말에는 이미 오늘 상당히 충격적인 발언이 있을 거라는 복선이 충분히 깔려 있어, 영의정 박순 이하 경연에 입시한 신료들은 불안한 눈길로 이이를 힐금거렸다. 하지만 임금은 가시 돋친 이이의 말에 어지간히 단련이 되어 있어 신료들보다 오히려 여유가 있었다. 임금의 안색은 태연했고 음성은 차분했으며 말에는 머뭇거림이 없었다.

"주저 말고 말하시오!"

몸집이 왜소한 이이가 결의에 찬 표정으로 담담히 말했다.

"전하, 시사를 푸는 데는 상지(上智), 중지(中智), 하지(下智)의 세 가지 방책이 있습니다. 상지는 사정을 미리 알아 일이 일어나기 전에 다스리는 것이고, 중지는 일이 벌어진 후에 깨달아 대책을 세우는 것이며, 하지는 위태로움을 알고도 방치하는 것입니다.

전하께서는 성품이 온유하시고 백성을 지극히 사랑하는 마음을 갖고 계십니다. 그럼에도 백성들은 전하의 큰 사랑을 피부로 느끼지 못하고 있습니다. 이는 전하께서 착한 마음만 가졌을 뿐, 나라를 안정시키는 정치를 베풀지 않아 백성들이 그 혜택을 받지 못하기 때문입니다. 자연히 그들은 곤궁함을 벗어나지 못하고 있습니다. 좋은 심성, 좋은 자질을 타고나셨음에도 이를 바로잡을 일을 하지 않으시면, 백성을 핍박하고 고혈을 쥐어짜는 황음무도한 군주와 다를 바가 무엇이겠습니까?"

이이가 잠시 호흡을 가다듬으며 말을 멈추는 사이에 입시한 신료들은 당황해 좌불안석이었고, 이이의 후견인인 박순과, 동인임에도 늘 이이에게 우호적인 김우옹은 얼굴이 하얗게 질려 있었다. 박순의 등줄기를 타고 진땀이 흐르고 있었다. 이이의 위험한 발언에 경연장은 쥐죽은 듯 고요해 임금의 용상 앞에 드리워진 붉은 휘장만이 바람에 나풀거리며 경연장의 정적을 깨웠다.

용안에 아무런 동요의 빛이 보이자 않자, 신료들은 안도의 한숨을 내쉬면서도 이이의 입에서 무슨 말이 또 나올지 몰라 촉각을 바짝 곤두세웠다. 정적 탓에 이이의 단아한 음성이 경연장을 쩌렁쩌렁 울렸다.

"옛날 제갈공명이 말하기를 적을 토벌하지 않으면 역시 망할 것이나, 그저 앉아서 망하기를 기다리기보다는 적을 치는 게 낫다고 하였습니다. 신 역시 나라를 개혁하지 않으면 망할 것인데, 그냥 앉아서 나라가 망하기를 기다리는 것보다는 개혁하는 것이 낫다고 보옵니다. 개혁이 잘 되면 나라의 복이요, 잘못되더라도 사직의 운명을 재촉하지는 않을 것이니 잘못된 제도를 바꾸어 나라를 혁신한다는 것에 무슨 해악이 있겠습니까?

신 이이, 전하께 다시 한 번 말씀을 올립니다. 신이 이전에 제안한 공안의 문제, 주현의 병합, 지방 감사의 장기 근무 문제를 더 이상 늦추어서는 아니 되옵니다. 통촉하여주옵소서, 전하!"

임금이나 신료들은 이이에게 이 같은 개혁 방안을 수차례 들어온 터라 생소하지 않았고, 나라의 형세가 누란지위와 같아 이이의 개혁안에 대해 총론에는 모두가 공감했다. 허나 정작 각론에 들어가자 처한 입장에 따라 논의가 갈 지 자를 그렸다. 임금은 임금대로 신료들은 신료들대로 제 몫 찾기에 급급한 것이었다.

"왕실의 지출은 줄이고 줄인 것이어서 더 이상 허리띠를 졸라맬 여력이 없소. 또 지방에 감사를 오래 두다 보면 권력 남용의 폐해가 생기지 않겠소?"

임금은 지방 장관이 장기 근무를 하게 되면 토착 세력과 결탁하여 중앙 정부의 통제에서 벗어나지 않을까 염려했다. 신료들은 외직으로 떠돌다 조정에 복귀하지 못할까 하는 두려움과 자파(自派) 인사들에게 나누어줄 지방 수령 자리가 줄어들 우려가 있다는 이유로 감사의 장기 근무나 주현의 병합에 뜨뜻미지근한 태도를 보였다. 논의에 부쳐진 이이의 개혁안에 대한 토론은 이각이 지나도록 결론도 없이 갑론을박 소란스럽기만 하였다.

신료들은 나름대로 명석하고 자기 분야에서 어느 정도 경지에 이른 노회한 사람들이었지만 대개는 도만 탐구하며 고담준론이나 일삼을 뿐, 이이와 같이 구체적인 방안을 진지하게 고민한 경험이 적었다. 그런 그들의 머리에서 나온 생각은 모두 오십보백보였다. 그럼에도 여러 신료들은 진부한 얘기일지언정 이런저런 얘기를 주고받으며 열띤 토론을 벌였다.

이때 유독 도승지 유성룡만은 한마디 말도 없이 무표정하게 가만 앉아 있었다. 임금은 유성룡을 이이 다음 가는 자신의 복심이라 여기고 있었다. 임금이 마음을 정하지 못하고 고민하던 중에 도승지 유성룡에게 의견을 구했다.

"도승지는 숭정대부의 말씀을 어찌 생각하시오?"

유성룡은 다소 겸연쩍은 얼굴을 하고 담담히 말했다.

"전하, 저는 이 일에 대해 깊이 생각해 둔 바가 없어 오늘은 당장 말씀을 올리기 어렵사옵니다. 추후 생각이 정리되면 말씀을 올리도록 하겠나이다."

마주 앉은 이이와 유성룡의 눈길이 부딪쳤다. 유성룡이 슬그머니 고개를 숙였다. 지지를 약속한 유성룡이 막상 논의의 장에서 입을 굳게 다물고 침묵만을 지켜 이이는 아쉬움과 함께 서운함이 몹시 컸다. 그가 경연이 열리기에 앞서 유성룡에게 지원 부탁을 한 것은 그의 지지 의사가 임금의 결단을 끌어내는데 큰 힘이 될 것이라 여겼기 때문이었다. 유성룡이 공개적인 반박에 나서지 않은 것이 그나마 다행이라 생각해 위안을 삼을 뿐이었다.

임금의 물음에 즉답을 피한 유성룡은 이이의 따가운 시선이 느껴져 내내 마음이 편치 않았다. 왠지 얼굴이 화끈거렸고 뒷목이 뻐근한 것이 몸이 불편했다. 그는 애써 태연을 가장하며 가만 눈을 감았다. 그가 깊은 호흡으로 흐트러진 생각과 마음을 수습했다.

아무튼 경연이 파하고 이틀 후에 도승지 유성룡이 임금에게 상소를 올렸다.

전하, 미처 깊은 생각을 하지 못하여 뒤늦게 상소를 올린 신의 허물을 용서하시기 바라오며, 그날 전하의 물음에 대한 생각을 아래와 같이 정리하였습니다.

 백성들의 공납을 감하는 것은 좋으나, 아직 각 지역 논밭의 면적이나 관개 시설의 수리 상태, 생산되는 토산물의 양이 정확하지가 않사옵니다. 이이의 안은 백성을 사랑하는 마음에서 나온 참으로 좋은 생각이나, 현지 상황을 제대로 파악하지 못한 상태에서 시행하는 것은 또 다른 부작용을 낳을 우려가 있사옵니다.

 또 지방 감사가 장기간 근무한다고 하여 반드시 지방의 형편의 나아질 것이라 생각할 수는 없사옵니다. 백성들의 살림이 어려운 것은 지방 관아의 서리나 토호들의 행패에 기인한 바가 더 커서 이이의 안은 당장 그 실효를 거두기 어려울 줄 아옵니다.

 신은 숭정대부 이이가 올린 개혁 방향에는 공감하옵니다. 허나 아직 그 시기가 성숙하지 않아 당장 시행하기는 어려울 것이라 사료되옵니다. 전하께서 여러 의견을 구하시어 적절한 방향으로 결론을 내도록 하시옵소서.

유성룡이 표현은 좋게 하고 있으나 상소의 행간에는 이이를 견제하는 은근한 가시가 돋아 있었다.

임금은 이이의 개혁 방안에 내심 부담을 느끼며 갈팡질팡하고 있다가 자신에게 있어 또 하나의 복심인 유성룡의 상소에 얼른 마음을 정했다. 유성룡의 상소는 울고 싶은 임금의 뺨을 때려 준 격이 됐다.

"나라에 시급한 과제가 많아 우선순위를 가려야 하니, 이 논의는 잠정적으로 중단하는 것이 좋을 것이오."

이이는 자신이 설계한 개혁 구도가 논의 단계에서 다시 좌절되자 크게 실망했고, 유성룡에게 뒤통수를 맞은 걸 알고는 한숨을 내쉬었다.

"태산을 품을 웅지(雄志)가 있고 바다를 뒤덮고도 남는 도량이 있는 이현이 어찌 내게는 한 뼘의 인심을 쓰는 것도 인색해하는지 모르겠소."

허탈한 심정이 되어 어깨를 늘어뜨리고 탄식을 하는 이이를 박순이 위로했다.

"질투야 인간의 본성인데, 무릇 현인이라 하여 왜 없겠는가!"

"같이 손을 맞잡았으면 좋으련만, 아무래도 내가 없어야 이현이 제 몫을 할 것 같소. 또 모르지요. 난세가 온다면 그가 영웅이 될지……."

이이는 유성룡과 같은 뛰어난 인재와 한 세월을 같이 경영할 수 없다는 것이 못내 아쉬워 허허로운 웃음만 지었다.

당대 최고의 인재인 두 사람은 품성과 인생관에 확실한 차이가 있었다. 유성룡에게는 난세에 더욱 빛을 발할 유연한 품성과 야망이 있었고, 이이에게는 치세에 더 적합한 고상한 품성과 부국강병이라는 대망, 그리고 모든 인간의 행복이라는 이상이 있었다. 하지만 이이의 대망과 이상은 치세와 난세를 막론하고 경세가가 마땅히 지향해야 할 길이었다.

유성룡의 상소에 이이도 물론 상처를 받았지만, 유성룡의 처신을 두고 세간에서도 뒷말이 많았다. 정작 논의의 장에서는 침묵만 지키다 몰래 상소를 넣는 것은 대장부로서 당당하지 못하고 비겁했다는 지적이었다. 나쁜 여론이 걱정된 유성룡의 친구가 찾아와 그를 나무랐다.

"자네는 어찌해서 이이의 계획을 반대했는가?"

유성룡이 말했다.

"숙헌이 말한 개혁 방향은 분명 옳다고 생각하네. 하지만 이이의 재주로는 해내지 못할 것이네!"

유성룡이 냉소를 흘리며 사석에서 은근히 그 속을 드러내 보이자, 그의 친구가 실망해 퉁명스럽게 말했다.

"정 그렇다면 자네가 도와주면 되지 않는가?"

"……."

친구의 힐문에 유성룡은 말없이 멋쩍은 웃음만 짓고 있었다. 그에게 있어 개혁의 공은 남 주기에 아까운 떡이었다.

유성룡은 자신이 이전에 알던 것과는 전혀 다른 이이의 면모를 발견하고는 크게 흔들리고 있었다. 이이의 경제사 설치 제안은 그에게 이이가 창안한 주기론에 비견되는 엄청난 충격파를 몰고 왔다. 경제사란 이름과 그 기능마저 생경하여 임금과 신료들이 눈을 멀뚱거리고 고개만 갸웃갸웃 하고 있을 때, 유성룡의 머리 위에서는 벼락이 내리치고 있었다. 유성룡은 이이라는 작은 체구 속에서 국가를 새롭게 설계해나가는 위대한 경세가의 모습을 보고 있었다. 경세가로서의 능력은 이이보다 훨씬 뛰어나다는 자기 확신이 오판이었음을 확실히 깨달은 그는 자신의 운명에 몹시 슬펐다.

이이의 존재는 조선 최고의 재상을 목표로 한 유성룡에게 늘 이인자의 자리만을 강요했다. 그에게는 결국 평생 이이의 그늘에 갇혀 사는 게 필연적인 운명같이 다가왔다. 유성룡은 이이와 같은 시대에 자신을 태어나게 한 신이 원망스러워 서글픔에 눈시울을 적셨다. 눈부신 태양에 가려 가치와 빛을 잃은 찬란한 보석의 우울한 초상이었다.

별의 전설이 되다

1

 명나라 황태자의 탄생을 알리기 위해 중국 사절이 조선을 찾았다. 이이는 이들을 맞이하는 원접사로서 명나라 사절을 대접하고 돌아와 대전을 찾았다. 임금이 만면에 가득한 미소를 머금고 톡톡 소리를 내며 타들어가는 커다란 화롯불 가로 이이를 냉큼 잡아끌었다.

 "날이 추운데 정말 고생이 많으셨소! 황홍헌(黃洪憲)의 높은 콧대를 납작하게 하셨다지요? 허허."

 조선을 오랑캐 취급하며 얕잡아보는 중국 사절의 오만한 태도를 이이가 꺾어 놓았다는 사실에, 임금은 대전이 떠나갈 듯 유쾌한 웃음을 터뜨렸다.

 조선을 방문한 명나라 사신을 이이가 원접사의 자격으로 마중 나갔는데, 사신 황홍헌이 그의 꾀죄죄한 몰골을 보고는 실망해서 조선이 대국을 무시하여 촌뜨기를 보냈다며 흥분했다. 그러나 이 볼품없는 촌뜨기 원접사가 삼장에 장원을 하고 스물셋에 '천도책(天道策)'*을 지은 이이란 것을 알고는 당장 꼬리를 내리고는 이이에게 글을 받으려고 온갖 아양을 다 떨었다는 후문이었다.

중국 사신 얘기로 일각을 떠들다가 임금이 파란 비단 보자기 하나를 이이에게 들이밀었다.

"전하, 이것이 무엇이옵니까?"

"어의에게 말해 내가 경의 보약을 한 재 지었소. 기력을 보하는 데는 최고라 하니 때를 놓치지 말고 꼭 달여 드시오."

"매번 이리 신경을 써주시니 몸 둘 바를 모르겠사옵니다."

"경이 건강해야 내 일신이 편하오. 내가 편하자고 하는 일이니 경이 부담 가질 필요는 없소이다."

임금이 곧바로 정색을 하고는 허리를 펴고 앉았다.

"오늘은 내가 경에게 부탁을 하나 하려 하오."

"무엇입니까, 전하!"

"병조를 맡아주시오!"

"……"

조선이 개국한 이래 병조판서는 늘 무관의 몫이었다. 문관 출신이 병조를 맡은 전례가 없어, 이이는 임금의 제안이 뜬금없었고 의중도 궁금했다.

---

*명종 13년(1558), 이이가 별시해(別試解)에 장원하였을 때의 답안.

"전하, 병조는 본시 무관들이 맡아야 마땅한 자리입니다. 문관이 맡은 전례가 없는데 신에게 어찌 그 일을 맡기시는 것이옵니까?"

"허허, 전례요? 선왕 때는 중 보우도 병판을 하였소. 어찌 천하의 숙헌이 요승 보우보다 못하단 말이오!"

임금은 이이의 고사를 애써 외면하고 자신의 의중만을 밝혔다.

"병조를 문관이 맡은 전례가 없다 해도 상관없소. 지금 우리나라의 병력을 보시오. 고려 때에도 미치지 못할 정도로 아주 빈약하오. 백 년 동안 전란 없는 태평세월을 누리면서 군사 정책이 산만해진 지가 매우 오래되었다는 것은 나보다 경이 더 잘 알지 않소?

내가 줄곧 고민을 했는데 경만한 적임자가 없소. 경은 일찍이 정책을 고치고 기강을 세우는 일에 관심이 많았으니 병조를 일신하는 데 경보다 나은 적임자가 어디 있겠소? 부디 경이 새로운 계획을 세워 지금까지의 폐단을 모두 고쳐 군대를 양성하는 규율을 잡아준다면 나라에 큰 보탬이 되리라 생각하오. 더욱이 지금 북방 쪽이 아주 심상치가 않소."

근래 조선 조정에 조공을 바치던 변방 오랑캐들의 동태가 수상하다는 첩보가 속속 올라오고 있어, 조정의 새로운 근심거리가 되고 있었다. 더군다나 이이가 오래 전에 임금에게 올린 「만언봉사」에서 군적의 폐단을 언급했듯이, 군적에 가짜 명단이 하도 많아 세간에는 개와 소, 닭과 같은 가축이 조선의 정병(精兵)이라는 우스갯소리까지 나도는 지경이었다. 임금은 혹시 있을지 모를 변란을 크게 걱정해 병조 일에 관심이 많은 이이를 급히 부른 것이었다.

이이 역시 북방의 일이 신경 쓰였고, 평소 강병(強兵)에 대한 관심이 적지 않았지만, 자신이 심혈을 기울인 국정 개혁의 설계도가 번번이 수장되는 신세를 면치 못했던 터라 선뜻 임금의 의향을 수용하기 어려웠다. 주변의 무관심과 반대에 혼자 요란하게 변죽만 울린 꼴이 되었던 지난날을 생각해보면, 자신의 모습이 주견 없이 하명하는 왕명이나 좇고 다니는 삼지재상(三旨宰相)이나 다를 바 없는 것 같아 몹시 허탈했다.

애가 달아 자신을 빤히 쳐다보는 임금의 뜨거운 시선을 느끼면서 이이가 천천히 입을 열었다.

"전하, 북방의 일이 걱정이 되긴 하나, 신은 병조의 일에 문외한일 뿐더러 몸까지 허약해 대임을 맡을 처지가 아니옵니다. 부디 저의 직을 갈아주시옵소서!"

"경은 원래 병조의 일에 관심이 많지 않으셨소? 행여 지난 일 때문에 서운하여 그렇다 하면 내 이번에는 기필코 약속하겠소. 이번만큼은 경의 뜻대로 한번 해보시오."

이이의 뱃속에 들어갔다 나오기라도 한 듯이 임금이 싱긋 웃으며 먼저 앞질러 나아가 이이가 직을 받아들일 구실을 만들어주었다.

"지난번의 일은 어찌 됐든 미안하게 됐소. 내 변명 같지만 공납이나 주현 병합은 이해관계가 아주 복잡해 내 의지만으로 쉽게 풀 수 있는 문제가 아니었소. 섣불리 건드렸다가 벌집 쑤시는 꼴이 되어 아니 하느니만 못한 일이 될 가망이 있어 주저했던 것이오.

그런데 이번 병조 문제는 다르지 않소? 변란의 우려도 있고 망가진 병조를 손본다는 데 계파 갈등이 어찌 있을 수 있겠소? 공통의 관심사이니 경이 맡는다면 전과 다르게 다들 협조할 것이니 소신껏 일을 한번 해보시오. 경이 원하는 것은 내 무엇이든 지원하리다."

"그러하시다면 일단 생각할 말미를 좀 주십시오. 신이 아직 몸이 좋지 않아 집에서 쉬면서 고민을 해보겠습니다."

이미 고향 파주에 마음이 가 있던 이이는 임금이 기어코 자신을 놓아줄 것 같지 않아, 일단 위기를 면하려 말미를 달라고 했지만, 낙향에 대한 결심은 단단히 서 있었다. 아내에게 낙향을 약속한 것은 물론이고, 자신도 어지럼증이 너무 심해 요즘에는 종시 집중하는 것이 일각도 힘이 부치는 지경이었다. 이이는 병조의 일을 다부지게 해낼 자신이 없었다.

며칠을 고민하다가 지필묵을 꺼내어 사직의 상소를 쓰고 있는데, 어지를 받아든 승지가 숨이 턱밑까지 차서 달려와 소리 쳤다.

"병판 대감, 난리가 났습니다. 전하께서 빨리 병조로 나가 업무를 보라는 어명을 내리셨소!"

설마 했던 북방의 난이 결국 터지고 말았다. 조선 조정에 공물을 바치며 국경 무역을 생업으로 삼던 북방의 오랑캐 우을지(亐

乙知), 이탕개(泥湯介), 율보리(栗甫里)가 이만 명의 대병력을 동원해 거센 눈보라와 살을 에는 강추위를 뚫고 내려와 조선 장수의 목을 베고 경원부를 일거에 함락시켰다. 변경을 지키던 장수들의 횡포에 오랑캐들이 불만을 품고 난을 일으킨 것인데, 자신들이 머리를 숙여가며 조공을 바쳤던 조선의 군대가 예상외로 약체라는 것을 알고는 그 기세가 하늘을 찔렀다. 북방 오랑캐들은 조선 조정을 조금도 두려워하지 않고 파죽지세로 남하하고 있었다.

손에 든 사직 상소를 찢은 이이가 칼바람을 헤치며 허둥지둥 병조로 걸음을 옮기고 있었다.

2

이이 주재로 병조에서 첫 번째 긴급 전시 대책 회의가 열렸다. 관복이 헐렁하고 얼굴이 시꺼먼 병조의 장관 이이가 때깔 좋은 관복에 얼굴에 기름이 자르르 흘러 번들번들하고 혈색 좋은 부하들과 마주 앉아 보고를 주문했다.

을묘년 왜란을 겪은 이후 십 수 년 동안 전쟁 없는 태평시대를 보내온 터라 병조참판(兵曹參判) 이하 문관 출신 관료들은 이와 같은 급변 사태에 얼이 빠져 무엇부터 손을 써야 할지 몰라 안절부절 경황이 없었다. 모두가 눈만 껌뻑이며 신임 장관 이이의 입만 쳐다보고 있었다. 한동안 침묵이 흐르다 이이가 먼저 말을 꺼냈다.

"지금 군량으로 며칠이나 싸울 수 있겠소?"

"보름 정도 분량은 됩니다."

"어느 정도의 병력을 먹일 수 있는 양이오?"

"오천 정도입니다."

"오랑캐의 숫자는 이만인데, 오천 명만으로 막을 수 있겠소? 수성(守城)을 한다고 하여도 최소한 절반의 병력은 필요한데 쫓기는 입장이니 그것으로 되겠소?"

"병력뿐 아니라 병장기, 군마, 군량 등 모든 물자가 다 크게 부족합니다."

난감한 표정을 지은 병조 참의(參議)의 말이었다.

"대책은 있소?"

병조 참의가 민망한 낯으로 이이에게 볼멘소리를 하였다.

"저희들도 실로 난감합니다. 을묘년 왜란 이후 이같이 큰 변란은 처음이라 당장 어디부터 어떻게 손을 써야 할지 모르겠습니다."

삼 년째 병조를 지키고 있는 병조 참의 말에 이이가 마뜩찮은 눈길을 던지고는 정색하여 진중한 어조로 일장연설을 했다.

"전쟁이란 본시 때를 잘 타야 하는 법이오. 그런데 보급이 불리한 이 엄동설한에 오랑캐들이 도발을 해온 것을 보면 나는 그들이 아주 계획적으로 전쟁을 벌인 것은 아니라고 보오. 필시 무슨 곡절이 있어 충동적으로 도발하였을 것인데, 안타깝게도 우리는 전쟁의 기본도 모르는 오랑캐들에게 쫓기게 된 처지요.

초기 전투에서 우리가 패한 것은 그들이 강하기 때문이라기보다 우리 자신의 허술함에 기인한 바가 크다고 나는 보고 있소. 지금은 한겨울이라 도발을 해온 그들 입장에서도 보급이 쉽지 않을 것이오. 그래서 한 고비만 넘기면 전쟁이 소강 국면에 접어들 것이오. 아마도 들에서 군량을 조달할 수 있는 올봄이 이번 전쟁의 큰 고비가 되지 않을까 생각하오.

전쟁이란 무릇 사기의 전쟁이오. 사기가 높은 쪽이 이기게 마련이오. 전쟁의 사기를 높이는 데는 명분뿐 아니라 병력을 비롯한 충분한 물자, 장수와 병사들 간의 인화(人和) 등 여러 가지가 필요하지만, 무엇보다 상대방의 기선을 제압하는 것이 매우 중요하오. 초기에 우리가 적의 예봉을 꺾지 못해 우리 병사들의 사기가 크게 떨어져 형세가 아주 어려워진 상황인데, 전세를 한 번 역전시키는 것이 당장 필요하오. 북방 정세에 밝고 싸움에 능한 용감한 장수를 빨리 선발해 파견하도록 하고, 군량을 비롯해 병조 창고에 있는 모든 보급품도 서둘러 같이 들려 보내시오. 보급을 처음부터 집중적으로 하여 초반 전세를 승기로 이끄는 것이 무엇보다 중요하오.

또 오랑캐들의 보급 상황도 잘 살피도록 하시오. 보급선이 길어지면 자연 그들이 매우 불리해질 것이니 허허실실 하면서 그들의 힘을 빼는 것도 한 방법이 될 것이오. 행여 우리 백성들의 양식이 그들의 보급품이 되지 않도록 산야에 있는 백성들은 모두 성안으로 소개(疏開)시키는 것이 좋겠소.

지피지기면 백전백승이라 하였소. 힘으로만 무찌를 것이 아니라 오랑캐들이 난을 일으킨 이유를 알아보고 적을 회유하는 방법도 강구해보시오. 내가 알기로 오랑캐들은 마음이 교활하고 욕심이 많아 비록 지금은 같이 힘을 합하여 일어났지만, 당장의 이익에 눈이 멀어 마음이 갈라설 수도 있소. 그러하니 이간책을 이용하는 것도 같이 연구해봅시다."

이이가 병법과 병서에 통달하고 숱한 전쟁에 단련된 백전노장같이 사세를 훤히 꿰뚫고 전세의 맥과 판세의 흐름을 조목조목 날카롭게 짚어가며 지시하였다. 아무리 천하의 이이라지만 병조의 일을 얼마나 알랴 하고 얼마간 그를 얕잡아보았던 참의 이하 병조의 관료들은 그 깊은 안목에 놀라 다들 온몸에 소름 돋는 전율을 느꼈다. 관료들은 바짝 얼어붙었고 군기가 번쩍 들어 흐릿하던 눈에 초롱초롱한 빛을 밝히고 있었다.

이이는 비변사(備邊司)의 지변사재상(知邊司宰相)*을 불러 상의 끝에 북방 근무 경험이 풍부하고 용맹한 장수 김우서(金禹瑞)를 방어사(防禦使)로 차출하여 전선으로 급파했다.

이튿날 흰 눈이 펑펑 쏟아지는 가운데 병조의 현황을 파악할 요량으로 이이가 관료들을 대동하고 순시에 나섰다. 아침나절에 시작한 순시는 군기시(軍器寺), 비변사를 거치며 장수들에게 병

---

*변경 사정에 밝은 종이품 이상의 무관으로, 군사 업무에 어둔 문관들의 군사 업무를 돕던 관리.

사들의 훈련 현황과 수장 중인 병장기의 규모를 보고 받았고, 미시가 거의 다 지나갈 무렵에 병조의 군량과 포를 저장한 창고에 당도했다.

전쟁이 짧은 시간 안에 끝이 난다면 모를까 길어진다면 군량이나 피복 같은 병사들의 소모품이 전쟁의 승패를 좌우할 가망이 컸다. 맨 앞장을 선 서른 초반의 병조 좌랑이 창고지기인 나졸에게 문을 열게 했다. 어른 키를 세배는 족히 넘는 커다란 창고 문이 강풍에 덜컹대는 을씨년스런 소리를 내면서 열렸다.

북방으로 물자를 죄다 실어 보내 곡식을 쌓아둔 창고의 한쪽은 텅 비다시피 하였는데, 다른 한쪽에는 가마니에 덮인 물건이 산더미같이 쌓여 있었다. 이이가 그것을 손으로 눌러보았다. 촉감이 곡식은 아닌 듯이 보였다.

"이건 무엇이오?"

"포입니다."

병조 좌랑의 대답에 이이가 고개를 갸우뚱거렸다.

"웬 포가 이렇게 많은 것이오? 북방 병사들의 옷감으로 보내지 않은 것이오?"

병조 좌랑이 해죽 웃으며 말했다.

"대감, 이 포는 조정에서 나온 포가 아니라 당직을 서지 않는 병사들이 벌금으로 낸 포를 모은 것인데, 주로 병조 관원들의 회식비나 경조사 비용으로 사용하고 있습니다."

당연한 듯이 여기는 병조 좌랑의 발언에 이이가 호통쳤다.

"아니, 녹을 받는 관원이 자신이 해야 할 일을 하지 않고 낸 벌금이라면 당연히 국고에 귀속이 되어야 마땅한 것 아니오?"

"……."

느닷없는 이이의 따끔한 지적에 그를 따라나선 문무관은 물론이고 창고지기 병사까지 몹시 당혹스러워하며 얼굴이 굳었다.

"지난날의 관행에 대해서는 더 이상 책임 추궁을 하지 않겠소. 다만 이곳에 있는 포는 지금 이 시간부터 국고에 귀속시키고, 전량을 북방 병사들에게 실어 보내시오."

이이가 눈을 부릅뜬 엄정한 얼굴을 하고 단호한 지시를 내리자, 그 싸늘한 안색에 오금이 저려 순시를 따라나선 관료들은 감히 대꾸를 못하고 벙어리 냉가슴만 앓았다. 깐깐하기로 소문난 이이가 병조 수장으로 온다는 소식에 얼마간의 불안한 마음을 갖고는 있었지만, 설마 자신들의 밥그릇을 이이에게 빼앗길 줄은 미처 생각하지 못해 병조의 관료들과 관원들은 화를 간신히 삭이며 발만 동동 굴렸다.

울며 겨자 먹기로 병조 수장인 이이의 뜻을 좇고는 있어도 창고의 포를 수레에 싣는 병사들과 이를 감독하는 관료들의 얼굴이 크게 일그러져 있어 신임 병조 수장에 대한 서운함을 감추지 못했다. 아까운 포를 빼앗겼다는 아쉬움은 차치하고라도 지금까지의 관행을 죄악시해서 자신들을 영혼 없는 공복(公僕)으로 매도하고 경원시한 신임 장관의 처사에 그들의 시선은 결코 곱지 않았다. 몇몇의 무리들은 비수를 갈며 때를 기다렸다.

"병판 대감이 참으로 당돌하군. 어디 한번 두고 보세……."

3

 신임 장관 이이의 적극적인 물자 지원에 힘입어 의기소침했던 조선 병사들의 사기가 되살아나 결국 전세가 역전되었고 오랑캐들의 투항이 잇달았다. 한동안 소요스럽던 북방의 전선이 한 달 두 달 시간이 흐르면서 차차 안정을 찾아갔다.
 아직 꽃이 피지 않은 매화 가지에 내려앉은 춘설이 햇빛에 반짝였고, 정전에서는 어전회의(御前會議)가 한창이었다.
 "참으로 대단하오. 나는 경이 이 일을 꼭 해낼 것이라 믿었소."
 임금은 부복한 이이를 가까이 다가오게 한 후 용상에서 내려와 여러 신료들이 보는 앞에서 이이의 손을 잡았다.
 "참으로 애썼소!"
 눈시울을 붉힌 임금이 환하게 웃고 있었다. 이틀 전 오랑캐들이 야음(夜陰)을 틈타 강을 넘어 퇴각했다는 소식을 듣고 임금은 기쁨을 주체하지 못해 연신 흐뭇한 웃음을 흘리고 있었다. 보위에 오른 지 열여섯 해 동안 임금은 지금같이 통쾌한 적이 없었다. 신료들에게 치이고 대비들의 눈치를 보고, 심지어 방계 혈통이라고 중국의 눈치까지 살피면서 눈칫밥을 먹는 데 이골이 난 임금이었다. 그가 몸을 낮추어 산 세월이 근 십여 년이었다. 친정에 나선 이후로도 이렇다 할 성과가 없었는데 드디어 치적을 쌓아 자신의 위용을 높일 수 있는 큰 개가를 올린 것이었다. 임금이 감격에 겨운 흥분된 목소리로 말했다.

"오늘 나에게 이 같은 큰 기쁨을 안겨준 병판 대감을 위해 연회를 베풀고자 하는데, 경들의 뜻은 어떠하오?"

"지당하신 분부이시옵니다!"

승전 축하연을 열자는 임금의 의견에 영상 박순을 비롯한 여러 신료들이 이구동성으로 맞장구를 쳤지만, 어쩐지 이이의 안색만은 밝지 않았다. 임금이 의아해 눈을 껌뻑거렸다.

"경은 이 좋은 날 어찌 그리 얼굴이 어둡소? 내가 또 잘못을 하고 있는 것이오?"

임금은 겸연쩍게 웃으며 이이를 가만 바라보았다.

"전하께서 이토록 기뻐하시는데 불충하게도 신은 송구스러운 말씀을 또 올려야 하겠습니다. 기쁨을 나누는 것은 좋으나 아직은 여흥을 즐길 때는 아닙니다. 오랑캐들이 물러간 것일 뿐 전쟁이 끝난 것은 아닙니다. 적장의 수급(首級)을 벤 것도 아니고, 적장에게 항복을 받은 것도 아니어서, 교활한 저들이 언제 다시 도발해올지 알 수가 없습니다. 저들이 물러간 이유도 군량 보급에 어려움이 있었던 탓이라, 진정한 퇴각이라 하기에는 아직 이릅니다. 봄철 수확기가 시작되면 다시 도발을 해올 우려가 있습니다. 하여튼 지금은 한때의 승리에 취해 자축하기보다는 모든 가능성을 열어 두고 경계를 늦추어서는 아니 되옵니다."

임금이 이이의 말을 민망히 여겨 멋쩍은 웃음을 지으며 고개를 끄덕였다. 이이가 고개를 돌려 여러 대신과 신료들을 둘러본 후

다시 말했다.

"전하, 오늘은 기쁨을 나누는 대신 여러 신료들과 더불어 근심을 나누었으면 하옵니다."

임금의 얼굴이 일시 굳었다.

"말해보시오."

"천우신조(天佑神助)로 다행히 전세를 역전시키긴 했으나, 조선의 군사력은 실로 허약하기 짝이 없습니다. 오랑캐들이 비록 숫자는 많다고는 하나 훈련이 제대로 되지 않아 잡졸이나 다름이 없는 지경인데도, 저희 군사가 초기에 이들을 막지 못하고 패퇴했다는 것은 무엇을 말하는 것이겠습니까? 만에 하나 저희가 지금 같은 상태에서 보다 잘 조직되고 이들보다 규모가 큰 외침(外侵)을 만나기라도 한다면 그 참화는 상상할 수 없는 큰 재앙이 될 것이라 아니할 수 없는 지경입니다.

군직의 문린함 또한 너무나 오래된 일임에도 여태 군적을 정리하지 못하고 있습니다. 군역에 나설 백성이 부족하고 또 이들을 뽑는다 한들 재용이 부족하니 이들을 제대로 훈련시킬 수 없는 실정입니다. 아무리 많은 군사가 있다 한들 이들이 바람 앞에 쓰러지는 허접스런 잡풀 같은 신세가 되지 않을까 심히 염려됩니다.

태조께서 개국하신 지 이백 년이 흐르고 태평한 세월을 보내면서 우리의 군사력은 나약할 대로 나약해져 있습니다. 역사를 돌이켜볼 때 어느 나라든 이백 년 넘게 태평세월을 구가한 나라는 없습니다. 그 사이에 큰 병화가 없었다는 것이 천만다행이오나,

언제까지나 나라의 운명을 요행에만 맡길 수 없다는 것이 병조를 맡으면서 신이 느낀 소회이옵니다.

전하, 영명하신 조선의 성군이신 세종대왕께서는 사군과 육진을 설치하실 때에 부역에 나서 공을 세운 천민들을 속량(贖良)시킨 일이 있었고, 공을 세운 서얼들에게 과거를 볼 수 있는 길을 열어주신 일이 있습니다. 나라의 위기를 극복하기 위해서는 상례(常禮)에 구애받지 않는 특단의 대책이 필요하다는 것을 조선의 성군이신 세종대왕께서 몸소 보여주시었습니다.

신이 그간 병조를 속속 살펴본 결과 군역에 나설 백성들의 수효가 참으로 적다는 것을 알았습니다. 백성들은 군역에 나서면 가족들의 생계가 걱정되어 군역을 기피하고 있는 실정이고, 군역을 피하고자 포를 내려 해도 내야하는 포의 양이 많아 살림을 거덜 내는 일도 빈번하였습니다. 이런 군역 제도를 개선하지 않고서는 안정된 군사력을 확보하기가 어려워 신이 하나의 계책을 내고자 하오니, 여러 신료들과 잘 살펴주시기 바랍니다."

이이의 발언에 임금과 신료들이 촉각을 곤두세웠고, 긴장된 그들의 얼굴에는 상반된 기류가 흘렀다. 한쪽은 기대와 흥분이, 다른 한쪽은 우려와 불안 그리고 질시가 혼재된 묘한 긴장이었다.

"전하, 신의 소견으로는 서얼과 천민에게 삼 년 이상을 북방에 근무하게 한 후, 서얼에게는 과거 응시 기회를 주고, 천민은 양민으로 속량시키는 것이 그 어느 방법보다도 실효성이 있다고 생각하옵니다."

장내가 술렁거리며 소요스러워졌다. 이산해가 그 소란을 뚫고 말을 받았다.

"아뢰옵기 황송하오나, 전하. 병조판서 이이가 제안한 서얼허통법(庶孼許通法)은 나라의 질서를 유지시키고 있는 신분제도의 근간을 허무는 위험천만한 발상입니다. 세종조의 전례가 있다고는 하나 당시는 개국한 지 세월이 얼마 흐르지 않은 때라 나라의 기틀이 확고하지 않았습니다. 이백 년이 흘러 나라는 반석 위에 앉았고, 북방 오랑캐들이 변경을 침범하고 노략질을 하고 있다고는 해도, 긴급한 처방을 내놓아야 할 만큼 비상한 시국은 아닙니다. 중국의 명나라는 우리 조선과 피로 맺어진 형제의 나라이며, 바다 건너 왜국 역시 내정이 매우 혼란스런 상황입니다. 왜국의 대장군 직전신장(織田信長)*이 작년에 죽은 후에 제후 간의 다툼에 정신이 없어 감히 눈을 바깥으로 돌릴 엄두가 나지 않는 상황입니다. 주변 형세가 이러하온데, 어찌하여 전시에나 쓸 만한 계책을 이 평화로운 시대에 채용해야 할지 그 이유를 모르겠사옵니다.

또한 전대의 요물인 정난정은 자신의 서얼인 처자식을 위해 지아비인 간신 윤원형과 손을 잡고 서얼허통법을 통과시키려 한 일이 있습니다. 물론 병조판서 이이가 서얼인 자신의 자식을 출사시키기 위해 간신 윤원형과 같은 비루한 욕심을 내어 이 법안을

---

*오다 노부나가.

발의한 것은 아닐 것이옵니다. 하오나 자신의 슬하에 서자를 두고 있어 법안의 수혜자가 될 수 있는 사람이 이러한 법안을 발의하는 것은 충분히 그 동기의 순수성을 의심받을 수 있는 여지가 있사옵니다. 법안 제정에는 모름지기 티끌만 한 사심도 없다는 것을 만천하가 믿어야 제안이 중론을 얻고 법안은 힘을 얻을 수 있는 것이옵니다. 이를 깊이 유념해 주시옵소서!"

임금이 이산해의 말을 다 듣고 나서 이이를 바라보며 물었다.

"경은 이산해의 반론에 대해 할 말은 더 없소?"

이이가 씁쓸히 웃으며 답했다.

"국방력이란 나라의 형편에 맞게 갖추는 것이 중요하나, 이것을 평화로운 시대만을 가정해서 세운다면 병화가 닥칠 때는 묘약이 없을 것입니다.

앞서 말씀드렸지만, 북방의 변란은 고작 몇몇 부족장들이 우리 장수들에게 불만을 품고 일으킨 다분히 감정적인 도발이었습니다. 그럼에도 우리가 고전을 면치 못했다는 것은 우리의 허실이 어느 정도인지를 잘 말해주고 있습니다. 지금 우리가 우리 눈으로 우리의 허물을 보고도 고치지 않는다면, 머지않아 우리 스스로 병화를 자초할지도 모를 일입니다.

우리의 형제인 명나라가 우리를 침범하지는 않는다 해도, 바다 건너 왜국의 사정은 다릅니다. 지난 을묘년의 일뿐 아니라 왜구들이 우리 조선을 노략질하고 침범한 것은 이미 수백 년이나 계속된 일입니다. 왜국은 백 년이나 계속됐던 내전을 끝내고 하나의 국가로 통일된 것이 불과 얼마 되지 않습니다. 왜국을 통일한 직전신장이 죽고, 그 뒤를 풍신수길(豐臣秀吉)*이라는 자가 물려받았는데, 세작들의 보고에 의하면 이자가 아주 잔인하고 야심이 크다고 합니다.

무릇 전쟁이 끝나면 평화를 지향하는 것이 문명국가의 도리입니다. 하오나 왜구들은 다릅니다. 사람 죽이기를 즐기고 스스로 할복을 하며, 남의 아내 취하기를 밥 먹듯이 할 뿐 아니라 친족간 혼인도 다반사로 하고 있습니다. 인륜이 무너지고 법도와 질서도 없이 오로지 힘에 의지하는 나라는 타국과의 문제를 푸는 것도 힘에 의지하는 습성이 있습니다. 그들은 오랜 전란으로 수많은 무기와 많은 전투 경험을 지닌 무사를 가지고 있고, 통일을 했다고는 하나 아직 평화의 시대를 열지 못하고 혼란을 겪고 있습니다.

풍신수길은 미천한 신분 출신으로 대장군이 된 사람이라 지지기반이 미약한 까닭에 제후들을 경계하여 그들을 아주 가혹하게 탄압하고 있다고 합니다. 이런 사람일수록 자기 백성들에게 자신의 힘을 과시하고 싶은 욕망이 원래 강합니다. 나라의 풍속이 어지럽고, 지도자의 욕망이 크고, 넘치는 힘을 주체하지 못하면, 결국 그 힘을 어디에다 쓰겠습니까? 통일된 왜국이 여전히 혼란스럽다는 것은 우리 조선에게 결코 좋은 징조가 아니옵니다. 평

---

*도요토미 히데요시.

화로운 시대에 전쟁을 일으키는 나라는 없습니다."

이이의 제자 이발이 발끈 화를 내며 불만스러운 표정으로 이의를 제기했다.

"병판 대감께서는 어찌 있지도 않은 위험을 가정하여 평온한 이 나라에 불안을 조장하시는 말씀을 하시는 것입니까?"

"미리 대비를 해야 한다는 말이지, 조정을 혼란스럽게 하려는 뜻은 아니오!"

이이가 노기를 띠고 억누르듯 이발을 점잖게 꾸짖자, 유성룡과 이산해가 물러서지 않고 다시 이이의 견해를 강하게 반박했다.

동인들의 거친 공세가 이어지는 와중에도, 이이에게 우호적인 서인들은 침묵만을 지켰다. 영상 박순은 이이와의 개인적인 친분 때문에 공개적인 지지가 어려웠고, 동인들에게 탄핵을 받아 도승지에서 물러난 이해수는 대가 약해 의기소침해 있었다. 이이에게 힘깨나 보탤 수 있는 정철은 강원도 관찰사로 나가 있어 이이는 그야말로 동인들에게 겹겹이 에워싸여 고립무원의 형세에 있었다.

동인세력에게 이이가 속수무책 당하고 있자, 임금이 슬며시 참견을 했다.

"전쟁의 유무를 떠나 나는 경에게 묻고 싶은 게 있소. 여러 신료들의 지적처럼 지금은 개국 초기의 혼란 시대는 분명 아니오. 그렇다면 경이 지금 내놓은 서얼허통이 의미를 가지려면 그대가 지금 기대하는 효과가 있을 것인데, 그런 것을 설명해 줄 순 없겠소?"

"전하, 참으로 훌륭한 말씀이십니다. 신이 미처 그 말씀을 올리지 못한 것을 송구스럽게 생각하옵니다. 이 법안에는 네 가지의 이득이 있습니다. 첫째는 당장 북방의 난을 잠재워 나라를 평안케 하고, 둘째는 먼 미래의 큰 환란을 대비하여 미리 준비한다면 어떤 일이 있어도 이 나라의 종묘사직을 세세토록 보전할 수 있는 든든한 기반이 생깁니다. 셋째는 능력이 있어도 길이 막혀 자신의 재주를 썩히고 있는 이들의 재주를 나라를 위해 쓰게 함으로써 나라를 부강하게 하는데 도움이 됩니다. 세종대왕께서는 노비 장영실을 등용하여 이 땅의 문화와 과학의 발전을 크게 달하였습니다. 또 공납 의무가 없는 천민들을 양민으로 속량시키는 것은 새로운 세원을 확보하는 일이 되니 국가의 재용이 보다 넉넉해 질 것이옵니다. 넷째는 흩어진 민심을 아우를 수 있습니다. 도탄에 빠진 백성들에게 살아갈 희망을 주는 방법은 여럿이 있겠으나, 한 번 태어나면 영문도 모른 채 자손까지 조상의 신분으로 살아야 한다는 것은 불쌍한 백성들의 원통한 한이 아닐 수 없을 것입니다. 신분의 귀천을 막론하고 이 땅의 모든 백성이 전하의 백성 아닌 자가 없습니다. 이들을 가엾이 여겨 따뜻한 마음으로 보듬는다면, 전하의 충성스런 신하가 더 많이 생겨나는 일이니 이 어찌 아름다운 일이라 하지 않을 수 있겠나이까? 사람을 귀히 여기는 것은 하늘도 감동할 일이라 하겠습니다. 이와는 별도로 하나의 사실을 덧붙인다면 이번 법안을 잘 운용한다면 수년

내에 십만에 달하는 훌륭한 정병을 양성할 수 있다는 점을 말씀드리고자 합니다."

십만의 정병!

이이의 말에 임금과 신료들의 눈이 일순 휘둥그레졌다. 말문이 막힌 듯 모두 말이 없었다. 조선이 개국한 이래 이렇게 많은 정예 병사를 가진 적이 없었던 터라, 강병과 강군을 절실히 원했던 임금도 이이의 말을 기연가미연가하고 있었다. 얼마간의 침묵이 흐른 후 정신을 차린 동인들은 이이의 십만 정병 주장을 가소롭다는 듯이 비웃으며 입가에 조소를 담았다. 고작 나라의 인구가 팔백만 명에 불과한데, 십만 정병이라!

대사헌 유성룡이 말했다.

"전하! 전란을 앞두지 않고서야 어찌 이 작은 나라에 십만의 대병이 필요하겠습니까? 군사를 모으고 양성하는 것은 하늘의 힘으로 할 수 있는 것도 아니고 그냥 되는 것도 아니옵니다. 물질의 대가가 반드시 수반되는 일입니다.

일에는 우선순위라는 것이 있사옵니다. 재물이 넉넉하다면 다행히 십만이 아니라 백만의 대군을 양성하는 것도 나쁘지 않을 것이라 생각되옵니다만, 작금의 현실은 그렇지 않사옵니다. 이 땅에 흉년이 든 것이 어제오늘의 일이 아니며 권간의 농간으로 백성들이 고향을 등지고 산 도적이 된 것도 어제오늘의 일이 아니옵니다. 민생이 도탄에 빠져 있다는 것은 하늘이 알고 땅이 알고 있는데, 지금 어찌하여 백성들의 고통은 외면한 채 당장 급하지 않은 양병에 온 조정의 힘을 기울여야 하겠사옵니까?"

유성룡은 이이의 십만 정병 주장이 기존에 이이가 제안했던 공납, 지방 행정, 경제사 등의 문제와는 달리 너무 현실과 동떨어져 있다고 생각했다. 십만의 병사를 먹이고 입힐 재용이 부족하다는 것이 반대의 이유인데, 그는 천민의 속량을 통한 정병 양성과 새로운 세원 확보 가능성은 애써 무시하고 있었다. 유성룡의 논리로 보자면 모든 것이 다 갖추어지고 난 다음에 해야 하는 것이 국방의 문제였다.

이이에게 실망한 유성룡이 목청을 돋우어 이이의 견해를 세차게 반박하고 있을 때, 이이는 분루(憤淚)를 삼키며 눈을 감고 있었다. 이이의 얼굴이 몹시 침통했다.

'정녕 이현이, 이현이 이럴 수가 있단 말인가…….'

4

북방 전쟁의 총사령탑 병조판서 이이는 자신이 제안한 서얼허통법안에 발이 묶여 전쟁 기간 중에 때 아닌 홍역을 치르고 있었다. 동인들은 서인을 억누르기 위해 반드시 꺾어야 할 상대가 이이라는 것을 일찌감치 직감하고 이이를 예의주시하고 있던 와중에 그가 서얼허통법안을 내자 이이 흠집 내기에 혈안이 됐다.

"전하, 병조판서 이이가 발의한 서얼허통법안은 전례가 없는 것이며, 나라의 기강을 허무는 위험한 발상이옵니다. 또한 병판 대감에게는 서얼인 자식이 둘이나 있고, 송익필이나 이달 같은 서얼 출신의 친구들 또한 많아서 그 저의를 의심하지 않을 수 없사옵니다.

 전하의 총애를 받아 숭정대부 정승의 반열에 오른 병조판서가 성은에 보답하지는 못할망정 공과 사를 엄격히 구분하지 못하고, 나라가 위기를 맞아 혼란스러운 이때 오히려 이를 기화로 삼아 비루한 흑심을 온갖 교언영색으로 포장하여 무엄하게도 전하를 현혹시키고 있사오니, 이런 자를 병조판서의 자리에 두어서는 아니 되옵니다. 그를 체직시키소서."

 동인들의 선봉을 자처한 사간원과 사헌부의 젊은 관원들이 이이에게 정면 도전을 하고 나섰고, 이 혈기 방장한 무리들의 조직적인 저항을 동인의 우두머리격인 이산해, 유성룡, 이발은 뒷짐을 지고 바라보고 있었다. 또 일부의 무리들은 이이에게 불만이 많은 병조의 관원을 매수하여 이이의 일거수일투족을 감시했고, 이이의 지난 행적과 가족의 일까지 샅샅이 뒤지며 정보 수집을 하고 있었다.

 이이를 체직시키라는 사간원과 사헌부의 빗발치는 상소에 임금이 불같이 화를 내며 호통을 쳤다. 그의 말은 딱 세 마디였다.

 "경들이 이이를 아는가? 나는 이이를 안다. 물러들가라!"

 임금이 젊은 관료들이 올린 상소에 화를 낸 데는 분명한 이유가 있었다. 청렴 사회 건설과 부정부패 일소라는 참신한 구호에 이끌려 임금이 한때 마음을 크게 의지했던 동인들이, 조정의 요직을 장악한 후로는 완전히 변질되어 이익집단화되어 있었다.

이들은 같은 계열끼리 흠결을 눈감아주며 서로를 밀어주고 끌어주고 있었고, 임금의 뜻을 좇기보다 동인 우두머리의 눈치를 보며 조정 일을 보고 있어, 임금도 정사마저도 사라질 운명에 놓여 있었다.

임금이 보호막을 치며 이이를 철저히 옹호하고 나섰음에도 젊은 관료들은 공격의 고삐를 늦출 기미를 보이지 않고, 오히려 이전보다 더 집요하게 이이를 물고 늘어졌다. 날이면 날마다 이이를 공격하는 상소가 임금의 탁자 위에 올라왔고, 임금은 몹시 지겨운 표정으로 상소를 읽다가 불같이 성을 내며 내던지곤 하였는데, 이럴 때마다 대전의 동향을 살피고 있던 도승지 박근원과 동부승지 김응남(金應南)이 잽싸게 달려왔다.

"전하, 비록 신하의 상소가 마음에 들지 않는다 해도 충의를 갖고 올린 신하의 상소를 그렇게 가볍게 여기시면 언로를 막게 되는 것이오니 유념하시고 다시 살펴 보시옵소서!"

이이와 마찬가지로 임금 역시 동인들에게 완전 포위를 당하고 있는 형국이었다. 동인들의 등쌀에 이골이 나 있는 이때, 양명학의 대가로 임금에게 존경을 받고 있던 임금의 종친 경안령(慶安令) 이요(李橈)가 찾아와 자신의 시국관을 전했다.

"전하, 종친의 국정 관여를 국법에서 엄격히 금하고 있사오나, 국법을 어기고서라도 오늘만큼은 말씀을 올려야 하겠습니다."

"무슨 말씀을요? 형님께서 하시는 말씀이라면 마땅히 들어야겠지요. 말씀을 해보세요."

이요가 비장한 얼굴을 하고 비분하여 말했다.

"지금 세간에는 유성룡, 이발, 김응남 이 세 사람이 나랏일을 좌지우지한다는 소문이 파다합니다. 이들을 진정시키지 않으면 종묘와 사직이 위태로울 수 있습니다. 지금 나라의 형세가 임금은 없고 신하들이 득세를 하고 있는 꼴이니, 전하께서 십상시에게 권력을 빼앗긴 한나라 영제의 전철을 밟지 않을까 신이 크게 우려하고 있습니다. 전하께서 유성룡을 총애하고 있는 것은 알지만, 지금 이 상황에서 이들의 세력을 진정시키지 않으면 유성룡의 생각과는 상관없이 소인배들이 득세할 것은 명약관화한 일입니다. 때를 놓치면 전하께서 유성룡을 보호하고 싶어도 보호할 수 없는 때가 올 것입니다. 그렇게 되면 모든 것이 허사가 되는 것이니, 지금 당장 진정책을 쓰셔야 합니다."

이요가 종친의 국정 관여 금지라는 금기를 깨고 나선 것은 동인들의 권력 남용과 전횡이 상식 수준을 넘어서서 왕권을 위협하는 지경에 이르렀기 때문이었다.

동인들이 근거 없이 퍼뜨린 이이에 대한 비난 소문이 돌고 돌아 공빈(恭嬪) 김씨의 입을 통해 임금의 귀에까지 들어갔다.

"혼자 깨끗한 척하더니 서얼 자식들을 위해 법을 바꿔? 양두구육이 따로 없어!"

"그놈 주변에 널린 서얼이 어디 자식뿐인가? 송익필, 이달, 죽은 제 스승까지 죄다 서얼이지 않은가? 열 길 물속은 알아도 한 길 사람 속은 모른다고 하더니 바로 그 짝이네……."

공빈 김씨에게 떠도는 소문을 듣자마자 임금이 부르르 떨면서 자리에서 일어났다.

"전하, 소첩이 무엇을 잘못하였사옵니까?"

"아니오! 신경 쓰지 마시오."

임금은 서둘러 공빈 김씨의 처소를 떠나 야심한 밤에 대전에 들었다. 임금이 내관 이봉정에게 지필묵을 가져오게 하여 무언가를 썼다.

그가 내관 이봉정에게 말했다.

"지금 즉시 파발을 띄워 정철에게 이 봉서를 전하라!"

5

경을 오늘부로 예조 참판으로 명하노니, 나의 어지를 받는 즉시 일각도 지체하지 말고 서둘러 입궐하라!

경의 친구 이이가 외롭고 나 역시 외롭다. 방자한 무리들이 세력의 힘을 믿고 그대의 친구를 해하려 하고 나를 흔들고 있으니, 그대는 속히 올라와 친구를 구하고 나를 보좌토록 하라!

치악산 자락을 훑고 내려온 바람이 아직은 살을 에는 듯 차갑지만, 정철은 바람을 피하지 않고 분을 못 이겨 이를 갈며 얼굴을 씰룩거렸다.

"이런 쳐 죽일 놈들을 봤나!"

날이 밝자마자 원주 감영을 나선 정철이 탄 말이 때 이른 춘풍을 가르고 황갈색의 갈기를 휘날리며 치악산을 넘어 쏜살같이 한양으로 질주하고 있었다.

온갖 구설을 무릅쓰고 종친 이요가 나설 정도로 왕권이 위협받는 지경에 이르자, 참담한 심정이 된 임금은 이이에게 이전보다 더 깊고 애틋한 동변상련의 정을 느꼈다. 그의 눈에 이이를 음해하는 모든 세력이 자신의 적으로 비쳤다. 임금은 이이가 내놓은 공납, 지방 행정 개편, 감사의 구임(久任) 같은 경장(更張)의 법안을 무산시킨 것을 때늦게 후회하고 있었다. 온 세상을 품을 배포와 하늘을 날 지혜, 벼락을 이길 용기를 갖고도 날개가 없어 하늘을 날지 못하고 손발이 없어 일을 진작시키지 못하는 이이의 처지가 임금은 몹시 안타까웠다. 일당백의 날 선 기개를 가진 정철이 온다면 임금은 이이에게 큰 보탬이 되리라 생각했다.

이이, 박순, 정철이 조정에 모습을 드러내자, 대사간 송응개를 비롯하여 동인들이 포진한 사간원의 관원들은 대경실색하여 집중포화를 퍼부었다.

"전하, 영의정 박순과 병조판서 이이는 사당을 체결하고 서로를 의인이니 현인이니 치켜세우며 나랏일을 농단하고 있습니다. 이 무례한 자들을 그냥 두어서는 사직을 위태롭게 할 수 있으니, 이들을 체직시키소서."

임금은 이들의 상소에 콧방귀도 뀌지 않았고, 이이 역시 이들의 파상 공세에 굴하지 않고 차분히 맞섰다. 이이는 동인들의 공세에 맞서기보다는 비켜서서 지금까지 자신이 내놓은 개혁 법안

가운데 지금 당장 조정에서 착수해야 할 시급한 국정 과제 여섯 가지를 추려 제시했다. 흔히 알려진 '시무육조(時務六條)'다.

> 첫째, 현명한 인사를 뽑아 백성을 다스리게 할 것.
> 둘째, 장부에만 존재하는 유명무실한 군사는 삭제하고 실질적인 군민을 양성할 것.
> 셋째, 나라의 곳간이 비었으니 재용을 확충할 수 있는 방안을 시급히 실시할 것.
> 넷째, 변방을 튼튼히 할 것.
> 다섯째, 병사들이 사용할 말이 없으니 전마(戰馬)를 준비할 것.
> 여섯째, 어지러운 풍속을 바로잡기 위한 교육에 힘쓸 것.

이이가 재차 개혁 필요성을 강조한 가운데, 임금은 다시 밀지를 내렸다.

> 경에게 병조 참의를 제수하니 속히 올라와 고군분투하고 있는 그대의 친구를 돕도록 하라!

와병 중인 파주의 성혼이 임금의 완곡한 어지에 서둘러 한양으로 올라왔고, 임금은 참판에 오른 정철을 두 달 만에 예조판서(禮曹判書)로 파격 승진시켜 이이에 대한 적극적인 지원을 주문하고 나섰다. 임금은 이이의 주변에 대한 방비를 물 샐 틈 없이 튼튼히 하고 난 다음에, 어전회의를 통해 동인들의 허를 찌르며 단호한 어조로 전격적인 어지를 내렸다.

> 조선이 비록 땅은 좁고 백성도 적은 작은 나라이지만, 국력까지 소국에 머물 이유는 없다. 작으면서도 강할 수 있다면 우리는 그 길을 가야 한다. 병조판서 이이의 방안은 실로 우리가 나아가야 할 올바른 방향을 말한 것이니, 이를 더 미루고 지체할 이유가 없다.
> 병조판서 이이가 나라의 국방을 튼튼히 하기 위해 제안한 서얼허통과 천민의 속량을 윤허하니 오늘부터 즉각 실시토록 하며, 병조판서 이이는 이에 대한 후속 조치를 신속히 마련하여 시행토록 하라!
> 오늘 내가 내린 어지를 두고 시비를 거는 자가 있다면, 항명의 죄가 아니라 역모의 죄로 다스릴 것이니 그리 알라!

햇살이 눈부신 오월이 되자 임금은 역시 호걸다운 박력을 다시 선보였다. 임금이 소리 소문 없이 세상의 판을 뒤바꿀 법안을 전광석화같이 윤허한 것이었다. 임금의 제일 복심인 이이조차 서얼허통법의 윤허를 전혀 예상하지 못하고 있었다. 이이는 너무 놀라서 한동안 어안이 벙벙해 있다가 어깨를 들썩이며 흐느꼈다.

"전하, 성은이 망극하옵니다. 전하께서는 만조에 길이 빛날 성군이시옵니다."

이이가 감읍의 눈물을 뿌리자, 정철도 박순도 이해수도 김우옹도 성은에 감사하며 뜨거운 눈물을 쏟았다. 이산해, 이발, 유성룡, 도승지 박근원, 대사간 송응개 같은 동인들은 마지못해 입으로 성은을 외치면서도 떨떠름한 표정을 감추지 못했다.
 "대체 전하께서는 무슨 마음으로 서얼허통법안을 윤허하신 것인가?"
 "우리를 기필코 억제하시겠다는 뜻 아니겠는가?"
 병조판서 이이에게 구원이 있던 도승지 박근원과 대사간 송응개 두 사람은 임금이 윤허한 서얼허통법안을 기어이 인정할 수 없다며 분을 삭이지 못해 씩씩거렸다. 송응개는 백인걸의 대필 상소 문제로 이이를 탄핵했던 송응형의 실제(實弟)였다. 그 자신 역시 을사사화 때 간흉의 무리에 발을 들여 놓았다가 위기를 모면한 후에 양지를 좇아 이리저리 자리를 옮기는, 개인의 영달과 보신의 처신이 뼛속까지 밴 인물이었는데, 이이에게서 악을 조장할 위험한 인물이라는 평을 들은 후에 이이에게 큰 적대감을 갖고 있었다. 도승지 박근원은 인종의 비인 인성왕후(仁聖王后)의 상을 당하여 온 조정이 슬픔에 잠겨 있을 때 사랑하는 처첩을 못 잊어 거짓 병을 핑계 삼아 보직을 바꾼 일이 있었는데, 이이가 이를 빌미로 자신을 정승 후보에서 제외시킨 탓에 이이를 매우 미워하고 있었다.
 분열된 조정을 봉합할 유일한 인물로 기대를 모았던 이이가, 자신들의 기대와 달리 서인들의 기세를 꺾지 않고 오히려 자신들의 앞을 가로막는 걸림돌이 되자 동인들의 공분을 샀고, 이이는 어느덧 동인들이 손꼽는 공적 일순위로 떠오르고 있었다.

한편, 조선 팔도의 서얼과 천민들은 축제 분위기에 휩싸였다. 조선의 팔대 천민이라 불리는 노비, 백정, 광대, 무당, 갖바치, 공장(工匠), 승려, 상여꾼들은 천민의 속량 제도에 일제히 환호성을 내질렀다. 남사당패의 꼭두쇠*는 이날을 기려 가난한 백성들에게 재물을 받지 말고 기예를 보이라 아랫사람에게 지시하여, 조선 팔도 각지의 장터에서는 그 어느 때보다 놀이판이 크게 벌어져 신명을 돋우었다. 풍악을 울리고 어름(줄타기)을 하고, 버나(접시돌리기), 살판(땅재주)**, 덧뵈기(탈놀이), 덜미(인형극)가 이어지면서 백성들의 탄성과 박수갈채가 쏟아졌다.

동인들이 진을 친 도성 안의 오동나무 집을 피해 이이, 박순, 정철, 성혼, 이해수가 두모포의 주막에 모여 이날을 자축하고 있었다.

소식을 듣자마자 귀봉 송익필이 상기된 얼굴을 하고 헐레벌떡 이이를 찾았다. 달려오느라 머리에 쓴 갓이 삐뚜름하고 도포가 땀에 흠뻑 젖은 송익필이 이이를 보자마자 그의 손을 덥석 움켜쥐고는 놓을 줄을 몰랐다.

"고맙네, 정말 고맙네. 숙헌이 진정으로 큰일을 해냈어!"

---

*우두머리.
**오늘날 덤블링과 유사한 놀이.

눈자위가 촉촉한 송익필이 흥분을 가라앉히지 못하고 오랜 지기인 이이 앞에 연신 고개를 숙였다. 이이가 멋쩍은 웃음을 지었다.

"그쪽 사람들이 보았으면 자네 때문에 내가 안을 낸 줄 알겠네. 사람들 눈이 무섭지 않은가? 손은 좀 놓고 얘기하세!"

큰 웃음이 일고 있을 때, 창창했던 동쪽 하늘에서 한줄기의 시원한 바람이 한바탕 확 불어왔다.

6

전황이 호전되고, 자신이 줄곧 주장한 서얼허통법안이 드디어 시행되자 이이는 비로소 자신이 금번에 출사한 것에 대한 의미를 찾기 시작했다.

혼인한지 이십오 년이 흘렀지만 남편 이이가 이처럼 아기 같은 웃음을 짓는 걸 노씨 부인은 처음 보았다. 병이 깊어 늘 약을 입에 달고 사는 이이의 까만 얼굴에 화사한 봄꽃 같은 미소가 가시지 않았다.

"대감, 매일 대감의 이런 얼굴만 보고 살았으면 좋겠어요!"

"욕심이 과하시오."

이이가 은근히 핀잔을 주며 놀리자, 이마와 얼굴에 주름이 자글자글하여 살아온 세월의 무게를 넉넉히 느끼게 하는, 마흔이 넘은 정경부인이 소녀같이 얼굴을 붉혔다.

"술이나 한 잔 주시겠소?"

"정말 한 잔만 드시는 거예요?"

노씨 부인이 짐짓 새침한 표정을 짓고는 이이를 흘기다 술을 내어왔다. 그녀가 이이에게 술을 따르다 행복한 미소를 지으며 말했다.

"그럼, 우리 경림이 하고 경정이도 과거를 볼 수 있는 거지요?"

"아직 한참 어린 나이인데, 아이들의 장래를 내가 어찌 알겠소. 아이들이 서얼허통법의 혜택을 보는 것도 나쁜 일은 아니지만, 오히려 우리 아이들은 그런 기회가 오더라도 자제를 해야 하오. 아이들에게는 나를 아비로 둔 것이 불행일 수도 있소."

노씨 부인의 표정이 무거웠다. 이이가 말한 행간의 의미는 뻔했다. 자식들에게 과거를 보게 하지 말라는 얘기였다.

"언젠가 좋은 세상이 온다면 내 자식들은 아니라도 내 후손들은 그 혜택을 볼 날이 오지 않겠소?"

이이가 미안한 마음에 슬픈 표정을 짓고 있는 노씨 부인의 손을 슬며시 잡으며 그녀를 위로했다. 그리고 이이의 머릿속으로 죽은 어머니, 누이 매창, 황주 기생인 유지, 친구 송익필, 손곡 이달, 스승 어숙권, 행랑채의 김서방, 그의 아내 찬모 김포댁, 그와 함께 파주에서 대장간을 운영했던 김서방의 아들 찬돌과 거리와 장터에서 만났던 이름 모를 수많은 백정, 갓바치, 남사당패들의 얼굴이 떠오르고 있었다.

이이가 등청(登廳)을 하자, 임금이 그를 대전으로 불렀다.

"전하, 참으로 감사드리옵니다."

"경이 오랜만에 내게 진심으로 말씀하시는 것 같소!"

"아니, 그렇다면 지금껏 신이 거짓으로 전하를 대했다는 말씀이십니까?"

"아니 그러하였소? 하하!"

임금은 아침부터 기분이 매우 유쾌했다.

"이제부터는 내가 경에게 진짜 칭찬을 받을 일만 할 것 같소이다."

"전하, 성은이 망극하옵니다!"

"일전에 경이 말한 감사의 구임이나 공납 문제를 내가 너무 어렵게 생각했던 것 같소. 기왕 일을 시작했으니, 앞으로 차차 좋은 쪽으로 검토해봅시다. 내가 약속하겠소."

"……."

"또 눈물을 흘리시오? 천하의 이이가 이리 자주 눈물을 흘리시면 내가 누굴 믿고 대사를 논할 수 있겠소? 경을 앞으로는 눈물의 재상이라 불러야겠소."

임금의 신소리에 흐느끼던 이이가 눈물을 훔치며 아이같이 해맑은 미소를 지었다.

"그리고 앞으로 병조의 일은 경에게 전권을 위임할 터이니, 주변에서 무엇이라 하든 흔들리지 말고 앞만 보고 가주시오."

이이는 강병의 대임을 꼭 완수하라는 임금의 엄명을 받고 병조에 돌아와 자리에 앉았다.

'드디어 임금의 마음이 바뀌었어, 드디어!'

임금에게 감격해 웃고 있는 이이를 보고 병조 참의 성혼이 다가와 참견을 했다.

"지엄하신 병판께서 어찌 그리 가볍게 웃고 계시오? 병판을 보고 도망간 적들이 다시 오면 어쩌려고 그리 경망스럽게 웃고 있는 것이오?"

"참의의 말이 씨가 된다, 말조심하시게!"

두 사람이 한참 정겹게 환담을 나누고 있는데, 병조 좌랑이 잔뜩 굳은 얼굴을 하고 이이를 찾아와서 보고했다.

"대감, 큰일 났습니다!"

"무슨 일인가?"

"놈들이 다시 준동을 하였다고 합니다."

좌랑의 보고에 이이와 성혼이 서로를 바라보며 어이없는 표정을 지었다. 오비이락이라고 말이 씨가 된다는 말이 떨어지기 무섭게 급박한 전황이 올라온 것이었다.

이이의 예상대로 봄 수확기가 끝나자 성정이 교활한 오랑캐 율보리와 이탕개가 다시 수만의 병력을 이끌고 변경을 기습 침범했다. 조선의 군관 권덕례가 피살되고 병사들은 놀라 성문을 굳게 걸어 잠근 채 장기전에 돌입하고 있었다.

어느 정도 예상하고 있던 터라 비축해둔 병장기와 군량은 충분했지만, 장비와 군량을 실어 나를 전마가 문제였다. 오월은 한창 농번기라 민간에서 소나 말을 징발하기 쉽지 않았다. 을묘왜변 때는 머나먼 길을 떠나는 병사들이 짐을 싣기 위해 민간의 소와 말을 강제로 징발하여 백성들의 큰 원성을 산 적이 있었다. 대책 없이 병사들을 전선으로 보냈다가는 같은 부작용이 일어나는 것은 명약관화였다.

이이가 고심 끝에 휘하 참모들에게 영을 내렸다.

"모든 장비가 부족한데, 지금은 농사철이라 말이 제일 문제가 되오. 일단은 병사들을 삼등급으로 분류하시오. 전투를 할 만한 튼튼한 병사는 일등급으로 분류해 먼저 전선에 보내고, 장비가 없다든가 여러 결함이 있는 사람들은 이삼등급으로 분류해서 그에 합당한 역을 지게 하든가, 전마를 바치는 자에게 역을 면제시켜주도록 하시오!"

이이는 사세가 급박해 임금에게 미처 보고를 올리지 못하고 휘하 참모들에게 먼저 지시를 내렸는데, 그날 밤 야심한 시각에 누군가 대사간 송응개의 대문간을 서성대고 있었다. 병조의 참판이었다.

7

북방 오랑캐들의 이차 공격이 예상 외로 강해 뺏고 뺏기는 치열한 전투가 오월 내내 벌어졌다. 아군의 피해가 생각보다 커서 이이는 퇴청을 미루고, 병조 집무실에다 작은 간이침대를 마련하여 늦은 시각에 눈을 붙이고 동트기 무섭게 눈을 뜨고 일어나 일을 챙기는 강행군을 반복했다. 조카 이경진과 아우 이우가 번갈아가며 병조에 들러 이이에게 갈아입을 옷을 전해주었고, 식사는 병조의 식당에서 당직 병사들과 같이해 이이의 몸은 한시도 병조를 떠나지 않고 있었다.

율보리와 이탕개가 신립(申砬) 장군에게 대패해 거의 전 병력을 잃고 수십 기의 기병들만 이끈 채 산을 넘어 줄행랑을 놓았다는 장계가 병조에 올라왔다. 이차 전투 개시 이후 근 한 달 만이었다.

유월 초의 어느 날 영상 박순의 사가에서는 승전 축하연이 벌어지고 있었다. 전쟁을 승리로 이끈 이이의 노고를 위로하기 위하여 박순이 삼정승과 동서 양 계파의 중진 인사들을 초청하여 연회를 베푼 것이었다.

"참으로 대단하시오. 어찌 무관도 아니시면서 전략과 전술이 그리 출중할 수가 있소?"

두 손으로 이이에게 공손히 술을 따르는 이산해는 이이의 전쟁 지휘 능력에 놀라움을 금치 못했다. 이이의 제자 이발과 대사헌 유성룡도 이산해의 인사를 거들었다.

"대감의 재주가 제갈공명 못지않습니다!"

"내 눈엔 제갈량이 오히려 병판 대감에게 한수 배워야 할 것 같소이다."

이발과 유성룡의 치사에 이이가 기분 좋게 환히 웃었다.

"조정이 늘 오늘 같기만 하면 좋겠소. 앞으로 잘 부탁하오."

은근히 가시가 느껴지는 이이의 말에 유성룡이 멋쩍게 웃으며 코를 만지작거리다 고개를 돌려 주변을 둘러보았다.

"아니, 도승지와 대사간은 왜 아직 오지 않는 것인가?"

"글쎄요, 온다고는 했는데……."

"오늘 같은 날은 빨리 와야지, 이 양반들이 무얼 하고 있는 것이야!"

유성룡의 표정이 마뜩찮은 눈치였다. 계파를 초월해 모두 참석해야 할 전쟁 승리 축하연에 동인의 중심인물인 대사간과 도승지가 오지 않았다는 것이 마음이 개운치 않았다. 유성룡이 떨떠름한 표정을 짓고 있을 때 이이가 그에게 술을 따랐고, 술을 주고받으면서 유성룡도 승전의 기쁨에 빠져들어 그들을 잊고 있었다.

연회가 한창 무르익어가는 그 시각에 연회에 초청받은 박근원과 송응개는 박순의 사가 대신 사람들의 눈길을 피해 인적이 드문 남산 근처의 조용한 주막에 자리를 잡고 있었다. 두 사람의 표정은 전쟁 승리 소식에 들떠 있는 다른 신료들과 달리 왠지 편안해 보이지 않았다. 두 사람은 시무룩했고 찡그린 인상이 시름이 가득한 눈치였다. 박근원이 눈살을 크게 찌푸리며 땅이 꺼져라 한숨을 내쉬었다.

"이이가 이젠 전쟁까지 승리로 이끌었으니 어떻게 손을 보아야 할지 모르겠소. 그렇지 않아도 전하의 총애가 지극한데……."

"찾아보아야지요. 흠이 없는 사람이 어디 있겠소? 다만 전하의 총애가 날로 극진해지니 때를 놓치면 영영 기회를 가질 수 없을지도 모르오. 그리 되면 정말 큰일이오. 아무리 전하께서 서애를 총애하신다고 해도 이이가 버티고 있는 한은 서인 놈들을 우리가 제거할 방법이 없소."

"조금만 기다려봅시다. 내가 사람을 풀어 병판의 지난 행적을 샅샅이 뒤졌소."

송응개가 의미심장한 미소를 지으며 옥빛이 감도는 도포의 소맷자락에서 문서 하나를 상 위에 올렸다.

"대체 이게 무엇이오?"

"이이가 스스로 깨끗하다고는 자부하고 있으나, 독직 혐의를 의심할 만한 여러 정황이 있었소. 해주에서 유생들을 가르치며 염세(鹽稅)를 전용한 흔적도 있고, 그의 형 이번이 염전 사업권을 따낸 것이라든가 남의 땅을 임의로 점유해 송사를 벌인 일도 있소."

대가 약하고 의심이 많은 박근원은 왠지 송응개의 말이 미덥지가 않아 염려를 거두지 못하고 포동포동 혈색 좋은 얼굴이 잔뜩 굳어 있었다.

"병판이 직접 개입한 일이오?"

"직접적인 관련 여부는 중요한 것이 아니오. 냄새가 나고 혐의가 있는 것만으로도 일을 꾸밀 충분한 거리는 될 것이오."

박근원은 송응개의 너무 자신만만한 태도가 오히려 불안했다. 이이의 업무 태도는 결벽증이 있다고 할 만큼 공사 구분이 철저하고, 임금의 절대적인 신임에다 유생들을 비롯하여 동서 양 진영에 그를 좋아하는 사람들이 두루 포진하고 있어 송응개의 말처럼 이이를 제거하는 것이 결코 쉽지 않을 것이라 여겼다.

이이는 지금껏 동인들이 제거 대상으로 삼았던 여느 인사들과는 차원이 달랐다. 이이는 명망이 있고 힘깨나 쓰는 대어(大魚)가 아니라 승천을 기다리는 용과 같은 존재라 자칫 잘못 건드렸다가는 날벼락을 맞을지도 모를 일이었다.

박근원이 불안한 눈길을 거두지 못하고 은근히 포기하기를 바라듯이 말했다.

"역풍이라도 불면 어쩌려고 일을 서두르고 있소?"

"이번에 때를 놓치면 모든 것이 물거품이 될 것이오. 이이가 전쟁까지 이겼으니 그야말로 그 앞에는 탄탄대로가 열린 것 아니겠소? 임금이 이이를 자기 분신같이 여긴 지 오래인데, 전쟁을 승리로 이끈 영웅까지 됐으니 이이가 영상의 자리에 오르는 건 이제 시간문제요. 이이가 국사를 진두지휘하게 되면 우리 동인들은 말할 것도 없고 특히 우리 두 사람에게는 조정에 송곳하나 꽂을 자리도 없을 것이오.

너무 염려 마오! 전하께서 반대하셔도 우리가 일사불란하게 밀고 나가면 전하께서도 어찌할 수가 없을 것이오. 행여 있을지도 모를 유생 반대 상소에 대비해 성균관 박사 한인에게도 귀띔을 해두었소. 성균관 유생들의 성향이나 동향도 파악하고 있고, 이중 삼중 우리를 보호할 수 있는 방책을 마련해 두었소.

이산해의 말처럼 거짓도 믿게 하는 것이 중요하오. 그러니 삼사가 모두 일심동체가 되어 조직적으로 움직여야만 하오. 설사 전하께서 믿지 않는다 해도 삼사가 같이 성토에 나서면 이이는 자존심이 강해 명예에 먹칠을 당하는 수모는 잘 견디지 못할 것이오."

송응개의 자세한 설명이 이어지자 그제야 박근원이 긴장을 풀고 희미한 웃음을 지었다.

"그런데 말이오, 송 공. 서애가 우리 계책을 지지하겠소?"

"걱정 마시오. 서애가 비록 우리 생각을 적극 지지하지는 않아도 또 극구 만류하지는 않을 것이오! 서애에게는 큰 야망이 있지 않소! 정 마음에 걸리면 서애에게는 비밀로 하고 일을 추진해도 좋을 것이오."

송응개가 주걱턱을 쓰다듬으며 실눈을 찢어 음흉한 웃음을 흘리자, 박근원이 눈을 번쩍이며 그의 손을 잡았다.

"좋소, 이판사판이오. 이이가 득세를 하게 되면 어차피 우리가 낙동강 오리알 같은 신세를 면치 못할 것은 불을 보듯 하니, 앉아서 개죽음을 당하기보다 한번 일어나 떨쳐봅시다! 우리 두 사람이 힘을 합치고 삼사가 모두 궐기한다면 태산인들 무너뜨리지 못하겠소!"

의기투합한 도승지 박근원과 대사간 송응개는 이이를 제거하기 위한 음모의 술잔을 높이 쳐들었다.

이이가 지휘한 북방 전쟁의 승리는 오랜 기근으로 실의에 잠겨 있던 백성과 온 조야에 큰 기쁨이 되고 있었으나, 조정의 권력을 장악하려 들었던 일부 동인들에게는 이이의 승리가 몹시 달갑지 않았다. 조야의 뜻 있는 인사들은 전쟁 승리를 계기로 이이를 새롭게 인식했다. 전쟁 이전에 이이의 존재는 단지 과거 이황과 같은 상징적인 지도자 수준에 머물러 있었던 반면, 전쟁을 승리로 이끈 후에는 전쟁 영웅이 되어 국가의 미래를 재단하고 설계하는 위대한 희망의 지도자로 거듭난 것이었다. 동인들에게 이이는 부정할 수 없는 최대의 실질적인 위협이 되고 있었다. 여론은 전쟁을 승리로 이끈 이이가 마땅히 국정의 주도권을 잡고 나라를 이끌어야 한다는 이이 대세론을 기정사실화하고 있었다.

권력을 독점하려는 동인들의 야심에 이이가 타협의 손을 내민다면 몰라도, 양 진영을 골고루 중용하려는 이이와 자신들이 어차피 동행할 수 없는 처지라, 동인들은 이이의 힘이 거대해지기 전에 미리 손을 써서 그를 제거하는 것이 낫다고 판단했다. 그들은 시간과 스스로의 조바심에 쫓겨 일을 서두르고 있었다.

8

이이에게 승전 보고를 받은 지 하루가 지나, 임금은 이이에게 보다 세세한 전황 보고를 받고 싶어 내관 이봉정을 병조로 보내 빨리 입궐하라고 명을 내렸다.

임금은 흐뭇한 미소를 지으며 이이에게 하사할 금대(金帶)를 만지작거렸다. 금사를 입힌 요대(腰帶)에 십장생 수를 놓아 건강이 좋지 않은 이이의 장수를 기원하는 의미가 담겨 있었다. 임금은 휘황한 광채를 뿌리는 이 금대를 이이의 허리에 손수 채워 줄 참이었다.

"숙헌은 정말 오래오래 내 곁에 있어야 해……."

임금은 생각하면 할수록 이이가 신묘한 사람 같았다. 임금에 대한 충성은 비할 자가 없고, 신의와 의지는 강철같이 단단하고, 일반 정사에서 선보인 탁견뿐 아니라 군정에 이르기까지. 이이의 기발한 계책과 넓은 시야는 도저히 인간의 능력으로는 가늠할 수 없는 신의 경지에 이른 것 같았다. 임금은 유비의 제갈량이 이이를 따를까, 유방의 한신이 이이를 따를까 싶었다.

이이에게 다녀온 이봉정이 벌어진 입을 다물지 못하는 임금을 보고 생글생글 웃으며 물었다.

"전하, 그렇게 기분이 좋으십니까?"

"좋다 뿐인가. 지금은 춤이라도 덩실덩실 추고 싶은 심정이네. 내가 보위에 오른 지 열여섯 해인데, 이토록 기분이 좋았던 날이 없었네. 임해군을 얻었을 때보다 기분이 더 날아갈 것 같구나. 그런데 어찌 숙헌은 빨리 들지 않느냐?"

"전하, 신이 다시 다녀올까요?"

"아니네. 너무 재촉하지 말게, 채신머리 없으니. 그냥 자네와 대국이나 한 판 하겠네!"

임금과 이봉정이 대전에서 바둑을 두는 동안, 이이는 아직 집계되지 않은 자료를 제외하고 전선에서 보고된 내용을 바탕으로 하여 임금이 보기 좋도록 전황일지를 일목요연하게 작성하고 있었다. 전쟁에 투입된 병사의 수와 사상자의 수, 군량과 전마를 비롯한 소요된 물자의 양, 노획한 전리품, 살상한 적의 수, 북방 변경의 문제점과 오랑캐들의 내부 사정, 그리고 향후 변경에 대한 방어와 관리 대책까지 자세히 적느라 생각보다 시간이 많이 걸렸다. 이각이나 더 지체가 되어 거의 미시가 다 갈 무렵이었다.

반나절 이상을 붙박이마냥 한 자리에서 꼼짝도 않고 보고서를 작성하고 난 후라, 손에서 붓을 놓을 쯤에 이이는 정신이 멍하고 온몸이 뻐근했다. 자리에서 일어서니 가벼운 현기증과 함께 눈앞에 아지랑이 같은 것들이 둥둥 떠다녔다.

그가 수하들에게 물을 떠오게 하여 얼굴을 씻었고, 그를 곁에서 보좌하고 있던 병조 좌랑이 건네준 수건으로 물기를 훔쳤다. 병조 좌랑이 걱정스런 눈길을 던지며 몹시 조심스럽게 물었다.

"대감, 어디 불편하십니까?"

"무슨 말인가?"

"안색이 아주 창백하십니다."

"오래 앉아 있었더니 조금 어지럽긴 하네. 별일 아니니 이만 가 보세."

이이가 짐을 챙겨 일어서자 좌랑과 육품 관원 두 명, 나졸이 그 뒤를 따랐다.

비가 오려고 하는지 눈앞에 걸쳐진 하늘이 희끄무레했다. 가는 바람까지 서늘하게 불어 사람의 기분을 처지게 하는 것이 꽤 을씨년스러웠다.

대궐의 정문 광화문을 지나면서 이이는 자꾸만 걸음을 비틀거렸다.

"아니, 왜 이렇게 어지럽지?"

이이가 진땀을 흘렸다.

"대감, 안색이 너무 창백합니다."

병조 좌랑이 이이의 팔을 부축하려 들자 이이가 손사래를 쳤다.

"가끔 있는 일이니 너무 신경 쓰지 말게."

백여 걸음쯤 걸었을까. 이이가 갑자기 승정원 근처에서 나무토막 넘어지듯 앞으로 고꾸라졌다.

"대감!"

"대감, 정신 차리십시오, 대감!"

이이는 정신이 가물가물했다. 보이는 모든 것이 흐릿했다. 캄캄한 어둠 속에서 아지랑이 같은 빛 무리가 떠다녔다. 이이의 안색은 흙빛이었고, 땀이 비 오듯이 했다.

병조 좌랑은 놀라서 급히 이이를 들쳐 업고, 인근에 있는 궐내 당직실로 가서 이이를 누였다. 수행원 가운데 한 명은 병조참판에게 보고하기 위해 급히 자리를 떴고, 병조 좌랑을 비롯한 여러 수행원들은 병조의 수장이 당한 갑작스런 변고에 놀라 당직실 앞을 초조하게 서성대고 있었다.

"아니, 그대들은 왜 거기서 서성이고 있는가?"

왕명을 받고 들어오던 승지가 병조의 관료들이 뒤 마려운 강아지 마냥 한자리에서 뱅글뱅글 맴돌고 있는 모습이 이상해서 물었다.

"병조판서께서 쓰러지셨사옵니다."

"무어라!"

승지가 병조 관료들의 안내로 당직실에 들자, 사색이 된 이이가 끙끙 신음소리를 내면서 땀을 한 바가지 쏟고 있었다.

"병판 대감?"

목청을 돋운 승지의 목소리에도 이이는 신음소리만 낼 뿐이었다. 눈동자는 풀려 있고 입술만 달싹거렸다. 상황이 심상치 않음을 짐작한 승지가 대전으로 쏜살같이 달려갔다. 승지가 더듬거리며 이이의 병세를 대략 보고하자, 임금의 손에 들려 있던 바둑알이 떨어져 방바닥을 떼굴떼굴 굴렀다.

잠시 멍해 있던 임금이 다급한 목소리로 소리쳤다.

"지금 당장 어의를 불러라! 이이를 내 몸처럼 생각하고 돌보도록 하라고 일러라!"

임금은 이이의 신변에 이상이 생긴 것은 아닌지 크게 염려하여 한시도 자리에 앉지를 못하고 대전을 서성댔다. 한 시각이 지나서 이이를 진맥하고 돌아온 어의가 수심이 깊은 얼굴을 하고 임금에게 보고했다.

"전하, 병판 대감의 병세가 참으로 위중한 상태이옵니다."

"자세히 말해보오."

"전신의 기가 다 빠져나간 듯 맥이 약할 뿐더러, 온 몸에 황달 기운이 나타나고 있사옵니다. 마른 몸에 배만 볼록한 것이 복수(腹水)도 차지 않았나 의심이 됩니다."

"어디가 문제인 것이오?"

"오장육부 모두가 성한 곳이 없어 보입니다만, 간장이 특히 좋지 않은 것 같사옵니다."

어의의 보고에 임금은 맥이 풀려서 눈을 감고 한참을 앉아 있다가 힘없이 말했다.

"이 내관, 그대가 가서 병판 대감에게 전하게. 당분간 사가에서 정양만 하라고 말일세!"

이각이 지나 겨우 의식을 차린 이이가 그를 수행한 수하들의 부축을 받으며 자리에서 일어났다. 휘청거리며 돌아가는 이이의 뒷모습을 도승지 박근원이 노려보며 중얼거렸다.

"정신이 들었으면 대전에 들어 보고를 올려야지, 그냥 돌아가? 이 건방진 놈!"

박근원이 전의를 불태우며 어깨에 잔뜩 힘을 주고 사간원으로 가서 송응개를 급히 찾았다.

"대사간, 일의 형세가 점점 재미있게 돌아가고 있소!"

팔짱을 낀 박근원이 가슴을 젖힌 채 야릇한 미소를 지었다.

"무슨 좋은 일이 또 있소?"

"병판이 몸을 핑계로 임금에게 보고도 올리지 않고 그냥 돌아갔다오. 정신을 차렸으면 마땅히 전하를 뵙고 말씀을 올리는 것이 신하의 도리인데, 임금을 무시한 처사라 할 수밖에 없소이다. 병중으로 보아 조기에 복귀하기는 힘들 것 같은데, 어쩌면 지금이 그를 끌어내릴 수 있는 기회가 아닐지 모르겠소."

"나도 물론 그렇게 생각하오. 와병 중에 일을 꾸미면 비겁하다는 뒷말은 나오겠지만, 어차피 이이가 기력을 회복해 돌아오면 전하의 총애 때문에 일을 진척시키는 것이 어려울 것이오."

"허면 당장 상소를 올리시겠소?"

"아니오. 지금은 우리가 직접 나서기보다 수하들에게 일을 맡기는 것이 모양새가 나을 것이오. 지평 이경률(李景慄)과 정언 이주(李澍)가 아주 당찬 데가 있어요! 이놈들은 욕심이 있어 일을 시키면 아주 야무지게 처리할 것이오. 우리는 전하의 반응을 보고 난 후에 대응 수위를 결정합시다."

"먼저 간을 보자는 얘기구먼! 허허, 좋소!"

송응개는 사람을 보내 사헌부 지평 이경률을 부르고 건넌방에서 업무를 보고 있던 이주를 호출했다. 이미 송응개에게 충성 맹세를 한 이경률과 이주는 주군을 대하듯 허리를 곧추세운 부동자세로 앉아 비장한 표정으로 송응개의 말에 귀를 기울였다.

"그대들이 이제 나설 때가 된 것 같네. 이번 기회에 이이를 쓰러뜨리지 못하면 조정 안에 우리가 설 자리는 없을 것이네. 우리 동인들의 앞날이 자네들의 어깨에 달려 있네. 이 일이 성공한다면 우리 동인들의 앞날은 말할 것도 없고, 자네들의 앞길도 환히 열릴 것이네!"

"걱정하지 마십시오. 젊은 저희가 나서지 않으면 누가 나서겠습니까? 우리 동인들의 불쏘시개로 이 한 몸 기꺼이 바치겠습니다."

기백이 넘치는 정언 이주는 출전을 앞둔 병사같이 아주 늠름하게 답했다. 홍안의 청년 정언 이주와 지평 이경률의 눈이 번뜩였다.

'우리가 이이를 사냥한다, 이이를……. 하하!'

송응개의 사주에 이주와 이경률은 영웅심에 들떠서 앞뒤를 재지 않고 이이를 향해 덤벼들었다,

> 전하, 병조판서 이이는 임금의 총애를 빙자하여 전하의 윤허도 받지 않고 실로 중요한 군사 정책을 독단적으로 결정하고 시행하였으니 권력을 남용한 큰 죄상이 있을 뿐 아니라, 이를 뒤늦게 임금에게 보고하고 재가를 받았으니 임금의 권위와 위엄을 훼손한 죄가 또한 큽니다.
> 주상 전하께 전황을 보고해야 할 때에는 건강을 핑계 삼아 전하께 보고도 생략한 채 퇴궐하였으니 전쟁을 책임진 병조의 수장으로서 그 책임을 다하지 못하였습니다. 당장에 죽는 병이 아니라면 의식을 회복하고 마땅히 전하를 배알하여 전황을 보고해야 하는 것이 신하의 도리일 뿐 아니라 전쟁을 수행하고 있는 병조 수장의 의무입니다.
> 병조판서 이이는 하늘 같은 성은을 입고도 그 은혜에 감사할 줄 모르며, 무례하게도 군신 간의 신의를 저버렸습니다. 그를 일벌백계하여 조야의 기강을 세울 본보기로 삼지 않으시면 이이와 같은 무뢰배들의 준동이 끝없이 이어질 것

입니다. 사직을 보전하기 위한 충언을 담아 올리는 말씀이 오니 굽어 살피시어 이이를 탄핵하소서!

정언 이주와 지평 이경률의 상소를 읽은 임금은 줏대 없이 공명심만 가득한 그들의 언행이 가소로워 코웃음을 쳤다. 임금이 그들의 상소를 방바닥에 휙 내던지자, 입시하고 있던 도승지 박근원이 당황해서 낯을 붉혔다. 임금이 하교하기를,

"경들은 들으라. 대저 상소를 올릴 때는 타당한 이유가 있어야 한다. 그대들이 올린 상소를 스스로에게 물어 보라, 이 얼마나 옹졸하고 비겁한 짓들이냐? 이이는 나랏일을 위하여 병조의 차갑고 좁은 침대에서 침식하며 밤낮으로 애쓰다가 쓰러졌는데, 그대들은 그때 무엇을 하고 있었느냐? 따뜻한 방 안에서 편안한 잠을 자고 따뜻한 국과 맛깔스런 찬으로 식욕을 돋우며 처자시과 함께 히히낙락하고 있지 않았느냐! 그때 이이는 쓰러졌다. 쓰러진 이이의 등에다 칼을 꽂는 것이 정녕 의롭고 염치 있는 짓이냐? 병조판서 이이를 두고 다시는 상소를 올리지 말라. 이이를 비난하는 것은 곧 나를 비난하는 것이니 경을 칠 생각이 아니거든 입을 다물고 몸가짐을 바르게 하라! 그대들이 염치를 조금이라도 안다면 입을 꾹 다물고 몸가짐을 바르게 할 것을 명하노라!"

이이를 누르기 위한 동인들의 음모가 시작된 것을 눈치 챈 임금은 도승지 박근원에게 들으라는 듯이 일부러 큰 소리로 중얼거

렸다.

"차후에도 이런 상소를 올리는 무례한 자가 있다면 내 기필코 용서치 않을 것이야!"

박근원은 임금의 노기가 여간 살벌하지 않아 감히 용안을 쳐다볼 엄두가 나지 않았다. 그는 임금의 시선을 피한 채 몸을 한껏 낮추어 웅크리고 있다가 엉금엉금 기다시피 대전을 빠져 나와 황급히 사간원으로 걸음을 옮겼다.

"전하의 분노가 보통이 아니오. 생사람이라도 잡을 기세요. 어찌하면 좋겠소?"

"이이에 대한 전하의 신임이 그만큼 크다는 뜻 아니겠소? 그러니 마땅히 이이를 칠 수밖에요. 그러지 않아도 허봉도 같이 불렀소."

허엽의 큰 아들인 홍문관 응교(應敎) 허봉은 한때 이이를 존경해 그를 추종하던 이들 가운데 한 사람이었다. 하지만 기생과 놀다가 아버지의 임종을 지키지 못한 허물 탓에 이조 전랑(銓郎)의 후보에 오른 그를 이이가 배제시킨 일이 있어, 이이에게 섭섭한 마음을 품고 등을 지고 있었다. 허봉은 자못 경박하고 주색을 즐기는 흠이 있었음에도 누이 허난설헌(許蘭雪軒), 아우 허균(許筠)과 마찬가지로 남달리 명석하고 기재가 뛰어나 이이는 늘 허봉의 재주를 아깝게 여기고 있었다.

대사간 송응개의 주도로 승정원, 사간원, 사헌부, 홍문관의 핵심 인사들이 모여 이이를 탄핵할 대책을 마련하느라 후끈 달아 있을 때, 임금은 미복(微服) 차림을 하고 영의정 박순과 예조판서 정철을 앞세우고 잠행을 나가 이이의 사가를 찾았다. 찌그러진 대문은 금방 내려앉을 듯하고, 벽과 담장이 허물어져 있었다. 이이의 사가를 방문한 임금의 첫인상은 다소 흉물스럽다는 것이었지만 이내 일국의 재상이 기거하는 집 같지가 않아 마음이 무거워졌다.

"전하, 이 야심한 밤에 누옥을 찾으시다니 어인 일이시옵니까?"

자리에 누운 이이가 놀라 벌떡 일어나 앉아 예의를 갖추려 하자, 임금이 손사래를 치며 이이를 자리에 눕혔다.

"참 누옥은 누옥이오. 나는 경이 이토록 가난하게 사는 줄은 몰랐소. 경도 좀 다른 대신들처럼 이재에 신경 쓰시오!"

임금이 신소리를 하며 빙긋이 웃자, 이이와 노씨 부인은 민망한 기색으로 살짝 낯을 붉혔다. 이이가 기거하고 있는 대사동의 집은 골목 추미진 곳에 있는 열다섯 칸 기와집인데, 정작 자신의 집은 팔아서 이미 형제들에게 나누어주었고, 집이 없던 이이는 남의 집을 빌려 기거하고 있었다.

임금이 곁에 다소곳이 앉은 정경부인 노씨에게 이이를 위해 가져 온 약재를 손수 전하며 안색을 부드럽게 하여 말했다.

"부인께 참으로 미안하오. 내가 너무 일을 무리하게 시켰나 보오. 나를 용서해주시겠소?"

"……."

진정이 담긴 임금의 한마디 위로에 노씨 부인은 그간 쌓아둔 설움이 북받쳐 소리 없이 눈물을 떨구었다. 정철과 박순도 손으로 입을 가려 터져 나오는 울음을 간신히 막고 있었다. 노씨 부인이 흐트러진 마음을 겨우 수습하고 임금에게 예를 갖추어 큰절을 올리고는 이야기를 나눌 수 있게 자리를 피해주었다. 노씨 부인이 나가자 임금이 이이 곁에 바싹 다가앉으며 손을 잡았다.

"얼굴을 보니 전보다 나은 것 같소."

"전하의 염려 덕분에 많이 회복되었습니다."

"천천히 일어나도 좋으니 제발 쾌차하시오, 나를 도와 대업을 이루어야 하지 않겠소?"

"……."

이이가 안타까운 눈길로 자신을 바라보는 임금을 물끄러미 올려다보다 잠시 무슨 생각인가를 하고는 입을 열었다.

"전하, 아뢰옵기 송구스러우나 신의 몸이 좋지 않고 양사에서 탄핵까지 있는 마당이니, 지금 신이 물러나는 것이 나을 것 같습니다."

"무슨 말씀이오? 그런 소인배들의 말에 일일이 놀아난다면 어느 세월에 대사를 챙길 수 있겠소? 내가 일전에 말하지 않았소! 어떤 일이 있어도 흔들리지 말라고!"

"전하, 형세를 그렇게만 볼 것은 아닙니다. 양사의 상소를 무조건 억제하지만 마시고 가만 잘 살펴 보시옵소서. 그들의 상소에 설사 무리한 내용이 있다고 해도 배울 것은 있습니다.

임금의 자리는 본래 균형을 잡는 것이 중요합니다. 지금은 저에 대한 전하의 크신 사랑이 화근이 되고 있으니, 신의 벼슬을 깎아 다른 사람들이 마음의 위로를 받게 된다면 이 또한 조정의 화합을 위해 좋은 일 아니겠습니까? 지금은 조정의 화합이 어느 때보다 시급한 일입니다.

또한 북방의 변란도 이제는 진정이 되었고, 병조를 개혁하는 일도 서얼허통법안을 통과시킨 마당이라 신이 없다 해도 전하께서 중심만 잡으시면 어느 누가 병조를 맡아도 전하께서 원하시는 바를 이룰 수 있을 것입니다. 하오니 주저하지 마시고 저를 체직시켜주소서."

"그건 아니 될 말이오! 아니 그렇소?"

임금은 박순과 정철을 돌아보며 지지를 구했다.

"지당하신 말씀이옵니다. 전하!"

임금과 정철, 박순은 이구동성으로 이이의 생각을 나무랐다. 하지만 이이의 눈에는 자신 앞에 펼쳐진 가시밭길이 훤히 내다보여 심란하기 짝이 없었다. 승전 축하연에 초정받은 인사 가운데 동인의 핵심 인물 송응개와 박근원이 오지 않은 것이나, 그들의 젊은 수하가 때맞추어 자신을 탄핵한 것이 우연의 일치는 아니다 싶었다. 자신의 전공으로 동인들의 긴장이 고조된 상황이라, 그들이 칼을 들이댄다면 이전에 비할 데 없이 큰 평지풍파가 일 것이 틀림없다고 여겨졌다. 전쟁 승리가 조정 분란의 새로운 불씨가 되리라고는 차마 생각지 못했던 터라, 자신의 전공이 발목을 잡는 현실이 어이없어 이이는 왠지 속이 헛헛했다.

별의 전설이 되다 551

9

 임금이 잠행에 나선 지 이레 만에 조정의 동정을 살피던 송응개가 움직이기 시작했다. 송응개가 이름 붙인, 이른바 '이무기 사냥'에 동인들이 본격 나선 것이다.
 사람들이 현인이라 불리는 이이를 용에 비유하자 그를 얕잡아 본 송응개가, 이이더러 용은 못 되어도 이무기는 될 것이라 조롱한 데서 비롯된 것이었다.

 전하, 정언 이주와 지평 이경률이 올린 병조판서 이이 탄핵 상소를 거부하신 뜻은 신하에 대한 전하의 넓은 관용과 지극한 사랑 때문임을 알고 있사옵니다. 전하께서 신하를 믿고 사랑하는 것은 고래 어느 조정에서도 볼 수 없는 참으로 고귀한 모습입니다. 하오나 임금에게 있어 이보다 더 중요한 것은 신하에 대한 상벌을 명확히 하는 것입니다. 상과 벌이 분명치 않으면 임금의 위엄과 권위가 서지 않고, 위엄과 권위가 서지 않으면 풍속과 기강이 문란해져 신하가 임금을 능멸하고 기망하는 일이 다반사로 벌어지므로 자칫 잘못하다가는 사직의 위태로움을 부를 수 있사옵니다.
 아뢰옵기 황송하오나, 병조판서 이이는 주상 전하가 계심에도 오만방자하게 홀로 중요한 군사 정책을 독단적으로 결정하고 일이 다 끝난 다음에 윤허를 받는 무례를 저질렀고, 전하의 부름을 받고도 병을 핑계 삼아 보고를 생략하고 되돌아갔습니다. 이는 그가 그간 전하를 얼마나 업신여기고 있었는지 보여주는 좋은 사례이옵니다.

또한 이이는 대간의 탄핵을 받고도 당장 물러날 뜻을 밝히지 않고 오히려 자신의 처신을 변명하려 들어 선비로서 떳떳치 못한 짓을 저질렀습니다. 그럼에도 그 부끄러움을 알지 못하고 있사옵니다. 무릇 진정한 선비라면 잘못이 있을 때 이를 인정하여 스스로 반성하고 자숙하는 모습을 보이는 것이 상례일 것이나, 현인이라 불리는 이이가 불경스럽게도 전하의 사랑만 믿고 병을 칭하며 조정에 나오지 않고, 가벼운 입을 놀려 구구한 변명만 일삼고 있으니 이것이 어찌 올바른 선비의 모습이라 하겠습니까?

이이의 오만방자함은 도를 지나쳐서 새겨들어야 할 대간의 뜻을 흘려듣기는 말할 것도 없고, 전하의 부름조차 무시한 채 방구석민 지기며 국사를 내팽개치고 있으니 임금을 능멸한 죄가 이보다 클 수는 없을 것이옵니다. 그를 일벌백계하여 무너진 조정의 기강을 세울 본보기로 삼아주소서!

대사간 송응개, 홍문관 응교 허봉, 도승지 박근원이 연대한 이이의 탄핵 상소문을 접한 임금은 이들의 말이 여간 아니꼽지 않았다. 이이에 대한 탄핵을 곧 왕권에 대한 도전이라 여겨 이이 탄핵 상소를 몹시 위중하게 보고 있었지만, 임금의 하교는 엄포에 그치고 있었다.

"소명을 받고도 나오지 않는 공경대부(公卿大夫)가 많은데, 어찌하여 그대들은 이이가 나의 부름에 응하지 않는다고 이이만을 질책하는가? 또 이이가 죄를 지었다면 그를 탄핵만 할 것이 아니라 그의 죄상을 밝혀내야 하지 않겠는가? 그대들이 이이의 죄를 밝혀내지 않는 것은 직무유기에 해당하니 이 또한 그대들에게 책임을 묻지 않을 수 없다.

내가 그대들을 벌하고 싶으나 조정의 평안을 위하여 이 정도에서 참고 견디니 그대들도 더 이상 논란을 일으키지 말고 자중하라. 얽힌 문제를 풀어나갈 때는 얼음이 녹듯 자연스러워야 하니, 경거망동하며 모함을 일삼다가는 언젠가 경을 칠 줄 알라!"

사태의 심각성에도 임금의 하교가 구체적인 내용 없이 다소간 뜨뜻미지근하고 두루뭉술한 공갈 수준에 그친 것은 동인들의 세력이 워낙 강하고 견고해 임금도 확실한 명분이 없으면 이들을 억제할 마땅한 방안이 없었기 때문이다. 동인들은 승정원, 사간원, 사헌부, 홍문관, 이조에 이르기까지 조정의 중요 직책을 거의 독점하고 있어, 까딱 잘못하면 임금도 큰 상처를 입을 위험이 있었다. 동인들의 창창한 세력을 고려할 때 임금으로서는 강력한 대응으로 긁어 부스럼을 만들기보다는 적당한 선에서 마무리하는 것이 최선이었다. 자칫 강경하게 나가다가는 이이도 자신도 입지가 좁아질 것이 뻔해, 임금이 몹시 조심스러웠던 것이다.

반면 동인들의 비호아래 대사간에 오른 송응개는 몹시 교만해져서 임금을 만만히 보고 있었다. 그는 임금이 이이의 잘못에 대한 언급을 분명히 하지 않고 외려 자신들을 겁박한 데에 발끈 화를 냈다.

"아니, 전하께서 어찌 허물이 차고도 넘치는 이이에 대한 질책의 말씀은 하나도 없으시면서, 오히려 우리만을 모함을 일삼는 소인배로 몬단 말인가!"

그는 임금의 하교를 받자마자 분을 이기지 못하고 일필휘지로 이이를 비난하는 상소를 올렸다. 그는 이번 기회에 장래에 화근이 될 이이를 뿌리째 뽑아내고 이이를 비호하는 임금의 의지마저 꺾어놓고자 하였다.

> 전하, 대간으로서 차마 들을 수 없는 말씀을 전하께 들었사오니 불경하고 불충한 신을 파직하시옵소서!
> 전하께서 이이를 책하지 않으시고 저희 대간만을 질책하신 것은 아뢰옵기 황송하오나 본말이 전도된 것이라 하지 않을 수 없사옵니다. 신은 이이의 죄상을 이미 소상히 알고 있었지만, 이이에 대한 전하의 사랑이 크신지라 차마 말씀을 올리지 못하였던 것입니다. 더욱이 그 죄상 또한 비루하고 탐욕스럽기 짝이 없어 선비로서 더럽혀질까 입에 담기조차 거북한 것들이어서, 이이가 잘못을 뉘우치고 자복하기만을 기다리고 있었던 것이옵니다. 이제 신은 전하의 믿음을 얻지 못하였으니 감히 파직을 청하면서 이이의 죄상을 낱낱이 밝히니 굽어살피시어 병조판서 이이를 탄핵하시

별의 전설이 되다

고 엄벌에 처해주실 것을 간청하나이다.

   이이는 젊은 시절 불가에 귀의해 가족과 인연을 끊는 불효와 유학을 배반한 죄를 지었고, 조정에 나와서는 자신의 지혜를 믿고 방자하게 정쟁을 일삼았으며, 백 섬의 쌀을 뇌물로 받았습니다. 뿐만 아니라 그의 큰형은 살인을 저질렀고, 둘째 형은 나라의 세금인 어염세(魚鹽稅)를 착복했으며, 송사를 벌여 남의 땅까지 빼앗았사옵니다. 또한 이이가 재상의 지위에 있는 사람답지 않게 늘 행색을 남루하게 하고 다닌 것은 자신의 비루한 탐욕을 숨기고자 하는 것이나, 어찌 손바닥으로 하늘을 가릴 수 있을 것이며, 어찌 수만 백성의 눈과 귀를 피할 수 있겠사옵니까?

"경의 말이 참이오?"

상소문을 들고 온 송응개를 눈을 부릅뜬 임금이 노려보고 있었다.

"이이의 죄상은 사실이옵니다."

"내가 물은 것은 이이의 죄상이 아니오! 그대가 파직을 원한다는 것이 참인지 묻는 것이오."

"……."

미처 예상하지 못한 임금의 반응이라 송응개가 크게 당황했다.

"그대의 방자함이 참으로 참람(僭濫)하오. 경은 어찌 내 눈을 멀게 하고 귀를 막으려 드는 것이오? 나를 기망하고 능멸하는 그대의 오만방자한 배포가 대체 어디서 나온 것인지 모르겠소. 그대가 의지하고 있는 동인의 세력이 그리 성성하오?"

송응개를 뚫어져라 응시하던 임금이 빈정거리며 심드렁하게 말했다.

"내가 그대의 소원을 들어주겠소. 조정 일로 고생이 많았으니, 고향에 내려가 푹 쉬도록 하시오."

"전하!"

"경은 아직 귀가 먹을 나이는 아닌데, 내 말을 못 들었소?"

사색이 된 송응개가 어깨를 늘어뜨리고 방을 나가자, 임금은 도승지 박근원을 불러다가 보란 듯이 홍문관 응교 허봉까지 파직시키는 어지를 내렸다.

10

"이이는 아직도 나오려 하지 않소?"

"숙헌은 조정의 화합을 가장 원하고 있사옵니다. 자신이 화합의 걸림돌이 되고 있다고 생각해 사직의 뜻을 굽히지 않고 있사옵니다."

"참으로 고집불통이군……."

임금이 몹시 곤혹스런 표정을 지으며 침울해 했다.

"영상께서는 어찌하면 좋겠소?"

"숙헌의 몸이 아직은 좋지 않으니, 요양 삼아 사직을 받아주는 것이 어떻겠습니까? 이이의 말도 무리는 아닐 성싶습니다."

송응개가 이이를 참소(讒訴)했던 내용이 알려지면서 조야가 시끄러웠다. 한쪽은 혐의를 두고 이이를 탐관으로 매도하였고, 다른 한쪽은 근거 없는 중상모략이라 맞서고 있었지만 살벌한 동인들의 기세에 짓눌려 오금을 펴지 못하고 있었다. 박순과 정철조차 동에 번쩍 서에 번쩍 하는 동인들의 십자포화를 의식해 속은 숯처럼 타들어갔지만 침묵하고 있는 상황이었다. 이이에게 마음을 두고 있는 다른 신하들도 감히 이이를 비호할 엄두를 내지 못했다.

 이이에게 씌워진 독직의 혐의조차 벗겨줄 만한 구체적인 정황과 증거를 알지 못하는 박순과 정철은 감히 나서지를 못하고 있었다. 정철이나 박순이 가지고 있는 것은 기껏해야 이이가 설마 그런 부정을 저질렀을까 하는 믿음과 이이의 고백을 통해 들은 정황이 전부였다. 이이의 말을 빌려 이이를 옹호해보아야 이이를 의심하는 동인들에게 씨알이 먹힐 턱이 없었다.

 중이 제 머리 못 깎듯 임금도 어떤 연유에서든 혐의를 받고 있는 이이를 구하기 위해 직접 논란의 중심에 뛰어드는 것은 쉬운 일이 아니었다. 이이에 대한 편애 논란이 이이 탄핵의 배경이 된 까닭이었기에, 임금이 직접 나서는 일은 동인들에게 염장 지르는 일이 될 게 뻔했다. 박순과 정철도 상황을 좀 더 지켜보자며 임금을 한사코 만류하고 있었다.

 임금은 헛헛한 심정이 되어 땅이 꺼질 듯 긴 한숨을 내쉬었다.

 "그럼 그럽시다. 영상이 알아서 처리하시오. 어찌 이렇게 이이를 도울 사람이 없단 말이오?"

박순이 심히 부끄러운 기색을 하고 얼굴을 붉혔다. 임금의 탄식에는 고립무원에 빠진 이이에 대한 안타까움과 평소 이이를 좋아하던 사람들의 침묵에 대한 서운함, 동인들에게 포위된 자신의 처지에 대한 비분이 짙게 배어 있었다.

임금의 눈에 비친 조선은 태조 이성계가 세운 조선이 아니라 동인이 통치하는 동인의 나라였다. 임금이 후일을 기약하며 결국 이이의 사직을 윤허했으나, 이이의 독직 사건에 대한 진실규명을 요구하는 동인들의 공격은 나날이 거세지고 있었다. 임금은 이 문제를 두고 가시방석에 앉은 기분이었다. 이이의 독직 사건에 대한 진상 조사를 받아들이자니 이이의 독직 혐의를 인정하는 꼴이 될 것이고, 혐의만 갖고 죄 없는 이이를 의금부에서 국문을 받게 할 수도 없었다. 그렇다고 동인들의 진상 조사 요구를 마냥 덮어놓고 물리치자니 논란이 진정될 기미가 없어 난감하기 짝이 없었다. 그야말로 임금은 이러지도 저러지도 못하는 진퇴양난의 형국에 빠져 있었다.

이이가 사직을 하고 파주에 내려가 있을 때, 마침 성혼이 개인적인 용무로 한양에 와 있었다. 성혼이 사직동에 있는 고향 친구의 집을 방문했는데, 그의 친구는 오랜만에 보는 친구를 반기기는커녕 노기를 띤 얼굴을 하고 성혼을 질책했다.

"그대는 이이의 친구이면서, 이이가 곤란한 지경에 처했는데 어찌하여 한마디 말이 없는 것인가? 다른 사람이라면 모르되, 이이와 생사를 같이하기로 한 그대라면 마땅히 일어나 이이를 변호해야 하는 것 아닌가? 이러고도 진정 자네가 이이의 친구라 할 수 있는가? 관직에 있는 사람들이야 동인들이 겁이 나 모두 다 침묵하고 있다고 하여도 그대는 벼슬도 내놓았으니 잃을 것이 무엇인가?"

성혼은 이이에게 아무런 혐의가 없다는 것을 소상히 알고 있었지만, 그 역시 그 뜨거운 논란의 중심에 서는 것이 내키지 않았다. 설마 이이를 구하기 위해 발 벗고 나설 이 하나 없을까 싶은 마음에 망설이고 있던 차에 친구에게 뜻밖의 힐문을 당한 것이었다. 성혼의 얼굴이 홍당무같이 벌겋게 상기됐다. 그가 부끄러운 기색을 감추지 못하고 나지막한 목소리로 친구에게 지필묵을 부탁하였다. 붓을 쥐고 한지를 응시하던 성혼의 눈자위가 붉었고, 그의 눈에 핏발이 점점 성성해지더니 급기야 눈물을 주르르 흘렸다. 그의 친구가 의아히 여겼다.

"왜 우시는가?"

성혼이 처연한 표정으로 한숨을 크게 내쉬었다.

"위기에 빠진 친구 구하는 일을 잠깐이나마 망설인 나 자신의 못난 처신이 수치스러워 울고 숙헌의 고독한 처지가 서러워 우네……. 모두 제 몸 살피기에만 급급한 이 냉혹한 현실이 난 너무나 가슴이 아프네……."

말은 마친 성혼은 이를 악물고 앉은 자리에서 당장 송응개와 동인들의 주장을 조목조목 반박하는 상소문을 일필휘지로 써내려갔다.

　주상 전하, 신 성혼이옵니다. 근래 전 병조판서 이이를 두고 벌어진 무수한 소문이 참으로 어이가 없고 허황된 것이라 외람되게도 신이 말씀을 올리고자 합니다.
　이이가 염세를 전용한 것은 사실이옵니다. 이이가 해주에서 은병정사를 설립하여 유생들을 공부시킬 때 형편이 어려운 탓에 끼니를 거르는 유생들이 많아 황해 감사 최황이 이들을 위해 해주 지방의 염세를 은병정사에 지원한 것은 맞습니다. 하오나 유생들의 공부를 장려하고 지원하는 것은 조정에서 마땅히 해야 할 일이니 이는 전혀 문제가 될 것이 없사옵니다. 이이가 개인적으로 사용한 것은 한 톨의 쌀도 없었습니다.
　이이가 소송을 해서 땅을 빼앗았다고 하는데, 아마도 이는 이이의 형 이번의 일을 두고 하는 말인 것 같습니다. 그의 형이 욕심이 많아 간척을 하다가 남의 땅까지 점유한 일이 있어 이이가 극구 만류하여 주인에게 땅을 돌려주고 송사를 그치게 한 일이 있습니다. 하오나 이는 이이의 허물이 아니옵고, 이이 역시 피해자라 그에게 물을 책임이 없사옵니다. 오히려 형이 스스로 허물을 고칠 수 있게 이끌어준 이이의 처신을 칭찬해야 마땅한 줄 아옵니다.
　이이의 큰 형이 사람을 죽였다고 하는데, 이야말로 마른 하늘에 날벼락 같은 소리입니다. 저는 어려서부터 이이와 알고 지냈습니다. 집안의 내왕이 빈번하여 그 형제들과도 잘 알고 있습니다. 제 목숨을 걸고 맹세컨대 저는 전혀 들은 바가 없고 본 바가 없습니다. 하늘이 무심치 않다면 무고를 일삼는 이들을 절대 가만두지 않을 것입니다.

이이가 백 섬의 쌀을 착복했다고 하는데 참으로 그 주장의 허황됨이 가관입니다. 이이는 물질에는 티끌만 한 욕심도 없는 사람입니다. 집은 팔아서 가난한 형제를 주었고, 자신은 남의 집에 살면서 쌀이 없어 하루 두 끼만 먹고 산 지가 오래입니다. 이재에 관심이 없고 물질에 욕심이 없는 것이 이이의 성격입니다. 한 나라의 재상이 되고서도 집도 없는 이가 이이입니다.

물론 그에게도 큰 욕심은 하나 있습니다. 아마 이 욕심은 세상 어느 누구보다 클 것입니다. 백성이 잘살고 나라가 부강해지고 사직이 안정되고 세상의 모든 이가 우러러 보는, 문화가 꽃피는 나라를 만들고자 함이 그것입니다. 이 욕심이 죄라면 그를 벌하시고, 이것을 칭찬해야 할 일이면 상은 내리지 않으시더라도 치졸한 무리들이 이이를 그만 괴롭히게 하시옵소서.

백성을 사랑하는 것이 죄이고, 나라를 사랑하는 것이 죄이고, 전하에게 충성하는 것이 죄이며, 권력을 탐하지 않은 것이 죄라면, 그리고 사리사욕을 채우지 않는 것이 죄이고,

청렴한 것이 죄이며, 당파를 짓지 않은 것이 죄이고, 인정에 끌리지 않고 엄정하게 공무를 처리하는 것이 죄라면, 이이보다 크고 무거운 죄를 지은 이는 아마 이 세상에 없을 것이옵니다. 이 때문에 이이를 벌해야 한다면 그의 육신을 찢어도 좋을 것입니다.

신 성혼, 피를 토하는 심정으로 전하께 눈물로 호소하옵니다. 신이 열거한 이이의 죄상이 이와 같사오니 이것이 이이를 벌해야 할 사유라면 이이를 당장 잡아들여 저잣거리에서 거열형(車裂刑)에 처해 세상의 조롱거리로 삼으시고, 탐욕과 부패, 타락을 진작시켜 짐승들이 우글대는 야만의 시대를 여는 것이 마땅하지 않겠사옵니까?

밑도 끝도 없는 파당의 정쟁 속에 백성들의 삶은 철저히 소외되었습니다. 인간이 인간답게 사는 세상을 만들자는 유학의 정신도 파당의 이념적 대립에 의해 매몰되었사옵니다. 작금의 정치 현실은 권력이라는 수단이 정치의 목적이 되어 버렸습니다. 정치의 본질이 되어야 할 인간의 행복이라는 문제는, 목적이 되어버린 수단 앞에서 갈기갈기 찢겼사옵니다. 이것은 진정 누구를 위한 정치인 것이옵니까?

이이의 신념과 꿈은 오로지 사람이 사람답게 사는 세상을 만들자는 것이었습니다. 그는 어떤 수단도 어떤 이념도 어떤 사상도 목적이 되는 것은 반대하고 있습니다.

그의 신념이 죄이고 열린 마음이 죄라면 그보다 더 깊은 죄를 지은 자는 하늘 아래 없을 것이옵니다. 이를 벌해야 한다면, 극형에 처해 세상의 비웃음을 한 몸에 받게 하시옵소서!

어리석게도 그는 편견을 갖지 않았사옵니다. 백성을 위하고 나라에 도움이 된다면 동서를 가리지 않고 그 어떤 인재든 받아들였습니다. 오로지 그가 생각하는 것은 사람의 능력이었을 뿐, 어느 당인지 어느 지역 출신인지 티끌만 한 편견조차 갖지 않았습니다. 상대가 그에게 깊은 사감을 갖고 있는 경우라 하여도 그러하였습니다. 이산해가 동인을 지지하지 않는 이이를 좋지 않게 여겼지만, 이이는 청탁을 싫어하는 그의 장점을 높이 사 이조판서직에 나아갈 것을 권유하기도 하였습니다.

이이는 직위를 잃고 신변에 위험이 닥쳐도 개의치 않았사옵니다. 장래 이 나라의 앞날을 밝히는 일이라면 이이는 스스로 증오의 칼에 맞는 것도 주저하지 않았사옵니다. 편안한 길을 마다하고 가시밭길을 홀로 걸어갔습니다.

참으로 이이는 어리석은 자입니다. 이 우직한 어리석음이 그의 죄라면 그보다 큰 죄를 지은 이는 이 세상에 또 없을 것입니다. 이 때문에 역시 그를 벌하여야 한다면 그의 살을 발라 짐승의 먹이로 던져주시옵소서! 이이는 메마른 자신의 살점으로 배고픈 짐승의 배라도 불릴 수 있다면 이이의 고독한 영혼은 저승에서나마 작은 위안을 받아 소박

한 안식을 찾을 것이옵니다. 부디 그에게 한 뼘만 한 안식이라도 누릴 수 있는 기쁨을 허락하여주시옵소서! 전하!

성혼의 이 역설적인 상소는 조야에 큰 반향을 불러일으켰다. 성혼의 상소를 읽던 임금은 눈물을 뿌렸고, 상소 내용을 전해들은 사람치고 동인들의 횡포에 분개하지 않은 자가 없었다. 구체적인 정황을 알지 못해 이이를 변호하는데 한계를 느끼고 있던 이이의 지지자들에게 성혼의 상소는 가뭄의 단비가 되어 그들의 갈증을 해소시켜주었다. 아무튼 성혼의 상소는 칠월 정국을 강타한 돌풍이 되었다.

사태를 관망하던 임금은 성혼의 상소를 받고는 동인들의 힘을 억제하기 위해 이조 낭관(郎官)들이 행사하던 당하관에 대한 인사 추천권을 박탈했다.

이이에 대한 지지 여론이 들불같이 번지고 있었다. 왕자의 스승 하낙(河洛)이 이이를 지지하는 상소를 올렸고, 팔도의 유생들도 이이 구하기에 동참했다.

이에 맞서 도승지 박근원은 송응개의 주장이 진실인 양 이이를 무고하는 상소를 재차 올려 맞불을 놓았다. 그는 이이를 조사해 반드시 진실을 밝혀야 한다고 거듭 주장했지만, 팔도에 이미 봇물을 이룬 이이에 대한 지지 여론 앞에 그들의 공세는 위력을 잃고 오히려 유생과 백성들의 노골적인 반감과 비웃음만 살 뿐이었다.

"성혼 선생의 상소로 율곡 선생의 무고함이 명백해졌소! 율곡 선생께서 탄핵을 받은 것은 우리 조선의 양심이 탄핵을 받은 것이나 다름이 없소이다. 다시 말하면 올곧은 선비 정신이 탄핵을 받은 것이고, 우리의 지성이 탄핵을 받은 것이며, 우리가 숭상하는 유학이 또한 탄핵을 받은 것이자 이 땅의 정의가 탄핵을 받은 것입니다. 여러분! 불의를 보고 참는 것이 선비의 도리입니까?"

불볕더위에도 아랑곳없이 성균관 마당에 숙연한 표정으로 앉은 오백여 유생들을 향해 격정적인 사자후를 토하고 있는 인물은 아직 세상의 때가 묻지 않은 성균관 유생 유공신(柳拱辰)이었다. 스물다섯 살 홍안의 유생 유공신은 훈육 담당관 성균관 박사 한 인의 수차례에 걸친 회유와 협박에 굴하지 않고 성균관 유생들을 모두 뜰에 불러다 모아 일장연설을 하고 있었다.

펑퍼짐한 작은 바위를 연단 삼아 유생들 앞에 선 그가 부리부리한 눈빛을 좌중에 던졌다. 그가 두 주먹을 불끈 쥐고 하늘을 향해 힘차게 팔을 뻗으며 지지를 구할 때마다, 뇌성벽력 같은 유생들의 함성이 바람 한 점 없이 뜨겁기만 한 숨 막히는 하늘에 꽂혔다.

"옳소!"

널찍한 성균관 뜰이 학생들의 박수와 뜨거운 함성으로 터져 나가고 있었다.

반면 동인들의 문책이 두려운 성균관 박사들의 얼굴은 흙빛이 되어 있었다. 한둘의 유생이 아니라 거의 모든 성균관의 유생이 집회에 참가하고 있는 마당이라, 성균관을 장악한 동인들로서도 집회를 무산시킬 마땅한 방법이 없었다. 수적으로 열세였고 명분에도 밀렸다. 그들은 그저 충돌을 피해 멀찍이 떨어져 발만 동동 구를 뿐이었다.

그러나 성균관 박사 한인만은 유독 눈빛이 날카로웠다. 그는 자신의 뜻을 깡그리 무시하고 유생들을 선동하고 나선 유공신을 팔짱을 낀 채 노려보고 있었다. 박사 한인은 동인들에게 빌붙어 호가호위하던 인물로, 유생들의 훈육과 교무 행정을 담당하고 있었다. 유생들에게는 한인은 악명이 높았고 작고 새까만 눈동자를 빗대어 유생들은 그를 성균관의 쥐새끼라고 불렀다.

유공신은 키가 훤칠했고, 쩌렁쩌렁 울리는 목소리 또한 강한 호소력이 있어 좌중의 분위기를 휘어잡았다. 흔들리지 않는 천 개의 동공이 그를 주시했다. 그가 손을 번쩍 들어 올리며 소리를 내지를 때마다 천 개의 손바닥이 우레와 같은 박수를 보내 뜨겁게 화답했다.

그가 연설을 하고 있는 동안 여남은 명의 유생들은 좌중을 헤집고 다니며 이이를 지지하는 연판장에 서명을 받고 있었다. 두 시각 만에 거의 모든 유생들이 이이를 지지하는 시국선언에 서명을 했다. 그 수가 무려 사백육십이 명으로, 동인들과 사적으로 인연이 있는 십여 명의 유생들을 제외하곤 모든 유생이 이이를 지지하고 나선 것이었다.

"아니, 이놈들이!"

성균관 유생들의 전격적인 시위 소식에 도승지 박근원은 기겁을 했고, 애써 평상심을 유지하고 있던 동인들조차 크게 동요하기 시작했다. 침묵하고 있던 유생들이 나섰다는 것은 이이의 탄핵 사건이 전국적인 문제로 비화될 조짐이 있다는 것을 의미했기 때문이다.

전선이 확대되는 것은 여론이 몹시 불리한 동인들에게 결코 바람직한 현상이 아니었다. 이이 탄핵을 주도한 당사자 박근원은 자신의 발등에 불이 떨어진 것을 알고는 서둘러 입막음에 나섰다. 그는 곧장 임금에게 달려가 유생들의 상소가 강압에 의해 날조된 것이라고 보고했는데, 임금이 콧방귀도 뀌지 않자 소용이 없다는 것을 알고는 서둘러 성균관 박사 한인을 불렀다.

"내가 그대를 왜 불렀는지 아는가?"

"알고 있사옵니다."

"유생들의 입을 막아야 하네, 그래야 우리가 살고 자네도 살 수 있는 길이 열리네. 알겠는가?"

"알겠사옵니다."

"수단과 방법을 가리지 말고, 입을 틀어막게. 그리고 우리 쪽에 연줄이 있는 유생들을 선동해서 전하께 상소를 올리도록 하게. 알겠는가!"

박근원의 사주를 받은 박사 한인은 공부만을 해야 할 유생들이 편당을 짓는 일에 가담하여 나라를 어지럽혔다는 구실로 이이 지지 상소를 주도한 유공신과 주동자급 유생들의 과거 응시 자격을 박탈했다. 또 동인들과 친인척 관계에 있는 유생들을 불러다가는 유공신이 올린 상소문은 일부의 유생들이 주동자들의 구타와 협박을 못 이겨 어쩔 수 없이 날인한 것이란 거짓 상소를 지어 올리게 하였다.

"아니, 이 미친놈을 보았나! 영상께서 금방 무어라 하셨습니까?"

"박사 한인이 유생들이 시험을 못 보게 막았다고 하옵니다."

"임금이 가만 있는데, 그놈의 눈에는 내가 보이지 않는 게로군. 그놈을 잡아 의금부로 압송하여 추국하게 하시오. 누구의 사주를 받아 그렇게 했는지 반드시 그 배후를 밝혀내도록 하시오. 성균관 박사 주제에 감히 그런 엄청난 생각을 스스로 하지는 못하였을 것이오."

이미 머릿속에 정국에 대한 나름의 구상을 그려 두고 있던 임금은 기민하게 대응했다.

고개 숙인 박사 한인이 오라에 묶여 의금부로 압송되었고, 도승지 박근원은 대전을 찾아와 임금 앞에 무릎을 꿇었다. 임금의 대응 방식과 수준이 워낙 과감해 신료들은 모두 놀라고 있었다. 그러나 실은 동인들도 임금의 반응을 전혀 예상하지 못한 것은 아니었다. 때는 바야흐로 임금의 열정과 지적 에너지가 가장 넘치는 한여름이었다.

무리하게 판을 벌인 동인들은 궁지에 몰리자 조바심에 이성을 잃고는 자꾸만 임금의 비위를 건드리는 자충수를 두고 있었다. 동인들은 몰락을 자초하고 있었다. 자신들의 과오를 인정함으로

써 스스로 구할 수 있는 기회가 있었지만, 욕심을 끝내 버리지 못하고 결국 파멸의 구렁으로 빠져들었던 것이다.

"전하, 신의 죄를 용서하여 주시옵소서!"

임금에게 읍소에 나선 박근원의 축 늘어진 눈꺼풀이 퉁퉁 부어 있었다.

"신이 잠시 정신이 나가 불충한 죄를 지었사옵니다. 죽어 마땅하오나 신에게는 팔순이 된 노모가 있사오니 신이 곁에서 어머니만은 돌볼 수 있게 하여 주시옵소서."

임금은 한 식경이 넘도록 그에게 눈길도 주지 않았다. 임금은 그저 묵묵부답 붓을 놀리며 그림만 그리고 있었다. 임금은 붓을 한 번 놀릴 때마다 제거해야 할 동인들을 머리에 새기고 있었다. 임금의 그림은 결국 살생부나 다름이 없었다.

오금을 펴지 못하던 박근원은 결국 민망함을 이기지 못하고 대전을 나섰다. 임금은 끝까지 그에게 눈길 한 번 주지 않았다. 박근원은 임금이 자신을 내쳤다는 것을 알고는 사색이 되었다. 어떤 대신 앞에서도 머리 숙이는 법이 없이 언제나 고개를 쳐들고 다니던 그가 비척거리며 정전 앞으로 나아가 거적을 깔고 산발을 한 채로 석고대죄를 청했다.

임금은 그날부로 도승지 박근원을 파직하고 승정원의 모든 승지를 교체한 후, 종이품 이상의 신하들을 정전으로 소집하여 비상 회의를 열었다.

"경들도 알다시피, 나라가 한시도 바람 잘 날이 없소. 이 모든

게 조정 분란의 화근이 된 심의겸과 김효원 두 사람의 책임이니 내 생각에는 이 둘을 귀양 보내는 게 어떨까 하오. 경들의 생각은 어떠시오?"

임금이 이이나 박근원의 처벌 방향을 두고 말할 것이라 예상하고 있던 신료들은 임금의 말이 뜬금이 없어 고개를 갸웃거렸다. 임금이 복선을 깔고 이 두 사람을 거론한 것이지만, 아무도 임금의 속을 읽지 못했던 것이다.

임금은 매우 지능적이었다. 보위에 오른 지 십육 년쯤 되자 그의 정치 감각은 야수적 본능에 비견될 정도로 민첩하고 세련되게 진화했다. 그는 더 이상 난처한 표정을 짓고 수줍음을 타던 마음 여린 사춘기의 소년이 아니었다. 세월은 그를 훌륭한 정치의 맹수로 조련했다. 그는 언제부터인가 발톱을 세우거나 날카로운 이빨을 드러내지 않고도 순식간에 먹이를 사냥하는 방법을 깨우쳤다. 적의를 숨기고 밀고 당기며 긴장의 완급을 조절하다 상대가 허점을 보이는 순간에 느닷없이 뒤통수를 쳐서 일시에 상대를 무력화시킬 줄도 알았다.

신료들은 임금의 눈치를 살피며 조심스럽게 말했.

"당파가 나누어진 것이 두 사람 때문이긴 하나 이미 처벌을 받고 외직으로 내보냈으니 무슨 일이 있겠사옵니까? 또한 그들은 요즘 조정 일에 간여하고 있지도 않사옵니다."

"그래요? 그럼 송응개, 박근원, 허봉 같은 붕당을 짓는 간사한 무리는 어떻게 처결하면 좋겠소?"

"……."

 임금의 음성이 유성룡과 이발, 이산해의 귓가에 맴돌았다. 그들은 순간 숨이 멎을 것 같았다. 가슴이 철렁했다. 그들은 임금에게 송응개, 박근원, 허봉의 이름을 듣자 그제야 임금이 하필 김효원과 심의겸 같은 흘러간 과거 인물 얘기를 꺼낸 이유를 짐작했다. 그들이 말없이 고개를 숙였다. 임금은 동인들의 반발을 예상하고 전례를 들어 반발할 수 없게 이들의 입에 확실한 재갈을 물리고자 했던 것이다.

 임금이 고개를 돌려 부복한 신하들을 살피더니 자신의 어지를 담은 봉서를 영상 박순에게 주었다.

"영상께서 읽으세요!"

"예, 전하."

 박순이 봉서를 읽자 여기저기서 한숨이 새어 나왔다.

"이 세 사람은 성품이 아주 악하여 별 것 아닌 작은 재주를 믿고 무엄하게도 붕당을 만들어 서로 밀어주고 끌어주며 요직을 차지하였다. 간사한 말로 조정을 농락하고 위협하며 대신들을 모함했으니 죽음을 내리는 것이 마땅할 것이다.

 그래도 내가 모질지 못해 가벼운 형벌로 그들의 잘못을 깨우치고 그릇된 세태에 경각심을 불러일으키고자 한다. 장흥 부사(府使) 송응개, 창원 부사 허봉, 전 도승지 박근원을 유배형에 처한다. 시간을 허비하지 말고 이를 즉시 시행토록 하라!"

 추상같은 임금의 명령에 포승줄에 묶인 채로 송응개는 회령으로, 박근원은 강계로, 허봉은 갑산으로 유배를 떠났다. 이들 삼인의 유배형으로 권력의 중심축은 동에서 서로 빠르게 이동했다. 권불십년(權不十年)*이요, 화무십일홍(花無十日紅)**이니, 이이를 탄핵하고 권력 독점을 영구화하려던 동인들의 욕망은 결국 이이라는 큰 산맥을 넘지 못해 좌초됐다. 십 년 세월 조정을 호령한 동인들의 시대가 가고 새로운 여명을 타고 서인의 날이 밝아오고 있었다.

그러나 조정의 중심인 이이의 이른 죽음으로 서인 정권 출현이 갖는 역사적 의미도 크게 퇴색했다. 병조판서 직에서 물러난 지 백 일 만에 이이는 다시 이조판서의 부름을 받고 출사했으나, 그가 평생 주장하던 혁신과 개혁의 과제를 마무리하지 못하고 미완으로 남겨둔 채 이듬해 정월에 지병이 악화되어 숨을 거둔 것이다. 정철은 사랑하는 친구 이이의 부고를 듣고는 눈물을 흘리며 치를 떨었다. 그는 이이의 죽음은 거의 반은 타살이라 생각하고 있었다.

이이에게 있어 유학은 절대적인 가치가 아니었다. 그는 이념이나 철학이 목적이 되는 것을 거부했고 그것이 인간 위에 군림하는 것도 철저히 배격했다. 그는 당대를 지배했던 이황의 주리론

---

*권세는 십 년을 가지 못한다는 뜻으로, 아무리 높은 권세라도 오래가지 못함을 이르는 말.
**열흘 동안 붉은 꽃은 없다는 뜻으로, 한 번 성한 것이 얼마 못 가서 반드시 쇠하여짐을 비유적으로 이르는 말.

속에 있는 모순을 발견하며 이에 분연히 맞섰다.

그가 깊은 사유를 통해 얻은 깨달음인 주기론은 모든 가치의 중심은 인간이라는 것이었다. 그는 철학이나 이념이 진정한 가치를 인정받으려면 인간에게 봉사해야 한다고 믿었다.

아무튼 이이는 자신의 주기론에 입각하여 인간 중심의 정치를 주창했고, 반세기라는 오랜 억압의 세월 끝에 찾아온 혼돈의 조선 사회를 개혁해 새로운 국가를 건설하고자 했다. 비록 이이의 원대한 꿈은 그의 단명으로 미완인 채 남았으나, 당대에 이루지 못한 그의 꿈은 후학들에 의해 하나씩 결실을 맺어나갔다. 이이가 주장한 공납의 문제는 광해군 시절에 대동법의 탄생으로 이어졌고, 현실을 중시했던 이이의 독특한 주기론은 조선 사회를 휩쓴 실학 출현의 한 배경이 되었다.

다만 마흔아홉의 나이에 세상을 뜬 이이의 죽음이 아쉬운 것은 하늘로부터 받은 뛰어난 재능을 비로소 펼쳐 보이고자 하는 시점에 이이가 운명했다는 것이고, 그의 죽음을 둘러싸고 갈등이 이어지면서 훗날 기축옥사(己丑獄死)라는 엄청난 파문을 일으켰다는 점이다.

이이가 죽은 지 오 년 후에 정여립의 역모 사건으로 촉발된 기축옥사는, 어떤 의미에서 보자면 동서인 간의 단순한 권력투쟁의 산물이 아니었다. 이이의 친구 정철이 이이를 배신한 그의 제자 정여립, 이발을 비롯하여 이이의 때 이른 죽음에 직간접적으로 기여한 인물들에 대한 복수 및 단죄의 성격이 짙었다.

천여 명에 가까운 동인들이 피해를 보는 가운데, 유독 정여립과 이발의 가족에 대한 정철의 국문은 삼족을 멸할 정도로 지독해서 호남 일부 지방에서는 정철에 대한 악명이 오늘날까지 구전으로 전해오고 있다.

〈끝〉

계몽 몽매함을 일깨우다

초판 1쇄 발행 2011년 10월 20일
초판 2쇄 발행 2012년 8월 2일

지은이 신용구
펴낸이 정해종
펴낸곳 도서출판 블루닷

주 소 서울시 마포구 마포동 324-3 경인빌딩 3층
전 화 02-3143-7995
팩 스 02-3143-7996
등 록 2003년 9월 30일 제 313-2003-00324호
이메일 touchafrica@naver.com

ISBN   978-89-93255-82-9 03810